黑色系列 013

SAMANTHA SHANNON

梦景之眼

〔英〕萨曼莎·香农 著
沈丽凝 译

人民文学出版社
PEOPLE'S LITERATURE PUBLISHING HOUSE

著作权合同登记号　图字 01-2017-5611

THE BONE SEASON By SAMANTHA SHANNON
COPYRIGHT； © 2013 By SAMANTHA SHANNON
This edition arranged with DAVID GODWIN ASSOCIATES LTD. (DGA LTD.)
Through BIG APPLE AGENCY, INC., LABUAN, MALAYSIA.
Simplified Chinese edition copyright：
2018 SHANGHAI 99 CULTURE CONSULTING CO., LTD.
All rights reserved.

图书在版编目(CIP)数据

梦景之眼/(英)萨曼莎・香农著；沈丽凝译. —
北京：人民文学出版社，2017
(黑色系列)
ISBN 978-7-02-013420-5

Ⅰ.①梦… Ⅱ.①萨… ②沈… Ⅲ.①科学幻想小说-英国-现代 Ⅳ.①I561.45

中国版本图书馆 CIP 数据核字(2017)第 251977 号

责任编辑　卜艳冰　李　晖
封面设计　汪佳诗

出版发行　人民文学出版社
社　　址　北京市朝内大街 166 号
邮政编码　100705
网　　址　http://www.rw-cn.com

印　　刷　山东德州新华印务有限责任公司
经　　销　全国新华书店等

开　　本　890 毫米×1240 毫米　1/32
印　　张　13.875
字　　数　413 千字
版　　次　2018 年 9 月北京第 1 版
印　　次　2018 年 9 月第 1 次印刷

书　　号　978-7-02-013420-5
定　　价　58.00 元

如有印装质量问题，请与本社图书销售中心调换。电话：010-65233595

献给梦想家

除了这个地球,除了人类之外,还有一个看不见的世界和一个灵魂的国度。这个世界就在我们周围,因为它无处不在。

——夏洛特·勃朗特

目 录

通灵人的七种类型——基于《反常能力的优越性》/1

冥城Ⅰ号流放地宗主的官方领土 /1

第1章　诅咒 /1

第2章　说谎家 /19

第3章　身陷囹圄 /31

第4章　暗影演讲 /45

第5章　蝇之众生 /56

第6章　结盟 /76

第7章　诱饵 /91

第8章　我的名字 /101

第9章　不同看法 /107

第10章　情报 /121

第11章　哀悼 /144

第12章　发热 /157

第13章　他的图像 /168

第14章　日出 /179

第15章　心墙的倒塌 /193

第16章　任务 /206

第17章　信念 /216

第 18 章　美好的明天　/ 230

第 19 章　花朵　/ 248

第 20 章　小世界　/ 259

第 21 章　燃烧之船　/ 271

第 22 章　三倍的傻瓜　/ 293

第 23 章　古董收藏家　/ 304

第 24 章　梦　/ 318

第 25 章　崩溃　/ 329

第 26 章　改变　/ 344

第 27 章　周年庆　/ 360

第 28 章　禁令　/ 374

第 29 章　他离开了她　/ 397

专用名词表　/ 418

通灵人的七种类型
——基于《反常能力的优越性》

I 占卜师（Soothsayers）
紫色的"气"

需要用仪式物（守护符）与以太世界取得联系。主要能力是预知未来。

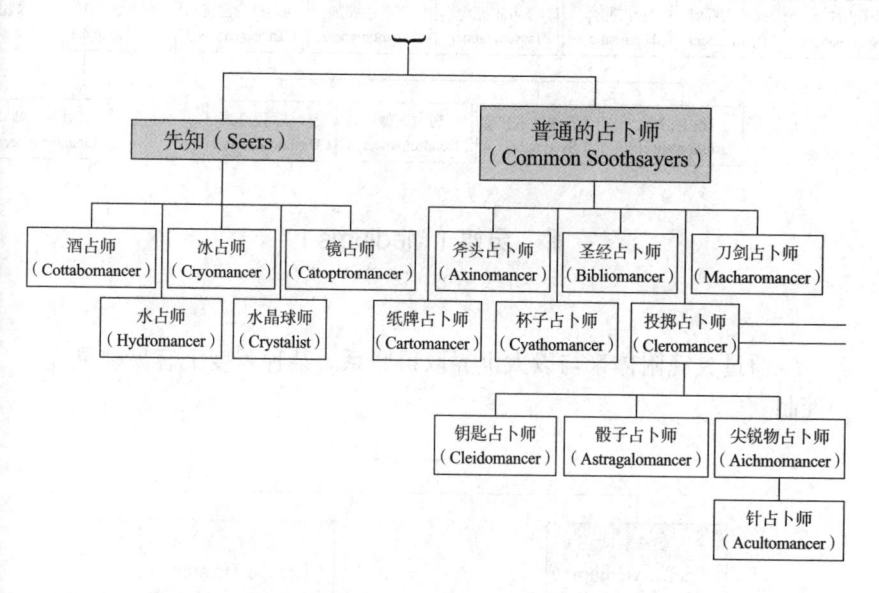

```
                    ┌─────────────┴─────────────┐
              先知（Seers）              普通的占卜师
                                    （Common Soothsayers）

  ┌──────────┬──────────┐    ┌──────────┬──────────┬──────────┐
 酒占师      冰占师      镜占师   斧头占卜师   圣经占卜师   刀剑占卜师
(Cottabomancer)(Cryomancer)(Catoptromancer)(Axinomancer)(Bibliomancer)(Macharomancer)

  ┌──────────┐              ┌──────────┬──────────┐
 水占师      水晶球师       纸牌占卜师   杯子占卜师   投掷占卜师
(Hydromancer)(Crystalist)   (Cartomancer)(Cyathomancer)(Cleromancer)

                              ┌──────────┬──────────┐
                           钥匙占卜师   骰子占卜师  尖锐物占卜师
                          (Cleidomancer)(Astragalomancer)(Aichmomancer)

                                                   针占卜师
                                                 (Acultomancer)
```

1

II 占兆师（Augurs）
蓝色的"气"

使用有机物或自然元素与以太世界取得联系。主要能力是预知未来。

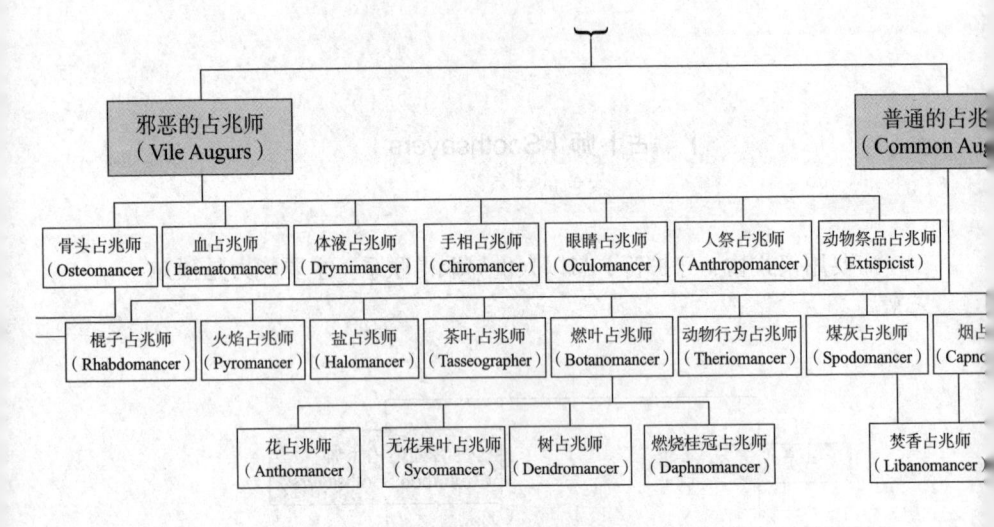

```
                          ┌──────────────────┴──────────────────┐
                  ┌──────────────┐                      ┌──────────────┐
                  │ 邪恶的占兆师 │                      │ 普通的占兆师 │
                  │(Vile Augurs) │                      │(Common Augurs)│
                  └──────────────┘                      └──────────────┘
```

邪恶的占兆师						
骨头占兆师 (Osteomancer)	血占兆师 (Haematomancer)	体液占兆师 (Drymimancer)	手相占兆师 (Chiromancer)	眼睛占兆师 (Oculomancer)	人祭占兆师 (Anthropomancer)	动物祭品占兆师 (Extispicist)

棍子占兆师 (Rhabdomancer)	火焰占兆师 (Pyromancer)	盐占兆师 (Halomancer)	茶叶占兆师 (Tasseographer)	燃叶占兆师 (Botanomancer)	动物行为占兆师 (Theriomancer)	煤灰占兆师 (Spodomancer)	烟占兆师 (Capnomancer)

花占兆师 (Anthomancer)	无花果叶占兆师 (Sycomancer)	树占兆师 (Dendromancer)	燃烧桂冠占兆师 (Daphnomancer)	焚香占兆师 (Libanomancer)

III 灵媒（Mediums）
绿色的"气"

通过灵魂附体来与以太世界取得联系。某种程度上容易被灵魂控制。

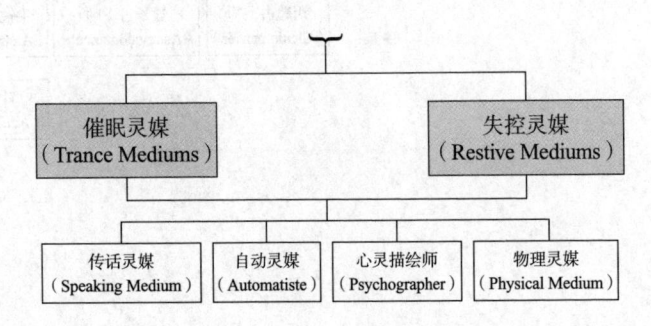

催眠灵媒 (Trance Mediums)	失控灵媒 (Restive Mediums)

传话灵媒 (Speaking Medium)	自动灵媒 (Automatiste)	心灵描绘师 (Psychographer)	物理灵媒 (Physical Medium)

Ⅳ 传导师（Sensors）
黄色的"气"

能在感官或语言的层面上了解以太世界。有时候能够打通通往以太世界的道路。

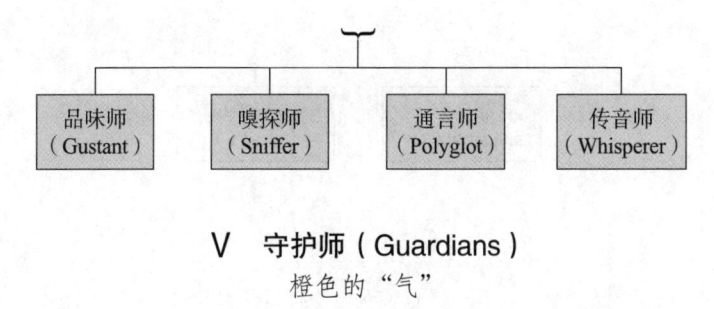

- 品味师（Gustant）
- 嗅探师（Sniffer）
- 通言师（Polyglot）
- 传音师（Whisperer）

Ⅴ 守护师（Guardians）
橙色的"气"

能在更高程度上控制灵魂，能够扭曲普通的灵化空间结界。

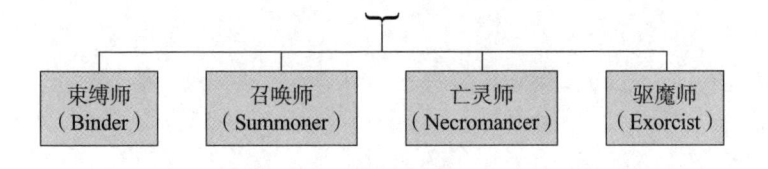

- 束缚师（Binder）
- 召唤师（Summoner）
- 亡灵师（Necromancer）
- 驱魔师（Exorcist）

Ⅵ 狂怒师（Furies）
橙红色的"气"

当与以太世界取得联系时，容易受制于身体内部的变化，主要是梦景。

- 女先知（Sibyl）
- 无解者（Unreadable）
- 狂战士（Berserker）

VII 跳跃师（Jumpers）
红色的"气"

能够冲破自己的身体限制影响以太世界。相比其他通灵人，对于以太世界更加敏感。

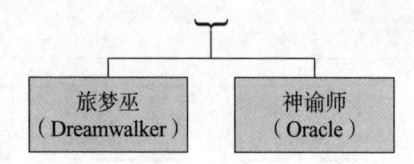

```
         ┌─────────┴─────────┐
    旅梦巫                神谕师
 (Dreamwalker)          (Oracle)
```

冥城 I 号流放地
宗主的官方领土

N
前往港口草地

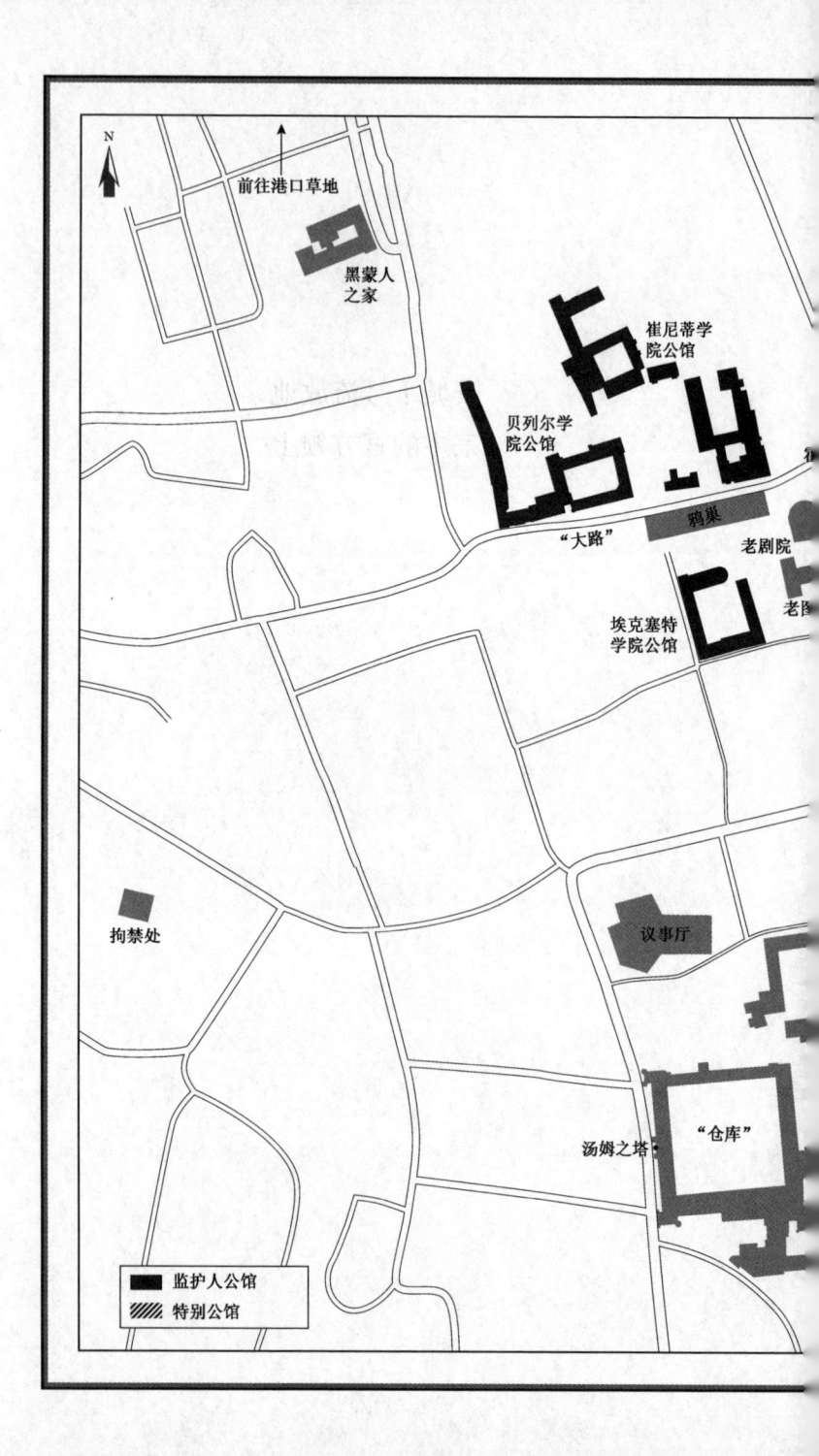

黑蒙人之家

崔尼蒂学院公馆

贝列尔学院公馆

"大路" 鸦巢

老剧院

埃克塞特学院公馆 老院

拘禁处

议事厅

汤姆之塔 "仓库"

■ 监护人公馆
▨ 特别公馆

"大路"

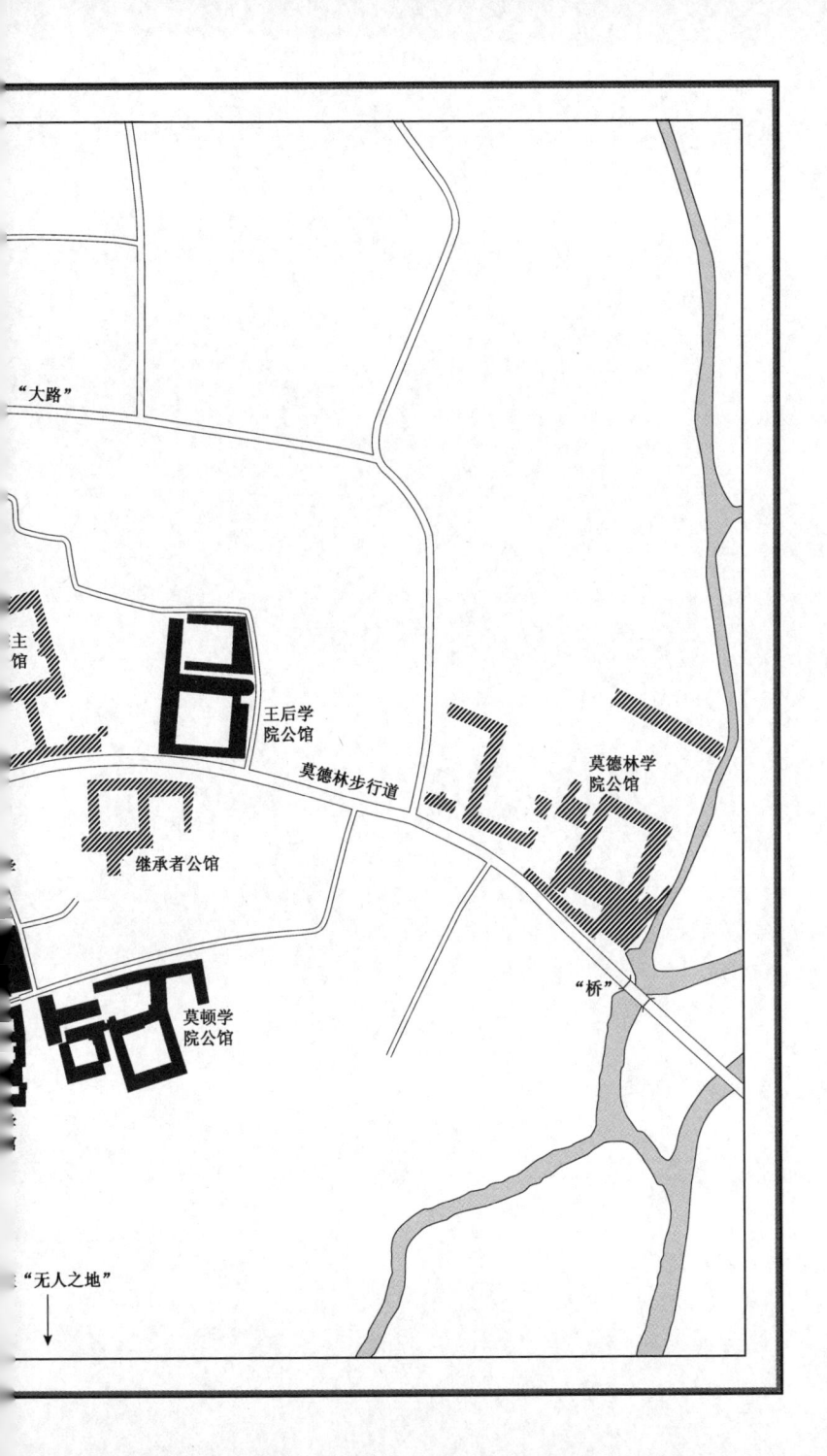

王后学院公馆

莫德林步行道

莫德林学院公馆

继承者公馆

"桥"

莫顿学院公馆

"无人之地"

第1章
诅咒

我很喜欢想象，一开始的时候，我们的族群有很多同胞。我猜也不是非常多，但总比现在剩下的要多。

我们是不被这个世界接受的少数派。我们只存在于幻想中，甚至被列入了黑名单。我们的外表和其他人没什么两样。有时候，我们的行为也和其他人没什么两样。我们在很多方面与其他人别无二致。我们无处不在，广泛分布在大街小巷。如果你们看得不够仔细的话，可能会觉得我们的生活方式非常普通。

在我们这类人中，不是所有人都知道自己的真实身份。有些人到死都不知道。有些人知道，而且从来不会被逮到。但是，我们的确存在。

相信我。

从八岁开始，我就住在伦敦的那个区，那里曾经被称为伊斯灵顿。然后，我进入一所女子私立学校，十六岁毕业后开始工作。那年是2056年。如果你使用新芽帝国的历法，是新历127年。当时，人们觉得年轻男孩女孩就应该随便找份工作糊口，通常是从一个柜台后面换到另一个柜台后面。服务行业有足够多的就业机会。我父亲以为我会过上一种简单的生活，因为我虽然机灵，却没有野心，满足于丢给我的任何工作。

和往常一样，我父亲又错了。

我从十六岁开始就为地下集团工作，在新芽帝国统治下的伦敦——新伦敦，这就是我们对它的俗称。我与一群残酷无情的通灵人一起工作，他们全都指望把别人踩在脚下，好让自己存活下来。在要塞中，所有犯罪集团都由地下领主统治。因为被排挤到社会边缘，我们被迫参与犯罪，并逐渐发展壮大。因此，我们变得更加可恨。我们让传说成真了。

在这混沌世界中，我找到了自己的位置。我是莫莉学徒，哑剧领主的女门徒。我的老板是一个叫贾克森·霍尔的男人，他是统治I-4区的哑剧领主。我们有六个人直接受他领导，我们七人自称"七封印"。

我不能把这些告诉父亲。他还以为我是氧气吧的助手，有一份薪水糟糕却合法的工作呢。这是一个好用的谎言——如果我向他解释自己为何把时间都花在与罪犯打交道上，他肯定无法理解。他不知道我从属于他们，这是一种比我和他的血缘关系更深的羁绊。

我满十九岁那天，生活彻底改变了。当时，我的名号在街头也算耳熟能详。在黑市上度过了艰难的一周之后，我计划与父亲共度周末。贾克森不明白我为何需要时间休息——对他来说，犯罪集团之外不存在任何人和任何事物——和我不一样，他没有家人，至少已经没有一个活着的家人了。虽然父亲和我的关系从来就不算亲近，我还是觉得应该跟他保持联系。在这里吃一顿晚饭，在那里打一个电话，十一月潮节时送上一份礼物。唯一的麻烦就是他的那份没有尽头的问题清单。我在做一份什么样的工作？我的朋友们都是谁？我住在哪里？

我无言以对。真相非常危险。他如果知道我真正的工作，可能会亲自把我送进塔丘。也许我应该告诉他真相，也许这会要了他的命。但不管怎么说，我不后悔加入集团。我从事的行当并不光明磊落，但有利可图。正如贾克森经常所说，与其做僵死尸，不如当个法外之徒。

那是一个雨天，也是我工作的最后一天。

生命支持系统让我的生命体征处于停滞状态。我看起来好像死了，在某种程度上，我的确是死了：我的灵魂被从身体里剥离出来，虽然只是一部分。这是一种犯罪，严重到足以让我被吊死。

我已经说过了，我为集团工作。让我说得更清楚些，我算是某种黑客。准确地说，我并不是在读取别人的思维。我更像是发现思维的雷达，波段与以太世界的运作一致。我能够感觉到梦景和普通梦境之间的微妙差别，感觉到我身体以外的东西，一般通灵人无法感知的东西。

贾克森把我当作监视工具。我的工作就是追踪他的地盘内的灵化活动。他经常会让我检查其他通灵人，看看他们是否对他有所隐瞒。一开始，只是检查房间里的人——我可以看到、听到和摸到的人——但很快，他意识到我可以做得更好。我可以感觉到其他地方发生的事：一个通灵人走在大街上，一群灵魂聚集在花园里。只要我有生命支持系统，就能对七晷区①周围一英里之内的以太世界了如指掌。因此，如果贾克森需要有人告诉他 I-4 区有什么小道消息，你可以拿你的塔罗牌打赌，他会真诚地呼唤我。他说我有潜力走得更远，但尼克不同意我尝试。我们都不知道这会对我造成什么影响。

当然，所有的通灵能力都是被禁止的，那种可以赚钱的能力更是彻头彻尾的犯罪。他们对此有一个专用术语：哑剧犯罪。这是指与灵魂世界沟通，特别是从中获取经济利益。而集团正是建立在哑剧犯罪的基础上。

在无法加入帮派的人群中，用通灵能力赚取现金的方法开始盛行起来，我们称之为"街头卖艺"。新芽帝国则称之为"叛国"。对于这种犯罪的惩罚，官方的方式就是用氮气窒息处死，为了推广，他们还设计了一个商标——"夜之仁慈"。我还记得那个新闻标题：《无痛的惩罚：新芽帝国最后的仁慈》。他们说那感觉就像睡着了一样，就像服用了药物。还是有公开的绞刑，那是对犯下严重叛国罪的人的特殊折磨。

每分每秒，我都在犯下严重叛国罪。

现在言归正传，回到那天。贾克森把我连接到生命支持系统上，把我送去侦察辖区。我已经潜入了一个人的脑海中，那是第四区的一个常客。我尽了自己最大的努力去查看他的记忆，但是，有某种东西

---

① 七晷区（Seven Dials），英国一个很小却很有名的交叉路口，位于伦敦西面的科芬园，有七条路在此汇聚。在路口中心有一根柱子，上面有六个（不是七个）日晷。

总是在阻止我。这个梦景不像我以前遇见过的任何一个。甚至连贾克森也被难住了。从层层的防御机制来看，我可以说，它的拥有者已经有几千岁了，但这不可能。这是某种完全不同的东西。

贾克森是一个多疑的人。按理说，当一个新来的通灵人踏入他的地盘，本应在四十八小时内向他自报家门。他说这一定与另一个帮派有关，然而，在I-4区中，没人有阻挡我的刺探的经验。因为没人知道我有这个能力。肯定不是迪迪翁·韦特，他领导着这个区域里的第二大帮派，也不是经常造访七晷区的饥饿的街头艺人，更不是专门进行通灵术盗窃的地方上的那些哑剧领主。此事另有蹊跷。

上百个人的思维从我身边经过，在黑暗中闪着银光。它们迅速地穿过街道，就像它们的拥有者一样。我无法认出这些人。我看不见他们的脸，只能感受到他们思维的最本真的边缘。

现在，我并不在七晷区。虽然无法指出精确的地点，但我的感知范围正向北方延伸。我跟随着那种危险而熟悉的感觉，离那个陌生人的思维越来越近了。在以太世界中，那人看起来就像一个提着灯笼的格利姆警卫，在周围的其他思维中穿梭自如。那个陌生人的动作突然变快了，仿佛他已经感觉到了我。他似乎正试图逃跑。

我不应该跟着那束光的。我不知道它会把我带往何方，我已经离七晷区太远了。

贾克森命令你找到他，不然他会生气的。这个想法逐渐远去。我继续前进，走得比肉体的移动速度还要快。我努力对抗着我的身体对灵魂的拉力。现在，我能看清楚那个四处游荡的思维了，它不像其他人那样是银色的：它是冷冰冰的黑色，就像是由冰块和石头组成的。我猛地向它直冲过去。那个陌生人离我是如此如此之近……现在我不会弄丢他了……

然后，我身边的以太世界开始以心跳的频率震颤起来，他已经离开了。那个陌生人的思维再次失联了。

有人在摇晃我的身体。

我的银线——将我的肉体和灵魂联系在一起的物质——非常灵敏。正是凭借它，我才能感觉到远处的梦景。它也能将我的灵魂拉回到皮囊里。当我睁开双眼时,达妮正在我的脸上方摇晃一个笔形电筒。"瞳孔有反应,"她自言自语道,"很好。"

达妮卡,我们这里的天才,在智力上仅次于贾克森。她比我大三岁,拥有一个美少女杀手的所有魅力和敏感度。她刚刚被雇用时,尼克将她归类为孤僻之人。老贾说,那只是她的个性而已。

"太阳都晒屁股啦,梦巫,"她拍着我的面颊,"欢迎回到物质世界。"

这一巴掌火辣辣的疼,这是一个好迹象,只是不那么令人愉快。我伸出手解开自己的氧气面罩。

在我眼中,贼窝里的幽暗闪光逐渐清晰起来。老贾的牛栏是一个充斥着走私品的秘密巢穴:禁播电影、音乐和书籍,这些东西塞满了积着厚厚灰尘的架子。里面有大批低俗惊悚小说,就是周末你能在科芬园淘到的那种。还有一大摞骑马钉装订的小册子。在这世界上,这里是我唯一的乐土,我可以在这里阅读、看片,做任何我喜欢做的事。

"你不应该这样叫醒我,"我抱怨道,她知道规矩,"我去那里多久了?"

"去哪里?"

"你觉得是哪里?"

达妮打了个响指。"没错,当然了——以太世界。对不起,我没有注意过了多久。"

不太可能。达妮从来都不会放松警惕。

我检查了一下机器上的蓝色辉光管[1]计时器。这台机器是达妮亲手制造的。她称之为"死亡通灵人支持系统",简称"支持系统"。当我感知远处的以太世界时,它能监控我的生命机能。当我看到数据时,心忽然沉了下去。

"五十七分钟,"我揉了揉自己的太阳穴,"你让我在以太世界里待了一个小时?"

---

[1] 辉光管(Nixie tube),是一种用来显示数字的真空管,20世纪60—80年代的产物,已经停产多时,但因其具有古典气息的独特显示效果,仍然受到很多爱好者的追捧。

"也许吧。"

"一整个小时?"

"命令就是命令。老贾说,他要你在黄昏前揭开这个神秘思维的真面目。你完成任务了吗?"

"我尽力了。"

"也就是说,你失败了。你的奖金泡汤了,"她一口吞下一杯浓咖啡,"我还是不敢相信你把安妮·内勒给弄丢了。"

她老是在提这件事。几天前,我被派到拍卖行去购买一个理应属于老贾的灵魂:安妮·内勒[①],法灵顿的著名鬼魂。我竞价失败了。

"我们本来就没打算买到内勒,"我说,"迪迪翁是不达目的绝不罢休的。"

"随你怎么说。不知道贾克森本来想用这个骚灵做什么,"达妮看着我,"他说他给了你一个周末的假期。你是怎么做到这点的?"

"我有一些心理方面的原因。"

"啥意思?"

"意思是,你和你的新发明快把我逼疯了。"

她把空茶杯丢向我。"是我在照顾你,淘气鬼。我的新发明不会自己运行。我可以就这么走开,去享受午休时光,让你为了找个坏借口而想到脑力枯竭。"

"它可能已经枯竭了。"

"让我泪流成河吧。你知道规则的:贾克森下命令,我们服从。然后我们就能得到福钱。如果你不喜欢这样的话,就去为赫克托工作吧。"

真是一针见血。

达妮一边嗤之以鼻,一边把我的破皮靴递给我。我穿上它们。"大家都在哪儿?"

"伊莉莎在睡觉,她碰上了一点小麻烦。"

当我们中有人遭遇几乎致命的事件时,我们只会说"小麻烦"。

---

① 安妮·内勒(Anne Naylor),徘徊在法灵顿地铁站的鬼魂。1758年,十三岁的她在那里被谋杀,此后人们在这一地区经常会听见奇怪的尖叫声,因此她也被称为"尖叫的幽灵"。

在伊莉莎的事件中,即她被来路不明的灵魂附身了,我瞥了一眼通向她画室的门。"她还好吗?"

"她睡一觉就好。"

"我猜尼克已经为她做过检查了。"

"我叫过他了,他还在和老贾聊天。他说五点半的时候,他会开车送你去你爸爸那里。"

夏特莱是少数几个我们能下的馆子,一个坐落在尼尔街①的高级烤肉酒吧。店主和我们达成了一项交易:我们付给他很多小费,他则不向守夜人告发我们的身份。他的小费要比饭菜的价格高得多,但是,为了能狂欢一夜,这是值得的。

"这么说他迟到了。"我说。

"一定是被老贾耽搁了。"

达妮伸手去拿她的手机。"别费心了,"我把头发塞进帽子里,"我不喜欢打断他们的私人会议。"

"你不能坐地铁回去。"

"事实上,我能坐。"

"你会死的。"

"我会没事的。那条路线已经有好几周没被检查了,"我站起来,"周一一起吃早餐?"

"也许吧,这可能会让我欠那个禽兽一些加班时间,"她瞥了一眼手表,"你最好现在就走,快六点了。"

她是对的。我只有不到十分钟的时间赶到地铁站了。我一把抓起我的外套,奔向门口,并对角落里的一个灵魂迅速地打了声招呼:"嗨,彼特②。"它发出光芒作为回应,那是一种柔和而单调的亮光。我没有看到那些闪光的火花,但我能感觉得到。彼特的情绪再次陷入低谷。已死的事实常常让它感到难过。

---

① 尼尔街(Neal's Yard),位于伦敦科芬园附近,有两条街交叉的三角状小胡同,入口是幽暗的小巷,各种有特色的商家:咖啡馆、乳酪店、SPA、塔罗牌店汇集此地,绮丽的色彩渲染古老的建筑,让人欲罢不能。

② 彼特·克莱茨(Pieter Claesz),1597 年出生在哈莱姆,是 17 世纪荷兰静物画家,尤其擅长描绘餐桌物品,以精细的笔法表现出玻璃酒杯、金属盘盏、餐刀及各种食物的形状和质感。1637 年创作的《早餐用品》是其代表作。1661 年,他在荷兰逝世。

与灵魂合作有一套明确的方法，至少在我们的辖区里是如此。以彼特为例，它是我们的一个灵魂助手——如果你想说得更有技术含量一点，也就是缪斯。伊莉莎会让它占据她的身体，每天一起工作三小时，在这段时间里，她会画出一幅大师级的杰作。当她画完之后，我会跑到科芬园里，把它推销给一个容易上当的艺术品收藏家。彼特的情绪有点喜怒无常。有时候，我们会连续几个月得不到一幅画。

像我们这样的贼窝是没有道德可言的。当你搞了一个小型地下组织，而这个世界又非常残酷时，你别无选择，只能继续做下去。努力幸存下来，为了赚一些现钱，为了在威斯敏斯特执政府的阴影下发展壮大。

我的工作，以及我的生活都是围绕七晷区展开的。根据新芽帝国奇特的城市规划系统，它被归到第一军区第四辖区，也简称为I-4区。它以一根交叉路口上的柱子为中心，离科芬园的黑市非常近。在这根柱子上有六个日晷。

每个辖区都有自己的哑剧领主或哑剧女王。他们一起组成了反常能力组织。这一组织声称统治着整个集团，但其实，他们都在自己的辖区里各行其是。七晷区位于中央军区，那里是集团最强盛的地方。这就是贾克森选择那里，以及我们待在那里的原因。尼克是唯一有自己牛栏的人，在马里波恩的最北端。只有在非常时刻，我们才会使用他的地方。在我为贾克森工作的三年中，只发生过一次紧急情况：当时守夜人部门突袭了七晷区，搜寻通灵人的踪迹。在突袭的两个小时前，一个信使向我们通风报信。我们只用了一个小时就卷铺盖离开了。

外面又湿又冷，是典型的三月夜晚。我感觉到有灵魂出没。在新芽帝国统治之前的日子里，七晷区是一个贫民窟，一大群悲惨的幽灵仍飘浮在柱子周围，等待一个新目标出现。我召唤了一个线轴的幽灵围绕在我身边。这些保护措施总是派得上用场。

新芽帝国将对黑蒙人的保护措施完善到了极致。任何关于死后世界的参考书都是被禁止的。弗兰克·韦弗认为我们是不正常的，就像他之前的许多最高审判者那样，他已经教会其他伦敦人憎恨我们。除非有必要，否则我们只在安全时段外出。那就是守夜人睡觉的时候，守日人部门接管了一切,那里的官员不是通灵人,政府不允许他们像夜间的同僚那样残暴无情。至少,在公开场合不行。

守夜人则完全不同。他们是穿着制服的通灵人。他们必须服役满三十年,然后被执行安乐死。有人说,这是恶魔的协议,但这保障了他们有三十年的舒适生活。大多数通灵人可没那么幸运。

伦敦的历史中充斥着太多死亡,很难找到一个没有鬼魂的地方。它们编织出一张安全网。当然,你还得祈祷你找到的幽灵是非常不错的。如果你使用了一个很虚弱的幽灵,它只能把攻击者击昏几秒钟。那些生前就很暴力的灵魂是最佳选择。这就是某些灵魂能在黑市上卖出高价的原因。如果有人能找到开膛手杰克的灵魂,它将能卖到数百万英镑。比开膛手价格更高的是爱德华七世——堕落王子,血腥国王。新芽帝国声称他是最初的通灵人,但我从来都不信。我更倾向于认为我们自古以来一直存在。

外面越来越黑了。天空中布满了金色的落日余晖,一轮明月露出惨白的假笑。在它的下面,矗立着要塞。街对面的氧气吧——"两个啤酒酿造师"里,已经挤满了黑蒙人,也就是普通人。通灵人认为那些人被黑蒙世界害惨了,正如他们说我们为通灵能力所苦一样。他们有时候被称为腐坏者。

我从来都不喜欢这个词。这让他们听起来像是腐败变质的人。这有一点点名不副实,因为我们才是与死者打交道的人。

我扣上了我的外套纽扣,压低了帽檐。"低下头,睁大眼睛。"我信奉的就是这个法则,而不是新芽帝国的法则。

"求您施舍一先令。只要一先令就行,夫人!我能提供伦敦最好的神谕,夫人,我向你保证。给可怜的街头艺人一点钱吧,好吗?"

这个声音属于一个单薄的男人,他蜷缩在一件同样单薄的外套里。我有一阵子没见到街头艺人了。在中央军区,他们很少见,因为那里的大部分通灵人都加入了集团。我读取了他的"气",他根本就不是神谕师,只是一个普通的占卜师;一个十分愚蠢的占卜师——哑剧领主对乞丐嗤之以鼻。我径直走到他面前。"你他妈的以为自己在做什么?"我抓住他的衣领,"你是三岁小孩吗?"

"求你了,小姐。我非常饿。"他的声音因为脱水而有些沙哑,面部因吸氧成瘾而抽搐着。"我没有推子。不要告诉那个束缚师,小姐。我只是想……"

"那么赶快滚出这里,"我把一些零钱塞进他的手里,"我不在乎你会去哪儿——只要离开这条街就行。找一个睡觉的地方,如果你明天还是得卖艺,去第六军区吧。不要在这里,明白了吗?"

"祝福你,小姐。"

他收拾好他那微薄的家当,其中包括一个玻璃球,比水晶球便宜很多的东西。我目送着他落荒而逃,前往苏荷区。

可怜人。如果他把那些钱浪费在氧气吧里,就会立刻回到街头。很多人都会这么做:在自己身上插上管子,贪婪地吮吸美味的空气,连续吸上几个小时。这是要塞里唯一合法的嗨起来的方式。不管做什么,那个街头艺人都不会有未来。他也许是被踢出集团的,或者是被家人抛弃的。我不会过问。

没人会过问。

I-4区的地铁B站通常都非常繁忙。黑蒙人可以毫无顾忌地乘坐地铁。他们没有人会出卖他们的"气"。大多数通灵人都会避免乘坐交通工具,但有时候,在地铁里要比在街头安全得多。守夜人的触手不可能伸到要塞的每个角落。抽检并不常见。

新芽帝国一共有六个军区,每个军区都由六个辖区组成。如果你想要离开你的辖区,特别是在晚上,你需要一张旅行证明和非常好的运气。天黑之后,地铁守卫就被部署到各个地方。他们是守夜人部门的一个分支,其中都是些有灵视能力的通灵人,有一定的生活保障。为了活命,他们为国家服务。

我从未考虑过为新芽帝国工作。通灵人可以对同类非常残忍——我有点同情那些倒戈的人——但我还是对他们保有一丝亲近感。我绝对不会想逮捕其中的一个。不过有时候,当我辛苦工作了两个星期,而贾克森又忘了付我工钱时,我还是很容易受到诱惑的。

我花了两分钟时间扫描我的证件。我通过闸门后就释放了我的线轴。灵魂们不喜欢离它们盘踞的地方太远,如果我来硬的,它们就不会帮我了。

我的脑袋突然轰鸣起来。不管达妮把什么药物注入了我的静脉,它都已经失效了。在以太世界中待了一个小时……贾克森真的把我逼到了极限。

在月台上,一个发着绿光的辉光管显示着地铁时刻表;除此之外,这里几乎是一片昏暗。斯嘉丽·布厄内许预先录制好的声音从扬声器中飘出来。

"这辆地铁将向北行驶,在第一军区第四辖区的每个车站停靠。请准备好你的身份证,以备检查。请密切注意安全屏幕上的今晚公告。谢谢,祝您度过一个愉快的夜晚。"

我今晚一点都不愉快。从破晓起,我就粒米未进。老贾只有在心情好的时候才会给我午休时间,而这跟蓝色的苹果一样稀罕。

安全屏幕上出现了一条新信息:感测术:感应力学侦测技术。其他乘客并没有在意,因为这条广告是整天滚动播放的。

"在像伦敦这样人口稠密的要塞里,你常常会觉得自己可能正与一个反常能力者同行。"一些皮影戏的人偶剪影出现在屏幕上,每个剪影代表一个居民。其中一个突然变成了红色。"现在,新芽科研正在帕丁顿综合车站试验感测术防护盾,同时也在执政府里进行试验。2061 年前,我们的目标是把防护盾安装到中央军区百分之八十的地铁站,以减少地铁上雇用的反常能力警察的数量。欢迎来帕丁顿参观,或者向守日人官员咨询更多信息。"

广告结束了,但它仍然在我的脑海中播放。在要塞中,感测术是通灵人社会的最大威胁。根据新芽帝国的说法,它可以在二十英尺外侦测出"气"。如果他们的计划没有重大的延误,在 2061 年之前,我们就会被控制得死死的。而哑剧领主的典型特征就是,他们中没人能提供一个解决方案。他们只是不停地争论、争论再争论。为争论而争论。

街道上有几股"气"在我的头顶上方震颤着。我就像一个音叉,在它们的能量场中嗡嗡作响。为了转移注意力,我翻动着我的身份证。上面有我的照片、姓名、地址、指纹、出生地和职业。佩吉·E. 马霍尼小姐,I-5 区的合法居民。2040 年出生在爱尔兰。2048 年在特殊情况下搬至伦敦。现被 I-4 区的一家氧气吧雇用,因此获得了旅行证。金色头发,灰色眼睛。五英尺九英寸高。除了深色的嘴唇之外,

11

没有明显特征，这很可能是由于吸烟引起的。

我一生中从没吸过烟。

一只潮乎乎的手抓住了我的手腕。我吓得突然跳起来。

"你欠我一句道歉。"

我抬起头，愤怒地瞪着一个黑发男子，他戴着圆顶硬礼帽，脖子上是脏兮兮的白色男士围巾。从他难闻的恶臭中，我早就应该把他认出来了：海马基特·赫克托，我们的一个不怎么讲卫生的对手。他闻起来经常像臭水沟。不幸的是，他是地下领主，也就是集团的最高领导。他们称他的地盘为恶魔之地。

"我们赢了那局牌，赢得光明正大，"我抽回了我的胳膊，让它重获自由，"你无事可做了吗，赫克托？刷刷你的牙也许是一个好的开始。"

"也许你应该把手脚放干净点，小执杖者，并且学着对你的地下领主表现出一点敬意。"

"我不是骗子。"

"哦，我觉得你就是，"他继续压低声音说道，"不管你们的哑剧领主有多装腔作势，你们七个人都是肮脏的骗子和谎话精。我听说你是黑市里最左右逢源的，我亲爱的梦巫。但你会消失的。"他用一根手指戳戳我的脸颊。"最终，他们都会消失。"

"你也会消失。"

"让我们拭目以待，很快就会见分晓，"他对我耳语道，"祝你安全到家，拖把头洋娃娃。"然后，他消失在出口的隧道中。

在赫克托身边，我不得不小心行事。他虽然是地下领主，却没有控制其他哑剧领主的实权——他的唯一作用就是组织会议——但他还是有很多追随者。自从竞拍内勒的前两天，我的帮派成员在玩塔罗牌的时候击败了他的走狗，他就一直非常恼火。赫克托的手下不喜欢输牌。贾克森控制不住，惹恼了他们。我们帮派中的大部分人都会避免惹上这里的格利姆警卫，很大程度上会对他们敬而远之，但老贾和我都太目中无人了。苍白梦巫——这是我在街头的绰号——已经上了他们的黑名单。如果他们把我逼到角落里，那我就死定了。

地铁晚到了一分钟。我颓然跌坐到一个空位中。除我之外，这节车厢里只有一个乘客：一个正在阅读《继承者日报》的男人。他是一个通灵人，一个灵媒。我顿时紧张起来。老贾并不是没有敌人，有很多通灵人都知道我是他的莫莉学徒。他们也知道我贩卖艺术品，这些作品不可能是真正的彼特·克莱茨画的。

我拿出我的标准出版物平板电脑，选了我最喜欢的合法小说。在没有线轴保护的情况下，保证我安全的唯一方法就是尽量让自己看起来像个普通的黑蒙人。

我翻着页，同时留意着那个男人。我敢说他已经盯上我了，但我们两个都没有开口。既然他还没有抓住我的脖子，把我揍到失去知觉，我猜他很可能不是一个刚受骗的艺术品爱好者。

我冒险瞥了一眼他的《继承者日报》，这是仅存的一份大量印刷的报纸。报纸很容易被不法者利用；而平板电脑意味着我们只能下载少量经过审查的媒体内容。各种程式化的新闻报道正虎视眈眈地瞪着我：两名年轻男子因严重叛国罪而被处以绞刑；在第三辖区，一个可疑的商业中心停业了。还有一篇长文，反对一个"反常"的概念：英国在政治上已经被孤立了。那位记者称新芽帝国为"胚胎时期的帝国"。根据我的记忆，他们已经这么称呼它很长时间了。如果新芽帝国还是一个胚胎，那么当它冲出子宫的时候，我非常确定自己不想待在那里。

自新芽帝国的时代降临以来，已经快过了两个世纪。它的建立是为了应付一种对帝国的严重威胁，一种流行病，他们是这么称呼它的——通灵能力流行病。根据官方记载，此病首例发现于1901年，当时，他们指控爱德华七世犯了五项可怕的谋杀罪。他们声称这个"血腥国王"打开了一扇永远无法被关闭的门，他把通灵能力的瘟疫带给了这个世界，而且他的追随者无处不在，开枝散叶、烧杀抢掠，从极恶之源中汲取他们的力量。

随之而来的就是新芽帝国，这个共和国的建立就是为了消灭这种疾病。在接下来的五十年里，它变成了一台猎杀通灵人的机器，每一条主要政策都与反常能力有关。谋杀案通常都是反常能力者犯下的。滥用暴力、偷盗、强奸和纵火——这些犯罪都因反常能力而起。多年以来，通灵人犯罪集团已经在要塞里发展起来，形成了一个有组织的地下集团，并为通灵人提供了一个避难所。从此以后，新芽帝国更是变本加厉地想把我们斩草除根。

一旦他们安装了感测术系统，集团就会分崩离析，新芽帝国就会变得无所不知。我们有两年时间采取应对措施，但地下领主是赫克托，我看不到任何希望。他的统治只会带来腐败。

列车已经平安无事地开过了三站。当灯光熄灭、地铁突然停下来的时候，我刚刚读完那个章节。在另一个乘客反应过来之前，我立刻意识到发生了什么。他紧张地在椅子上坐得笔直。

"他们想要搜查地铁。"

我试图开口说话，以确认他的恐惧没错，但我的舌头就像一团打结的布条。

我关掉平板电脑。隧道墙上的一扇门打开了。车厢里的辉光管显示器咔哒一声切换出了"安全警报"四个字。我知道即将发生什么：有两个地铁守卫会开始例行巡视。其中通常还有个领导，往往是灵媒。以前，我从没有经历过抽样检查，但我知道很少有通灵人能逃得掉。

我的小心脏在胸中横冲直撞。我看着另一个乘客，试图推测他的反应。他是一个灵媒，但不是特别强大的那种。我也搞不太清楚自己是怎么知道的，大概是我的直觉突然变得非常敏锐吧。

"我们必须下车了，"他抬起腿，"你是什么类型的通灵人，亲爱的？一个神谕师？"

我没有搭话。

"我知道你是通灵人，"他拉开门把手，"来吧，亲爱的，不要光坐在那里。一定有办法离开这里的。"他用袖子擦了擦额头上的汗。"为抽样检查准备了那么些日子——今天终于来了……"

我呆立不动。没有办法可以逃离这里。窗玻璃都被强化过，门都上了保险锁——而且我们都没有时间了。两道手电筒的光柱照射进车厢里。

我依然保持静止。是地铁守卫，他们肯定侦察出了车厢里有一定数量的通灵人，不然他们不会关掉电灯。我知道他们能看到我们的"气"，但他们更想弄清我们是何种类型的通灵人。

他们已经在车厢里了。一个召唤师，一个灵媒。地铁继续开始前进，但电灯没有再次亮起来。他们首先走向那个男人。

"姓名？"

他挺直了身子。"林伍德。"

"旅行的理由？"

"我打算去看望我的女儿。"

"看望你的女儿。你确定你不是赶着去参加一个降神会，灵媒？"

这两个人想要挑起冲突。

"我有医院出示的必要文件。她病得非常严重，"林伍德说，"我被允许每周看望她一次。"

"如果你再次张开你的陷阱，就永远别想见到她了。"他转过头对我吼道："你。你的身份证呢？"

我从口袋里掏出了身份证。

"还有你的旅行证呢？"

我也把旅行证递了过去。他停下来审读着。

"你在第四辖区工作？"

"是的。"

"谁发放的证明？"

"比尔·班伯里，我的上级。"

"我看到了，但我还需要看些其他东西，"他把手电筒对准我的眼睛，"不许动。"

我没有退缩。

"没有灵视能力，"他观察道，"你一定是个神谕师。我已经有一段时间没听说过这种通灵人了。"

"自四十年代以来，我还从没见过一个神谕师，"另一个地铁守卫说道，"他们会喜欢这个的。"

他的上级露出了微笑。他每只眼睛的虹膜都有点缺损，这是灵视者的永恒标志。

"你会让我发大财的，年轻的女士，"他对我说，"只要让我再检查一下那双眼睛。"

"我不是神谕师。"我说。

"你当然不是。现在,闭上嘴,睁开你的那双闪子。"

大多数通灵人都以为我是神谕师。他们都很容易犯这样的错误。我的"气"与神谕师的非常类似——确切说,颜色基本相同。

那个守卫用手指硬扒开我的左眼。当他用手电筒狭长的光柱检查我的瞳孔,搜寻一直没找到的缺损时,另一个乘客趁机跑向敞开的门口。他猛地向两个地铁守卫祭出一个灵魂——他的守护天使,地面发生了轻微的震颤。伴随着一声尖叫,那个天使砰的一声撞到一个守卫的身上,将他的感官全部搅乱,就像搅蛋器把柔软的鸡蛋打散了一样。

另一个地铁守卫的动作太快了。在任何人采取行动之前,他就召集了一个线轴的骚灵。

"别动,灵媒。"

林伍德狠狠地瞪着他,让他退缩了。他是一个四十多岁的矮小男人,很瘦,但结实精干,有着棕色的头发,两鬓已经斑白。我无法看见骚灵——或其他任何东西,都因为刺眼的手电筒光——但那些骚灵还是让我觉得自己非常虚弱,无法动弹。我数到了三个骚灵。我以前从没见过任何人操控一个骚灵,更不用说三个了。我的脖子后面冷汗淋漓。

当那个天使发动第二轮攻击时,骚灵们开始将地铁守卫团团围住。"乖乖地跟我们走,灵媒,"他说,"我们会请求上级不要折磨你的。"

"使出最卑劣的手段吧,绅士们,"林伍德举起一只手,"有天使站在我这边,我不惧怕任何人。"

"他们都这么说,林伍德先生。当他们看到塔丘时,就会吓得将这些话忘到九霄云外了。"

林伍德猛地把天使扔到车厢的地板上。我无法看到碰撞的过程,但这迅速灼伤了我的所有感官。我强迫自己站立不倒。三个骚灵的存在让我元气大伤。林伍德说话时很强势,但我知道他也能感觉到它们;他正在努力增强着天使的力量。当那个召唤师控制骚灵的时候,另一个地铁守卫正在吟诵挽歌:这一系列咒语能够强制性地让灵魂完全安息,把它们送回到通灵人接触不到的地方。那个天使开始颤抖。

他们需要知道它的全名才能将它驱逐走。但是，只要他们中的一个继续吟诵，天使就会虚弱到无法保护它的主人。

血液在我耳朵里轰鸣。我的嗓子收紧了，手指也变得麻木。如果我袖手旁观，我们两个都会被逮捕。我仿佛看到自己被关在塔丘里，受尽折磨，最后被吊在绞刑架上——

但是今天，我还不想死。

当骚灵们聚集到林伍德身边时，我的视野中突然出现了什么。我瞄准那两个地铁守卫，看到他们的意识正在悸动着，离我越来越近，就像两个脉冲能量圈。然后，我听到自己的身体摔在地面上的声音。

我只想让他们失去方向感，给自己留下逃跑的时间。现在，我占有奇袭的先机，因为他们已经忽略了我的存在。神谕师需要一个线轴作为威胁手段。

但我不需要。

一股恐惧的黑色浪潮将我吞没。我的灵魂从身体里喷涌而出，直接进入了召唤师的身体。我还没有意识到自己正在做什么时，就已经冲入了他的梦景。不只是对抗它——而是进入它，穿透它。我把他的灵魂丢进了以太世界，留下他空空如也的躯壳。他的好友还没来得及喘口气，他也遭遇了相同的命运。

我的灵魂又啪的一声钻回到自己的皮囊里。在我的眼睛后面，疼痛如爆炸一般迅速蔓延。我一生中从没感受过如此的疼痛，就像无数把小刀穿过我的脑颅，大脑中的某个组织仿佛在燃烧，热得我无法视物，无法移动，也无法思考。我只是隐约感到黏糊糊的车厢地板抵在脸颊上。不管我刚刚做了什么，我都不准备立刻再做一次了。

地铁摇晃起来。一定是快到下一个车站了。我试图用胳膊肘撑起整个身体，因为这番努力，我的肌肉甚至颤抖了起来。

"林伍德先生？"

没有回答。我爬到他躺着的地方。当地铁经过一盏照明灯时，我一下子看到了他的脸。

他死了。骚灵们已经掳走了他的灵魂。他的身份证躺在地板上：威廉姆·林伍德。四十三岁。有两个孩子，一个有囊性纤维症。已婚。银行家。灵媒。

他的妻子和孩子们知道他的秘密生活吗？或者说，他们都是黑蒙人，从未察觉到这点？

我必须要念一段挽歌，不然他就会成为这节车厢的地缚灵。"威廉姆·林伍德，"我说，"前往以太世界吧。尘埃已经落定，所有的账都已还清。现在，你不必在尘世中徘徊了。"

林伍德的灵魂就在附近飘荡。当他和他的天使消失的时候，以太世界发出了一声叹息。

灯又亮了起来。我的喉咙突然一紧。

还有两具尸体躺在地板上。

我扶着栏杆重新站起来，湿冷的手掌差点没抓稳。几英尺外，召唤师已经死了，脸上还挂着惊讶的表情。

我杀了他，我杀了一个地铁守卫。

他的同伴就没有那么幸运了。他仰面躺在地上，双眼直愣愣地盯着天花板，一条蜿蜒曲折的口水从他的下巴上流下来。当我靠近时，他抽搐了一下。我立刻感到后背发凉，胆汁的味道灼烧着我的喉咙。我没有把他的灵魂推得足够远。它还飘荡在他头脑中的黑暗部分：那个既神秘又寂静的部分，是任何灵魂都不该涉足的领域。他已经疯了，不，是我把他逼疯了。

我咬紧了牙关。我不能像这样直接弃他而去——即使是一个地铁守卫也不应遭受这样的命运。我把冰冷的双手放到他的双肩上，并让自己坚强起来，对他实施安乐死。他发出一声呻吟，并喃喃道："杀了我。"

我不得不这么做，因为这是我欠他的。

然而，我做不到，我无法杀了他。

当地铁抵达 I-5 区的 C 站时，我等在门边。等到下一批乘客发现尸体时，他们已经来不及逮住我了。我已经站在他们上方的街道上，并拉低帽檐，遮住了我的脸。

第 2 章
说谎家

我悄悄溜进公寓,并把外套挂了起来。金新月小区有一个全职保安,名叫维克。不过我偷跑进来时,他正在外面巡逻。因此,我伸手拿钥匙卡时,他没有看到我那如死人般惨白的脸和颤抖的手。

父亲在客厅里。我看到他穿着拖鞋的脚放在搁脚凳上。他正在看《新芽之眼》,这是覆盖所有新芽帝国要塞的新闻联播网。屏幕上,斯嘉丽·布厄内许正在宣布,第一军区的整个地铁网已被封锁。

我每次听到这个声音都要打一个冷战。布厄内许只有二十五岁左右,是最年轻的最高发言人:最高审判者的助手。她发誓将自己的声音和智慧奉献给新芽帝国。人们称她为韦弗的婊子,也许这只是出于嫉妒吧。她有干净无瑕的皮肤和宽大的嘴唇,最喜欢画上粗粗的红色眼线。这很衬她雅致的吉布森发髻[①]。她的高领连衣裙常常让我想起绞刑架。

海外新闻,法兰西共和国的最高审判者贝诺特·梅纳德,在今年十一月的潮节上,将会访问我们的最高审判者韦弗。八个月已经过去了,执政府还在紧张筹备中,以保证这次会面将呈现出真正积极向上的风貌。

"佩吉?"

我摘下帽子。"嗨。"

"来坐。"

"等我一分钟。"

[①] 查理·达纳·吉布森(Charles Dana Gibson),美国插画家。他笔下的"吉布森女孩"已经成为美国 20 世纪初女郎的象征。吉布森发髻就是他插画中女孩的一种发型,被当时的很多女孩效仿。

我一头冲进卫生间。我并没有流很多汗,至少没有到汗如雨下的地步。

我刚刚杀了人。我真的杀了人。老贾以前总是说我有能力这么做——成为冷血杀手——但我从没有信过他。现在,我是个杀人犯了。更糟糕的是,我留下了证据:一个幸存者。我的平板电脑也丢了,上面全是我的指纹。他们不会只是让我喝下"夜之仁慈"——这么做太便宜我了。等待着我的无疑是折磨和绞刑架。

一进入卫生间,我立刻趴在马桶上,差点把肠子都吐出来了。等到把除了内脏之外的所有东西都吐出来之后,我已经颤抖得无法站立。我扯掉自己的衣服,跌跌撞撞地来到淋浴房。滚烫的水流猛砸在我的皮肤上。

这一次我做得太过了。有生以来第一次,我侵犯了别人的梦景,而不只是接触它们。

贾克森会高兴坏的。

我闭上双眼。车厢里的场景不断重演。我本来不准备杀了他们,只是想要推他们一下——只要让他们偏头痛就行,或者是流鼻血也行。我只是想分散他们的注意力。

然而,有什么东西让我慌了神。我害怕被发现,害怕成为新芽帝国的另一个无名受害者。

我想起了林伍德。通灵人从来不会保护同胞,除非他们是同一个帮派的,但他的死还是让我心情沉重。我抱着膝盖坐下,把下巴搁在膝头,双手捂住疼痛欲裂的头。如果我再快一步就好了。现在,两个人已经死了——一个失去了理智——如果我不够走运的话,下一个就轮到我了。

我蜷缩在淋浴房的角落里,膝盖紧紧地顶着胸口。我不可能永远躲在这里。通常来说,他们最终都会找到我。

我不得不想个对策。新芽帝国有一套处理这类情况的监控程序。一旦他们清查了地铁站,并扣留了任何可能的目击者之后,他们就会叫一个药剂师——灵化药物的专家——让他提供一定剂量的蓝色紫菀。这种植物可以暂时恢复受害者的记忆,并让它变得可见。当他们对相关部分做了记录后,就会对那个受害者执行安乐死,并把他的尸体送到 II-6 区的停尸间。然后，他们会浏览他的记忆，搜寻凶手的脸。接下来，他们就会找到我。

逮捕行动并不总是发生在晚上。有时候，他们会在白天抓你。当你踏上街道的那一刻，他们先是用电筒光照你的眼睛，再在你的脖子上来一针，然后你就被带走了。没人会报告你的失踪。

现在，我都不敢想象我的未来。一股新的疼痛感穿过我的脑壳，把我带回现实中。

我清点着自己有哪些选项。我可以回到七晷区，潜伏在我们的巢穴中一段时间，但是守夜人可能会出来找我。把他们引向老贾并不是一个很好的选择。而且，随着地铁站被封死，我没有办法回到第四区。金钱出租车不是那么好找的，而且在晚上，安保系统比平时严格十倍。

我可以住到一个朋友家里，但是，除了在七晷区的那些朋友，我所有的朋友都是黑蒙人——学校的女同学，我已经很少联系她们了。如果我说我用我的灵魂杀了人，正在被秘密警察通缉，她们一定会认为我疯了。而且几乎可以肯定，她们会告发我。

我裹在一条旧睡裙里，光着脚轻轻走进厨房，并把一锅牛奶放在炉子上。我在家的时候经常会这么做。我不应该打破常规。我的父亲已经把我最爱的马克杯留在那里了，那个大大的杯子上写着：用咖啡抓住生命。我从来不是香味氧气的爱好者，这东西也被称为香氧，是新芽帝国用来代替酒精的饮料。咖啡目前还算是合法的，他们还在研究咖啡因是否会激发通灵能力。但现在，用香味氧气抓住生命还无法带来与咖啡同样的提神效果。

使用灵魂已经对我的脑袋产生了一些影响。我困得几乎睁不开眼睛。我一边倒牛奶，一边从窗口望出去。在室内设计方面，我的父亲有着无懈可击的品位。他也赚了足够多的钱，负担得起在奢华的巴比肯屋村[1]的高安全级别的房屋。这套公寓很新也很宽敞，灯火通明。门厅里闻起来有股干花香料和亚麻布的味道。每个房间里都有巨大的

---

[1] 巴比肯屋村（Barbican Estate）位于伦敦市中心北部，由张伯伦、鲍威尔与本恩公司以粗野主义风格设计，为英国著名现代建筑群。"巴比肯"意译为"瓮城"。

正方形窗户。最大的那扇在客厅里，一个巨大的天窗占据了西面的整面墙，旁边是一扇工艺复杂的法式对开门，通向阳台。还是个孩子的时候，我经常会透过那扇窗户欣赏日落。

窗外，要塞直冲云霄。在我们的住所上方，矗立着巴比肯屋村粗野主义风格的三座柱状建筑，那里是新芽帝国的白领员工居住的地方。在劳德代尔塔的顶端，有一块 I-5 区的传输屏幕。在一个星期天的晚上，正是在这块屏幕上，他们直播了公开绞刑。如今，上面显示的是新芽体制的静态标志——一个类似锚的红色符号——还有几个黑色大字：新芽帝国，所有这些都被放在一个毫无人情味的白色背景上。接着，还有一句可怕的口号：没有比这里更安全的地方。

听起来更像"没有什么安全的地方"，至少对我们来说是这样。

我啜饮着牛奶，盯着那个标志看了一会儿，祈祷它赶快消失。然后，我洗干净我的马克杯，往里面倒了水，并一头冲向我的卧室。我必须给贾克森打个电话。

在门厅里，我父亲拦住了我。

"佩吉，等等。"

我停了下来。

我父亲是爱尔兰人，有一头如火般灼热的红发。他在新芽帝国的科学研究部门工作。当他不上班的时候，会在他的平板电脑上胡乱涂写一些公式，并热情洋溢地讨论临床生物化学，那是他两个学位中的一个。我们看起来完全不像父女。

"嗨，"我说，"对不起，我来得太晚了。我加了一会儿班。"

"没必要道歉，"他把我招呼进了客厅，"我给你做点吃的。你看起来很憔悴。"

"我很好，只是有点累。"

"你知道吗？今天我读了关于氧气流动摊点的新闻，IV-2 区的一个可怕案例。低收入的雇员，被污染的氧气，患有癫痫的客人——非常令人不快。"

"老实说，市中心的氧气吧都挺好的。顾客对品质的要求很高。"我看着他摆好餐具。"工作怎么样？"

"不错,"他抬头看我,"佩吉,关于你在氧气吧的工作……"

"怎么了?"我问道。

女儿在要塞的最底层工作。对于一个有如此社会地位的男人来说,没有什么比这个更让人难堪的了。当他的同事们问及他孩子的情况,并期待她是一位医生或律师时,他一定感到非常不舒服。当他们意识到我在吧台而不是在律师[①]界工作时,一定会交头接耳,议论纷纷。这谎言是一个小小的仁慈之举。他永远不必面对真相:我是一个反常能力者,一个罪犯。

而且还是个杀人犯。这个想法让我想要作呕。

"我知道我没有立场说这个,但我觉得你应该考虑重新申请大学入学资格。那份工作是一个死胡同。收入低,毫无前途。但大学……"

"不,"我的语气比预想的更加强硬,"我喜欢我的工作。这是我的选择。"

我还记得女校长给我最终成绩报告单时的情形。"我很遗憾你选择不申请大学,佩吉,"她当时说,"但这也许是最好的选择。你已经花了太多时间在逃学上。对于一位有素质的年轻女士来说,这是不恰当的。"她递给我一个薄薄的皮面文件夹,上面装饰着学校的校徽。"这里有一份你的任课老师提供的就业推荐信。他们指出了你在体育、法语和新芽帝国史这些方面的天分。"

我不在乎。我一直都憎恨学校:只有制服和教条。离开学校是我成长岁月中的巅峰时刻。

"我可以做一些安排,"我父亲提议道,他太想要一个受过教育的女儿了,"你可以重新申请。"

"人脉关系在新芽帝国不起作用,"我说,"你应该知道。"

"我别无选择,佩吉,"他脸部的一块肌肉开始抽搐,"我并没有这个福气。"

我不想继续这样的对话。我不想思考那些已经过去的问题。

"还和你的男朋友住在一起?"他问道。

---

① 在英文中,吧台(bar)和律师(Bar)是同一个词。

关于男朋友的谎言是我的失败之作。自从我把他编造出来之后，我父亲总是要求见他。"我和他分了，"我说，"这不算是好结果，但还能接受。苏赛特的公寓里有一个空房间——你还记得吗？"

"学校里的那个小苏？"

"是的。"

在我说话的时候，一阵尖锐的疼痛贯穿了我的半边大脑。我无法等到他做好晚餐。我必须给贾克森打电话，告诉他发生了什么。现在就打。

"事实上，我有点头疼，"我说，"我想早点上床睡觉，你不介意吧？"

他走到我身边，并用一只手抬起我的下巴。"你经常会有这种头痛，你太累了。"他用大拇指轻拂过我的脸，以及我眼睛下面的黑眼圈。"现在正在放一部很好的纪录片，如果你还有力气看的话——我可以把你安顿在沙发上。"

"也许明天吧，"我轻轻地推开他的手，"你有止疼片吗？"

过了一会儿，他点点头。"在卫生间里。到早上我会为我们做一顿阿尔斯特炸鱼，好吗？我想要听听关于你的所有消息，小蜜蜂①。"

我凝视着他。自从我十二岁以来，他就没有为我做过早饭了；自从我们住到爱尔兰以来，他也没再叫过我的那个小名。那是十年前的事了，感觉像是过了一生。

"佩吉？"

"好的，"我说，"明天早上见。"

我脱身而去，奔向我的房间。我父亲没再说什么。就像我在家时他经常做的那样，他把门虚掩着。他永远不知道该如何与我相处。

客房和从前一样温暖。那是我以前的卧室。一毕业我就搬到了七睿区，但我父亲从没把这里租出去——没有这个必要。在官方记录中，我还住在这里。这样记录更方便些。我打开阳台门，它就位于我的房间和厨房之间。我的皮肤已经从冰冷变得滚烫，我的双眼有一种奇怪的紧绷感，仿佛我曾盯着一个光源看了好几个小时。我的眼前只

---

① 此处原文为凯尔特语。

有那个受害者的脸——那种空虚和疯狂,来自我没有杀掉的那个人。

在一瞬间,伤害就造成了。我的灵魂不只是侦察工具,也是武器。贾克森一直在等待这一天的到来。

我找到了自己的手机,打电话到贾克森在老巢的房间。铃只响了一声,他接起了电话。

"很好,很好!我还以为你打算整个周末都把我丢下呢。干吗这么急,小蜜蜂?你对假期做了重新思考?你并不是真的需要它,是吗?我觉得不需要。两天见不到我的旅梦巫,我就完全受不了了。发发慈悲吧,亲爱的。太好了,我很高兴你同意了。顺便说一句,你能找到简·罗奇福德①的灵魂吗?如果你需要的话,我会再转给你几千块钱。但不要告诉我,那个势利眼的混蛋迪迪翁既抢走了安妮·内勒,也……"

"我杀人了。"

一阵沉默。

"谁?"贾克森的声音听起来很奇怪。

"地铁守卫。他们试图逮捕一个灵媒。"

"所以你杀了地铁守卫。"

"我杀了其中的一个。"

他骤然吸了口气。"那剩下的那个呢?"

"我把他推入了深渊地带。"

"等等,你用你的……?"见我没有回答,他开始大笑起来。我能听到他用手拍桌子的声音。"终于啊终于,佩吉,你这个小魔法师,你终于做到了!参加降神会简直是浪费你的能力,真的。这么说,这个男人——地铁守卫——他真的变成植物人了?"

"千真万确,"我停顿了一下,"我被炒了吗?"

"炒了?看在甾特盖斯特的分上,洋娃娃,当然不是!我已经等了你很多年,等你好好利用你的天赋。你终于绽放了,就像一朵特别芬芳的花朵,我可爱的小神童。"我能想象到他刚吸了口雪茄,并喷

---

① 简·罗奇福德(Jane Rochford),安妮·波琳的弟弟的妻子,曾指控丈夫和安妮私通,后被处死。

出一阵烟雾以示庆祝的画面。"很好,很好,我的旅梦巫最终进入了另一个人的梦景,并且只花了三年时间。现在,告诉我——你救了那个通灵人吗?"

"没有。"

"没有?"

"他们有三个骚灵。"

"哦,得了吧。没有哪个灵媒能控制三个骚灵。"

"好吧,但这个灵媒可以做到。他以为我是个神谕师。"

他的大笑声缓和下来。"外行人。"

我透过窗户看向那座塔。一条新信息出现在上面:请注意,地铁发生意外的延迟。"他们已经关闭了地铁,"我说,"他们正在想方设法找到我。"

"不要恐慌,佩吉,慌慌张张可不太像样。"

"好吧,你最好有一个计划。整个交通网络都被封锁了,而我需要离开这里。"

"哦,别为此担心。就算他们设法提取了他的记忆,那个地铁守卫的大脑里除了一团稀泥也什么都没有了。你确定你完全把他推进了深渊地带?"

"是的。"

"那么,他们至少要花十二个小时来提取他的记忆。如果到那时那个倒霉蛋还活着,我会感到非常惊讶的。"

"你在说什么呀?"

"我是说你应该乖乖坐在这里,而不是慌不择路地自投罗网。比起到我们这里来,你和你的新芽帝国老爸待在一起更安全。"

"他们有这里的地址,我不能在这里坐以待毙。"

"你不会被逮捕的,我的小可爱。相信我的话,待在家里,睡一觉,忘记你的烦恼,我会派尼克在中午前开车过来接你。这听起来怎么样?"

"我不太喜欢这个主意。"

"你不必喜欢它。去睡个美容觉吧,我并不是说你丑哦,"他补充道,"顺便说一句,你能帮我一个小忙吗?明天去一趟蛆虫街,从明蒂那里拿一些多恩①的哀歌，可以吗？我简直不敢相信他的灵魂又回来了，这真是……"

我挂断了电话。

贾克森是个混蛋。没错，他是个天才——但也是个阿谀奉承、吝啬小气、冷酷无情的混蛋，就像所有的哑剧领主一样。但是，除此之外，我还能去哪里？我孤独而脆弱，就像一件送上门的礼物。老贾只是两害相权取其轻的结果。

想到这里，我笑了笑。选择贾克森·霍尔是两害相权取其轻的结果，这说明了这个世界的很多问题。

我不能睡觉。我必须得做些准备。抽屉里有一把手枪，就藏在一堆闲置衣物下面，旁边还有一本初版的贾克森写的小册子：《反常能力的优越性》。上面罗列了主要的几种通灵人的类型，都是基于他自己的研究成果。我的这本上布满了他的注释——新的想法、通灵人的联系电话。把手枪上了膛之后，我从床底下拖出一个旅行背包。这是我的应急包，存放在这里有两年了，以防我不得不跑路的那一天。我把小册子塞进了背包前面的口袋里，不能让他们在我父亲的家里找到它。

我仰面躺在床上，穿戴整齐，手搁在枪上。在远方的某处，一片黑暗中，有雷声滚滚传来。

我一定是不小心打了瞌睡。当我醒来时，有什么东西看起来不对劲了。以太世界敞开得有些过头了。有通灵人在这幢楼里，就在楼梯井那边。那不是楼上的老赫伦女士，她使用拐杖，经常要乘坐电梯。那是一群人在走动的声音。

他们来找我了。

他们终于来了。

我立刻站了起来，在衬衫外面披上一件外套，并穿上我的鞋和露指手套，我的双手一直抖个不停。尼克以前教过我的：要跑就拼命地

---

① 约翰·多恩（John Donne），英国詹姆斯一世时期的玄学派诗人，他的作品包括十四行诗、爱情诗、宗教诗、拉丁译本、隽语、挽歌、歌词等。

跑。如果我努力的话，可以一路跑到地铁站，不过，这将考验到我耐力的极限。我必须找到并拦下一辆出租车前往第四区。金钱出租车的司机会收取任何人的先令，不管他是不是逃亡的通灵人。

我把背包甩到肩上，把手枪塞进外套口袋里，并打开通向阳台的门。风已经把门吹得关上了。雨水密集地打在我的衣服上。我穿过阳台，爬上了厨房的窗台，紧抓住屋檐，用力一拉，上到了屋顶。等他们到达公寓时，我已经开始跑起来了。

砰的一声，门开了——没有敲门，也没有事先警告。一会儿之后，一声枪响划破了夜空。我强迫自己继续跑着。我不能回去。他们不会没有理由地杀死一个黑蒙人，更不会无故杀死一个新芽帝国的雇员。他们射出的很有可能只是镇静剂，为了在逮捕我的时候让我父亲闭嘴。不过，他们需要某些更加厉害的东西才能将我撂倒。

整个小区都非常安静。我的目光越过屋檐，仔细查看着地面。没有保安活动的迹象，他肯定又去巡逻了。我没花多少时间就在停车场里找到了囚马车，那辆厢式货车有着黑漆漆的窗户和亮着白光的车头灯。如果花时间仔细看的话，任何人都能发现它在后门上的新芽帝国标志。

我跨过楼与楼之间的一道缺口，爬上了一个窗台。上面很光滑，有些危险。我的鞋和手套的抓附力都相当不错，但我还是必须小心脚下。我把后背紧贴在墙上，并慢慢移向逃生楼梯，雨水让我的头发都紧贴在脸上。我爬到了楼下的一个铁艺阳台，并强行打开了那里的一扇小窗。我闯入了这个无人居住的公寓，爬下了三段楼梯，从大楼的前门走了出去。然后，我只需走到街上，并消失在某条黑暗的巷子里。

红色的灯光出现了。守夜人的车就停在外面，堵住了我的逃生之路。我按原路返回，砰的一声摔上门，激活了防盗锁。我用颤抖的双手从消防柜里拿出一把斧头，砸开了底楼的一扇窗户，费力地爬进一个小院子里，我的胳膊都被碎玻璃划破了。然后，我又回到雨中，艰难地在排水管和窗台间攀爬，差点就没抓牢。终于，我又抵达了屋顶。

当我看到他们的时候，心跳都快停止了。大楼的外面布满了穿红色衬衫和黑色外套的人。几道手电筒的光柱照到了我,晃了我的眼睛。我的胸口开始急促地一起一伏。我以前从没在伦敦见过这种制服——他们是来自新芽帝国的吗?

"站在原地别动。"

离我最近的那个人走向我。他戴手套的手上捏着一把枪。我向后退去,同时感觉到一股清晰活跃的"气"。这些士兵的领导是一个极其强大的灵媒。在灯光的照射下,他露出一张瘦削的脸、尖锐的小眼睛和一片又薄又宽的嘴唇。

"别跑,佩吉,"他的喊声穿过屋顶传过来,"你为什么不过来避避雨呢?"

我迅速扫了一眼周围的环境。紧邻的是一栋废弃的办公楼,跳过去的话有点太远了,也许有二十英尺,其后是一条繁忙的马路。这比我以前跳过的任何地方都更远——然而,我必须试一试,除非我想用灵魂攻击那个灵媒,并为此丢下自己的身体。

"我会跳过去的。"我说,并再次起跳。

士兵中有人发出警告的叫喊声。我往下跳到一个较低的屋顶上。那个灵媒在后面追我。我能听见他的脚砰砰地踩在屋顶上,离我只有一步之遥。我受过对付这种追捕的训练。我知道自己无法承担停下来的后果,即便是一瞬间也不行。我既轻盈又纤瘦,足够钻进围栏间和篱笆底下,但追捕我的人也一样。当我扭身朝他开枪时,他躲了过去,脚下丝毫没有停顿。他的大笑被风声卷走了,因此我说不清他离我有多近。

我把手枪胡乱地塞回外套。开枪没有任何意义,我永远打不中。我活动着手指,准备抓住那个排水槽。我的肌肉仿佛在燃烧,肺快要爆了。脚踝处的灼热感警告我,我已经受伤了,但我不得不继续跑下去。战斗或逃跑,奔跑或死亡,我只能选择其一。

那个灵媒跳过了窗台,动作如流水般敏捷而流畅。肾上腺素在我的静脉里迅速飙升。我的双腿发胀,雨水激烈地打在我的眼睛里。我跃过了软水管和通风管道,努力寻找契机把我的第六感集中到那个灵媒身上。他的灵魂非常强大,行动起来十分迅速。我无法锁定它,甚至无法看清它。我无力阻止他。

当我提速奔跑时，肾上腺素让我感觉不到脚踝的灼痛感。接下来，迎接我的是十五层楼的坠落。然后越过一道缺口，我能看到一条排水槽，后面是一段逃生梯。如果我能顺利走到那里，就能消失在第五辖区的车水马龙中。我就能够逃掉了。是的，我能做到。尼克的声音出现在我脑海中，他在催促着我：将膝盖收到胸口，双眼紧盯你的着陆点。机不可失，时不再来。我双脚一蹬，跳下了悬崖。

我的身体撞上了一堵厚实的砖墙。冲击力撕裂了我的嘴唇，但我还能保持意识清醒。我的手指紧抓住那条排水槽，双脚踢打着墙面。我用尽了剩下的所有体力，把自己往上拉，一边用双手死死地抓住排水槽。一个硬币从我的外套中落了出来，掉入了下面黑暗的街道。

我的胜利没有持续多久。当我快要艰难地下到马路牙子上时，我的手掌既滚烫又疼痛。突然，一阵堪比被钉在十字架上的疼痛撕裂了我的脊椎。这次冲击很可能会让我松手，但我的一只手还是牢牢抓着屋檐。我扭头向后看去，一支又长又细的飞镖埋在我的后腰上。

是流体。

他们有流体。

这种药物迅速涌入我的血管。在六秒内，我的整个血液系统就会完全失去免疫力。我只想到了两件事：第一，老贾会杀了我的；第二，这没关系——我已经准备好赴死了。我放开了抓住屋檐的手。

一切归于虚无。

第 3 章
身陷囹圄

时间仿佛过了有一辈子那么长。我不记得它是何时开始的,也看不出它何时会结束。

我还记得那次行动:我发出嘶哑的咆哮,并被皮带捆在一个坚硬的平面上。注射,然后是疼痛。

在我看来,现实是扭曲变形的。我身边紧挨着一根蜡烛,但是火焰持续爆燃着,把这里变成了一个烈焰地狱。我被困在一个火炉里。汗水像蜡一样从我的毛孔里滴下来。我就像一团火,正在燃烧。我被烫出了水泡,都快要烧焦了——然后,我又变得很冷,不顾一切地渴望热量,感觉自己好像就要死了。没有中间状态。只有无穷无尽的痛苦。

AUP 流体 14 是新芽帝国的医疗部门和军事部门合作开发的项目。它会造成严重的影响,被称为"幻觉效应",也被愤怒的通灵人称为"脑瘟":那是一系列由人类梦景的扭曲而造成的栩栩如生的幻觉。我在一个又一个的幻觉中挣扎前行,当痛苦强烈到无法默默忍受的时候,我会尖叫出声。如果地狱有明确的定义,那就是这里。这里就是地狱。

当我不停干呕,徒劳地试图将毒素逼出体外时,我的头发都被泪水黏住了。我的所有期望就是让这一切尽快结束。不管是睡眠、昏厥,还是死亡,必须有某种东西把我带离这场噩梦。

"好了,小宝贝。我们不想让你就这么死掉。我们今天已经失去三个人了。"冰冷的手指轻抚过我的前额。我弓起背躲开了。如果他们不想让我死,那为什么要对我做这些事情?

死亡之花掠过我的眼前。房间扭曲成了螺旋结构,一圈又一圈,直到我搞不清哪里才是尽头。我咬住一个枕头，不让自己喊出声来。我尝到了鲜血的味道，这才意识到自己咬的是其他东西——我的嘴唇、舌头或是面颊，谁知道呢？

流体不会这么容易离开你的身体系统。不管你呕吐或排尿多少次，它还是会留存在循环系统中，在你的血液中流淌，在你的细胞中繁殖，直到你把解毒剂注射到血管里。我想乞求他们饶了我，但一点声音也发不出来。疼痛一波波地冲刷着我的身体，直到我确定自己一定会死去。

一个新的声音插进来。

"够了，我们需要这个人活下来。去拿解毒剂，不然我保证给你用上她的双倍剂量。"

解毒剂！我还可能活下来。我试图透过幻觉的薄纱看清现实世界，但辨认不出任何东西，除了那根蜡烛。

然后，又过了很长的时间。我的解毒剂呢？这似乎无所谓了。我想要睡觉，睡一个有史以来最长的好觉。

"放我走，"我说，"让我出去。"

"她正在说话呢，给她点水喝。"

玻璃杯冰冷的边缘碰到了我的牙齿，我饥渴地大口吞咽着。我抬起头，试图看清我的救世主的脸。

"求你了。"我说道。

一双眼睛回看着我，它们喷射着熊熊的火焰。

最终，噩梦结束了。我坠入深沉而黑暗的睡眠。

当我醒来时，我还躺着。

我能够清楚地意识到自己在哪儿：俯卧在一个硬邦邦的床垫上。我的嗓子里像有火在燃烧一样。它疼得如此剧烈，逼迫我清醒过来，寻找水源。我突然意识到自己浑身赤裸。

我侧身躺着，用手肘和臀部撑起我的身体。我能在我的嘴角尝到干掉的呕吐物的味道。等能集中注意力时，我接触到了以太世界。这里还有其他的通灵人，就在这座监狱的某处。

我的眼睛花了些时间才适应了昏暗的光线。我发现我躺在一张单人床上，身上盖着一条又冷又湿的被单。在我右侧是一个装了栅栏的窗户，上面没有窗玻璃。地板和墙壁都是用石头制成的。一股寒气让我浑身起鸡皮疙瘩。我呼出的气变成了一小团白云。我把被单拉到肩头。到底他妈的是谁拿走了我的衣服？

角落里有一扇门虚掩着。我能看到有光线从里面透出来。我试着站起来，想看看自己的体力恢复了没有。当我确定我不会跌倒之后，就走向了那道光线。结果，我发现了一个有基本功能的卫生间。光线来自一根孤零零的蜡烛。里面有一个老式马桶和一个生锈的水龙头，后者被安装在墙上的高处，仿佛一摸就会腐朽崩坏。我转动了旁边的阀门，一股冰冷的洪流吞没了我。我又试着把阀门转向另一边，但水流拒绝变热哪怕半度。我决定轮流洗我的四肢，接连将它们淋湿，权当自己是在沐浴。这里没有毛巾，因此我用床上的被单来擦干自己，并又用同一条包裹住自己。我试了试大门，发现它被锁住了。

我的皮肤像被针扎一样疼。我不知道自己在哪里，为什么会在这里，或者那些人想要对我做些什么。没人知道被捕获的人会碰到什么事，因为从来没人再回来过。

我坐在床上，做了几个深呼吸。因为经历了几个小时的幻觉效应，我还是很虚弱，而且我不需要照镜子就知道，我看起来比平时更像一具苍白的尸体。

我的颤抖并不仅仅是因为寒冷。我浑身赤裸、形单影只地待在一个黑暗的房间里，窗户上有铁栅栏，没有逃跑的可能性。他们一定把我带进了塔丘里。他们也拿走了我的背包，以及小册子。我背靠床柱蜷缩着，尽我所能地保存自身的热量，心脏怦怦地跳着。我的嗓子眼里仿佛打了一个大大的结，疼痛不已。

他们会伤害我父亲吗？他还有利用价值，是的——一件有价值的商品——然而，窝藏通灵人是可以被宽恕的罪名吗？那是渎职罪。不过，他很重要。他们不得不原谅他。

有一阵子，我失去了时间感。我断断续续地打着瞌睡。最后，门终于砰的一声打开了，我突然被惊醒了。

"起床了。"

一盏煤油灯摇晃着照进房间里，拿着它的是一个女人。她有着光滑的栗色皮肤和精致的骨架，而且还比我高出好几英寸。她蓬松的卷发又长又黑，她的高腰连衣裙也是如此，袖子一直垂到了她戴着手套的指尖。我几乎猜不出她的年龄：可能是二十五岁，也可能是四十岁。我紧攥住裹在身上的被单，盯着她看。

我注意到这个女人身上有三个奇怪之处。首先，她的双眼是黄色的。不是在某种光线下可能被称作黄色的琥珀色，是真正的黄色，接近于黄绿色，还闪着光。

第二个奇怪之处是她的"气"。她是通灵人，但我以前从来没有碰见过这个类型。我无法准确说出它为何很奇怪，但它似乎让我的感官很不舒服。

还有第三点——正是这个让我背脊发凉——她的梦景。与我在I-4区感觉到的那个人的一模一样，就是我们无法辨认其身份的那个人，那个陌生人。我本能地想攻击她，但我早就知道自己无法攻破那种梦景，在我目前的状态下，当然没有可能。

"这里是塔丘吗？"我的声音是嘶哑的。

那个女人没理睬我的问题。她拿起那盏灯凑近了我的脸，仔细研究我的眼睛。我开始怀疑这也是脑瘤的症状。

"吃了这些。"她说。

我看了看她手上的两粒药片。

"吃了它们。"

"不。"我说。

她打了我。我尝到了血腥味。我想要还手，去战斗，但我太虚弱了，几乎抬不起自己的手。我用刚被打得皮开肉绽的嘴唇含住药片，艰难地吞了下去。"把你自己盖好，"俘获我的人说，"如果你再次忤逆我，我会保证你永远无法离开这个房间。至少无法全身而退。"

她丢给我一包衣服。

"捡起来。"

我不想再被打了。这次我屈服了。我紧咬着牙关，拿起了衣服。

"穿上。"

我低头看着那堆衣服，鲜血从我的嘴角滴落下来，一滴血迹在我手中的白色短袍上晕开。这是一件长袖方领的上衣，附有一条黑色的腰带。还配有裤子、袜子和靴子，以及一套素色的内衣和一件黑色的马夹衫。马夹衫上缝着一个小小的白锚——新芽帝国的标志。我用僵硬的动作穿上了这些衣物，强迫冰冷的四肢动起来。当我终于完成任务时，她向门口走去。"跟着我，不要跟任何人说话。"

房间外面冷得要命，破损的地毯对改善温度几乎毫无帮助。它以前一定是红色的，但如今，它已经褪色，并被呕吐物弄脏了。我的向导领着我穿过一座由石头走廊组成的迷宫，经过了一系列带栅栏的小窗户和燃烧的火把。在习惯了伦敦冰蓝色的街灯之后，它们看起来太亮、太刺眼了。

这是一座城堡吗？我不知道在伦敦方圆一千英里之内有任何城堡——自从维多利亚时代以来，我们就没有君主了。这也许是一个老式的 D 类监狱。除非它就是塔丘本身。

我冒险瞥了一眼外面。还是夜晚，但是借着几盏灯笼的光芒，我能看到一个庭院。我很好奇自己在流体的影响下昏迷了多久。当我痛苦挣扎时，这个女人是否在冷眼旁观？她听从守夜人的命令吗？还是说，守夜人听她的？也许她为执政府工作，但他们不会雇用一个通灵人。而且，不管她的身份究竟是什么，她绝对是一个通灵人。

那个女人在一扇门外停了下来。一个男孩从里面被推了出来。他瘦得皮包骨头，长着一张老鼠般的脸，一头蓬乱的沙色头发，不太像人类。所有这些都是流体中毒的症状：呆滞无神的眼睛、惨白如骨的脸庞和蓝色的嘴唇。那个女人上上下下地打量着他。

"名字？"

"卡尔。"他用嘶哑的声音说道。

"你能再说一遍吗？"

"卡尔。"你可以说他已经快到崩溃的边缘了。

"好吧，恭喜你在流体 14 中幸存下来，卡尔，"她的声音听起来一点都不像是祝贺，"在一段时间内，这可能是你最后一次睡觉了。"

卡尔和我交换了一个眼神。我知道我一定看起来和他一样糟糕。

我们在走廊上走着，并又将几个被俘的通灵人收入队伍中。他们的"气"强烈而又各自不同；我能猜出他们所有人是什么类型。一个先知。一个手相占兆师——也就是手相师——留着被染成电光蓝的"精灵头"①。一个茶叶占兆师。一个光头的神谕师。一个身材苗条、嘴唇单薄的褐发女子，很可能是传音师，她的一条手臂似乎断了。他们中没有一个看起来超过二十岁，或小于十五岁，全都被流体搞得苍白憔悴。最终，我们一共接收了十个人。那个女人把脸转向她的这一群怪胎。

"我的名字叫一叶兰·瓠瓜一②，"她说，"在冥城Ⅰ号，我是你们第一天的向导。今晚，你们将参加欢迎演讲会。这里有许多简单的规则，希望你们能遵守。你们不能直视任何拉菲姆人。除非被邀请看其他地方，你们的视线要一直盯着地板，那里才是你们双眼的归宿。"

那个手相师举起一只手，她的眼睛依然盯着自己的脚。"拉菲姆人是什么？"

"你很快就会搞清楚的，"一叶兰停顿了一下，"还有一条补充规则：除非有拉菲姆人主动跟你说话，否则你不能开口。对此，你们还有什么疑问吗？"

"是的，有疑问，"是那个茶占师在说话，他并没有看着地板，"我们身在何处？"

"你很快就会知道的。"

"到底是什么给了你捏捕我们的权力？我甚至没有在街头卖艺，也不是法外之徒。你能证明我有'气'吗？我会直接回到城市里，你不能……"

他突然停了下来。两串黑色的血珠从他的眼中流出来。他发出轻微的喊声，然后颓然倒地。

手相师开始尖叫。

一叶兰评估了一下茶占师的状况。当她抬头看我们的时候，她的双眼中充满了蓝色火焰，就像煤气的火焰一样。我赶忙把眼睛从它们身上转开。

---

① 精灵头（Pixie Cut），一种超短的女式发型。
② 拉菲姆人的姓名多取自星宿名。一叶兰（Pleione）不仅是植物名，也是金牛座中的一颗星，又名昴宿增十二。瓠瓜一（Sualocin）则是海豚座中的一颗星。

"还有其他问题吗?"

手相师用一只手捂住了嘴巴。

我们被赶进了一个小房间。里面的墙壁和地板都很潮湿,像地窖一样黑暗。一叶兰把我们锁在里面,然后离开了。

有那么一分钟,没人敢开口说话。手相师断断续续地抽泣着,精神快要崩溃了。其他大部分人还是虚弱得无法说话。我坐到一个角落里,尽量不妨碍别人。我袖子底下的皮肤全起了鸡皮疙瘩。

"我们还是在塔丘里吗?"一个占兆师说,"这看起来很像塔丘。"

"闭嘴,"有人说道,"请闭嘴好吗?"

有人开始向甾特盖斯特祈祷,希望一切都能好起来,就像这会有用一样。我把下巴搁到膝盖上。我不想知道他们会对我们做什么。如果他们让我坐水凳①,我不知道自己能坚持多久。我听父亲说过这种刑法,他们如何一次只让你呼吸几秒钟。他说这不是折磨,而是疗法。

一个先知坐到了我的旁边。他是个光头,肩膀很宽。在昏暗的光线下,我无法将他看得很清楚,但我能看到他乌黑的大眼睛。他伸出一只手。

"朱利安。"

他看起来并不害怕,只是显得很平静。"佩吉。"我回应道。最好不要用全名。我清了清干涸的嗓子。"你是哪个军区的?"

"IV-6 区。"

"I-4 区。"

"那是白色束缚师的地盘。"他说,我点点头,"哪个区的?"

"苏荷区。"我说。如果我说我是七晷区的,他就一定会知道我是贾克森的心腹之一。

"我嫉妒你,我喜欢住在中心区域。"

"为什么?"

---

① 坐水凳(Waterboarding)是侦讯嫌犯时所用的一种方式,一些国家例如美国则尚未视其为刑罚,而被允许使用。侦讯者会命令被侦讯者躺在一张特制的长凳上,此种长凳为脚部略高于头部,固定其双手双脚,在头部盖上布后,在头部持续浇水。如此会让被侦讯者产生溺水的错觉而心生恐惧,以达到吐实的目的。

"在那里，集团更为强大。我的辖区都没有什么大动作，"他压低了声音，"你有什么把柄落在他们手上了吗？"

"杀了一个地铁守卫，"我的嗓子又开始疼了，"你呢？"

"与一个守夜人有点意见不合。长话短说，那个守夜人和我们已经不在一个世界了。"

"但是，你是一个先知。"大多数通灵人都鄙视先知，将其视为占卜师的一种。就像所有占卜师一样，他们通过某种物质与灵魂交流；如果是先知的话，用任何能反光的东西就能做到。老贾对占卜师有着不理智的憎恨。（"狗屎占卜师，洋娃娃，叫他们狗屎占卜师。"）细想一下，他还恨占兆师。

朱利安看起来读懂了我的心思："你觉得先知没有能力杀人。"

"至少用灵魂不行，你无法控制一个足够大的灵魂线轴。"

"你真的很了解通灵人，"他揉搓着手臂，"你是对的。我开枪打了他，却无法阻止他们逮捕我。"

我没有回答。冰凉的水从天花板上滴下来，滴到我的头发上，并一路顺着我的鼻子流下来。其他大多数囚徒都缄默不语。一个男孩前后摇晃着身子。

"你有一股诡异的'气'，"朱利安看了看我，"我猜不出你是哪种类型的。我会说你是神谕师，但是……"

"但是？"

"我很久都没有听说过一个女性神谕师了。而且，我不认为你是一个女先知。"

"我是一个针占卜师。"

"你能干些什么，用一根针扎别人？"

"差不多吧。"

外面传来一阵碰撞声，以及一声恐怖的尖叫。每个人都停止了交谈。

"那是狂战士，"是一个男人的声音，透着害怕，"他们不会想在这里放一个狂战士吧？"

"根本没有狂战士这种东西。"我说。

"你没有读过《反常能力的优越性》？"

"当然读过，但它只是一种传说中的类型。"

他看起来并没有得到安慰。一想到那本小册子，我比以往感到更加寒冷了。它可能在任何地方、在任何人的手中——它包含了最新的注解和相关细节，是这本在要塞中最具煽动性的小册子的第一版。如果不是因为认识作者本人，我永远都不可能得到这种东西。

"他们将会再次折磨我们，"那个传音师正在把她断掉的胳膊吊起来，"他们想要某些东西。他们不会就这样放我们走的。"

"从哪里放出去？"我问道。

"塔丘，傻瓜。最近两年我们一直都待在这里。"

"两年？"角落里传出一个有点歇斯底里的大笑，"试试'九'这个数字，九年。"他又笑了起来，这次是咯咯轻笑。

九年。为什么是九年？据我们所知，被捕者会面临两个选择：加入守夜人的队伍，或者被处死。没必要把他们关起来。"为什么是九年？"我问道。

角落里没有回应。一分钟后，朱利安开口了。

"还有其他人想知道我们为什么没死吗？"

"他们杀死了其他所有人，"一个新的声音说道，"我在这里待了好几个月。我们帮派的其他通灵人都被绞死了。"他停顿了一下。"我们是为了其他目的而被挑选出来的。"

"新芽科研所，"有人低语道，"我们会变成实验室的老鼠，不是吗？医生们想要把我们切成碎片。"

"不是新芽科研所。"我说。

然后是长久的沉默，只有手相师苦涩的泪水打破着沉寂。她看起来一副停不住的样子。最终，卡尔主动跟传音师说道："你说他们一定想要某种东西，喃师。他们可能想要什么？"

"任何东西，也许是我们的灵视能力。"

"他们无法拿走我们的灵视能力。"我说。

"拜托，你甚至没有灵视能力。他们不会想要残疾的通灵人。"

我抑制住了想打断她另一条胳膊的冲动。

"她对那个茶占师做了什么？"手相师正在发抖，"他的双眼……她甚至没有移动！"

"好吧,我还以为我们注定会被杀死呢。"卡尔说道,他似乎搞不懂我们其他人为何如此忧心忡忡。他的声音不那么嘶哑了。"除了绞刑,我什么都能接受,你们不是吗?"

"我们可能还是会上绞刑架。"我说。

他陷入了沉默。

另一个男孩突然喘不过气来,他的面色是如此苍白,仿佛流体已经把他血管里的血液都燃烧殆尽了。他的鼻子上布满了雀斑。我之前从没注意到他;他没有散发出任何"气"的迹象。"这里是哪儿?"他几乎说不出话来,"谁——你们这些人是谁?"

朱利安瞥了他一眼。"你是黑蒙人,"他问道,"他们为什么会抓你过来?"

"黑蒙人?"

"很可能是个失误,"神谕师看起来一脸无奈,"尽管如此,他们也会杀了他。你真不走运啊,孩子。"

那个男孩看起来快要昏过去了。他突然跳起来,用力拉扯着铁栅栏。

"我不应该待在这里,我要回家!我不是反常能力者,我不是!"他几乎快哭出来了,"对不起,我为石头的事情感到非常抱歉!"

我用一只手捂住他的嘴。"别说了,"其他一些人则开始咒骂他,"你也想让她给你收收筋骨,是吗?"

他浑身发抖。我猜他大概十五岁,只不过是比较柔弱的十五岁男孩。他让我想起自己的一段少年时光,一切历历在目——当时,我也是既害怕又孤单。

"你叫什么名字?"我尽量让声音柔和下来。

"塞巴。塞……塞巴·皮尔斯,"他双手抱胸,试图让自己看起来更渺小,"你们……你们都是……反常能力者?"

"是的,如果你不闭上你那张臭嘴,我们都会对你的内脏做一些反常的事情。"一个声音冷笑道。塞巴吓得直往后退。

"不,我们不会的,"我说,"我叫佩吉。这位是朱利安。"

朱利安只是点点头。与黑蒙人交流似乎变成了我的工作。"你来自哪里,塞巴?"我问。

"第三军区。"

"指环街,"朱利安说,"很不错。"

塞巴把目光移开。他的嘴唇因为寒冷而颤抖着。毫无疑问,他以为在这场巫术狂欢中,我们会把他大卸八块,并用他的鲜血洗澡。

指环街是我上初中的地方,是第三军区的一条街道。"告诉我们发生了什么。"我说道。

他瞥了其他人一眼。在内心深处,我无法为他的恐惧而责怪他。他从会说话以来,一直被灌输这样的思想:通灵人是世界上所有邪恶的来源。而现在,他和他们被关在一起。"一个六年级的学生在我的书包里放了违禁品,"他说,很有可能是一块预言石,黑市上最常见的守护符,"当我在班上试图把它还给他们时,正好被校长看到了。他以为我是从街头艺人那里得到它的。于是,他们叫来学校的守夜人对我进行了检查。"

他绝对是新芽帝国的乖宝宝。如果他的学校有自己的神仆,他一定是来自一个富甲一方的家庭。

"我花了好几个小时才让他们相信了我是被陷害的。然后,我抄近道回家,"塞巴吞了一下口水,"街角有两个穿红衣的男人。我想偷偷地从他们身边走过,但他们听到了我的声音。他们都戴着面具。虽然不知道为什么,但我还是跑了起来。我被吓坏了。紧接着,我听到一声枪响,然后——然后我觉得自己一定是昏过去了。再然后,我感到一阵恶心。"

我很想知道流体对黑蒙人的效果如何。当然会出现生理反应——呕吐、口渴、莫名其妙的恐惧——但没有幻觉效应。"这太可怕了,"我说,"我确定这绝对是一个可怕的失误。"我真的确定。像塞巴这样养尊处优的黑蒙孩子没理由出现在这里。

塞巴看起来受到了鼓舞:"那么,他们会让我回家吗?"

"不会。"朱利安说道。

我的耳朵感到一阵刺痛,是脚步声。一叶兰回来了。她拉开门,抓住离她最近的犯人,并用一只手把他拖了起来。"跟着我,记住规矩。"

我们穿过一扇双开门,离开了这栋大楼,传音师为吓傻的手相师

41

指引方向。冰冷的空气刺痛着大家的每一寸裸露的肌肤。当走到绞刑架时,我吓得跳了起来——也许这里真的就是塔丘——不过,一叶兰只是从它旁边走过。我不知道她对茶占师做了什么,也不知道那些尖叫是怎么回事,但我不打算过问。低头垂目,耳听八方。这就是我在这里的行事之道。

她带领着我们穿过一些荒芜的街道,那里有煤气灯照明,在一夜的大雨后显得非常潮湿。朱利安调整步伐,与我齐头并进。随着我们越走越近,那些建筑变得越来越大——但并不是摩天大楼。它们的规模不值一提,没有金属结构,没有电灯。这些建筑既古老又让人感到陌生,是在迥然不同的美学品味下建造出来的:石墙、木门、间隔很大的窗户、镶嵌着深红和蓝紫色的玻璃。当转过最后一个拐角,呈现在我们眼前的景象令我终生难忘。

一条异常宽阔的街道在我们面前展开。视线所及范围内,没有一辆汽车,只有一排长长的摇摇欲坠的民居,仿佛喝醉酒似的,东倒西歪,紧挨在一起。胶合板做的墙壁用瓦楞钢板支撑着。这座小城的两边是更高大的建筑。它们有着沉重的木门,高高的窗户,还有垛墙,就像维多利亚时期的城堡。它们总让我想起塔丘,我不得不转开目光。

离最近的小屋有几英尺的地方,一群身形优美的人站在一个露天的舞台上。他们周围已经摆满了蜡烛,照亮了他们戴着面具的脸。舞台下面传来小提琴的声音。是通灵人的音乐,这种音乐只有传音师能够演奏。一大群观众正抬头看着他们。每个观众都穿着红色的短袍和黑色的马夹衫。

那些人开始翩翩起舞,仿佛他们正是在等待我们的到来。他们都是通灵人;事实上,这里的每个人都是通灵人——舞者、观众,每个人。在我的一生中,我从来没在一个地面见过这么多通灵人如此宁静平和地站在一起。舞台周围一定聚集了上百名观众。

这不是在地铁隧道里的秘密集会,也不是赫克托那残酷的犯罪集团。这里发生的事情绝对与众不同。当塞巴想抓住我的手时,我无法甩开他。

表演持续了好几分钟。不是所有观众都在集中精力观看表演。有些人正在交头接耳，其他人则在嘲笑舞台上的人。我很确定我听到有人说"懦夫"。在舞蹈表演结束后，一个穿着黑色紧身连衣裤的女孩走上来，爬上了一个更高的平台。她的黑发在脑后挽成一个光滑的发髻，面具是金色的，还带有一双翅膀。她在那里站了一会儿，静如止水——然后，她从平台上跳起，抓住两条长长的从索具上垂挂下来的红色帷幔。她将腿和胳膊缠绕在帷幔上，爬上了二十英尺的高空，然后展开四肢，摆了一个漂亮的姿势。她获得了观众稀稀拉拉的掌声。

我的大脑还是被药物搞得晕乎乎的。这难道是某种通灵人的邪教组织？我还听说过更诡异的事情。我强迫自己研究着街道。有件事是可以肯定的：这里不是新伦敦。这里完全没有新芽帝国存在的迹象。巨大的古老建筑、公开演出、煤气灯和鹅卵石街道——就像回到了从前。

我终于弄明白我在哪里了。

每个人都听说过失落之城——牛津。它已经被写入新芽帝国的教学课程。在1859年的秋天，大火将这座大学毁于一旦。残存下来的部分被归为A类限制区。因为害怕某种未知的污染，执政府不允许任何人踏足此地。新芽帝国已经把它从地图上抹去了。我曾经在贾克森收藏的文件中读到过，在2036年，一个来自《怒吼男孩》的勇敢的记者试图驱车前往那里，扬言要写一篇曝光文章，但他的汽车被狙击手赶走了，从此再也没人见过他。廉价小报《怒吼男孩》也同样迅速地消失了。为了掩盖新芽帝国的秘密，这种情况太常见了。

一叶兰转头看着我们。黑暗让我们很难看清她的脸，但那双黄色的眸子还在燃烧着。

"不要目不转睛地盯着看，这不合礼数，"她说，"而且，你们不会想在演讲上迟到的。"

然而，我们还是情不自禁地盯着翩翩起舞的人群。我们跟着她，但她并没有阻止我们看表演。

我们排着队跟在一叶兰后面，最后来到一扇巨大的锻铁双开门前。两个男人打开了门锁，他们长得都很像我们的向导：同样的眼睛，同样如缎子般光滑的皮肤，同样的"气"。一叶兰从他们身边翩然走过。塞巴的脸色开始变绿。当我们穿过那栋建筑的庭院时，我紧握住他的手。对我来说，这个黑蒙人本无足轻重，但他看起来实在是太脆弱了，我无法撇下他一个人。那个手相师还在以泪洗面。只有神谕师看起来无所畏惧，压着指关节。在我们前进的时候，有其他几队穿白衣的新人加入我们。他们中大部分看起来都很害怕，但有些则显得兴奋不已。随着汇入大部队中，我们的队伍凑得更紧了。

我们像羊群一样被赶到了一起。

我们涌进了一个高耸而狭长的房间里。橄榄绿的书架从天花板一直延伸到地面，上面摆满了古老而美丽的书籍。在一堵墙上，十一块染色玻璃窗依次排开。屋里的装修风格非常古典，用料石铺成的地板上镶嵌着斜纹的图案。俘虏们推搡着排成几排。我站在朱利安和塞巴之间，所有感官都高度紧张，随时待命。朱利安也非常紧张。他的目光从一个白衣俘虏转向另一个，打量着他们每个人。这是一个真正的大熔炉：各种通灵人的样本库，从占兆师和占卜师，到灵媒和传导师，应有尽有。

一叶兰已经离开了我们。现在，她站在一个基座上，和其他八个人在一起，我猜那些人是她的拉菲姆同胞。我的第六感开始震颤起来。

我们聚集到一起后，死一般的寂静席卷了整个房间。一个女人独自走上前。然后，她开始说话。

第 4 章
暗影演讲

"欢迎来到冥城 I 号。"

演讲者大概有六英尺半那么高。她的容貌匀称得近乎完美:一个又长又直的鼻子,高耸的颧骨,深邃的眼睛。烛光穿过她的头发,照射在她闪耀的肌肤上。就像其他人一样,她穿了一身黑,只有袖子和衣服的侧面镶着金边。

"我是娜什拉·尾宿五[①],"她的声音既冷酷又低沉,"我是拉菲姆族人的血继宗主。"

"这是开玩笑吗?"有人低语道。

"嘘……"另一个人让他安静下来。

"首先,我为你们一开始在这里所遭受到的折磨,特别是那些先被安置在塔丘里的人,向你们道歉。当被召集到我们的队伍里时,大多数通灵人都以为他们会被处死。为了确保他们能被安全地直接运送到冥城 I 号,我们使用了流体 14。在注射了镇静剂之后,你们被放在一辆地铁上带往一个拘禁处,被监禁在那里。你们的衣物和随身物品都已经被没收。"

我一边听一边审视着这个女人,并透过以太世界观察她。她的"气"不像我以前感受到的任何一种。我真希望我能够看到它。她仿佛收集了好几种不同类型的"气",并把它们融合到一起,变成了一种奇特的能量场。

不止如此,她的"气"还有一些别的特异之处:一个冰冷的边

[①] 娜什拉(Nashira)是摩羯座中的一个星宿,也被称为垒壁阵三。尾宿五(Sargas)是天蝎座中的一个星宿。

缘。大多数"气"会释放出一种柔和温暖的信号,让我感觉就像刚刚路过了一个小型取暖器,然而这股"气"却让我感到深深的寒意。

"我能理解你们看到这座城市时的惊讶之情。你们可能知道它叫'牛津'。在两个世纪前,在你们所有人都还没出生以前,你们的政府就拒绝承认它的存在。在一场突然爆发的大火之后,政府认为应该对其进行检疫隔离。这只是一个谎言。它是故意被封存起来的,这样我们拉菲姆人就能把它变成我们的家园。

"我们在两个世纪前来到了这里,在1859年。那时候,你们的世界已经到达了我们所谓的'灵化临界点'。"她揣摩着我们的表情,"你们中大多数人都是通灵人。你们知道有知觉的灵魂存在于我们的周围,无处不在,它们要么太懦弱,要么太固执,不愿去以太世界的中心面对它们真正的死亡。你们能与它们交流,而作为回报,它们会指引或保护你们。然而,这种联系是要付出代价的。如果现实世界中游魂的数量过剩,就会让以太世界产生深深的裂缝。当这些裂缝变得太宽时,灵化临界点就会被打破。

"当地球的临界点被打破,它就会被暴露在一个更高的维度中,所谓的'黄泉世界',那是我们居住的地方。于是,我们就来到了这里。"娜什拉将目光对准我这排的囚犯。"你们人类犯过很多错误。你们让丰饶的地球尸横遍野,用游魂令它不堪重负。现在,它属于拉菲姆人了。"

我看了看朱利安,却恰恰从他的眼睛里看到了我自己的恐惧。这个女人一定是疯了。

沉默弥漫着整个房间。娜什拉·尾宿五吸引了我们的全部注意力。

"我的人民,拉菲姆人,都是通灵人。我们中没有黑蒙人。自从我们两个世界之间的裂缝形成以来,我们都被迫与寄生物种'艾冥'分享黄泉世界。它们是没有大脑的野蛮生物,喜食人肉。如果不是我们,它们早就越过临界点来到这里了。它们是来吃你们的。"

疯了,她一定是疯了。

"你们都是被我们雇用的人类抓过来的,他们被称为红衣行者。"娜什拉指着站在图书馆后面的一排男男女女,他们所有人都穿着深红色的外套。"我们到来之后，将许多有通灵能力的人类收入麾下。作为受到庇护的回报，我们会训练你们去消灭艾冥——维护'自然的'人口比例——这里类似于劳改营。这座城市就像是那些生物的灯塔，把它们从现实世界的其他角落里吸引出来。当它们攻破城墙时，我们会召集红衣行者来消灭它们。警报器会发出攻城的警报。这项工作有很高的伤亡率。"

还有一种很大的可能性，我心想，那就是：这一切都只是我的想象。

"你们是愿意接受我们提供的选项，还是新芽帝国提供的选项：吊死，或窒息而死？或者说，就像你们中的一些人经历过的那样，在塔丘里度过漫长而黑暗的岁月，等待着判决结果的到来？"

在我后面的队伍中，一个女孩开始低声啜泣。她身边的一个人对她嘘了一声。

"当然，我们不一定非得合作，"娜什拉沿着前排踱步，"当我们来到这个世界时，发现它非常脆弱。你们中只有一小部分是通灵人，稍微有点实用能力的人就更少了。我们本可以放任艾冥攻击你们人类。考虑到你们对这个世界的所作所为，我们有正当的理由这么做。"

塞巴紧紧地捏住我的手。我感到耳朵边一直有微弱的嗡嗡声。

这太可笑了。一个糟糕的恶作剧，或者是脑瘤的症状。是的，这肯定是脑瘤。新芽帝国正在试图让我们相信我们已经精神错乱了。也许我们真的疯了。

"不过，我们还是有怜悯之心的。我们同情你们，于是与你们的统治者进行交涉，开辟了这个小小的避风岛。他们给了我们这座城市，我们将之命名为冥城I号。他们每隔十年把一定数量的通灵人送到我们这里。我们主要的通灵人来源，从古至今都是首都伦敦。正是这座城市通过七十年来的努力，将新芽帝国的安全系统发展壮大了起来。新芽帝国极大地提升了通灵人被识别、转移，以及在一个新社会被改造的可能性，让他们远离所谓的黑蒙人。作为这项服务的交换条件，我们发誓不会毁灭你们的世界。相反，我们还打算接管它。"

我不太确定我是否能理解她的话，但有件事是昭然若揭的：如果她说的是事实，那么新芽帝国便只不过是一个傀儡政权，是从属机构。而且它出卖了我们。

这并不令我们感到惊讶。

队伍后面的那个女孩再也忍受不了了。随着一声不安的尖叫,她突然向门口冲去。

她不可能跑得过子弹。

尖叫声开始在四处此起彼伏。鲜血也流淌开来。塞巴的指甲深深地嵌进我的手里。在混乱中,一个拉菲姆人走上前来。

"安静。"

吵闹声立刻停止了。

鲜血在女孩的头发底下绽开一朵艳丽的花。她的眼睛还睁着,表情在不安和恐惧之间徘徊。

那个杀人凶手是人类,穿着红衣。他把左轮手枪放回皮套里,并把双手放到背后。他的两个同伴都是女孩,她们抓住尸体的双臂,并把她拖到了外面。"总是会有一个黄衣行者。"一个女孩说道,声音响得每个人都能听到。

大理石地板被弄脏了。娜什拉不带一丝感情地看看我们。

"如果还有人想逃跑,现在正是时候。请放心,我们会空出足够的墓地。"

没人敢动一下。

在随之而来的沉默中,我冒险瞥了基座一眼。一个拉菲姆人正在看着我。

他一定观察我有段时间了。他的目光直直地穿透了我的眼睛,仿佛就在等着我回看他,看我是否会表现出一丝异议。他的皮肤是较深的蜜金色,双眼皮下一双黄色眸子闪闪发亮。他是所有五位男性中最高的,有着粗厚的棕色头发,穿着带有刺绣的黑衣。围绕着他的是一股奇特而柔和的"气",被房间中其他人的"气"掩盖住了,有些不起眼。他是我所见过的最美丽也是最可怕的事物。

一阵痉挛撕裂了我的内脏。我急忙将目光转回到地面上。他们会开枪射击我吗?就因为我盯着他们看?

娜什拉还在继续演讲,同时在队伍中来来回回地走着。"多年以来,通灵人已经发展出很强的实力。你们是幸存者。你们站在这里,这就是不争的事实。你们逃避追捕那么长时间，这就证明了你们都有很强的适应能力。在阻挡艾冥的入侵方面，你们的天分是非常珍贵的。正因如此，我们十年如一日，尽可能多地收集像你们这样的人，先把你们关在塔丘里，然后等待着你们被从新芽帝国运送到这里。我们称每十年的收获时节为'骸骨季'。现在是第二十个'骸骨季'了。

"在一定的时候，你们会得到一个身份识别码。你们中的通灵人现在就会被分配给拉菲姆监护人。"她指指她的同伴，"在所有事情上，你们的监护人等同于你们的主人。他们会测试你们的能力，并评估你们的价值。如果你们中有任何人表现出胆怯，就会穿上黄色的短袍，那是懦夫的标志。你们中有些人是黑蒙人——也就是说，少数人并不知道我在说些什么。"她补充道："那些人将被安排在我们的公馆里工作，为我们服务。"

塞巴似乎已经无法呼吸了。

"如果你们没有通过第一场测试，或者两次穿上了黄色短袍，就会被转给监管人照看，他会把你们塑造成演员。演员是为我们以及我们的雇佣兵提供娱乐节目的。"

我对这个二选一感到十分震惊：马戏团小丑或是强征入伍。我的嘴唇开始颤抖，空着的那只手攥成了拳。我想过通灵人被带到这里的各种理由，但完全没想到这一出。

贩卖人口，不，贩卖通灵人。原来，新芽帝国是送我们来当奴隶的。

一些人正在哭泣，其他人则站在那里，还没从恐惧中缓过神来。娜什拉看起来并不在意。当那个女孩死去时，她甚至没有眨一下眼睛。事实上，她从不眨眼。

"拉菲姆人不会宽恕任何人。那些能适应这个体系的人会得到嘉奖，无法适应的人会受到惩罚。我们没人希望这种情况发生，但是，如果你们敢对我们不敬，就得吃苦头。现在，这就是你们的生活。"

塞巴昏了过去。朱利安和我将他夹在我们之间，撑住他的身体，但他还是沉得像尸体。

那九个拉菲姆人从基座上走下来。我保持颔首低眉。

"这些拉菲姆人自愿担当监护人，"娜什拉告诉我们，"他们会决定自己希望收养你们中的哪些人。"

九人中的七个开始在房间里走来走去,在队列中穿梭。最后一个人——我之前看的那个——和娜什拉待在一起。我不敢看朱利安,但还是低声说道:"这不可能是真的。"

"看看他们,"他几乎没动嘴唇,我们虽然在塞巴的两边,却还是离得足够近,能让我听到他说话,"他们不是人类,他们来自别的地方。"

"你的意思是'黄泉世界'?"一个拉菲姆人从我身边经过,我立刻闭上了嘴。然后又继续说道:"唯一的异度空间只有以太世界,别无其他。"

"以太世界是与物质世界平行存在的——两者都是我们身处的世界,而不是我们之外的世界。这个黄泉世界绝对没有那么简单。"

我突然在心中爆发出一阵疯狂的大笑。"新芽帝国已经失去了理智。"

朱利安并没有回答。一个拉菲姆人穿过整个房间,抓住了卡尔的胳膊肘。"XX-59-1,"她说,"我宣布你属于我。"当卡尔被带到一个基座上时,他吞了一下口水,但还是保持了勇敢的表情。等他被安置在那里之后,那个拉菲姆人又立即继续在房间里绕圈,就像抓福手在寻找一个有钱的目标。

我很好奇他们是以何种标准挑选我们的。卡尔这么快就被选中,这是一件坏事吗?

时间一分一秒地过去了。队伍在逐渐缩水。那个传音师——现在是 XX-59-2——加入了卡尔那一队。那个神谕师跟一叶兰走了,他看起来对这个程序漠不关心。一个面相凶残的男人把手相师拖到了他的基座上。手相师开始大哭,一遍又一遍地喘着气说道:"求你了。"怎奈徒劳无果。很快,朱利安也被选中了,他是 XX-59-26。他向我使了个眼色,点点头,然后跟随他的新监护人去到基座那边。

又有十二个名字变成了编号,总数已到达三十八人。最后,我们有八个人被留下了:六个黑蒙人,一个译师和我。

必须有人选择我。有好几个拉菲姆人已经检查过我了,近距离地审视过我的身体和双眼,但没人声明想要我。如果我没被选中的话,将会发生什么?

那个译师——梳着玉米辫子头的小男孩——被一叶兰带走了。他是第三十九个。现在,我是仅剩的一个通灵人了。

那些拉菲姆人都看向娜什拉。她看看我们这些剩下的人。我的脊椎突然像绳子般抽紧了。

那个曾经观察过我的男人走上前来。他没有说话,但他凑向了娜什拉,然后他的头向我这边歪了歪。娜什拉的双眼掠过我的脸。她举起一只手,并对我弯曲一根纤长的手指。就像一叶兰一样,她也戴着黑色的手套。他们所有人都戴了手套。

塞巴还是没有恢复意识。我想让他慢慢滑到地面上平躺着,但他还是紧紧抓住我的手不放。一个黑蒙男人注意到我的窘境,把他从我的手臂上拉开。

当我穿过大理石地面,停在那两个人面前时,每双眼睛都盯着我。从近处观察,娜什拉看起来高了很多,而那个男人比我足足高了一英尺。

"你的名字?"

"佩吉·马霍尼。"

"来自哪里?"

"第一军区。"

"那不是你的出生地。"

他们一定是看过我的档案记录了。"爱尔兰。"我说。整个房间的人都打了个冷战。

"新芽帝国统治下的贝尔法斯特?"

"不,是爱尔兰的自由区。"有人喘着气说道。

"我知道了,原来是一个自由的灵魂,"娜什拉的眼睛发出生物性的荧光,"我们被你的'气'迷住了。告诉我:你是什么?"

"一个无名小卒。"我说。

在她的注视下,我感觉浑身冰冷。

"我有个好消息要告诉你,佩吉·马霍尼,"娜什拉把一只手放到她同伴的手臂上,"你已经吸引了血继配偶的注意。大角星①,娄宿

---

① 大角星(arcturus),是牧夫座中最亮的星,也是北半球夜空中最亮的恒星,亮度排名第四,呈橘黄色。

二①家族的守护官。他已经决定当你的监护人了。"

那些拉菲姆人都面面相觑。他们没有开口,但他们的"气"产生了波动。

"他竟然对一个人类感兴趣,这很少见。"娜什拉说,她的声音非常轻,仿佛正在托付给我一个应该严格保守的秘密。"你非常非常地幸运。"

我并没觉得自己有多幸运。我想要作呕。

血继配偶俯下身,与我平视,我俩之间的身高差距可不是一点点。我无法将目光移开。

"XX-59-40,"他的声音既深沉又温柔,"我宣布你属于我。"

于是,这个男人变成了我的主人。我直视着他的眼睛,虽然我不应该这么做。我想知道我的敌人长什么样。

最后一个通灵人已经被选走了。娜什拉提高嗓音,对那六个黑蒙人说道:"你们六个等在这里。我们会派一个护卫过来,带领你们去营房。你们剩下的人将会跟着你们的监护人去他们的公馆。祝你们所有人好运,并且请记住:你们必须为你们在这里做出的选择负责。我只希望你们能做出正确的选择。"

说着,她转过身走远了。两个红衣行者紧跟在她身后。我被留下和我的新监护人站在一起,完全不知道该作何反应。

大角星向门口走去。他用一只手做了个手势,示意我跟着他。看我没有立刻跟上,他停下来,等待着。

每个人都在盯着我看。我感到头晕目眩。我只看到红色的衣服,然后是白色的。我终于迈步跟在了他后面。

第一道曙光染上了塔尖。通灵人跟在他们的监护人后面,走出了大楼。他们一般都是三四个人一组,只有我有专属的监护人。

大角星走过来,站到我身边。他离得太近了,我的后背不禁感到一阵紧绷。

"有一点你应该知道:在这里,我们白天睡觉。"

---

① 娄宿二(Mesarthim),白羊座中的一颗星,Mesarthim 这个词可能来自于希伯莱语,意思为"管理者"。

我什么也没说。

"你也应该知道,我不习惯接收房客,"用这个词形容囚犯堪称精彩,"如果你通过了测试,就会和我长期住在一起。如果你没有通过,我只能被迫赶你走。街上可不那么好混。"

我还是什么也没说。我知道街上并不好混。不过,它们不可能会比伦敦的街道糟糕太多。

"你不是哑巴,"他说,"说话呀。"

"我不知道我可以不经允许就开口说话。"

"我允许你说话。"

"没什么可说的。"

大角星审视着我。他的眼睛里充满了致命的怒火。

"我们被安置在莫德林学院,"他转身背对着破晓,"我猜你应该还有足够的力气走路,对吗,小丫头?"

"我能走。"我说。

"很好。"

于是,我们出发了。我们走出了大楼,来到了街上,在那里,危险的表演已接近尾声。我在舞台边上看到那个柔术演员正在把她的绸带塞进包里。她迎上了我的目光,然后又转开了视线。她既有纸牌占卜师那种精致的"气",也有囚犯的淤伤。

莫德林学院是一座宏伟壮观的建筑。它来自一个不同的时代,一个不同的世界。它有一座小教堂和几座钟楼,还有高高的玻璃窗,里面有火炬燃烧着熊熊火光。当我们经过一扇小门时,一座钟正好敲响了五下。然后,我们穿过一连串走廊,一个穿红短袍的男孩看见我们,鞠了一躬。接着,我跟着大角星进入黑暗中。他踏上了一条盘旋而上的石头楼梯,并停在一扇沉重的大门前,然后用一把小小的铜钥匙打开了锁。"我们到了,"他对我说,"这里将会成为你的新家。创始人之塔。"

我往自己的牢房里看去。

门后是一个巨大的长方形房间,里面的陈设布置堪称豪华。墙壁是白色的,装饰简洁。上面只挂着一个纹章,顶上有三朵花,下面是一个黑白相间的图案，一个倾斜的棋盘。每扇窗户的两边都垂挂着厚重的红色窗帘，透过窗户可以俯瞰庭院。两把扶手椅正对着一个正在使用的华丽壁炉，一张红色的沙发床放在角落里，上面堆满了丝质靠垫。在它旁边，还有一个落地大座钟靠墙摆放着。在一个红木写字台上，一台留声机正在播放着《黑色星期天》。一张奢华的四柱床边放着一个优雅的床头柜。我的脚下是一块图案繁复的地毯。

大角星锁上了门。我看着他把钥匙收了起来。"我对人类几乎一无所知。当你有什么需求的时候，必须要提醒我，"他在桌子上敲击着手指，"这里放的是药物。每天晚上你要把每种药都吃一片。"

我什么也没说，但我大致浏览了一下他的梦景。古老而奇特，因为时间的沉淀而变得坚硬。以太世界里的一盏魔灯。

I-4区的那个陌生人很可能就是他们中的一员。

我能感觉到他的眼睛正在解读我的表情，揣摩我的"气"，试图弄清楚他给自己带来了什么麻烦。或者说，还有什么他刚刚没发现的宝藏。这个想法又激起了我的另一股恨意。

"看着我。"

这是一个命令。我抬起下巴，迎上他的目光。如果我让他看出他把我搅得心慌意乱，我还不如死了算了。

"你并没有看见灵魂的能力，"他观察着，"在这里，那是一个弱点。当然了，除非你拥有一些其他能力作为补偿。也许是一种更强大的第六感。"

我没有回答他。至少拥有一半的灵视能力，这一直是我的梦想。然而，我依然看不见灵魂。我无法看到以太世界的一丝微光，我只能感觉到它们。贾克森从没觉得这是弱点。

"你有什么问题吗？"他那双毫无情感的眼睛扫视着我脸上的每一寸肌肤。

"我在哪里睡觉？"

"我以后会为你准备一个房间。现在，你就睡在那里吧，"他指指那张沙发床，"还有别的问题吗？"

"没了。"

"明天我会出去。当我不在的时候，你可以自己熟悉一下这座城市。每天黎明之前,你就得回来。如果你听到了警报器的声音,也要立即回到这个房间。如果你偷了,碰了,或乱动了任何东西,别以为我不知道。"

"是,先生。"

然后,那位先生就悄然离去了。

"吃了这个,"他带着一粒胶囊回来了,"明天晚上再吃第二粒,和其他药片一起吃。"

我没有接过他给的胶囊。大角星没有看我,从一个玻璃水壶里倒了一杯水。他把玻璃杯和胶囊递给我。我舔湿了自己的嘴唇。

"如果我不吃的话,会怎么样呢?"

一阵漫长的沉默。

"这是命令,"他说,"不是请求。"

我的心突突直跳。我用指尖转动着这粒药丸。它是橄榄绿色的,夹杂着些许灰色。我吞下了它,尝起来味道很苦。

他送上了那个玻璃杯。

"还有一件事,"大角星用他空着的一只手抓住我的后脑勺,让我转过来面对他,一股冰冷的震颤沿着我的脊椎骨往下一直延伸,"你只能用我的正式头衔'守护官'来称呼我,明白了吗?"

"是。"我强迫自己这样说道。他直直地盯着我的眼睛,仿佛想将这句话牢牢地刻在我的颅骨上,然后才松开手。"等我回来后,我们就会开始对你的训练,"他向门口走去,"睡个好觉。"

我无法控制自己,发出既低沉又苦涩的大笑。

他半转过头来,我面无表情地注视着他的眼睛。他没有再多说什么,就锁上门走了。

第 5 章
蝇之众生

一轮红日透过窗户照进来。阳光把我从深沉的睡眠中唤醒。我的嘴里有股怪怪的味道。有一阵子,我还以为我又回到了 I-5 区的卧室里,远离老贾,远离工作。

然后,我记起来了。骸骨季。拉菲姆人。一声枪响和一具尸体。

我肯定不在 I-5 区。

垫子散落一地,是晚上被我丢下去的。我一边揉着僵硬的脖子,一边开始打量我周围的环境。我的后腰隐隐作痛,头隆隆作响。就像尼克所说的,这是我的"宿醉"症状之一。哪儿都看不到大角星,也就是守护官。

留声机还在悲戚地唱着歌。我立刻认出了这是圣桑的《骷髅之舞》①,并提高了警惕:老贾脾气特别差的时候就会听这首乐曲,通常是在灌下了一杯佳酿之后。这首曲子总会让我浑身发毛。我关掉了留声机,拉开窗上的帷帘,往下俯瞰着朝东的庭院。在一扇巨大的橡木双开门旁边,有一个拉菲姆守卫在站岗。

一套全新的制服躺在床上,我在枕头上发现了一张字条,用粗黑体的草书写着:

等到钟声响起。

我开始回忆演讲的内容。没人提到过钟声。我把纸条在手里攥成

---

① 圣桑的交响诗《骷髅之舞》又名《死之舞》,完成于 1874 年,1875 年在巴黎首次上演,是作者所作的四部交响诗中最负盛名的作品。乐曲是根据法国诗人亨利·扎里斯的一首奇怪的诗写成的。

小球,并扔进了炉膛里,那里还有一些其他等待被烧掉的纸片。

我花了几分钟彻底搜查了房间,检查了每个角落。这里的窗户上没有栅栏,但无法打开。墙上没有隐藏的接缝或活动板。这里还有两扇门,一扇隐藏在厚厚的红色帷幔后面——而且被锁上了。另一扇则通向一个巨大的卫生间。我没有找到电灯开关,就拿着一盏煤油灯走了进去。浴缸和图书馆的地板一样,也是用黑色大理石制成的,围着一圈半透明的浴帘。一面饰有金边的镜子几乎占据了一整堵墙。我先走到镜子面前,好奇地想看看我那遭到毁损的生活是否反映在了我的脸上。

并没有。除了嘴唇破了之外,我看起来和被抓之前别无二致。我坐在黑暗中,陷入沉思。

早在1859年,刚好是两个世纪以前,拉菲姆人就开始了他们的交易。如果我没有记错上课内容的话,那是巴麦尊勋爵①执政时期。还要过很久,一直要到1901年,君主政体才会走向终结,一个全新的英格兰共和国掌权,并对反常能力者宣战。共和国对整个国家进行了将近三十年的强行洗脑和政治宣传,然后在1929年,其更名为"新芽帝国"。就在那时,他们选举出了第一个审判者,伦敦变成了新芽帝国的第一个要塞。所有这些都在暗示我,在某种程度上,拉菲姆人的到来促成了新芽帝国的建立。所有关于反常能力者的胡说八道,只是为了满足这些来路不明的生物的欲望。

我深深地吸了一口气。肯定还有更多内幕,毫无疑问。不知怎么的,我就是这么觉得。我的首要任务就是从这里逃出去。在我行动之前,我会搜遍这里寻找答案。我不能就这样逃走了,至少不是现在,因为我已经知道通灵人会被送到哪里。我无法忘记我近来的所见所闻。

首先,我要找到塞巴。虽然他没有通灵能力,既无知又恐惧,但他只是一个孩子,他不应该承受这些。一旦我确定他所处的位置,我就会去找朱利安,以及其他在第二十个骸骨季抓来的犯人。我想要知

---

① 亨利·坦普尔(Henry John Temple),第三代巴麦尊子爵,英国政治家,两度拜相,以"巴麦尊勋爵"一名著称。

道更多关于艾冥的情况，而且，在我的监护人回来之前，他们是我唯一的消息来源。

塔上的一座钟响了起来，接着另一座也应声附和，更洪亮的钟声在远处响起。等到钟声响起。这一定是指宵禁的钟声。

我把煤油灯放到浴缸的边上，一边把冰凉的水洒在脸上，一边思考着我有哪些选项。最好还是暂时跟拉菲姆人合作。如果我能尽量活得久些，就能试着与老贾联系。老贾会来找我的。他从不会抛下任何一个通灵人。不管怎样，至少不会抛下他雇用的通灵人。我不止一次见过他眼睁睁地看着街头艺人死去。

房间里更暗了。我拉开写字台中间的那个抽屉。里面是三包吸塑包装的药片，我可不想吃下它们，但我觉得他会清点药片的数量，以确保我按时吃了。除非我把它们扔了。

我从每包里抠出一粒药片。有红色、白色和绿色的。上面都没有标签。

这座城市里充满了非人类，充满了我不理解的事物。这些药片可能是为了保护我免受某些伤害：毒素、辐射——还有新芽帝国警告过我们的其他污染。也许这不是一个谎言，也许我应该吃了它们。不然，等他回来的时候，我就玩完了。

不过，他现在不在这里。他看不见我。我把三种药片全都倒进水槽里冲掉了。让他自己去吃那些药片吧，吃到噎死为止。

当我试着推开门时，发现它没有上锁。我走下石头台阶，回到了走廊里。这座公馆非常庞大。通向大街的门边，有一个骨瘦如柴的女孩子，她有着粉红色的鼻子和脏兮兮的金发，取代了之前穿红衣的男孩。当我接近的时候，她从前台后面抬起头来。

"你好，"她说，"你一定是新来的吧。"

"是的。"

"好吧，你已经在一个伟大的地方开启了你的旅程。欢迎来到莫德林学院，冥城I号最好的公馆。我是XIX-49-33，夜班门卫。有什么可以帮你的吗？"

"你能让我出去吗？"

"你获得了许可吗？"

"我不知道。"我也不关心。

"好的,我会查一下,"她的微笑变得有些紧绷,"我能知道你的号码吗?"

"XX-59-40。"

那个女孩查看了她的分类账。当她找到正确的那页时,她抬起头并瞪大了眼睛看着我。"你是守护官领养的那个人。"

好吧,也可以称之为领养吧。

"以前他从不接受人类房客,"她继续说道,"在莫德林也没有多少人这么做。在大多数情况下,拉菲姆人只有一些人类助手。能寄宿在他家,你非常幸运,你懂的。"

"别人也这么说,"我说,"关于这个地方,我有些问题,如果你不介意的话……"

"说吧。"

"我从哪里能拿到食物?"

"关于这点,守护官留下了字条,"她把一些磨钝的针、廉价的锡指环和顶针倒在我的掌心里,"看,它们是守护符。哈莱人总是需要它们。在外面的小摊上,你能用它们换取食物——都是一些违章食品摊,你懂的——但这不太好。如果我是你,我情愿等监护人带食物给我。"

"他有可能这么做吗?"

"也许吧。"

好吧,现在一切都清楚了。"那些摊点在哪里?"我问道。

"在'大路'上。从莫德林出去后第一个路口右拐,然后下一个路口再左转。你会看到它的。"她把分类账又翻到了新的一页。"记住,在未经允许的情况下,你绝不能逗留在公共区域,或者进入其他公馆。除了你的制服以外,也不要穿任何别的衣服。哦,对了,你必须在黎明之前准时回来。"

"为什么?"

"好吧,拉菲姆人都在白天睡觉。我猜你应该知道,太阳下山之后,灵魂更容易被看见。"

"这能让训练变得更容易。"

"完全正确。"

我真的不喜欢这个女孩。"你有监护人吗？"

"是的，当然。这会儿他出去了，你懂的。"

"去哪儿了？"

"我不知道，但我确定是为了某件重要的事情。"

"我明白了，谢谢。"

"不客气，祝你度过一个美妙的夜晚！并且请记住，"她补充道，"不要越过那座'桥'。"

好吧，有人已经被洗脑了。我笑了笑，就告辞了。

当我离开公馆时，呼吸中已经带了雾气。我开始想知道我让自己陷入了何种麻烦。守护官，他的名字被低声说出，就像一句祷文，一个承诺。为什么这个人与众不同？血继配偶到底是什么意思？我向自己保证，我以后会查清楚它。眼下我要吃点东西，然后去找塞巴。至少我回来的时候有个睡觉的地方，他可能没那么幸运。

天上降下一层薄雾。这座城市看起来没有通电。在我左边是一座石桥，两边分别有一排煤气灯。这一定是我不能跨越的那座桥。一排红衣守卫堵住了通向外面世界的路。见我没有离开，十名守卫都拿枪对着我。是新芽帝国的武器，军用级别的。在这十个人的目光的注视下，我转身开始探索这座小城。

街道与莫德林的庭院是平行的，被一座高墙分隔开来。我穿过三道沉重的木门，每扇门都由一个穿红色短袍的人守护着。墙的顶端布满铁钉。我低着头，走向了 33 号所指的方向。下一条街和第一条街一样荒无人烟，没有煤气灯照亮我前行的路。当我从黑暗中走出来时，双手冻得生疼，我发现自己来到了一个类似市中心的地方。左边有两座巨大的建筑直冲云霄。离我最近的那座有许多柱子和一面装饰华美的山形墙，就像第一军区的大博物馆。我从它旁边走过，来到了"大路"。在那里，每个台阶和窗台上都放着装饰小蜡烛。人类活动的声音充斥着整个夜晚。

快要散架的货摊和小食品摊就搭在街道中心，被肮脏的灯笼照亮。它们都只剩个骨架子，显得阴郁沮丧。在它们两边，是一排排的简陋的屋子、窝棚，以及用瓦楞钢板、胶合板和塑料建造的帐篷——

这里是市中心的贫民窟。

这里还有警报器。这是一台古老的机械模型，上面有一只张开的喇叭。它并不像守夜人哨站那种设计在国家紧急中使用的如蜂巢般的电子集成设备。我希望我永远不要听到那个声音从旋转器响起。我最不想要的就是被某种食肉的杀戮机器追得到处跑。

烤肉的香味吸引我走向贫民窟。我的胃因为饥饿而收紧。跟随着我的鼻子，我走进一个黑暗封闭的通道。那些窝棚似乎都是被一连串胶合板通道连接在一起的，上面用一片片废金属和布料打着补丁。它们几乎都没有窗户，作为替代在里面点着蜡烛和煤油灯。我是唯一穿白色短袍的人。这些人都穿着肮脏破烂的衣服。他们脸色萎黄，毫无光彩，双眼死气沉沉，充满血丝。没有一个人看起来是健康的。这些人一定都是演员——没有通过测试的人类，被迫在整个余生中都要为拉菲姆人提供娱乐消遣，在他们死后很可能也是如此。他们中大多数人都是占卜师或占兆师，通灵人中最普遍的类型。有些人瞥了我一眼，但很快转开了目光。好像他们不想有太久的眼神接触。

香味的源头是一个巨大的正方形房间，瓦楞钢板屋顶上有一个洞，让烟和蒸汽能够散发出去。我坐到一个黑暗的角落里，尽量不引人注目。那里的肉被切成了很薄的一片片，还带着粉红色，非常嫩。演员们分发着一盘盘肉、蔬菜和从银色汤碗里舀出来的奶油。人们正在食物上努力战斗着，尽量把它们塞进嘴里，滚烫的汁水从他们的指间淌下来。在我开口之前，一个通灵人把一个盘子塞到了我手上。他瘦得皮包骨头，穿的充其量只能说是破布条。他厚厚的眼镜片基本上都被刮花了。

"梅菲尔德还在斯塔奇街吗？"

我挑起一边眉毛。"梅菲尔德？"

"是的，亚伯·梅菲尔德，"他一个字一个字地说出这个名字，"他还在执政府吗？他还是最高审判者吗？"

"梅菲尔德死了好多年了。"

"那现在是谁？"

"弗兰克·韦弗。"

"哦，很好。你有没有带一份《继承者日报》过来？"

61

"他们没收了所有东西，"我四下张望，想找个坐的地方，"你真的认为梅菲尔德还是审判者？"审判者的身份是无人不知、无人不晓的。斯嘉丽·布厄内许让每个人都知道这一点，韦弗是新芽帝国的心脏和灵魂。

"好吧，别在我面前摆架子了。我凭什么应该知道？我们十年才看一次新闻。"他紧抓住我的手臂，把我带到一个角落里，"他们将《怒吼男孩》复刊了吗？"

"没有。"我试图让我的手臂挣脱出来，但他钳制得很紧。

"辛纳屈还在黑名单上吗？"

"是的。"

"真令人羞耻。跳蚤窝怎么样了？他们找到它了吗？"

"西里尔，她才来。我觉得她想要找些东西吃。"

有人已经注意到了我的困境。西里尔骂了说话者，那是一个年轻女子，抱着胸，下巴高高抬起。"你真是个彻头彻尾的臭吝啬鬼，雷默尔。你今天又抽到一张宝剑十[①]了吗？"

"是的，当我想起你的时候。"

西里尔生起了气来，一把抢过盘子跑掉了。我想抓住他的衬衫，但他的动作比抓福手还快。那个女孩摇摇头。她的五官娇小灵动，在暗淡凌乱的黑色小卷发中被勾勒出来。她的口红非常显眼，就像皮肤上一道新鲜的伤口。

"你昨天晚上才听了演讲，小妹妹，"她的声音有些含糊，"你的肠胃还无法消化它。"

"我是昨天早上吃的东西。"我回答道。被这小个子女孩称作小妹妹，我不确定是否应该仰天大笑。

"相信我，那是因为流体的关系，它减毁了你的大脑，"她环视了整个房间，"快点，跟我走。"

"去哪儿？"

"我有一个牛栏。我们可以在那里聊。"

[①] 塔罗牌中的一张牌，描绘的是一个让人难以忘怀且不吉利的意象——一个人脸朝下趴在地上，背部和颈子共插了十把剑，远方有一丝曙光。它意味着某种状况的结束，以及另一种状况的开始。

我不太想跟陌生人走,但我必须找个人谈谈。我追上了她。

我的向导看起来认识每个人。她与各色人握手打招呼,常常会回头看我一眼,以确保我还跟在她身后。她衣服的状况显然比其他演员的要好。她穿着一件薄薄的灯笼袖衬衫,但对她的腿来说,裤子有些太短了,她一定非常冷。她拉开一条破破烂烂的窗帘。"快点,"她再次说道,"不然他们会看见的。"

窗帘后面的光线非常昏暗,不过一盏煤油炉驱走了阴影。我坐了下来。一堆肮脏的被单和一个垫子组成了一张简易的床。"你经常收留流浪者吗?"

"有时候吧。我知道你刚来时有多么震惊,"那个女孩坐到炉子旁边,"欢迎来到大家庭。"

"我是一个家庭的成员?"

"现在是了,姐妹。这不是那种类似邪教的家庭,如果你是这么以为的话,这只是一个为了保护大家而成立的家庭。"她的手指在火炉边忙碌着。"我猜你来自集团。"

"也许吧。"

"我不是,中央军区不需要我这种类型的,"她的唇边露出一个惨淡的笑容,"我是上次骸骨季来到这里的。"

"那是多久以前?"

"十年前,当时我十三岁。"她伸出一只满是老茧的手,过了一会儿,我握住了她的手。"莉斯·雷默尔。"

"佩吉。"

"XX-59-40?"

"是的。"

莉斯捕捉到了我的表情变化。"对不起,"她说,"习惯成自然了。或许,我也已经被洗脑了。"

我耸耸肩。"你的编号是多少?"

"XIX-49-1。"

"你是怎么知道我的号码的?"

她把一些灵魂进行了甲醇化,并注入炉子中。"在这么小的城市里,消息传得很快。我们无法获知外界的任何信息。他们不喜欢我们知晓自由世界正在发生什么,如果你能用'自由'来形容新芽帝国的话。"一团蓝色的火苗蹿了起来。"你的编号已经家喻户晓了。"

"为什么?"

"难道你没有听说过吗?大角星·娄宿二以前从不接受人类进入他的公馆。事实上,他对人类完全不感兴趣。在这里,这是一条大新闻,简直是脍炙人口,就差没登上廉价小报了。"

"你知道他为什么选择我吗?"

"我猜,最大的可能性是娜什拉的'灯子'照到了你。他是血继配偶——她的未婚夫。我们都不敢挡他的路。这并不是说他会离开自己居住的塔,让我们有机会挡他的路。"她把一个马口铁罐放到炉子上。"在我们好好聊聊之前,先给你准备点吃的吧。对不起,离我们上次在桌边吃饭,已经过去很多年了,我是指我们这些哈莱人。"

"哈莱人?"

"那是红衣行者或粉衣行者对演员的称呼。他们非常不喜欢我们。"

她加热了些肉汤,并把它倒进一个碗里。我给她一些戒指,但她摆摆手。"这是免费的。"

我喝了一小口肉汤。它味道寡淡,尝起来口感很差,但它是热的。莉斯看我将碗里的东西一扫而光。

"给你,"她递给我一大块不太新鲜的面包,"稀麦粥和干面包,你会习惯它们的。大多数监护人会故意忽略我们需要有规律地进食的事实。"

"那里有肉吃。"我用手指着中央的那个房间。

"那是在庆祝第二十个骸骨季,我就是用那里的肉汁做了这个麦片粥。"她给自己也倒了一碗,"为了保证自己免于挨饿,我们会依靠腐坏者的帮助。这些下脚料都是来自厨房的,"她说着,朝炉子和马口铁罐点点头,"他们原本只是为红衣行者烧饭的,但当他们有能力的时候,也会偷偷给我们带一些食物。话虽如此,自从一个女孩因此被抓到之后,他们就不太愿意帮我们了。"

"发生了什么事?"

"那个腐坏者被打得很惨。她供养的那个通灵人则受到了剥夺四天睡眠的惩罚。等到他们把他放出来的时候，他已经疯疯癫癫的了。"

剥夺睡眠。真是一种新奇的惩罚。通灵人的脑子需要在生与死两个层面上运作。这会非常累人。连续四天不睡觉会把通灵人逼疯。"那么，又是谁把食物运送到城里的？"

"不知道，也许是地铁吧。从伦敦到冥城I号的地铁。很显然，没人知道隧道的入口在哪里。"她把脚往炉子那边移动了一点，"你认为脑瘟的症状会持续多久？"

"永远。"

"是五天。他们让菜鸟们熬过五天的地狱生活，然后再给他们解毒剂。"

"为什么？"

"这样他们就能尽快认清他们的处境。在这里，你不过是一个数字而已，除非你争取到了属于你的颜色的衣服。"莉斯自顾自地喝起了那碗粥。"因此，你就出现在了莫德林学院。"

"没错。"

"你很可能讨厌听到这种说法，但你确实应该暗自庆幸。对于人类来说，莫德林是最安全的公馆之一。"

"那里有多少？"

"你是指人类？"

"不，公馆。"

"哦，对。嗯，每个公馆就是一个小社区。一共有七个为人类准备的公馆：贝列尔、圣体、埃克塞特、莫顿、奥瑞尔、王后，还有崔尼蒂。娜什拉住在宗主公馆里，就是你们听演讲的地方。然后，往南一点是'仓库'，还有'城堡'——拘禁处，以及这个垃圾场，鸦巢。这条路被称为'大路'，它与莫德林步行道是平行的。"

"那么除此之外呢？"

"荒郊野地。我们称之为'无人之地'。那里满是地雷和陷阱。"

"有人曾经尝试穿越它吗？"

"是的。"

她的肩膀突然紧绷起来。我又呷了一小口稀麦粥。

"塔丘那边怎么样？"

我抬起头看她："我没有去过塔丘。"

"你真是含着金汤匙出生的吗？"见我皱起眉头，莉斯摇摇头，"他们为十年一次的骸骨季收集通灵人。因此，我们中有些人在塔丘里待了十年，然后才被送到这里。"

"你在开玩笑吧？"这就解释了为什么有个可怜的傻瓜在里面待了九年。

"不开玩笑。在让我们听话的方面，他们非常狡猾。他们知道我们所有人的弱点，知道如何打垮我们。在塔丘里的十年会让任何人崩溃。"

"他们到底是什么人？"

"他们不是人类，除此之外我们一无所知，"她在面包上沾了一点稀麦粥，"他们的言行举止就像神灵，他们也喜欢被如此对待。"

"而我们是他们的信徒。"

"不只是他们的信徒。我们欠他们一条命。他们绝不会让我们忘记，是他们保护我们免遭嗡嗡兽的攻击，而这种奴役都是'为了我们好'。他们说，我们更愿意当奴隶，因为这总比死掉要好，也不用到外面遭受最高审判者的迫害。"

"嗡嗡兽？"

"也就是艾冥，那是我们对它们的称呼。"

"为什么？"

"我们一直这么称呼它们，也许是红衣行者先开头的吧。他们必须与它们战斗，击退它们。"

"多久一次？"

"这跟季节有关。在冬天，它们的攻击会更为猛烈。注意听警报器的声音。一声警报是用来召集红衣行者的，如果音调开始改变，我们就要逃回屋里。这意味着它们来了。"

"我还是不明白它们究竟是什么，"我撕下了一些面包，"它们是类似拉菲姆人的东西吗？"

"我听说过一些传闻。红衣行者喜欢吓唬我们，"火光在她的脸上跳跃着，"他们说，艾冥是形状完全不同的生物。只是靠近它们，你就会死。有些人说，它们能直接把你的灵魂从身体里扯下来。有些人称它们为腐烂的巨人,虽然我也不知道那是什么意思。其他人则说,它们是行走的骨架,需要皮肤来包裹自身。我不知道这些说法有几分真几分假,但可以肯定的是,它们吃人肉。它们对人肉上瘾。如果你在外面看到一些残缺的四肢,不必对此感到惊讶。"

我本应该已经吐了,然而恰恰相反,我却无动于衷。这听起来不像真的。莉斯伸出手来,调整了一下窗帘,把我们掩藏起来,不让外面的人看到。一堆五彩缤纷的丝绸吸引了我的视线。

"你是那个柔术演员。"我脱口而出。

"你觉得我表演得还不错吧?"

"非常精彩。"

"那就是我在这里赚取福钱的方式。我很幸运,很快就学会了这项技艺——我过去经常在低俗剧院附近进行街头卖艺。"她舔干净自己的嘴唇,"我看到你昨晚和一叶兰在一起,你的'气'是大家讨论的热点话题。"

我什么也没说。谈论我的"气"是很危险的行为,特别我和这个女孩还只是萍水相逢。

莉斯上下打量着我:"你能看见灵魂吗?"

"不行。"这是事实。

"那你是为什么被捕的?"

"我杀了人。一个地铁守卫。"这也是事实。

"怎么做到的?"

"小刀,"我说,"一时冲动。"这是个谎言。

莉斯意味深长地看着我。她拥有完全的灵视能力,是典型的占卜师。她可以看见我红色的"气",就像看我的脸那么清楚。如果她仔细研究过这个问题,她就会知道我是哪种类别的通灵人。

"我不这么认为,"她的手指在地板上连续敲击着,"你没让他流那么多血。"

作为一个占卜师,她是好样的。

"你不是神谕师,"她继续陈述道,更像是自言自语,而不是对我说的,"我见过一些神谕师。你太冷静了,不会是狂怒师。而且你肯定不是灵媒。因此,你肯定是……"她的眼神中流露出赞赏之情。"一个旅梦巫,"她又回过头来凝视着我的眼睛,"是吗?"
我与她四目相视。莉斯恢复了跪坐的姿势。
"好吧,问题解决了。"
"什么问题?"
"为什么大角星会选择你。娜什拉从没找到过任何一个旅梦巫,而她真的很想要一个。她希望你得到万全的保护。如果你是他的人,没人敢碰你。不过只要她觉得你有一丝的可能是旅梦巫,她就会把你生吞活剥。"
"她会怎么做?"
"你不会喜欢的。"
现在,我怀疑没有什么能吓到我了。
"娜什拉有一种天赋,"莉斯说,"你注意到了吗?她的身上散发着一股诡异的'气'。"我点点头。"她不只拥有一种能力。她能通过几种不同的方法与以太世界发生联系。"
"这不可能,我们都只有一种能力。"
"这就是你所相信的现实?忘了它吧。冥城I号有它自己的运行规律。现在就接受它吧,一切会变得容易得多。"她把伤痕累累的膝盖屈起,搁到下巴底下。"娜什拉有五个守护天使。不知怎么回事,她能让它们一直跟在她左右。"
"她是一个束缚师?"
"我们不知道。她以前肯定是一个束缚师,但她的'气'已经被改变了。"
"被什么东西?"
"被那些天使们。"见我皱起眉头,她叹了口气。"这只是一种推论。我们认为她能使用它们在活着时拥有的能力。"
"甚至是束缚师也做不到这点。"
"没错,"她瞥了我一眼,"如果你想听听我的建议,那就是:保持低调。千万不要透露你是何种类型的通灵人。如果她发现你是旅梦巫,你就会变成一堆白骨。"
我尽量让自己保持平静。在集团的三年让我习惯了危险,但这个地方则完全不同。我必须学会躲避新的威胁。"我怎么才能不让她发现这点?"

"有点困难。他们会对你进行测试,让你暴露自己的天赋。那就是衣服颜色的意义所在。你通过了第一个测试,就会穿上粉色的衣服;通过第二个测试,就会穿上红色的衣服。"

"但是,你没有通过你的测试。"

"我很幸运,现在我只需要对监管人负责。"

"你以前的监护人是谁?"

莉斯回头看看炉子。"南河二[①]·尾宿五。"

"他是谁?"

"另一个血继宗主。这里通常会有两个统治者,一位男性,一位女性。"

"但大角星是……"

"娜什拉的未婚夫。但他不是'血脉继承人',"她用一种厌恶的语调说道,"只有尾宿五家族的人能登基为王。两个血继宗主不可能成为一对伴侣——那就成乱伦了。大角星来自另一个家族。"

"因此他是血继宗主的丈夫。"

"血继配偶,一码事。还想要点稀麦粥吗?"

"可以了,谢谢!"我看着她把那个碗丢进一桶油汪汪的水里,"你是怎么输掉那场测试的?"

"我坚持了人类的立场,"她对我微微一笑,"拉菲姆人不是人类。不管他们看起来有多像我们,但和我们还是有本质的不同。他们这里什么都没有。"她用手指戳戳胸口。"如果他们想要我们与他们合作,就不得不夺走我们的灵魂。"

"怎么才能做到?"

在她回答之前,窗帘被扯开了。一个瘦高的男性拉菲姆人站在门口。

"你,"他对莉斯咆哮道,她立刻把双手捂到脑袋上,"赶快起来,穿上衣服。懒惰的垃圾。哟,还有个客人?你是女王吗?"

莉斯站了起来。她的所有力量都在瞬间烟消云散,只留下渺小和

[①] 南河二(Gomeisa)是小犬座中的一颗星。

脆弱。她摆了摆左手。"对不起，苏海勒①，"她说，"40号刚来这里。我想向她解释冥城I号的规矩。"

"40号应该已经知道冥城I号的规矩了。"

"原谅我。"

他举起一只戴手套的手，似乎想要打她，"到丝带上去。"

"我认为我今晚没有表演，"她回到了窝棚的角落里，"你跟监管人谈过了吗？"

我好好观察了一下质问她的人。他的身材很高，就像其他拉菲姆人一样，浑身散发金光，但他不像其他人喜欢露出空灵眼神。他脸上的每个皱褶里都充满了愤怒。

"我不需要与监管人谈，小提线木偶。15号的身体还是不舒服。红衣行者希望他们最喜欢的小丑能够代替他，"他用牙齿咬着嘴唇，"除非你希望和他一起进入拘禁处，否则在十分钟之内，你就要上场表演。"

莉斯畏缩了一下。她的背弓了起来，眼睛看向别的地方。"我明白了。"她说。

"真是一个好奴隶。"

在出去的时候，他把窗帘给扯了下来。我帮助莉斯把它们收整起来。她浑身颤抖着，纯粹是生理上的颤抖。

"那是谁？"

"苏海勒·太微右垣四②。虽然有油彩的掩盖，监管人其实也很紧张——如果我们做错了什么事，他必须负责向苏海勒解释。"她用袖子迅速擦了一下眼睛，"15号就是那个被剥夺睡眠的人，名叫乔丹。除了我之外，他是唯一的柔术演员。"

我从她的手上拿过窗帘。她的袖子被血弄黑了。"你把自己划伤了？"

"没关系的。"

"不，有关系。"流血永远不可能没关系。

---

① 苏海勒（Suhail），也叫天社一，是船帆座的一颗星。
② 太微右垣四（Chertan），狮子座中的一颗星。

"没事的,"她擦擦脸,在眼睛下方留下了红色的污迹,"他只是拿走了我的一部分'光'。"

"他什么?"

"他以我为食。"

我相信我绝对听错了。"他以你为食。"我重复道。

莉斯露出微笑。"他们忘记提到拉菲姆人以'气'为食了?他们经常会忘掉这点。"

她的脸上被弄得血迹斑斑的。我的胃一下子收紧了。"那是不可能的,'气'无法提供生命力,"我说,"它只能提供通灵能力。而不是……"

"它能为他们提供生命力。"

"但那意味着,他们不只是通灵人。他们肯定是以太的拟人化形式。"

"也许就是这样。"莉斯把一条陈旧的毛毯披在肩上。"这就是我们哈莱人在这里的原因。我们只是生产'气'的机器,拉菲姆人的饲料。但旅梦巫——你不会被当作食物,那是你的特权,"她看了看炉子,"除非你没有通过测试。"

我沉默了一会儿。拉菲姆人以气为食的想法很难让人接受。"气"是与以太世界连接的纽带,每个通灵人的"气"都不同。我无法想象他们是如何依靠它来生存的。

然而,这条新闻就像一道照进冥城Ⅰ号的曙光。那就是他们把通灵人关到羊圈中的原因。那就是演员虽然无法与艾冥战斗却没被杀死的原因。他们不只是想让演员们跳舞——他们怎么会这么想呢?那些都是愚蠢的障眼法,让他们免于对自己的权力感到厌倦的调剂手段。我们不只是他们的奴隶,也是他们的食物来源。正因如此,只有我们要为人类的过失付出代价,黑蒙人则无须如此。

再想想看,不久前,我还居住在伦敦,在七辖区过着自己的生活,完全不知道这个殖民地的存在。

"必须有人阻止他们,"我说,"这太疯狂了。"

"他们已经在这里待了两百年。你觉得至今为止没有人想过要阻止他们?"

我转过脸去,脑袋嗡嗡作响。

"对不起,"莉斯瞥了我一眼,"我不是想吓唬你,但我在这里已经待了十年。我见过人们是如何抗争的,他们想要重返过去的生活,但他们的命运都以死亡告终。到最后,你只能停止继续尝试。"

"你是先知吗?"我知道她不是,但我很好奇她是否会对此撒谎。

"翻牌师,"这是对纸牌占卜师的旧称,十年前的街头俚语,"我第一次解读牌面时,就被他们发现了。"

"你看见了什么?"

有一会儿,我以为她没有听见我说的话。然后,她穿过了窝棚,并跪在一个小木盒旁边。她从里面拿出一副用红丝带系着的塔罗牌,并递给我其中一张。愚者。

"我知道自己总是注定在那堆牌的底部,"她说,"我又猜对了。"

"你能帮我算一下吗?"

"下次吧,你必须得走了。"莉斯从胸口掏出一块松香,"请尽快再过来找我,姐妹。我无法保护你,但我在这里生活了十年。我可以阻止你的自杀行为,"她对我露出一个疲惫的笑容,"欢迎来到冥城 I 号。"

莉斯告诉了我如何走到黑蒙人之家,塞巴就在那里,被灰色监护人收养了——专门监管那一小群黑蒙工人的拉菲姆人。他的名字叫房宿四·娄宿一[①]。莉斯给了我一些面包和肉,让我带给塞巴。"不要让房宿四看到你。"她说。

在这四十分钟的时间里,我学会了很多。最让人心神不宁的发现是,我在娜什拉的监控范围内,但我可不太热衷于永远做她的灵魂奴隶。无法直接前往以太世界的中心——死者的世界,这是我一直在害怕的事情。我讨厌当一个无法安息的游魂,变成备用弹药,被通灵人滥用和买卖。不过,这不能阻止我召唤几个线轴的灵魂来保护自己,也不能阻止我以老贾的名义竞买愤怒之魂安娜·内勒,她被谋杀时还

---

① 房宿四(Graffias),天蝎座 β 星,来源于阿拉伯语,即蝎子。娄宿一(Sheratan),白羊座中的一颗星。

是个小女孩。

而莉斯的警告让我失去了勇气。到最后,你只能停止继续尝试。

她错了。

黑蒙人之家在主要公馆区之外。我必须穿过几条废弃的街道才能到达那里。在一份旧的《怒吼男孩》上,我看过这座城市的地图——是老贾从迪迪翁·韦特那里骗来的另一个纪念物——我大致知道大部分标志性建筑在哪里。我往北走,来到主干道上。一些红衣行者驻扎在大楼外面,但他们只是随意地瞥了我一眼。这里一定有某种阻止我们逃跑的障碍物,还有"无人之地"的那些地雷。有多少通灵人在试图穿越那里时失去了生命?

没过几分钟,我就发现了那幢大楼。它看起来朴素而庄严,门上有一个小小的铁制弦月窗。不管门牌上原来写着什么,现在都被黑蒙人之家几个大字代替了。下面还有一句拉丁文:DOMUS STULTORUM。我不想知道那是什么意思。我透过栏杆之间的缝隙窥看里面——正好碰上了一个拉菲姆守卫的目光。他有着卷曲的黑发,披散在他的肩头,他的下唇饱满而又傲慢。这一定是房宿四。

"我希望你有靠近黑蒙人之家的好理由。"他低沉的声音里充满了不屑。

我的脑袋顿时一片空白,想不出任何理由。这个生物的靠近让我感到彻骨的寒冷。

"没有,"我说,"但我有这些。"

我拿出我的守护符——戒指、顶针和针。房宿四丢给我一个充满仇恨和反感的眼神,让我不禁退缩了一下。我甚至开始爱上他们平时那种冷酷无情的凝视了。"我不会接受贿赂。我也不需要通过这些毫无价值的人类小饰品来进入以太世界。"

我默默把这些毫无价值的人类小饰品放回口袋里。真是个馊主意,他们当然不会使用这些该死的东西,那是给乞丐的零钱。

"对不起。"我说道。

"滚回你的公馆,白衣行者,不然的话,我会叫你的监护人来管教你。"

他收集了一个线轴的灵魂。我转过身从门边走开,头也不回地走出了他的视线范围。正当我准备拼命逃回莫德林公馆时,一个微弱的声音在我脑袋上方的某个地方响起。

"佩吉,等等!"

一只手从二楼窗户的铁栅栏间伸出来,我的肩膀顿时松弛下来。是塞巴。

"你还好吗?"

"不好,"他的声音听起来有些哽咽,"求你了,佩吉——求你把我救出去。我必须从这里出去。我……我很抱歉,我以前叫过你反常能力者,对不起……"

我扭头瞥了一眼,没人在往我的方向看。我爬上那座大楼的一侧,把手伸进我的短袍里,将食物包裹送给了塞巴。"我会帮你摆脱困境的,"我透过栏杆,紧紧握住他冰冷的小手,"我会尽全力把你弄出去的,但你必须给我一点时间。"

"他们会杀了我的,"他用颤抖的手指解开包裹,"在你把我弄出去之前,我就会死的。"

"他们都对你做了些什么?"

"他们强迫我擦地板,一直擦到我的手流血为止。然后我还得挑拣碎玻璃,寻找干净的碎片作为他们的装饰品。"我注意到他的手,到处都是割伤。深深的、肮脏的割伤。"明天我应该会去公馆干活儿。"

"做哪种工作?"

"我还不知道,也不想知道。他们认为我是……我是你们中的一员吗?"他的声音有些嘶哑,"他们为什么想要我?"

"我不知道,"我看到他的右眼肿胀并充着血,"他们对你做了什么?"

"他们中的一个打了我。我什么也没做,佩吉,真的。他说我是人渣,他说……"

他垂下头,嘴唇颤抖着。这只是他来这里的第一天,他们已经把他当成沙袋使了。他怎么可能活过一个星期?或者活过十年,像莉斯一样?

"把这个吃了吧,"我把他的手扣在食物包裹上,"明天尽量争取来莫德林学院。"

"那是你住的地方吗?"

"是的,我的监护人很可能不在家。你能洗个澡,也许还能吃点东西。好吗?"

塞巴点点头。他看起来有些神情恍惚,毫无疑问,他有些脑震荡。他需要去医院,需要一个合适的医生。然而,这里没有医生。没人关心塞巴。

今晚,我只能帮他到这里了。我轻柔地捏捏他的胳膊,然后跳下窗户,双脚着地,回身走向了内城。

第6章
结盟

在破晓之前，我回到了公馆。身穿红衣的日班门卫给我一把守护官房间的备用钥匙。"把它留在他的桌上，"他说，"如果你想偷偷藏起来，我劝你最好打消念头。"

我没有回答他。我踏上了黑暗的楼梯，并设法避开了两个守卫。他们的双眼在走道上幽幽闪光的样子，就像黑暗中的天然探照灯，我感到寒毛直竖。这还被认为是一个安全的公馆呢。我无法想象其他公馆是怎样一番景象。

塔上的钟又开始鸣响，呼唤着人类回到他们的监狱。我走进房间，立刻就锁上了门，把钥匙留在了桌子上。没有表明守护官回来了的迹象。在一个抽屉里，我发现了一盒火柴，并用它们点燃了一些蜡烛。在同一个抽屉里，还有三副完全相同的黑色皮制手套，以及一个很粗的银戒指，上面镶嵌着真的宝石。

一个古玩柜靠墙摆放着，它是用深色的黄檀木制成的。当我打开前面的玻璃门时，我的第六感一阵刺痛。里面收藏有一些器物，有些我在黑市上见过。一些是守护符，大部分只是小摆设：一个占卜写字板、一些粉笔、一块灵魂石板——降神会上毫无用处的小工具，都是黑蒙人臆想出来与通灵能力有关的东西。还有一些其他东西，比如水晶球，可以被先知用来占卜。我不是占卜师，这些物品对我来说毫无用处。就像房宿四一样，我不需要靠实物来感知以太世界。

我需要的是生命支持系统。在发现一些供氧设备之前，我必须密切关注我的灵魂出窍的次数。我拓展对以太世界的感知能力的方式是：把我的灵魂推出它原本所在的位置，到达我的梦景的最远边界。问题是，如果我这么做的时间太长，我的呼吸活动就会停止，我就会死去。

有什么东西吸引了我的目光。一个小盒子，长方形的，盖子上有一个用心材木雕刻的花朵图案。它有八个花瓣。我咔哒一声打开扣环，翻开了盖子。里面是四个压盖式钳口药瓶，每个瓶子里都有一些黏稠的液体，呈现出一种近乎黑色的暗红色。我关上了盒子，不想知道它们是什么。

我的眼睛突然开始隐隐作痛。我没有看到任何睡衣的影子，也不知道自己为何如此期待它们的出现。他可不会关心我穿什么或者睡得好不好。他唯一关心的是我是否还能呼吸。

我踢掉了脚上的靴子，躺在沙发床上。在这个没有生火的石头房间里，我感到非常冷，但我不敢碰他床上的被单。于是，我把脸埋在了天鹅绒的长枕上。

流体的攻击让我既虚弱又疲惫。当快要进入睡眠状态时，我的灵魂会在以太世界进出徘徊。我会经过一些人的梦景，抓住那些记忆的波涛。鲜血和痛苦是它们最普遍的共性。在这个公馆里，还有其他拉菲姆人，但他们的意识一如既往地无法穿透。而人类的意识则开放得多，由于恐惧，他们的防御力减弱了。他们的梦景散发出一种被污染的、刺目的光芒——那是痛苦的标志。最终，我进入了梦乡。

地板的嘎吱作响把我弄醒了。我睁开眼睛，看到守护官正穿过门厅。除了两支还在燃烧的蜡烛，他的双眼是唯一的光源。他大步穿过整个房间，走向我蜷缩的角落。我假装还在睡觉，躺着一动不动。仿佛过了十亿年那么久，最后，他终于离开了。这次，他的脚步声中少了一些警觉，通过观察他的行走方式，我敢说他的一条腿受伤了。他走进卫生间，砰的一声关上了门。

什么东西能伤到像拉菲姆人这样的生物？

他离开了几分钟。在这段时间里，我都能清楚数出自己的每一次心跳。当门锁打开时，我立刻把头埋回胳膊里。守护官走了出来，浑身赤裸。我赶紧闭上了眼睛。

当他走向四柱床，并把一个玻璃球碰掉在地板上时，我一直保持着这个姿势。以太世界泛起了涟漪。他放下床周围的帷幔，将自己隐藏了起来。等他的思绪平静下来时，我才睁开眼睛坐了起来，但还是不敢移动。

我光着脚靠近那张床,并把手指探进帷幔之间,将它们撩开到我能看到他的程度。他侧躺着,身上盖着被单,在昏暗的光线下,他的皮肤微微闪光。他那粗糙的棕色头发在他脸上缠结着。当我看过去的时候,一道微光在那些寝具间发散开来,就在靠近他右臂的地方。

我轻轻触摸他的梦景。有些东西不一样了。我无法从中得到太多信息,但它跟本来的样子大不相同了。每个梦景都包含着一种看不见的光:一种隐藏在内部的光辉,黑蒙人是感觉不到的。而如今,他的生命之光正在消逝。

他像坟墓一样死寂。我低头看床单,发现上面沾着一点点黄绿色液体,散发着柔和的光芒。那东西闻起来有股淡淡的金属味。我的第六感就像被拽了过去一样,仿佛我正在吸收以太世界的能量。我把厚厚的床单掀开。

他的手臂内侧有一个咬伤,有液体缓缓流出。我吞了一下口水。我能看到淡淡的牙印,皮肤因为猛烈的撕咬而被扯烂了。那个伤口正在流出一滴滴闪光的液体。那是血。

那是他的血。

他一定告诉过其他拉菲姆人他会去哪里。他们想必知道他正在做一些很危险的事情。如果他现在死了,他们绝对找不到怪罪于我的证据。

然后,我记起了莉斯在贫民窟里对我说过的话。拉菲姆人不是人类。不管他们看起来有多像我们,他们和我们还是有本质的不同。

他们可不会在乎有没有证据。他们可以伪造证据。欲加之罪,何患无辞。如果他死在床上,他们就可以轻松地宣布是我掐死了他。这只会给娜什拉一个能更早地干掉我的借口。

也许我应该这么做,这是我除掉他的一个机会。我之前已经杀过人了。我可以再做一次。

我有三种选择:坐在那里看着他死去;杀了他;想办法为他的伤口止血。我更愿意看着他死去,但我觉得最好还是救他。在莫德林学院,我相对比较安全。在现阶段,我最不想做的事情就是搬家。

他还没有伤害过我,但他迟早会的。为了真正拥有我,他必须不择手段地降服我，折磨我，让我言听计从。如果我现在杀了他，可能就等于救了我自己。我的手摸到了一个枕头。我能够做到的，我能够将他扼死。没错，来吧，干掉他。我收紧了手指，抓住那个枕头。干掉他！

我不能这么做。他会醒过来，接着掐断我的脖子。纵然他不会这么做，我也无法逃脱。外面的守卫会以谋杀罪把我绞死。

我只能救他。

不知怎么地，我总觉得最好不要碰那条被单。我不信任那些液体。那光芒据说有放射性，我无法忘记新芽帝国的污染警告。我走到抽屉旁边，戴上他的一副手套。它们很大，是专门为拉菲姆人的手定制的，让我的手指不太灵活。我把一条相对干净的被单撕开。这些被单很薄，毫无保暖作用。我把它撕成一条一条之后，把布条带进了卫生间，并把它们浸在热水里。这也许不会起作用，但至少可以多给他几个小时，让他能够醒过来并找其他拉菲姆人帮他疗伤。如果他足够幸运的话。

回到房间之后，我振作起了精神。守护官看起来和感觉上都像死了一样。一股寒意渗透到手套里。他的皮肤有些泛灰。我把被单绞干，开始处理伤口。一开始，我很谨慎，他还是一动不动，看起来暂时不会醒过来。

我透过窗户看向外面，阳光开始产生了些变化。我洒了一点水在伤口上，把血冲洗掉，把细沙从被咬伤的皮肉中轻轻弄出来。时间仿佛过了好几个小时，在一团混乱中，我终于取得了初步进展。我可以看到他的胸口一起一伏，喉咙轻柔地喘息着。我把另一块被单垫在伤口上，用我短袍的腰带将这临时绷带固定在上面，再把床单盖到了他的胳膊上。现在，能否活下来就看他自己了。

几个小时之后，我醒了过来。

周遭很安静，我敢说房间里现在没有人。床铺被重新整理过，床单也被替换过了。帷幔被刺绣的带子系了起来，月光仿佛为墙壁打上了一层光滑的蜡。

守护官已经走了。

窗户上的冷凝水滴了下来。我过去坐在火边。我无法相信这整个遭遇，甚至怀疑我还在流体所造成的幻觉中——但我已经吃了解药。我的血液已经被清理干净了。因此，这意味着，不管出于什么原因，守护官已经再次离开了。

有一套新制服躺在床上，旁边是第二张纸条，上面用同样的粗体字简单地写着：

明天。

这么说，他并没有在睡眠中前往极乐世界。而我的训练又被推迟了一天。

手套也不见了，一定是被他拿走了。我来到卫生间，在热水中搓洗我的双手。我换上了制服，从吸塑包装里抠出三粒药片，并把它们冲进水槽。今天，我会有更多的发现。我不在乎莉斯的说法——我们不能就这么接受现实。我也不在乎拉菲姆人在这里住了两百年还是两百万年——我不会让他们滥用我的通灵能力。我不是他们的士兵，莉斯也不是他们的午餐。

在我签名之后，夜班门卫让我离开了公馆。我径直往鸦巢走去，并买了一碗麦片粥。它尝起来和看起来一样糟糕——就像水泥——但我强迫自己吞了下去。有个演员低声说苏海勒正在附近巡查，我无法再坐着吃饭。于是，我问她是否知道在哪儿能找到朱利安，并尽我所能地详细描述了他的外貌。她告诉我可以查看一下市中心的那些公馆，并把它们的名称和方位告诉了我，然后就回到了自己的煤油炉边。

我站在一个黑暗的角落里，一边吃东西，一边观察着在我周围的乱哄哄的路人。他们都有着同样的死气沉沉的眼睛。他们鲜亮的衣服颜色几乎有点扎眼，就像墓碑上的涂鸦。

"让你感到恶心，对吗？"

我抬起头来。是第一天晚上和我关在一起的那个传音师。她的胳膊上绑着肮脏的绷带。她双眼直视前方，坐到了我的身边。

"蒂尔达。"

"佩吉。"我自报姓名。

"我知道,我听说你最后住到了莫德林学院。"她手上拿着一个纸卷,尾端冒着浓厚的烟,闻起来像香料或香水的味道。我认出了紫菀的浓郁香气。"给你。"

"不,谢了。"

"来嘛,只是一点消遣。比酊剂要好。"

不是所有人都喜欢香氧。酊剂——鸦片酊,那些愿意冒险改变精神世界的黑蒙人的最爱。时不时会有黑蒙人因涉嫌拥有反常能力而被捕,其实只是守夜人发现他们酊剂中毒了。紫菀对通灵人没有什么作用,也没有强烈到能破坏我们的梦景。蒂尔达一定是因此才使用它的。

"你从哪里得到它的?"我问道。我无法想象拉菲姆人会允许人类使用灵化药物。

"那里有一个药剂师,他以'顿'作为剂量贩卖它们。据说,自第十六个骸骨季以来他就一直待在这里。"

"他在这里待了四十年?"

"自从他二十一岁起。我早先跟他聊过,他看起来很好,"她把卷烟递给我,"你确定不想要来一支?"

"算了吧。"我停下来,看着她抽烟。蒂尔达是吸食紫菀的瘾君子,他们也自称为"朝臣",只有他们会将"一磅"称为"一顿"。她也许能够帮助我。"你为什么没有在训练呢?"

"监护人出去了。那你又为什么没有在训练呢?"

"因为同样的理由。你的监护人是谁?"

"泰勒贝尔·娄宿一。她看起来不像什么好人,但也还没有对我做过什么。"

"好的,"我看着从她手上的纸卷中冒出的烟,"你知道他们给我们的药片里有什么吗?"

蒂尔达点点头。"白色的小药片是一种标准避孕药。你以前居然没见过它,这真让我感到吃惊。"

"避孕药?干什么用的?"

"显然是为了不让我们繁殖和来月经。我的意思是,你肯定不想在这个地方生小孩吧?"

她说得有道理。"那红色的呢?"

"铁质补充剂。"

"绿色的呢?"

"什么?"

"第三种药。"

"没有第三种药。"

"是一种胶囊,"我强调道,"近似于橄榄绿色,尝起来很苦。"

蒂尔达摇摇头。"不知道,对不起。如果你带一粒过来,我可以帮忙看看。"

我的肠胃一阵收紧。"我会的。"我说。当她准备吸一大口烟时,我打断道:"在演讲的时候,你和卡尔是一起的,对吗?"

"我没有和那个背叛者联系过,"我挑起了一边眉毛,蒂尔达吐出一口淡紫色的烟,"你没听说吗?他的鼻子转向了。那个手相师,艾薇——蓝头发的那个——他逮到她正从一个腐坏者那里偷拿食物,并向她的监护人告发了。你真应该看看他们是怎么对待她的。"

"继续说。"

"他们揍她,剃光了她的头发。我不想谈论这些,"她的手开始颤抖,虽然很轻微,"如果必须这么做才能在这个地方生存下来的话,还是送我去以太世界吧。我会欣然前往的。"

在我们之间,沉默开始蔓延。蒂尔达扔掉了她的紫菀烟卷。

"你知道朱利安在哪个公馆吗?"过了一会儿,我开口道,"26号。"

"那个光头的家伙?我想是在崔尼蒂学院。你可以到后门去看看,那里是菜鸟受训的地方,在草坪上。只是不要让他们中的任何人看到你。"

我与她告别之后,她又点燃了另一支烟卷。

紫菀可以杀人,它很可能是在街头最被滥用的植物。在像"雅各布小岛"这样的地方,有越来越多的人对此上瘾。它的花朵有白色、蓝色、粉色以及紫色,每种都对梦景有不同的影响效果。伊莉莎沉溺于白紫菀有好些年了,她告诉过我所有相关信息。相较于能恢复记忆的蓝紫菀,白紫菀会产生一种我们称之为"涂白"的效果,也就是部分记忆的丧失。在一段时间内,她会忘记自己姓甚名谁。随后,她又迷上了紫色的那种，声称能帮助她进行艺术创作。她曾经逼我发誓绝不碰任何灵化药物，我看不出有任何打破这个承诺的理由。

发现自己需要吃额外的药，这让我不寒而栗。除非蒂尔达只有两种药片的情况并不常见。我必须问问其他人。

崔尼蒂学院临街的那面有严密的看守。我沿着贫民区的边缘行走，运用我对这座城市的有限知识，推断出了公馆的后部会在哪里。最终，我停在了将巨大的庭院围起来的栅栏外面。蒂尔达是对的。一队白衣行者站在草坪上，被一个女性拉菲姆人指挥着。朱利安正在其中。在绿色煤气灯的光芒下，他们正在使用一种顶端有接口的棍子把灵魂推到空气中。一开始，我以为那些棍子是守护符，以太可以流过这些物品，占卜师能够通过它们吸收能量。然而，我从没见过能用来控制灵魂的物品。

我让我的第六感发挥作用。那些人类的梦景都聚集在以太世界中，而那个拉菲姆人则起到了主导的作用。他们都被吸引到了她身边，就像飞蛾扑火。

那个拉菲姆人选择在那时找朱利安的麻烦。她猛地挥舞她的棍子，放出一个愤怒的灵魂猛冲向他，把他撞倒在地。他背部着地，吓得目瞪口呆。

"站起来，26号。"

朱利安动弹不得。

"站起来。"

他无法做到。他当然做不到——他刚刚被一个暴怒的灵魂击中了脸部。经历过这番折磨，没有一个通灵人能轻松地站起来。

他的监护人狠狠地踢向了他的脑袋侧面。白衣行者们都踉跄着往后退，仿佛她下一个就会找上他们一样。她冷冷地看了他们一眼，然后拂袖而去，走向公馆，她的黑裙在身后如波涛般翻滚着。那些人类交换了一下眼神，然后就跟上了她。没有一个人留下来帮助朱利安。他躺在草地上，蜷缩成胎儿的姿势。我试图把门推开，但它被一条沉重的铁链锁住了。

"朱利安。"我呼唤道。

他抽动了一下，然后抬起头。当他看到我之后，努力支撑起身体走到了门边。他的脸上闪烁着晶莹的汗水。在他身后，那些灯熄灭了。

"她真的很喜欢我，"他的嘴扭曲着，似笑非笑，"我是她的明星学生。"

"那是什么类型的灵魂？"

"只是一个老灵魂，"他揉揉红肿的眼睛，"对不起，我还能看见那些东西。"

"你看见了什么？"

"马匹、书籍，还有火。"

那个灵魂留下了它死时的感受。这是用灵魂战斗的一个令人不快的方面。

"那个拉菲姆人是谁？"我问道。

"她的名字是阿鲁德拉①·太微右垣四。我不知道她为什么自告奋勇当监护人。她恨我们。"

"他们都恨我们，"我看向草坪，阿鲁德拉没有再回来，"你能到外面去吗？"

"我可以试试，"他抬起一只手，摸着头部，做了个苦脸，"你的监护人吸收过你的能量吗？"

"我几乎没怎么见过他。"不知怎么，我觉得最好不要提起昨晚发生的事情。

"昨天，阿鲁德拉吸收了费力克斯的能量。当他恢复知觉后，就一直无法抑制地发抖。她还继续逼他参加训练。"

"他还好吗？"

"他吓坏了，有两个小时无法感知以太世界。"

"他们这么对待通灵人，简直是丧心病狂，"我扭头往后看，以确定是否有守卫发现了我们，"我不会让他们吸收我的'气'的。"

"你可能没有选择，"他从门边的钩子上取下一盏灯，"你的监护人很有声望。你说你几乎没怎么见过他？"

"他总是外出。"

"为什么？"

---

① 阿鲁德拉（Aludra），也叫弧矢二，是大犬座中的一颗星。

"不知道。"

朱利安意味深长地凝视着我。我们离得是如此之近，我发现他有完全的灵视能力，就像莉斯。有一半灵视能力的人能够自由地打开或关闭这种能力，但朱利安只能被迫整天看着那些灵魂的活动。

"我想到外面去，"他说，"从昨天早上开始，我还没有吃过东西呢。也许是昨天晚上，管他的。"

"你能获得允许吗？"

"我可以申请一下。"

我看着他的身影消失在公馆里。我突然意识到，他可能永远都不会再出来了。

我在鸦巢旁边等他。当我正准备放弃时，一道白衣的身影吸引了我的视线。朱利安出现在一个小小的门道里，他用手捂着脸。我向他挥手示意。

"发生了什么事？"

"这是难免的，"他的声音听起来有些哽咽，"她说我可以去找些东西吃，但我不能闻或者品尝它的味道。"

他把手从脸上移开。我倒吸一口冷气，浓稠的深色血液从他的下巴处淌下来。他的眼睛下方正在形成瘀青。他的鼻子又红又肿，布满了破裂的血管。"你需要冰块，"我把他拉到一堵胶合板墙的后面，"来吧，演员们会有办法治疗你的伤口。"

"我很好，我不认为它摔断了，"他摸摸他的鼻梁，"我们需要谈谈。"

"我们边吃边谈。"

当我带着朱利安在鸦巢里艰难跋涉的同时，也在寻找任何能当武器的东西。甚至是一些简陋的东西也行：一个尖锐的发夹、一块玻璃或金属碎片。没有东西能入我的眼。如果演员们真的手无寸铁，当艾冥准备攻城时，他们就没有办法保护自己了。拉菲姆人和红衣行者是他们唯一的保护伞。

在卖食品的小棚里，我逼着朱利安吃下了一碗稀麦粥和一些干面包，然后把我剩下的守护符偷偷塞给了一个占卜师，用来交换一包偷来的扑热息痛。他没有告诉我，他是从谁那里偷过来的，或者他是怎么偷到的。而且，那些针到手之后，他就消失在人群中了。他一定是个真正的针占卜师。我把朱利安带到了一个黑暗的角落里。

"吃了这些，"我说，"不要让任何人看见。"

朱利安没说什么。他抠出了两粒胶囊，并用水送了下去。我在一个空窝棚里发现了一块布和一些水。他用那块布抹掉了干涸的血迹。

"那么，"他的声音有一些含糊不清，"你对艾冥有什么了解？"

"我这边没什么发现。"

"如果你感兴趣的话，我倒是发现了一些情报，关于这里是如何运作的。"

"我当然感兴趣啦。"

"白衣行者需要熬过几天的基础训练。大部分是用灵魂战斗——展示出你有能力制造线轴，或类似的东西。然后，你就会接受第一个测试。那是你必须证明你的天赋的时刻。"

"证明？"

"证实它是有用的。占卜师必须做出一个预言，灵媒必须让灵魂附身，你懂的。"

"他们觉得怎么才算是有用？"

"你必须做一些事情证明你的忠诚。在崔尼蒂学院，我跟一个门卫谈过这个。他不想说太多，但他说他的预言让另一个人被抓进了冥城I号。你必须向他们展示他们想要看到的东西，纵然这会让另一个人类陷入危机。"

我的嗓子收紧了。"那第二次测试呢？"

"是与艾冥有关的测试。据我推测，如果你能活下来的话，会成为红衣行者。"

我的眼神在窝棚里四处游走。在演员中有一两个穿黄色短袍的。"看，"朱利安说，并压低了声音，"角落里的那个人，看她的手指。"

我顺着他的视线看过去。一个年轻女子正一边舀起一勺稀麦粥，一边与一个满脸病容的男人聊天。她的三根手指都残缺了。当我再次环顾整个房间时，我注意到了其他人的受伤情况：丢了一只手的，有咬伤痕迹的，还有胳膊和腿上有抓伤般的疤痕的。

"想必它们真的喜欢人肉的味道。"我说，看来莉斯所言不虚。

"看起来是,"朱利安把他的碗递给我,"你想要吃完这个吗?"

"不,谢了。"

我们沉默地坐了一会儿。我并没有看他们,但还是忍不住去想那些人遭受过的创伤。他们曾经被某种生物啃食过,就像啃鸡骨头一样,然后就和垃圾一起被丢弃了。在这个悲惨的、毫无保护的贫民窟里,他们随时都处于危险之中。

我不想让拉菲姆人知道我是什么类型的通灵人。然而,为了通过第一个测试,我不得不向他们展示我的能力。

我到底想不想通过这些测试呢?我一边用手指捋过头发,一边思考着。我必须继续等待,看看当守护官回来时,他希望我做些什么。他牢牢地掌控着我的命运。

在盯着那些演员看了几分钟之后,我发现一张熟悉的面孔:卡尔。人群突然安静下来。演员们为他让出一条道,他们都目光低垂,不敢直视他。我在众多低垂的脑袋中探出头来,看到了他们在注视的东西:他的粉色短袍。他来鸦巢做什么?

"蒂尔达告诉我,他通过了第一个测试,"我对朱利安说道,"你觉得他被迫做了什么?只是告发了艾薇?"

"他是占卜师,可能只需在茶杯里找到他死去的姑妈就行了。"

"那是占兆师干的事,难道你不是占卜师?"

"事实上,我从没说过我是个占卜师,"他对我露出一个微不可察的笑容,"并不是只有你的'气'带有欺骗性。"

这让我不得不停下来思考。占卜师被认为是最低等级的通灵人,当然也是最普遍的——他也许是觉得这个标签带有侮辱性,所以不想承认。又或者,也许我并不像老贾赞赏的那样,拥有辨识通灵人的好眼光。

老贾。我很好奇现在他正在干什么,他是否会为我担心。不过,他当然会为我担心——我是他的旅梦巫,他的莫莉学徒。我不知道他怎么才能找到我。也许达妮或尼克能解决这个问题。他们为新芽帝国工作。在某个地方,一定有一个被执政府隐藏了起来的囚犯数据库。

"他们正企图贿赂他。"朱利安看着两个演员。他们正一边向卡尔献出守护符,一边在跟他说话。"他们一定认为他现在有能力影响拉菲姆人了。"

看起来的确如此。卡尔挥了挥手,于是他们都退了下去。

"朱利安,"我说,"你有几粒药片?"

"一粒。"

"它看起来是什么样子的?"

"红色的圆形药片,我猜是铁剂,"他狼吞虎咽地喝完了那碗粥,"为什么这么问,你有几粒药片?"

当然了。新芽帝国已经研制出一种男性避孕针剂,但没必要让两种性别都失去生育能力。我不必费心去问卡尔了。

"然后,我查看了那块预言石,"他正在跟一个白衣行者说话,好几个哈莱人围观着,"我决定用预言石找出她渴望的东西。预言石显示,她非常热衷于找到那个白色束缚师,当然了,只要我看到他的脸,就能立刻精确定位他在哪里。显然,他是I-4区的哑剧领主。"

一阵致命的寒意席卷了我的身体,他说的是贾克森。

"佩吉?"朱利安关切地询问道。

"我很好,不会成为下一个的。"

我自己都没有意识到,就已经径直走向了卡尔。我抓住他的短袍,并把他拖到角落里时,他惊讶得瞪大了眼睛。

"你看见了什么?"

我的声音就像毒蛇的嘶嘶声。卡尔呆呆地凝视着我,仿佛我长出了第二颗脑袋。"什么?"

"你对她说了关于白色束缚师的什么事,卡尔?"

"我是XX-59-1。"

"我不在乎,告诉我,你看到了什么?"

"我不知道这关你什么事,"他看着我的白色短袍,"你并不像大家以为的那样进步神速。你让你那个特别的监护人失望了吗?"

我将脸凑近他,停在离他的脸只有约两英寸的地方。在这么近的距离里,他看起来更像一只耗子了。

"我不是在和你闹着玩,卡尔,"我把声音压低了,"而且我不喜欢叛徒。告诉我,你看见了什么?"

离我们最近的那些灯开始忽明忽暗。没人注意到——演员们已经把注意力完全放在其他东西上了——但卡尔发现了异样。他的眼神中闪烁着恐惧的光芒。"我没有清楚看到他在哪里，"他承认道，"但我真的看到了一个日晷。"

"你用预言石看到的？"

"是的。"

"她想要束缚师做什么？"我把他的短袍抓得更紧了。

"我不知道，我只是照她说的做，"他摆脱了我，"你为什么非要问这些事？"

血液在我的耳朵里轰鸣着。"没有理由，"我放开了他的短袍，"对不起，我只是对测试感到有些紧张。"

卡尔的态度也缓和了下来，甚至有些迎合地说："那是可以理解的，我相信你很快就会获得下一种颜色的衣服。"

"之后会发生什么？"

"粉色之后？我们当然会去参军！我已经等不及亲手逮住那些恶心的嗡嗡叫的杂种了。我很快就会成为红衣行者。"

他已经被他们迷住了心窍。他成了一名士兵，一个未来的杀手。我勉强挤出一个笑容，然后离开了。

卡尔有理由感到自豪，他是一个很好的先知。他能以娜什拉为焦点，集中注意力，在他中意的任何守护符的反光表面看到未来。这就是占卜师和一些占兆师的能力。他们能够将他们的能力与另一个人——也就是求卦者——的渴望相结合，从而读取求卦者的未来。纸牌占卜师和手相师也能做到这点。而且，不管贾克森怎么说，这种能力总是派得上用场。以太世界就像新芽帝国的网络，各种梦景交织而成的网络，每个梦景中都包含一些信息，只要用鼠标轻点按钮就能看到。求卦者提供搜索引擎，先知得以借此窥探未来。

卡尔发现娜什拉是一个完美的求卦者。他不仅能看到老贾，还能看到与他的方位有关的线索。柱子上的六个日晷之一。

我必须警告贾克森，立刻行动。我不知道娜什拉想要利用他做什么，但我不想让她把贾克森带到这里来。

朱利安跟着我来到外面。"佩吉？"他抓住了我的衣袖，"他对你说了什么？"

"没什么。"

"你看起来脸色苍白。"

"我很好，"当我瞥见他手上的干面包时，才想起了塞巴，"你打算吃了它吗？"

"不，你想要？"

"不是给我自己，是给塞巴。"

"你在哪里找到他的？"

"黑蒙人之家。"

"很好。这么说，在伦敦，他们把通灵人关起来；在这里，把黑蒙人关起来？"

"也许这么做有他们的道理，"我把干面包放进了口袋里，"我明天会来看你的。黄昏的时候怎么样？"

"黄昏的时候，"他犹豫了一下，"如果我能出来的话。"

当我到达黑蒙人之家时，那里一片黑暗，甚至外面的灯也都熄灭了。我没有傻到再次尝试说服房宿四让我进去，相反，我直接爬上了排水管。

"塞巴？"

房间里一点光线也没有。我可以闻到里面阴冷潮湿的空气。塞巴没有回答。

我抓住铁栅栏，蹲伏在窗台上。"塞巴，"我低声呼唤道，"你在里面吗？"

然而，他不在这里。这个房间里感觉不到梦景。即便是黑蒙人也有梦景，虽然是没有颜色的那种。没有情绪的细微变化，没有精神活动。塞巴消失了。

或许，他们把他带到某个公馆去干活儿了。或许，他很快就会回来。

或许，这只是一个陷阱。

我从袖子里掏出那片干面包，把它从栅栏之间塞进去，然后爬下排水管。返回地面时，我重新获得了安全感。

但这种感觉并没有持续多久。当我转身准备返回内城时，我的手臂感觉像被某种类似老虎钳的东西钳住了。一双咄咄逼人的眼睛，既灼热又严酷，牢牢地紧盯着我的眼睛。

第 7 章
诱饵

他一动不动站在那里。他身穿镶着金边的高领黑色衬衫,长长的袖子隐藏住了我白天包扎过的手臂。

他面无表情地俯视着我。我润了一下嘴唇,试图想出一个借口。

"这么说,"他说着,把我拉得更近了些,"你不仅包扎了伤口,还喂养了黑蒙人奴隶。多么古怪的行为啊。"

强烈的反感让我猛地把手抽回。他任由我这么做。如果不是身处绝境,我还能跟他斗一下——但随后,我看到了其他人。一共有四个拉菲姆人,两男两女,都有着全副武装的梦景。当我摆出防御的姿势时,他们大声嘲笑了我。

"别傻了,40 号。"

"我们只是想跟你谈谈。"

"那就说吧。"我回答道。

我的声音一点都不像我自己的了。

守护官一直没把目光从我脸上移开。在附近煤气灯的照耀下,这些眼睛里沸腾着一种新的色彩。他没有和其他人一起笑。

我是一头困兽。试图摆脱这一现状不仅愚蠢,而且还是自杀行为。

"我会离开的。"我说。

守护官点点头。

"泰勒贝尔,"他说,"去找血继宗主。告诉她我们把 XX-59-40 关在了拘禁处。"

拘禁处?我瞥了那个女人一眼。她一定是蒂尔达和卡尔的监护人,泰勒贝尔·娄宿一。她用冷静的黄色眼睛回视我。她的头发乌黑油亮，在她的脸侧卷曲着，就像一个兜帽。"好的，血继配偶。"她说道。

她走在护送队伍的前面离开了，我还是在低头盯着靴子发呆。"来吧，"守护官说，"血继宗主在等你。"

我们向市中心走去。护卫们走在后面，与守护官保持一定距离，以示敬意。他的双眼真的变成了一种不同的颜色：橘黄色。他发现我正在看他。

"如果你有问题的话，"他说，"你可以问出来。"

"我们这是去哪儿？"

"去参加你的第一次测试。还有什么问题吗？"

"什么东西咬了你？"

他双眼直视前方，然后说道："我撤销你主动说话的权力。"

我几乎想把自己的舌头咬成两段。混蛋，我花了好几个小时清洗他的伤口。我本可以杀了他。我真应该杀了他。

守护官对这座城市非常了解。他带领我们走过几条不同的街道，最终抵达另一座公馆的后部。就是我们听演讲的那个公馆。一块牌匾上写着，宗主公馆。当他经过时，每个守卫都鞠躬行礼，并将拳头紧紧地压在胸口。守护官没有向其中的任何人回礼。

一扇扇大门在我们身后轰然关闭。门锁叮当作响，让我浑身肌肉紧绷。我的目光从一面墙移到另一面墙，在角落和缝隙之间徘徊不定，为爬墙逃走寻找落脚点。攀缘植物在大楼上茂盛而放肆地生长着，有芬芳的金银花，以及常春藤和紫藤，但是它们都离地面还有好几英尺的距离。在它们上方就是窗户了。我们走在一条沙色的小径上，那条路是围绕着一片椭圆形的草地开辟的，草地上还有一根孤零零的灯柱矗立着。它的光芒透过红色的玻璃散发出来。

在小路的尽头是一扇门。守护官没有看我，但他停了下来。

"不要提及伤口的事情，"他说道，声音小得几乎听不见，"不然的话，你就会有理由后悔救了我的命。"

他向他的追随者做了个手势。他们中的两个分别站到了门的两边；剩下的那个人，一个眼神醒目的卷发男子则站到了我的另一边。在两旁守卫的威胁下，我被推进了门里，进入到这座建筑冰冷的内部。

我所进入的这个房间既狭长又华丽，有着象牙色的石头墙面。左边的墙洒着暖色调的光芒，那是通过彩色玻璃折射出的阳光，看起来就像在贪婪地吮吸着目光。我能分辨出墙上有五块纪念牌匾，但没有时间停下来读它们——我正被带往一个透着灯光的拱道。守护官带我踏上三级黑色的大理石台阶，然后单膝下跪，并俯首鞠躬。守卫瞪了我一眼，我也赶忙做了同样的动作。

"大角星。"

一只戴着手套的手将他的下巴抬起。我冒险瞥了一眼。

娜什拉现身了。今晚，她穿着一条黑裙子，将她的整个身体从脖子开始包得严严实实，宛如烛光下泛着涟漪的水面。她把嘴唇落在守护官的前额上，而他则把手放在她的腹部。

"我见你把我们的小天才带来了，"娜什拉说着，把目光移到我身上，"早上好，XX-40。"

她上上下下地打量着我，我有种感觉，她是想解读我的"气"。我竖起了一些防御屏障。守护官没有采取行动。我看不到他的脸。

有一队拉菲姆人站在这一对夫妻后面，所有人都戴着兜帽，穿着斗篷。他们的"气"似乎充斥着整个小教堂，将我的"气"挤到了一边。我是现场唯一的人类。"我猜，你知道自己为何会在这里。"娜什拉开口说道。

我继续缄默不语。我知道自己因为给塞巴带食物而惹上了麻烦，但也很有可能是因为许多其他事情：为守护官包扎伤口，四处窥探，身为人类。卡尔极有可能已经汇报了我对他的预言的兴趣。

或者，也可能是因为他们知道了我是什么类型的通灵人。

"我们在黑蒙人之家的外面发现了她。"那个守卫报告道。他和一叶兰长得几乎像是从一个模子里刻出来的，特别是眼睛的形状。"在黑暗中鬼鬼祟祟的，就像阴沟里的老鼠。"

"谢谢你，阿尔萨菲①。"娜什拉低头看着我，但并没有邀请我站起来。"我了解到，你把食物偷偷交到一个黑蒙人的手中，40号。这

---

① 阿尔萨菲（Alsafi），也称为天厨二，是天龙座中的一颗星。

其中有什么理由吗?"

"因为你们让他忍饥挨饿,还像抽打动物一样抽打他。他需要一个医生,需要去医院。"

我的声音回荡在黑暗的小教堂里,那些戴着兜帽的拉菲姆人集体沉默了。"我很抱歉让你有这种感觉,"娜什拉说,"但在拉菲姆人的眼中——这个种族已经统治了你们的国家——人类和畜生是同一等级的生物。我们不为畜生提供医疗服务。"

我能感觉到自己的脸被气得煞白,但我咽下了接下来要说的话。我如果说出来的话,只会让塞巴白白送死。

娜什拉转过头去。守护官站了起来,我也随之而起。

"你可能还记得那场演讲吧,40号,我们想对在骸骨季中收集到的人类进行测试。你看,我们派红衣行者去追踪拥有'气'的人类,但我们不是总能辨识出那些'气'承载着什么能力。我承认我们过去犯了很多错误。一个看似很有前途的孩子到头来可能只是一个不按常理出牌的纸牌占卜师。但毫无疑问,你会比纸牌师有趣得多。你的'气'甚至超越了你自己。"她招招手,"来吧,向我们展示你的才能。"

守护官和阿尔萨菲从我身边走开。现在,娜什拉和我面对面站在房间的两端。

我的肌肉紧绷起来。他们肯定不想让我与她战斗吧?我会输的。她和她的天使们会将我的梦景击得粉碎。我可以感觉到它们围绕在她身边,随时保护着它们的主人。

不过,随后我想起了莉斯告诉我的那些话:娜什拉想要一个旅梦巫。我飞速地思考着,也许我能做一些她无力阻止的事情,我有对付她的优势。

我想到了地铁上的情形。娜什拉的追随者中没有一个旅梦巫或神谕师。她无法影响以太世界。除非她不知怎么吃了一个无解者的灵魂,不然的话,我就能把我的灵魂送到她的意识中。

我能够杀了她。

当阿尔萨菲回来时,A 计划就土崩瓦解了。他的手臂上挂着一个头上罩着黑布袋的虚弱的人。那个囚犯被放到椅子上,并被手铐铐在了那里。我的指尖开始发麻。是我的一个同伴吗？他们已经发现了七喾区，发现了我的帮派？

然而，我没有感觉到"气"。这是一个黑蒙人。我又想到了我父亲，并感到一阵恶心——然而，这个人太矮小，太瘦弱了。

"我相信你们两个互相认识。"娜什拉说道。

他们揭开了那个黑袋子。我的血液变得冰冷。

是塞巴，他们逮到他了。他的双眼肿得像小李子那么大。他的头发上沾满了鲜血，变得一缕一缕的，挂在脸上。他的嘴唇也破了，正在淌着血。他脸上的其余部分也都糊着干掉的血污。之前，我见过很多人被暴打的情形。受赫克托迫害的人会爬到七喾区，寻求尼克的帮助。然而，我从没见过这般景象。我从没见过一个如此年轻的受害者。

那个守卫在他脸上揍出了另一个瘀青。塞巴几乎失去了意识，但还是挣扎着抬头看我。

"佩吉。"

听到他那断断续续的声音，我顿时烧红了眼。我突然对娜什拉吼道："你们对他都做了些什么？"

"什么也没做，"她说，"但是，我们会让你做的。"

"什么？"

"现在，到了你为下一件短袍拼命的时候了，XX-40。"

"你他妈的到底在说些什么？"

阿尔萨菲也给我的头上来了一拳，该死的，差点把我打倒在地。他抓住我的头发，猛地把我拉到他的面前。"当血继宗主在场的时候，你不能使用如此粗俗的语言。管好你的舌头，不然我会把你的嘴缝起来。"

"耐心点，阿尔萨菲，让她生气去吧，"娜什拉举起一只手，"毕竟，她在地铁上时也非常愤怒。"

我的耳朵开始嗡嗡作响。两张脸从我的记忆中突然冒了出来。两具躯体躺在车厢的地板上。一个已经死了，一个失去了理智。是我的受害者，是我杀的。

这就是我的测试。为了获得粉色的制服，我不得不杀掉一个黑蒙人。

我不得不杀掉塞巴。

娜什拉一定已经猜到了我是什么类型的通灵人。她猜到了我的灵魂能够离开它在身体中的本来位置。因此,我有能力进行迅速而又不流血的谋杀。她想要看看这是如何发生的。她想让我跳个舞给她看看。她想知道这个能力是否值得偷取。

"不。"我说。

娜什拉十分平静。

"不?"看到我沉默了,她继续说道,"拒绝并不是选项之一。你要么服从命令,不然的话,我们只能被迫处理掉你了。毫无疑问,最高审判者会很乐意纠正你的傲慢态度。"

"那么,杀了我吧,"我说,"还等什么?"

那十三个法官什么也没说,娜什拉也一样。她只是看着我,目光穿透到我的内心深处,想要弄清楚我是不是在虚张声势。

阿尔萨菲没有兜圈子。他直接抓住我的手腕,把我拖向椅子。我又踢又闹。他将一条肌肉强健的手臂绕到我的脖子上。"你倒是做呀,"他在我耳边低声咆哮道,"不然我会捏碎你的肋骨,将你淹死在自己的鲜血中。"他剧烈地摇晃着我,我的视线都开始晃动模糊了。"杀了那个男孩,现在就做。"

"不。"我说。

"你必须服从命令。"

"不。"

阿尔萨菲的胳膊收得更紧了。我将指甲深深地嵌进他的袖子里。我的手指胡乱地抓挠着他的身侧,然后摸到了他腰带上插着的一把小刀。一把裁纸刀,是用来裁开信封的,但它也是一把刀。我用力一刺,让他不得不把我丢到一边。我跌跌撞撞地坐到一条长凳上,小刀还握在我的手上。

"离我远点。"我警告道。

娜什拉大笑起来,法官们也随声附和着。对他们来说,归根结底,我只是另一种类型的演员。另一种脑袋里只有一包草的脆弱人类。

然而,守护官没有笑。他的目光牢牢地焊在我的脸上。我将小刀的尖端向他猛地刺去。

娜什拉走向我。"真是令人钦佩，"她评论道，"我喜欢你，XX-40。你很有种。"

我的手开始不住地打颤。

阿尔萨菲瞥了一眼他手臂上的割伤，发光的液体从他的皮肤里渗出来。当我低头看那把小刀时，发现同样的物质包裹住了整个刀刃。

塞巴正在哭泣。我再次握紧了刀刃，但我的双手还是又黏又冷。我无法用一把裁纸刀对抗所有的拉菲姆人。我很少使用冷兵器，更不用说精确地投掷一把小刀了。

除了围绕着娜什拉的五个天使，这里没有其他灵魂能够被用来组成一个线轴。我不得不走得更近一些，才能将塞巴松绑。之后，我必须想办法让我们两个都活着离开这里。

"大角星、阿鲁德拉——解除她的武装，"娜什拉说，"不要用灵魂。"

一个法官脱下了她的兜帽。"我很荣幸。"

我上下打量着她。是朱利安的监护人。她是一头看起来阴险狡诈的生物，有着光滑亮泽的金发和猫一样的眼睛。守护官站在她身后。我估摸着他们的"气"。

阿鲁德拉是一头桀骜不驯的野兽。她可能已经显示出了文明而有教养的一面，但我感觉她只是控制住了自己不流口水而已。她求战心切，被塞巴的脆弱惹得兴奋异常，并且极度渴望我的"气"。她想要一些光辉，现在就要。守护官的脸色变得更为阴沉而冷酷，他的态度暧昧不明——但这让他更具威胁性。如果我无法读取他的"气"，就无法预测他可能的行为。

突然，我灵机一动。守护官的血曾让我感觉离以太世界更近了。也许这会再次起效。我深吸一口气，将刀刃贴在我的脸旁。一股冰冷的味道冲击着我的各个感官，令我无法承受。以太世界如同冰水一般包裹着我，让我深陷其中。手腕一抖，我把小刀丢向阿鲁德拉的脸，直指眉心。她一低头就躲开了。我的准头还有待加强，需要大大加强。

阿鲁德拉抓住了一个沉重的大烛台，并飞快地向我冲过来。"来嘛，孩子，"她说，"来跟我跳一支舞。"

我立即向后退去。如果我的脑壳碎成了几片，就无法帮到塞巴了。

阿鲁德拉继续往前冲。她的任务是：把我撂倒，并将我剩余的"气"吸得一干二净。要不是我的感官都强化过，她很可能已经成功了。我打了个滚躲开她，烛台并没有击中我，而是打掉了一个雕塑的头。我立刻再次站了起来，越过了祭坛，全速穿过小教堂，将长凳上的那些戴兜帽的拉菲姆人甩在身后。

阿鲁德拉又拿回了她的武器。当她再次投掷出烛台，让它穿过整个教堂时，我都能听到空气中的嚯嚯声。当它掠过我的头顶时，塞巴尖声叫着我的名字。

我立刻往敞开的大门奔去，但我的逃跑线路突然被截断了。一个守卫从外面把门摔上，把我和观众们都锁在了小教堂里。因为来不及刹车，我直接撞到了门上。那股冲击力差点让我喘不上气。我失去了重心，跌倒在地。我的头撞到了坚实的大理石地面。仅仅一秒钟后，烛台就撞到了门上，被摔了个粉碎。它砸到了我的脚刚刚踏过的地方，我差点来不及躲开。一阵噪音响起，就像撞钟声一样回荡在整个小教堂中。

后脑勺传来一阵钝痛，但我没有时间喘气。阿鲁德拉已经追上了我。当她用戴着皮手套的手指抓住我脖子时，拇指也用力掐住了我的喉咙。我快要窒息了。我双目充血，快要看不清了。她正在吸收我的"气"，那是我的"气"。她的眼睛闪着光，变成了炙热的红色。

"阿鲁德拉，停下来！"

她看起来并没有听见，我尝到了金属的味道。

那把小刀就躺在我身边。我的手指慢慢移向它，但阿鲁德拉压住了我的手腕。"现在，轮到我了。"

我还有个逃生的机会。当她把小刀举到我的脸旁时，我把我的灵魂送入了以太世界。

我以灵魂的形态，在一个新的层面上通过我的新眼睛观察这个世界。在那里，我拥有灵视能力。以太世界看起来就像一片静默的虚空，上面缀满了类似星星的球体，每个球体就是一个梦境。阿鲁德拉的身体正在逼近我，她的"球体"，理所当然，也离得不太远了。企图入侵她的意识简直就是自取灭亡——它非常古老、非常强大——然而，对光辉的强烈渴望削弱了她的防御力。机不可失，我溜进了她的意识中。

她对此毫无准备，我的手脚也很迅速。在她意识到发生了什么之前，我已经抵达了她的子夜地带。等她发现之后，我就像一颗子弹一样被扔了出去。我还没有来得及反应过来，就回到了自己的身体里，凝视着小教堂的天花板。阿鲁德拉跪了下来，紧紧抓住自己的头。

"把她弄出去，弄出去，"她发出痛苦的尖叫声，"她进入了我的梦景！"我踉踉跄跄地站起来，用力喘着气，只能往守护官的身上倒去，他抓住了我的肩膀，戴着手套的手指牢牢地嵌进了我的皮肤里。他并不是想伤害我——只是想稳住我，并控制住我的行为——但我的灵魂就像一棵捕蝇草：它会对危险自动做出反应。几乎是违背我的意愿，我又发动了同样的攻击。

这一次，我甚至没能到达以太世界。我无法动弹了。

守护官，是他搞的鬼。这次是他从我身体里吸收能量，像水蛭一样吸取我的"气"。我不由自主，就像向日葵被太阳所吸引，我只能震惊地看着，无能为力。

然后，他停了下来，仿佛我们之间的一根线突然断了。他的眼睛是鲜红色的，像血。

我死死地盯着这双眼睛。他退回去，看着娜什拉。

沉默支配着整个房间。然后，那些戴着兜帽的拉菲姆人都站了起来，并开始鼓掌。我一屁股坐在地板上，呆若木鸡。

娜什拉跪在我身边，把一只戴手套的手放到我的头上。"干得漂亮，我的小旅梦巫。"

我尝到了血的味道，她已经知道了。

娜什拉站起来，转向塞巴，后者目睹了一切，并在伤势允许的范围内表现出了最大的恐惧。现在，她走到他坐的椅子后面，他用好不容易睁开的眼睛目不转睛地盯着她。

"感谢你提供的服务，我们对此都心存感激，"她把双手放在他的脑袋两边，"永别了。"

"不，求你了。不要——求你了！我不想死。佩吉——！"

她猛地扭断了塞巴的脖子。他的眼睛瞪得大大的，嘴唇间发出咕噜一声。

她刚刚杀了他。

"不!"我声嘶力竭地喊道,我几乎说不出话来,无法把目光从她身上移开,"你……你刚刚……"

"太晚了,"娜什拉放开他的头,它扑通一声垂下来,"你本来也能做到这一点,40号,在毫无痛苦的情况下,只要你听从我的命令行事。"

她的微笑触怒了我。她居然在笑。我冲向她,原始的怒火在血液里沸腾翻滚。守护官和阿尔萨菲控制住了我的双臂,把我向后拖去。我又踢又打又挣扎,直到头发都被汗水黏成了一缕一缕的。"你这个婊子,"我尖叫道,"你个婊子,你这条邪恶的母狗!他甚至不是通灵人!"

"确实,他不是,"娜什拉漫步到椅子后面,"但是,黑蒙人的灵魂是最好的奴仆。你不这么认为吗?"

阿尔萨菲快要把我的肩膀弄脱臼了。我紧紧钳住守护官的手臂,那条曾经受伤的手臂,那条我曾经照顾过的手臂。他纹丝不动,但我不在乎。"我会杀了你们的。"我说道,我是面对他们所有人说的。我几乎无法呼吸,但我还是说了出来。"我会杀了你们的。我发誓我会杀了你们的。"

"没必要发誓,40号。我们会替你发誓的。"

阿尔萨菲把我丢到地板上。我的脑壳结结实实地撞到坚硬的大理石上,顿时眼冒金星。我想要移动,但有什么把我钉在了地上。某个人的膝盖抵着我的后背。我的手指在大理石地面上艰难移动着。然后,我的肩上传来一阵令人晕眩的疼痛,这是我有生以来最难以忍受的疼痛。是一股灼热,太热了,我闻到了身体被烤焦的味道。我情不自禁地大声尖叫起来。

"我们起誓,你将永远效忠于拉菲姆人,"娜什拉目不转睛地看着我,"我们以火的印记起誓,XX-59-40,你将永远属于娄宿二家族的守护官。只要你还想活下去,就必须永远抛弃你真正的名字。你的生命属于我们。"

火焰渗透到我的皮肤里。除了疼痛,我无法想任何其他东西。原来如此,他们先杀了塞巴,现在又想把我也杀了。在灯光下,一根注射针头在反着光。

第8章
我的名字

我的血液中充斥着太多的流体。

我在自己的梦景里原地打转。流体已经让它扭曲变形，让它的形状和颜色支离破碎。我听到自己的心脏正在怦怦直跳，吸入的空气灼烧着我的喉咙，鼻子似乎都冒出烟来。

他们正在杀死我。当我与自己的意识作斗争，看着它像炉子里的柴火一样崩塌时，我就是这么认为的。肯定是这样。娜什拉已经知道我是什么人了。她给我下了毒，现在我已经奄奄一息。这种痛苦不会持续多久的，毕竟，在一具尸体中，梦景无法保持原有的形态。然后，这种想法散去了，消失得无影无踪，只留下我一个人徘徊在意识中的黑暗角落。

然后，我发现了它。我的日耀地带，那里处处存在着美好。安全、温暖，我奔向那里，但感觉就像穿过潮湿的沙地一样困难。阴霾一直笼罩着我，将我拖回乌云和阴影之下。我挣扎着抵抗流体的影响，踢打扭动，想摆脱它的控制，重获自由。然后我跌倒了，就像一颗种子跌进了阳光中，跌进了一片花田。

这世上的每个人都有梦景，那是他们意识中美丽的海市蜃楼。在梦中，即便是黑蒙人也能看到他们的日耀地带——只不过不是非常清晰。而通灵人能够深入观察自己的意识，并且生活在那里，直到他们被饿死。我的日耀地带是一片红色的花田，它会随着我的心情而波动变化。当我刚吃的那一小点食物被消化殆尽之后，我看到的整个外部世界都是一片模糊，感到地面都在旋转。不过，在我的意识中，我很冷静，只是看着流体在我周围肆虐横行。我躺在花田中，等待着一切结束。

我又回到了莫德林的房间。留声机在不远处唱出柔和的颤音。另一首被列入我黑名单的歌曲,贾克森的最爱之一——《你见过梦会走路吗?》①。我正俯卧在沙发床上,腰部以上赤裸着。我的头发已经被盘成了一个发髻。

我伸出手来摸自己的脸,皮肤冰冷而黏湿,我还活着。没错,依然浑身疼痛——但毕竟活着。他们还没有杀掉我。

我实在太疼了,无法安静地躺在那里。我试图坐起来,但脑袋还是非常沉重,只能抬起几英寸的距离。我右肩的后部有猛烈的灼痛感。大腿根部也感到隐隐的抽痛,提醒我那里被打过针了——而且这次给我造成的伤害更深。

流体是仅有的几种在动脉里的效果比在静脉里要好的药物之一。我的大腿又红又肿,胸口快速地上下起伏着。我整个人就像着火了一样。不管拉菲姆人做了什么,这不仅非常粗暴,而且还十分残忍。我模模糊糊地记得,在灯光熄灭之前,苏海勒曾向我飞了个媚眼。

也许他们已经动手了,也许我正在死去。

我把头扭向一边。一团火焰在壁炉里燃烧着。而且房间里有人——是我的监护人。

他正坐在他自己的椅子里,凝视着火苗。我仇恨的目光穿过整个房间投向他。我还记得他的双手放在我身上的感觉,他将我拉回来,阻止我拯救塞巴。对于这种毫无意义的杀戮,他心怀愧疚吗?他在乎黑蒙人之家里那些无助的奴隶吗?我很好奇他是否对什么都漠不关心。甚至是他与娜什拉的互动似乎也是机械性的。有什么东西会让这个生物做出反应吗?

他一定是感觉到了我的目光,因为他站了起来。我依然保持静止,不敢移动。我身上有太多的部位受伤了。守护官跪在沙发床旁边。当他举起他的手时,我退缩了一下。他把手背放到了我滚烫的脸颊上。他的双眼又恢复了中性的金色,类似于苹果汁的颜色。

我的嗓子十分酸痛,正在灼烧着。"他的灵魂,"我努力挤出这个

---

① 英文名为"Did You Ever See a Dream Walking",《绿里奇迹》中的一首插曲。

词，说出它让我忍受了极大的痛苦，"离开了吗？"

"没有。"

我用尽所有力气来掩饰自己的痛苦。如果没人念诵挽歌，塞巴的灵魂就会被迫徘徊在人世间。他还是非常害怕，还是非常孤独，最糟糕的是，他还是一个囚徒。

"她为什么不杀了我？"这句话磨得我的嗓子生疼，"她为什么不干脆地了结此事呢？"

守护官没有理睬这些问题。在检查了我的肩膀之后，他从床头柜里拿了一个高脚酒杯，里面斟满了黑色的液体。我迷惑地看着他。他把高脚杯举到我的唇边，并用一只手扶住我的后脑勺。我抗拒着他。他轻柔地抱怨了一声。"这会减轻你腿部的肿胀，"他说，"喝了它。"

我猛地扭开头。守护官把杯子从我嘴边拿开了。

"你不希望被治好？"

我瞪着他，让他不敢再与我对视。

我活下来一定是个意外。他们没有理由不杀掉我。

"你被打上了烙印，"他说，"这些天你必须让我处理伤口，不然会被感染的。"

我扭头去看我的肩膀，并用被单盖住我的胸部。"烙上了什么？"当我在紧绷的皮肤上摸索时，手指都在颤抖。是 XX-59-40。不，不！"哦……你这个混蛋，你这个恶心的混蛋……我会杀了你的。你就等着吧……等你睡觉的时候……"

我的嗓子太疼了。我停下来，喘口气。守护官的目光从我脸上掠过，仿佛正在努力读懂一种外国语言。

他并不愚蠢。他为何会用这种眼光看着我？他们已经给我打上了烙印，就像对待某种牲畜一样。我的地位甚至连牲畜都不如，我只是一个数字。

房间里一片沉默，只能听到我嘶哑的喘息声。守护官把一只戴手套的手放在我的膝盖上。我连忙收回腿，不让他抓住，一阵突如其来的疼痛一直传到我的脚趾尖。"别碰我。"

"烙印迟早会不痛的，"他说，"但你的股动脉就另当别论了。"

他把手滑向更低处，把被单从我的大腿上掀开。当我看到我裸露的大腿时，觉得自己又要吐出来了。大腿肿胀得很厉害，布满了瘀青，几乎都快延伸到我的膝盖上了。我大腿根部周围的区域一片乌黑，布满了血丝。守护官只是在我的大腿上施加了最小的压力，这个无足轻重的动作却让我感到一阵窒息。

"这个伤口不会自行愈合。流体造成的伤口都不会自愈，除非使用另一种更强力的解毒剂。"

如果他按得再用力些，我觉得自己就要死了。

"下地狱去吧。"我喘着气说道。

"这里没有地狱，这里只有以太世界。"

我咬紧了牙关，因为努力忍住啜泣而颤抖不止。守护官把手从我腿上拿开，并转过身去。

我说不清自己在那里躺了多久，只是感到既虚弱又亢奋。我无法思考，只是在想他一定很乐于看到这一切，看到我们恢复了原有的角色：他是猎人，我是猎物。这一次，只有他有控制我的权力，有看着我受苦和流汗的权力。这一次，也只有他有治疗我的方法。

破晓来临。钟声滴答作响。守护官只是坐在他的椅子上，给壁炉添加燃料。我不知道他正在等什么？如果他想等我改变对治疗的看法，他一定会在这里等很长很长的时间。也许他只是被告知要看住我，确保我不会自杀。我无法保证自己不会这么做，那种痛苦几乎让人无法忍受。我的腿变得非常僵硬，只有在抽搐时才会动一下。肿胀的皮肤绷得紧紧的，而且闪着湿润的光，就像一个快要涨破的水疱。

几个小时就像爬一样缓慢地过去了，守护官一直走来走去，没有一刻消停：从窗边、扶手椅、卫生间到书桌前，再回到扶手椅上，就像我不存在一样。有一次，他离开房间，并带回来一些热乎乎的面包，但我拒绝了。我想让他觉得我是在绝食抗议。我想夺回主导权。我想让他觉得自己很渺小，就像我现在的感觉一样。

大腿的疼痛丝毫不见起色，反而是变本加厉了。我按压着发黑的皮肤，持续地施加压力，力道越来越重，直到自己眼冒金星。我曾寄希望于这会让我失去意识，这样我就能有几个小时的解脱，但其效果只是让我再次呕吐起来。当我把发酸的胆汁吐到一个脸盆里时，守护官只是定定地看着，眼神空洞。他正在等着我放弃并乞求他。

我用视线模糊的双眼看着脸盆。我开始吐血了，是浓稠的血块。然后，我的脑袋就落到了垫子上。

我一定是昏过去了。当我醒过来的时候，天色又再次变暗了。如果朱利安已经获准离开公馆的话，他可能会很纳闷我去哪儿了。当然，他可能并没能出来。我的大脑终于可以专注于这些事情了，因为我所有的疼痛都莫名其妙地消失了。

我腿上的感觉也消失了。

我害怕得背脊发凉。我试图动一下我的脚趾，转动一下我的脚踝，但什么也没有发生。

守护官就在我身边。

"我应该提到过，"他说，"如果放任感染不管，你极有可能失去你的腿，或者你的生命。"

我本想啐他一口，但呕吐已经让我处于脱水状态。我摇晃着脑袋，我的视野开始变得模糊。

"别傻了，"他抓住我的头，强迫我看着他，"你需要你的腿。"

他把我逼到两难的境地。他是对的：我不能失去我的腿，我还要逃跑呢。这一次，当他扶住我的后脑勺时，我张开了嘴，大口喝掉了高脚杯里的液体。它的味道很难吃，就像泥土和金属的味道。守护官点点头。"很好。"

我的脸皱成一团，露出厌恶的表情。但是，当我的腿部只剩下轻微的刺痛感时，这种厌恶感没那么严重了。我喝光了难闻的液体，直到只剩下残渣，并用不那么颤抖的那只手擦了一下嘴唇。

守护官再次掀开了被单，我的大腿正在恢复原来的模样。

"现在我们扯平了，"我喃喃低语道，我的嗓子都干涸了，"互不相欠。我治好了你，你治好了我。"

"你可从来没有治好过我。"

我有些结巴了："什么？"

"我从未受过伤。"

"你不记得了？"

"没有这回事。"

我一时不敢相信，难道那次遭遇都是我的想象？他还穿着长袖衬衫，因此我无法向他指出伤口，但这件事确确实实发生过。就算他否认也改变不了分毫。

"那么，我一定是记错了。"我说。

守护官目不转睛地盯着我。他饶有兴趣地看着我，那是一种冰冷的、不带感情的兴趣。

"是的，"他说，"你肯定是记错了。"

这是对我的警告。

塔楼上的钟响了起来。守护官往窗外望去。

"你可以走了。你今晚的状态并不适合训练，但你应该去找些东西吃，"他指了指壁炉台上的一个瓮，"里面有更多的守护符，你需要多少就拿多少。"

"我还没有衣服穿呢。"

"这是因为你即将拥有一套新制服了。"他拿出一套粉色的短袍，"恭喜你，佩吉。你获得了晋级。"

这是他第一次叫我的名字。

第 9 章
不同看法

　　我必须逃离这个地方。当我步入外面苦寒的空气中时,这是我的第一个想法。冥城 I 号看起来一如既往,就像塞巴从未踏足过这里的街道一样——但在我看来,一切则不同了。我脱下了白袍,换上了一件淡粉色的短袍。在我的新马夹衫上,那个锚也是同样恶心的粉红色。我名声扫地了。

　　我不会继续参加下一个测试的,绝不会。如果第一次他们杀掉了一个小孩,第二次他们又会对我做些什么?如果我成了红衣行者,我的红衣上会染上多少人的鲜血?我必须离开。一定有某种方法能让我离开这里,即便我必须在地雷阵中跳舞也在所不惜。任何东西都好过这场噩梦。

　　当我终于找到一条通往鸦巢的小径时,右腿已经既虚弱又沉重了,一种陌生的冰冷感扩散到我的所有内脏。每一次有演员看到我时,他们都会脸色大变。然后,他们又会恢复面无表情,并低垂下头。我的短袍就像一种警告:变节者、叛徒。滚远点,我是个杀手。

　　然而,我不是杀手。是娜什拉杀了塞巴,而不是我——但演员们并不知道这些。他们一定唾弃任何不穿白衣的人。我本该整个晚上都待在莫德林的,但这样一来,我就必须跟守护官待在一起,我可无法忍受和他再多待一分钟。我一瘸一拐地穿过令人产生幽闭恐惧症的通道。我必须找到莉斯,她能帮助我摆脱这场噩梦。一定有办法的。

　　"佩吉?"

　　我停下来,双腿还是颤抖着。走路已经让我精疲力尽。莉斯正从她的家里往外看。她瞥了一眼我的粉色短袍,然后变得浑身僵硬。"莉斯。"我先开口道。

"你通过了测试。"她的脸色阴沉了下来。

"是的,"我说,"但……"

"你逮捕了谁?"

"没逮捕谁。"她看起来难以置信,我意识到自己必须告诉她真相。"他们想让我杀了——塞巴。那个黑蒙人,"我垂下了眼帘,"而现在,他已经死了。"

她猛地向后一缩。

"好吧,"她说,"那么,再见了。"

"莉斯,"我说,"请听我解释。你不会……"

她猛地拉上了门帘,将我挡在了外面。我的身体靠着墙面滑落下来,感觉浑身没力。我不再是他们中的一员了。

塞巴。我在脑海中喊着他的名字,不管他们把他的灵魂藏在了哪里,我都会努力把它引出来。然而,以太世界中毫无动静。甚至连一阵刺痛也感觉不到。即便是呼唤他的姓氏,也得不到任何回应。我一定是漏掉了中间名。那个男孩是如此依赖我,这么确定我会救他,然而当他死去的时候,对我来说,他还是个陌生人。

仿佛门帘都在对我怒目而视。莉斯一定觉得我是个不折不扣的人渣。我闭上双眼,试图忽略大腿上的钝痛。也许我能找到另一个粉衣行者互相交换信息——但我并不想这么做。我不信任他们。他们大部分都是杀人凶手,都出卖了某个人。如果我想要跟一个不是背叛者的人谈谈,就必须向莉斯证明我是可以信赖的。奋力走路让我大汗淋漓,我费劲地站起来,前往食品摊位。我也许能在那里找到朱利安。并不是说他就愿意和我说话,但他大概会给我一个解释的机会。

一道光吸引了我的目光。是一个火炉,一群演员正在一座小坡屋里吞云吐雾,颓然地侧躺着,争夺着不多的空气。又是紫菀。蒂尔达就混迹其中,她的头靠在一个垫子上,她的白袍又脏又皱,就像一张用过的纸巾。我摸索着我的马夹衫,寻找我之前拿到的绿色胶囊。我随身带着这药片。我一边留意着我的腿,一边跪到了她身边。

"蒂尔达?"

她的眼睛唰的一下睁开了:"什么事?"

"我带来了药片。"

"等一会儿,我还在王位上呢。给我一分钟,洋娃娃。也许是两分钟,或者五分钟。"她转了个身,趴在那里,沉浸在一种不为外人所知的欢乐中。"梦景都变成紫色的了,你是真的佩吉吗?"

我等待着紫菀的效力慢慢散去。蒂尔达花了整整一分钟大笑,连发根都笑得发红了。我能感觉到她的"气"中的疯狂气息,感觉到它是如何被药物刺激和改变的。其他通灵人也没有想要清醒过来的迹象。最后,蒂尔达用颤抖的手揉了揉脸,并点点头。

"好了,我被废黜了。药片在哪儿?"

我把它递给她。她从各个角度观察着它,并用手指摸来摸去,以感觉它的质地。然后,她把它掰成两半,用手指捏碎了其中的半个,闻了闻残渣,并尝了一口。

"你的监护人又出去了。"我说。

"她经常出去,"她把剩下的那一半还给我,"是草药,但我无法说出是哪种草药。"

"你知道有谁能告诉我答案吗?"

"那里有一家杰瑞之店,卖给我紫菀的那个家伙也许能告诉你。接头暗语是镜子[①]。"

"我会去拜访他的,"我站起身,"我也不会再打搅你和紫菀共度良宵了。"

"谢了,拜拜。"

她又一头倒回垫子上。我很好奇,如果苏海勒在这里发现了他们后,会怎么做。

我花了一些时间才找到杰瑞之店。鸦巢中有许多个房间,大部分被两到三人的小组所占据。他们在狭窄的窝棚里苟且度日,蜷缩着围坐在一个煤油炉边,盖着睡觉的被单上散发着湿气和小便的恶臭。他们吃能找到的任何东西。如果他们什么都没找到,就得忍饥挨饿。他们喜欢过集体生活有两个理由:第一,这样他们就不必面对其他选择;第二,因为这座城市的苦寒。这里没有卫生设施和医疗用品,除非他们用偷来的。这里就是你生命的终点站。

---

① 原文为意大利文。

杰瑞之店隐藏在一层层厚重的窗帘后面。你必须懂点门道才能找到它。在询问了一个哈莱人之后，我才找到了它。她看起来不太愿意告诉我，警告我那里有敲诈勒索和漫天要价的行径，但还是向我指出了正确的方向。

看守店铺的是我在演讲上见过的译师男孩。他坐在一个垫子上，正在玩着骰子。他已经没有穿白袍了，他一定是没有通过他的测试。拉菲姆人要一个译师有什么用呢？

"你好。"我打了个招呼。

"嗨。"那是一个纯净而甜美的声音。一个译师的声音。

"我能见见当铺老板吗？"

"口令是什么？"

"镜子。"

那个男孩站了起来。他的右眼涂着厚厚的药膏，是被感染了。他把垫子拉到一边，让我通过。

伦敦的杰瑞之店通常都是小型的无证场所，位于中央军区治安较差的地方。在 II-6 区，它们也会出现在小教堂里。这个当铺老板把商店开在帐篷里，它是拿莉斯表演用的那种缎带制成的。在一盏孤零零的煤油灯的照耀下，我发现房间有一半都被改造成了镜子屋。当铺老板坐在一把破破烂烂的皮质扶手椅上，凝视着沾满污迹的镜子。那些镜子泄露了他的专长，他是一个镜占师。

他是一个灰白头发的男人，对于演员来说，他算是吃得酒足饭饱的了。当我进入时，他把一个单片眼镜架在眼睛上，观察镜子中的我。他有着先知那种看尽世事的迷蒙眼神。

"我以前绝对没有见过你。不管是在我的镜子里，还是在我的商店里。"

"第二十个骸骨季来的。"我说道。

"我明白了，谁是你的主人？"

"大角星·娄宿二。"

不管是听到，还是说出来，我都对这个名字感到恶心。

"天哪天哪，"他拍拍自己的大肚腩，"这么说你是他的房客。"

"你叫什么名字？"

"XVI-19-16。"

"你的真实姓名。"

"我已经不记得了,但如果你更喜欢用所谓的真名的话,演员们都叫我老鸭头。"

"我知道了。"

我弯下腰来看他的存货。大部分货品都是守护符:裂开的手镜、装满水的玻璃瓶、碗和杯子、珍珠、几袋动物骨骼、塔罗牌和预言石。此外,这里还有各种植物。紫菀、石楠、琴柱草、麝香草,还有其他可供燃烧的草药。这里也有更多实用的货品,也就是生存必需品。我仔细查看了那堆东西:被单、软塌塌的垫子、火柴、镊子、外用酒精、阿司匹林及土霉素、罐装固体酒精、装着褐霉素的小滴瓶、绷带和消毒剂。我拿起了一个古旧的火绒箱。"你是从哪里得到所有这些东西的?"

"各种地方。"

"我猜拉菲姆人对此不知情。"他露出微笑,虽然只有一点点。"那么这家非法商店是如何运营的呢?"

"嗯,比如说,如果你是一个骨头占兆师,就会需要骨头来协助你发挥通灵能力。如果以前骨头都被没收了,你就不得不去寻找新的骨头。"他指了指一个写着普通耗子的袋子。"而我会给你一个任务。我可能会要求你带来更多的日用品,或者告诉我一条有用的信息——你需要的货品价值越高,任务就越危险。如果你完成了任务,我就会把那些骨头给你。你必须给我一定数量的守护符作为押金,当你归还货品时,我会把押金还给你。这是一个简单却高效的体系。"

这听起来可不像一个只用典当物品换取借款的传统当铺。"如果我想知道一些信息,你开价多少?"

"这取决于你想知道的是什么消息。"

我把剩下的一半药片放到他面前。"这是什么?"

他眯着眼睛仔细打量着它。他摘下单片眼镜,又把药片拿起来看。他肥胖的手指开始打颤。"为了得到这个,"他说,"我愿意给你任何你想要的东西,只要店里有的,完全免费。"

我皱起了眉头。"你想要这玩意儿?"

"哦,是的。这东西非常值钱,"他把那一半药片放到手掌上,"你是从哪里得到的?"

"消息是有价的,老鸭头先生。"

"如果你带给我更多这个,我就永远不会向你收费。随便拿你喜欢的东西吧,每粒药片换一样东西。"

"告诉我这到底是什么,不然交易免谈。"

"每粒药片换两样东西。"

"不行。"

"知道太多是危险的,换作别人是不会为这个付钱的,"他把药片放到煤油灯旁边,"我只能告诉你,这是一种草药胶囊,而且它是无害的。这够了吗?"

用两样东西换一粒药片。这里的货品可以拯救鸦巢里很多人的生命。

"三样东西,"我说,"同意的话,我们就成交。"

"太好了,你真是一个精明的女商人,"他把双手搭成尖塔状,"那么,你的另一个身份是……?"

"针占卜师。"

这是我的惯用谎言。在某种程度上,也是一种能力测试。我很喜欢看他们是否相信我。老鸭头咯咯笑起来。"你不是一个占卜师。如果我有灵视能力,我会认为你是另一种完全不同的类型。你拥有灼热如火的'气',就像焖烧的余烬,"他用手指敲了敲一块镜子,"今年我们可能又收获了一些有趣的东西。"

我紧张起来:"什么?"

"没什么,没什么,只是自言自语。一种让人四十年不疯掉的最好方法。"他的嘴角扬起一丝微笑。"告诉我——你怎么看待守护官?"

我把火绒箱放回到桌子上。

"我还以为大家的看法都一样。"我说。

"完全不是,在这里有许多不同的意见,"老鸭头的拇指在单片眼镜的镜片上摩挲着,"许多人认为血继配偶是最有魅力的拉菲姆人。"

"也许你是这么想的,但我发现他是一个面目可憎的家伙,"我直接迎上了他的目光,"我要拿我的货品了。"

他坐回到椅子里。我挑选了一罐固体酒精、一些阿司匹林,以及褐霉素。"很高兴与你做生意,"他说,"怎么称呼?"

"马霍尼,佩吉·马霍尼,"我背对着他,"如果你更喜欢用真名的话。"

我走出了这个巢穴。他的眼睛一直盯着我的背脊,让我后背发凉。

这些问题就像审讯。我不能说错一点点,我很清楚这点。我准确地说出了我对守护官的看法。至于老鸭头为何想从我嘴里套出些别的东西,我就不知道了。

在走出去的途中,我把那瓶褐霉素丢给了译师。他歪着脖子,抬头看我。

"给你治眼睛的。"我说。

他疑惑地眨眨眼睛。我继续往前走。

等找到正确的窝棚后,我用指关节敲击着外墙。"莉斯?"没有回音,我又敲一下,"莉斯,是我佩吉。"

窗帘被拉开来了,莉斯提着一盏小灯现身了。"让我一个人待着,"她的声音既含糊又幽怨,"求你了。我不跟粉衣或红衣行者说话。对不起,我只是做不到这点。你必须去找其他同类了,好吗?"

"我没有杀塞巴,"我拿出了固体酒精和阿司匹林,"看,我从老鸭头那里拿来了这些。我只想跟你谈谈,好吗?"

她先是看看那些货品,然后又看看我的脸。她皱起了眉头,噘起了嘴。"好吧,"她说,"你最好进来说。"

当我告诉她测试的经过时,我并没有失声痛哭。我不能这么做。老贾痛恨眼泪。(你是一个冷酷无情的街头女混混,亲爱的。要像个样子,那才是好洋娃娃。)即便在这里,在他对我鞭长莫及的地方,我也觉得他正在观察着我的一举一动。然而,一想到塞巴被拗断的脖子,我还是感到一阵恶心。我无法忘记他眼中的震惊,他呼喊着我的名字。等到故事讲完之后,我沉默地坐了一会儿,把我僵硬的腿尽可能地往前伸直。

莉斯递给我一个热气腾腾的玻璃杯。

"喝了它。如果你想要躲开娜什拉的话,就必须让自己变得更加强大,"她坐了回去,"现在她知道你有什么能力了。"

我小口啜饮着杯子里的饮料,喝起来像薄荷水。

我的双眼又红又肿,嗓子还是生疼,但我不会为塞巴哭泣。当莉斯坐在我身边时,我觉得放声大哭有点失礼。她的整个脸都肿了,脖子上也有手指的掐痕,她的肩膀也脱臼了——即便如此,她还是觉得我的幸福比她的重要。"现在,你又是大家庭的一员了,姐妹。"她说着,用一只手把一种暖乎乎的药膏敷在我的烙印上。我皮肤上烧伤的疼痛减轻了,但她说这铁定会留下疤痕。那就是重点所在,它会每天提醒我,我属于谁。

朱利安已经睡了,身上盖着一条褪色的被单。他的监护人去拜访她的家族成员了——太微左垣五家族。如果他不是已进入梦乡,我会给他一些阿司匹林。他的鼻子看起来好转了一些。那天黎明我爽约之后,他就到这里来找我了,莉斯接纳了他。他们两个已经尽力修补了这个窝棚,但这里还是冷得像冰窖。不过,莉斯仍然邀请我在这里过夜,而我求之不得。我正想逃离莫德林学院。

莉斯用一个旧开瓶器打开了那罐固体酒精。

"谢谢你弄来了这个,我已经有段时间没看到罐装燃料了。"她取出一根火柴,并点燃了果冻状的酒精,一团干净的蓝色火焰出现了。"你从老鸭头那里拿到的?"

"付钱了。"

"你给了他什么?"

"我的一粒药片。"

莉斯挑起一边眉毛。"他为什么想要这个?"

"因为我拿到的药片其他人都没有,我也不知道它是什么。"

"如果你能用它们贿赂老鸭头,它们就值得珍藏,他的任务都是高风险的。他让别人潜入公馆,为他偷东西。多数情况下,他们都会被抓住。"

她抽搐了一下,紧抱住自己的肩膀。我从她手上拿过了固体酒精,把它放在我们之间。"是南河二干的?"我问道。

"没过多久,他就厌倦了塔罗牌。他并不总是喜欢它们向他展示的东西。"她仰躺着，并拉了一个枕头垫在脖子底下。"没关系，我也不是经常见到他，我甚至觉得他大部分时间都不在城里。"

"你是他唯一的人类房客？"

"嗯，那就是他憎恨我的原因。我的处境跟你差不多，被一个从不选择人类的拉菲姆人领养了。他本以为我有潜力，以为我会成为冥城I号最好的掘骨者之一。"

"掘骨者？"

"那是我们对红衣行者的称呼。他以为我会争取到那个颜色的衣服。然而，我让他失望了。"

"怎么会？"

"他要求我预言一个哈莱人的情况。他们觉得他是一个背叛者，并且试图逃跑。我知道那是真的，预言会牵连到他。我拒绝这么做。"

"我也不想这么做，但她还是看出了我是什么类型的通灵人，"我揉了揉太阳穴，"而现在，塞巴也死了。"

"在这里，黑蒙人的死是常有的事。不管你做什么，他最终都会变成一堆白骨。"她再次站起来。"来吧，我们吃点东西。"

她把手伸向她的木匣子。我凝视着里面的东西：一包速溶咖啡、几罐豆子、四个鸡蛋。"你是怎么拿到这些的？"

"我找到的。"

"在哪儿？"

"有个黑蒙人把它们藏在他的公馆附近，是随着骸骨季带来的剩余物资。"莉斯拿出一个铁罐子，并从一个瓶子里倒出水，将它灌满。"我们会吃得像女王那么好。"她把那个罐子推到固体酒精上。"你还撑得住吗，朱尔斯？"

我们的声音一定早就把他吵醒了。他掀开被单，盘腿坐了起来。"好多了，"他用手指压了压自己的鼻子，"谢谢你的药，佩吉。"

我点点头。"你什么时候开始你的测试？"

"不知道。阿鲁德拉本应教会我们如何升华，但她却把大部分时间花在欺负我们上。"

"升华？"

"把普通物品变成守护符。那晚，当你过来看我时，我们使用的魔杖就是经过升华的。任何人都能使用它们，不止是占卜师。"

"它们能做什么？"

"它们能对最近的灵魂产生一定的控制力，但你无法用它们看到以太世界。"

"因此，它们并不是真正的守护符。"

"但还是很危险，"莉斯说，"腐坏者能使用它们。我们最不想见到的就是新芽帝国也能使用的灵化武器。"

朱利安摇摇头："新芽帝国永远都不会使用守护符，他们憎恨通灵能力。"

"但不讨厌拉菲姆人。"

"我怀疑他们喜欢拉菲姆人，"我说，"即便他们是通灵人。艾冥已经打到了家门口，他们别无选择，只有服从。"

水烧开了，冒出热腾腾的蒸汽。莉斯把水倒进三个纸杯里，并混入了咖啡。我有好些天没闻到咖啡的香味了，也许已经是好几周了。我来到这个地方到底有多久了呢？

"给你。"她把一杯咖啡递给我，把另一杯递给朱利安。"阿鲁德拉一般让你睡在哪里，朱尔斯？"

"一个没有光的小黑屋，我觉得那里曾经是酒窖。我们都睡在地板上。费力克斯患上了幽闭恐惧症，埃拉开始想家了。他们每天有一半时间都在哭泣，我无法入睡。"

"只要被赶出来就行了。外面的生活很艰辛，但是不如有监护人的生活那么艰辛。只有在错误的时间出现在错误的地点，我们才会沦为拉菲姆人的食物。"莉斯小口喝着杯子里的咖啡。"有些人完全受不了外面的生活。我有一个朋友原来和我同住在这里，但后来她乞求她的监护人再给她一个机会。现在，她是个掘骨者了。"

我们在沉默中喝光了咖啡。莉斯又煮了一些白煮蛋，我们剥了壳就直接吃了。

"我在想，"朱利安说，"不管他们来自何方，拉菲姆人真的还能回到他们的故乡吗？"

莉斯耸耸肩："我猜能。"

"我只是不理解他们为何要待在这里。我的意思是，他们并不经常待在这里。在他们找到我们之前,他们吃的又是什么?"

"这也许和嗡嗡兽有关,"我说,"娜什拉说它们是'寄生种族',对吧?"

朱利安点点头:"你觉得是嗡嗡兽夺走了他们的某些东西?"

"他们的理智?"

他嗤之以鼻:"是呀,也许在嗡嗡兽把好人基因从他们的身体里全都吸走之前,他们都是好人。"

莉斯并没有笑。"有可能是'灵化临界点',"我说,"娜什拉的确说过,当临界点被打破时,它们就会出现。"

"我不认为他们会告诉我们实情,"莉斯听起来很紧张,"他们不太可能到处宣扬这种事情。"

"为什么不?如果他们如此强大,我们又是这么弱小,有保密的必要吗?"

"知识就是力量,"朱利安说,"他们拥有知识,而我们没有。"

"你错了,兄弟。知识很危险,"莉斯收起双腿,把下巴搁在膝盖上,这就跟老鸭头的暗示如出一辙,"一旦你知道了某件事,就再也无法摆脱它了。你不得不背负着这个秘密,永远不得安宁。"

朱利安和我交换了一个眼神。莉斯在这里待了很长时间,也许我们应该无条件地接受她的建议。或者,我们不应该这么做。也许她的建议会杀了我们。

"莉斯,"我说,"你曾经想过反击吗?"

"每天都想。"

"但你并没有付诸行动。"

"我想过徒手挖出苏海勒的眼睛,"她咬牙切齿地说道,"我想过要枪杀娜什拉,射遍她身体的每个部位,想了有一百次。我想过刺穿南河二的咽喉,但我知道他们会先杀了我,因此我没有付诸行动。"

"可是,如果你一直这样想的话,就会永远被困在这里,"朱利安温柔地说道,"你希望这样吗?"

"当然不想,我想回家,虽然我不知道哪里是我的家,"莉斯转开头,"我知道你是怎么看我的,你一定觉得我没有骨气。"

"莉斯,"我说,"我们不是这个意思……"

"不，你们就是这个意思。我不怪你们。不过，如果你们这么想要知识的话，让我告诉你们一件事吧。早在第十八个骸骨季，也就是2039年，这里就发生过一场叛乱。冥城Ⅰ号的整个人类群体揭竿而起，反抗拉菲姆人。"她眼中的痛苦让她看起来一下子老了好几十岁。"他们全都死了——黑蒙人、通灵人，所有人。红衣行者不再战斗后，艾冥长驱直入，杀了他们所有人。而拉菲姆人只是放任他们这么做而已。"

我看着朱利安，他的目光一直没有离开莉斯。

"他们说，这是人类罪有应得。因为他们不服从命令。当我们到达这里时，这是他们告诉我们的第一件事情。"她在指间玩弄着她的塔罗牌。"我知道你们两个都是战士，但我不想看你们死在这里，至少不是像这样白白死去。"

她的话语让我沉默了。朱利安用一只手挠挠头，并转头看着炉子。

我们并没有再继续叛乱的话题。我们吃着豆子，将那些罐头一扫而空。莉斯把她的那副牌搁在了膝盖上。一分钟之后，朱利安清了清喉咙。

"你住在哪儿，莉斯？在此之前。"

"克兰德霍尔，在苏格兰的因弗内斯附近。"

"新芽帝国是如何统治北方的？"

"跟南方没什么两样，真的。大城市都实行同一套体系，但安保部队的规模比伦敦更小一些。军队还是受制于最高审判者的法律，就像要塞一样。"

"你为什么来南方？"我问道，"很显然，苏格兰高地对通灵人来说更安全。"

"那其他人为什么要来新伦敦呢？工作。赚钱。跟黑蒙人一样，我们需要吃饭。"莉斯拉了一条被单披在肩上。"我的父母太害怕住在因弗内斯的市中心了。与集团不同，通灵人在那里没有组织。老爸觉得我们应该到要塞去碰碰运气。我们依靠原来的积蓄来到了伦敦。我们接近过一些哑剧领主，但他们都不需要占卜师。盘缠都花光后，为了晚上有一个容身之所，我们被迫在街头卖艺。"

"然后,你们就被抓了。"

"老爸病得很严重,没能逃脱。他六十多岁了,在街头染上了各种重病。我继承了他的衣钵。有个女人接近我,让我解读未来,"她用拇指拨弄着那副牌的头几张,"我当时九岁,我并没有意识到她是守夜人。"

朱利安摇摇头。"你在塔丘待了多久?"

"四年。他们有好几次让我坐水凳,逼我说出我的父母在哪里。我说我不知道。"

这并没有让她感觉好受些。"你呢,朱利安?"我问道。

"莫登,IV-6区。"

"那是最小的辖区,不是吗?"

"是的,那就是集团没有管它的原因。我曾经参加过一个小团体,但我们并不进行哑剧犯罪,只有一些古怪的降神会。"

我感到一阵突然的失落。我想我的团队了。

朱利安很快向困意投降了。固体酒精的燃料越来越少,莉斯看着它逐渐耗尽。我假装睡着了,但满脑子想的都是第十八个骸骨季。肯定有很多人已经死去,而他们的家人却永远不会知情。这里没有审判,没有上诉。这种不公平让我感到恶心。难怪莉斯那么害怕反抗。

就在那时,警报器鸣响了。

朱利安猛地惊醒了。那个喇叭发出吱吱嘎嘎的噪音,越来越响,最后变成了尖锐的鸣笛声。我的身体立刻做出了反应,我感到双腿刺痛,心跳加速。

从通道里传来隆隆的脚步声。朱利安回头紧盯着破布做成的门。三个红衣行者路过,其中一人举着熊熊燃烧的火把。莉斯睁开眼睛,保持静止,纹丝不动。

"他们有刀。"朱利安说。

莉斯挤到窝棚的角落里。她拾起了她的那副牌,一只手环抱着膝盖,低着头。"你必须得走了,"她说,"现在。"

"和我们一起来吧,"我说,"只需要偷偷溜进一个公馆。你在这里不安全……"

"你想被阿鲁德拉责骂吗？或者是守护官？"她抬头愤怒地瞪着我们，"我在这里已经十年了。赶快走吧。"

我们交换了一个眼神。我们已经迟到了。我不知道守护官会对我做什么，但我们都知道阿鲁德拉·太微右垣四有多么暴力。这次她甚至可能杀了他。我们立刻逃出了窝棚，没命地奔跑着。

第 10 章
情报

当我回到公馆时,警报器还在鸣响着。我无数次地敲门,并大声报出我的号码,努力盖过喇叭的声音。XIX-49-33 这才打开了门。确认我是人类后,她把我拖了进去,重重地摔上了门,并大声赌咒下次还迟到就再也不给我开门。她不安地拉上了门闩,手指还在颤抖着。我径直离开了。

当我抵达走廊的时候,警报器终于安静下来。这次艾冥没有攻破城门。我把头发向后梳成马尾,并努力让呼吸缓和下来。一分钟之后,我强迫自己看着门口,看着螺旋状的石头台阶。我必须这么做。我又花了点时间才镇定下来,然后走上那些台阶,来到塔楼,他的塔楼。一想到要跟他睡在同一个房间里,和他分享同一个空间,呼吸相同的空气,感受他的热量,我的皮肤就直起鸡皮疙瘩。

当我到达的时候,钥匙已经插在门上了。我转动它,并悄无声息地踏上了石头地板。

看来还不够悄无声息。在我跨过门槛的那一秒,我的监护人站了起来。他双眼的火焰熊熊地燃烧着,发出灼热的光芒。

"你去哪儿了?"

我努力维持着虚弱不堪的精神防卫:"外面。"

"不是告诉过你,如果警报器鸣响的话,就要回到这里吗?"

"我以为你指的是莫德林学院,而不一定要在这个房间里。你应该说得更明确些。"

我都能听出我声音里的傲慢无礼。他的眼神黯淡了下去,嘴唇紧抿成一条僵硬的线。

"你对我说话时,应该心怀敬畏,"他说,"不然,我会再也不允许你踏出这个房间一步。"

"你的所作所为无法赢得我的尊重。"我咄咄逼人地瞪着他,他也以眼还眼。看到我既没有进一步行动,也没有转开目光,他大步从我身边走了过去,然后摔上了门。我并没有退缩。

"当你听到警报器鸣响时,"他说,"就要停止手头的一切事情并回到这个房间。明白了吗?"

我只是盯着他看。他弯下腰,让他的脸与我相对。

"需要我再重复一遍吗?"

"我建议你不用那么做。"我说。

我很确定他会打我。没有人敢对拉菲姆人这么说话。不过,他只是直起了身子。

"我们明天会开始你的训练,"他说,"当晚钟敲响时,我希望你已经做好准备。"

"训练的目的是什么?"

"为你的下一场测试。"

"我可不想通过。"我说。

"那么你就只能成为一个演员。你的余生将不得不活在红衣行者的嘲笑和唾弃中,"他仔细打量着我,"你希望变成一个弄臣?一个小丑?"

"不。"

"那么,你最好照我说的做。"

我被噎住了。尽管我恨这个生物,但也有充足的理由害怕他。我回忆起了在黑暗的小教堂中,当他站在我身上吸收我的"气"时,他那张冷酷无情的脸。对于通灵人来说,"气"就跟血液和水一样至关重要。没有这个,我会进入灵魂休克状态,最终死去或失去理智。我的灵魂会四处流浪,无法前往以太世界。

他走向帷帘,把它们拉了起来,露出了后面虚掩的小门。"黑蒙人已经替你清理了楼上的房间。除非我有其他指示,否则你得一直待在里面。"他停顿了一下。"你也应该知道,除了训练期间,我们两人之间是禁止有直接身体接触的,即便是戴着手套也不行。"

"因此,如果你回到这个房间时受伤了,"我说,"我应该看着你等死?"

"是的。"

骗子。我没来得及控制住自己,接下来的话就脱口而出了。"我非常乐意遵守这个命令。"

守护官只是看着我。这几乎惹恼了我,他是如此无视我的不敬。他一定有一个死穴。然而,他只是把手伸进抽屉,拿出了我的药片。

"吃了它们。"

我知道争论毫无意义,我吃了那些药片。

"喝了这个,"他递给我一个玻璃杯,"去你的房间吧。为了明天的训练,你需要好好休息一下。"

我的右手紧握成拳。我对他的命令感到恶心。那天,我本该让他血尽而亡。我到底为什么要帮他包扎伤口呢?我究竟犯了什么罪,难道是为我的敌人疗伤吗?老贾如果看到我这样,一定会嘲笑自己当初看走了眼。小蜜蜂,他会这么说,你只是还没长出刺来。也许我就是这样,目前还没有长出刺来。

当经过守护官的身边时,我小心地避免与他有任何接触。但在我步入黑暗的通道之前,目光还是与他不期而遇。他在我身后锁上了门。

沿着另一个旋转楼梯,我来到了塔的上层。我观察着我的新住所:一个巨大的空房间。潮湿的楼梯和带栅栏的窗户让我想起了拘禁处。窗台上有一盏煤油灯在燃烧,带来一些微光以及更微弱的暖意。在它的旁边是一张床,有着围栏和凹凸不平的床垫。相较于守护官的四柱床上过分浪漫的天鹅绒床罩,这里的床单显得过于简素。事实上,整个房间都散发着"人类是劣等生物"的味道——但总比与他分享一个房间要好。

我检查了房间的每个角落和每个缝隙,就像我在楼下房间做的那样。当然了,无路可逃,但这里有一个卫生间,里面有马桶、水槽和一些卫生用品。

我想起了朱利安,他还住在黑暗的地窖里;我还想起了莉斯,她正在窝棚里瑟瑟发抖。她甚至没有一张床,她一无所有。住在这里的感觉并不好,但是远远要比鸦巢暖和干净,也更安全。石墙会保护我免遭艾冥的袭击，而莉斯只有破烂不堪的窗帘。

他没有给我睡衣，我只好穿着内衣睡觉。这里没有镜子，但我能看出自己瘦了。压力、流体的毒害和缺乏有营养的食物，这些已经对我产生了不好的影响。我将灯光调暗，然后钻进了被单中。

此前，我从未感到疲惫，但现在我发现自己有点昏昏欲睡了，而且开始胡思乱想，想起了过去，想起了最终导致我来到这里的那些奇怪经历。我回忆起最初与尼克相遇的那一刻。是尼克介绍我和贾克森认识的。尼克，他救过我的命。

那时我九岁，刚刚来到英格兰。有一次，父亲和我想要离开伦敦往南走，进行他所谓的"商务旅行"。为了让我们离开要塞，他必须想办法把我们的名字放到候补名单上。经过几个月的等待之后，我们终于被允许去拜访我父亲的老朋友——吉赛尔。她住在一座糖果般粉红的房子里，屋顶上还有天窗。房子坐落在一个铺着鹅卵石的小山坡上。周围的环境让我想起了爱尔兰：开阔而丰饶的美景，野性未驯的大自然，这些都是被新芽帝国摧毁的东西。夕阳西下，当我父亲没有注意时，我会爬上屋顶，靠在高高的砖砌烟囱上。我会眺望山峦、天空下的大片森林，我会想起我的表哥芬恩还有其他爱尔兰的鬼魂，我还会想起我的祖父母，感到痛彻心扉。我永远弄不明白他们为什么不跟我们一起搬过来。

然而，我真正想看到的是开放辽阔的水域。是大海，令人惊叹的大海，就像一条一直延伸到自由之地的闪闪发光的道路。在大海的对面，爱尔兰正在等着我，想把我唤回家——回到灰草甸，回到飘荡着反叛者之歌的丁香树旁。我父亲保证我们会看到它，但他忙着与吉赛尔叙旧，他们经常一直深谈到半夜。

我当时太小了，无法看清这个村庄的真正面目。在要塞里，通灵人的处境也许是危险的，但他们也无法逃往田园牧歌般的郊外生活。因为远离执政府，小镇里的黑蒙人变得更加紧张了。对反常能力的猜忌氛围笼罩着这些联系紧密的社区。他们养成了互相监视的习惯。他们会仔细搜寻水晶球或预言石的踪迹，随时准备上报给最近的新芽帝国岗哨，或者亲自将通灵人就地正法。一个真正的通灵人撑不过一天。即便做到了，他们在这里也找不到工作。土地需要有人照料，但不需要很多人手。他们用机器耕作土地。只有在要塞，通灵人才能用正当的手段赚到钱。

我不喜欢走得离房子太远，特别是在没有父亲陪伴的时候。这里的人太会嚼舌头，太会监视他人，而吉赛尔也以眼还眼，以牙还牙。她是一位严肃的女士，有着瘦削而刚毅的脸庞，每根手指上都戴着一枚戒指。在她的手臂和脖子上，又细又长的静脉血管微微凸起。我不喜欢她。但有一天，我在屋顶上找到了一个避难所：一片虞美人花田，一汪铁红色天空下的红色湖水。

每天，当我父亲以为我在楼上玩时，我都会走到那片花田，在我的新平板电脑上读几个小时的书，看着虞美人在我周围频频点头。正是在这片花田里，我第一次真正邂逅了灵魂的世界——也就是以太世界。当时我不知道自己是通灵人。对于一个九岁小孩来说，反常能力还只是一个传说，一头面目模糊的妖怪。我还无法理解那个世界。我只知道芬恩告诉过我的事情：海那边的坏人不喜欢像我这样的小女孩，我不再安全了。

那天，我终于知道他是什么意思了。当走进那片花田时，我感觉到了一个愤怒的女人的存在。我看不见她，但我能感觉到她。我感觉她就在虞美人花田中，在风中。我感觉她存在于大地中，也存在于空气中。不知为何，我伸出手，想弄清她到底是什么。

然后，我就躺在地上了，还流着血。这是我第一次遭遇骚灵，一个愤怒的灵魂，强大到甚至能入侵物质世界。

我的救星很快就赶到了。一个年轻男子，又高又壮，有着如冰一般的浅金色头发，以及一张非常友善的脸。他询问了我的名字，我结结巴巴地说了出来。当他看到我受伤的手臂时，便把他的外套裹在我身上，并把我带到了他的车上。他的衬衫上有新芽救助站的刺绣字样。当他拿出注射器时，我小小的身体顿时被恐惧所淹没。"我的名字是尼克，"他说，"你安全了，佩吉。"

针头扎进了我的皮肤里。有点刺痛，但我没有哭。整个世界逐渐变黑，我什么也看不见了。

在黑暗中，我开始做梦。我梦见了虞美人在沙尘中苦苦挣扎。我以前做梦时，从未看见过色彩，而现在，我满眼都是红花和夕阳。花儿们保护着我，洒下花瓣，铺成一条花毯，覆盖在我发烧的身体上。当我醒过来时，我正靠在一张铺着白床单的床上。我的手臂上绑着绷带。疼痛已经消失了。

那个金发男子就在我身边。我还记得他的微笑，只是一个小小的微笑——但足以让我回以微笑。他看起来就像一位王子。

"你好，佩吉。"他问候道。

我问他自己在哪里。

"你在医院里，我是你的医生。"

"你看起来年纪还不够大，不像是医生。"或者说还不够吓人。"你多大了？"

"十八岁，还在学习中。"

"你没把我的手臂缝得很可笑吧？"

他大笑起来。"好吧，我尽力了。接下来，你必须告诉我你究竟在想什么。"

他说，他已经告诉我父亲我在哪儿，我父亲正在赶来看我的路上。我说我感觉有点恶心。他说这很正常，但我必须休息，等这种感觉消失。我还无法进食，但是等到晚餐时，他会给我吃一些好吃的。这天剩下的时间他一直坐在我身边，只有去医院食堂拿几个三明治和一瓶苹果汁的时候才会离开一会儿。我父亲曾经告诉我不要跟陌生人说话。然而，我并不害怕这个说话温柔而友善的男孩。

尼克拉斯·尼加德博士，一个来自新芽帝国斯德哥尔摩要塞的移民，他让我在那一晚活了下来。他陪伴我熬过了完全变成通灵人的紧张过程。如果没有他，我可能要忍受更多的痛苦。

几天之后，我父亲开车把我接回了家。他在一个医学会议上就见过尼克。尼克在这个小镇上接受训练，然后才能在新芽科研所获得一个永久的职位。他从没提过自己当时在虞美人花田里做什么。当我父亲在车里等我时，尼克跪在我面前抓住了我的手。我记得当时自己只是在想他真是太帅了，在他弯弯的眉毛下面，是那可爱的冰绿色眼睛，显得是那么完美。

"佩吉，"他的声音非常小，"听我说，这非常重要。我已经告诉你父亲你被一条狗攻击了。"

"但那是一位女士。"

"是的——但那位女士别人是看不见的,小糖果①。有些大人不太了解自己看不见的事物。"

"但你肯定了解。"我说道,我对他的智慧很有信心。

"我是了解,但我不想让其他大人嘲笑我,因此我不会告诉他们。"他摸了摸我的脸颊。"你永远不要告诉任何人关于她的事情,佩吉。让她变成我们两个人的秘密吧。拉勾?"

我点点头。为了他,我愿意用整个世界作为担保保守秘密。他是我的救命恩人。当我父亲开车送我回要塞时,我透过车窗玻璃看着他。他举起一只手,向我挥舞着。在我们的车转弯之前,我就这么一直看着他。

我身上还有那次攻击所留下的伤疤,它们聚集在我左手的中央。那个骚灵还留下了其他伤口,它们一路延伸到了我的手肘——但只有我手上的那些留存到了现在。

我好好遵守了我的承诺。在七年中,我从未说漏过一个字。我将这个秘密保存心中,它就像一朵夜晚盛放的花,我只在独处时才会去思考它。尼克知道真相。尼克掌握了事情的关键。在那段时间里,我总是很好奇他那些年的时光是在哪里度过的,以及他是否会想起自己从虞美人花田里带出来的那个爱尔兰小女孩。过了整整七年后,我终于得到了回报:他再次找到了我。如果他现在也能找到我就好了。

楼下没有任何动静。时间一分一秒地过去,我侧耳倾听,试图捕捉一个脚步声,或者是留声机中音乐的回声,然而,我听到的只有同样令人窒息的沉默。

在白天的余下时光,我进入了浅睡眠状态。我浑身都在发烧,这是流体最新一波攻击的残余症状。我频繁地惊醒,眼前频频浮现出各种过去的图景。除了这些短袍和靴子之外,我真的穿过其他衣服吗?我真的知道一个没有灵魂、没有徘徊的死者的世界吗?一个既没有艾冥,也没有拉菲姆人的世界?

---

① 原文为瑞典文。

一阵敲门声将我惊醒。在守护官进入房间之前,我差点没来得及抓过被单盖住自己。

"再过不久,钟声就要响起了,"他把一套新制服放在床尾,"穿上衣服吧。"

我沉默地看了他一会儿。他的目光有些游移不定,然后他离开了,并在身后关上了门。我没有别的办法,只能起床,将我的卷发盘成一个发髻,用冰水洗了一个澡。我穿上我的制服,并把马夹衫的拉链一直拉到了下巴底下。我的腿似乎已经痊愈了。

当我走进房间时,守护官正在翻阅一本积满灰尘的小说——《科学怪人》。新芽帝国禁止这种类型的幻想文学,任何关于怪物或幽灵的小说都不行,关于反常能力的也不行。我的手指有些抽搐,极度渴望伸出手翻动那本书的页面。守护官把书放到一边,并站了起来。

"你准备好了吗?"

"是的。"我回答道。

"很好。"他停顿了一下,然后问道:"告诉我,佩吉——你的梦景看起来是什么样子的?"

这个问题的直接程度让我感到惊讶。对于通灵人来说,这种问题是非常粗鲁无礼的。"一片红色的花田。"

"什么品种的花?"

"虞美人。"

没有回应。他伸手拿起他的手套,并戴上它们,然后带我离开了房间。晨钟还没有鸣响,但门卫没有提任何问题就让我们通过了。没人会质疑大角星·娄宿二。

阳光,我有一段时间没见过它了。太阳刚刚落山,它让建筑物的边缘都变得柔和起来。冥城Ⅰ号在逐渐散去的薄雾中散发着光芒。我还以为我们会在室内训练,但守护官带我往北走,经过黑蒙人之家,进入了一个未知的区域。

城市最远端的那些大楼都被废弃了。它们年久失修,窗户都破了,有些墙壁和屋顶看起来似乎被烧焦了。这里也许真的经历过大火的凌虐。我们穿过了房屋之间一条堆满东西的小街。这是一座幽灵之城,没有任何活人。我能感觉到灵魂就在附近徘徊,悲伤的灵魂想要回到他们失去的家园,其中有些是弱小的骚灵。我提高了警惕,但守护官看起来完全不害怕。没有一个幽灵接近他。

我们到达了城市的最边缘。我的呼吸刚从双唇中吐出来,就已经变成了白烟。一片开阔的草场一直延伸到我目力所不及之处。自从上次被烧光之后,这里的草已经长得很高了,地面因为霜冻而莹莹闪光。就早春来说,这很奇怪。它的周围已经竖起了栅栏,至少有三十英尺高,顶上缠着带有倒钩的金属线圈。栅栏后面是一片森林,树上长满了针状的轻雾凇。它们就生长在草地的边缘,遮住了我的视线,让我无法看到后面的世界。一张生锈的告示牌上写着:港口草地。仅用作训练。此地允许使用致命武器。而站在门边的就是一个致命武器:一个男性拉菲姆人。

他有一头金发,紧紧地扎成一个马尾。在他身边有一个瘦弱肮脏的身影,那人的头发全被剃光了——是艾薇,那个手相师。她穿着一件黄色短袍,那是懦夫的标志。短袍从领口处被扯破了,让她骨瘦如柴的肩膀暴露在寒风中。我突然瞥见了她的烙印,XX-59-24。守护官走上前,我紧跟其后。看见我们,艾薇的监护人潦草地鞠了一躬。

"瞧呀,是尊贵的妃子殿下,"他说,"是什么风把您吹到港口草地来了?"

一开始,我以为他是在跟我说话。我从没听到过拉菲姆人如此不敬地对彼此说话。然后,我才意识到他正怒气冲冲地瞪着我的监护人。

"我来这里教导我的人类,"守护官看着草地说道,"开门,紫微右垣[①]。"

"别那么心急,妃子殿下。它带武器了吗?"

他指的是我,低贱的人类。"不,"守护官说,"她没有。"

"号码是?"

"XX-59-40。"

"年龄?"

他瞥了我一眼。"十九岁。"我说道。

---

① 紫微右垣(Thuban),天龙座中的一颗星。

"它有灵视能力吗？"

"这些问题都无关紧要，紫微右垣。我可不愿意被当成小孩——特别是被一个小孩当成小孩。"

紫微右垣只是这么看着他。根据我的推测，他三十岁不到，当然不是个小孩。他们俩的脸上都没有任何生气的迹象，但光靠他们的语言就足够表达愤怒了。

"在一叶兰把她的羊群带来之前，你有三个小时，"他随手把门推开，"如果40号试图逃跑，一经发现就会被射杀。"

"如果你再目无尊长，一经发现就会被关禁闭。"

"血继宗主不会允许你这么做的。"

"她没必要知道。这种事情没那么难隐藏，"守护官居高临下地望着他，"我可不害怕你们尾宿五家族。我是血继配偶，我拥有符合我身份的权力。我说得够清楚了吗，紫微右垣？"

紫微右垣抬头看着他，他的双眼中有蓝光在燃烧。"是，"他小声地说道，"血继配偶。"

守护官从他身边走过。我不知道是什么让局势发生了逆转，不过，看到一个尾宿五家族的人被严厉训斥，那真是让人感觉非常满足。当我跟着守护官穿过大门时，紫微右垣给了艾薇一个耳光。她的头被扇到了一边。她的眼中没有泪水，但她的脸肿了起来，并失去了血色。而且，她看起来比以前更瘦了。她的手臂上全是一条条血痕和污垢。她置身于邋遢和污秽中。我记得塞巴也曾用这种眼神看着我，仿佛世界上的所有希望都破灭了一样。

为了塞巴，为了艾薇，为了步他们后尘的所有人，我会让这场训练值回票价。

港口草地非常辽阔。守护官的步子迈得很大，让我很难跟上。我一边吃力地走在他后面，一边试图弄清楚草地的面积。在残月的照耀下，这很困难。但我能看见两边丑陋的栅栏，它们将被踩得硬邦邦的地面分成了几个巨大的竞技场。它们都被细铁丝围了起来，铁丝上还挂着冰柱。那些桩子的顶部都弯成了弧形，有些上面安装着沉重的支架，每个支架上都挂着一盏灯笼。一座岗哨矗立在西边，我只能看见一个人类——或者拉菲姆人——站在里面。

我们经过了一个浅浅的水池。它的表面已经结冰了，光滑如镜，非常适合水晶球占卜。细想一下，这片草地上的所有东西都非常适合用灵魂战斗。地面非常结实，空气清爽干净——而且这里有灵魂。我能感觉到它们无处不在，围绕在我身边。我很好奇什么样的栅栏能锁住这片草场。难道说他们发现了一种困住灵魂的方法？

显然不是。灵魂有时候可以入侵物质世界，但它们不会屈服于物质的束缚，只有束缚师能够抓住它们。他们这种通灵人——第五种通灵人——能够扭曲物质世界和以太世界之间的界限。

"那些栅栏并没有通电，"守护官顺着我关注的方向看去，"但上面充满了灵化能量。"

"这怎么可能做到？"

"灵化屏障。一种拉菲姆人和人类的技术结合体，首创于2045年。你们的科学家早在二十世纪初期就致力于混合技术的研究。我们只是用一个被俘的骚灵代替了电池里的化学能量，这个灵魂可以与物质世界产生相互作用。它创造出了一个斥力场。"

"不过，骚灵可以挣脱对它们的束缚，"我说，"你又怎么才能抓住其中的一只呢？"

"当然了，我们会使用一个心甘情愿的骚灵。"

我盯着他的背影出神。心甘情愿和骚灵完全是一对反义词，就像战争与和平。

"我们提供的建议也促成了流体14的发明，还有感应力学侦测技术，"他说，"后者还处于试验阶段。不过，根据我们的最新报告，听说新芽帝国快要让它接近完美了。"

我攥紧了拳头。当然了，拉菲姆人是感应力学侦测技术的始作俑者。以前达妮常常很好奇他们是怎么做到的。

过了一会儿，守护官停了下来。我们已经来到了一个水泥浇筑的椭圆形竞技场，有十英尺长。在旁边，有一盏煤气灯的火焰在燃烧跳跃着，仿佛要活过来一样。

"我们开始吧。"他说道。

我等待着。

毫无预警地,他对准我的脸虚晃了一拳。我避开了。当他猛地伸出另一个拳头时,我用手臂挡住了。

"再来。"

这次他提高了速度,试图逼我加快各个角度的防御。我张开双臂,挡住了每一拳。

"你在街头学过格斗技能。"

"也许吧。"我说。

"再来一次,试着阻止我。"

这次他做出想要掐住我脖子的动作,高高举起两只手,伸向我裸露的颈部。一个抓福手曾经对我用过这招。我把身体往左边扭,并往前推出右臂,把他的手从我的脖子上打掉。我能感觉到他手上的巨大力量,但他还是松开了。我用手肘顶他的脸颊,这个动作曾经直接把那个抓福手撞进了排水沟里。他让我赢了。

"很精彩,"守护官退了回来,"几乎没有人类刚来到这里时,就已经做好了进入劳改营的准备。你比大多数人都超前了几步,不过,你不能只专注于跟艾冥进行此类搏斗。你最大的优势是影响以太世界的力量。"

我察觉到一道银色的闪光。他的手上有一把利刃。我的肌肉立刻因为紧张而僵硬起来。"根据我的观察,当危险来临时,你的天赋更容易被激发,"他把利刃对准我的胸口,"让我证实一下。"

在他的刀尖下,我的心脏怦怦直跳。"我不知道该怎么做。"

"我知道。"

他手腕一挥,把刀刃架在了我的喉咙上。我的身体里顿时充满了肾上腺素。守护官离我非常近。

"这把刀曾被用来放过人类的血,"他用非常轻柔的声音说,"比如说,你的朋友塞巴斯蒂安的血。"

我战栗着。

"它还想要更多的血,"刀刃在我的脖子上滑行着,"它从未尝过梦巫的血。"

"我不怕你,"我声音中的颤抖让这个谎言不攻自破,"别碰我。"

然而,他还是继续着。刀刃顺着我的咽喉,向上滑到了我的颌部，并碰到了我的嘴唇。我猛地把他的手推开。他把小刀丢掉，单手抓住我的两只手腕，并把它们压在水泥地上。他的力量简直不可思议，我甚至无法移动任何一块肌肉。

"我很好奇，"他将小刀的尖端抵在我的下巴上，逼我抬起头来，"如果我切断了你的气管，你要过多久才会死去？"

"你不会这么做的。"我向他挑衅道。

"哦，但是我会的。"

我设法屈起膝盖顶他的腹股沟，但他抓住了我的大腿，强迫我把腿放了下来。这很容易办到，因为那条腿还十分虚弱。他让我看起来不堪一击。当我终于抽出一只手可以自由移动时，他又把我的胳膊扭到了背后。下手不太重，没有造成伤害，但足以让我动弹不得。

"这样你不会赢的，"他贴着我的耳朵说道，"尽量发挥你的特长吧。"

这个生物难道就没有弱点吗？我思考着人类所有的脆弱之处：眼睛、肾脏、太阳穴、鼻子、腹股沟——没有一处是我能触碰得到的。我只能不停地移动和奔跑。我让身体重心向后，正好从他两腿之间钻过，接连打了个滚，又站了起来。在他站起来的当口，我已经如一道闪电般穿过了草地。如果他想要抓住我，只能好好费一番力气了。

然而，我很快就无处可逃了。他就要抓到我了。我回想起尼克对我进行的训练，就改变了方向。然后，我又再次跑了起来，跑进了黑暗中，远离岗哨。像这样的栅栏肯定有薄弱的地方，我一定能从某个地方的铁丝网间挤过去。然后，我就必须面对紫微右垣。不过，我还有我的灵魂作为武器。我能做到，我一定能做到。

和某些拥有敏锐视觉的人相比，我的眼神差得简直不可思议。一分钟之内我就迷路了。离开了椭圆竞技场，没有灯笼，我独自一人在茫茫草丛间跌跌撞撞地前进。而守护官正在追捕着我。我奔向一盏煤气灯。当我离栅栏越来越近时，我的第六感突然发出警报。等到离栅栏只有六英尺时，我突然呕吐起来，四肢变得沉重无力。

然而，我还是必须尝试一下。我抓住了结冰的铁丝网。

我无法清楚描述那种身体被占据的感觉。我的视野开始变黑，然后变白，最后又变红。我顿时浑身起了鸡皮疙瘩。一百个记忆片段从我的眼前闪过：虞美人花田里的尖叫声，还有一些新加入的记忆——骚灵的记忆。它是一起凶杀案的受害者。一记震耳欲聋的爆炸声撼动着我的每根骨头。我又吐得天昏地暗。我倒在地上并干呕了起来。

我一定在那里躺了足足有一分钟，被鲜血洒在奶油色地毯上的画面所折磨着。这个人是被散弹枪射杀的。他的头颅被打爆了，脑浆四溅，碎骨横飞。我的耳朵开始嗡嗡作响。当我恢复意识时，感到身体非常不协调。我拖着沉重的步子走在地上，用力眨了眨眼，试图甩开遮挡视线的鲜血。一道银白色的烧伤横贯我的手掌，那是骚灵留下的印记。

有什么东西从我耳边掠过。我抬起头，看到了另一个岗哨。有个守卫正站在里面。

是流体飞镖。

第二支飞镖朝我的方向射过来。我跟跟跄跄地站起来，向东面跑去——但很快，我就来到了另一个岗哨边，另一支镖枪逼我朝南边逃去。当我看到椭圆形竞技场时，我才意识到自己又被赶回了守护官身边。

下一支飞镖击中了我的肩膀。疼痛感来得既迅速又剧烈。我努力向上探出手，将那玩意儿拔出来。鲜血从伤口汩汩流出，一波令人晕头转向的恶心感席卷了我的身体。我的速度还算快，成功阻止了药物流入我体内——大约需要过五秒钟，它才能自动注射。然而，其中传递的信息已经很清楚了：回到椭圆形竞技场，否则就得挨枪子。守护官正等着我回去呢。

"欢迎回来。"

我擦去前额的汗水。"这么说，逃跑是不被允许的。"

"当然了，除非你希望我送你一件黄色短袍，我们只给懦夫的那种。"

我被愤怒蒙住了双眼，不顾一切地跑向他，用肩膀撞向了他的腹部。以他的体型来说，这没有任何冲击力。他只是抓住我的短袍，把我拎起来，并摔了出去。我重重地落在地上，企图撞他的那个肩膀着地。

"你徒手是斗不过我的，"他在竞技场的边缘小心地移动着，"同样的,你也不可能跑得过艾冥。你是一个旅梦巫,小女孩。你有随意掌控自己生死的力量。肆意践踏我的梦景,把我逼疯吧!"

我的一部分被分离出来。我的灵魂飘浮在我俩之间的空气中。它冲破了他意识的外围,就像小刀割断了紧绷的丝绸。我闯入他梦景中最黑暗的部分,尽力对抗着强大得难以置信的屏障,力争进入远处的一片光芒,那是他的日耀地带。然而,这么做并不像在地铁上那么容易。他的梦景中心是如此遥远,而我的灵魂已经筋疲力尽了。就像一根被拉伸得太长的橡皮筋,我被弹回了自己的意识中。我的灵魂突然回到身体里的冲力太大,让我一下子跌倒,头撞到了水泥地上。

煤气灯在我眼前摇晃着,逐渐又变得清晰起来。我用手肘将自己的身体撑起来,我的太阳穴还在抽痛着。守护官依然站在那里。我还没有使他屈服,就像我对阿鲁德拉做的那样,但我已经影响了他的感知能力。他用一只手抚摸着脸,摇摇头。

"好,"他夸赞道,"非常好。"

我站起来,双腿还在打战。

"你一直在试图激怒我,"我说,"为什么?"

"这看起来挺奏效的,"他指着刀刃,"再来一次吧。"

我抬头看着他,努力让呼吸缓过来。"再来一次?"

"你能做得比这个更好,你几乎还没有碰到我的防线。我希望你能有更加令人印象深刻的表现。"

"我无法再做一次,"我的眼前已经出现了黑点,"不可能再成功了。"

"为什么不行?"

"这会让我停止呼吸。"

"你从来都没有游过泳吗?"

"什么?"

"即使是普通人类,也能屏住呼吸至少三十秒而不对身体造成持续的伤害。要攻击另一个人的意识,并回到你自己的身体中,这点时间绝对绰绰有余。"

我从来没有从这个角度思考过这个问题。当我感知远处的以太世界时,尼克总是确保我能用上生命支持系统。

"把你的灵魂想象成一块肌肉,让它多做一些平时不会做的动作,"守护官说道,"你越经常使用它,它就会变得越强越快,你的身体就能越好地适应它的副作用。在你的身体倒地之前,你将能够自如地在各个梦景之间迅速跳跃。"

"你什么都不知道。"我说。

"你也一样。我很怀疑地铁上的意外是你第一次进入别人的梦景,"他并没有移开刀刃,"走进我的梦景中吧,我会向你发起挑战。"

我搜寻着他脸上的表情。他正在邀请我进入他的意识,并破坏他的心智。

"你其实并不在意,你只是在训练我,"我说,我们绕着圈,"是娜什拉要求你选择我的,我知道她想要什么。"

"不,是我选择了你。我宣布做你的守护官,而我最不想看到的就是……"他走向我,"你的无能让我难堪。"他的眼睛就像坚硬的燧石一样。"再次攻击我吧,这次做得好一些。"

"不,"我要向他摊牌,让他感到难堪,让他像我父亲一样为我蒙羞,"我不准备自杀,就为了让你从娜什拉那里拿到一朵小红花。"

"你想要伤害我,"他的声音现在更柔和了些,"你鄙视我。你憎恨我。"他举起了小刀。"来吧,毁灭我吧。"

一开始,我什么也没做。然后,我想起了我为他清理胳膊的那几个小时,还有他是如何威胁我的。我想起了他是如何袖手旁观,眼睁睁看着塞巴死去。我的灵魂猛地返回到他的身体中。

我们在草地上的这段时间里,我几乎没有对他的梦景造成一点点损害。即便是在他卸下了大部分防御的时候,我也无法更进一步,走到比他的深渊地带更远的地方——他的意识实在是太强大了。他一直在刺激我。他对我说,我很弱,我非常可悲,我是所有通灵人的耻辱。难怪除了当奴隶之外,人类简直一无是处。难道我这么想像动物一样住在笼子里?他会欣然成全我的。一开始,这种挑衅起效了,但随着夜晚慢慢过去,他的辱骂对我的作用越来越小。到最后,它们只是让我觉得很烦,并不足以把我的灵魂逼出来。

就在此时,他丢出了一把小刀。他瞄得很准,精确地避开了我,但是看到小刀直飞过来的景象足以让我灵魂出窍。每当我的灵魂出窍时，我的身体就会倒地。如果那时我的脚恰好滑出了竞技场，一支流体飞镖就会呼啸着射向我的方向。我很快学会了根据声音进行预判，在镖头命中目标之前低头避开。

我成功完成了五六次灵魂出窍，每次都像是把我的头劈开那么疼。最终，我再也做不了了。我的视线里开始出现重影，左眼上方有点偏头痛。我弯下腰，如饥似渴地呼吸着空气。不要表现出软弱的一面。不要表现出软弱的一面。我的膝盖正在瘫软下来。

守护官跪在我面前，一只手搂着我的腰部。我试图把他推开，但我的手臂就像细线一样无力。

"停下来，"他说，"不要再抵抗了。"

他用双臂将我抱起来。我从没经历过如此迅速的灵魂跳跃，我不知道我的大脑能否承受。我的眼睛后面一跳一跳地疼。我已经看不到那盏灯笼了。

"你做得很好，"守护官低头看着我，"但你可以做得更好。"

我没有回答。

"佩吉？"

"我很好。"我的声音有些含糊不清。

他似乎信了我的话。他还是抱着我，朝着门口走去。

一会儿之后，守护官再次让我下地走路。我们沉默地走回到入口处，紫微右垣已经离开了他的岗位。艾薇正靠着栅栏坐着，她的脸埋在手里，肩膀正在颤抖。当我们接近安全门的时候，她站起来，拉开了门闩。当我们经过时，守护官瞥了她一眼："谢谢你，艾薇。"

她抬起头，眼角挂着泪。她最后一次被人叫真名是什么时候？

当我们穿过幽灵之城时，守护官还是保持着沉默。我已经有点半梦半醒了。如果我是和尼克在一起的话，他现在一定会让我在床上休息几个小时，并好好骂我一顿。

当我们路过黑蒙人之家时，守护官才再次开口道："你经常像这样感知远处的以太世界吗？"

"不关你的事。"我说。

"你的眼神毫无生气。死寂而冰冷，"他转过脸来面对着我，"奇怪的是，因为你的愤怒，它们却熊熊燃烧了起来。"

我迎上了他的目光:"你的眼睛也会变化。"
"你觉得可能是什么原因?"
"我不知道,我完全不了解你。"
"这倒是真话,"守护官上上下下地打量着我,"把你的手给我看看。"

过了一会儿,我把右手摊开给他看。烧伤已经呈现出带有珠光质地的丑陋模样。他从口袋里拿出一小瓶液体,滴在他戴着手套的手指上,并涂在了疤痕表面。在我眼前,伤口神奇地愈合了,一点痕迹也没有留下。我抽回自己的手。

"你是怎么做到的?"
"这就是所谓的不凋花。"他把瓶子小心地收了回去,然后看着我。"告诉我,佩吉——你害怕以太世界吗?"
"不。"我回答道,我的手掌感到一阵火辣辣的刺痛。
"为什么不?"

这是一个谎言,我确实害怕以太世界。当我将第六感延伸得太远时,我就会有生命危险,或者至少会大脑受损。老贾一开始就告诉过我,如果我为他工作,很有可能少活三十年,或者更久。这都要看运气。

"因为以太世界非常完美,"我说,"那里没有战争。那里没有死亡,因为那里的万物都已经死了。那里也没有声音,只有静默。还有那里很安全。"

"在以太世界中,没有安全可言。而且即便是以太世界也不能避免战争和死亡。"

当他仰望漆黑一片的天空时,我研究着他的侧脸。与我完全不同,他的呼吸并没有因为寒冷而变成白雾。然而,有那么一阵子——非常短暂的一瞬间——他的脸上展现出了某种人性的东西。某种略带哀愁的沉思,几乎带着点苦涩。然后,他再次把脸面向我,那种表情消失了。

鸦巢外有些不太对劲。一队红衣行者正蹲在鹅卵石路面上,被一群沉默的哈莱人围观着,他们正快速而小声地说着话。我抬头看着守护官,看看他对此是否在意。就算他真的关心,也没有表现出来。他走向那支队伍,导致大多数哈莱人都缩回到了他们的窝棚里。

"怎么了?"

一个红衣行者抬起头,看到说话者是谁,他立刻垂下了目光。他的短袍上糊满了泥巴。"我们在树林中,"他的声音都嘶哑了,"我们失败了。艾冥——它们……"

守护官不由自主地把手摸向了前臂。

红衣行者们都聚在一个大约十六岁的男孩周围。他的整个右手都没了,除了他的短袍是红色之外,其他地方也被染红了。我咬紧了嘴唇。他的手已经被扯断了,扭曲地挂在手臂上,仿佛被机器绞过一样。守护官面无表情地分析着眼前的景象。

"你说你们失败了,"他说,"陪同你们的是哪个监护人?"

"血继子嗣。"

守护官把目光对准街道:"那我应该事先知道啊。"

我用灼热的目光紧盯着他的背部,而他只是站在那里袖手旁观。那个红衣行者正不由自主地颤抖着,他的脸上闪烁着晶莹的汗水。如果没有人为他包扎残肢,或者至少给他盖上一条毯子,他很快就会死去。

"把他带去奥瑞尔学院,"守护官转身离开了那队人马,"泰勒贝尔会照料他的。你们剩下的人,回到你们的公馆去。黑蒙人会治疗你们的伤口。"

我看着他那坚不可摧、无懈可击的面容,想从中搜寻出一丝温暖的迹象。然而,我什么也没找到。他并不在乎。我不知道我为何还要这样看下去。

那群红衣行者把他们的朋友抬起来,跌跌撞撞地走向一条小巷,沿路留下一串血迹。"他需要去医院,"我强迫自己开口道,"你不知道如何……"

"他会得到治疗的。"

然后,他就默不作声了,眼神变得异常严厉。我猜这表明我越界了。

不过,我又开始好奇那条所谓的界线究竟画在哪里。守护官从未打过我。他也让我睡觉。当我们独处的时候，他用我的真名称呼我。他甚至让我攻击他的意识，让自己毫无防备地直面我的灵魂——这个灵魂有能力让他精神崩溃。我无法理解他为何要冒这个险。甚至是尼克都忌惮我的天赋。("请称之为健康的敬畏之情，小糖果。")

我们走向公馆时，我解开发髻，让头发披散下来。当另一个人的手开始帮忙继续捋顺我肩膀上湿漉漉的卷发时，我吓得差点再次灵魂出窍。

"哈，XX-40，很荣幸再次见到你。"这个声音里略带几分戏谑，对男人来说有点尖细。"我必须恭喜你，守护官。穿着短袍的时候，她看起来更加沉鱼落雁了。"

我转身面对我身后的男人，努力控制住自己，才没有后退。

是那个灵媒，在 I-5 区的屋顶上追我的那个家伙——不过，今晚他没有带流体枪。他穿着一件奇怪的制服，有着新芽帝国的标志色。甚至是他的脸也与这种标志色相配：红色的嘴唇、黑色的眉毛，脸上涂了一层氧化锌防晒剂。他大概二十八九岁，随身带着一条沉甸甸的皮鞭。我确定我看到了上面有血迹。他一定就是监管人，监管哈莱人的家伙。在他身后是我在第一晚遇见的那个神谕师。他用有些吓人的眸子看着我：一只乌黑且犀利，另一只是清透的淡褐色。他的短袍与我的颜色相同。

守护官低头看着他："你想干什么，监管人？"

"不好意思打搅了，我只是想再看一眼梦巫。我一直带着极大的兴趣观察着她的进步。"

"好吧，现在你已经看到她了。她不是一个演员，她的进步可不是为了给别人看的。"

"当然。不过，她是一道多么美丽的风景啊，"他对我抛出一个媚笑，"请允许我以个人的名义欢迎你来到冥城 I 号。我是贝尔特兰，这里的监管人。我希望我的流体飞镖没有在你的背上留下疤痕。"

我一时没忍住，做出了回应："如果你胆敢伤害我父亲……"

"我并没有允许你说话，XX-40。"

守护官瞪着我，让我退缩了。监管人大笑起来，并拍拍我的脸颊。我猛地扭开了身子。"此时此刻，你父亲很好，也很安全，"他在胸口做了个手势,"我发誓。"

我本该感到释然。但他那种无所谓的态度只让我感到愤怒。守护官看着那个更年轻的男孩。"这是谁?"

"这是 XX-59-12。"监护人把一只手放在他肩上,"对于一叶兰来说,他是一位非常忠诚的奴仆。最近几周,他的学习表现出乎意料的好。"

"我明白了。"守护官的眼睛扫过他,估摸着他的"气"。"你是一个神谕师,小子?"

"是的,守护官。"12 号鞠了一躬。

"血继宗主一定对你的进步很满意。自从第十六个骸骨季以来,我们就没有神谕师了。"

"我希望能尽快为她服务,守护官。"他的话语中带着一丝北方口音。

"你当然会的,12 号。我觉得,在对付艾冥方面,你会做得非常出色。12 号已经准备接受第二次测试了,"监管人说道,"我们正在回莫顿学院的路上,正要与队伍中的其他人会合。一叶兰和阿尔萨菲会带领他们参加测试。"

"瓠瓜一注意到那个受伤的红衣行者了吗?"守护官问道。

"是的,他们也逮到了那只咬他的艾冥。"

守护官的表情有些让人猜不透。

"祝你在测试中有好运气,12 号。"他说。

12 号再次鞠了一躬。

"不过,在我们离开之前,我的确还有件事要打搅你,"监管人补充道,"我来这里,是想盛情邀请旅梦巫参加一场宴会,如果我有这份荣幸的话。"

守护官把脸转向他。监管人将这种沉默视为默许,继续说了下去。

"为了纪念这次的骸骨季,我们正准备举行一场非常特殊的庆典,XX-40。这是第二十届骸骨季,"他朝着鸦巢挥了挥手,"我们有最好的演员。这将是一场感官的盛宴,一场音乐与舞蹈的狂欢,展现出我们所有男孩和女孩的风采。"

"你指的是两百周年庆典。"守护官说。

这是我第一次听到这个词。

"完全正确,"监管人露出了微笑,"在这场庆典中,我们将会签署《伟大的领土租借法案》。"

这听起来可不太妙。我还没来得及听到更多,眼前就被一幅画面占据了。

作为一个神谕师,尼克能够通过以太世界传送无声的图像。他称之为"khrēsmoi",这是一个希腊单词。我从来无法正确发音,因此我只是称其为他的"快照"。12号也有同样的天赋。我看到了一座钟,时针和分针都指向十二,接下来是四根柱子和一段台阶。过了一会儿,我眨眨眼睛,这些图像消失了。我睁开眼睛,发现他正盯着我看。

一切都发生在瞬息之间。"我知道那个法案,"守护官正在说,"直接说重点,监管人,40号已经筋疲力尽了。"

监管人并没有因为守护官不耐烦的口气而退缩。他一定已经习惯了被鄙视。恰恰相反,他对我露出了一个油滑的微笑。

"我想邀请40号在两百周年庆当天和我们同台献演。那天晚上我抓住她的时候,对她的力量和敏捷印象深刻。如果能邀请她和 XIX-49-1 以及 XIX-49-8 一起成为我的主要演员,这将是我莫大的荣幸。"

我打算拒绝,虽然这种方式会给我招来严厉惩罚,但这时守护官开口了。

"作为她的监护人,"他说,"我不允许。"

我抬头看着他。

"她不是演员,除非在两百周年庆典之前,她没有通过她的测试,否则她依然在我的监护之下。"守护官直接瞪着监管人。"40号是一个旅梦巫,你只是奉命把她带到这个殖民地。我不会允许她像一个普通的先知一样在新芽帝国的使节面前抛头露面。那是你手下人类的任务,不是我的。"

监管人脸上的笑容消失了。

"非常好,"他鞠了一躬,并没有看我,"来吧,12号。你的挑战在等着你。"

12号偷偷瞥了我一眼，不解地挑起一边眉毛。我点点头。于是，他转过身，跟着监管人回到了鸦巢，步履非常轻松。他似乎并不害怕他即将面对的东西。

守护官用火辣辣的目光盯着我的脸："你认识那个神谕师？"

"不认识。"

"他的目光可没有离开过你。"

"原谅我，主人，"我说，"难道我也不被允许跟其他人类说话？"

他并没有把目光从我身上移开，我很好奇拉菲姆人是否听得懂反讽。

"不，"他说，"你可以这么做。"

他又扫了我一眼，没再多说什么。

第 11 章
哀悼

我睡得不太好,头痛难忍,左太阳穴一跳一跳地疼。我躺在一堆被单之中,呆呆地看着蜡烛燃烧殆尽。

此前,守护官并没有立刻送我回我的房间。他给了我一点食物和水。因为已经完全脱水,我勉强接受了。然后,他就坐在壁炉边,凝视着火焰。我花了整整十分钟才问出是否可以退下休息的问题,他敷衍地给予了肯定。

楼上非常冷。窗户就像纸做的,还有一道缝。我把自己裹在薄薄的被单里,瑟瑟发抖。过了一会儿,我开始入睡。守护官的话还在我耳边回响——我的眼里冰冷而毫无生机。每隔几分钟,XX-12 传送的图像就会在我眼前闪现,它们还印在我的梦景中,挥之不去。之前,我见过一些神谕师传送的图像。尼克曾经给我看过我从低矮的屋顶上跌下来摔坏膝盖的"快照",一个星期之后,这件事就真的发生了。从此以后,我再也没有质疑过他的天气预报。

XX-12 已经发出了邀请,让我在午夜去见他,我看不出有什么理由不去。

当我醒来时,钟正好敲了十一下。我洗漱妥当,并穿戴整齐,然后下楼来到了守护官的房间。那里寂静无声。窗帘仍然没有拉上,月光倾泻进来。这几天来的头一遭,我在书桌上发现了他留的一张字条。

想想你能怎么对付艾冥。

我浑身打了个冷战。如果我现在就要开始研究嗡嗡兽,这就意味着我注定快要面对它们,也意味着我能随心所欲地去见12号。在某种程度上,我正在遵守他的命令。12号刚刚开始他的第二次测试。我很好奇今晚他究竟看见了什么。最终,我会得到一些关于艾冥的可靠事实,当然,是在12号没有被吃掉的前提下。

临近午夜的时候,我一路走下楼梯,并在身后关上门。到完成家庭作业的时间了。

我从夜班门卫的身边走过,她没有向我打招呼。当我问她要更多的守护符时,她把它们全都拿了出来,但她的鼻子还是抬得高高的。还在为警报器事件生气呢。

外面非常寒冷,因为下雨,空气中雾蒙蒙的。我步行来到鸦巢,并吃了点早饭——盛在纸杯里的稀麦粥。作为交换条件,我卖掉了一些针和戒指。我逼自己呷了一两口之后,就立刻前往被哈莱人称为霍克墨斯的大楼,它位于图书馆及其庭院的前部,守护着它们。

12号正等在一根柱子后面,身穿一件干净的红色短袍。他的脸颊上横贯着一道割伤。当他看到我的纸杯时,挑起了一边眉毛。

"你在吃那个?"

我又喝了一小口。"为什么不行,那你吃什么呢?"

"监护人给我的食物。"

"我又不是掘骨者。顺便说一句,恭喜你了。"

他伸出一只手,我握住并摇了摇。"大卫。"

"佩吉。"

"佩吉,"他那只黑色的眼睛盯着我的脸,而另一只眼睛的眼神则有些目光涣散,"如果你还没有找到更好的消磨时光的方法,我想我可以带你散个步。"

"就像遛狗?"

他大笑起来,嘴唇却几乎没动。

"走这条路,"他说,"如果有人问起,就说是我为了询问一起事故的相关情况把你带进来的。"

我们并肩走在一条狭窄的街道上,前往宗主公馆。大卫比我高约两英寸,手臂更修长,躯体也更厚实。他并没有像哈莱人那样忍饥挨饿。

"有些冒险,不是吗?"我问道。

"什么?"

"跟我说话。你现在是红衣行者了。"

他露出了微笑。"我不觉得你是个容易受骗的女人。不过,你已经掉入了他们的圈套,不是吗?"

"你是什么意思?"

"种族隔离,40号。你见我是红衣行者,就认为我不该跟你说话。这些是你的监护人告诉你的吗?"

"不,但事实就是如此。"

"只是你这么认为而已。那就是这个地方的全部意义所在:对我们进行洗脑,让我们自觉低人一等。你觉得他们为何要把人关在'塔'里好几年?"见我没有回答,他摇摇头。"你还不明白吗,40号?水凳、隔离、食物匮乏的日子。经过这些之后,即便是这样的地方看起来都像天堂。"他说得很有道理。"你真该听听监管人的言论。他认为拉菲姆人应该领导我们,他们应该成为我们的新君主。"

"他为什么会这么认为?"

"因为这就是他们灌输给他的思想。"

"他来这里多久了?"

"根据我搜集到的信息,第十九个骸骨季的时候他才来的,不过已经像狗一样忠诚了。他一直想方设法从集团挖掘优秀的通灵人。"

"因此,他是一个拉皮条的。"

"他做得不算很好。娜什拉想要找个新人代替他,能在更高层面上感知以太世界的人。"

正准备问更多的问题时,我突然停住了脚步。透过轻薄的灰霾,我能看见一栋有着巨大圆顶的圆形建筑。它盘踞在一个荒芜的广场上,既庞大又臃肿,正对着宗主公馆。昏暗的琥珀色光芒从窗户里透出来。

"那是什么?"我抬头仰望着它。

"哈莱人称它为'房间'。我一直在试图弄明白它是做什么用的,但人们似乎都不太愿意谈论它。那里禁止人类进入。"

他大步走在前面,甚至没有瞥它一眼。我小跑着赶上他。"你说他想方设法从集团里寻找通灵人,"我追问道,"为什么?"

"别问太多问题,40号。"

"我还以为这是我们见面的目的呢。"

"可能吧。但也许,我只是迷上了你的美貌。那里就是我们的目的地。"

我们正在走向一座古老的教堂。它肯定一度非常辉煌,而如今,已经成了一堆废墟。窗户上都没有玻璃,塔尖只剩一堆支架,木板条封住了南面的走廊。我挑起了一边眉毛。

"你觉得这是个好主意吗?"

"我早就进去过了,而且——"他低头钻过一根木板条,"——根据监管人告诉我的信息,你在不安全的建筑中游走自如。"他越过我的肩膀看去。"快点,灰色监护人来了。"

我也溜进了木板的缝隙中,还算及时,房宿四刚好带着三个营养不良的黑蒙人路过入口处。我跟着大卫走进了教堂内部。一大块天花板落到了礼拜堂里,木头柱子和水泥将长椅压垮,支离破碎的玻璃躺在地板上。在断壁残垣之间,我小心翼翼地探着路。"这里发生了什么?"

大卫没有回答这个问题。"到顶楼一共要走一百二十四级台阶,"他说,"要上去吗?"

在我回答之前,他就已经开始爬楼梯了。我跟着他拾级而上。

我早已习惯了攀爬。在第一军区,我爬过几百栋大楼。这里的大部分楼梯还是完好无损的,看起来用不了多久我们就能到达楼顶。一阵狂风将我的头发卷起,让它们反过来打在我的脸上。被火烧过的焦味强烈而浓厚。大卫把两只胳膊搁在石头栏杆上。

"我喜欢这个地方,"他从袖子里拿出一个白色纸卷,并用一根火柴点燃了它,"我喜欢高处。"

我们站在一个阳台上,正上方是摇摇欲坠的塔尖。阳台栏杆的一部分已经找不到了,这是表明这座建筑不稳定的另一个信号。我抬头仰望星空。"你通过了第二次测试,"我说,"如果你愿意谈谈的话,告诉我一些关于艾冥的情况吧。"

他闭上了眼睛,吐出了一口烟。他的手指都被烟卷染了色。"你到底想知道什么？"

"它们是什么东西。"

"不知道。"

"你一定见过一只。"

"没看得很清楚。树林很黑。我只知道它看起来就像人类——不管怎样，它有一个头、两个胳膊、两条腿——不过，行动起来就像动物。它还散发着恶臭，就像臭水沟。听起来也像。"

"怎么可能听着像臭水沟？"

"就像一群苍蝇，40号。嗡嗡嗡嗡……"

这就是"嗡嗡兽"的由来。

"那它的'气'呢？"我追问道，"它有这个么？"

"至少我没看到。它让以太世界看起来似乎正在崩溃，"他说，"就像它的梦景周围有个黑洞一样。"

这听起来可不像我愿意面对的那种东西。我低头俯瞰着这座城市。"你杀了它吗？"

"我努力过了，"他一边看着我的脸，一边又拿出了一支蓝色的烟卷，"他们把我们一帮人留在那里，所有人都是粉衣行者。我们被分成两队人马。两个红衣行者和我们一起行动，30号和25号。他们给我们每人一把小刀，并告诉我们要用尽一切办法追踪嗡嗡兽。30号说得很直接，小刀只是为了让我们感觉好受些罢了。追踪这东西的最好方法是使用以太世界。

"一个粉衣行者是棍子占兆师，因此我们用小树枝做了一些木棍。30号给我们一瓶血，来自某个手被咬掉的家伙——我们可以用他作为求卦者。我们把血洒在小树枝上，然后棍子占兆师把它们抛出。它们都指向西方。我们继续抛掷木棍，并调整方向。当然了，嗡嗡兽也同样在移动，因此我们没有任何进展。21号提议由我们把它引诱出来。我们生起了火堆，并举行了一场降神会，把灵魂从树林中呼唤出来。"

"数量多吗？"

"是的。根据红衣行者的说法，都是试图穿越地雷区逃跑的傻瓜。"

我努力控制住自己没有打冷战。

"我们坐在那里等了几分钟。突然,那些灵魂都消失了。我们听到一些噪音。苍蝇们开始从树林里钻出来,爬到了我的手臂上。然后,那玩意儿不知从哪儿冒了出来——一个巨大而臃肿的家伙。两秒钟之后,它就把 19 号的头发咬在口中,几乎把她的头皮也扯了下来。"他补充道:"她开始尖叫,那玩意儿被弄糊涂了。它扯掉了她的一些头发,然后开始追赶 1 号。"

"卡尔?"

"我不知道他们的名字。不管怎样,他叫得像头猪仔,并试图用刀刺它。没有任何效果。"他检查了一下烟卷被点燃的那头,"火堆快要熄灭了,但我还是能看到它。我想用图像来迷惑它。我想象出一道白光,并将它植入嗡嗡兽的梦景中,想把它弄瞎。接下来,我只记得,我的头似乎被撞到了,那感觉就像以太世界发生了原油泄漏。周遭一片黑暗和死寂。这个地区的所有灵魂都努力想逃离这个烂摊子。20 号和 14 号也跟着逃跑了。30 号在他们身后大叫,说他们都是懦弱的黄衣行者。但他们太害怕了,不敢回头。10 号掷出了一把小刀,却击中了 5 号。后者应声倒地。嗡嗡兽仅用了两秒钟就扑到了他身上。火堆完全熄灭了,周围黑得伸手不见五指。5 号开始尖叫求援。

"每个人的眼前都一片漆黑。我利用以太世界想弄清楚那玩意儿的方位。5 号正在被吃掉,他已经死了。我抓住那玩意儿的脖子,并把它从他身上拉开。那种死者皮肤般的潮湿触感还残留在我手中。它扑向了我,在黑暗中,我能看见那双白色的眼睛就这么凝视着我。接下来,我只知道自己飞到了空中,血流如注。"

他把短袍的领口往下拉了一些,并掀开了一条绷带,底下是四条深深的抓痕。伤口周围的皮肤呈现出灰白色,布满了血丝。"看起来就像骚灵造成的伤口。"我说。

"还不知道。"他又把绷带固定到伤口上。"我当时动弹不得。那玩意儿正在朝我逼近,嘴里的血都滴到了我身上。10 号本来一直在设法帮助 5 号,但那时他站了起来。他拥有一个守护天使,也就是唯一一种不会逃离束缚的灵魂。他把它掷向嗡嗡兽。与此同时,我又将另一幅图像送入嗡嗡兽的梦景中。它尖叫起来,货真价实的惨叫。它开始爬走,一边发出那种可怕的噪音,一边拖走了5号的一大块肉。这时,21号点燃了一根树枝,并把它丢到嗡嗡兽的身后。我闻到了肉体烧焦的味道。随后,我就昏了过去。醒来时,我已经在奥瑞尔学院,身上绑满了绷带。"

"而他们给了你们所有人红色短袍。"

"除了20号和14号,他们得到了黄色短袍。而且,他们必须为5号收尸。"

我们沉默地站了几分钟。我满脑子都是5号在树林里被生吞活剥的画面。我不知道他的真名,但我希望有人为他念过挽歌。这是一种多么恐怖的死法啊!

我极目眺望远方的战场。隔着一段距离,我还可以看到一点光芒。从这里看,并不比烛火要大多少。

"那是什么?"

"篝火。"

"为什么燃起它?"

"为了焚烧艾冥的尸体,或者人类的尸体,这取决于哪方获胜。"他丢掉了他的烟卷。"我想他们之后会使用这些骨头来进行某种占兆术。"

当他说这些的时候,一些灰烬从我的眼前飘过。我用手抓住了一小片灰。占兆师通过一些自然现象来感知以太世界:比如尸体、野生动物,或某些基本元素。在贾克森的眼中,这是一种低级别的通灵人。"也许是火焰吸引了它们,"我说,"他们的确说过,这个城市就像一座灯塔。"

"一座灵化的灯塔,40号。许多通灵人、灵魂和拉菲姆人都聚集于此。想想以太世界的运作规律吧。"

"真见鬼,你怎么会知道那么多?"我把脸转向他,"你不是集团的人。那么,你到底是谁?"

"一个无名小卒,就像你一样。"

我陷入了沉默,并咬紧了下嘴唇。

"看来你还有更多的问题,"在短暂的沉默之后,他说,"你确定要问?"

"你为什么不现在就开始呢?"

"开始什么?"

"告诉我,我想知道的一切。我需要答案,"这些话说得非常快,仿佛它们会烫嘴一样,"我想知道这个地方的一切,因为我的余生很可能会在这里度过。你能理解吗?"

我们的目光越过阳台栏杆,俯瞰着"房间"。因为害怕我的触碰会让石头分崩离析,我尽量不把太多的重量压在上面。

然后,我继续说道:"我能问这些问题吗?"

"这不是一个家庭游戏,40号。我来这里不是和你玩'二十个问题猜出心中所想'的。我把你带到这里,是想看看你是不是真的旅梦巫。"

"想看看活的。"我说。

"根据传言,也不总是活的,有时候你会跳出活生生的肉体,"他上下打量着我,"他们从中央军区——也就是集团的核心区——得到你。你一定是太不当心了。"

"不是不当心,是运气太差了。"我瞪着他,让他不得不转移视线。"他们到底在觊觎集团的什么东西?"

"集团会为自己保留最优秀的通灵人,把所有的束缚师、旅梦巫和神谕师都藏了起来——这些都是最高等级的通灵人,娜什拉非常想将他们收入她的殖民地。那就是他们在集团中所觊觎的东西,40号。那就是他们想签订这项新法案的原因。"

"法案的内容是什么?"

"娜什拉一直致力于搞到优秀的通灵人。然而,他们都受到帮派的保护。除非他们能想办法除掉伦敦所有的哑剧领主,否则别无选择,只能尽量扩大搜索范围,以便寻找更好的通灵人。这项法案承诺:冥城Ⅱ号将在两年内建成,而它将从新巴黎要塞获取所需的通灵人。"他抚摸着胸膛上的伤口。"而谁能阻止他们呢?如果我们尝试这么做的话,艾冥会杀了我们的。"

一种奇怪的冰冷感占据了我的身体。

娜什拉将集团视作威胁,这对我来说是新闻。我一直把哑剧领主当成一群两面三刀、自私自利的乌合之众——至少在中央军区是这样的。反常能力协会有好几年都没有开会了；赫克托太忙于嫖妓和赌博，没有时间管理哑剧领主，他们因此可以在自己的领地上为所欲为。然而，在遥远的冥城Ⅰ号，拉菲姆人的血继宗主却害怕这群目无法纪的流氓。

"你现在是她忠实的追随者之一了，"我瞥了一眼他的红色短袍，"你打算帮助他们吗？"

"我并不算忠实，40号。那只是我对他们的说辞，"他看着我，"你见过拉菲姆人的血吗？"

我不知道该怎么说。

"他们的血被称为外质黏液，那是老鸭头的终极梦想。拉菲姆人就像有血有肉的以太。他们的血就是液化的以太。你看见了外质黏液，就等于看见了以太。你喝下它，就可以像他们一样变成以太。"

"这不就意味着黑蒙人也能利用以太世界？他们所要做的只是接触一些外质黏液。"

"正确。在理论上，对于腐坏者来说，外质黏液就像一种'气'的替代物。当然了，这只是暂时的。副作用只持续大约十五分钟。然而，如果我们做一些科学研究，对此进行完善，我敢打赌，在几年之内，我们就能出售'迅速获得通灵能力'的药片。"他向下俯视着整座城市。"总有一天会成真的，40号。到时候，我们反而会拿这些狗杂种来做实验。"

拉菲姆人真是太傻了，居然将这个人升级为红衣行者。很显然，他鄙视他们。

"最多再问一个问题。"大卫说。

"好的，"我犹豫了一下，然后想起了莉斯，"你对第十八个骸骨季了解多少？"

"我还在想你会不会问起这个呢，"他把另一根板条移到了一边，露出一扇被打破的窗户，"来吧，我会展示给你看的。"我跟着他穿过了窗户。

这个房间里有一些灵魂。我真希望自己能看见到底有多少个，我猜大约是八九个。空气中有一股东西发霉的味道，掺杂着一丝腐烂花朵的甜得发腻的难闻气味。一个神龛被放置在角落里，里面是一个切割粗糙的椭圆形金属牌位，周围摆放着简陋的祭品：蜡烛头、折断的焚香、枯萎的麝香草小枝条、写着名字的标签。在这些东西的正中心，是一小束毛茛和百合花。那种气味正是百合散发出来的。它们刚被放上去不久。大卫从口袋里掏出一个手电筒。

"请看希望的废墟。"

我凑近了看去。金属牌位上镌刻着文字。

纪念阵亡者

2039 年，11 月 28 日

"2039 年，"我说，"第十八个骸骨季。"

我出生的前一年。

"那天发生了一场暴动，在十一月潮节，"大卫把手电筒对准神龛，"一群拉菲姆人揭竿而起，反对尾宿五家族。他们将大多数人类招至麾下。他们试图杀死娜什拉，并把这里的人类都疏散到伦敦。"

"哪些拉菲姆人？"

"没人知道。"

"发生了什么事？"

"一个人类背叛了他们，XVIII-39-7。一颗老鼠屎坏了一锅粥。娜什拉严刑拷打了那些拉菲姆罪人，给他们留下了永久性的伤疤。而人类都被艾冥屠杀殆尽。根据传言，除了老鸭头之外，只有两个幸存者——一个是叛徒，一个是孩子。"

"孩子？"

"老鸭头把什么都告诉了我。他之所以幸免于难，是因为他是个过于懦弱的黄衣行者，不可能参与起义。他跪着乞求他们放过他。他告诉我，那年有个孩子被带到这里——四五岁吧。XVIII-39-0。"

"见鬼，他们为什么会把一个孩子带到这里来？"我的胃仿佛结了冰，"孩子无法与嗡嗡兽战斗。"

"不知道，他觉得他们是想看看她能否存活下来。"

"她当然无法存活。一个四岁的孩子无法生活在那样的贫民窟里。"

"完全正确。"

我的肠胃开始扭曲滚动起来。"她死了。"

"老鸭头发誓说,她的尸体没有被找到。他的工作就是清理尸体,"大卫说,"他之所以幸存下来,这也是一部分原因。他说他怎么也找不到那个小女孩,但是这个东西说明事情并非如此。"

他用手电筒照亮了其中一个祭品。一只脏兮兮的泰迪熊,眼睛是纽扣做的。它的脖子上挂着一张字条。我把它举起来,对准大卫的手电光。

XVIII-39-0
所有活过的生命都不会迷失方向。

沉默突然而至,却被远处的一阵钟鸣声打破。我把小熊放回到花丛中。

"是谁做了所有这些?"我的声音显得很痛苦,"谁制作了这个神龛?"

"哈莱人。还有伤疤一族,那些奋起反抗娜什拉的神秘拉菲姆人。"

"他们还活着吗?"

"没人知道。不过,我敢打赌他们已经死了。娜什拉既然知道他们是背叛者,为何还要让他们在城市里逍遥自在?"

我的手指开始颤抖,我偷偷地用袖子掩盖住。

"我已经看够了。"我说。

大卫陪我走回了莫德林学院。还有几个小时才到黎明,但我已经不想再看见任何人了。今晚不想。

当那座塔映入眼帘时,我把脸转向大卫。"我不知道你为何要对我说这些,"我说,"但还是谢谢你。"

"为什么谢我?"

"你给我看了神龛。"

"不用谢,"他的脸庞笼罩在阴影中,"我还可以回答你一个问题,不过我只有不到一分钟来回答它了。"

我思考着。我还有这么多问题想问,但有个问题困扰了我好几天。

"为什么要用'骸骨季'这个名字?"

他露出微笑。

"不知道你是否知道,'骨'以前也有'好'的意思,或者指'丰收'。这个词来源于法语。你可能在街头也听到过。那就是他们如此命名的原因:好季节、丰收的季节。他们将之视为获得回报,与新芽帝国做交易的最佳时刻。当然了,人类对此有不同看法。对他们来说,'骨'只意味着:白骨累累、饿殍遍地。那就是他们称我们为'掘骨者'的缘由。因为我们是将人们带向死亡的帮凶。"

如今,我的整个身体已经凉透了。虽然我内心中有一部分想要待在这里,但如今,我更想要离开。

"你是怎么知道所有这些的?"我问道,"拉菲姆人不可能告诉你。"

"你不能问更多问题了,我已经说得太多了。"

"你可能在说谎。"

"我没有。"

"我可以向拉菲姆人告发你,"我一步也不退让,"我可以告诉他们,你知道些什么。"

"那你就不得不告诉他们,你也知道,"他对我笑笑,我知道自己输了,"我告诉了你那么多信息,就算你欠我个人情好了,除非你现在就想还给我。"

"我该怎么做?"

当他抚摸我的脸颊时,我顿时知道了答案。他的手压在了我的臀部。我顿时浑身紧绷。

"这个不行。"我反对道。

"来嘛,"他的手在我腰间游移着,脸凑得更近了,"难道你已经把你的避孕药抵押了出去?"

"什么,你居然还想要回报?"我重重地把他推开了,"去死吧,红衣行者。"

大卫还是色迷迷地盯着我看。

"那就帮我另一个忙吧,"他说,"我在莫顿学院找到了这个。你看看能否查清楚它的意思。你比我想象的要聪明。"他把什么东西塞进了我手中,是一个信封,"做个好梦,40号。"

他扬长而去。我在那里站了一会儿,浑身僵硬而冰冷,然后无力地靠到墙上。我根本不该跟着他去那种地方。我还不至于蠢到会和陌生人走在黑暗的街道上。我的本能上哪儿去了?

在这个晚上,我获得了太多的信息。莉斯从没提到过拉菲姆人。对于第十八个骸骨季的起义,拉菲姆人也负有一部分责任。或许她也不知道。

伤疤一族。我应该去寻找他们,那些曾经帮助过我们的人。不过,没准儿我应该低眉顺眼地过我的新生活。那很安全,也很容易。

我想念尼克,想念老贾,想要回到我以前的生活中去。是的,我曾经是个罪犯,但我的身边也有许多朋友围绕,是我选择和他们在一起的。我作为莫莉学徒的地位能保护我远离大卫这种人。在我自己的地盘上,没人敢碰我。

然而,这里并不是我的地盘。在这里,我没有任何特权。第一次,我渴望躲到莫德林的石墙里面寻求保护,渴望守护官的存在带给我的保障,即便这是我所憎恨的。我把那张纸放进口袋里,并向大门走去。

当回到创始人之塔时,我很期待看到一个空的房间。然而,我看到的只有血。

拉菲姆人的血。

第 12 章
发热

房间里一片狼藉。满地的碎玻璃和砸坏的器物，窗帘有一半都从轨道上被拉扯了下来，发光的黄绿色液体星星点点地洒在石头地板上，还有一些渗透进了地毯的纤维里。我跨过那些碎玻璃。书桌上的蜡烛已经熄灭了；煤油灯也一样。房间里冷得要命。我能感觉到以太无处不在。我保持着警惕，准备用我的灵魂对付潜在的攻击者。

帷幔已经被拉下，将床围得严严实实。后面有另一个人的梦景。我觉得是拉菲姆人的。

我向床边走去。等到快要能碰到帷幔的时候，我开始理智地思考我到底准备干什么。我知道守护官就在帷幔后面，但我不知道他处于何种状态。他可能受伤了，正在睡觉，或者已经死了。我不确定自己是否真想弄清楚究竟是哪一种。

我让自己镇静下来，活动了一下手指，然后抓住那厚重的织物。我把帷幔拉到了一边。

他瘫倒在床上，像尸体一样死气沉沉。我爬到被子上，摇晃着他。"守护官？"

没有任何反应。

我坐回到床上。他已经明确地告诉过我，我不能触碰他。如果这种情况发生，我也不应该帮助他。然而，这一次他看起来伤得非常严重。连他的衬衫也被血浸透了。我试图把他翻个身，但是他死沉死沉的。当我检查他的呼吸时，他的手突然伸了出来，抓住了我的手腕。

"你，"他的声音既含糊又生硬，"你在这里做什么？"

"我刚刚在……"

"有谁看见你进来了吗？"

我一动也不敢动。"夜班门卫。"

"还有别人吗?"

"没有了。"

守护官用手肘支撑起身子。他用他的手——还戴着手套——直接捂住了他的肩头。"既然你来了,"他说,"不妨待在这里,看着我慢慢死去。你会很享受的。"

他浑身都在发抖。我努力想说出一些侮辱性的话语,但说出口的话却迥然不同:"你怎么了?"

他没有回答。我慢慢地伸出手,想摸他的衬衫。他抓住我手腕的手收紧了。"你需要让伤口透透气。"我说。

"我注意到了。"

"那么就这么做吧。"

"不要告诉我该怎么做。我可能快不行了,但我不会服从你的命令。你必须服从我。"

"那你的命令是什么?"

"让我安静地死去。"

然而,这个命令下得实在是缺乏力度。我把他戴手套的手从他的肩头轻轻推开,一团被啃咬过的血肉露了出来。

是嗡嗡兽干的。

他的眼睛里又燃起了火焰,仿佛有某种不稳定的化学药品起了反应。有一阵子,我以为他会杀了我。我的灵魂处于紧绷状态,想要挣脱意识的束缚,随时准备攻击。

然后,他抓住我手腕的手松开了。我仔细审视着他的脸。"给我水,"他的声音微不可闻,"还有盐。看看柜子里面。"

我并没有多少选择,只能照做。他的目光一直紧盯着我的后背,我打开了古玩柜的锁,并拉开上面的一扇扇门。我拿出了一个桃心木盐罐、一个金色的碗和一大壶水,以及一大堆亚麻布。守护官撕开了他衬衫最上面的领带。他的胸口因为汗水而湿漉漉的。

"抽屉里有一副手套,"他说着,对着写字台点点头,"把它们戴上。"

"为什么?"

"照做就是了。"

我气得咬牙,但还是按照他的要求做了。

在抽屉里的手套旁边,还躺着他的黑柄小刀,它干干净净地装在刀鞘里。当它映入眼帘时,我犹豫了一下。我背对着他,戴上了手套。我甚至不会留下一个指纹。我用大拇指把小刀推出了刀鞘。

"如果我是你的话,我不会想尝试的。"

他的语气让我停了下来。

"拉菲姆人是很难杀死的,"他静静说道,"就算你把刀深深插进我的心脏,它也不会停止跳动。"

沉默变得更令人窒息了。"我不相信你,"我说,"我能把你开肠破肚。你太虚弱了,跑不掉的。"

"如果你希望冒这个险,那就请便吧。不过,先问问你自己:我们为何允许红衣行者携带武器?如果你们的武器能够杀死我们,我们为何要傻到武装我们的囚犯呢?"他的目光灼伤了我的后背,"许多人都试过了,他们如今都已经不存在了。"

一股冰冷的刺痛感开始沿着我的手臂一路向上。我把小刀放回到抽屉里。"我看不出我为什么要帮助你,"我说,"上次你完全不感激我。"

"我会忘掉你准备杀我这件事。"

落地大座钟滴答作响,几乎与我的脉搏一致。最终,我转过头往后看。他也回看着我,他眼中的光芒正在逐渐减弱。

我穿过房间,慢慢地把那些物品都放在床头柜上。"这是什么东西弄的?"我问道。

"你肯定知道,"守护官把背靠到床头板上,下巴紧绷着,"你做过调查。"

"艾冥。"

"是的。"

他的确认让我的血液都凉透了。我在沉默中忙活着,把盐和水在碗里混合到一起。守护官就这么看着我。我把一块正方形的亚麻布浸透了盐水并绞干之后,俯身凑近他的右肩。伤口的外观和味道让我往后一跳。

"这里坏死了。"我说。

伤口已经发黑一片腐烂，变成了灰色。他的皮肤像燃煤一样滚烫。我猜他的体温很有可能已经高出人类正常体温的两倍，我隔着手套都能感到他的热量。咬伤周围的血肉正在坏死。我需要退热剂。可是，我一点奎宁也没有，尼克经常用这个来为我们降热。从氧气吧很容易就能偷到一点——他们把它用作荧光剂——然而，我很怀疑自己能否在这里找到它。只有靠盐水和好运气了。

我把一些水拧到了伤口上。他手臂上的肌肉突然绷紧了，手上的青筋都暴了出来。

"对不起。"我说道，然后真希望自己没那么多嘴。当我被烙上印记，当塞巴死去时，他可没有感到抱歉。他没有为任何事感到抱歉。

"说吧。"他说。

我迷惑地看着他。"什么？"

"我正在遭受痛苦，一些闲聊有利于分散注意力。"

"说得好像你对我说的话感兴趣似的。"在我管住自己的嘴之前，这些话就脱口而出了。

"我当然感兴趣。"他说道，考虑到他的处境，他真是冷静得见鬼。"我当然有兴趣了解与我同在一个屋檐下的人类。我知道你是一个杀人犯——"我顿时紧张起来，"——但你肯定还有更多不为人知的层面。如果没有的话，宣布你属于我会是我做过的一个非常糟糕的选择。"

"我从没要求你选择我。"

"可我还是这么做了。"

我继续冲洗着伤口，有些用力过猛了。我看不出为何要温柔地对待他。

"我出生在爱尔兰，"我说，"在一座名叫克朗梅尔的小镇。我的母亲是英格兰人，她逃离了新芽帝国。"

他点点头，动作微弱得几乎察觉不到。我继续说道："我跟我父亲及祖父母一起住在金山谷，南方的一个奶牛养殖区。那里非常漂亮，与新芽帝国的要塞完全不同。"我拧干了亚麻布，又把它浸到盐水里，"不过，亚伯·梅菲尔德变得越来越贪婪，他想要得到都柏林。就在此时，莫莉暴动爆发了。梅菲尔德进行了大屠杀。"

"梅菲尔德，"守护官重复道，并看着窗户，"是的，我记得他。一个不太讨人喜欢的角色。"

"你见过他？"

"自1859年以来，我见过每个新芽帝国的领导人。"

"但是，这样说来，你至少得有两百岁了。"

"是的。"

我费了番功夫才没有在护理时感到畏缩。

"我们以为我们是安全的，"我说，"但最终，暴力统治扩张到了南方。我们不得不背井离乡。"

"你的母亲怎么样了？"守护官一直盯着我的眼睛，"她被留在那里了？"

"她死了，死于胎盘早剥。"我坐了回去。"下一个伤口在哪里？"

他敞开他的衬衫，伤口从上往下纵贯了他的胸口。我说不清这是牙齿、爪子、还是别的什么造成的。当我把水轻轻涂到撕裂的皮肤上时，他的肌肉僵硬了起来。"继续说。"他说道。

看来，我不算是个无聊的人。"我八岁的时候，我们搬往了伦敦。"我说。

"出于自愿？"

"不，那年我父亲被新芽科研所召了过去，"我将他的沉默理解为他不知道这个简称的意思，"新芽帝国的科学研究专门机构。"

"我知道。他为什么会被召进去？"

"他是一个法医病理学家，曾经为警察局做过许多工作。新芽帝国任命他为一些问题找出科学的解释，比如人类为什么会变成通灵人。还有在人类死后，他们的灵魂为什么还会徘徊不散。"我的声音听起来很苦涩，甚至在我自己听来也是如此，"他认为这是一种疾病，是可以被治愈的。"

"这么说，他没有察觉到你有通灵能力。"

"他是黑蒙人，怎么可能做得到？"

他没有对此发表评论。"你从出生起就拥有这个天赋吗？"

"并不完全是这样的。从非常小的时候开始，我就能感觉到'气'和灵魂。然后，一个骚灵与我发生了接触。"我坐了下来，擦擦额头。

"你还剩下多少时间?"

"我不确定。盐会延缓不可避免的死亡,但也撑不了多久。"他对此相当漠不关心。"你什么时候练就了让灵魂出窍的能力?"

这场对话慢慢让我冷静了下来。我决定坦诚以对,因为他很有可能已经对我知根知底了。娜什拉知道我来自爱尔兰,他们一定拥有我们的所有记录。他可能是在试探我,看看我是否会对他撒谎。

"在骚灵接触我之后,我开始做同一个梦——至少,我以为那是一个梦。"我把剩下的水都倒在了他的肩上。"我梦见了一片花田。我越是往花田里面跑去,周围就变得越黑暗。每天夜里,我都会往里走一点,直到有一天我来到了非常边缘的地方,然后我纵身一跃,并坠落下来。"我开始处理伤口,"我正在坠入以太世界,摆脱身体的束缚。我在救护车上醒了过来。我父亲说我梦游的时候走进了客厅里,然后突然停止了呼吸。他们说我一定是陷入了深度昏迷状态。"

"但你活了下来。"

"是的,而且我的大脑也没有受损。大脑缺氧是我……这种情况的人经常会遇到的风险。"我说道。我不喜欢跟他谈及我自己,但我觉得他最好还是知道这些。如果在没有生命支持系统的情况下,他强迫我长时间地进入以太世界,我的大脑会最终被摧毁到无法修复的地步。"我很幸运。"

守护官看着我为他清理他肩上的伤口。"这让我觉得,为了安全起见,你并不经常进入以太世界,"他说,"不过,你看起来对它非常熟悉。"

"这是一种本能。"我避开他的目光,"没有药物,你的热病不会好起来的。"

在某种程度上,我并没有撒谎。我的才能本来就是天生的,但我不准备告诉他,有个哑剧领主曾经培养并训练过我,是他让我使用生命支持系统的。

"那个骚灵,"他问道,"他有没有给你留下伤疤?"

我脱下一只手套,伸出我的左手。他低头看着那些明显的记号,我任由他这么做。一个还不成熟的通灵人以如此激烈的方式暴露在以太世界中,这种情况并不常见。

"我猜,我的身体里已经有了一道裂缝,才让以太世界得以趁虚而入,"我说,"那个骚灵只是……把我打开了窍。"

"你就是这样看待这件事的?"他说,"以太侵占了你的身体?"

"那你怎么看?"

"我并不想发表自己的观点。不过,许多通灵人都觉得是他们自己入侵了以太世界,而不是恰恰相反。他们觉得这是'打搅了死者'。"还没等我回答,他就继续说道:"我以前也见过这种情况发生。当面对通灵能力的突然变化时,孩子是相当脆弱无助的。如果他们的'气'在得到很好的发展之前就被暴露在以太世界中,他们的状态很可能会变得不稳定。"

我收回了自己的手:"我没有不稳定。"

"但你的能力的确不稳定。"

我没有争辩。我已经用我的灵魂杀了人,如果这不叫不稳定,我不知道还能用什么词形容它。

"我的伤口中有一种坏疽病,"守护官客观地陈述道,"不过,它只会影响拉菲姆人。人类的身体对它有免疫力。"我等着他说到重点。"人类的血液能够摧毁拉菲姆人的坏疽。只要血液中不缺乏免疫力,被艾冥咬伤的人类都能幸存下来,"他指着我的手腕,"只要你的大约一品脱的血液,我就能得救。"

我的嗓子突然收紧了。"你想要喝我的血?"

"是的。"

"你到底是什么?吸血鬼?"

"我还以为新芽帝国的居民从没读过关于吸血鬼的故事呢。"

我顿时浑身紧绷。糟了,只有集团的高级成员才能接触到关于吸血鬼和其他超自然生物的文学作品。我看的是低俗惊悚小说《沃克斯豪尔的吸血鬼》,是由一个来自蛆虫街的无名灵媒所创作的。他杜撰各种各样的故事,以弥补新芽帝国没有合法而有趣的文学作品的缺憾,他利用外部世界的民间传说进行创作。他的故事通常有类似这样的标题:《与茶占师喝茶》《妖精的惨败》[①]。也正是这位作者,淘汰了

[①] 《沃克斯豪尔的吸血鬼》(*The Vamps of Vauxhall*)、《与茶占师喝茶》(*Tea with a Tasser*)、《妖精的惨败》(*The Fay Fiasco*),每个标题中名词的首字母都是相同的。

163

那些关于通灵人的死板而平庸的作品,比如《雅各布小岛神秘事件》。现在,我真希望自己从没读过这些书。

守护官似乎将我的沉默理解为了一种不安的表现。"我不是吸血鬼,也不是你在书上读到过的任何其他怪物,"他说,"我真的不以人肉或鲜血为食。向你提出这种要求,对我来说毫无乐趣可言。不过,我已经奄奄一息了,碰巧你的血——在这种情况下,考虑到我伤口的特性——能够治愈我。"

"你的样子和声音都不像是快死了。"

"相信我,我真的不行了。"

我不想知道他们是如何发现人类的血液能抵御这种感染的,我甚至不知道这是不是真的。

"我为什么应该相信你?"我问道。

"如果你非得要一个理由的话,因为我救了你,使你免于在监管人的小丑剧团中表演的耻辱。"

"如果我需要两个理由呢?"

"我欠你个人情。"

"我可以提任何要求?"

"除了让你重获自由之外。"

我刚到嘴边的话溜走了,他早就预料到了我的要求。我本该知道自由是个太过分的要求——不过,他的人情可是无价之宝。

我从地板上捡起一块尖锐的玻璃碎片,是一个小药瓶的一部分,并用它在我的手腕上割了一下。当我奉上鲜血时,他眯起了眼睛。

"喝了它,"我说,"在我改变主意之前。"

守护官久久地凝视着我,琢磨着我的表情。然后,他抓住我的手腕,把它拉到他的嘴边。

他的舌头在开放的伤口上掠过。当他的嘴唇覆盖在伤口上面,攥紧我的手臂把血逼出来时,我感到一阵轻微的压迫感。当他大口饮血时,喉咙一起一伏的。最后,他的吮吸终于进入一种稳定的节奏。他并没有表现出突然的杀戮欲,也没有变得极度狂暴。他只将之视为一种医疗手段:客观而超然地对待它,表现得恰到好处。

当他放开我的手腕之后,我坐回了床上,整个过程太快了。守护官让我躺到枕头上："慢慢来。"

他走进了卫生间，身体已经恢复了强健。当他回来时，手里拿着一杯冷水。他的一只手臂滑落到我的背上，把我扶坐起来，让我躺在他的臂弯中。我把水喝了下去，里面加了糖。

"娜什拉知道这件事吗？"我问道。

他的表情突然阴沉下来。

"她可能会询问你，关于我的缺席，还有我的伤势。"他说。

"这么说她还不知道。"

没有回应。他用一些厚实的天鹅绒垫子撑住我的身体，确保我的脑袋能得到很好的支撑。那种厌恶感已经消逝了，可我的手腕还是在滴血。看到这个，守护官把手伸向床头柜，并从里面拿了一卷纱布。那是我的纱布，我认出了我曾经用来固定纱布的绑带。他一定是从我的背包里拿的。一想到它落在了他的手里，我就感到浑身发冷。这让我想起了那本丢失的小册子。他拿到它了吗？他读过它了吗？

他抓住了我的手腕。他戴着手套的大手动作十分温柔，用消过毒的白色纱布敷在我的伤口上。我猜，那是他表达感谢的方式。等到鲜血不再从纱布中渗出，他就立刻用一枚别针固定住纱布，并把我的手交叉放在我的胸口上。在这个过程中，我一直盯着他的脸看。

"看来我们陷入了僵局，"他说，"你有一项才能：总能在我情况微妙的时候找到我。我还以为你会袖手旁观、幸灾乐祸，而你却把你的血给了我，还帮我清理了伤口。你的动机是什么？"

"我可能需要你的人情，而且我不喜欢看到任何活物死去，虽然我并不喜欢你。"

"别太轻易下结论。"

"当她杀死塞巴时，你却袖手旁观，"我本来不敢说出这些话，但现在管不了那么多了，"你就这样袖手旁观，你一定知道她会采取什么行动。"

守护官毫无反应，我厌恶地转过脸去不看他。

"也许我是一个乡愿。"他开口说道。

"一个什么？"

"就是伪君子，但我更喜欢用那个措辞，"他说，"也许你觉得我很邪恶，但我真的会遵守我的诺言，而你也会遵守你的诺言，对吗？"

"你指的是什么？"

"今晚的事情绝不能泄露出去。我想知道你是否会保守秘密。"

"我为什么应该这么做？"

"因为说出来对你毫无益处。"

"这能除掉你。"

我觉得他的眼睛变了颜色。

"是的，这能除掉我，"他说，"不过你的生活也不会有所改观。就算你不被扔到街上，也会得到另一个监护人，并不是所有监护人都像我这么开明。按理说，因为你前几天对我说过的一些话，我早就应该把你打死了。然而，我很清楚你的价值。其他人可不会。"

我想张嘴反驳，却感到理屈词穷。我不能说他曾经虐待过我。他甚至连我的一根手指也没动过。

"因此，你希望我替你保守秘密，"我揉揉我的手腕，"那回报呢？"

"我会想方设法保证你的安全。你有无穷无尽的可能性会死在这里，而你无法靠自己的力量避免这些可能性。"

"我终将会死去。我知道娜什拉想要我做什么，你无法保护我。"

"到最后也许不行，但我猜你肯定想在测试中幸存下来。"

"怎么说？"

"你可以向她证明你有多强大。你不是黄衣行者，你能学会战斗。"

"我不想战斗。"

"不，你想。战斗是你的天性。"

角落里的座钟敲响了。

与拉菲姆人结盟是不对的。但与此同时，这大大提升了我存活的几率。他能帮助我获得补给，帮助我活下来。也许我能活到逃离这里的那一天。

"好吧，"我说，"我不会告诉任何人的。但你还是欠我一个人情。"我举起自己的手腕。"为了不让我的血白流。"

正当我说出这句话的时候，门突然打开了。一个女性拉菲姆趾高气扬地走进房间,是一叶兰·瓠瓜一。她首先看了看房间里的状况,然后看了看我,最后又看着守护官。她一句话也没说就丢给了他一个试管。守护官用一只手接住了它。我定睛一看。

是血,人类的血。上面有一个小小的灰色三角形标签,上面写着一个代码:AXIV,意思是"黑蒙人14号"。

是塞巴的血。

我看着守护官。他歪了歪头,轻松得仿佛我们刚分享了一个小秘密。一种发自内心的厌恶感攫住了我。我站起来,因为失血而感到虚弱,然后蹒跚着走上了楼梯,前往我的监狱。

第 13 章
他的图像

我第一次见到尼克·尼加德时,刚好九岁;我第二次见到他时,已经十六岁了。

那是 2056 年的夏季学期,在 III-5 区的精英女子学校,高二学生都进入到了人生中最重要的阶段。我们还能在学校住上两年,在此期间,我们可以上大学预科班,或者离开学校去找工作。为了努力说服那些犹豫不决的学生继续学业,女校长组织了一系列讲座,邀请了一些能鼓舞人心的演讲者,比如守日人部门的代表、媒体领域的讲故事高手——甚至有一个执政府的政客:移民部的部长。那天的讲座是关于医药科学的。两百号人被像赶羊一样赶进了演讲大厅,他们都穿着黑色校服、白色衬衫,配红色领结。布里斯金小姐,我们的化学老师,走上了演讲台。

"早上好,姑娘们,"她说,"很高兴见到你们都这么有精神,来得这么早。你们中有很多人都表示有兴趣将科学研究作为职业发展方向。"我绝不算在内。"因此,这应该是我们最具启发性的演讲之一。"一阵稀稀拉拉的掌声。"我们的演讲者已经拥有了一份非常令人兴奋的事业。"我可不确定。"2046 年,他从新斯德哥尔摩大学被调过来,在伦敦完成了他的学业,现在为新芽科研所工作,中央军区最大的研究机构。今天,我们非常荣幸地邀请他到这里来。"前排发出了一阵兴奋的骚动声。"请鼓掌欢迎我们的演讲者——尼克拉斯·尼加德医生。"

我突然抬起头,是他。

尼克。

他并没有多少改变。他还是我记忆中的样子:高大、五官柔和、帅气。他还很年轻,即便眼角已经承载着忙碌的成人生活的重压。他穿着黑色西装,系着红色领带,就像所有的新芽帝国官员一样。他的头发都用润发油服帖地梳到了脑后,这在斯德哥尔摩是非常流行的发型。当他露出微笑时,我们的级长们都坐得更挺直了。

"早上好,淑女们。"

"早上好,尼加德医生。"

"感谢你们今天让我有机会来到这里。"他整理着报告纸,用的正是我九岁时帮我缝合受伤胳膊的那双手。他正好看到了我,并露出了微笑。在我的肋骨后面,我的小心脏扑通扑通直跳。"我希望这次演讲会对各位有所启发,但是,如果你们睡着的话,我也不会介意的。"

一阵哄堂大笑。大部分官员都不会这么爱开玩笑。我无法将视线从他身上移开。七年以来,我一直想知道他可能在哪里,而他就这么走进了我的学校。这是我记忆中一幅永恒不变的画面。他谈论着他关于反常能力成因的研究,谈论着他在两个新芽帝国要塞的学习经历。他说着笑话,并鼓励听众参与其中,他有问必答。他甚至让女校长也露出了会心的笑容。当下课铃声响起时,我第一个走出了演讲大厅,朝大厅后面的走廊走去。

我必须找到他。七年以来,我一直想弄清楚在虞美人花田中到底发生了什么。那里并没有什么狗。只有他能告诉我是什么在我手上留下了冰冷的伤疤。只有他能给我答案。

我顺着走廊一路走下去,推搡着挤过其他唧唧喳喳的初二学生。他就在那里,在教研室的外面,正在与女校长握手。当他看到我时,他的眼睛亮了起来。

"你好。"他说。

"尼加德医生……"我几乎说不出话来,"你的演讲……非常振奋人心。"

"谢谢。"他再次露出微笑,目光洞穿了我的眼睛。他认识我,他还记得我。"你叫什么名字?"

是的,他认识我。我的掌心感觉火辣辣的。

"她是佩吉·马霍尼。"女校长说道,特别强调了我的姓氏,我的爱尔兰姓氏。她上上下下地打量着我,看到了我松垮垮的领结和没有系扣子的上衣。"你应该去上课了,佩吉。安薇儿小姐对于你的迟到频率已经非常失望了。"

我的脸颊感到一阵发热。

"我已经跟安薇儿小姐确认过了,她愿意给佩吉几分钟,"尼克对她露出胜利者的微笑,"我很乐于在她身上花些时间。"

"你真是个好人,尼德加医生,但是佩吉最近有点被校医宠坏了,她不能再缺课了。"她把脸转向他,并压低了声音,"是个爱尔兰女孩。对于她们应该做多少功课,这些土妞儿经常会自作主张。"

我的视线突然穿透了什么。我的脑壳里有一股压力在推挤着,仿佛随时准备爆发出来。女校长的鼻子里流出了一缕鲜血。

"你正在流血,小姐。"我说。

"什么?"当她低头看的时候,鲜血滴在了她的衬衫上,"哦,看看我都做了些什么。"她捂住了自己的鼻子。"不要只是站在这里干瞪眼,佩吉。给我一块手帕。"

我的头开始一跳一跳地疼,眼前仿佛笼罩着一张灰色的网,将我的视线牢牢锁住。尼克一边递给她一包纸巾,一边凝视着我。"也许你应该坐下来,校长,"他把一只手放在她的背上,"过一会儿,我会来陪你的。"

一等到女校长走远了,尼克就转头面对我。

"你身边的人经常会流鼻血吗?"

他的声音非常小。过了一会儿,我点点头。

"他们注意到了吗?"

"我还从未被叫作反常能力者,"我搜索着他的目光,"你知道为什么会这样吗?"

他扭过头来,瞥了我一眼。"我知道。"他说。

"告诉我吧,求你了。"

"尼加德医生?"布里斯金小姐的头从教研室的门中探出来,"政府官员想要跟你谈谈。"

"我就来。"她一离开,尼克就凑到我的耳边说:"我会在几天之内回来的。千万不要申请大学,佩吉。现在还不行,相信我。"

他捏了捏我的手。然后,他迅速地离开了,正如他来时一样快,只留下我抱着一堆课本,压住那怦怦乱跳的心脏。我脸颊发烫,掌心又湿又冷。我无时无刻不在想念尼克,而如今他回来了。我让自己镇静下来,并走回自己的班级,但还是无法正常地看书或思考。他还记得我的名字,他知道我是他救过的那个小女孩。

我不认为他真的会回来。我对他来说并不重要,他已经在这个世界上飞黄腾达,不可能还会关心我。然而,两天之后,他却在学校大门外等着我。那天早上,发生了一些奇怪的事情。我做了个白日梦,梦见了一辆银色的汽车。那幅图像是在法语课上出现在我脑海中的,让我感到想吐。而如今,同一辆车就停在外面,尼克坐在驾驶座上,戴着太阳眼镜。我梦游般地走到窗户边,远离其他女孩。他把身体探出汽车。

"佩吉?"

"我还以为你不会回来了呢。"我说。

"因为鼻血的事情。"

"对的。"

"那就是我来这里的原因。"他把太阳眼镜推到鼻尖上,让我看到了他疲惫的双眼。"如果你想要知道更多,我可以告诉你,但不是在这里。你愿意和我一起走吗?"

我回头看了一眼,没有学生注意到我。"好的。"我说。

"谢谢!"

尼克把我从学校带走了。他直接开往了中央军区,几乎没有看我一眼。我安静地待在那里。当我在反光镜中瞥见自己的形象时,才意识到自己正满脸通红。我是多么想跟他说说话,却无法将舌头捋直,说出一个前后连贯的句子。几分钟之后,尼克开口了:"你跟你父亲说过花田里发生的事情吗?"

"没有。"

"为什么?"

"你告诉我不要说呀。"

"很好,这是一个好的开始。"他的双手握紧了方向盘。"我将要对你说很多你无法理解的事情,佩吉。自从那天开始,你就不再是以前的那个你了,你应该知道原因。"

我的眼睛一直盯着马路。他其实没必要告诉我。在虞美人花田事件之前,我就知道自己与众不同了;甚至是很小的时候,我就对他人的存在很敏感。有时候,当人们从我身边经过时,我会感到轻微的震颤,就像手指拂过了一条通电的电线。然而,从那天开始,事情发生了改变。现在,我不仅能感觉到其他人——还能伤害他们。我能够让人流血,让人头痛,让人的视线变得模糊。我会在上课时突然睡着,直到浑身浸透了冷汗才惊醒过来。在学校里,校医比任何人都要熟悉我。

有什么东西从我体内浮现出来,被送到这个世界上。最终,整个世界都会看见它。

"我能帮助你控制它,"他说,"我能保证你的安全。"

他已经保护过我一次了。"我还能相信你吗?"我端详着他的脸,这张英俊的面庞我从来没有遗忘过。尼克也看着我。

"一如既往。"他说。

我们去了丝绸街的一家廉价餐馆,并在那里小口啜饮着咖啡。这是我第一次尝试喝咖啡,我私下里觉得它们尝起来就像泥巴。我们谈论了一会儿我的生活。我对他说了学校的事情和我父亲的工作,但这并不是我们来此的目的,我们两个都很清楚。

"佩吉,"他说,"你听说过一些关于反常能力的事情。我并不想吓唬你,但你正表现出相关的迹象。"

我的嗓子眼仿佛被堵住了。他是为新芽帝国工作的。

"别担心,"他把一只手放到我的手上,我的脉搏又缓过来了,"我不打算出卖你。我是来帮你的。"

"怎么帮?"

"我想请你和我的一个朋友谈谈。"

"他是谁?"

"我所信赖的一个人,他对你非常感兴趣。"

"他是……?"

"是的,和我一样。"他捏了捏我的手。"你早些时候做了个白日梦,你看见了我的车。"我呆呆地瞪着他,一脸茫然。"那就是我的天赋，佩吉。我能传送图像。我能让别人看见某些东西。"

"我……"我觉得口干舌燥，"我会去见他的。"

我给我父亲的秘书留了个口信，告诉他我会晚点回家。尼克开车把我送到了沃克斯豪尔的一家小小的法国餐厅。等待着我们的是一个身材修长的高个男人，很可能快要四十岁了。他的眼睛里洋溢着一种不安分的智慧之光。他的皮肤像蜡烛一样白，一头浓密的黑发。他嘴唇苍白，显得暴躁易怒。他的颧骨尖得简直能用来削铅笔。他戴着一条金色的男式围巾，穿着一件黑色的刺绣西服背心，上面还挂着一块怀表。

"你一定是佩吉吧，"他用低沉而略带戏谑的嗓音说道，"贾克森·霍尔。"

他伸出一只骨瘦如柴的手，我握住了它。

"你好。"我说。

他的手既冰冷又有力。我坐了下来，尼克坐在我旁边。

当服务生过来的时候，贾克森·霍尔没有点任何食物，只要了一杯梅克斯，一种不含酒精的酒。这是非常昂贵的东西，他的品位非常好。

"我想给你个建议，马霍尼小姐，"贾克森·霍尔痛饮着他的梅克斯，"昨天，尼加德医生找我谈了谈。他告知我，你能强加给别人某种……医学上的反常现象，没错吧？"

我瞥了尼克一眼。

"继续说，"他给我一个微笑，"他不是来自新芽帝国的。"

"别侮辱我了，"贾克森呷了一口梅克斯，"我从摇篮里出生到进入坟墓，都不会跟执政府有任何瓜葛。你能理解我的意思吧？"

我不太确定自己是否理解。不过，他的行为完全不像一个新芽帝国的官员。

"你指的是流鼻血。"我说。

"是的，流鼻血。真是太精彩了，"他的双手在桌面上紧握着，"还有其他什么吗？"

"头痛，有时候是偏头痛。"

"那么，当这发生时，你有什么感觉吗？"

"很疲惫，感觉想吐。"

"我明白了，"他的目光在我的脸上飘忽不定，既冷酷又精于算计，仿佛看穿了我，"你几岁了？"

"十六岁。"我说。

"快到离开学校的年纪了。除非，"他补充道，"他们要你上大学。"

"不见得。"

"太好了。不过，在要塞里，年轻人很难找到工作，"他的手指敲击着桌面，"我愿意给你提供一份谋生的职业。"

我皱起了眉头。"哪种类型的工作？"

"报酬丰厚的那种，也能够保护你。"贾克森审视着我。"你知道通灵能力是什么吗？"

通灵能力，这是一个敏感词。我环顾了一下餐厅，但没人看向这里。表面上看起来，也没人在竖着耳朵偷听。

"反常能力。"我说。

贾克森淡淡一笑。"那是执政府的说法。不过，你知道这个词的本义吗？它来自法语。"

"清晰的视野，一种超越五感的知觉，能让你认识被隐藏的事物。"

"那么，它们被隐藏在哪里？"

我犹豫了一下。"在潜意识中？"

"有时候，的确如此。还有些时候——"他吹灭了桌子中央的蜡烛，"——在以太世界中。"

我观察着那缕烟，被它深深吸引。一股寒意在我胸口扩散开来。"什么是以太世界？"

"就是无限。我们从那里出生，在那里生活，当我们死去时，又会回到那里。不过，并不是所有人都愿意与物质世界分道扬镳。"

"老贾，"尼克压低声音说道，"你本该做个简单介绍，而不是长篇大论的演讲。她才十六岁。"

"我想知道。"我强调道。

"佩吉……"

"求你了。"我必须知道。

他的表情柔和了下来。他坐回到自己的椅子上,并小口抿着自己的水。"随便你。"

贾克森正挑起眉毛看着我们,噘了噘嘴后继续说道。"以太世界是一种更高层面的存在,"他说,"它与物质世界平行存在。通灵人——像我们这样的人——有能力利用以太世界。"

而我正坐在一家餐厅里,和两个反常能力者一起。"怎么才能做到?"我问道。

"哦,有无限种方法。我花了十五年时间设法将它们分门别类。"

"但是,'利用以太世界'究竟是什么意思?"问出关于通灵能力的问题,带给我一种触犯禁忌的小小兴奋感。

"这意味着你能与灵魂沟通,"尼克阐明道,"也就是那些死者。不同的通灵人能用不同的方法达到这个目的。"

"因此,以太世界就像死后的世界?"

"炼狱。"贾克森说。

"是死后的世界。"尼克说。

"请原谅尼加德医生——他总是力求完美,"贾克森呷了一口梅克斯,"不幸的是,死亡本身并不完美。我将教会你什么是真正的通灵能力,和新芽帝国对此恶意扭曲后的解读截然不同。它是一个奇迹,而不是一种反常行为。你一定能理解,亲爱的,不然他们早就掐灭这可爱的奇迹之火了。"

当服务生把我的沙拉送上来时,他们两个都陷入了沉默。我回头看着老贾。

"告诉我更多吧。"

贾克森露出了笑容。

"以太世界是'源泉',新芽帝国偶尔会这么形容它……"他说,"躁动不安的死者的国度。据说,血腥国王在降神会上接触过这个源泉,导致他犯下了五起可怕的谋杀罪,并将通灵能力这种流行病带给了这个世界。当然了,这完全是胡说八道。以太世界只是灵魂层面的世界,通灵人只是有能力接触它的那些人。并没有什么流行病,我们一直都存在。我们中有些是好人,有些则很邪恶,如果真有所谓邪恶

175

的话——不过，不管我们是什么，都不是一种疾病。"

"这么说，新芽帝国撒谎了。"

"是的，请坚定这个想法，"贾克森点燃了一根雪茄，"爱德华很可能是开膛手杰克，但我高度怀疑他根本就是个通灵人，只是太笨了。"

"我们不知道他们为什么把所有罪名都归到通灵能力上，"尼克说，"这个谜团只有执政府能够解开。"

"它的运作原理是什么？"我的皮肤感到火辣辣的灼痛。我是反常能力者，我是他们的一员。

"不是所有灵魂都会平静地前往以太世界的中心——我们认为那里是死者的最后归宿。"贾克森说道，我敢说，他正在品味这句话。"相反，它们会在肉体和灵魂的世界之间徘徊不定。当它们处于这种状态时，我们就称它们为游魂。它们还有人格，大部分是可以沟通的。它们只有一定程度上的自由，而且通常很乐于协助通灵人。"

"你谈论的是真正的死者，"我说，"你能像操控提线木偶一样，拉着它们的引线让它们起舞吗？"

"没错。"

"它们为什么会想要这样？"

"因为这意味着它们能待在喜欢的人身边，"他不以为然地说，好像他无法理解它们的这种想法，"或者是它们想要纠缠的人。它们牺牲了自由，但作为交换条件，得到了某种永生。"

我塞了一嘴的沙拉，然后大嚼起来，感觉就像是在嚼一团湿棉花。

"当然了，它们一开始并不是灵魂，"贾克森拍了拍我的手背，"你有着一具血肉之躯，你能在物质世界中行动自如。但是，你也可以和以太世界有着个人的联系，我们把这种联系所呈现的景象称为梦景，也就是人类意识的风景。"

"等等，等等，你一直在说我们，"我说，"确切地说，我们是指谁？通灵人？"

"是的，我们是一个生机勃勃的团体，"尼克对我露出一个温暖的笑容，"但也是一个非常秘密的组织。"

"你能凭借通灵人的'气'认出他们，正因为这个，尼克才能找到你。"贾克森说，我不断增强的兴趣似乎激发了他的热情。"你瞧，每个人都有梦景。一种安全的幻觉，一个安乐之所①，你能理解吧？"我不确定自己是否理解，"通灵人的梦景是有颜色的，其他人的梦景则是黑白的。当他们做梦时，就能看到自己的梦景。因此，黑蒙人的梦是黑白的。相反，通灵人的……"

"……梦是彩色的？"

"通灵人不做梦，我亲爱的小女孩，至少与黑蒙人的做梦方式不同。那种无聊的乐趣只有他们才能享受。然而，通灵人梦景中的色彩能透过他们的肉身散发出光芒，创造出'气'。同一类型的通灵人往往拥有非常相似的'气'。你将会学会如何区分他们。"

"我能看到'气'吗？"

他们交换了一个眼神。尼克抬起手来，从眼睛里剥离出一对隐形眼镜的镜片。我的背脊立刻感到一阵发凉。

"看看我的眼睛，佩吉。"

他没必要对我说第二遍。我记得那双眼睛，清晰得就像昨天看见的一样。它们是精致的灰绿色，虹膜上纤细的线条呈放射状分布。我以前没注意到的是，他的右边瞳孔上有一个钥匙孔形状的小小缺口。

"一些通灵人拥有第三只眼睛，"他坐回到椅子上，"他们能看见'气'，也能看见游魂。你可能拥有一半的灵视能力，就像我，只有一个有缺口的瞳孔；或者拥有完全的灵视能力，就像老贾。"

贾克森拉开他的眼皮让我看。他的两只瞳孔上都有缺口。

"我没有这种东西，"我说，"因此，虽然我是通灵人，却没有第三只眼睛？"

"在更高等级的通灵人中，没有灵视能力的情况非常普遍。你的天赋不需要你能看见灵魂，"贾克森对我露出满意的表情，"你能感觉到'气'和游魂，但无法在视觉上看见它们。"

"这并不算是劣势，"尼克拍拍我的手，"没有视觉的干扰，你的第六感会变得更为敏锐。"

---

① 原文为拉丁文。

虽然餐厅里非常温暖,寒意却正在传遍我的全身。我分别看了看那两个人迥然不同的脸庞。"我是哪种类型的通灵人?"

"这也是我们想要寻找的答案。这些年来,我分辨出了七种不同的通灵能力。我相信你,我亲爱的小女孩,你属于一种最高等级的通灵人,当今世界上最稀有的通灵人之一。如果我的推测被证明是正确的……"他从他昂贵的皮包里抽出一个文件夹,"我希望你能签署一份工作合同。"他直视着我的眼睛。"我可以在这张支票上写下任何数字,佩吉。我需要花多少钱才能雇用到你?"

我的心脏怦怦地撞击着肋骨。"先给我来一杯饮料。"

贾克森放松地坐了回去。

"尼克,"他说,"给这位年轻的女士来点梅克斯。她是我们的人了。"

第 14 章
日出

在接下来的几个晚上,守护官和我都没有交流过,也没有出门训练。每天夜里,一等到钟声响起,我就立即离开了,走的时候连看也不看他一眼。他只是这么看着我,但从不会阻止我。我倒有点希望他这么做,这样的话,我就能让怒火爆发出来。

一天晚上,我想去见莉斯。外面正在下雨,而我渴望着她的温暖的火炉。然而,我不能这么做。在我和守护官之间发生那种事之后,我做不到。在又一次帮助了敌人之后,我无法直视她的眼睛。

我很快就发现了一个新的避难所,一个属于我自己的地方:在霍克墨斯门前的台阶上,有一条封闭式的拱廊。它一定曾经是一座宏伟的建筑,但如今,它过去的辉煌让它看起来更加悲惨:它又冷又重,边缘坍塌崩坏,等待着一个可能永远不会再来的黄金时代。这个地方变成了我的藏身处。我每晚都来这里。有时候,假如没有掘骨者值班,我会偷偷溜进废弃的图书馆,把一大堆书拿回拱廊。他们在那里储存了这么多非法小说,甚至让我开始好奇新芽帝国是不是把收缴的图书都送到了这里。为了拥有它们,老贾甚至愿意出卖自己的灵魂,如果他还有灵魂可以出卖的话。

自从放血事件之后,已经过了四晚。我还是无法理解自己为什么会帮助他。他到底在玩什么肮脏的鬼把戏?一想到我的血进入到了他的身体里,我就感到恶心。对于我的所作所为,我想想都觉得受不了。

窗户虚掩着。如果他们来找我的话,我会听见的。我不会再让他们像在 I-5 区那样蹑手蹑脚地靠近我。我找到了一本名叫《螺丝在拧紧》①的书，它就隐藏在众多书架之中。雨越下越大，我选择待在室内，在图书馆里。我趴在一张书桌上，点燃了一盏小小的煤油灯，翻看着书页。外面，"大路"上悄无声息。大部分哈莱人都开始为两百周年庆典练习才艺了。据传闻，最高审判者会亲临现场。必须让他对我们的新生活留下深刻的印象，否则，他就可能不会让特殊协议继续存在下去。倒不是说他有多少选择余地。不过，我们还是得表现出我们的用处，即便只是供人消遣的用处。那样，我们才有存在下去的价值，值得他们花费相较使用"夜之仁慈"更多的费用。

我掏出了大卫给我的那个信封，里面是一张从笔记本里撕下来的纸页，破烂而泛黄。我已经研究过它好几遍了，看起来似乎曾有根蜡烛倒在了上面：纸片的边角被蜡弄得发硬，纸片的正中间被烧出了一个巨大的洞。在纸页的一角有一张模糊的素描，那里以前一定画着一张脸，但如今看起来既暗淡又扭曲。我只能间断分辨出几个词语。

> 拉菲姆人是……生物。在……被称为……在……范围内……能够……无限的时间，但是……新形态，那是……饥渴，无法控制并且……能量围绕着传说中的……红花，那是……唯一方法……的天性……只有这样才能……

我再次尝试将这些词语串联起来，试图找到其中的规律。将"饥渴"和"能量"联系起来并不困难，但我想不出"红花"是什么意思。

信封里还有其他东西。一张褪色的老式银版照片。拍摄日期被潦草地写在角落里，是 1842 年。我看了它许久，但是，除了一片模糊的黑与白，我从中得不到任何信息。我把信封塞回到短袍里，并啃食着不新鲜的干面包。我感到眼睛有点疲惫，就吹灭了煤油灯，像胎儿一样蜷缩着躺了下来。

我的意识中充满了各种纷杂的片段。守护官和他的伤势。一叶兰把塞巴的血带给了他。大卫，以及他对我莫名的关心。还有娜什拉，

---

① 《螺丝在拧紧》是一部心理惊悚小说，它的作者是美国 19 世纪作家亨利·詹姆斯。

以及她全知全能的双眼。

我强迫自己只想着守护官。一想到塞巴的血被装在瓶子里并贴上了标签,成为可售卖的商品,我又尝到了愤怒的滋味。我希望他们是在他活着的时候取的血,而不是在他死后。然后,一叶兰出现了,给他带来了血;她一定早就知道他会感染坏疽,至少可能会感染上。在一切变得太晚之前,她一定已经在尽力安排给他送人血的事了。当她有些延迟的时候,他就喝我的血作为替代。不管他做了什么,那些都是要瞒着娜什拉的事。

守护官有一个秘密,我也是。我正在隐藏我与地下集团的联系,毫无疑问,娜什拉渴望将这个组织斩草除根。如果我的沉默能让他活下去,那么他的沉默也能让我活下来。

我摸索着用绷带包扎好的胳膊,还有一些伤口没有痊愈。对我来说,这跟烙印一样丑恶。如果它留下伤疤,我就永远都忘不了我这么做时的耻辱和恐惧。这种恐惧像极了我初次邂逅灵魂世界时的感觉。我害怕我自己,害怕我即将成为的那个人。

我肯定是渐渐沉入了梦乡。脸颊上一阵尖锐的疼痛将我带回了现实世界。

"佩吉!"

莉斯正在摇晃我的身体,我的眼睛既酸涩又肿胀。

"佩吉,你到底在这里干什么?已经过了黎明,掘骨者都在外面找你。"

我抬起头,还有些睡眼惺忪:"为什么?"

"因为守护官命令他们去找你。一个小时前你就应该回到莫德林了。"

她是对的,天空正在变成金色。莉斯拉我站了起来:"你很幸运,没有让他们在这里找到你。这里是禁区。"

"你是怎么找到我的?"

"我曾经独自来过这里。"她抓住我的肩膀,那眼神仿佛要杀了我。"你必须乞求守护官的原谅。如果你苦苦求饶,他可能不会惩罚你。"

我几乎笑出来了:"苦苦求饶?"

"这是唯一的方法。"

"我不会为任何事情求他的。"

"他会打你的。"

"我还是不会求饶,他们必须先想办法把我带到他面前,"我往窗户外面看了一眼,"如果他们在你的牛栏里找到我,你会惹上麻烦吗?"

"总比让他们在这里找到你要好,"她抓住我的手腕,"来吧,他们很快就会搜查到这里的。"

为了隐藏证据,我把油灯和书踢到了一个书架下面。我们沿着黑石筑成的楼梯跑下去,回到了户外。空气闻起来非常清爽,就像刚下过雨。

确定周围没有危险后,莉斯才放手让我出去。我们从庭院偷偷溜过,穿过潮湿的拱廊,回到了"大路"上。阳光照耀着所有大楼。莉斯搬开两块松动的胶合板,然后我们就钻进了鸦巢。她引领我穿过了一大群演员。他们捡的破烂塞满了通道,仿佛他们的窝棚已经因为不堪重负而倒塌。一个男孩倚靠在墙上,眼睛流着血。一路上,我们听到了他们的小声议论。

我低头钻进了牛栏,朱利安正等在那里。一碗稀麦粥平稳地被放在他的膝盖上。当我们钻进去的时候,他抬起了头。

"早上好。"

我坐下来。"见到我很高兴,对吗?"

"我猜是的,"他给我一个微笑,"这至少能提醒我,我是多么迫切地需要一个闹钟。"

"你也不该待在这里?"

"我正准备走呢,但如今你来了。如果我走了,感觉就像错过了一场派对。"

"你们两个!"莉斯对我们怒目而视,"他们把宵禁看得非常严肃,朱尔斯。你们两个将会受到严厉的训斥。"

我用手指捋过湿漉漉的头发。"他们要花多久才能找到我们?"

"用不了多久,他们很快会再次检查这些房间,"她坐下来,"你们为什么不马上就走?"

她身体里的每块肌肉都僵硬了。"没事的,莉斯,"我说,"我挺得住。"

"掘骨者都是蛮不讲理的,他们不会听你说的。我现在告诉你,守护官会杀了你的,如果你……"

"我才不在乎他呢。"莉斯无奈地用手撑着头。我回头看朱利安。他的菜鸟装备已经消失无踪了,取而代之的是一件粉色短袍。"你被迫做了什么?"

"娜什拉问我是什么类型的?"他说,"我说我是一个手相师,但很显然,根据她的手相,我预测不出任何东西。她把一个黑蒙人带进了房间,是个女孩,接着命令别人把她绑在椅子上。我想起了塞巴,于是问她是否想让我用水做一个占卜池。"

"你是一个水占师?"

"不是,但我不想让她知道我的真实能力。这是我的第一反应,"他挠挠自己的头,"她将一个金碗装满水,并让我去寻找一个名叫安托瓦妮特·卡特的人。"

我皱起了眉头。安托瓦妮特·卡特是四十年代初的一位爱尔兰名人。我记得她是个很瘦的中年人,显得既脆弱又高深莫测。她主持过一档电视节目,《托妮的真相》,每周四晚上播出。她会一边摸着人们的手,一边用她深沉而又慎重的嗓音宣称自己看到了他们的未来。在2046年的入侵之后,这档节目被停播了。当新芽帝国攻占了爱尔兰后,卡特就躲了起来。她还在编一本非法宣传册《小气鬼杰克》[①],大胆地发表反对新芽帝国暴政的言论。

出于我们不知晓的原因,贾克森曾经拜托一个名叫利昂的街头画家——他是把消息送出新芽帝国的专家——与她取得联系。我后来再没听到这件事的任何结果。利昂是一个很棒的街头画家,然而,绕过新芽帝国的安保系统需要时间。

"她是个流亡者,"我说,"她以前住在爱尔兰。"

[①] 爱尔兰传说中的人物,为人吝啬,曾骗魔鬼变成六便士来付酒钱。他也是万圣节南瓜的愿望。

"好吧，那她如今不在爱尔兰了。"

"你看见了什么？"我不喜欢他脸上的表情，"你告诉了娜什拉什么？"

"你不会高兴的，"看到我的表情，他叹了口气，"我说我看到了一些日晷。我记得卡尔说他也预测到了它们，我觉得如果我重复他说过的话，娜什拉会相信的。"

我转开了视线。娜什拉正在搜寻贾克森，她迟早会搞清楚那些日晷在哪儿的。

"对不起，我也追悔莫及，"朱利安揉搓着他的前额，"为什么这些日晷如此重要？"

"我不能告诉你，对不起。但是不管发生什么……"我瞥了窝棚的入口一眼，"……绝对不能让娜什拉再听到关于日晷的事了，这会让我的一些朋友陷入危险之中。"

莉斯拉了一条毯子披在肩上。"佩吉，"她说，"我觉得你的朋友们曾经试图联系你。"

"你是什么意思？"

"南河二曾把我带到'城堡'，"她的表情变得不自然，"让我待在自己的小牢房里，为他用塔罗牌占卜。突然，我被'倒吊男'这张牌所吸引。当捡起这张牌时，我发现它是倒置的。然后，我看到了以太世界，看到了一个男人的脸。他让我想起了雪。"

是尼克。当占卜师看见尼克时，常常会这么形容他，说他就像雪一样。"他送来了什么讯息？"

"一幅电话的画面，我认为他想努力找出你的位置。"

一个电话。当然了——他不知道我在哪里。帮派成员都不知道我被新芽帝国抓走了，虽然他们现在肯定觉得事情不妙了。尼克希望我打电话给他，告诉他，我现在很好。

他一定花了很多天，才通过以太世界找到正确道路。如果他再试一次，在降神会的帮助下，他很可能会再给我发送一条信息。我弄不懂他为什么要把这条信息传送给莉斯。他熟悉我的"气"，它本应更容易被找到。也许是药物的作用，或者来自拉菲姆人的某种干扰——但这都不是问题。他努力想要联系到我，他不会放弃的。

朱利安的声音打破了我的沉思:"你真的认识其他跳跃师,佩吉?"当我看着他时,他耸耸肩,"我还以为第七种通灵人是最稀有的呢。"

跳跃师,一个极富内涵的词语。这是通灵人的一种类型,就像占卜师和占兆师。那就是我所属的门类:这种通灵人能影响或入侵以太世界。从三十年代起,当老贾像我那么大的时候,他就开始对通灵人进行这种伟大的分类了。这些都始于一本名叫《反常能力的优越性》的书,它在地下集团的通灵人中疯狂传播,就像瘟疫一样。在书中,他将通灵能力分成了七类:占卜师、占兆师、灵媒、传导师、狂怒师、守护师和跳跃师。他写道,最后三种比其他几种要高级得多。这是一种看待通灵能力的全新方式,此前,它们从没被分类过——然而,"低等"的通灵人对此却反应不佳。结果是帮派之间的血腥斗争持续了两年。老贾的出版商最终回收了这些小册子,但不满情绪依旧存在。

"是的,"我说,"只有一个。他是一个神谕师。"

"你在集团中的地位一定相当高。"

"非常非常高哦。"

莉斯为我舀了一碗稀麦粥。就算对小册子有什么看法,她最后也没有说出来。"朱尔斯,"她说,"我能和佩吉单独谈几分钟吗?"

"当然了,"朱利安说,"我会去盯着红衣行者。"

他离开了窝棚,莉斯望着炉子出神。"出了什么事?"我问道。她把毯子裹得更紧了。

"佩吉,"她说,"我很为你担惊受怕。"

"为什么?"

"我只是对庆典有不好的预感——你知道的,两百周年庆。我可能不是一个神谕师,但我也能预见一些事情,"她拿出她的塔罗牌,"你愿意让我为你算命吗?现在,我非常渴望解读某个人的未来。"

我有些犹豫。我以前只用塔罗牌玩过赌博游戏。"如果你想的话。"

"谢谢,"她把那副纸牌放到我们之间,"你以前让人解读过某些征兆吗?通过占卜师或者占兆师?"

"没有。"我被问过很多次是否想要算命,但我从不相信窥视未来是个好主意。尼克有时候会给我一些暗示,但我通常不让他进行详细说明。

"好的,把你的手给我。"

我伸出我的右手。莉斯抓住了它。手指在纸牌上游走时,她的脸上浮现出了一种全神贯注的紧张神情。她抽出七张牌,并把它们面朝下放在地上。

"我使用了椭圆形的排列方法。我读了你的'气',然后挑选出七张牌,并对它们进行阐释。每个翻牌师对同一张牌的阐释都不尽相同,因此,如果你听到什么不中听的,不要太过生气。"她放开了我的手,"第一张牌代表你的过去,会让我看见你的部分记忆。"

"你能看见记忆?"

莉斯让自己露出了一丝淡淡的微笑,这是她依然引以为傲的东西。"读牌人能使用物品预知未来,但我们并不都符合某种类型的所有特征,即便《优越性》中有这个类别。不过,我视之为一件好事。"

她翻开第一张牌。"圣杯五①。"她说着,闭上了眼睛。"当你还很小的时候,你就失去了某样东西。是一个红褐色头发的男人,正是他的杯子被打翻了。"

"是我父亲。"我说。

"没错。你正站在他身后跟他说话。他并没有回答,只是凝视着一张照片。"莉斯没有睁开眼睛,翻开了下一张牌。它是倒置的。"这是你的现状,"她说,"权杖国王,逆位的。"她噘起了红红的嘴唇,"他控制着你。即便是现在,你也无法逃脱他的掌心。"

"守护官?"

"我不这么认为。不过,他拥有很大的权力。他对你有着过高的期待。你敬畏他。"

是贾克森。

---

① 圣杯五的牌面是:灰暗的天空下,一个身披黑色斗篷的男人正在垂头哀悼面前三个倾倒的杯子。他面前的河上有一座通往远处村落的桥,预示着他有选择另一种生活状态的机会。他面前的三个杯子倒了,身后还有两个杯子立着,但他不转过身,则永远也发现不了。这张牌代表了失望、悲观、止步不前。

"下一张牌代表未来。"莉斯把牌翻了过来,然后倒抽了一口冷气。"魔鬼。这张牌代表一种绝望、限制和恐惧的力量——不过,是你把自己交给它的。代表魔鬼的人被阴影所笼罩,我无法看清他的真面目。不管这个人对你施加多么大的压力,你都有能力逃离。他们让你觉得你会永远依赖他们,但其实你不会。你只是以为自己会这样而已。"

"你指的是我的同伴?"我的胸口变得冰冷,"男性朋友?或者是守护官?"

"都有可能,我不知道,"她勉强露出一个笑容,"别担心,下一张牌会告诉你到时你应该做些什么。"

我低头看着第四张牌。

"恋人?"

"是的,"她的声音突然变得不带任何感情,"我看到的不太多。我的灵魂和肉体之间的那根弦绷得很紧,太紧了。"她的手指艰难地伸向下一张牌。"这张牌代表外部的影响力。"

我不知道自己是否应该继续听下去。到目前为止,只有一张牌是积极的,甚至连它也有可能会变得令人痛苦。不过,我真的没料到会有"恋人"。

"死神,逆位的。对于通灵人来说,死神是一张常见的牌。它通常会出现在过去或现在的位置。而这次,它是倒置的——我有点拿不准。"她的眼睛扑闪扑闪地眨个不停,"这个预言太超前了,我所看到的有些模糊,什么都看不清。我只知道你周围的世界会发生改变,你会不顾一切地抗拒这种变化,而死神则会以另一种方式到来。因为将变化推迟,你反而会延长你受苦的时间。"

"第六张牌,是你的希望和恐惧。"她把它拿起来,用大拇指拂过它。"宝剑八。"

纸牌上有一个女人,被一圈尖端朝上的宝剑所环绕。她蒙着眼睛。莉斯的皮肤上闪烁着晶莹的汗水。"我能看见你,你很害怕,"她的声音有些颤抖,"我能看见你的脸。你无法动弹,不能前往任何一个方向。你只能待在一个地方,陷入困境,否则只会尝到宝剑带来的痛苦。"

187

这绝对是她见过的最绝望的一组牌面,我都不敢看最后一张牌。

"接下来,是最后的结果,"莉斯把手伸向最后一张牌,"其他一些事情的结局。"

我闭上了眼睛,以太世界发出了震颤。

我永远都没有机会见到这张牌了。三个人冲进窝棚,把莉斯吓了一大跳。掘骨者终于找到了我。

"哟哟哟!看起来我们已经找到了逃亡者,还有教唆她的人,"他们中的一个抓住了莉斯的手腕,猛地把她拉了起来,"在为顾客读牌呢?"

"我只是……"

"你只是在使用以太,而且还是偷偷摸摸地,"这是一个女性的声音,透着刁难,"你只能为你的监护人读牌,1号。"

我站了起来。"我觉得我才是你们要找的人。"

他们三个人都转过头来看着我。那个女孩看起来比我大一点,有着蓬乱的长发和高高的前额。剩下的两个年轻男孩长得非常相似,肯定是兄弟。

"没错,你就是我们想找的人,"那个较高的男孩把莉斯推到一边,"你想乖乖地跟我们走吗,40号?"

"这取决于你们想要带我去哪儿。"我说。

"莫德林学院,你这个苍白死者。黎明时分已经过了。"

"我自己会走。"

"我们会护送你的,这是命令,"那个女孩对我露出了真的很嫌弃的表情,"你已经破坏了很多规矩。"

"你想阻止我吗?"

莉斯摇摇头,但我假装没看见。我瞪着那个女孩,让她退却了。她紧咬牙关。

"好好招待她吧,16号。"

16号是那个较矮但很强壮的男孩。他伸出手抓住了我的手腕。我迅速把手臂扭向右边。他钳制着我的手滑脱了。我用拳头猛击他的喉结,并把他推向了他的兄弟。

"我说了我自己会走。"

16号痛苦地抓住自己的脖子。另一个男孩朝我扑过来。我低头躲开了他挥出的手臂，并抬起一腿，踢在了他毫无防备的胃部。我的靴子陷入柔软的脂肪里，让他的身体都旋转了起来。这时，那个女孩突袭了我：她一把抓住了我的头发，并用力一拉。我的头撞在了金属墙面上。当他的兄弟把我按倒在地时，16号一边呼哧呼哧地喘着气，一边哈哈大笑。

"我觉得你应该学着放尊重点，"他用一只手捂住我的嘴，同时喘着粗气，"如果我小小地教训你一下，你的监护人是不会介意的。他似乎也不在附近。"

他用空着的那只手在我的胸口摸索着。他以为我是一个好欺负的人，一个无助的女孩，不知道我是一个莫莉学徒。我突然用前额直接撞向他的鼻子。他大声咒骂起来。那个女孩赶紧抓住我的双臂。我咬了她的手腕，她尖叫起来："你这个小娘们！"

"放开她，凯思琳！"莉斯抓住了她的短袍，把她从我身边拖开，"你怎么了？是克拉斯①把你变得这么残忍的吗？"

"我长大了。我不愿意像你一样，住在自己的排泄物里，"凯思琳啐了她一口，"你真可悲，可怜的哈莱人残渣。"

攻击我的人正流着数量可观的鼻血，但他并没有放弃。他的血滴在了我的脸上。他猛地扯开我的短袍，接缝处都爆裂了开来。我胡乱推着他的胸口，我的灵魂快要接近爆发点了。我压抑着进攻的渴望，用力过猛，甚至连眼睛都湿润了。

然后，朱利安突然出现了。他双眼充血，脸颊也被割伤了。找到这个窝棚后，他们一定给他收了筋骨。他的手臂紧紧缠绕着那个男孩的脖子。"那就是你们掘骨者的兴奋点？"这是我第一次看见他生气，"你们就喜欢看着他们挣扎？"

"你会变成一堆白骨，26号，"攻击我的人快要窒息了，"等着瞧吧，你的监护人会听到这个消息的。"

"告诉她吧，我看你敢不敢说。"

我把自己的短袍拉好，手还在发抖。那个红衣行者抬高自己的手

---

① 克拉斯（Kraz），也称轸宿四，是乌鸦座中第二亮的恒星。

臂，做出防御的姿势。朱利安用一记凶狠的上勾拳重创了他的下颚。鲜血溅在男孩的短袍上，将它染成一种更深的红色。一块牙齿碎片从他的嘴里落了下来。

凯思琳又发动了猛烈的进攻。她的手背扇过了莉斯的脸颊，让后者突然哭出了声。那哭声让我震惊不已。那是塞巴的哭声，一切又重演了——但这一次还不算太晚。我纵身而起，企图扑倒凯思琳，但16号一把搂住我的腰，把我摔在地上。他是一个灵媒，但他并没有使用灵魂。他只渴望见到鲜血。

"苏海勒。"他呼喊道。

喧哗声吸引了一群哈莱人。一个白衣行者混迹其中。我认出了他：玉米辫子头的男孩，那个译师。"去找苏海勒，你这个小工具，"凯思琳突然大叫道，她抓住了莉斯的头发，"去找他，现在就去！"

那个男孩纹丝不动地站在那里。他有着大大的黑眼睛和长长的眼睫毛。现在，那双眼睛完全没有了被流体感染的迹象。我对他摇了摇头。

"不。"他说。

16号发出一声咆哮："叛徒！"

一些演员被这个词吓跑了。我推搡着16号，感到我的短袍下面全是汗水。忽然，我的视野边缘出现了一道光。

是那个炉子，我呆呆地看着沿着木板缓慢爬行的火焰。

莉斯挣扎着摆脱了凯思琳的钳制，并用力推了一把16号。朱利安把他从我们身边拖开。

一片轻薄的烟雾充斥着窝棚。莉斯开始将她的牌收集起来，她用手指胡乱地把牌聚拢到一起。凯思琳把她的头猛地按到地上，让她动弹不得。她不禁发出一阵沉闷的叫声。

"嗨，看看，"凯思琳向我展示一张牌，"我觉得这是给你的，XX-40。"

牌上的图案是一个男人俯卧在地，身上插着十把剑。莉斯试图拿回这张牌。"不！不是那样的……"

"闭上你的臭嘴！"凯思琳将她牢牢地固定在地上。我还在与16号抗争着，但我的头被他锁在了腋下。"没用的狗娘养的婊子，你觉得你过的日子很苦？当我们出去被嗡嗡兽生吞活剥的时候，你却在为他们跳舞，你觉得这种生活算是很苦？"

"你没必要回头，凯思……"

"闭嘴！"凯思琳把莉斯的头狠狠地砸在地板上。她被气昏了头，根本没注意到火。"每个晚上，我进入到树林中，眼睁睁看着别人的手臂被撕掉，所有这一切都是为了阻止艾冥抵达这里，并咬断你那毫无价值的脖子，这样你才能和你的好基友一起玩纸牌和丝带。我不会再像你一样了，你听到了吗？拉菲姆人发现了我的更多潜能！"

朱利安把 16 号拖到了外面。我想去抢牌，但凯思琳捷足先登了。"好主意，40 号，"她因为愤怒而几乎有些歇斯底里，"让我们给这个黄衣行者残渣好好上一课。"

她把整副牌都扔进了火里。

效果立竿见影。莉斯发出一种可怕的、肝肠寸断的叫声。我从没听过人类发出这种声音。我的头发根根都直立了起来。纸牌就像干树叶一样燃烧起来。她试图抓住其中一张牌，但我抱住了她的腰："太晚了，莉斯！"

然而，她是不会听的。她把手指插入火堆中，哽咽地说着"不，不"，一遍又一遍。

由于除了洒出来的煤油之外，没有其他任何燃料，火很快就熄灭了。只留下莉斯跪在那里，手烧得通红，呆呆地凝视着烧焦的残骸。她的脸上一片死灰，嘴唇发紫。她令人心碎地抽泣着，几乎快要窒息，站都站不稳了。我一把把她揽在怀中，一边麻木地凝视着火焰。她那娇小的身躯在我怀里一起一伏。

失去了属于她的塔罗牌，莉斯再也不能与以太世界联系了。她将不得不变得更加坚强，才能在贫民窟中幸存下来。

凯思琳抓住我的肩膀："如果你跟我们走，这一切就不会发生。"她擦了擦流血的鼻子。"起来吧。"

我看着凯思琳，用我的灵魂对她的意识稍微施加了压力。她立刻畏缩了，离我远远的。

"退后。"我说。

烟雾灼烧着我的眼睛，但我并没有转开目光。凯思琳想要放声大笑,但她的鼻子开始流血。"你这个怪胎。你到底是什么东西,某种狂怒师?"

"狂怒师不能影响以太世界。"

她停止了大笑。

一阵模糊的尖叫声从外面传来。苏海勒挤过一群惊慌失措的演员来到了窝棚里。他将一切都看在眼里:烟雾与混乱。凯思琳单膝下跪,并低下了头。

我还是一动不动地站在那里。苏海勒伸出一只手,抓住了我的头发,并把我的脸扭过去,紧贴着他的脸。"你,"他说,"今天就准备受死吧。"

他的眼睛变成了红色。

就在此时,我明白了他的意思。

第 15 章
心墙的倒塌

　　日班门卫呆呆地看着苏海勒拖着我的手腕走过。我的嗓子生疼，脸颊上全是血痕。他把我拖上楼梯，砰砰地敲响了守护官房间的大门。"大角星！"
　　一阵模糊的钟声吸引了我的注意力。莉斯曾经说过，守护官会因为我没在黎明前回来而杀了我。那么，对于拒捕，他又会作何处置呢？
　　门打开了。守护官就站在那里，他巨大的身影占据了昏暗的房间。他的眼睛就像两点星光一般。我呆若木鸡地站着，动弹不得。我的"气"被吸干了，这让我有些抽搐起来。我无法感知以太世界，什么也感觉不到。如果他现在想杀我，我无法做任何事来阻止他。
　　"我们找到了她，"苏海勒把我拉向前，"藏在鸦巢里。这些叛逆的小畜生正试图引发一场火灾。"
　　守护官分别看了看我们每个人。证据再清楚不过了：苏海勒的眼睛、我那布满血痕的脸。
　　"你吸收了她的'气'。"他说。
　　"以人类为食是我的权利。"
　　"对这个不行。你吸收得太多了，看到你这么没有节制，血继宗主不会高兴的。"
　　我无法看到苏海勒的脸，但我能想象得出他轻蔑的表情。
　　在接下来的沉默中，我咳嗽了一下：一种别有用意的干咳。我浑身都在哆嗦。守护官的目光移到了我被扯坏的短袍上。
　　"这是谁干的？"
　　我陷入了沉默。守护官俯下身来，视线与我齐平。"这是谁干的？"

他的声音像一股寒流穿透我的胸膛,"一个红衣行者?"

我微微地点点头,幅度非常小。守护官抬头看着苏海勒:"你允许红衣行者在你的眼皮子底下任意侵犯其他人类?"

"我不在乎他们处理问题的方式。"

"我们不想让他们繁殖,苏海勒。我们没有时间也没有办法去处理孕妇。"

"那些药片能让他们不育。况且,他们的私通行为由监管人负责。"

"如果我下命令的话,你就必须要管。"

"那是当然的,"苏海勒低下头,用那双冰冷的红眼睛看着我,"不过,言归正传。向你的主人乞求宽恕吧,40号。"

"不。"我说道。

他扇了我一巴掌。我的身体突然歪向一边,撞到了墙上。我的眼前突然晃过一部讲述囚犯的电影。"向你的主人乞求宽恕,XX-59-40。"

"那你必须打我打得更狠一些。"

他举起手,表示愿意效劳。在他击中我之前,守护官就挡住了他的胳膊。"我会私下里处理她的,"他说,"轮不到你来惩罚她。叫醒监管人,让他来处理这里的骚乱。我不想白天的时间被这种突发事件打扰。"

他们互相瞪着对方。最后,苏海勒发了几句小声的抱怨,转头扬长而去。守护官目送着他离开。过了一会儿,他抓住我的肩膀,把我推到了他的房间里。

他的家依然如故。帷幔低垂,火在壁炉里燃烧着。留声机吱吱呀呀地播放着《沙人先生》①。那张床看起来如此温暖,我真想躺在上面,但我不会在他面前表现出软弱的一面。我必须用尽全力才能保持站立。守护官锁上了门,然后坐到他的扶手椅上。我等待着,还在为

---

① 《沙人先生》(*Mr. Sandman*),是美国1950年代嗓音清丽的女子四人合唱团 The Chordettes 的作品,在超过50年的时间里,这首歌曾被改编成许多版本,甚至坊间传言影星奥黛丽·赫本也曾经演绎过该曲。沙人先生是美国的一个古老传说里的精灵,当人们度过了很糟糕的一天,他们会祈求沙人先生给他们一个很好的梦,而沙人先生则常常在孩子们的眼睛里撒沙子,带给他们睡眠和美梦。

刚才那一拳而感到晕眩。

"到这里来。"

我别无选择,只能照办。守护官隔着一段非常近的距离抬头看着我——即便坐着,他也几乎和我一样高。他的眼睛颜色暗淡却清澈,就像黄绿色的查特烈酒。

"你这么想死吗,佩吉?"

我没有回答。

"我不在乎你怎么看待我,不过,在这座城市里,你必须要遵守某些规则。其中一条就是宵禁。"

我还是没有说话,他吓唬我的愿望显然没有得到满足。

"那个红衣行者,"他问道,"他长什么样?"

"暗金色的头发,二十几岁,"我的声音有些粗哑,"另一个男孩长得有点像他——16号。还有一个女孩,凯思琳。"

当我说出这些的时候,胃里一阵冰冷的抽搐。向拉菲姆人告发别人让我很有罪恶感。然后,我想起了莉斯的脸、她的悲伤,就更加坚定了决心。

"我认识他们,"守护官凝视着火苗,"那两个男人是兄弟,都是灵媒。XIX-49-16 和 17。他们在比你小得多的时候就来到这里了。"他将两只手紧握在了一起。"我保证永远不会再让他们伤害你了。"

我本该谢谢他,但我没有。

"坐下吧,"他说,"你的'气'会自行恢复的。"

我深深地陷进对面的扶手椅上。我的肋骨开始隐隐作痛,双腿也很疼。守护官看着我。

"你累了吗?"

"不。"我说。

"饿了吗?"

"不。"

"你一定是饿了,演员们做的稀麦粥对你的坏处远大于好处。"

"我不饿。"

这不是实话。稀麦粥跟水差不多,我的肠胃已经在渴望更浓稠而温暖的食物了。"真可惜,"守护官指指床头柜,"我为你准备了一些食物。"

我进门的那一秒就看见了它们。我还以为那盘食物是给他享用的,不过随后我就想起了他是吃什么为生的。当然了,那顿饭并不是为他准备的。

看到我没有反应,守护官首先行动起来。他把盘子和一套沉重的银质餐具摆在我的膝头。我低头看着这盘饭菜。这幅景象让我头晕目眩,嗓子生疼。溏心的鸡蛋,一撕开就喷出一股金色的蛋黄热流。玻璃盘子里盛着珍珠大麦,里面混合着松子仁,还有富含油脂的如玛瑙一般熠熠生辉的黑豆。一只削了皮的浸在白兰地酒里的梨子。一串饱满的红葡萄。涂着黄油的全麦面包。

"吃了它们吧。"

我握紧了拳头。

"你必须得吃,佩吉。"

我多么想公然反抗他,把盘子直接扔回去,但我的脑袋轻飘飘的,嘴里也非常干渴,我最想做的就是吃掉这些该死的食物。我拿起勺子,吃了一口大麦。那些豆子非常热乎,松子仁既松脆又甘甜。一阵放松感淹没了我的身体。腹部的疼痛开始消退。

守护官回到了自己的椅子上。当我谨慎而缓慢地用餐时,他沉默地看着我。我感觉得到他目光的重量,既尖锐又灼热。吃完后,我把盘子放在地板上。白兰地灼热的余味还在我的舌尖徘徊。

"谢谢你。"我说。

我本不想说这句话,但我必须得说点什么。他用手指敲击着椅子的扶手。

"我希望你明天晚上继续训练,"他说,"你有任何异议吗?"

"我别无选择。"

"如果你有选择呢?"

"我本来就没有,"我说,"因此无所谓了。"

"我说的是一种假设。如果你有选择,如果你能控制自己的命运——你还会继续和我一起训练吗?还是放弃你的下一个测试?"

我的嘴唇几乎快要说出那个刻薄的答案,但我咬住了舌头,将它吞了回去。"我不知道。"我说。

守护官将炉火拨旺了。"这必定是个两难的选择。你的道德说'不'，但你的生存本能说'是'。"

"我早就知道如何战斗了，我比看起来要更加强大。"

"没错，的确如此。你逃过了监管人的追捕，这就证明了你的实力。当然了，你的天赋也是一项重要资本——甚至是拉菲姆人也不希望别人的灵魂入侵他们的梦景，哪怕是一秒钟。你占了突袭的先机。"火焰在他眼中跃动着。"不过首先，你必须超越你的极限。你发现你的灵魂很难离开身体，这是有原因的。你的一举一动都被束缚着。你的肌肉经常处于紧绷状态，随时准备逃跑，仿佛你每呼吸一口空气，都能嗅到危险的气息。这让我看着很心痛，那感觉比目睹一头小鹿被捕猎还糟糕。至少，小鹿还能逃回它的鹿群中。"他身体前倾。"你的鹿群在哪里，佩吉·马霍尼？"

我不知道该如何回答。我理解他的意思——然而，我的鹿群，我的伙伴，是老贾和其他的帮派成员。对于他们的存在，我不能透露一个字。"我不需要那种东西，"我说，"我是独行侠。"

他没有被骗过去。"谁训练你攀爬建筑的？谁教你如何开枪的？谁帮助你深入以太世界，让你的灵魂离开了它原本的位置？"

"我自学的。"

"说谎。"

他从椅子底下摸出了什么东西。我的胸口一紧。我的紧急背包，其中一个肩带上还挂着一条线。

"从监管人身边逃开的那晚，你本来早该命丧黄泉了。你没有丢掉小命的唯一原因是：当你失去意识时，这个背包挂到了一根晾衣绳上，没让你继续坠落。当我听说这件事时，就对你产生了私人的兴趣。"

他拉开了那个背包的拉链，我的下巴都绷紧了。那是我的财产，不是他的。

"奎宁，"守护官仔细审查着里面的东西，并列出了清单，"肾上腺素，混合着中枢神经刺激剂和咖啡因。基础的医疗用品。治疗失眠的药物，甚至还有火器。"他举起我的手枪，"那天晚上，你的装备真是丰富得令人眼前一亮，佩吉。你与众不同。"

我的心脏咯噔一下，没有小册子的影子。要么他把它藏在某个地方了，要么它已经落到了其他人的手里。

"你的身份证表明，你是一名奥西斯塔——氧气吧的服务生。根据监管人告诉我的关于新芽帝国要塞的情况，这种等级的工作收入极低。这点让我相信，你肯定不是靠自己的工资买了这些装备。"他停顿了一下，"那么，到底是谁买的？"

"这他妈不关你的事。"

"是从你父亲那里偷来的吗？"

"我不会再告诉你任何事了。我来这里之前的生活不归你管。"

守护官似乎在思考我说的话，然后他弯下腰与我平视。

"你是对的，"他说，"但如今，你的生活归我管了。"

我的指甲深深地嵌进了椅子里。

"如果你愿意接受人们对于生存的普遍观念，我们明天就会重新开始训练。不过，这只是你课程中的次要方面，"他对我的座位点点头，"每天晚上，你都要花上至少一个小时坐在那把椅子上，与我进行对谈。"

我脱口而出："我宁愿早点死了算了。"

"哦，你会非常受死神欢迎的。我听说，如果你吸入了太多的紫色紫菀，就会被锁在你的梦景里，而你的身体会因为脱水而变得无力。"他朝大门点点头。"如果这是你的选择的话，现在就去做吧。去自杀吧，你就不用再见到我了。我看不出有什么理由要延长你的痛苦。"

"血继宗主不会生气吗？"

"也许吧。"

"你在意吗？"

"娜什拉是我的未婚妻，不是我的监护人。她无法影响我对我的被监护人的态度。"

"那么，你计划怎么对待我？"

"做我的学生，而不是我的奴隶。"

我把头转开了，下巴倔强地扭到一边。我不想做他的学生。我不想变得和他一样，对付我的同类，维护他的立场。

我又可以感觉到以太世界了。我的感官有一种轻微的刺痛感。"如果你对待我像对待你的学生，"我说，"那么，我也想对待你如对待我的导师，而不是主人。"

"公平交易。不过，导师应该被尊重，我希望得到你的尊重。并且，我希望你和我能和平地待上一会儿，每晚一个小时就行。"

"为什么？"

"你有随心所欲地在以太世界和物质世界之间穿梭的潜质，"他说，"不过，如果你不学会如何稳定下来，即便大敌当前，你也会发现自己很难让灵魂出窍。而在这座城市里，这样的你是不会活得太久的。"

"而你不希望这事发生。"

"当然不，我觉得这是对非凡生命的可怕浪费。你有着非常惊人的潜能，但你真的需要一位导师。"

他的话语让我心里不是滋味。我曾经有一个导师，贾克森·霍尔。

"我想把这个问题留到明天解决。"我说。

"当然可以，"他站起来，我再次意识到他有多高，我甚至都不到他的肩膀，"你真的有很多选择，请将这点牢记在心。然而，作为导师，我给你个建议——去想想给了你这个背包的人，不管他们是谁。"

他手一挥，把那个沉甸甸的背包丢给了我。"他们是想看着你一无是处地死去，还是想看到你奋起战斗？"

冰雹砸在塔楼的屋顶上。我在煤油灯上搓着手，我的嘴唇和手指都冻麻了。

我不得不考虑守护官的提议。我不想跟他合作，但我必须学会如何在这个地方生存下来——至少活到我搞清楚如何回到伦敦的时候。我想回到尼克身边，回到老贾身边。我想回去继续与神仆捉迷藏，继续进行哑剧犯罪，继续从迪迪翁·韦特手里骗得一些灵魂，并取笑赫克托和他的手下。那就是我想要的生活。学习如何善用我的天赋或许能帮我离开这个地方。

贾克森以前常说，一个旅梦巫可不止有强化的第六感。我有潜力前往任何地方，甚至是其他人的梦景。我杀死那两个地铁守卫就证明了这一点。守护官也许能教会我更多——但我不想让他当我的老师。他和我是势不两立的天敌，没必要假装。不过，他对我观察得很透彻：我的自控方式、我的紧张、我的过分警觉。老贾一直告诉我要放松，让我的意识自由飘荡。然而，这并不等于我能信任这个把我锁在冰冷而黑暗的房间的男人。

在昏黄的灯光下，我把背包倒空了。我的大部分物品都还在那里：弹夹以及其他配件，甚至是我的枪。当然了，没有弹药，弹夹都是空的。我的手机被没收了。还有另外一件东西也不见了：《反常能力的优越性》。

一阵冰冷的刺痛感穿透了我的每块肌肉。如果他把小册子交给娜什拉，她肯定会立刻召见我，询问我相关情况。拉菲姆人以前一定偶然见过这种小册子，但他们肯定没见过我的这个版本。

我仰卧在床垫上，注意不碰到我的淤伤，并把被单一直拉到脖子底下。断裂的弹簧扎进了我的肩膀。在短短几分钟内，我的脑袋就受到了三次打击，我已经感到累了。我透过栅栏看着外面的世界，希望答案能够闪现其中——不过，当然了，什么也没有发生，只有必然降临的黄昏。

夕阳落山，晚钟鸣响了。现在，我已经习以为常，感觉它就像一个闹钟。等到穿戴整齐之后，我做了一个微妙的决定：只要不感到恶心，我会尝试再次和他一起训练。还有一个小时的谈话时间需要忍受，但我能熬过来的。我会用谎言敷衍那一个小时。

守护官正在门口等着我，他上下打量着我。

"你做出决定了吗？"

我与他保持距离。"是的，"我说，"我会和你一起训练。只要我们达成这个共识：你不是我的主人。"

"你比我预想的要更明智，"他递给我一件黑色外套，袖子上有粉色的绑带，"穿上这个。在你的下一场测试中，你会需要它。"

我一耸肩把它穿上了，并扣上搭扣。衣服的内衬既厚实又暖和。守护官伸出一只手，他的手掌上有三粒药片。我没有接过它们。"那粒绿色的是做什么用的？"

"这不是你该管的事情。"

"我想要知道它是做什么用的,其他人都没有这个。"

"因为你与他们不同,"他并没有收回他的手,"我知道你以前一直没有吃药片,我可不介意逼着你吃下去。"

"我很想看看你会怎么做。"

他的双眼扫视着我的脸,让我的皮肤感到一丝刺痛。"我不想把事情弄到这种地步。"他说。

我打算放弃这场战斗。请称之为我的犯罪本能,这是迪迪翁和安妮·内勒的事件再度重演——黑市上的博弈。守护官对有些事情是会网开一面的,但这件事并不包括在内。我告诉自己,我会把明天的绿色药片给老鸭头。

我用一杯水把药片送了下去。守护官用他戴手套的手捏住了我的下巴。

"这是有原因的。"

我转开下巴。他看了我一会儿,然后打开了门。我跟着他走下旋转楼梯,进入走廊。奇形怪状的石雕看守着庭院。温度又骤降了,给它们裹上了一层精致的冰霜。我抱着胳膊,以保存一些热量。守护官带领我离开公馆——但并没有走上街道。相反,他领着我去了莫德林学院的另一边,穿过一扇铸铁大门,翻过一座架在鲜绿色河面上的人行桥,月光在河面上闪烁着刺眼的光芒。冰雹已经停了,留下了结冰的地面。

当我们沿着一条泥泞的小路往下走时,守护官卷起了衬衫袖子。最早的那些伤口还在渗着血,虽然已经开始结疤了,但还没有完全恢复。

"它们有毒吗?"我问,"嗡嗡兽。"

"艾冥携带着一种传染病,名叫半狂症,如果不加以治疗,它会导致疯狂和死亡。它们吃各种各样的肉,不管是新鲜的,还是腐败的。"

即便我也看得出来,伤口开始愈合了。"你是怎么做到的?"我问道,沉浸在忘我的好奇心中,"它正在愈合。"

"我正在使用你的'气'。"

我的身体顿时僵硬了。"什么？"

"你现在肯定知道了，拉菲姆人以'气'为食。当我的寄主没有意识到时，我更容易获取食物。"

"你刚刚吸收了我的'气'？"

"是的，"他研究着我的脸，"你看起来很生气。"

"这不是你该拿的，"我转过身远离他，一脸的厌恶，"你已经夺走了我的自由，你没有权力再夺走我的'气'。"

"我吸收的量不会损害你的能力。我只会吸收非常小的剂量，给人类留下恢复的时间。其他人可没有这么客气。而且，记住我的话，"他拉下袖子，"你不会想让我在你面前感染'半狂症'的。"

我看着他的脸。他显得非常平静，坦然接受了我的审视。

"你的眼睛，"我直视着它们，同时感到着迷与反感，"那就是它们会改变颜色的原因。"

他并没有否认。他的双眼不再是黄色，而是变成了一种更深的红色，闪着柔和的光芒。那是我的"气"的颜色。"我没有冒犯的意思，"他说，"但只能用这种方法。"

"为什么？就因为你这么说？"

他没有回答，继续走着。我跟着他。一想到他以我为食，我就感到恶心。

步行几分钟之后，守护官停了下来。一股略微发蓝的薄雾围绕在我们周围。我竖起了领子。"你感觉到了，"守护官说，"那种寒冷。你有没有好奇过这里为什么在早春时节会有霜冻？"

"这里是英格兰，当然冷了。"

"不是这种寒冷，感觉一下。"他抓住我的手，脱掉我的一只手套。我的手指在苦寒的空气中感到一阵灼痛。"这附近有个冷点。"

我拿回了我的手套："冷点？"

"是的，当一个灵魂在一个地方逗留了很久时，冷点就会形成，在以太世界和物质世界之间创造出一个小缺口。你从没有注意到，当有灵魂在附近时，周围会变得多冷吗？"

"我想没有。"灵魂会带来寒意，但我从没有仔细想过这点。

"灵魂不该逗留在两个世界之间。它们靠吸收热能来自我补给。

冥城Ⅰ号被冷点所围绕——这里的灵化活动比要塞里的活跃很多。正因如此，艾冥被吸引到了我们这里，而不是黑蒙人聚居的伦敦。"守护官指着我们面前的一片坚实的泥地。"你觉得怎么才能找到一个冷点的中心？"

"大部分通灵人都能看到灵魂，"我说，"他们有第三只眼睛。"

"但你不能。"

"是的。"

"没有灵视能力的人也能通过很多方法做到这点，你听说过棍子占兆术吗？"

"我听说它没什么用，"我说，老贾是这么告诉我的，说了很多次，"棍子占兆师说，他们无论在哪里都能找到回来的路。他们说，当他们迷路时，就会将守护符抛向地面，然后灵魂会让它们指向正确的方向。这种方法没用的。"

"这也许是事实，但它并不是'没用的'。没有一种通灵能力是没用的。"

我的脸颊一阵发热。我并非真的相信棍子占兆师一无是处，但老贾过去经常这么对我说。在为贾克森·霍尔工作的同时，你不可避免地会受到他对这些事情的看法的影响。

"那么，它为什么是有用的？"我问道，守护官看着我，"你应该正在给我上课吧，教教我。"

"非常好，如果你想学的话。"守护官开始走起来，"大部分棍子占兆师觉得，当守护符坠落时，它们会指向家的方向，指向埋藏的财宝——指向他们寻找的任何东西。最终，这让他们陷入了疯狂。因为，他们的守护符指向的不是金子，而是最近的冷点中心。有时候，他们走了好几英里，却没有找到他们寻求的东西。不过，他们的确找到了某些东西：一扇秘密的大门。他们所不知道的是如何打开它。"

他停了下来。我正在打哆嗦，空气既稀薄又冰冷。我呼吸越来越重，也越来越困难。"活物很难忍受冷点，"他说，"来这里。"

他递给我一个银质水罐，上面有个螺旋盖。我低头看着它。

"只是水，佩吉。"

我喝了下去，我太渴了，无法拒绝诱惑。然后，他把水罐拿回

203

去，自己也畅饮起来。水让我的头脑清醒过来。

我们的脚边是一片坚实的冻土，仿佛现在还是隆冬时节。我咬紧牙关，牙齿还是不住地打战。造成这个冷点的灵魂正在附近游荡。等到它离我们较远的时候，守护官蹲在冻土的边缘，掏出一把小刀，把刀刃按在自己的手臂上。我走上前去。"你在干什么？"

"打开大门。"

他划破了自己的手腕，三滴外质黏液掉落到冻土上，冷点从中间裂开，周围的空气变成了白色。我感到有各种形状的鬼魂聚集到了我的身边，还有声音呼唤着："梦巫，梦巫。"我用手捂着耳朵，可还是无法阻止它们。"梦巫，别往前走了。回去。"然后，我抬起头，黑暗再次笼罩了我。

"佩吉？"

"发生了什么？"我的脑袋轻飘飘的，还很疼。

"我打开了冷点。"

"用你的血？"

"没错。"

他的手腕已经停止流血了。他的眼中还残留着一丝红色的痕迹，我的"气"还在对他的伤口起作用。"那么说，你能'打开'一个冷点？"我问道。

"你不能。我能。"

"因为冷点通往以太世界，"我停顿了一下，"你能利用它们前往黄泉世界吗？"

"是的，我们就是这么来到这里的。想象一下，有两层纱隔在以太世界和你们的世界——生者的世界之间。在这两层纱之间的就是黄泉世界，那是生与死的中间地带。当棍子占兆师发现一个冷点时，他们就找到了通往两层纱之间的道路。他们能进入我的故土——拉菲姆人的领地。"

"人类能去那里吗？"

"你可以试试看。"

我抬头看着他。见他朝冷点的方向点点头，我就往冰面上踏出了一步。什么都没有发生。

"任何有形的物体都不能通过这层纱,"守护官说,"你的身体无法通过这扇门。"

"棍子占兆师呢?"

"他们也是肉身。"

"那么,为何现在打开它?"

太阳已经完全落山了。"因为现在正是时候,"他说,"非常适合让你面对黄泉世界。你无法进去,但你可以看见它。"

我的前额汗如雨下。我退出了冻土区,开始感到灵魂无处不在。

"夜晚是属于灵魂的时间,"守护官抬头看着月亮,"现在是纱最薄的时候,你可以把冷点想象成织物上的破洞。"

我观察着冷点,与它相关的某种东西让我感到十分慌乱。

"佩吉,今晚你有两个任务,"他把脸转向我,"两个都会挑战到你的理智极限。如果我告诉你,它们能帮助你,你能相信我吗?"

"不太可能,"我说,"但我们还是继续吧。"

第 16 章
任务

守护官没说我们要去哪儿。他带领我走上另一条步行道，进入莫德林学院的露天庭院。我能感觉到灵魂无处不在：在空气中，在水里——是曾行走并生活在这里的死者灵魂。我听不到它们的声音，但在半径一英里内有个冷点正打开着，这让我能强烈地感觉到它们，仿佛它们还活着一样。

我不由自主地紧跟着守护官。如果其中有任何灵魂不怀好意，我觉得他能比我更有效地击退它们。

当我们一路向前穿过庭院，离莫德林的灯光越来越远时，周围也变得越来越黑暗了。当我们穿过一片湿漉漉的草地时，守护官一直保持着沉默。那里的青草已经被齐膝深的野草和杂草取代了。"我们这是去哪儿？"我问道。我的靴子和袜子都已经被浸透了。

守护官没有回答。

"你说我是你的学生，不是你的奴隶，"我说，"我想知道我们要去哪儿。"

"进入空地。"

"为什么？"

他没有再次回答。

夜晚变得越来越冷，冷得不自然。仿佛过了好几个小时，守护官终于停下来，并指道：

"那里。"

一开始，我并没有看见它。等我的眼睛适应了黑暗，那个生物的轮廓就慢慢浮现在了昏暗的月光下。那个生物有四条腿，还有着丝滑的皮毛。它喉部雪白，有着又长又窄的脸、乌黑的眼睛和小巧的黑色鼻子。我很想知道它和我到底谁看起来更惊讶。

是一头鹿。离开爱尔兰以来，我还从没有见过鹿呢。以前，我的祖父带我去过南爱尔兰的加尔蒂山脉。一股孩子气的兴奋感席卷了我。

"它真美。"我说。

守护官走向那头鹿。它被绳子拴在一根柱子上。"它的名字叫瑙娜。"

"那是一个爱尔兰名字。"

"是的，是菲奥瑙娜的简称，意思是雪白的肩膀，或者是美丽的肩膀。"

我又定睛一看，它的脖子两边各有一个巨大的白点。"谁给它取的名字？"在新芽帝国，给宠物或孩子取爱尔兰名字是要冒一定风险的，你可能会被怀疑是同情莫莉叛党的人。

"我取的。"

他松了松领口。瑙娜用它的鼻子顶顶他。我以为它会跑开，但它只是站在那里，抬头凝视着守护官。他用一种奇怪的语言跟它交流，轻抚着它的白色喉部，而它似乎真的在倾听。它的样子仿佛入了迷。"你愿意喂它吗？"一个红苹果从守护官的袖子里滚落出来，"它非常喜欢这个。"

他把苹果丢给我。瑙娜立刻把目光转向了我，鼻子抽动着。"温柔点，"守护官说，"它很容易受惊。特别是有个打开的冷点在附近时。"

我并不想惊扰它——但如果守护官都吓不到它，我又怎么会呢？我伸出手，奉上苹果。它嗅了嗅那只水果。守护官又说了些什么，然后那头小母鹿把水果抢了过去。

"原谅它吧，它非常饿，"他拍拍它的脖子，给了它另一个苹果，"我很少有机会来看它。"

"但它就住在莫德林。"

"是的，但我必须小心行事。市区内不允许动物出现。"

"那为什么还养它？"

"为了有个伴儿，也为了你。"

207

"为了我。"我重复道。

"它一直在等你，"他坐到一块平坦的岩石上，让瑙娜悠闲地走向树林，"你是一个旅梦巫。这对你来说意味着什么？"

他并不是带我来这里喂鹿宝宝的。

"这让我对以太世界非常敏感。"我说。

"多说一点。"

"我能隔着一段距离感觉到其他人的梦景，通常还能感受到灵化活动。"

"说得很准确。那是你的初期能力，是最低要求：一种对于以太世界的高度敏感性，一种大部分通灵人所没有的洞察力。这种能力来自你的银线，它很有弹性。它允许你的灵魂离开你梦景的中心，帮助你扩展对世界的认知。这么做会把大部分通灵人逼疯。然而，当我们在草地上训练时，我鼓励你把你的灵魂送进我的梦景，并攻击它。"他的眼睛在幽暗中闪着隐隐的光。"你有潜力走得更远，而不只是感觉以太世界。你能影响以太世界，影响其他人。"

我没有回答。

"也许在你更小的时候，你就能伤害他人了。也许你能对他们的梦景施加压力，也许他们已经注意到了：流鼻血、视野扭曲……"

"是的。"

他已经知道了，否认也没有意义。

"在那辆地铁上，情况发生了改变，"他继续说道，"你面临生命危险。你害怕被拘捕。这是你人生中的第一次，你体内的力量——那种力量浮现出来。"

"你是怎么知道的？"

"一份报告详述了那个地铁守卫被杀的经过——没有一滴血，没有武器，没有在他身上留下的任何痕迹。娜什拉立刻知道那是旅梦巫的杰作。"

"也有可能是骚灵干的。"

"骚灵通常会留下痕迹，你应该知道。"

我手上的伤疤看起来似乎也跌了几个档次。

"娜什拉希望你活着，"守护官说，"守夜人抓人时通常都很粗暴，我们的许多红衣行者也一样。大约有一半的拘捕都会以死亡告终。这不能发生在你身上,你必须毫发无伤。正因如此,娜什拉才派监管人过去,他是买卖通灵人的专业皮条客。"

"为什么?"

"因为她想把你的秘密能力学到手。"

"没有什么秘密能力,我生来如此。"

"娜什拉也想成为那样的人。她渴望拥有罕见的能力,包括你的能力在内。"

"那么,她为什么不直接拿走它?她可以在谋杀塞巴的同时也杀了我。还等什么?"

"因为她想充分了解你的各种能力。不过,她不会永远等下去。"

"我不会为你表演的,"我说,"我现在还不是哈莱人。"

"我不是在要求你为我表演。这有什么必要呢?我已经在小教堂里见识过你的能力了,你把你的灵魂送入阿鲁德拉的意识中。我在草地上也见识过你是如何入侵我的意识的。不过,告诉我,"他向我凑过来,红色的双眼在黑暗中显得非常热诚,"你能占据我们中任何人的身体吗?"

一阵紧张的沉默,但最后被一只猫头鹰如芦笛般的尖叫声打破了。那个声音让我抬起了头,我看到月亮躺在一团彩云的怀抱中。有那么短暂的一瞬,我仿佛又被带到了老贾的办公室,被带回了我们第一次谈起附身话题的时候。

"我亲爱的小姑娘,"老贾说,"你已经成为一颗冉冉升起的明星。不,是一轮太阳。你是一个彻彻底底、如假包换的监视者,一个横空出世的封印——不过,现在我想给你一个新任务。这个任务会考验你,也会成就你。"他要求我入侵他的思维,看看我能否控制他的身体。这个想法让我动摇了。我只是心不在焉地试了一下,但他的思维太过复杂,难以穿透。"哦,行了,"他说着,喷了一口雪茄,"毕竟这值得一试,我的小可爱。现在,走吧。还有新的牌需要发,还有新的游戏需要玩呢。"

也许我能够做到。也许只要我真的想,我就能够控制老贾的身体,并掐灭那根该死的雪茄。然而,这种能力吓到了我。控制某人的身体是一项重大的责任,对我来说太沉重了,甚至加薪的承诺也不能让我心动。我可以在伦敦任何人的意识中自由穿梭,但我从不会想要控制其中的一个。给我世界上所有的钱我也不会那么做。

"佩吉?"

我从回忆中回过神来。"不行,"我说,"我无法占据阿鲁德拉或者是你的身体。"

"为什么不能?"

"我无法占据人类的身体,也肯定无法占据拉菲姆人的身体。"

"你希望这么做吗?"

"不,你不能逼我这么做。"

"我不打算强迫你。正如你说的,我只是想给你一个'开阔眼界'的机会。"

"这会造成很大的痛苦。"

"如果附身做得好的话,应该不会造成任何痛苦。目前,我还不希望你占据人类的身体,至少今晚不行。"

"那么,你想要做什么?"

他的目光越过了田野。我跟随他的视线看去。那头小母鹿正在花丛中曳步而行,看着频频点头的花朵。"瑙娜。"我说。

"没错。"

我看到小母鹿低下头,正闻着一块草地。我从未考虑过在动物身上练习附体。动物的意识与人类的迥然不同——复杂程度更低,自我意识也更少——但这可能只会让事情更难办。我的人类灵魂甚至可能无法与动物的身体相匹配。当我占据一只动物的梦景时,又如何像人类一样思考呢?而且,我还有其他顾虑:这会伤害到那头鹿吗?它会反抗我的入侵吗?还是会让我长驱直入?

"我不知道,"我说,"它太大了。我可能无法控制它。"

"我会找一个更小的动物。"

"你究竟想从中得到什么?"见他没说话,我继续说道,"作为一个声称给我选择机会的人,你也太固执己见了。"

"我不否认,我希望你抓住这次机会。"

"为什么?"

"因为我想要你活下来。"

我凝视了他的眼睛一会儿，试图读懂他。然而，我做不到。拉菲姆人的脸上有某种东西，让人猜不透他们表情的含义。"好吧，"我说，"一种更小的动物：一只昆虫、一头啮齿动物，也许是一只鸟。某种感知能力有限的动物。"

"非常好。"

他正准备转身离去，突然又停了下来。他朝我的方向瞥了一眼，从口袋里掏出了一样东西：一个挂在细细的项链上的吊坠。"戴上这个。"他说。

"为什么？"

然而，他已经走了。我坐在一块小卵石的边缘，克制着发抖的冲动。老贾会点头同意他的做法，但我不确定尼克是否也会同意。

我低头看着那个吊坠。它大约有我的拇指那么长，被编织成了翅膀的形状。当我的手指轻抚过它时，我能感到以太世界发出了轻微的震颤。它一定是经过升华的。我把项链戴上。

过了一会儿，瑙娜回来了，它对青草已经感到厌倦了。我背靠卵石蜷缩在地上，双手深深地插进外套的口袋里。现在这里冷得令人发指，我的呼吸都变成了白色的云朵。"你好。"我打招呼道。瑙娜嗅了嗅我的头发，仿佛想弄明白这是什么。然后，它屈起四肢，蜷缩在我身边。它把头搁在我的膝盖上，并发出某种满足的咕噜声。我脱下手套，轻抚着它的耳朵。它的皮毛闻起来有股麝香味。我能感觉到它的心跳，既迅速又有力。我从未如此靠近一只野生动物。我试着想象成为这样一头小母鹿是什么感觉：用四条腿站立，在树林间自由自在地生活着。

然而，我并不是野生动物，我在新芽帝国的要塞住了超过十年，所有的野性都已离我而去。我猜，那就是我为什么会加入老贾的团队的原因，为了紧抓住我仅剩的一点天然的野性。

过了一会儿，我决定试一下水。我闭上眼睛，让我的灵魂随处游荡。瑙娜的梦景很容易入侵，薄弱得就像一个肥皂泡。这些年来，人类逐渐建立了层层的防御机制，但动物并没有这些情绪上的盔甲。在理论上，我能够控制它。我在它的梦景上施加了最轻微的推力。

瑙娜不安地发出一声响鼻。我抚摸着它的耳朵，让它安静下来。"对不起，"我说，"我不会再这么做了。"过了一会儿，它又把头放回到我的膝盖上，却打着冷战。它不知道是我伤害了它。我把手指伸到它的下巴底下，轻柔地挠着。

等到守护官回来的时候，我已经有些半梦半醒。他轻拍我的脸颊，把我叫醒。瑙娜也警觉地抬起头，但守护官说了一个词就安抚了它，它很快又再次打起盹来。

"来吧，"他说，"我已经为你找到了一个新的身体。"

他坐到卵石上。我被他在月光下的美貌惊呆了：完美的轮廓、强壮的身形、散发着光芒的皮肤。"是什么？"我问道。

"你自己看吧。"

他双手指尖合拢，形成一个中空的笼子。我低头看到一只脆弱的昆虫：一只蝴蝶，或者是蛾子，在黑暗中很难看清。

"当我发现它时，它还在睡觉，"他说，"懒洋洋的。我猜这会让事情变得简单一些。"

这么说来，是一只蝴蝶。它在他的手心里扇着翅膀。

"冷点把动物们吓坏了，"他用一种柔和的低音说道，"它们能感觉到黄泉世界出现了一个敞开的通道。"

"你为什么要打开它？"

"你会明白的，"他抬起头，迎上我的目光，"你愿意尝试一次附身吗？"

"我会试试。"我说。

他的眼睛发出更灼热的光芒，像烧红的煤炭。

"你很可能已经知道，"我说，"当我的灵魂离开时，身体就会倒下。如果你能扶住我的话，我将不胜感激。"

我用尽全力才把这句话说了出来。我很讨厌请求他的帮助，即便是这么平淡无奇的小忙。

"当然了。"守护官说道。

我先中断了目光接触。

在一次深呼吸后，我放出了我的灵魂。我的感官立刻变得模糊了，我能看见我的梦景。我已经能感受到以太世界了。当我走向虞美人花田的边缘时，发现那里一片漆黑，以太世界已经近在眼前。

我跳了过去。

我能看到我的银线从我的梦景里延伸出来，向我指明了回来的道路。守护官的梦景越来越近了。那只蝴蝶的梦景只是它身边的一个小圆点，就像一块大理石边上的一粒沙。我顺势滑入了它的意识中。我的宿主没有反射性的抽搐，没有突然的恐慌。

我发现自己处于一个梦的世界中。一个色彩的世界，沐浴在赭色的光芒中。那只蝴蝶将时间都花在了吸食花蜜上，花朵华丽的色彩装点着它的记忆。芬芳的香气从各处飘过来：薰衣草、青草和玫瑰。我漫步在这个带着露水的梦景中，走向它最光明的部分。花粉从开满花朵的树上旋转着落下来，沾上我的头发。我从未感到如此自由。这里没有抵抗，甚至没有防御机制的最微弱的退缩。没有痛苦，如此简单而美妙，我感觉自己就像卸下了一套沉重的枷锁。本该如此。这就是我的灵魂所渴望做的事情，游荡在一个陌生的领域中。它无法忍受总是被困在同一个身体里。它酷爱旅行。

当我来到日耀地带时，我发现了它：一小缕粉红色的灵魂。我噘起嘴，吹了一口气，它接着飘向了更黑暗的部分。

现在，是时候进行真正的测试了。如果我理解得没错——如果老贾解释得没错——步入日耀地带之后，我就能控制我的新身体了。

步入那个圈后，明亮的光芒淹没了我的整个梦景：金色的光涌到了我身上，充满了我的眼睛、皮肤和血液。它让我什么都看不见。整个世界变成了一颗破碎的钻石，一颗荧荧发光的星星。

过了一会儿，一切都烟消云散了。我的身体消失了，我无法感知任何东西。然后，我醒了过来。

首先醒来的是恐惧。我的手臂在哪儿，我的腿呢？为什么我看不见了？等等，我能看见——只是——所有东西都沐浴在鲜艳的紫色中，青草的绿色对我的眼睛来说太亮了。一阵痉挛折磨着我单薄的四肢。这就像脑瘤，而且还要更糟糕。我被击垮了，我感到窒息，想要尖叫，却发现自己没有嘴巴，也无法发出声音。我的身体两边究竟是什么东西？我试图移动，但却四肢发抖，仿佛正在垂死挣扎。

在我弄明白一切是怎么回事之前，我已经让自己的灵魂逃离了蝴蝶，回到了自己的身体中。我浑身发抖，大口喘着气。我从岩石上滑落了下来，四肢着地，摔在了地上。

"佩吉？"

我干呕着，嘴里充斥着一种恶心的酸味，但什么也没有吐出来。"永……永远也不要让我再这么做了。"我说。

"发生了什么？"

"没什么。这……这太简单了，但……但是后来……"我拉开外套的拉链，胸口一起一伏，"我做不到。"

守护官陷入了沉默。他看着我抹去额头的汗水，努力让呼吸缓和下来。"你真的做到了，"他说，"虽然这会带来痛苦，但你做到了。它的翅膀移动了。"

"当我这么做时，我感觉自己快死了。"

"但是你做到了。"

我倚靠在岩石上。"我坚持了多久？"

"大概半分钟。"

比我预期的要好，但时间还是短得可怜。贾克森会把肋骨都笑断的。"对不起，让你失望了，"我说，"也许我并不像其他旅梦巫那样优秀。"

他的表情变得严肃起来。"不，"他说，"你很优秀。不过，如果你不相信这点，就永远无法发挥你的全部潜力。"

他摊开手心，那只蝴蝶飞入了黑暗中，还活着，我没有杀了它。

"你生气了。"我说。

"没有。"

"那你为什么这副表情？"

"什么表情？"他的目光很冰冷。

"没什么。"我说。

他捡起那捆早已被靠放在卵石边的干树枝。我看着他互相撞击两块岩石，碰出了小火花，并把干树枝当作了引火物升起一堆火。我转过身去。让他生闷气去吧，我来这里可不是为了把动物当作提线木偶玩的。

"我们会在这里休息几个小时，"守护官没有看我，"在你的下半部分测试开始之前,你需要先睡个觉。"

"这是否意味着我通过了上半部分测试?"

"你当然通过了。你附到了蝴蝶身上,这就是我对你的所有要求,"他看着火焰,"这就足够了。"

他打开一个旅行背包,展开一个简单的黑色睡袋。"给你,"他说,"我还有些事情必须要做。你在这里待一会儿不会有事的。"

"你准备返回城里?"

"是的。"

我没有太多选择,只能服从,虽然我不喜欢在这里露宿——还要跟这么多灵魂一起。现在,它们的数量更多了,这里也变得更冷。我脱下湿漉漉的靴子和袜子,把它们放在火堆旁边烤干,然后钻进睡袋里,拉上了拉链。我穿着外套和马夹衫,睡袋里也不暖和,但总比什么都没有要好。

守护官一边用手指敲击着膝盖,一边凝视着黑暗。他的眼睛就像两块有生命的煤块,随时警惕着危险。我翻了个身,抬头看着月亮。这个世界看起来是多么黑暗啊,既黑暗又冰冷。

第 17 章
信念

"快点，小佩，来吧。"

我的表哥芬恩用力拉着我的手臂。我当时六岁，我们正站在都柏林拥挤的市中心，被喧哗的人群所围绕。"芬恩，我跟不上你。"我说道，但他没睬我。这是我表哥第一次不听我说话。

我们那天本该在电影院的：2046年一个凛冽的二月早晨，白金色的冬日阳光洒在利菲河上。我来到桑德拉姑妈的家里度期中假。她已经吩咐过芬恩，既然他没有课，就要在她上班时照顾我。我想要去看电影，并在圣殿酒吧区吃午餐，但芬恩说我们必须做点其他事情：瞻仰莫莉·马龙的雕塑。他说这很重要。太重要了，不容错过。那是非常特别的一天。"我们将会创造历史，小佩。"他说着，握住了我戴着连指手套的小手。

当他这么对我说时，我微微皱了皱鼻子。历史是为学校准备的。我爱芬恩——他又高又风趣又聪明，如果他有零钱，还会给我买糖吃——但我已经看过莫莉几百次了。我也已经把她的歌曲的每句歌词都牢牢记在了心里。

当我们走近那座雕塑时，每个人都唱起了这首歌。我抬起头，看到每个人都满脸通红，表情一半是恐惧，一半是兴奋。芬恩正和他们一起大声唱着这首歌，而我也加入了他们，即便我不明白我们为何都要唱歌。也许这是一场街头派对吧。

当芬恩跟圣三一学院的朋友们聊天时，我紧紧抓住他的手。他们都穿着绿色的服装，挥舞着巨大的标语。我能读懂上面的大部分词语，但有一个我不知道：新芽帝国。标语上全是这个词，它们从我身边一闪而过，然后高高地飘到空中，爱尔兰语和英语夹杂在一起。"打倒梅菲尔德！""永远的爱尔兰！①""都柏林说不！"我拽了拽芬恩的袖子。

"芬恩，发生了什么？"

"没什么，佩吉，请安静一分钟——新芽帝国滚出去！新芽帝国快倒台！新芽帝国滚出都柏林城！"

我们被人群推搡着靠近了雕塑。我一直都很喜欢莫莉。我觉得她有一张善良的面孔。而今天，她看起来和以往不同。有人在她的头上套了个布袋，并把一根绳子绕在了她的脖子上。我的眼泪夺眶而出。

"芬恩，我不喜欢这样。"

"新芽帝国滚出去！新芽帝国快倒台！新芽帝国滚出都柏林城！"

"我要回家。"

芬恩的女朋友低下头对我皱皱眉。她名叫凯伊，我一直都很喜欢她。她拥有一头美丽的秀发，是深褐色的，像铜一样闪耀，弹簧一样卷曲。她的手臂则很白，上面布满了雀斑。芬恩曾经送给她一枚克拉达戒指②，她戴着的时候会把那颗心指向自己的身体。她穿了一身黑，脸颊上涂着绿色、白色和橙色的油彩。

"芬恩，这可能会演变成一场暴动，"她说，"你难道不该把她带回家吗？"见他没有回答，她打了他一下。"芬恩！"

"什么？"

"把佩吉带回家！看在上帝的分上，克利里的车上有管状炸弹……"

"没门。无论如何我都不想错过这个。如果这些混蛋进来了，我们就永远无法把他们赶走了。"

"她只有六岁，她不应该看到这些。"凯伊抓住我的手。"如果你不愿意的话，我会把她带回家。你的妈妈会为你感到羞耻的。"

"不，我希望她看到这个。"

他跪在我面前，摘下他的帽子，露出蓬乱不堪的头发。芬恩看起

---

① 原文为爱尔兰文。
② 克拉达戒指（The Claddagh ring），是爱尔兰的传统婚戒，是爱尔兰文化遗产的一部分，象征着爱情、友谊和忠贞。它的整体式样是两只手捧着一颗心，心上戴着王冠，意思是"我向你双手奉上我的心，并冠以我的爱"，还有一个意思是"让爱情和友谊永远主宰"。

来很像我父亲，但他的脸庞既温和又开朗，他的眼睛如夏日天空一般湛蓝。他把双手搭在我的肩上。

"佩吉·伊娃，"他用一种非常严肃的语调说道，"你知道发生了什么吗？"

我摇摇头。

"坏人正从海那边攻过来。他们准备把我们锁在我们的城市里，永远不让我们离开。他们想把这个地方变成一座监狱城市，就像他们的城市一样。我们将不再被允许唱我们自己的歌，或是去拜访住在爱尔兰之外的人。而像你这样的人，小佩——他们非常非常不喜欢。"

我深深地凝视着芬恩的眼睛，然后我理解了他的意思。芬恩一直知道我能看见那些东西。我知道都柏林所有的鬼魂都住在哪里，这让我变成坏人了吗？"但是，为什么莫莉的头上套着一个布袋，芬恩？"我问道。

"因为当坏人不喜欢某些人时，他们就会这么做。他们会把袋子套在那些人的头上，并在他们的脖子上缠上绳子。"

"为什么？"

"为了杀死他们，甚至是像你这样的小女孩也不放过。"

现在，我开始发抖了。我的眼睛很痛。我的嗓子里仿佛塞了个肥皂泡，但我没有哭出来。我很勇敢。我很勇敢，就像芬恩。

"芬恩，"凯伊说，"我看见他们了！"

"新芽帝国滚出去！新芽帝国快倒台！"

我的心脏跳得太快了。芬恩为我擦去眼泪，并把他的帽子戴在我头上。

"新芽帝国滚出都柏林城！"

"他们来了，佩吉，我们必须阻止他们，"他紧抓住我的肩膀，"你想帮我阻止他们吗？"

我点点头。

"芬恩，哦，上帝，芬恩，他们有坦克！"

然后，我的世界爆炸了。坏人已经举起了他们的枪，并将枪口瞄准了人群。

我被耳边的枪声所惊醒。

我的皮肤既光滑又冰冷,但我的内心正在沸腾。以前的记忆让我的整个身体燃烧起来。我还能看见芬恩,他的脸因为仇恨而紧绷着——芬恩,曾经称我为"小佩"的人。

我踢开了睡袋。在十三年之后,我还能听到枪声。我还能看见凯伊,她的眼睛还睁着,因为死亡的突然降临而震惊地瞪大着。她衬衫上有血,一枪正中心脏。正因如此,芬恩愤怒地奔向了士兵们,把我留在身后,独自蹲在莫莉的独轮手推车下面。我尖叫着呼唤他,但他再也没有回来。

我再也没有见过他。

此后的事情我记得不太清楚了。我知道有人把我带回了家。我知道我一直在为芬恩哭泣,哭到嗓子生疼。我还知道在追悼会前我父亲再没有让桑德拉姑妈见过我。此后,我再也没有哭过。眼泪无法让人起死回生。我用我的衬衫擦掉了脸上的汗水。我一定还在莫德林的庭院里。我翻了个身,冷得感觉不到自己的双脚,全身蜷成了一个球。

火堆一定是熄灭了。天正在下雨,但我却没有被淋湿。我伸出手,手指掠过了某种粗帆布,是一个抵御恶劣天气的临时帐篷。我戴上外套的兜帽,慢慢从帐篷下面挪出来。

"守护官?"

没有他在的迹象。没有鹿,也没有火。

我此前一直因为寒冷而发抖,而如今,我抖得更厉害了。他去哪儿了?我确定,他已经不在冥城 I 号了。可是,我们之前甚至没有离开冥城 I 号,莫德林及其庭院是公馆系统的一部分,如果是这样的话,我们之前只是在冷点附近的一英里左右游荡。

起风了。我蜷缩在我的避难所里。他没有理由留下我一个人,没有任何理由。也许我并没有睡得太久。我穿上袜子和靴子,再次检查了睡袋。令我惊奇的是,我发现了一些物资:一副手套、一个肾上腺素的注射器和一支细长的银色手电筒被塞在睡袋内衬里,旁边还有一个马尼拉纸信封。我的名字被写在最上面。我认出了他的笔迹,并把信封撕开。

欢迎来到"无人之地"。你的测试很简单，在最短的时间内回到冥城 I 号。你没有食物，没有水，没有地图。你只能利用你的天赋，相信你的本能。

让我以你为荣吧：今晚一定要活下来。我相信你不想等人来救你。

祝好运。

我把字条在手里攥了一会儿，然后把它撕成了碎片。

我会证明给他看的。我现在就证明给他看。他试图吓唬我，但我不吃这一套。"今晚一定要活下来"？这究竟是什么意思？他一定觉得我非常脆弱，对付不了一点风雨。如果我能对付新伦敦的肮脏街道，就能对付黑暗的丛林。至于食物储备，我为什么需要它们呢？他又没有把我丢在荒野之中，不是吗？

我往帐篷外看去，发现一个有新芽军队标志的箱子，是政府军的武器，标志的图案是：两条呈直角的线，就像绞刑台，还有三根更短的线画在竖直的那条线上。箱子里还有另一张纸条。

小心使用飞镖。如果它们破裂了，其中的酸性物质会让你的心脏停搏。在紧急情况下可以使用照明弹，它会唤来一队红衣行者。

不要往南走。

我打开手电筒，查看箱子里的东西：一把长管手枪、一把信号枪、一个老式 Zippo 打火机、一把小猎刀，以及三支密封的银飞镖——侧面印有毒物和腐蚀物的标志，还写着：氢氟酸（HF）。

一把装有镇静剂的手枪和少量装有酸性物质的飞镖。他为什么不能把我的手枪还给我？好吧，我必须前往某个地方，除非我想要整晚都待在这片林中空地。我卷起了睡袋，把它压缩打包，但把帐篷留在了原处。我可以把它当成一个标志物，以确保自己不会兜圈子。

有什么东西围绕着营地，那是一圈细小的白色晶体。我跪下来，并用手指轻轻沾了一点儿，然后伸出舌尖尝了尝味道。

是盐。

这个营地建造在一圈盐的中心。

我仍然没有动。通灵人之间流传着一些说法，像是盐能够击退灵魂——他们称之为盐占术——但这不是真的。盐当然无法阻止骚灵。他在这里到处留下盐，只是想吓唬我吗？

我戴着兜帽，把外套的拉链一直拉到下巴底下，将我有限的补给品装进包里。我把飞镖和手枪放进了包里，把睡袋垫在它们下面，并把信号枪塞进了腰带，小刀塞在靴子里，注射器放在外套里。最后，我戴上了手套。

我等不及要回去与那该死的头皮屑对质了。我都能想象出他现在是什么模样：看着钟表，数着时间，坐在他温暖舒适的火堆边等着我回去。

我会让他看到我是不容忽视的。他会很快知道我为何被称为"苍白梦巫"，也会很快明白老贾为什么选择了我：尽管历尽艰险，我还是活了下来。

我闭上眼睛，试图寻找灵化活动的痕迹，但什么也没有。没有任何人的梦景，我是孤单一人。当我睁开眼睛时，天空引起了我的注意。我很幸运，醒的正是时候：星星快要被云朵吞没了，等到朝阳升起，我就没有其他的导航工具了。我没有找到天狼星的影子，于是就搜寻着猎户座的腰带。听了尼克关于天文学的激情演讲后，我才得知腰带在哪儿，与它相反的方向大概就是北方。我也知道它与冥城Ⅰ号之间的位置关系。我先定位了那三颗星，慢慢转头找到了我的道路。展现在我面前的是一片浓密的林地，正因为它的野蛮生长，里面也非常黑暗。

我的心脏怦怦直跳。我从未害怕过黑暗，但黑暗迫使我只能依赖第六感来侦测任何动静。这很可能就是重点所在：为了测试我。

我扭头往后看。在空地另一边，也有一片同样黑暗的林地。那条道路将带领我走向南方，离开这座殖民地。

不要往南走。

我知道他在玩什么把戏了。他相信我会像个顺从的人一样服从命令。我为什么必须得往北走呢？往北走只会让我重新成为奴隶——

回到守护官身边，正是他先把我带到了这里。我不需要向他证明我自己。我转头面对腰带。我正在往南走，离开这个地狱般的火坑。

风卷树叶，让我潮湿的皮肤一阵发冷。机不可失。不再胡乱猜想那里可能潜藏着什么之后，我才有了移动脚步的勇气。我咬紧牙关，冲进了树林中。

里面一片漆黑，伸手不见五指。雨水软化了土地，留下一片泥泞。我艰难地穿越橡树林，走得很快，有时候还会小跑起来，脚步没有弄出任何声音。我用双手开路，穿越枝枝蔓蔓。在手电筒的微弱灯光下，我能辨识出有一层薄雾笼罩在树枝间，地面上也像是铺着一条薄薄的毯子，让我的靴子隐没其间。这里没有自然的光线。我暗暗祈祷手电筒不会没电。它上面刻着新芽帝国的标志，他们很可能是借用了守夜人的设备。这是一个小小的慰藉：新芽帝国的产品通常不会出什么故障。

这提醒了我，我一定是在冥城Ⅰ号的一般边界之外。这个地方之所以被称为"无人之地"，其中一个理由是：它不属于任何人。新芽帝国也许拥有它，也许不拥有。我不知道这条路会将我带往何方，但我的确知道牛津在伦敦的北面。我走的是正确的方向。我的外套和裤子足够黑，能让我隐藏自己，不被别人盯梢。而我的第六感也像以前一样精准而灵敏。我能够利用它躲过任何拉菲姆守卫。我能够轻松地越过一道栅栏，也能同样轻松地从底下钻过去。如果有人攻击我，我可以用上我的天赋。我可以事先感受到他们。

不过紧接着，我想起了我刚到的时候，莉斯是如何形容这个地方的："荒芜的郊区。我们称之为'无人之地'。"如果没有听到她后来说的话，这句话很可能会鼓励我。当我问起是否有人试图往南逃离这里时，她只回答了一句："是的。"只有这一句话，赤裸裸地证明了这条路上有危险。其他通灵人曾经走过这条路并死在了那里。或许他们也曾经历过像这样的测试。这个测试只是为了阻断逃跑的念头吗？一想到这里，我出了一身冷汗。地雷、饵雷——他们把这些都埋在了这里。我可以想象到有摄像机隐藏在树林中，观察着我的一举一动，等待着我踏上地雷。这个想法让我慢了下来。

不，不，我必须继续前进。我能走出这里。他们就希望我这样想,为了安全而不敢逃离。我几乎转向了北方,但我的决心驱使我继续前进。我不情愿地想象着守护官、大卫和监管人看到我跑向地雷阵时站在火炉边举杯欢庆的样子。"好吧,先生们,这就是旅梦巫,"监管人会说,"这是我们带到冥城 I 号的最大的白痴。"他们会在我的墓碑上写什么?他们会刻上"佩吉·马霍尼",还是"XX-59-40"?当然了,可以想见,有许多像我这样的人被硬塞在一个坟墓里。

我停下来,靠在一棵树上。我为什么要想象这些疯狂的事情?守护官根本无法忍受监管人。我用力紧闭着眼睛,想象着另一群人:贾克森、尼克和伊莉莎。他们都在要塞中等待着我,寻找着我。如果我能够走出这片树林,就能想办法回到他们身边。

过了一会儿,我睁开眼睛,并凝视着地上的一堆皱巴巴的东西。

骨头,人类的骸骨。一具穿着破破烂烂的白色短袍的骷髅,腿从膝盖开始不翼而飞。我吓得往后退了一步,差点儿被自己的脚绊倒。有什么东西在我脚下嘎吱作响,是一个头骨。

在尸体旁边有一个包,它的手还抓着包带。随着干枯的骨头窸窣作响,我让那个包获得了自由。苍蝇爬在残存的血肉上。那是长着黑毛的巨型苍蝇,因为吃饱了腐肉,肚子圆滚滚的。当我把包从它去世的主人那里拿过来时,它们一哄而散。我的手电筒照亮了里面的东西:一大片腐败的面包和一个空的瓶子。

我的皮肤变得又冷又湿。我把手电筒转向右边。几英尺之外,在树叶中的一个弹坑张着大口,被雨水灌得半满。碎骨和地雷壳洒了一地。

这里真的是地雷阵。

我把后背紧紧靠在一棵橡树的树干上。我无法在黑暗中通过地雷阵。我沿着树边慢慢移动,跨过那具骷髅。你会没事的,佩吉。我双腿发抖,转向北方,沿着小路往回走。我并没有走得离空地太远,我还能看见它。从骨头堆边挪动了几英尺之后,我被一个树根绊了一下,接着摔倒在了地上。我浑身顿时一僵,心脏猛地一抽,但并没有爆炸紧随其后。

我用手肘撑着整个身体,在外套里翻找着,最后掏出了打火机,用拇指把它掀开。一个纯净的火苗升了起来,这是一条通往以太世界的道路。我不是占兆师——火不是我的朋友——但我能利用它举行一场迷你降神会。"我需要一个向导,"我低语道,"如果有人在这里,请来到火苗前。"

过了很长时间,什么也没有发生。火苗开始摇曳,并有些畏缩。然后,我的第六感突然活跃起来,一个年轻的灵魂从树林中冒了出来。我努力站了起来。"你愿意指引我吗?"

我听不见它说话,但它开始往我来的方向移动。我觉得它是那个死去的白衣行者的灵魂,于是跟着它跑了起来。它没有理由误导我。

盐圈很快就出现在了我的眼前。雨水淋灭了火苗,但灵魂还是待在离我很近的地方。我花了几分钟让自己冷静下来。这是痛苦的让步,但我别无选择,只能往北走。我检查了一下,我的物品还在原地,然后我再次进入树林。我一手拿着手电筒,一手拿着Zippo,那个灵魂紧跟在我身后。

走了大约半个小时之后,那个灵魂像条绳子一样围绕在我的肩头。我停下来观察星空,发现猎户座的腰带已经在我身后。在再次深入那片黑暗之前,我又校正了一下前进路线。我的耳朵和鼻子都冻得发痛,而第六感让我的皮肤都在发抖。我几乎感觉不到自己的脚趾。我停下来,俯身抓住膝盖,做了几个深呼吸来稳定紧张情绪。我一开始吸气就闻到了什么东西。我认出了那种味道:是死亡的气息。

我的手电光有些不太稳定。腐肉的恶臭味愈来愈浓。我又步行了一分钟,才发现了恶臭的来源。另一具尸体。

那应该是一具狐狸的尸体。一簇簇红褐色的皮毛上面沾着干掉的血迹,眼眶里充满了蛆虫。我连忙用袖子捂住鼻子和嘴。简直是臭气熏天。

不管这是什么东西的杰作,它都和我在同一片树林里。

走,佩吉,继续走。手电筒发出劈啪声。当我正准备离开时,一根小树枝咔嚓一声折断了。

我以前想象过这番情景吗?不,当然没有。我的听力依旧灵敏,我能听到血液在我耳朵里轰鸣着。我背靠着一棵树,努力让自己的呼吸不要那么响。

一个守卫,是一个红衣行者正在夜巡。而紧接着,我听到一些沉重的脚步声,太沉重了,不可能是人类的。我关掉了手电筒,让它滑落到了口袋里。将它留在手里毫无意义:打开它,就会暴露我的位置。

寂静再次压迫着我的耳膜。我什么也看不见,但我能听到另一个脚步声,越来越近了。然后是牙齿在持续咀嚼着腐肉的声音。有什么东西发现了那只狐狸。

或者是它回来找它的猎物。

我把手笼罩在打火机上,防止它熄灭。我的心脏有一种奇怪的感觉,我不太确定它是加速到了听不清的程度,还是已经不再跳动。在我身后,那个灵魂在战栗着。

时间一分一秒地慢慢过去,我等待着。我不得不时而稍微移动一下,但我知道,有什么东西就在附近。

它从喉咙里发出了三声咔哒声。

我身体的每块肌肉都绷紧了。我用鼻子呼吸,并保持嘴唇紧闭。我不知道那是什么声音,但肯定不是人类能发出的声音。我听说拉菲姆人能发出一些奇怪的声音,但不可能是这么恶心的、从内脏里发出的声音。

一阵突如其来的风把打火机吹灭了。我的灵魂向导逃走了。

有那么一分钟,冰冷的恐惧让我手指僵硬。然后,我想起了手枪,并把手伸进了我的包里。用它射杀跟踪我的家伙是一个愚蠢的举动,但我可以开枪转移它的注意力,给我时间逃跑。我考虑过爬到树上,然后又打消了这个念头。爬树不是我的专长。我最好另找一个地方躲起来。不过,找一个更高的地方躲起来看起来是个聪明的主意。如果我到达了一个安全的地方,就能用手电筒照亮那个生物,看看它到底是什么。我把打火机藏起来,并在包里翻找着。

手枪在手后,我又准备去拿飞镖。我的一举一动似乎都会发出声音:呼气声、外套的沙沙声。最终,我的手指摸到了冰冷光滑的圆柱形飞镖。我知道怎么给一把普通的手枪上膛,但我花了几分钟才在黑暗中用又湿又冷的手安装好了这个不熟悉的武器,并尽量不发出任何响动。它准备就绪后,我举起了枪,瞄准,开火。

飞镖正中目标,发出了像锅里的热油一样的嗞嗞声。那个生物跑向了声音的源头。它自己也发出某种声音，是一种嗡嗡声，就像苍蝇。

那不是动物。

我的胸口突然涌起一阵恶心感。我听过太多关于艾冥的故事，但即使是在我听过演讲、红衣行者丢了胳膊之后，我也从未真正想过自己会面对其中的一头。在陷入如今的境遇之前，我都快开始相信它们并不存在了。

我所能做的只是让自己保持站立。我双手发抖，嘴唇震颤。我无法呼吸，也无法思考。它听到我的脉搏声了吗？它闻到我的恐惧了吗？它正对我的血肉馋涎欲滴吗？或者说，我还要靠得更近些，它才能察觉到我？

我又在枪里装了一支飞镖。嗡嗡兽嗅闻着我刚刚击中的地方。我闭上眼睛，并进入了以太世界。

有些事情不对劲，非常不对劲。附近所有的灵魂都逃走了，仿佛它们在害怕什么。不过，灵魂为什么会害怕物质世界的生物呢？它们又不可能再死一次。无论如何，这里没有可以用来做线轴的灵魂。

我突然意识到嗡嗡声消失了。我的双手被汗水浸得又湿又滑，几乎抓不住枪。我随时可能会死。人为刀俎，我为鱼肉。

整件事一定是故意为之的。娜什拉从未希望我通过测试升级，她只希望我死。

但我相信绝不是今天。今天我不会死的，娜什拉。

我从树后面跑出来。我的靴子砰砰地踩在地上，我的心脏在胸腔里狂跳不止。它在哪儿？它已经看见我了吗？

有什么东西打在了我的肩胛骨之间。有一阵子，我失去了重心，坠入了黑暗中。然后，我撞到了地面上。我的手腕因向后弯曲幅度过大而折断了。我想立刻忍住尖叫，可惜还是叫出了声。

枪丢了，没有机会再找到它了。我能听到那玩意儿的声音——在我附近，在我正上方。我用没受伤的手摸到了靴子，并找到了那把猎刀。

我忘记了还能用我的灵魂。我把刀一下子扎进了那摊烂如软泥的东西里。某种潮湿的东西流过我的手腕。嗡嗡嗡。我又刺了一下，两下。嗡嗡。嗡嗡。某些东西持续击打着我的脸：又小又圆的东西。我努力眨着眼睛赶走它们，并把涌入嘴里的那些咳掉。它的爪子抓住了我的脖子，温热而散发着恶臭的呼吸喷在我的脸颊上。刺，刺。嗡嗡嗡。牙齿在我耳边发出撞击声。我向上一刺，又扎到了肉里，往下拉。刀刃撕裂了肌肉和软骨。

然后，它跑了。我获得了自由。我的双手从手掌到手腕部位都覆盖着一层糖浆似的液体，闻起来有一股恶臭。酸的胆汁几乎涌到了我的喉咙口，灼烧着我的嘴和鼻子。

手电筒就躺在十英尺外的地方。我爬向它，把断掉的手腕搁在怀里。它以前就摔断过，现在痛得要命。我用一条胳膊拖着整个身体前进，并把小刀咬在牙齿之间，浑身都被酸臭的汗水浸透。尸体的味道让我胃部痉挛，喉咙感到一阵痛苦的抽搐。

我抓住手电筒，照向身后。我能看到树丛间的一个个黑影。那是更多的脚步声，更多的嗡嗡兽。不。

我的脑袋正在轰轰作响，视线开始变得模糊。我不想死。附身蝴蝶之后，我比预想的还要虚弱。快跑。我在外套中翻找着，拿出那个注射器。我最后的杀手锏。信号枪绝不在我的考虑范围内。我还没有发射信号枪，我还没有输掉这场游戏。

新芽救助站的肾上腺素自动注射器。它比老贾用来让我保持清醒的稀释的混合药物更强劲。我把注射器的针尖猛地扎向裤子，直接刺到了大腿上。

尖锐的疼痛。我咒骂着，但并没有拔出针头。在弹簧的压力下，肾上腺素被自动注射到了肌肉中。新芽帝国设计的这种肾上腺素能唤醒你的整个身体。它不仅能帮助身体保持运转，还能消除疼痛，让你变得更强大。神仆们经常靠这东西支撑他们自己。我的肌肉变得更柔韧而灵活，双腿也变得更强壮了。我猛地从地上蹦了起来，并进入全速奔跑的状态。肾上腺素对我的第六感没有影响，但它能让我更轻松地把注意力集中在以太世界。

嗡嗡兽有着洞穴状的黑暗梦景，就像以太世界中的一个黑洞。就算我成功入侵其中，也走不了太远。我还在尝试，但并没有离自己的身体太远。

突然,一朵乌云淹没了我。我的梦景变得一片漆黑,视野边界都模糊一片。我必须击退它。一个急速的灵魂跳跃应该能赶走它。我的灵魂从身体里飘了出来,进入了它的梦景边缘。那个生物发出一种恐怖的尖叫声。它的脚步声停止了。与此同时,一阵令人眩晕的疼痛感把我震回了我的梦景。我手掌着地,跟跟跄跄地退了几步,并呕吐了起来。

在我眼前,树林已经被一片开阔的草地所取代。我能看到"仓库"的尖顶,是城市。那座城市。

肾上腺素在我的血管中翻涌着,迅速传到我的肌肉中,驱使我跑得更快。当我像个悔过的罪人一样奔向我的监狱时,我的手腕就晃晃悠悠地挂在身侧。当只囚鸟总好过变成死尸。

嗡嗡兽发出尖叫声。它的哭号声回荡在我身体的每个细胞中。我翻过一道钢丝网围栏,落地后继续跑。

"仓库"的顶端有一个岗哨,上面会有一个带枪的红衣行者。他们能制服嗡嗡兽并杀了它。汗水浸透了我的衣服。但现在他们还无能为力。我还没有感到疼痛,但我知道我的肌肉拉伤了。我经过一个生锈的牌子,上面写着:此地允许使用致命武器。很好,我从未如此渴望致命武器。现在,我能看到岗哨了。我准备大声呼喊,寻求救援,并掏出了信号枪。此时我却发现自己被困住了。

一张厚厚的铁丝网将我完全挡住了。我声嘶力竭地尖叫道:"不,不,杀了它。"我挣扎着,就像钓线上的诱饵。他们为什么要抓住我?我不是敌人!"你当然是了。"我脑中的一个声音说道,但我不想听。我必须摆脱这张网。嗡嗡兽正在靠近,它会撕碎我,就像撕碎那只狐狸一样。

一阵撕心裂肺的喊声。一个声音唤着我的名字:"佩吉,冷静下来,没事的,你现在很安全。"然而,我不信任这个声音,那正是我所惧怕的声音。我爬上了那张网,企图再次逃跑。就在此时,有人抓住我,把我往回一扔。"佩吉,集中注意力!利用你的恐惧,利用它!"我无法集中精神。我害怕得发狂。心脏跳得太快了,几乎让我无法承受。我的视线忽明忽暗,感到口干舌燥。我还站着吗?

"佩吉,转向你的右边!攻击它!"

我看向我的右边。我无法看清它是什么东西,但肯定不是人类。我的恐惧到达了顶点。我进入了以太世界,进入了虚无。然后,进入了某种东西之中。

我看见的最后一个场景是:我的身体瘫倒在了地上。然而,这不是通过我的眼睛看到的,是鹿的眼睛。

第18章
美好的明天

在你的一生中，总有一些难忘的事情。那些事情埋得非常深，隐藏在深渊地带里。我睡得很香，让我的大脑阻挡住那片让我感到恐怖的森林。

真正的睡眠是我的救星，让我在物质世界和梦景之间穿梭时，有了安静喘息的机会。老贾和其他人从来都不理解我为什么如此爱睡觉。当我在以太世界待了几个小时之后想要休息时，娜丁总是会大声取笑我。"你真是疯了，马霍尼，"她会说，"你已经打了好几个小时的鼾，现在却需要更多睡眠？如果你在岛上的话，门都没有，不管你有多少钱。"

娜丁·阿内特，虽然她本质上是同情我的，但她是我唯一不想念的帮派成员。

当我苏醒的时候，已经是晚上了。我的手腕被一个蜘蛛形状的金属支架固定着。我的上方是天鹅绒的顶篷。

我在守护官的床上。我为什么会在他的床上？

我的思维有些迟钝。我不太记得之前发生了什么事，只觉得像贾克森让我品尝真正的葡萄酒时的感觉。我低头扫了一眼我的手，支架能够防止我的手腕移位。我想起身——离开这张床——但我觉得太温暖，身体也太沉重了，不想移动。是镇静剂，我心想。那就好，一切都很好。

当再次睁开双眼时，我变得更加警觉了。我能听见一个熟悉的声音。守护官已经回来了——而且还有人正陪着他。我的手艰难地伸向帷幔，并将它们分开。

一团火焰正在壁炉里燃烧着。守护官背对我站着，正用一种我不熟悉的语言与别人交谈着。那些话语都是逐渐下滑的低音,如同洪亮地回荡在大厅里的音乐。站在他面前的是泰勒贝尔·娄宿一。她用一只手握着一个高脚酒杯。她正在走向床——走向我。守护官摇摇头。我倾听着。

那是一种什么语言?

我求助于附近的灵魂们:曾经居住在这里的鬼魂。随着守护官和泰勒贝尔的对话节奏,它们几乎在翩翩起舞。这种情况通常发生在娜丁弹钢琴,或者一个译师在街头吟唱叙事诗的时候。译师——用更恰当的词语描述,就是通言师——掌握了一种只有灵魂知道的语言,然而,守护官和泰勒贝尔都不是译师,他们都没有通言师的"气"。

他们把头凑在一起,正在检查着什么东西。当凑近看时,我顿时僵住了。

那是我的手机。

泰勒贝尔在手里翻看着它,用拇指拂过那些键盘。电池早就用完很久了。

如果他们有我的电话和背包,也一定有那本小册子。他们是不是企图查看我的通讯录?他们一定怀疑我认识小册子的作者。如果他们发现贾克森的电话号码,就能够追踪到他,一直追踪到七晷区——突然之间,卡尔的预言就说得通了。

我必须拿回我的手机。

泰勒贝尔把它藏进了自己的衬衫里。守护官对她说了些什么。在离开房间之前,她用额头碰了碰守护官的额头,然后锁上了沉重的大门。守护官留在原地待了一会儿,望着窗户发呆,然后他的注意力转移到了床上,转移到了我的身上。

他拉开了帷幔,坐在被子的边缘。"你感觉怎么样?"他问道。

"去你的。"

他的眼睛燃烧了起来:"我明白了,你好多了。"

"泰勒贝尔为什么会有我的手机?"

"这样娜什拉就找不到它了。她的红衣行者本来会获得你在集团的朋友的联系方式。"

"我在集团里没有朋友。"

"别再对我撒谎了,佩吉。"

"我没有撒谎。"

"另一个谎言。"

"好像你总是很诚实一样,"我瞪着他,想把他吓退,"你撇下我,让我独自面对那种东西。你留下我孤单一人,在黑暗中面对一头嗡嗡兽。"

"你知道它会来的,你知道你将不得不面对一头艾冥。不管怎样,我确实警告过你。"

"见鬼,你到底是怎么警告我的?"

"冷点,佩吉,它们就是通过那个来到这里的。"

"这么说,是你把艾冥放出来的?"

"你当时并没有危险。我知道你被吓到了,但我需要你附身在那头鹿上。"

他目不转睛地看着我。我开始觉得口干舌燥。

"你所做的一切,都是为了让我附身瑙娜。"我润了一下嘴唇。"当你打开冷点时,早已策划好了整件事。"他点点头。"你释放了那头嗡嗡兽。"他再次点点头。"你让我如此惊恐,然后我……"

"是的,"他并不以此为耻,"我怀疑你的天赋需要用强烈的感情来激活:愤怒、憎恨、悲痛——还有恐惧。恐惧是你真正的触发点。把你逼到心理恐惧的极限,我迫使你附身于瑙娜,让你以为它就是追踪你穿过树林的嗡嗡兽。不过,我从未拿你的生命冒险。"

"它可能会杀了我。"

"我做了某些预防措施。我再重复一遍:你从未陷入任何危急情况中。"

"这是谎话。如果你觉得撒一圈盐就是预防措施,那你真是从婴儿床上跌下来,疯了,"我不禁说起了街头俚语,但我不在乎,"你一定乐在其中——看着我像傻瓜一样跳舞。"

"不,佩吉。我正在试图帮你。"

"下地狱去吧。"

"我已经在地狱的某层了。"

"这层地狱肯定离我在的那层还很远。"

"不,你和我已经达成了协议,而我不会违约的,"他凝视着我的眼睛,"我希望你在十分钟内起来。你还欠我一个小时的愉快交谈。"

我本打算啐他一口,但我们已经划清了界限。我离开了他的房间,走上了二楼。

我不会再告诉他任何关于我自己的事了。他已经知道了太多我的隐私,但他永远别想发现我与贾克森之间的关系。娜什拉已经在寻找我的帮派了。如果她发现我是他的亲信之一,很可能会让我亲手逮捕他。到时,我只能假装因为嗡嗡兽遭受精神创伤而不能开口说话。我还能听到它的声音,从它的嗓子里发出的如锯木头一般的沙哑呼吸声。我闭上双眼。回忆终于退去了。

我在被撕烂的衣服外面披了一件薄薄的睡袍。它们闻起来有汗湿和死亡的味道。我进入了卫生间,匆匆把它们扯掉。一套崭新的粉色制服正在那里等着我。我用肥皂和热水搓洗着皮肤。我想洗掉关于那种气味的记忆,哪怕是最微弱的记忆。

看向镜子时,我意识到自己还戴着那条吊坠。我摘下它,它对我一点帮助也没有。

当我回到守护官的房间时,他正坐在他最喜欢的扶手椅上。他指指对面的椅子:"请。"

我坐了下来,那把椅子看起来很庞大。"你给我用了镇静剂?"

"在附身之后,你有一点歇斯底里,"他观察着我,"当时你企图附身艾冥吗?"

"我想看到它的梦景。"

"我明白了,"他伸手去拿他的高脚酒杯,"要不要喝点什么?"

我有种想来点非法饮料的冲动——也许是真正的酒——但是我已经没有力气反抗他了。"咖啡吧。"我说。

他用力拉了一条深红色的流苏穗子,它连接着一个老式的拉铃绳索。"很快就会有人送过来。"他说。

"黑蒙人?"

"没错。"

"这么说,你把他们当成管家。"

"是奴隶，佩吉。我们就别再咬文嚼字了。"

"但是，他们的血是有价值的。"

他从高脚杯里呷了一口。我抱胸坐在那里，等待着他起个话头。留声机再次被打开。我认出了那首歌：《我不想让你如鬼随行》①，辛纳屈的版本。这首歌也在新芽帝国的黑名单上，仅仅是因为它的歌名里有"鬼"这个字，它其实与幽灵没有任何关系。哦，我是多么想念"老蓝眼睛"②啊。

"是不是黑名单上的所有唱片都被送到了你这里？"我问道，尽了最大努力让语气听起来很随意。

"不是，它们都被送去了'仓库'。我偶尔去那里拿一两张给我的留声机放放。"

"你喜欢我们的音乐吗？"

"有些挺不错，大部分都是二十世纪的。我发现你们的语言很有趣，但我不喜欢大多数现代音乐作品。"

"这都怪审察员。如果没有你，就一件不留了。"

他举起高脚杯。"说得好。"

我不得不问一句："那是什么酒？"

"不凋花的提取物，和红酒混合在一起。"

"我从没听说过不凋花。"

"这种花并不生长在地球上。它能治愈大部分由灵魂造成的伤害。你遭遇骚灵之后，如果吃过一点不凋花，你的伤口可能就不会留下这么深的伤疤。如果在没有生命支持系统的情况下，你过度地使用你的灵魂，它也能对你大脑的一些损伤有治愈作用。"

好吧，好吧，治愈我大脑的药物。如果贾克森听说过不凋花，他就永远不会再让我睡觉了。"你为什么要喝它？"

"为了治愈旧伤，不凋花能减轻疼痛。"

一阵短暂的沉默后，轮到我说话了。"这是你的。"我拿出吊坠。

"你留着吧。"

---

① *I Don't Stand a Ghost of a Chance with You.*
② 美国著名男歌手法兰西斯·阿尔伯特·辛纳屈（Francis Albert Sinatra）的昵称。

"我不想要。"

"我坚持留给你。它也许不能对抗艾冥，但能抵御骚灵，救你的命。"

我把吊坠放在椅子的扶手上。守护官瞥了它一眼，然后抬起头，迎上了我的目光。

门上传来轻轻的叩击声。一个男孩进来了，跟我差不多的年纪，也许更大一些。他穿着一件灰色短袍，双眼充满了血丝。除此之外，他容貌俊美，就像从画中走出的人。他的头发是纯金的颜色，被精心修剪过，勾勒出他那轮廓分明的脸，而他的嘴唇和脸颊则如粉红的花瓣。透过血丝看去，他的眼睛是一种清澈的水蓝色。我觉得我能察觉到一丝微弱的"气"围绕在他身边。

"再来一杯咖啡，迈克尔。"守护官对他说。"你需要糖吗，佩吉？"

"不，谢谢。"我说，迈克尔鞠了一躬并离开了。"这么说他是你的私人奴隶，对吗？"

"迈克尔是血继宗主的一份礼物。"

"多么浪漫啊。"

"没什么特别的，"守护官瞥了窗户一眼，"当娜什拉需要某样东西或某个人的时候，她几乎都能得偿所愿。"

"我能想象。"

"是吗？"

"我知道她有五个天使。"

"是的，没错。不过，它们既形成了她的优势，也是她的弱点，"他又啜饮了一口他的饮料，"那些所谓的天使们的副作用，让血继宗主深受其苦。"

"我想天使们一定觉得很抱歉。"

"它们唾弃她。"

"不会吧？"

"就是这样，"他显然被我轻蔑的语气逗乐了，"我们只聊了两分钟，佩吉。尽量不要把你所有的讽刺和挖苦都一口气浪费掉。"

我真想杀了他，而碰巧我不能这么做。

男孩带着一壶咖啡回来了。他把托盘放在桌子上,里面还有一盘丰盛的烤栗子,上面撒着一些肉桂粉末。它们的香甜气味让我口水直流。在冬天的黑衣修士桥边,有个摊位专门卖这种食物。它们看起来甚至比那里卖的更好,栗子中点缀着棕色的碎壳和天鹅绒般的白色。还有一些水果:切片的梨子、有光泽的樱桃和仿佛在微笑的红苹果。

迈克尔做了个手势,守护官摇了摇头:"谢谢你,迈克尔。这样就足够了。"

他再次鞠了一躬,然后离开了。我发现自己有想要对他尖叫的冲动。他太唯命是从了。

"当你说'所谓的'天使时,"我强迫自己镇静下来,"你的意思究竟是什么?"

守护官犹豫了一下。

"吃吧,"他说,"请吃。"

我从盘子里挑了一颗栗子,新鲜出炉的,还滚烫着。尝起来就像温暖的冬日。

"我相信你知道天使是什么:为了保护它曾为之牺牲生命的人而回到人间的灵魂,"他说,"我们都知道天使和天使长,我猜街头的通灵人也知道吧?"我点点头。"娜什拉能指挥第三等级的天使。"

"哦?"

"她能逮住某些种类的灵魂。"

"因此,她是个束缚师。"

"不仅是束缚师,佩吉。如果她杀掉一个通灵人,她不仅能捕获对方的灵魂,还能利用对方的灵魂。只要那个灵魂和她绑在一起,它的存在就会影响她的'气'。正是这种变异让她能同时拥有好几种天赋。"

我的咖啡泼到了大腿上:"她必须亲手杀掉它们?"

"是的,我们称它们为'堕落天使',"他看着我,"而且,它们将永远与谋杀它们的人绑在一起。"

我站了起来。

"你是个恶魔,"杯子在我的脚边摔碎了,"你的未婚妻做出这般行径,你却还能正眼看她。你还指望我怎么跟你说话,把你当人类对待？"

"我说过我也召唤了堕落天使吗？"

"但你杀了人。"

"你也是。"

"那不是重点。"

守护官表情中的戏谑消失了。

"我不知道我能为这个世界做些什么，"他说，"但至少，我不会让你遭到任何伤害。"

"我不需要你保护，离我远点。把我转让给其他人吧，我不想再当你的学生了。我想更换监护人。我想和紫微右垣在一起。把我送到他那里吧。"

"你不会想要一个尾宿五家族的监护人的，佩吉。"

"不要对我指手画脚的，我想要……"

"你想要再次获得安全感。"他站起来，我们之间隔着一张咖啡桌。"你想要我凶狠地对待你，就像紫微右垣和其他监护人对待他们的人类那样。因为如果这样，你才会觉得自己有充分的权力憎恨拉菲姆人。然而，因为我不伤害你，试图理解你，你就落荒而逃了。当然了，我知道为什么，你无法理解我的动机。你一遍遍地自问，我为什么想帮助你，而你得不出任何结论。不过，这并不意味着没有结论，佩吉。这只是说明你还没有发现它。"

我陷入到扶手椅中。滚烫的咖啡已经直接渗进了我的裤子里。他瞧在眼里，说道："我会找些其他衣服给你。"

他走向了衣柜。我的双眼因为愤怒而烧得火红，我几乎能听见老贾的责骂声："你真是个傻货。看看你，你闪子里的泪珠。抬起你的头，哦，我的小可爱！你到底想要什么——同情？怜悯？你不会从他那里找到这些的，就像你从我这里也找不到一样。这世界是一个角斗场，我的莫莉学徒。举起咆哮铁器，现在就行动起来，让我看着你送他下地狱吧。"

守护官给我一条长长的黑色袍子。"我希望这个合身，"他把它递给我，"看起来有点太大了，但应该能让你保持温暖。"

我点点头。守护官转身背对着我。我把袍子套到了我的头上。他是对的：它拖到了我的膝盖。"穿好了。"我说。

"你能坐下吗？"

"好像我有什么选择一样。"

"我正在给你选择。"

"我不知道你想让我说什么。"

"在理想的情况下，我希望你告诉我，以前是谁对你如此残酷，让你觉得自己不能相信任何人，"守护官回到了自己的椅子上，"但我知道你不会告诉我那些的，你想要保护你的那些朋友们。"

"我不知道你在说些什么。"

"当然了。"

我突然失去了控制："很好，是的，我有通灵人朋友。难道不是每个通灵人都有同类的朋友吗？"

"并不是这样的。这些年来，伦敦的集团变得越来越强大了。然而，我们抓住的通灵人通常都是局外人——因为无法控制自己的力量，他们孤独地生活着，或者流落街头。又或者，他们的家庭抛弃了他们。那就是他们中有这么多人非常乐意为我们效劳的原因：他们曾经被他们的同胞虐待。而拉菲姆人把他们当成二等公民，而且还给他们机会沉浸在以太世界中。我们会把他们编成队，让他们再次归属一个社会结构。"他指指门。"迈克尔是通言师——我觉得你的朋友会称他们为'译师'。他的父母太害怕他的说话方式了，因此试图为他驱魔。他的梦景全被毁了。此后，他几乎从不说话。"

我顿时没了声音。我听说过梦景被毁的例子。这发生在我们帮派的一个男孩身上，他叫齐克。那就是他变成无解者的过程：梦景会重新建立起一层层武装，抵御所有的灵魂攻击。

"两年前，红衣行者捡到了他。他正在南岸区的街头风餐露宿——一个无解者，既没有钱，也没有食物。他们把他当作疑似反常能力者送进了'塔'里，而我提前把他带到了这里。虽然他被当成黑蒙人对待，但他还是拥有'气'。我教会了他如何再度开口说话。我希望他有一天能重返以太世界，然后他就能像以前一样歌唱了。用死者的声音歌唱。"

"等等，"我说，"你教了他？"

"是的。"

"为什么？"

沉默充斥着房间的每个缝隙。守护官伸手去拿他的高脚杯。

"你到底是谁？"我问道，他抬头瞥了我一眼，"你是尾宿五宗主的血继配偶。自从1859年开始，你就操纵着一个政府。你支持通灵人的人口买卖，目睹围绕它的整个系统是如何发展起来的。你帮助他们散播谎言、仇恨和恐惧。那么，你为什么还要帮助人类？"

"我不能告诉你。既然你不想告诉我谁是你的朋友，我也不会告诉你我的隐秘动机。"

"如果你知道了我的朋友们到底是谁，你会告诉我吗？"

"也许吧。"

"你跟迈克尔说了吗？"

"说了一点。迈克尔已经对我非常忠诚了，然而，鉴于他脆弱的心理状态，我无法完全信任他。"

"你觉得我也一样吗？"

"我对你了解甚少，谈不上信任，佩吉。不过，这并不意味着你无法取得我的信任。事实上……"他坐回到自己的椅子里，"今天机会自己就送上门来了。"

"你是什么意思？"

"你会知道的。"

"让我猜猜。你杀了一个占卜师，并偷走了他的能力，而现在，你觉得你能看到我的未来。"

"我不是偷能力的贼。不过，我真的非常了解娜什拉，了解到能猜出她的下一步行动。我知道她喜欢在何时发起攻击。"

落地大座钟再次鸣响起来，守护官瞥了一眼。"好吧，已经一个小时了，"他说，"你可以随时离开了。也许你应该去拜访你的朋友，那个纸牌占卜师。"

"莉斯正处于灵魂休克状态。"我说。

他抬起头。

"那些红衣行者把她的牌丢进了火里，"我的嗓子发紧，"从那以后，我就没有再见过她。"

求他帮忙吧。我的内心非常纠结,如果他能再给她找一副牌,那就求他吧。他会这么做的,他也帮助了迈克尔。

"真可怜,"他说,"她是一个有天赋的演员。"

我强迫自己说出那几个字:"你愿意帮助她吗?"

"我这里没有塔罗牌。她必须找到她特有的与以太世界连接的方式,"他直视着我的眼睛,"不凋花也是必不可少的。"

我待在原地,看着他伸手去拿咖啡桌上的一个小盒子。它看起来像老式的鼻烟盒,用珍珠贝母和金箔制成。盖子的中心是一朵八瓣花,就像他那个装药瓶的盒子一样。他咔哒一声打开了它,并拿出一小瓶油状物,里面还透着几丝蓝色。

"是紫菀精华液。"我说。

"非常正确。"

"你为什么会有这个?"

"我使用小剂量的七瓣莲来帮助迈克尔,这有助于他回忆起他的梦景。"

"七瓣莲?"

"那是拉菲姆人对紫菀的称呼。是从我们的语言直译过去的——它也被称为'光之语言',或者'光语'。"

"就是译师说的那种语言?"

"是的,以太世界的古老语言。迈克尔再也不能说了,但他还能听得懂。传音师也是如此。"

因此,译师能听懂拉菲姆人的语言,真有趣。"你打算给他紫菀……现在就给?"

"不,我只是想整理一下我收藏的征用药物。"他说。我不知道他是不是在开玩笑,很有可能不是。"其中一些药物,比如欧洲银莲花,能够对我们造成伤害。"他从盒子里拿出仅有的一枝红花。"某些毒药必须远离人类之手,"他一直紧盯着我的眼睛,"我们不希望他们……比方说,偷偷潜入'仓库'。这会让我们最机密的物资面临危险。"

红花。我想起了大卫的笔记。唯一的方法。

杀死拉菲姆人的唯一方法?

"不,"我说,"我们不会想这么做的。"

鸦巢里一片寂静，自从被苏海勒押送回莫德林之后，我就再也没见过莉斯。我也没有机会去查看她的情况，看看她是否在失去了塔罗牌之后依然幸存了下来。

她应该还是有意识的，但不是现在。她的嘴唇非常苍白，双眼徘徊不定，没有焦点。她正处于灵魂休克的剧痛中。

朱利安，以及我第一天见到的那个戴眼镜的演员——西里尔——他们已经把照顾莉斯当成了自己的使命。他们喂她食物，为她梳头，照料她被烧伤的双手，并跟她说话。她只是躺在那里，一动不动，浑身湿冷，呢喃着与以太世界有关的胡话。现在，她再也不能与它产生联系了，这让她产生了一种自然的冲动，渴望抛弃自己的身体并投入其中。如何阻止这种渴望就看我们的了。我们要确保她和我们待在一起。

在老鸭头的当铺里，我用两粒药片交换了一罐固体酒精、一些火柴和一锡罐豆子。他的货摊上没有塔罗牌。为了确保莉斯受足够多的罪，那个叫凯思琳的红衣行者把它们都没收了。守护官阻止她来见我，那是她运气好。

当我回到窝棚时，朱利安抬起头，他的双眼因为疲惫而通红。他的粉色短袍已经不见了，取而代之的是破烂的衬衫和布料裤子。

"佩吉，你失踪了好一阵子。"

"我刚刚脱身，稍后解释，"我跪在莉斯身边，"她吃东西吗？"

"昨天，我想让她吃一点稀麦粥，但全被她吐了出来。"

"烧伤呢？"

"不太好，我们需要烧伤宁。"

"我们尝试再给她吃点东西。"我抚摸着她潮湿的发卷，并捏了一下她的脸蛋。"莉斯？"

她的双眼是睁着的，却没有给我们回应。我点燃了固体酒精。西里尔在他的膝盖上敲击着手指。"来吧，雷默尔，"他不耐烦地对她说，"你不能离开你的丝带这么久。"

"你就没有一点点同情心吗？"朱利安说道。

"没有时间同情了，苏海勒很快会来抓她的。她本该和我一起表演的。"

"他们还没有发现?"

"内尔填补了她的空缺。穿上戏服戴着面具的时候,她们两个长得很像——同样的身高、同样的发色。然而,内尔没有她那么出色,她摔下来了。"西里尔注视着莉斯。"雷默尔从来不会摔下来。"

朱利安把豆子放在罐子里。我找了个勺子,并用一条胳膊搂着莉斯。她摇着头。

"不要。"

"你必须得吃点东西,莉斯。"朱利安抓住她冰凉的手腕,但她还是没有反应。

当豆子开始冒热气的时候,朱利安把她的头掰过来。我用勺子喂她,但她几乎不吞咽。豆子从她的下巴上流下来。西里尔一把抓过锡罐,开始用手刮剩下的豆子吃。我蹲坐下来,看着莉斯陷入那堆被单中。

"不能再这样继续下去了。"

"但我们无能为力,"朱利安捏紧了拳头,"即便我们找到一副牌,也不能保证它能起效。这就像给她安上一条新的假肢,她可能会排斥它。"

"我们必须试一试,"我看向西里尔,"这里没有其他纸牌占卜师吗?"

"都死了。"

"即便西里尔说得不对,我们也不能拿走别人的牌,"朱利安非常小声地说道,"这比谋杀还要糟糕。"

"那么,我们可以从拉菲姆人那里偷,"我提议道,犯罪是我的强项,"我正准备潜入'仓库',他们一定在那里藏有储备物资。"

"你会死的。"西里尔的声音中没有一丝悲伤。

"我逃过了一头嗡嗡兽的追杀,我会没事的。"

朱利安抬起了头:"你见过一头了?"

"它们住在树林中。守护官把我丢下,让我独自面对其中的一头。"

"这意味着你通过了测试?"他的脸上掠过一丝怀疑,"你是红衣行者了？"

"我不知道。我觉得是，但……"我用力拉了一下我的短袍，"这看起来并不是红色的。"

"那真令人欣慰，"他犹豫了一下才说，"它长什么样？我是说嗡嗡兽。"

"速度很快，很有攻击性。我没有看得太清楚，"我看着他的新衣服，"你见过它了吗？"

他弱弱地笑了一下："只是因为错过宵禁，阿鲁德拉就把我撵了出来。恐怕我已经成了一个普通的哈莱人。"

西里尔正在发抖。"它们的撕咬是致命的，"他低语道，"你不该再去那里。"

"我可没有选择。"我说。西里尔把头埋在了手臂里。"朱尔斯，给我一条被单。"

他照做了。我把它裹在莉斯身上，但她并没有停止颤抖。我摩挲着她冰凉的手臂，试图让它们暖和起来。她的手指已经起了水疱。

"佩吉，"朱利安说道，"关于潜入'仓库'的事，你是认真的吗？"

"守护官说他们在那里有储备物资。秘密的储备，我们不应该看到的东西。也许有烧伤宁。"

"你没想过可能有守卫吗？或者，守护官也许在撒谎？"

"我愿意冒这个险。"

他叹了口气："我大概阻止不了你。如果你能进去，你想干些什么？"

"我准备偷尽可能多的东西——任何能用来自卫的东西——然后，我打算离开。不管是谁想加入，我都非常欢迎。如果没有，我就独自上路。不管发生什么，我不准备让我的余生在这里腐烂。"

"不要这么做，"西里尔说，"你会死的。就像之前丧命的那些人一样。嗡嗡兽把他们吃了。它们会吃了你的。"

"求你了，西里尔，别再说了，"朱利安的视线并没有离开我，"你去'仓库'吧，佩吉。我会想办法集结一些人手的。"

"人手？"

"得了吧，"火焰在他的眼中跳跃着，"你不会真以为不打一仗就能离开这里吧?"

我挑起眉毛:"打一仗?"

"你不能在逃跑的同时,假装这事不会发生。新芽帝国这么做已经两个世纪了,佩吉。这一切不会停止。当你到达新伦敦时,有谁能阻止他们再把你直接拖回这里?"

他说到了点子上。"你的建议是?"

"一场监狱暴动,让每个人都逃出去。我们不给他们留下任何通灵人作为粮食。"

"这里有超过两百个人,我们无法就这么简单地走出去。而且,树林里还有地雷阵。"我坐下来,用膝盖抵着下巴。"你知道在第十八个骸骨季发生了什么吧?我不想为那么多人的死而受到良心的谴责。"

"他们不是为你而死的。人们想要离开,佩吉,他们只是没有足够的勇气——现在还没有。如果能制造足够大的骚乱来分散敌人的注意力,那么我们就能带着他们穿过树林。"他把一只手放在我的手臂上。"你来自集团,来自爱尔兰。你不觉得现在是时候告诉拉菲姆人,并不是他们说了算?他们不能一直这么剥削我们?"见我没有回答,他捏了捏我的手臂。"让我们给他们点颜色瞧瞧。即便在两百年后,他们还是有一些忌惮的东西的。"

我看到的不再是他的脸,而是在都柏林那天的芬恩的脸。他告诉我要去战斗。

"你也许是对的。"我说。

"我当然是对的,"他的脸上泛起一个疲惫的笑容,"你觉得我们需要多少人?"

"先从那些有充分理由憎恨拉菲姆人的人类入手。哈莱人、黄衣行者、黑蒙人。埃拉、费利克斯和艾薇。然后,做做白衣行者的工作。"

"我应该告诉他们什么?"

"现在还不是时候。我们只须问几个问题,弄清楚他们是否有逃跑的意愿。"

朱利安看着西里尔。

"不,"西里尔摇摇头,在破碎的眼镜之后,他的双眼因为恐惧而闪着炙热的光,"我不要。没门,兄弟。他们会杀了我们的。他们是不死之身。"

"他们不是不死之身,"我看着固体酒精燃烧的低低的火焰,"他们也会受伤,守护官告诉过我。"

"他可能在撒谎,"朱利安强调道,"我们谈论的是娜什拉的未婚夫——血继配偶,她的左膀右臂。你怎么会相信他说的哪怕任何一个字?"

"我认为他之前反抗过娜什拉。我觉得他是伤疤一族。"

"什么?"

"一群发动了第十八个骸骨季叛乱的拉菲姆人。他们为此遭到了严刑拷打,并留下了伤疤。"

"你从哪里听来这些的?"

"从一个掘骨者那里,XX-12。"

"你相信掘骨者的话?"

"不,但他向我展示了他们为受害者修建的神龛。"

"而你觉得守护官是'伤疤一族'?"他问道,我点点头。"如果我没理解错的话,你见过那些伤疤了?"

"没有,我认为他把它们藏起来了。"

"你认为。佩吉,这理由还不充分。"

我还没来得及回答,就有人趾高气扬地走进了窝棚里。我僵住了。

是监管人。

"哟哟哟,"他那描过的眉毛挑了起来,"显然在我们中间有一个冒名顶替者。如果 XIX-1 在这段时间里都待在这里,那么丝带上的那个人是谁?"

我站了起来,朱利安也是如此。"她正处在灵魂休克中,"我说,死死地盯着监管人的眼睛,"她在这种状态下无法表演。"

监管人跪在莉斯身边,摸了摸她的前额。她扭开头,不让他碰触。"哦,亲爱的,哦,亲爱的,"他用手指捋过她的头发,"这太可怕了,真是个坏消息。我不能失去 1 号,我最特别的 1 号。"

莉斯开始发出尖叫。在激烈的颤动和痉挛中,声音从她身体里爆发出来。"滚开，"她喘着气说道，"滚开！"朱利安抓住监管人的肩头，重重地推了他一下。

"别碰她！"

我呆呆地站在他身边，西里尔的双腿都在打颤。一开始，监管人看起来有些吃惊，甚至像是被吓住了。然后，他开始大笑。他站起来，开心地拍着手，并把一只戴手套的手伸进了他的外套里，"这是叛乱的火苗吗，孩子们？我是不是让两头饿狼混进了我的羊群里了？"

手腕一挥，他抽出了他的皮鞭，一种专门设计来赶牲畜的工具。

"我不会允许你腐化1号或是我的任何崽子的，"他向我霍霍挥舞着皮鞭，"你也许还不是演员，40号。不过，你会成为演员的。回到你的监护人那里去。"

"不。"

"我们都不会走，"朱利安的脸庞上掠过一股新涌起的决心，"我们不会离开莉斯的。"

监管人发起了攻击。朱利安摇晃了一下，鲜血从他脸颊上的一道新伤口中流了下来。"现在，你也是我的了，男孩，你最好记住这点。"我把双腿叉开与肩同宽，牢牢地站定。他朝我的方向露出一丝狞笑。"真的没必要这样，40号。我会照顾1号的。"

"你不能赶我走，我在大角星的监护之下，"我一步也不退让，"我倒要看看你怎么向他解释你为什么会打我。"

"我不想打你，梦巫。我只是在放牧。"

鞭子再次呼呼朝我飞来。朱利安朝他挥了一拳，可惜打歪了。这是掘骨者事件的重演。不过，这次我们会赢的。

我的内心升腾起一股野性。我奔向监管人，用拳头击中他的下巴，他的头歪向一边。朱利安踢了他的下腹一脚。他的手松开了鞭子。我试图抓住它，但他还是抢先了。他对我露出森森白牙，一半是狞笑，一半是咆哮。朱利安用一条胳膊锁住了他的脖子。我把鞭子从他手上夺过来，并抬手想要抽他，可这么做只会让鞭子从我手上被夺走。一只靴子踢到了我的胃部，把我撞到了墙上。

是苏海勒，我早该预料到了。不管监管人走到哪里，他的上司从来不会离得太远。就像在街头一样：爪牙和老板。"我早就知道能在这里找到你,小矮子,"他抓住我的头发,"又惹麻烦了,是吗?"

我啐了他一口。他狠狠地打了我,让我眼冒金星。"我不在乎你的监护人是谁,小杂种。妃子吓不到我。我没有切开你喉咙的唯一理由是:血继宗主想要召见你。"

"我敢打赌,她会很乐意听到你称呼她的未婚夫为'妃子',苏海勒,"我威胁道,"我应该告诉她吗?"

"随你高兴,人类的证词还不如狗吠有意义呢。"

他把我背在肩上。我一边挣扎,一边尖叫,但我不想冒险使用我的灵魂。监管人用手猛击向朱利安的头侧,把他打到地上。我最后看到的画面是朱利安和莉斯躺在那里,任由一个我无法打败的人随意摆布。

第19章
花朵

　　比起演讲的时候，宗主公馆现在看起来更为阴暗。现在，我和苏海勒单独在一起，而且我很可能也将跟娜什拉独处。我没有监护人，没有任何保护。我的双腿开始微微地抽搐。

　　苏海勒并没有把我带进演讲大厅或是小教堂。相反，我被拖过几条走廊，然后被推进了一个有着高高的天花板和圆顶窗户的房间。里面被一只铁制枝形吊灯所照亮，吊灯上挂满了蜡烛，还有一个巨大的壁炉。火焰的光芒在天花板上嬉戏，将影子投射在有棱纹的石膏拱形圆顶上。

　　房间中央有一条长长的餐桌。在桌子的首席位置，坐在一把红色软垫椅子上的，正是娜什拉·尾宿五。她穿着一条高领黑裙，裙子设计得很有雕塑感和几何感。

　　"晚上好，40号。"

　　我没有说话。她用手示意了一下。

　　"苏海勒，你可以走了。"

　　"好的，血继宗主。"苏海勒把我推向她。"下次找你算账，"他在我耳边低语道，"小杂种。"

　　他退回了玄关。我被留在阴暗的房间里，面对着一个想要杀了我的女人。

　　"坐。"她说。

　　我考虑在桌子的尾部找个位置，那里离她整整有十二英尺远。然而，她指了指离她最近的那把椅子，就在她的左边，离壁炉最远的那面。我磨磨蹭蹭地走过去，俯身坐到椅子里，每个动作都让我的脑袋嗡嗡作响。苏海勒的最后一击没有手下留情。

娜什拉的目光一直没有从我身上移开。现在她的眼睛是绿色的，就像苦艾酒一样。我很好奇今晚她吃了谁的"气"。

"你在流血。"

刀叉旁边放着一条餐巾，被套在一枚沉重的金戒指里。我用它轻轻擦了擦肿胀的嘴唇，在象牙色的亚麻布上留下了血迹。我把它折叠起来，藏住血渍，放在了我的膝盖上。

"我猜你一定感到很害怕。"娜什拉说道。

"没有。"

我应该感到害怕，也曾经感到害怕。这个女人控制了一切。她的名字在阴影中被低声提起，她的命令终结了很多生命。她的堕落天使就在附近徘徊，永远不会离她的"气"太远。

沉默蔓延开来，我不知道是否应该看着她。我用眼角的余光瞥到有什么东西正反射着火光——一个钟形罩。它就矗立在桌子的正中央。玻璃罩底下是一朵枯萎的花，花瓣变成了干枯的棕色，被一个精致的金属支架支撑着。不管它活着的时候是哪种花，死去之后已变得难以辨认。我不明白她为什么要把一朵死去的花放在餐桌的正中央，但随后，我想，这就是娜什拉。她喜欢被许多死去的东西所围绕。

她注意到了我的兴趣所在。

"有些东西死了更好，"她说，"你不这么认为吗？"

我无法把目光从花上移开。而且，虽然不太确定，我还是感到我的第六感在震颤不已。

"是的。"我说。

娜什拉抬起头。窗户上方有几排石膏面具，在最长的两面墙上至少各有五十张。我凑近了一点，端详着最近的那个，为它所吸引。那是一张神情放松的女性脸庞，带着温柔的微笑。那个女人看起来宁静得就像睡着了一样。

一股剧烈的恶心感从我的肠胃中升起。这是塞纳河的无名少女①，法国著名的死亡面具。老贾在巢穴中存有一件复制品。他说那个女人非常美，她是一个放荡不羁的十九世纪末波西米亚人。伊莉莎

---

① 原文为法文。

让老贾在面具上面盖一块床单,这让他很不开心。她说,那玩意儿让她感到毛骨悚然。

我缓慢地环视着整个房间。所有的脸庞——这些人类——看上去都像死亡面具。我只能努力抑制住呕吐的冲动。娜什拉不仅收集通灵人的灵魂,还收集他们的脸。

塞巴。塞巴也在这里吗?我强迫自己低下头,但我的肠胃还是在翻腾。

"你看起来不太舒服。"娜什拉说。

"我很好。"

"我很高兴听到这个。这是你在冥城I号的关键阶段,如果你现在生病的话,我会恨你的哦。"她用戴手套的手指摸索着餐刀,眼睛还是在盯着我看。"几分钟后,我的红衣行者也会加入这场聚餐,但我希望先跟你聊一聊。说一点'真心话'。"

她居然还以为自己有心,这句话吸引了我的注意力。

"血继配偶一直在向我转告你的进步。他告诉我,他已经尽全力在开发你的天赋,"她说,"但你还是无法完全占有一个梦景——即便是一个动物的梦景。这是真的吗?"

她还不知道。"是真的。"我说。

"真可惜。不过,当你面对一头艾冥时,还是活下来了——甚至还伤了那头畜生。因为这个理由,大角星相信你应该可以被塑造成红衣行者。"

我不知道该说些什么。不管出于何种理由,守护官还没有告诉她关于蝴蝶或是鹿的事情。这表明他不想让娜什拉知道我的能力——但他真的想让我成为红衣行者。他这次到底在玩什么把戏?

"你好安静啊,"娜什拉观察着我,她的双眼冷得像冰川,"你在演讲的时候可没有那么胆小。"

"我被告知,只有当你要求时,我才能开口说话。"

"你现在可以说话了。"

我真想告诉她,去别的地方耍你的威风吧。我对守护官傲慢无礼惯了,但我不该总想着用同样的态度对待她——然而,她的手还是放在餐刀上,等待着我的回答。她那么定定地看着我,目光中没有任何不安和内疚。最终，我努力让自己的语气带着适当的谦卑，说道："血继配偶认为我配得上红色短袍，这让我感到很荣幸。我已经在我的测试中尽了全力。"

"毫无疑问，但是，也不要过于自满，"她坐回到自己的椅子上，"在你的就职典礼开始之前，我有些问题要问你。"

"就职典礼？"

"是的，恭喜你，40号，你现在是红衣行者了。我们必须把你介绍给你的新同伴，他们都对我非常忠诚，甚至比对他们的监护人还要忠诚。"

血液在我的耳朵里轰鸣着。红衣行者、掘骨者。我已经进入到了冥城I号的最高阶层，娜什拉·尾宿五的核心集团。

"我想跟你谈谈大角星，"娜什拉盯着火堆看，"你一直和他同住。"

"我有自己的房间，在楼上。"

"他有没有要求你走出房间？"

"只有在训练的时候。"

"完全没有其他事情？也许是某种闲谈？"

"他没有兴趣和我说话，"我说，"我有什么能吸引血继配偶的呢？"

"说得好。"

我把到嘴的话咽了下去。她不知道我对他兴趣深厚，也不知道他背着她教了我多少东西。

"可以想见，你一定查看过他的房间吧。在创始人之塔有什么东西困扰着你吗？某些不寻常的东西？"

"他有些我认不出来的植物提取液。"

"花朵。"

见我点头，她从桌上拿起了什么东西。一枚胸针，被岁月摧残得失去了光泽，它的形状就像他鼻烟盒上的那朵花。"你在创始人之塔中见过这个标志吗？"

"没有。"

"你看起来非常确定。"

"我很确定,我从没见过它。"

她直直地看着我,看穿了我的眼睛。我试图迎上她的目光。

远处的一扇门开了。一排红衣行者走进了房间,由一个我不认识的拉菲姆男人引导着。"欢迎,我的朋友们,"娜什拉召唤他们过来,"请坐。"

那个拉菲姆人把一个拳头压在胸口,行了个礼,接着离开了房间。我扫视了一下那些人类的面孔。二十个掘骨者,每个都养得白胖而干净。他们一定是排好队才过来的。第十九个骸骨季的老兵排在最前头。凯思琳就在那里,还有16号和17号。在队伍最后的是卡尔,身披红衣,精心地梳了一个分头。他瞪大了眼睛死盯着我,眼神中充满了斥责。他一定从未在血继宗主的餐桌上见过粉衣行者。

他们全都按顺序就坐。卡尔被迫坐在唯一空着的椅子上——就在我对面。大卫坐在离我隔着几个位子的地方。他的头上有一道新伤口,上面贴了一条无菌胶布。他抬起头看着那些死亡面具,并挑起了眉毛。

"今晚你们都过来陪我,我感到很荣幸。感谢你们的不懈努力,这周还没有值得关注的艾冥攻城事件。"娜什拉看向他们每个人。"不过话说回来,对于这些畜生的持续威胁,我们绝对不能掉以轻心。它们的野蛮行为是无药可救的,而且——由于临界点被打破——我们无法把它们关在黄泉世界。你们就是唯一挡在猎人和猎物之间的仅有的那群人。"

他们点点头,似乎都对此深信不疑。好吧,也许大卫不是。他正看着一个死亡面具,露出一丝不易察觉的微笑。

我的目光越过桌子,迎上了凯思琳的视线。她的半边脸上有一个巨大的淤青。16号和17号甚至没有看我一眼。很好,如果他们看了我,我很可能会失控地将餐刀扔向他们。莉斯还在外面奄奄一息,这全都是因为他们。

"22号,"娜什拉转头看着她右边的那个掘骨者,"11号怎么样了?我听说他还在奥瑞尔学院。"

那个年轻男子清了清喉咙:"他恢复了一点,血继宗主。没有感染的迹象。"

"他的英勇并没有被我们所忽视。"

"听到这个,他会感到非常荣幸的,血继宗主。"

是,血继宗主。不,血继宗主。拉菲姆人真的很喜欢自我麻醉。

娜什拉再次拍拍手。四个黑蒙人穿过一扇小门进来了,每个人都拿着一个散发着浓郁香味的大浅盘。迈克尔也在其中,但他没有与我对视。他们干活麻利,把盘子铺了满满一桌,所有东西都围绕着那个钟形罩摆放。一个仆人把冰镇白葡萄酒倒进我们的玻璃杯里。我的嗓子感觉堵得慌。浅盘里满是食物:精心切过的整鸡柔嫩多汁,有着金黄酥脆的外皮,里面塞满了琴柱草和洋葱作为填充料;带着甜味的浓稠肉汁;蔓越莓酱;水煮蔬菜、烤土豆和包裹在培根里的圆胖小香肠——一场审判者级别的盛宴。见娜什拉点点头,掘骨者们直接开始尽情享用。他们吃得很快,但没有那种饿极了的野蛮冲动。

我的肠胃感到刺痛。我想要吃,不过随后,我想起了那些还在简陋的茅舍里靠油脂和硬面包过活的哈莱人。这里有那么多食物,外面的食物却是少得可怜。娜什拉注意到我有所保留。

"吃呀。"

这是一个命令。我把几片鸡肉和一些蔬菜放进我的盘子里。卡尔就像喝水一样将葡萄酒一饮而尽。"注意点,1号,"其中的一个女孩说道,"你不想再生病吧。"

其余的人都大笑起来。卡尔也咧嘴一笑。"得了吧,那是个特例。我当时还是粉衣行者。"

"是的,吃吧,别管1号。那些酒是他应得的,"22号在他的手臂上友好地打了一拳,"他还是个菜鸟。而且,当第一次面对嗡嗡兽时,我们都吃了不少苦头。"

下面出现了一些表示赞同的窃窃私语。"我失去了知觉,"同一个女孩承认道,她表现出一种无私的团队精神,"我是说我第一次见到它的时候。"

卡尔露出微笑:"不过,你在控制灵魂方面表现得很出色,6号。"

"谢谢。"

我默默地感受着他们的同志情谊。这真令人腻歪,但他们并不是在演戏。卡尔并不只是因为喜欢才当红衣行者的,还有更多的原因——他属于这个陌生的新世界。在某种程度上,我能够感同身受。这就是我刚开始为贾克森工作时的感觉。卡尔可能从来没有在集团里谋得过职位。

娜什拉看着他们。她肯定从这每周一次的做戏中得到了很多乐趣。愚蠢而容易被洗脑的人类正谈笑风生,讨论着她逼他们通过的试炼——所有人都在她的掌控中,吃着她的食物。她一定感到自己非常强大,志得意满。

"你还是个粉衣行者,"一个尖嗓门吸引了我的注意力,"你跟一头嗡嗡兽战斗过吗?"

我抬起头,他们都看向我。

"就在昨晚。"我说。

"我以前没见过你,"22号挑起了浓密的眉毛,"你在谁的营队里战斗?"

"我不属于任何营队。"我很享受这场谈话。

"不可能,"另一个男孩说,"你是粉衣行者。你的公馆里还有哪些人类?谁是你的监护人?"

"我的监护人只有一个人类,"我对22号露出转瞬即逝的笑容,"你可能已经在附近见过他了,他是血继配偶。"

沉默仿佛持续了好几个小时。我啜了一口酒,一种不熟悉的酒精味刺痛着我的舌头。

"血继配偶选择了像40号这样与他相配的人类房客,这很好。"娜什拉说着,露出了几不可察的笑容。她的笑声有些让人尴尬,就像听到了敲错音的铃声。"在没有监护人的情况下,她有能力跟嗡嗡兽单打独斗。"

更久的沉默。我猜他们从未在没有拉菲姆人看护的情况下进入过树林,更不用说单枪匹马地跟嗡嗡兽战斗了。30号抓住机会开口,正好说出了我心中的想法:"血继宗主,你的意思是,他不能跟艾冥战斗?"

"血继配偶被禁止与艾冥进行交战。作为我未来的伴侣,让他做红衣行者的工作是不合适的。"

"当然了,血继宗主。"

娜什拉正在看着我，我能感觉得到。我继续吃着我的土豆。

然而，守护官确实跟艾冥打过，我亲自为他清理了伤口。他违背了娜什拉的意愿，而她还被蒙在鼓里，或者就算她知道，也只是怀疑而已。

有那么几分钟，只有刀叉的叮当声打破了沉默。我吃着蔬菜和肉汁，还在想着守护官与艾冥的秘密战斗。他本不必拿自己的生命冒险，然而他还是选择出去与它们战斗。这其中必有原因。

红衣行者们都在低声交谈着。他们互相询问对方的公馆，赞叹着那些古老建筑的美丽。有时候，他们会蔑视地说到哈莱人（"懦夫，真的，虽然人很好。"）凯思琳摆弄着她的食物，当有人提起鸦巢时，她的身体缩了一下。30号的脸一直红着，而卡尔一边夸张地咀嚼着食物，一边大口喝着他的第二杯酒。所有的盘子都被风卷残云之后，黑蒙人回来清理桌面，并为我们留下了三大盘餐后甜点。等到红衣行者随意取用之后，娜什拉才再次开始说话。

"现在，你们都吃饱喝足了，我的朋友们。让我们来点娱乐活动吧。"

卡尔用餐巾擦去嘴边的糖浆。一个哈莱人组成的剧团排队走进房间，其中有个人是传音师。见娜什拉点点头，他把小提琴举到肩上，拉响了柔和而欢快的曲调。其他人开始优雅地表演起了杂技。

"那么，开始谈正事了，"娜什拉说道，她甚至没有看表演，"如果你们中有任何人与监管人接触过，就会知道他为了完成任务会如何不择手段。他是我为骸骨季专门准备的皮条客。在最近几十年里，我试图从新伦敦的犯罪集团中挑选有价值的通灵人。毫无疑问，你们中的许多人已经意识到了这点，因为有些人原本就是其中一员。"

30号和18号都在椅子上变换了一下姿势。我没有认出他们是集团中的人，我的工作范围仅限于I-4区，偶尔才会涉及I-1区和I-5区。他们可能来自其他的三十三个辖区中的任何一个。卡尔惊愕地张大了嘴。

没人看那些演员。他们尽量让他们的艺术表演臻于完美，但没人真的关心。

"冥城I号追求的是质量，而不仅仅是数量，"有一半听众垂下了眼帘，娜什拉没有在意，"在最近几十年里，我注意到我们捕获的通灵人种类在稳定减少。你们所有人的能力都是被拉菲姆人尊重并珍视的，然而我们还需要更多的天才来丰富这个殖民地。我们都必须互相学习，取长补短。只接纳读牌师和手相师的话，这一切是无法实现的。

"XX-59-40就是我们正在寻找的那种通灵人。她是我们的第一个旅梦巫。我们也需要女先知和狂战士，束缚师和召唤师，还有一两个神谕师——任何种类的通灵人都可能会为我们的队伍带来新鲜血液。"

凯思琳用她青肿的眼睛看着我，她终于确定我不是狂怒师了。

"我觉得我们都能从40号身上学到不少东西，"大卫说着举起了他的玻璃杯，"我很期待。"

"这是一种很好的态度，12号。而且我们的确想从40号身上学习很多东西，"娜什拉说着把目光转向了我，"正因如此，明天我会派给她一个外勤任务。"

那些老手们交换了一个眼神，卡尔的脸红得像草莓布丁。"我也把这个任务派给XX-59-1。还有你，12号。"娜什拉继续说道。卡尔看起来得意洋洋，而大卫正对着他的杯子微笑。"你们会和一个第十九个骸骨季就在这里的前辈一起前往，他会负责监督你们。30号，我想我可以指望你来担此重任。"

30号点点头："这是我的荣幸，血继宗主。"

"很好。"

卡尔跃跃欲试："那个任务是关于什么的，血继宗主？"

"我们有一个微妙的局面需要处理。1号和12号已经知道了，我要求大部分白衣行者一起占卜了一个名为'七封印'的组织的所在地。他们是属于通灵人犯罪集团的。"

我都不敢抬起头了。

"七封印以拥有珍稀类型的通灵人而闻名，包括一个神谕师和一个束缚师。事实上，所谓的白色束缚师是这个组织的主要领导。根据最近的占卜，我们已经推断出，后天他们会在伦敦碰面，地点是特拉法尔加广场，位于第一军区。而且，是在凌晨一点。"

他们搜集到的细节简直精准得不可思议。不过，有那么多通灵人同时进行占卜，把他们的所有能量都集中在以太世界的一个点上，我不该对此感到惊讶。这会产生一种近似降神会的效果。

"你们中有人知道关于七封印的任何事情吗？"见没人回答，娜什拉看着我。"40号，你一定曾经跟集团有什么关系吧？如果没有，你不可能在伦敦隐藏了那么久，"她的眼神不像是在开玩笑，"告诉我，你知道些什么？"

我清了清嗓子。

"那些帮派行事隐秘，"我说，"有一些蜚语，但……"

"蜚语？"她重复道。

"谣传，"我说得更清楚些，"小道消息。"

"说详细点。"

"我们都知道他们的绰号。"

"什么绰号？"

"白色束缚师、红色幻影师、黑色钻石、苍白梦巫、殉难缪斯、戴链狂暴师和沉默之铃。"

"其中大部分名字我都知道，除了苍白梦巫。"真是太棒了。"这让我想起了另一个旅梦巫。难道是巧合吗？"她的手指敲击着桌子，"你知道他们的基地在哪儿吗？"

我无法否认，她已经看过我的身份证了。

"是的，"我说，"在 I-4 区。我在那里工作。"

"有两个旅梦巫住得那么近，这不是很不寻常吗？当然了，他们一定也雇用了你。"

"他们不知道，我很低调，"我说，"那个梦巫是 I-4 区的莫莉学徒，束缚师的女学徒。如果她把我当作竞争者，就会找人杀了我的。占主导地位的帮派不喜欢有竞争对手。"

她正在耍我，我很确定这点。娜什拉并不蠢，她肯定已经将这一切联系起来了：小册子、苍白梦巫、在 I-4 区工作的七封印。她已经确切知道我是谁了。

"如果苍白梦巫是个旅梦巫，那么白色束缚师保不齐也在要塞中隐藏了其他最令人垂涎的通灵人，"她说，"我们有个千载难逢的机会，能在我们的王冠上增添这些贵重珠宝。在这次任务中，你的能力是最关键的，40号。如果说有人能在七封印中认出那个旅梦巫，那肯定是你了，另一个旅梦巫。"

"是的，血继宗主，"我说道，嗓子有些发紧，"但是，七封印为何要在那个时候会面？"

"正如我所说的，40号，这是一个微妙的局面。似乎有一小撮爱尔兰通灵人企图联系了伦敦的集团。他们的领袖是一个名叫安托瓦妮特·卡特的爱尔兰逃亡者。七封印就是去见她的。"

看来，老贾已经解决了那个问题。我很好奇安托瓦妮特是如何费尽心机潜入要塞的。穿越爱尔兰海几乎是不可能的。通灵人以前也试过离开那个国家，大部分人想前往美国，但几乎没人做到。你无法靠一艘小舢板船跨越海洋。即便有人成功了，新芽帝国也永远不会让我们知道这件事。

"我们不能让都柏林形成一个类似的犯罪集团。因此，这场会面必须被阻止。你的目标是抓住安托瓦妮特·卡特。我相信她也是一种罕见的通灵人，而我决心要弄清楚她所隐藏的能力是什么。其次是逮住七封印，白色束缚师是最重要的目标。"

贾克森，我的哑剧领主。

"你们将由血继配偶和他的表妹领导。我很期待结果。如果卡特被放回到爱尔兰，我会追究你们所有人的责任，"娜什拉看着我们每个人：30号、大卫、卡尔和我，"你们明白了吗？"

"是，血继宗主。"30号和卡尔说道。大卫痛饮着玻璃杯里的葡萄酒。我什么也没说。

"你在这里的生活即将改变，40号。在这次任务中，你将有机会运用你的天赋，将它充分展现出来。对于大角星倾注在你训练上的大量时间，我期待你能用实际行动表示感谢。"娜什拉把目光从火堆上转开，紧盯着我的眼睛。"你有不小的潜力。如果你不想发挥这种潜力，我会保证你再也不能在莫德林学院的庇护下畅行无阻。你会像其他傻瓜一样在外面腐烂。"

她的眼神中并没有一点情绪，却有一种渴望。娜什拉·尾宿五的耐心正在耗尽。

第 20 章
小世界

我们团队的第五和第六个成员是在 2057 年上旬被发现的，在我加入后的一年。

当他们到达伦敦时，一股特别凶猛的热浪正席卷此地。贾克森的一个信使报告说，I-4 区出现了两个新来的通灵人。这两人当时是作为旅行团的成员来参加大学的年度夏令会的。这种会议通常会取得巨大的成功。上百个热情洋溢的年轻旅行者从其他国家涌入新芽帝国，等回去的时候，便已经被改造成了反通灵人政策的拥趸者。这种流程已经在美国的某些地方找到了支持者，在十几年前，那里对新芽帝国的态度就已经产生分歧。那个信使已经侦测出了两个人的"气"，并直接报告了他的哑剧领主，却发现新来者不是 I-4 区的常驻居民。他们不知道集团的存在。他们甚至可能不知道自己是通灵人。

那个信使报告说，两个旅行者中的一个——一位年轻女子——几乎可以确定是传音师。老贾并未心动。传音师——他曾告诉我——是传导师的一种。他们熟知以太世界的运行规律，灵魂的气味、声音和变化。他们能听到它们的声音和颤动，甚至能利用它们来演奏乐器。"很棒的天赋，"他说，"不过，毫无开创性。"传导师比灵媒更稀有，但也差不了太多。第四种的通灵人。不过，要塞里并没有多少传音师，而贾克森真的很喜欢搜集奇人异士。

真正吸引他的是两人中的另一个。信使说，他感到一种不同寻常的"气"，介于橘色和红色之间。一种狂怒师的"气"。

为了找到狂怒师，好几年间老贾寻遍了大街小巷，这是他看到的第一缕希望之光。他无法相信自己竟有这等运气。他一直都有一个梦想，一个计划。贾克森·霍尔不只是想拥有一个普通的帮派——

哦，绝不是，他想要一个装满珍宝的盒子，通灵人群体的精华中的精华[①]。他想让反常能力组织嫉妒他，让所有其他的哑剧领主黯然失色。

"我会说服他们留下的，"他当时说，并用他的手杖指向我，"等着瞧吧，我的莫莉学徒。"

"他们有自己的祖国，老贾。他们有家庭，"我不相信他，"你不觉得他们需要时间思考一下吗？"

"没有时间想了，亲爱的。一旦他们离开，我就永远无法再把他们找回来了。他们必须留在这里。"

"你就做梦去吧。"

"我不是在做梦。不过，我们不妨打个赌吧？"他伸出一只手，"如果你输了，你就要免费为我做两个任务，还要为我的古董镜抛光。"

"那如果我赢了呢？"

"同样是那两个任务，但我会付你双倍的工资。而且，你不必为我的古董镜抛光。"

我握住他的手，摇了摇。

贾克森有扯淡的天赋。我很清楚我父亲会如何形容他："瞧，这个人一定亲吻过巧言石。"贾克森有一种特质，让你情不自禁地想要取悦他，只为看到他眼中跃动的野性之光。他知道他能让那两个通灵人留下来。找到他们居住的旅馆，并付钱从街头艺人那里得知他们的名字之后，他给他们送去了一张邀请函：在科芬园的一家流行的咖啡馆商讨一些"特别的事"。我亲自把信送给了门房，信封上的收件人是娜丁·L. 阿内特小姐和伊齐基尔·萨恩斯先生。

在回信中，两人把他们的详细情况都告诉了我们，他们是同母异父的兄妹。两人都居住在波士顿，马萨诸塞州熠熠生辉的首府。在会面的那天，贾克森通过电子邮件让我们实时跟进。

> 太妙了。哦，简直难以置信。
> 她无疑是一个喃师，非常有口才，也极其无礼。
> 那个哥哥激起了我的好奇心。我简直无法碰他的"气"一根

[①] 原文为法文。

手指头，太恼人了。

尼克、伊莉莎和我又等了一个小时，终于等到了好消息。

他们留下来了。佩吉，擦镜子可是重体力活。

这是我最后一次和贾克森·霍尔打赌。

两天过去了。当伊莉莎在巢穴里为新人准备房间时，我和尼克一起步行前往高尔街去接他们。我们的想法是让他们人间蒸发，让人们以为他们被绑架或被谋杀了。我们会留下很多线索：一些带血的衣物、一两根头发。新芽帝国会喜欢的。他们可以利用它宣传反常能力犯罪的危害——但最重要的是，这样他们就不会再继续追踪这对失踪的兄妹了。

"你真觉得老贾说服他们留下了？"当我们赶路时，我问道。

"你知道他是什么样的人。如果你听老贾扯足够长的时间，他都能说服你跳崖。"

"可是，他们一定有家庭。娜丁还是个学生。"

"他们在那里可能混得不好，小糖果[①]。至少在新芽帝国，通灵人能学会了解自己。在其他地方，别人一定只是觉得他们疯了。"他戴上太阳眼镜。"就此而言，新芽帝国的存在是一种福音。"

在某种意义上，他是对的。在新芽帝国之外，没有针对通灵人的任何官方政策。他们没有受到合法的承认，没有少数族群的地位——他们只出现在小说中。不过，这肯定好过被有组织地猎捕和追杀，就像我们一样。我不懂他们为何留下。

他们正等在大学外面。尼克举起一只手，朝最近的那个挥挥手。

"嗨，你是齐克？"那个陌生人点点头。"我是尼克。"

"佩吉。"我自我介绍道。

齐克的眼睛颜色就像红茶一样，被镶嵌在一张清瘦倔强的脸上。他肯定有二十几岁了，以他的个子来说，他显得有些单薄。他有着纤

[①] 原文为瑞典文。

细脆弱的手腕和被太阳晒黑的肌肤。

"你们是和贾克森·霍尔一起的，对吗？"他说话时带着一种陌生的口音。他用空着的那只手擦去眉间的汗水，让我无意间瞥到了一条竖直的伤疤。

"是的，但不要再提他的名字了。守夜人可能无处不在。"尼克露出微笑。"而你一定是娜丁吧？"

他正看着那个传音师。她拥有和她哥哥一样的眼睛和倔强的面庞，但相似处也仅限于此。她的头发被染成了红色，剪得像尺一样直。新芽帝国的要塞倾向于保留刚建立时的服饰和用语。新伦敦的每个人都穿着用素净布料制成的维多利亚风格的衣服——然而，娜丁的黄色T恤、牛仔裤和细高跟鞋仿佛都在叫嚣"我是游客"以及"我与众不同"。"没错，我是娜丁。"她说。

尼克微微眯起眼睛看着齐克。我也在努力辨认他的"气"。娜丁见状，靠得离哥哥更近了些。

"怎么了？"

"没什么，对不起。"尼克说着，越过他们的头顶看向大学，然后又看向他们两个。"我们得快点。我猜你们俩一定在想，你们一旦走出这栋建筑，就没有回头路了。"

齐克看看他的妹妹。她则双臂交叉，盯着自己的鞋。"我们很确定，"他说，"我们已经做出了自己的选择。"

"那我们走吧。"

在街道的尽头，我们四个人挤进了一辆金钱出租车。娜丁在她的包里翻找了一会儿，拿出了一副耳机。她一句话也没说，直接把耳机戴好，闭上了眼睛。她的嘴唇似乎在颤抖。

"去蒙茅斯街，谢谢！"尼克对司机说。

出租车绝尘而去。我们很幸运，金钱出租车都是无证的小黑车，开得很野，能带给它的通灵人顾客足够的推背感。

蒙茅斯街就是老贾所住的地方：一栋三层小楼，楼下有一家小小的女装精品店。我经常在那里过夜，并告诉我父亲，我住在朋友家里。这并不完全是谎言。几个月后，我学会了通灵人社会的一些规矩：帮派的组织结构、各个领主的名字、辖区之间的爱恨情仇。现在，贾克森开始测试我的能力，并教我如何成为他们中的一员。

在我开始新工作几周之后，就能有意识地让自己灵魂出窍了。我当时立刻停止了呼吸，这让老贾和伊莉莎恐慌不已，以为他们杀了我。尼克通常担任医师一职，他瞄准我的心脏给我注射了肾上腺素，让我活了过来。即便我的胸口会疼上一周，我还是感到无比骄傲。然后，我们四个人去夏特莱饭店进行庆祝，而老贾为下次的训练订购了生命支持系统。

我跟这些人很合得来。他们能理解我的世界有多么古怪离奇，毕竟我才开始发掘这个世界。我们在七晷区创造了一个小世界，一个充满犯罪的丰富多彩的世界。现在，有个陌生人将加入到我们中间。很可能是两个，如果娜丁最终能引起我们的兴趣的话。

我感觉着他们的梦景。娜丁的梦景没有什么特别的，但齐克的——好吧，他的梦景非常有趣。以太世界中一个黑暗而沉重的存在。

"那么，齐克，"尼克问道，"你来自哪里？"

齐克抬起头。

"我出生在墨西哥，"他说，"但我现在和娜丁住在一起。"

他并没有进一步解释。我回头看着他。"你以前来过新芽帝国的某个要塞吗？"

"没有，我不确定这是不是一个好主意。"

"可你还是来了。"

"我们只是想离开家一段时间。在夏令会期间，娜丁的大学会提供住宿，而我对新芽帝国很有兴趣。"他低头看着自己的手。"我很高兴我们做出了这个决定。这些年来，我们一直觉得自己与众不同，但——好吧，霍尔先生告诉了我们原因。"

尼克看起来听得入了迷："对于通灵能力，美国官方的态度是什么？"

"他们称它为超感力——超感知能力。他们只说，在新芽帝国的法律中，它被认为是病态的，而疾病控制中心正在研究它。他们不愿对此表达任何想法，我觉得他们永远都不想。"

我想询问他们的家庭情况，但内心隐隐觉得还是晚点再说更好。"贾克森非常高兴你们能加入我们，"尼克对他们露出微笑，"我希望你们会喜欢这里。"

"你们会适应它的,"我说,"我刚来伦敦时,非常憎恨这个地方。贾克森雇用我之后,情况就变得好起来了。集团会照顾你们的。"

齐克抬起头:"你不是英格兰人?"

"爱尔兰人。"

"我以为没有多少爱尔兰人从莫莉暴动中幸存下来。"

"我是其中之一。"

"这真是一场悲剧。爱尔兰音乐非常美,"他补充道,"你知道反叛者之歌吗?"

"关于莫莉的那首?"

"不,另一首。当暴动结束之后,他们悼念死者时唱的那首。"

"你指的是《余烬的早晨》。"

"是的,就是那首。"他犹豫了一下,然后说:"你会唱一点吗?"

尼克和我同时大笑起来。齐克从脸一直红到了耳朵尖。"对不起——这听起来很古怪,"他说,"如果这不会给你带来太多困扰的话,我只是想听这首歌被正确地唱出来。我以前喜欢听娜丁演奏这首歌,但——好吧,她不能再演奏了。"

尼克看了我一眼。一个无法演奏音乐的传音师。"贾克森不会开心的。"他低声说道。我意识到齐克还在看着我,他在等待答案。

我不知道自己还能否唱好这首歌。爱尔兰音乐在新芽帝国是被禁止的,特别是爱尔兰反叛者的音乐。小时候,我有非常浓厚的爱尔兰口音,但由于害怕在新芽帝国逐渐扩散的反爱尔兰情绪,我们搬家之后,我就改掉了这个口音。甚至到了八岁时,当我发出某种对人们来说太过怪异的音调时,我也能感受到别人投来的异样的目光。过去,我常常在镜子前一站就是好几个小时,模仿新闻播音员,直到培养出一种嘎嘣脆的英国公立学校的口音。我还是相当不受欢迎——我被叫作"莫莉·马霍尼"好多年——不过最终,一小群女生接受了我,而这很可能是因为我父亲资助了学校舞会。

也许,我觉得自己有责任替表兄记住这首歌。我望向窗外,唱起了这首歌。

我的爱,那是一个余烬的早晨。
当十月临近,
火焰在蜜色的草甸上哭泣。
来吧,山谷的鬼魂,
我正站在灰烬中,你曾徘徊的地方。
艾琳等着带你回家。

我的心肝,我看见火焰跃到了空中。
当十月苦涩的清晨临近,
烟雾让蜜色的草甸窒息。
听啊,南方的灵魂,
我正等待在丁香树旁,
如今,爱尔兰的心已经被大海伤透。

还有更多的歌词,但我骤然停了下来。我想起了在悼念仪式上,我祖母曾为芬恩唱起这首歌,那是我们在山谷里举行的秘密仪式。只有我们六个人。没有需要埋葬的尸体。就是在那时,我父亲宣布他被科研所录用了,只能留下我的祖父母独自面对新芽帝国对南方的军事占领。齐克的表情看起来很凝重。

等我们到达蒙茅斯街时,出租车里已经热得难以忍受了。我塞了几张票子在司机的手里,他又递回我一张。片刻之后,尼克捏捏我的手。

"这是为了那首美妙的歌,"司机说,"祝福你,亲爱的。"

"谢谢。"

然而,我还是把它留在了座位上,我不想为了一段记忆而收钱。

我帮助尼克卸下行李。娜丁走下出租车,并摘下了耳机。她轻蔑地看了那栋建筑一眼。她的包吸引了我的注意,是一个纽约设计师的作品。那玩意儿肯定会转眼就不见的。美国制造的物品在科芬园里炙手可热。我原本以为她会随身带着装乐器的盒子,但什么也没有。也许她不是传音师。她可能是其他三种传导师中的一种。

我使用自己的钥匙打开了那扇红色的门,门上有块金色的牌匾写着：利诺曼①代理公司。对于外面的世界来说，我们是受人尊敬的艺术品代理公司。私底下，我们并非如此。

老贾就站在楼梯的顶部，穿戴令人印象深刻：丝质的马甲、白色的硬领、闪光的怀表和点燃着的雪茄。他手里拿着一小杯咖啡。我很想弄清楚他是怎么让雪茄和咖啡和谐共存的，但以失败告终。

"齐克，娜丁，很高兴再次见到你们。"

齐克握住他的手："我也是，霍尔先生。"

"欢迎来到七辖区。正如你们所知，我是这一地区的哑剧领主。而如今，你们是我的精英集团的成员了。"老贾看着齐克的脸，我知道他正专注于读懂齐克的"气"。"我猜你们是偷偷离开高尔街的吧？"

"没人看到我们，"齐克突然紧张起来，"有一个——灵魂在那里吗？"

老贾看了看他身后："是的，那是彼特·克莱茨，荷兰静物画家。我们最多产的缪斯之一，死于1660年。彼特，过来见见我们的新朋友。"

"让齐克来跟它寒暄吧，我累了。"娜丁并没有看彼特，实际上彼特也没有听从老贾的命令过来。她没有灵视能力。"我想要自己的房间，我不和别人合住，"她冷冷地看着老贾说，"就这样定了。"

我等着看老贾会作何反应。他的脸上并没有太多表情，但他的鼻孔已经开始冒火了。这不是个好兆头。

"我们给你什么，你就接受什么。"他说。

娜丁也针锋相对。感觉到了敌对的情绪，尼克用一条胳膊搂住了她的肩膀。"你当然会有自己的房间。"他说着，越过她的头顶对我露出了疲惫的表情。我们不得不把齐克安顿在沙发上了。"伊莉莎正在整理房间，需要点喝的吗？"

"是的，可以，"她对老贾挑起眉毛，"我看有些欧洲人不懂得该如何对待女士。"

贾克森的表情就像是被她扇了一巴掌。尼克马上带她离开，走向了小厨房。

---

① 塔罗牌的一个种类。

"我不是……"他咬牙切齿地说道,"欧洲人。"

我不禁笑了出来:"我会保证没人敢打搅你的。"

"谢谢,佩吉。"他让自己镇静下来。"来我的办公室一下,齐克。我们谈谈。"

齐克沿着楼梯走到了二楼,同时还在盯着彼特看,它正飘浮在空中,面朝它的最新画作。在我开口之前,贾克森抓住了我的手臂。

"他的梦景,"他小声问道,"感觉怎样?"

"很黑暗,"我说,"而且……"

"太棒了,不用说更多了。"

他嘴角叼着雪茄,几乎是跑上了楼梯。最后只剩下我跟三个行李箱和一个死去的画家作伴,而我还算喜欢彼特,他不是一个多话的人。

我查看了一下钟。十一点半。伊莉莎会在几分钟内回来。我煮了一些新鲜咖啡,并坐到了客厅里,那里挂着一幅约翰·威廉姆·沃特豪斯[①]的油画,让室内蓬荜生辉:一个黑发女子穿着飘逸的红裙,正凝视着一个水晶球。老贾给了一个商人很大一笔钱才买到了黑名单上的三幅沃特豪斯的作品。这里还有一幅爱德华七世的肖像,他的身上装饰着很多勋章。我打开窗户,坐下来阅读贾克森正在编写的新书——《游魂的阴谋》。到目前为止,这本书告诉了我四种不同类型的灵魂:守护天使、幽灵、缪斯和灵魂向导。我还没有读到关于骚灵的内容。

十二点的时候,伊莉莎慢悠悠地晃了进来,像往常一样远离那些灵魂。她递给我一盒从莱尔街买来的面条。"嘿,你觉得我们能说服彼特再画一幅《小提琴和玻璃球》吗?"

伊莉莎·伦顿是老贾的催眠灵媒,比我年长四岁。她的专长是哑剧艺术。她是土生土长的伦敦人,在十九岁之前一直在卡特的地下剧院工作,然后,她看了贾克森的小册子并来找他,最后她被录用了。从那时起,她成了贾克森的主要收入来源。她有着干净的橄榄色皮肤

[①] 约翰·威廉姆·沃特豪斯(1849—1917),英国前拉斐尔派画家,擅长用鲜明的色彩和神秘的画风来描绘神话中的女性。

和苹果绿的眼眸,金发总是保持着甜美的卷度。她从不缺少仰慕者,甚至是鬼魂也爱她,但老贾有一个"不做承诺"的规矩,她一直严格遵守着。

"还不行,我觉得他正处于艺术家的瓶颈期。"我把小册子放到一边,"见到新人了?"

"只见到了娜丁,连一句'你好'也没有。"伊莉莎一屁股坐到我的身边,"我们已经确定她是啕师了吗?"

我打开热气腾腾的面条。"我没看见任何乐器,但也许是吧。你见到齐克了吗?"

"我偷瞄了一眼办公室。他的'气'是深橘色。"

"所以他是狂怒师。"

"他看起来不像狂怒师,他连个鬼都吓不走。"她把龙虾片搁在膝盖上,"好吧,如果彼特再固执下去,我的日程表就要乱套了。你想要再尝试一下灵魂出窍吗?"

"先等老贾把生命支持系统拿来吧。"

"当然,我觉得呼吸机周四应该就能到。在此之前,让我们放松一下吧。"她递给我一本速写簿和一支铅笔,"我想问问看——你能画出你的梦景吗?"

我接过了它们:"画下来?"

"是的,不是指花或任何东西——只是鸟瞰的基本形状图。我们正在试图弄清人类梦景的布局,但这很困难,因为我们中没人能离开自己的日耀地带。我们觉得至少有三个地带,但我们需要你画出分界线,这样我们才能知道我们的理论是否成立。你能做到吗?"

我的身体顿时充满了使命感。事实证明,我在团队中的确是有用的。"当然了。"我说。

伊莉莎打开了电视机。我开始忙着作画,先画出一个靶心,再在外面画出三个同心圆。

《新芽之眼》的背景音乐从电视机里飘了出来。斯嘉丽·布厄内许正在播报午间新闻。伊莉莎一边指着屏幕,一边咀嚼着她的龙虾片,"你觉得她的年纪真的比韦弗还大吗?只是因为她做了很多整形手术才没有长皱纹的?"

"只有笑得太多的人才会长皱纹。"我继续画着草稿。现在,我画的东西更像一个由五个部分组成的靶子了。"我们已经可以确定,这个是……"我敲击着圆圈的中心,"日耀地带。"

"没错,为了保持健全的心智,我们的灵魂必须待在日耀地带。银线就像一张安全网,阻止大部分通灵人离开那个地带。"

"但我不是这样的。"

"完全正确,那是你的特异功能。如果说,我们大部分人在身体和灵魂之间有一条一英寸长的线,"她用手指比划着,"那么你拥有的就是一条一英里长的线。你能行走到你梦景的外圈,这意味着你能感知到更远的以太世界,远远超出我们能感觉到的范围。你也能感觉到其他人的梦景,而我们只能感觉到灵魂和'气',而且距离不能太远。比如现在,我感觉不到贾克森和其他人。"

我却可以。"但是,我也有极限。"

"正因如此,我们必须小心行事。我们还不知道你的极限在哪儿。你也许可以离开自己的身体,也许不能。我们拭目以待。"

我点点头。贾克森已经跟我讨论过好多次他的旅梦巫理论了,但伊莉莎是个更好的老师。"如果你试图离开你的日耀地带,从理论上说会发生什么?"

"嗯,我们认为第二个地带就是黑蒙人所说的'噩梦'的发生地。如果你感受到压力或非常紧张时,线能让你走得更远。走过去之后,你会感到一股来自中心的巨大拉力。如果你走到了黄昏地带的后面,就会开始失去理智。"

我挑起一边眉毛:"我真的是一个怪胎吗?"

"不,不,佩吉。不要这么想。我们没有人是怪胎。你是一个奇迹,一个跳跃师,"她从我手里拿过了速写簿,"等老贾回来,我会让他看一下这幅画。他会喜欢的。今晚你会和你爸爸待在一起吗?你每周五都和他一起度过吗?"

"我还有工作,迪迪翁觉得他找到了威廉·泰里斯[①]。"

---

① 威廉·泰里斯(1847—1897),19 世纪英国名演员,1897 年遇刺身亡,据说他的鬼魂会在科芬园的火车月台上游荡。

"哦,该死的,别再说了,"她转身面对我,"嘿,你知道他们是怎么形容集团的吗?你一旦进入,就永远出不来了。你确定你还会为此感到高兴吗?"

"再高兴也没有了。"

伊莉莎对我露出一个微笑。那是一个奇怪的微笑,几乎有点惆怅。"好的,"她说,"我上楼去了。彼特需要被安抚一下。"随着一阵手镯的叮当声,她离开了房间。我开始给草稿上的圆圈涂上阴影,每个圈都比前一个更黑。

随后,我又画了几个小时。后来,老贾从二楼下来了。太阳快要落山了,我必须得尽快出发去见迪迪翁,但我也想把我的草稿扫描进电脑。老贾看起来兴奋得几乎有点狂乱。

"老贾?"

"无解者,"他喘息道,"哦,我最最可爱的佩吉。我们亲爱的萨恩斯先生是个无解者。"

第 21 章
燃烧之船

我永远不会忘记守护官看到我穿着红衣时的表情。这是我第一次在他眼中看到了恐惧。

这只持续了短短一秒。但是,我真的看到了,即便只有一瞬:只有一丝局促不安,比蜡烛的火苗还要细微。当我走向自己的房间时,他看着我。

"佩吉。"

我停下来。

"你的就职典礼怎么样了?"

"令人深受启发。"我抚摸着马夹衫上的红锚。"你是对的,她真的问了我一些关于你的问题。"

一阵短暂而紧张的沉默。他脸上的每块肌肉都变得僵硬了。"而你都回答了,"他的声音变得冰冷,我以前从没听过他的声音这么冷,"你是怎么告诉她的?我必须知道。"

他不会乞求我的,守护官是个骄傲的人。他咬紧了下颌,嘴唇紧紧地抿成一条线。我很好奇,他的脑海中在飞转着些什么?他应该警告谁?逃向哪里?下一步该怎么办?

我应该折磨他多久呢?

"她真的说了一些让我很感兴趣的话,"我坐到了沙发床上,"血继配偶禁止与艾冥交战。"

"没错,严格禁止,"他的手指敲击着椅子的扶手,"你告诉她关于伤口的事了。"

"我什么也没告诉她。"

他的表情又起了变化。过了一会儿,他从细颈玻璃壶里倒了一些不凋花到玻璃杯里。"那么，我欠你一条命。"他说。

"你喝了很多不凋花，"我问道，"是因为那些伤疤吗？"

他的眼神有些闪烁："伤疤？"

"是的，那些伤疤。"

"我喝不凋花有我自己的原因。"

"什么原因？"

"我告诉过你了，是健康原因，一些旧伤，"他把玻璃杯放回到桌子上，"你选择不对娜什拉告发我违抗了命令。我很好奇为什么。"

"背叛别人不是我的风格。"我没有听漏他的借口。伤疤和旧伤是一回事。

"我明白了，"守护官看着空空如也的壁炉，"这么说，你没有告诉娜什拉任何信息，却被授予了红色短袍。"

"是你推荐我的。"

"的确，但我不知道她是否会同意。我怀疑她有不可告人的动机。"

"明天我有一个外勤任务。"

"去要塞，"他推测道，"那真是令人惊讶。"

"为什么？"

"在费尽心机把你从要塞弄出来之后，她居然要把你送回去，这太奇怪了。"

"她想要利用我诱出一个伦敦帮派——七封印。她认为他们有一个旅梦巫，而我能认出自己的同类。"我等待着，但他并没有什么反应。他怀疑我了吗？"我们明晚离开，包括三个红衣行者和一个拉菲姆人。"

"谁？"

"你的表妹。"

"啊，很好，"他把指尖合拢，形成尖塔状，"斯图拉[①]·娄宿二是娜什拉最信任的走狗，你和我必须提防着她。"

"因此，你打算再次把我当成你的奴隶。"

[①] 斯图拉（Situla）又名虚梁三，是宝瓶座中的一颗星。

272

"这很有必要，但只是暂时的。斯图拉和我没有交情，她是被派来监视我的。"

"为什么？"

"因为以前的罪行，"他迎上我的目光，"你最好不要知道。你应该知道的只有：除非绝对有必要，否则我不会开杀戒。"

以前的罪行、旧伤，那只意味着一件事，我们都知道——可是，即便他是伤疤一族，这也还无法保证他现在是可信赖的。

"我需要睡一会儿，"我说，"我们明天黄昏在她的公馆见面。"

守护官点点头，并没有看我。我捡起靴子，走进我的房间，留下他独自喝他的药。

白天的大部分时间，在我本该睡觉的时候，我一直在想我们到达伦敦后可能发生的每种情况。根据餐后的简短说明，行动计划就是：等到卡特来到纳尔逊纪念碑①的底座之后，她会与七封印的一个代表碰面。我们会包围他们，然后用我们手头的任何武器攻击他们。她似乎觉得我们只需走到那里，向卡特开枪，抓住几个犯人，然后当晨钟敲响时，就能迈着欢快的舞步准时回到冥城 I 号。

我更清楚内情。我了解老贾，他会保护他的投资项目。他永远不会只派一个代表去见安托瓦妮特——整个帮派都会在那里。每天晚上，守夜人都会巡视街道，而他们都通晓最基本的灵魂战斗术。我们还要应付群众，而且只要有通灵人在街上，一场大战不可避免。在这场战斗中，我会穿着一方的衣服，却要帮助另一方。

我辗转反侧，难以入睡。这是我逃跑的好机会，至少可以向外界传递信息。我必须以某种方式联系到尼克，在他杀了我，或者用他的幻象让我失明之前。这是一扇我绝无仅有的机会之窗。

最终，我放弃了睡眠。我来到卫生间，在脸上泼了点水，并把头发梳成一个塞姬②式后髻。我的头发已经长长了几英寸，垂到了肩

---

① 纳尔逊纪念碑是为了纪念 19 世纪初在著名的特拉法尔加海战中牺牲的英国海军上将——霍雷肖·纳尔逊。

② 爱神丘比特所爱的美女。

上。雨水砰砰地敲击在窗户上。我穿上了同样的制服,叛徒穿的红色短袍,然后下楼来到守护官的房间。落地钟告诉我,快要七点了。我在火堆边找了个座位。当钟敲响整点时,守护官出现在门口,他的头发和衣服都被雨水浸透了。

"是时候了。"

我点点头。他让我先穿过大门,然后锁上门,和我一起走下石头台阶。

"你的沉默,"当我们穿过走廊时,他说,"我对此感激不尽。"

"不用谢我。"

街道上很安静。融化的冰雹在我的靴子下嘎吱作响。当我们抵达公馆时,两个拉菲姆人护送我们来到图书馆,娜什拉就等在那里。她和守护官重复了他们例行公事一般的相互问候:他把手放在她的腹部,而她则用嘴唇吻了他的前额。这次我注意到了一些事情。他的动作有些僵硬,他没有直视她的眼睛;而当她用手指捋过他的头发时,他也没有看他。这让我想到了一条狗和它的女主人。

"今晚你们两个都能加入我们,我感到很荣幸,"她说道,好像我们有选择权一样,"40号,这位是斯图拉·娄宿二。"

斯图拉几乎和守护官一样高。你能看出家族遗传的相似处:同样的灰褐色头发,同样的蜜色皮肤,同样的立体五官和深邃的双眼。她对守护官点点头,后者还跪在那里。

"表妹。"守护官点了一下头。斯图拉把眼睛转向我,里面散发着蓝光。"XX-59-40,今晚你要把我当成你的第二监护人。我希望明确这一点。"

我点点头。守护官站起来,低头看着他的未婚妻:"其他人类在哪儿?"

"当然是在做准备了,"她转身背对着他,"你应该也这么做,我忠诚的伴侣。"

他的"气"变得阴云笼罩,仿佛他的梦境中正在酝酿一场风暴。他转身走向一袭沉重的猩红色帷幔。一个黑蒙人女孩急匆匆地跟上他,手里还抱着一捆衣物。

"你会和1号配成一组,"娜什拉对我说,"你们两个会和大角星一起。斯图拉会带领 30 号和 12 号。"

大卫从帷幔后面走出来,穿着裤子、靴子和一副轻便的防护铠甲。他的样子让我吓了一跳,他看起来像极了那晚射伤我的监管人。

"晚上好,40 号。"他打招呼道。

我闭口不言。大卫笑了一下,并摇摇头,仿佛我是个逗趣的小孩。一个黑蒙人走到我身边:"你的衣服。"

"谢谢你。"

我没有看大卫一眼,就带着那包衣物去了帷幔后面。这是个帐篷,就像某种类型的更衣室。我脱下制服,披上新装:先是长袖的红色衬衫,然后是盔甲——就像马夹衫一样,上面有红锚的标志——还有一件黑色外套,一个袖子上有红色绑带。接下来是用黑色弹性布料做的露指手套和裤子,以及坚固耐用的皮靴。穿着这套装备,我能跑,能爬,能战斗。外套里还有一个肾上腺素注射器,以及一把流体枪——是用来猎捕通灵人的。

我全副武装之后,回到了其他三个人类集合的地方。卡尔对我笑了笑。

"你好,40 号。"

"卡尔。"我干巴巴地打了个招呼。

"你觉得新衣服怎么样?"

"很合身,如果你是指这个的话。"

"不,我是说,你觉得当红衣行者的感觉怎么样?"

现在,其他三个人都盯着我看。"很棒。"我犹豫了一下回答道。

卡尔点点头。"是很棒,他们给你那么多特权也许是对的。"

"他们也有可能错了。"30 号说着,从领子里拉出她厚厚的头发。她比我高,嘴和肩膀都很宽。"等到了街上,我们会找到答案的。"

我又看了 30 号一眼。根据她的"气",我猜她很可能是占卜师——不过,是不太常见的那种,可能是投掷占卜师,也不算特别稀有,她一定是历尽艰险才爬到今天的位置的。

"没错,"我说,"让我们拭目以待。"

她嗤之以鼻。

守护官的回归对 30 号的举止产生了惊人的影响。她行了个优雅的屈膝礼,嘴里低喃着:"血继配偶。"在她身边,卡尔大幅度地鞠了一躬。我只是站在那里,抱着胸。守护官瞥了一眼他的粉丝团,但没有回应他们中任何一个的致敬。相反,他的目光越过整个房间看向了我。30 号看起来非常懊恼,可怜的 30 号。

新衣服也让我的监护人摇身一变。他换下老式的拉菲姆礼服,穿上了新芽帝国富人的衣服。穿上那身衣服,没有一个聪明的贼敢于穿细线。

"你们会被两辆货车运到第一军区,"娜什拉说,"新芽帝国会为你们进行交通管制。希望你们在晨钟敲响之前回到这里。"

我们四个人都点点头。守护官一耸肩穿上他的外套,并转向了门口。"XX-40、XX-1。"他呼唤道。

卡尔高兴得就像十一月潮节提前到来了一般。他小跑着跟上守护官,临走的时候,把他的流体枪塞进了外套里。我正准备跟上他,这时娜什拉用她戴手套的手抓住了我的胳膊。我显得异常镇静,努力抑制着想要甩开她的冲动。

"我知道你是谁,"她贴着我的脸说道,"我知道你来自哪里。如果你不能带回来一个旅梦巫,那么我的推测就是正确的,你就是那个苍白梦巫。最后的结果对我们来说都意义重大。"她看了我一眼,让我浑身发冷,然后转身背对着我,走向了大门,"祝你旅途平安,XX-59-40。"

两辆里面黑漆漆的货车正等在桥边。他们蒙上了我们所有人的眼睛,然后把我们锁进车里。我和卡尔一起坐在黑暗中,听着引擎发动的声音。他们一定很怕我们知道逃出殖民地的路线。

一队守夜人被派来护送我们穿过边境线,然而,让人类离开冥城 I 号的手续非常繁琐。这座城市是罪犯的流放地,让人类离开就像让囚犯获得假释一样折腾。在新芽帝国市郊的一个下属机关,我们的皮肤里都被植入了追踪芯片,以防我们试图逃跑,我的指纹和"气"也都受到了严格的检查。他们还抽了我一管血,在我的胳膊肘上留下了一小块淤青。终于,我们穿过了最后一道边境线,回到新伦敦,回到了真实的世界。

"你们可以摘下蒙眼布了。"守护官说道。

我费了番功夫才取下了它。

哦,我的要塞。我轻抚着玻璃窗,蓝色的灯光在我眼中闪耀。车子正在驶过Ⅱ-3的白城,刚经过了一家大型购物中心。我从没想过我会想念那些肮脏的青铜色街道,但我真的非常想念。我想念灵魂拍卖会、塔罗牌赌博、和尼克一起爬上大楼看夕阳西下的时光。我真想跳下汽车,投身于伦敦那腐败糜烂的心脏中。

卡尔已经为这趟旅行感到紧张不安了,他抖着膝盖,胡乱摆弄着他的流体枪。而最后,他却在高速公路上沉沉睡了过去。他曾经告诉我,30号以前叫阿米莉娅,她的监护人是艾娜丝·天市左垣一①。正如我所猜测的,她是投掷占卜师,在使用骰子方面有特殊能力。我花了些时间才记起正式的说法:骰子占卜师。我的脑子快要生锈了。有一阵子,老贾每天都检查我对七种通灵能力的掌握程度。

我再次看向卡尔。他的头发需要洗一洗了。看到他眼睛底下深深的纹路,我知道他和我一样疲惫——但他的眼周并没有瘀伤。更多的背叛行为保证了他的安全。他仿佛感觉到了我的注视,睁开了眼睛。

"别企图逃跑。"他低声呢喃道。

见我没有反应,他直起身子,面对着我。

"他们不会让你走的,他也不会,"他透过玻璃屏障,瞥了守护官一眼,"冥城Ⅰ号对我们来说是安全的,你为什么想要离开呢?"

"因为我们不属于那里。"

"那才是真正属于我们的地方。在那里,我们可以公开自己的通灵人身份,不必遮遮掩掩的。"

"你不是个白痴,卡尔。你知道那是一座监狱。"

"那要塞就不是?"

"不,不是。"

卡尔回头看向了他的枪。我回头看向窗户。

---

① 艾娜丝(Elnath),又名五车五,是金牛座中的一颗星。天市左垣一(Sarin),又名魏,是武仙座中的一颗星。

我内心中的一部分知道他是什么意思。要塞当然是监狱——新芽帝国把我们像动物一样锁在里面——但在要塞，我们不会眼看其他人被殴打或横死街头而袖手旁观。

我把头靠在玻璃上。那不是真的。赫克托就这么做过，贾克森也这么做过，要塞的每个哑剧领主和哑剧女王都这么做过，他们不比拉菲姆人好多少。他们只会奖赏那些对他们有用的人，剩下的人就被丢在外面，自生自灭。

然而，帮派就像我的家。在要塞里，我不必对任何人低头哈腰。我是 I-4 区的莫莉学徒，我有一个名字。

没过多久，我们就来到了马里波恩。当守护官向外眺望着要塞陌生的疆土时，我很好奇他以前是否来过伦敦。如果说他见过历届的审判者的话，他一定来过。拉菲姆人曾经与我同时走在街道上，这个想法让我浑身发冷。他们曾经出现在执政府，甚至是 I-4 区。

司机是个沉默而健壮的男人，戴着金丝边眼镜，穿着西装，搭配了红色丝绸方巾和领带。他的左耳上戴着一个录音电话机，偶尔会发出哗哗声。我带着病态的入迷，观察着这一切是如何运作的。新芽帝国做得面面俱到：没人能发现关于冥城 I 号的蛛丝马迹，它是一座被严密封锁的城市。

守护官做了个手势，示意司机停在一个街角。那个男人点点头，然后低头下了车。当他回来时，手里拿了一个巨大的纸包。守护官通过小窗口把它递给了我。"把他叫醒。"他朝卡尔点点头，后者已经再次陷入了沉睡。

包里是两个热乎乎的纸盒，来自"布雷卡盒子"——要塞里最受欢迎的快餐连锁店。我戳了戳卡尔。"太阳都晒屁股了。"

卡尔猛地一惊，转醒过来。我打开我的纸盒，发现一个早餐包、一张餐巾纸和一罐麦片粥。我从后视镜里迎上了守护官的目光，他对我微微点了点头。我转头看向别处。

那辆车开进了第四辖区，我的辖区。我头皮发麻，大汗淋漓。我父亲住的地方离这里只有二十分钟的路程，我们正越来越接近七辖区——简直是近在咫尺。我有些期待能接收到尼克发出的一些信息，但以太世界里一片寂静。几百个梦景向我涌来，分散了我的注意力，让我无法专注于现实世界。当我将注意力集中在最近的那些梦景时，没有感到什么异常情况，没有新出现的情绪波动。那些人对拉菲姆人或流放地一无所知。他们不在乎反常能力者被送到了哪里，只要那些烦人的家伙滚出他们的视线范围就行。

我们的车停在了斯特兰德街，一个守夜人正在那里等我们。被派来值班的人看起来都长得一样：身材高大，肩膀宽厚，通常是灵媒。当走出汽车时，我避开了与那个人的目光接触，并把空早餐盒留在了座位底下。

守护官，此时显得既高大又令人敬畏，没有表现出哪怕一丝紧张。"晚上好，守夜人。"

"守护官。"守夜人用三根手指碰了碰自己的前额，一根放在眉心，还有两根放在双眼的上方，然后举手致敬。这代表第三只眼，是表示他有通灵能力的官方手势。"我能确定卡尔·登普西-布朗和佩吉·马霍尼在你的监控之下吗？"

"能确定。"

"身份识别码？"

"分别是 XX-59-1 和 40。"

那个神仆把这些记录了下来。我很好奇是什么让他背弃了他的同胞，也许是一个残忍的哑剧领主。

"你们两个应该牢记，你们仍处于拘禁状态。你们来这里是协助拉菲姆人的。当你们的任务完成之后，你们会被直接送回冥城Ⅰ号。如果你们中有人企图泄露冥城Ⅰ号的方位，会被射杀。如果有人企图联系普通大众，或者犯罪集团的一员，会被射杀。如果有人企图伤害自己的监护人，或者守夜人，也会被射杀。我说清楚了吗？"

好吧，他说得再清楚不过了，不管我们做什么，都会被射杀。"我们明白了。"我说。

然而，守夜人的活还没干完呢。他从腰包上取出一根银色试管和一副乳胶手套。还好没有注射器。"你先来，"他抓住我的手腕，"张开你的嘴。"

"什么？"

"张开、你的、嘴。"

我想看看守护官的反应,但从他的沉默中,我知道他并不反对这个程序。在我乖乖服从之前,那个神仆就把我的嘴撬开了。我真想咬那个杂种。他用一根塑料棒在我的嘴唇上刮擦了一下,棒子的外面涂了一层又凉又苦的东西。

"闭上嘴。"

我别无选择,闭上了嘴。当我试图再次张嘴时,发现自己做不到。我瞪大了眼睛。该死!

"只是一点皮肤黏合剂,"神仆把卡尔拉向他,"两三个小时后就会失效。考虑到集团同伙都互相认识,我们没有其他选择。"

"但我不是……"卡尔开口道。

"闭嘴。"

最终,卡尔也被迫闭嘴了。

"XIX-49-30 没被黏上嘴。她会发布命令,你们只要听她的就行了,"神仆说道,"其他时候,紧盯你们的目标。"

我用舌头抵着双唇,但它们纹丝不动。这个神仆一定非常喜欢这么对付前集团成员。

封上我们的嘴巴之后,神仆向守护官敬了个礼,然后回到了那栋肃穆的灰色建筑里。他先前就是从那里走出来的。那幢大楼的外面有一块牌子,上面写着:新芽帝国伦敦要塞——守夜人指挥部——第一军区第四辖区。旁边还有一幅地图,覆盖了指挥部的周边区域。我能在上面认出科芬园购物中心的标志,那下面就是黑市。如果我能抵达那里就好了,也许我能做到。

卡尔吞了一下口水。即便我们已经看了这块牌子好几年,它们还是那么令人生畏。我抬起头看着守护官。"斯图拉和她的人会从西面接近广场。"他说,"你们都准备好了吗?"

我不知道他期待我们作何回答。卡尔点点头。守护官从外套里掏出两个面具。

"拿着,"他说着,递给我们一人一个,"这能隐藏你们的身份。"

这些不是普通的面具。它们有着统一的面无表情的脸,眼睛的地方有两个小洞,鼻子下面几条窄缝用来呼吸。当我戴上面具后,它便紧密地贴合在了我的皮肤上。忙碌的新芽帝国居民不会看它第二眼,但它也能防止帮派成员认出我来。而且由于嘴被封住了,我无法求救。

这一切都太巧妙了。

守护官看了我一会儿,然后戴上了他自己的面具。怪异的光芒在他眼洞里燃烧着。破天荒的头一次,我很高兴能与他并肩作战。

我们走向纳尔逊纪念碑。就像七晷区的日晷及其他大多数纪念柱一样,根据安全状况,它会变成红色或绿色。它目前是绿色的,喷水池也是同样的颜色。一队神仆正在巡逻,在斯特兰德街上,每隔一段距离都站着一个守卫。他们可能已经接到了命令,如果有必要的话,会给我们提供支援。当我们经过时,他们警惕地看着我们,但没有一个人移动。他们都携带着M4步枪。守夜人并没有公布他们在城里的真正目的,但每个人都知道他们不仅仅是警察。你无法走到一个夜间神仆面前,对他提出抗议,而对一个守日人官员就可以。只有在非常紧急的情况下,你才能接近他们,而且你绝对不能是一个通灵人。甚至是黑蒙人也不喜欢靠近他们。毕竟,他们是反常能力者。

卡尔在口袋里不断活动着手指,摩拳擦掌,跃跃欲试。怎么才能在不杀掉我的同伙的情况下离开这里呢?一定有方法能让他们知道我是谁。我必须警告他们,不然他们就会和我一起回到流放地。我不能让娜什拉抓住他们。

特拉法尔加广场有人工照明,不过不算很亮,足以让我们看上去不那么显眼。斯图拉、阿米莉娅和大卫正在从另一边接近我们。他们三人消失在了守护纪念碑的一个青铜狮子的后面。守护官弯下腰,与我平视。

"卡特很快就会到了,"他压低了声音,"我们必须耐心等待她与七封印联系。在任何情况下,都不要让自己被抓住。"卡尔点点头,"等到清场之后,守夜人会护送我们回到货车上。如果七封印离开了第一军区,你们就立刻停下,终止行动。"

我正在冒汗。七晷区在第一军区非常有名,如果帮派成员设法回到了基地,也会发现自己被跟踪了。

还有两分钟大本钟就要敲响了。守护官派卡尔坐在纪念碑的台阶上——作为一个占卜师,他是最不起眼的。他坐定之后,守护官带着我走过喷泉，来到一个雕像的基座旁。一共有七座雕像，代表了推动新芽帝国建立并维系其繁荣的每一个功臣：帕默斯顿、索尔兹伯里、阿斯奎斯、麦克唐纳、策特勒、梅菲尔德和韦弗。第七个基座上通常放置着当政审判者的雕像以及他们的座右铭。

守护官在一座雕像后面停下来，接着看了看我戴面具的脸。"原谅我，"他说，"我真的不知道你会被噤声。"

我甚至没有表现出听到他说话的迹象。我得集中精力才能适应用鼻子呼吸。

"现在你还不用抬头去看。卡特已经按照计划出现了，正等在纪念碑的基座上。"

我也不想这么做，我希望安托瓦妮特逃离这里。我想要侵入她的梦景，强迫她逃走。

然后，我感觉到了他们。

就是他们，毫无疑问，他们正在从各个方向接近这里。老贾一定调动了整个帮派，剩余的六个封印全体出动了。他能立刻认出我的"气"吗？或者，他会以为只是另一个旅梦巫在附近？虽然，这种可能性微乎其微。

"我感觉到了一个灵媒，"守护官说，"还有一个传音师。"

伊莉莎和娜丁。我向外眺望着纳尔逊纪念碑的基座。是的，安托瓦妮特就在那里。

她穿着一件双排扣礼服大衣，戴着黑色的宽边帽，几缕掺杂着银丝的红发被夹到了耳后。她的脸非常小，但我还是能看到在电视节目中被修饰掉的那些皱纹。她的指间夹着一根银质烟斗，上面插着一根烟卷，看起来像是紫色紫菀。她很有胆量，没人敢在公众场合吸食灵化药物。

与卡特开战的想法足以让我神经紧张。在她的节目中，在做出预言之前，她经常会突然发作，表现出暴力的行为，这会让收视率飙到顶点。我光靠想象就知道她是如何战斗的。尼克公开驳斥了她是神谕师的观点。神谕师从来不会像这样失去控制。

娜丁第一个出现。她穿着一件细条纹的运动上衣，扣子松散地扣着。毫无疑问，衣服里面藏着冷兵器。其他人也一个接一个地现身了，他们都没有表现出认识对方的迹象。只有他们的"气"将他们连接在了一起。我突然瞥见尼克时,我本以为自己会失控:一会儿哭,一会儿笑,一会儿唱歌。他把自己乔装打扮了一番,完全成了另一个样子。考虑到他那招摇的新芽帝国的职位,这也是不得已而为之。他的头发被黑色的假发和帽子盖住了,还戴着染色眼镜。几英尺之外,老贾正轻轻叩击着他的手杖。在我这边,守护官依然保持沉默。当其中一个目标慢慢靠近安托瓦妮特时,他的眼神突然一沉。伊莉莎被挑选出来打头阵。紧随其后的是达妮,她的嘴紧紧抿成一条冷酷的线。她也乔装打扮了一番。

这原本是我的工作,我会先与安托瓦妮特做初次接触,我的一个"帮手"会为我望风,然而,伊莉莎没有这种能力。恰恰相反,以太世界左右着她。她举起右手的四根手指和左手的三根手指捋过自己的头发,假装正在检查自己的发髻。安托瓦妮特看懂了这个暗号。她走向伊莉莎,伸出一只手。伊莉莎握住了它。

斯图拉首先发起进攻。在我反应过来之前,她就出现在安托瓦妮特的头顶上,并扼住了后者的脖子。守护官冲向齐克,与此同时,卡尔将附近的一个灵魂猛地投向了伊莉莎。那个灵魂一定是纳尔逊本人——广场上最有威力的灵魂——伊莉莎倒在了一头狮子上,紧抓住自己的胸口,用快要喘不过气的声音大喊道:"我不能控制风和天气,我也不能控制自己的死亡!"下一个冲出来的是阿米莉娅,但是被愤怒的尼克拦截了,后者把伊莉莎的痛苦看得比什么都重要。大卫抓住了老贾,或者说试图抓住老贾——达妮给他来了一拳,把他打得吐了血。十秒钟不到,就只剩下我还没有参加战斗了。

这正合我意,但贾克森不喜欢这样。

他立刻看到了我,另一个戴面具的敌人。他将六个灵魂聚集成一个线轴,并猛地投往了我的方向。我不得不移动,而且要快——特拉法尔加广场上的灵魂可以造成严重的伤害。我向他发射了一枚流体飞镖,但只瞄准了他的头顶上方。老贾低头躲开了,并将那个线轴广泛散布在这一地区。放弃吧,我心想,不要逼我攻击你。

然而,贾克森从不会放弃。现在,他的脸色很难看,因为我们破坏了他的计划。他挥舞着手杖,向我扑过来。我试图踢他的腹部,把他推回去,但我下手不够重。他抓住我的脚踝,手臂灵活一转,把我掀翻在地。好痛。继续保持移动，别停下来。

可我的动作不够快。老贾的金属头靴子从我的身侧伸出来，踢在我的背上，膝盖则砸在了我的胸口。他的拳头也飞了过来——划出一道残影——然后某种硬邦邦的东西击中了我脸上毫无防备的部分，是指节铜环。然后又是一拳，在肋部。有什么东西断裂了，我感到疼痛难忍。又是一拳。我挥起手臂挡住了第四拳。他两眼放光，杀红了眼。老贾是打算对我痛下杀手。

我别无选择。我稳定好自己的身体，开始使用我的灵魂。

他没料到这手，他没有注意到我的"气"。他的梦景随之遭到了重击，让他跌倒在地。他的手杖咔嗒一声摔在地上。我艰难地站立起来。我的脸被打得生疼，肋骨仿佛在燃烧，右眼也看不清东西。我紧抓住自己的膝盖，拼命用鼻子吸气。我完全不知道老贾会这么残忍无情。

一声尖叫引起了我的注意。在一个喷泉旁边，娜丁已经停止用灵魂战斗，并将阿米莉娅牢牢地钉在了地上。我从外套里拿出注射器，用血淋淋的手指打开它，并把针头扎进我的手腕里。几秒钟之后，那种难忍的疼痛减轻成了一种刺痛。我的视线还很模糊，但并不是完全看不见。我还能用我的左眼看得很清楚。

一把枪的红点瞄准器在我的胸口附近徘徊，他们一定在大楼上布置了狙击手。

一定有办法逃离这里的。

随着力量的恢复，我开始奔向喷泉。在那里，阿米莉娅正无助地踢打挣扎着。正如我想让娜丁赢，我也同样不想对另一个人类见死不救。我抱住了娜丁的腰，将她摔倒，我们直接栽进了喷泉里。当警报灯的颜色改变时，水也被映成了红色。在我之后不到半秒，娜丁也浮出了水面。她的牙齿打着冷战，脖子上的肌肉都收紧了。我往后退了退。

"脱下面具，婊子。"她对我叫嚣道。

我将我的流体枪指向了她。

娜丁开始绕着我转圈。她敞开了外套，拿出一把小刀。比起用灵魂作战，她总是更喜欢使用冷兵器。

我浑身上下都能感觉到自己的脉搏，甚至包括手指尖。娜丁用刀很少失手，而我的护甲只能提供这么多的保护，如果她刺中我的胸口上方，我必死无疑。大卫选择在此时现身。正当娜丁准备刺出利刃时，他用流体飞镖射中了她的后背。她的双眼顿时含满了泪水。她蹒跚着，最后倒在喷泉的边缘。大卫把她从水里拖出来，并用双手捧着她的脑袋。我们都被告知不要开杀戒，但正在气头上的时候，他似乎忘记了这点。一个喃师又有什么重要的呢？

没有时间停下来思考了，我抛出了自己的灵魂。如果我让齐克的妹妹死了，他永远都不会原谅我的。是时候做一个快速的灵魂跳跃了。

然而，我走得更远了些。我一进入大卫的头脑，就把他的手从娜丁的头上拿开。下一秒钟，我就回到了自己的身体里，并奔向他。我用尽全身的力气从侧面扑向他，我们俩都重重地摔到了地上。

我的眼前一片漆黑。我刚刚附身了大卫。虽然仅仅是一次心跳的时间，但我移动了他的胳膊。

我终于附身了一个人类。

大卫用手捂着脑袋，我做得不够温柔。我挣扎着站起来，因为眼冒金星而眨眨眼睛。我发现，安托瓦妮特和斯图拉此时都不见了。

我把娜丁留在大卫身边之后，就离开了喷泉，我的衣服都湿透了。我爬上一座狮子雕像，查看目前的形势。两队人马在广场上分散开来。齐克不是战斗型的，当看到守护官正向他走来时，他明智地弃船而逃——去他的水手精神。然后，他戴上他的巴拉克拉法帽①，和阿米莉娅互殴起来。在另一处，守护官把他的注意力转向了尼克，后者已经用一个线轴把卡尔击晕了。当我看见他们打起来时，本以为自己的心脏会停止跳动——我的监护人和我最好的朋友。跳回地面后，我完全被恐惧俘虏了。我必须帮助尼克。守护官会杀了他……

然后，伊莉莎出现了，她被激怒了。灵魂从各个方向飞向我，它们通常都会站在灵媒一边。三个法国水手入侵了我的梦景。我开始站

---

① 巴拉克拉法帽（Balaclava），一种几乎完全围住头和脖子的羊毛兜帽，仅露双眼，有的也露鼻子。

立不稳,被他们的记忆蒙住了双眼:高耸的巨浪、火枪的爆炸声、阿喀琉斯号①甲板上肆虐的大火——尖叫声、混乱声——然后伊莉莎推了我一下,我摔倒了。我竖起了所有的精神防卫,试图赶走入侵者。

我一度丧失了行动能力。伊莉莎正设法用膝盖压制住我:"待在那里别动,伙计们!"

我的梦景里正在发大水。炮弹在来回穿梭,燃烧的木头在我眼前倒下。伊莉莎伸出双手,企图摘下我的面具。

不,不!不能让她看见我的真面目。守夜人会射杀她的。我凭借着巨大的努力,我将那些灵魂赶了出去,接着把她踢了回去,并用我的靴子锁住了她的下巴。她发出一声痛苦的哀嚎声。负罪感让我胃部抽紧。随后,我及时转过身,正好用我的流体枪对准了老贾的手杖。

"好吧,好吧,穿制服的旅巫,"他好声好气地说道,"他们是从哪里找到你的?你以前是藏在哪里的?"他靠近我,凝视着面具上的眼洞。"你不可能是我的佩吉。"那根手杖逼我把手臂缩了回来,我的肌肉都收紧了。"那么你是谁?"

我还来不及做出反应,老贾就被一个巨大的线轴弹开了,比人类能做的线轴要大得多,是守护官。我起身去摸枪,老贾胡乱地挥舞着手杖。我的脑袋本能地往左边一偏,已经来不及了,我的耳朵一阵发热,感到一种尖锐而清晰的疼痛。是刀刃。我一把抓住枪,然而,老贾发动了第二次攻击,把它从我手上打掉了。手杖上的刀刃划过我的胳膊,切开了我的外套,并深深地割进肉里。我发出一声轻轻的尖叫,疼痛往下扩散到了整条手臂。

"来吧,旅巫,使用你的灵魂!"贾克森把刀刃指向我,大笑起来,"利用你的疼痛,将你的伤势抛到身后。"

阿米莉娅向老贾投出另一个线轴。我刚刚救过她,现在她来救我了。尼克还以颜色,而阿米莉娅蹲伏在一头狮子后面躲开了。齐克则一动不动地躺在地上。"别死啊,"我心想,"别让他们抓住你。"

---

① 特拉法加海战是英国海军史上最大一次的胜利。在此次战斗中,法国与西班牙联合舰队损伤惨重,而英国军舰却毫无损伤。这次战争使英国海上霸主的地位得以巩固。阿喀琉斯号是其中一艘参战的法国舰船。

一头红发一闪而过，安托瓦妮特回来了。她的帽子已经飞走了，这不奇怪——她正处于战斗狂热状态。她眼神狂野，鼻孔冒火，灵魂散发着强烈的光芒，仿佛在嘲笑要塞的蓝色街灯——那些灯是设计用来缓和人们狂躁的内心的。拳脚和灵魂一齐向斯图拉飞去，不让她有还手的机会。斯图拉向她投出一个灵魂，安托瓦妮特像跳舞一样轻松躲过了。

然后，她突然毫无预警地逃走了。当她分开尖叫的人群时，守护官发现了她。

"阻止她。"他大叫道。

这句话是对我说的。我立刻全力奔向安托瓦妮特的方向。这是我逃跑的良机。

一个守夜人看到我的制服，就放我通过了，但他扑倒了一个黑蒙人女子。另一个男人抓住我的外套——他是传音师——但我跑得太快了，他最终放开我。现在，我心无旁骛，一心往前跑。安托瓦妮特直接冲向了威斯敏斯特的执政府。她完全像疯了一样，不顾一切地冲向那个方向。我并不在乎她的动机：她正在给我一个珍贵的机会。在执政府对面有个地铁站，里面通常挤满了地铁守卫，也挤满了上下班的乘客。如果我脱掉面具和外套，就能溜过闸门，消失在人群中。外面的那些柱子能让我躲过守夜人，而我坐一站地铁就能到达格林公园。我可以从那里直接前往七辔区。如果这个计划没有成功，我就奔向泰晤士河。我会游泳，为了逃跑，我会不择手段。

我能做到的，我一定能做到。

我全力奔跑着，手臂的疼痛愈演愈烈，但我不能停下来。安托瓦妮特的狂热状态似乎让她的奔跑速度也提升了。除非被灵魂所操纵，没有人类可以那样奔跑。我一边穿梭在成群结队的人群和车辆之间，一边设法同时追踪她们两个的"气"。

一辆出租车突然停在安托瓦妮特的面前。她和斯图拉绕开它，直接冲向了一大群路人。我采取了最直接的策略：继续跑，跳上车顶，再跳到屋顶上，从另一边滑下来。安托瓦妮特如闪电一般穿过人群，斯图拉落后她几秒钟，选择抄近路直接挤过挡路的人群。人群中发出尖叫声。有人死了。我不能停下来。我只要松懈一小会儿，安托瓦妮特和斯图拉就会跑出我的监控范围。最终,当我以为自己的肺快要爆炸时,我们抵达了白厅①的尽头。

根据地图,这里是要塞的中心:第一军区第一辖区。通灵人像躲避瘟疫一样远离这里。我抬头看着威斯敏斯特执政府,我的指尖正在滴血。大本钟的钟面已经变成了炙热的红色,指针和数字都是背光的黑色。这是弗兰克·韦弗的傀儡们起舞的地方。如果不是我的生命遭受到如此巨大的威胁,我会很乐意在墙上留下一些精挑细选的涂鸦。

我奔向斯塔奇街。斯图拉就在我前面。当她抵达桥边时,安托瓦妮特突然转过身,面对着她的敌人。她的皮肤在骨骼上紧绷着,就像一层薄薄的涂料,她苍白的嘴唇噘了起来。

"你被包围了,神谕师,"斯图拉走向她,"自首吧。"

"不要称我为'神谕师',畜生,"安托瓦妮特举起一只手,"好好看看我是谁。"

气氛瞬间凝固了。

斯图拉对威胁无动于衷,她没有必要害怕一个渺小的人类。她步步逼近安托瓦妮特。但在斯图拉采取任何行动之前,她忽然被吓得往后退了一步,差点掉下了桥。我也被吓到了,是灵魂,一个破坏灵。我求助于以太世界,试图辨认出它的身份。它类似于守护天使,非常古老而强大的那种。

是天使长,一种在它的守护对象去世之后,仍继续守护其家族的守护天使。它们的难以驱除是出了名的,连挽歌也无法长时间制服它。

斯图拉重新站稳了脚跟。"别动,"她又走近了一步,"让我们看看你究竟是什么类型的。"

她逮住了一个路过的灵魂,然后是另一个,再一个,最后拥有了一个不断震颤着的庞大线轴。安托瓦妮特仍然展开着双臂,但当斯图拉开始吸收她的气时,她的脸扭曲了起来。斯图拉的眼睛变成了一种

---

① 白厅是英国伦敦市的一条街。它连接议会大厦和唐宁街。在这条街及其附近有国防部、外交部、内政部、海军部等一些英国政府机关。因此,人们用白厅作为英国行政部门的代称。

恐怖的朱砂色，接近于鲜红色。有一阵子，我以为安托瓦妮特会倒下来。一串血珠从她的左眼滴下来。但紧接着，她猛地向斯图拉伸出手臂，驱使大天使攻向她。线轴也同时蜂拥而来，与天使针锋相对。正当以太世界炸开了锅时，我趁机逃走了。

大部分神仆都有灵视能力。灵魂之间的冲突能够分散他们的注意力。他们不会看见我，他们不可能看见我。我必须回到七晷区，我向I-1区的地铁A站全力冲刺。

在我的靴子底下，连桥面也因为这股能量而颤动起来。我没有停下脚步，我已经能看到街道对面的车站标志了。我脱下外套和护甲。这会让我的行动更加迅速，而且脱掉那个该死的面具后，我就完全不像红衣行者了，只是一个穿红衬衫的女孩。我扫视着周围的建筑，搜索着立足点。如果我无法进入车站，就必须用爬的方式，才能逃出这里。只要能到达屋顶，我就安全了。

然而，这时我才留意到其他事情。

疼痛。

我没有停下来，但奔跑突然变得困难了起来。伤口不可能太严重，大天使从来没有靠近过我。它关注的是斯图拉，她才是威胁。我一定是拉伤了肌肉。

然后，一股黏糊糊的热流从我的肋骨下流了出来。我低头一看，发现红衬衫已经变成了一种不同的红色，而且，我的臀部上方有一个小圆洞。

他们已经向我开枪了，就像射杀爱尔兰学生一样射中了我。

我不得不继续奔跑。我东倒西歪地往前跑，奔向繁忙的街道，车辆还在不断地从堤岸区迅速涌出来。来吧，佩吉，来吧。快跑。尼克能治好我，我只要抵达七晷区就行。我都能看见车站了。他们又开了一枪，但没有击中。我必须跑出射程范围。我强迫自己继续移动，疼痛愈演愈烈，我无法把重心放在右侧，已经只能跛着脚往前走。车站外面有一些柱子。只要我能抵达那里，就能进行止血，并消失得无影无踪。

我跑到一辆巴士后面，利用它作为掩护，然后抓住了街道对面的第一根柱子。我感到骨子里的所有力气都耗尽了。我试图继续移动，但我的臀部上方突然传来一阵非常尖锐的疼痛。我双膝发软，跪在了地上。

死亡迅速地逼近了我，仿佛它已经埋伏了好几年。物质世界模糊成了一团迷雾。我的眼前有光芒闪现，战斗声仍在耳边，不过是在以太世界中，而不是在街上。

对于旅梦巫来说，快要接近极限了。

我没有太多时间，他们可能再次向我射击。我拖着身子躲到一根柱子后面，远离入口处，那些上下班的人正试图找出这些噪音的来源。我蜷缩着靠在墙边，鲜血从小小的伤口里喷涌而出。我用颤抖的双手紧紧压住它。我的嘴唇紧绷着，想要挣开胶水的束缚。

我到不了七墓区了。即便我坐上了地铁，也会在另一头被捕。他们不会忽略我手上的血。

至少，我不用死在冥城I号，后者才是我真正无法接受的。至少在这里，娜什拉无法碰我。

然后，有人走到我身边，抓住了我的手臂。我首先闻到了他的味道，是樟树的香味。

尼克。

他并没有认出我，也不可能认出我。他抬起我的下巴，让我的喉咙暴露在他的折叠小刀之下。"你这个该死的叛徒。"

尼克。伤口正在燃烧，我的袖子里浸满了鲜血。

"让我们看看你的脸。"尼克说道。现在他更冷静了，语气中充满了惋惜。"不管你是谁，你都是个通灵人。一个跳跃师。也许当你看到最后生命之光时，你会记起来。"

他从我脸上剥下了面具。当他看见我的脸时，他内心的某种东西碎裂了。"佩吉，"他哽咽着说道，"佩吉，哦不……原谅我[①]……"他用双手压着我的胸腔，试图止住鲜血。"对不起，对不起，我还以为……贾克森要求……"当然了，贾克森想要这个旅梦巫。是尼克开枪打了我，而不是新芽帝国的人。"他们都对你做了些什么？"他的声音都在颤抖。看到他伤心欲绝，我的心都碎了。"你会好起来的，我

---

① 原文为瑞典文。

保证。佩吉，看着我。看着我！"

我发现自己看任何东西都非常困难，我的眼皮是如此沉重。我抬起手，想触摸他的衬衫。他捧起我的头放到他的胸口。"没事的，甜心。他们把你带到了哪里？"

我摇摇头。尼克轻抚着我汗涔涔的头发。这真让人感到安心，我想要留下来，我不想让他们把我带回那个地方。

"佩吉，我不准你闭上眼睛。告诉我，那些混蛋把你带到哪里去了？"

我再次摇摇头。失去了声音，我没有办法告诉他。

"来吧，小糖果。你必须告诉我地点，这样我就能再次找到你，就像我以前做的那样。还记得吗？"

我必须告诉他，他必须知道。我不能在告诉他那个地方之前就一死了之。我必须救出其他人，失落之城中的其他通灵人。但现在，我突然看到了一个剪影，一个男人的轮廓。不，那不是人类。

是拉菲姆人。

我的手指被鲜血覆盖。我伸手摸到了墙，并写下了前面三个字母。尼克看着它。

"牛津，"尼克说，"他们把你带到了牛津？"

我的手垂落了下来。那个看不见脸的男人正从黑暗中走来。尼克抬起了头。

"不，"他的肌肉都收紧了，"我这就带你回家，"他准备把我抱起来，"我不会让他们再把你带回去的。"

他从外套里掏出一把手枪。我用双臂搂着他的脖子。我想让他带我逃走，从另一片虞美人花田里把我救出来——不过，如果我任由他这么做的话，他会死的，我们两个都会死的。那个影子会跟随我们的足迹前往七晷区。我紧拽着他的衬衫，摇着头，可是他并没有明白。那个影子跳落到地面上，挡住了我们的去路。尼克把枪抓得更紧，他的手指关节都发白了，然后他扣动了扳机。一下，两下。虽然嘴被封住了，但我还是在无声地尖叫着。尼克，快跑！他不可能听见，也不可能知道。枪从他的手里落下来，他的脸上血色全无。一只戴手套的巨手扼住了他的喉咙。我用尽最后一点力气，试图掰开那只手。

"她是和我一起来的,"是守护官,他看起来像个魔鬼,"跑吧,神谕师。"

我渐渐失去了意识。我听到尼克的心脏在我耳边跳动,感到他的手臂牢牢地抓住我的背部。光明退场了,死亡紧随而来。

第 22 章
三倍的傻瓜

时间变成了一系列支离破碎的片段，穿插着许多空白点。有时候有光，有时候有声音。我感觉自己在一辆车里待了一段时间，能感到自己的身体在晃动。

我开始意识到有人剪开了我的衬衫。我想要推开那些烦人的手，但身体不听使唤。我辨认出了浓浓的药物烟雾。接下来，我只知道自己被安顿在了守护官的床上，朝左侧躺着。我的头发湿漉漉的。我感到身体的每个零件都已经坏掉了。

"佩吉？"

那声音仿佛是从水下发出的。我发出虚弱的声音，一半是啜泣，一半是痰咳声。我的胸口仿佛着了火，胳膊也是如此。尼克。我盲目地胡乱摸索着。

"迈克尔，快点。"一只手抓住了我的手。"坚持住，佩吉。"

我一定是又昏了过去。醒来时，我感觉自己就像羽绒被一样，沉甸甸的、毛绒绒的、没有形状。我的右臂基本没有知觉，连呼吸都感到疼痛，但终于能张开嘴了。我的胸口不停地上下起伏着。

我用手肘支撑起自己，把身体转向左边，并用舌头捋了一遍牙齿。全部都在，没有缺损。

守护官坐在他的扶手椅上，正看着留声机出神。我真想砸了那个玩意儿，这些声音没有权利那么活泼。守护官看见我动了之后，便站了起来。

"佩吉。"

看见他仿佛是对我胸口的沉重一击。我把背靠在床头板上，想起了他在黑暗中的那双恐怖的眼睛。"你杀了他吗？"我擦去了上唇的汗水,"你……你杀了那个神谕师吗?"

"不,他还活着。"

他一边看着我的脸,一边把我慢慢扶到了坐姿,让我放松了下来。这个动作牵动了我手上的静脉滴管。"我无法看清东西。"我的声音很沙哑,但至少能说话了。

"你得了眼周充血症。"

"什么?"

"就是眼眶血肿。"

我抚摸着脸颊上柔软的肌肤。老贾真的把我打趴下了,我的整个右半边脸都肿了起来。

"这么说,"我说,"我们回来了。"

"你企图逃跑。"

"我当然想逃了,"我无法抑制声音中的苦涩,"你难道觉得我想死在这里,以后永远都围绕在娜什拉身边么?"守护官只是看着我。我的嗓子里仿佛梗着什么东西。"你为什么不让我回家呢?"

他眼里的微弱绿光正在慢慢褪去。他一定是吸收了伊莉莎的"气"。"这是有理由的。"他说。

"是借口吧。"

他沉默了很长时间。当他再次开口时,也没有告诉我,他为何要把我拖回这个火坑般的城市。"你受伤的地方很多,简直叹为观止,"他用一堆枕头支撑起我的身体,"贾克森·霍尔比我们预料的要心狠手辣得多。"

"给我列个清单。"

"血肿的眼眶、两根折断的肋骨、裂开的嘴唇、撕裂的耳朵、一些瘀伤、右臂上的割伤、躯干上的枪伤。在受到第一波攻击之后,你还能跑到桥那里,我觉得简直不可思议。"

"肾上腺素,"我把注意力放在他的脸上,"你受伤了吗?"

"只是一点擦伤。"

"那么,只有我被当成沙袋了。"

"你遇到了一伙非常厉害的通灵人,并活了下来,佩吉。变强并不是一件令人羞耻的事。"

然而，这的确是一桩令人羞耻的事。我被伊莉莎制服、被尼克射中，还被老贾海扁了一顿。这并不是强大的表现。守护官把一玻璃杯的水放到我嘴边，我勉强小呷了一口。"娜什拉知道我企图逃跑了吗？"

"哦，是的。"

"她会对我做什么？"

"你的红色短袍已经被收回了，"他把杯子放在床头柜上，"你现在是一个黄衣行者。"

懦夫的颜色。我成功地发出了一种尖酸刻薄的大笑，但肋骨也跟着疼了起来。"我才不在乎她给我什么颜色的衣服。她还是会想杀了我，不管我是不是红衣行者，"我的肩膀在颤抖，"就把我交给她吧，赶快让一切结束。"

"你受伤了，而且很疲惫，佩吉。等你好起来之后，事情看起来可能就没有那么无望了。"

"我什么时候能好起来？"

"如果你愿意的话，明天你就能下床了。"

我皱了皱眉，脸部的每块肌肉都在抗议，让我停下这个动作。"明天？"

"在我们离开伦敦前，我让司机去新芽科研所拿了些药用吗啡和镇静剂，你会在两天内完全康复。"

药用吗啡，那玩意儿非常厉害。"你在新芽科研所见到我父亲了吗？"

"我没有亲自进入机构，只有一小撮执政府官员知道我们的存在。"

他把注意力转移到我手上的滴管上。他伸出总是隐藏在皮革手套下的手指，确认了一下胶带贴得是否牢固。

"你为什么要戴那些手套？"一股怒火在我体内燃起，"人类有那么肮脏，让你连碰都不想碰一下吗？"

"那是她的规矩。"

我满是瘀青的脸颊有些发热。不管我有多么不喜欢他，他一定花了好几个小时为我包扎伤口。"其他人怎么样了？"我问道。

"1号和12号没有受伤。斯图拉陷入昏迷状态，但正在恢复。"

他停顿了一下。"30号死了。"

"死了？怎么死的？"

"淹死的，我们在喷泉里发现了她。"

过了好一会儿，我才慢慢理解了这个信息，接着感到浑身发冷。我并不特别喜欢阿米莉娅，但她也不是死有余辜。我很好奇是帮派中的谁干了这件事。"卡特呢？"

"她跑了。在被逮捕前，一辆货车把她从桥上带走了。"

至少，卡特逃脱了。不管她拥有何种力量，我都不希望娜什拉得到它。"那封印们呢？"

"他们也逃走了，我从没见过娜什拉如此大发雷霆。"

我感到一阵压倒一切的释然。他们都很好。帮派对I-4区非常熟悉，包括所有的秘密角落和隐蔽处。即便在娜丁和齐克受伤的情况下，让他们全部消失也是易如反掌的。那片区域的每个通灵人都会帮助老贾，这对兄妹会被他的眼线带走。我回头看着守护官。

"你救了我。"

他的目光迅速掠过我的脸："是的。"

"如果你敢碰那个神谕师一根手指头……"

"我没有伤害他，我让他走了。"

"为什么？"

"因为我知道他是你的朋友，"他坐在床的边缘，"我知道，佩吉。我知道你就是那个失踪的封印，只有傻瓜才看不出这一点。"

我迎上他的目光："你准备告诉娜什拉吗？"

他看了我很长很长时间，那是我人生中最长的几秒钟。

"不，"他说，"但她不是傻瓜。她早就开始怀疑你的身份了，她会知道的。"

因为紧张，我的肠胃扭曲翻滚起来。守护官站起来，大步走向壁炉。

"这有点复杂，"他注视着火焰，"你和我都救过彼此一条命。我们都欠了对方的人情，被这生命的债务所束缚。这种债务会导致一些后果。"

"生命的债务？"我回想着，努力排除吗啡残余物的干扰，"我什么时候救过你的命?"

"三次了。你为我清理伤口,在第一个晚上,给我争取到了求救的时间。你把你的血给了我,阻止我感染上'半狂症'。而当娜什拉召唤你参加她的晚宴时,你也保护了我。如果你说出了真相,我早就被处死了。我犯下了很多肉体罪行,对此的惩罚就是死。"

我不知道肉体罪行是什么意思,也没有问。"而在刚才,你救了我的命。"

"我救过你很多次了。"

"什么时候?"

"我更倾向于不透露这些消息。但相信我:你欠我的命绝对不止三条。这意味着,你和我不仅仅是师徒关系或主仆关系了。"

我发现自己在摇头:"什么?"

他把一只手放在壁炉架上,久久地凝视着火焰。"以太已经在我们两个身上留下了印记。它认可了我们愿意保护对方的心意,如今我们将要发誓永远保护对方。我们被一根金线绑在了一起。"

我很想大声嘲笑他那严肃的语气,但我感觉他不是在开玩笑。拉菲姆人从来不开玩笑。"金线?"

"是的。"

"它跟银线有什么关系吗?"

"当然了,我差点漏掉了这点。我猜它们之间有些关系,是的——但银线是一个人的身体与灵魂之间的连接物,每个人的都不同。而金线是在两个灵魂之间形成的。

"见鬼,它到底是什么?

"我自己也不太清楚,"他把一个药瓶里的黑色液体倒进了他的玻璃杯,"根据我的理解,金线是一种第七感,当两个灵魂救过对方的命三次以上时,它就会形成。"他举起玻璃杯,啜饮了一口。"现在,你和我会永远知道对方的行踪,不管你在世界的哪个角落,我都能够通过以太世界找到你。"他停顿了一下。"永生不变。"

只过了几秒钟,我就明白了他的意思。"不,"我说,"不,那是……那是不可能的。"当他啜饮着他的不凋花时,我提高了嗓门:"证明一下,证明这根'金线'是存在的。"

"如果你坚持的话,"守护官把他的玻璃杯放在壁炉架上,"让我们想象一下,我们暂时又回到了伦敦。那是一个夜晚,我们在桥上。但这次,我是那个被枪击中的人。我会呼唤你过来救我。"

我等待着。"这只是……"我刚想开口说话,却感觉到了什么,我停了下来。我的骨头里传来轻微的嗡嗡声,就像是最细微的心灵感应,它让我浑身直起鸡皮疙瘩。我的脑海里突然出现了两个词:桥、救命。

"桥、救命,"我小声地重复道,"不。"

这太让人难以接受了。我转头看着火堆。现在,他能用自己的灵魂拉绳随意召唤我了。一分钟之后,震惊变成了愤怒。我想要摔烂他的所有药瓶,揍他的脸——除了与他共享一种联系,我愿意做任何事。如果他能在以太世界中追踪到我,我就永远无法摆脱他了。

而这都是我的错,我救错了人。

"我不知道它还会对我们两个产生什么其他效果,"守护官说,"你也许可以从我身上吸收能量。"

"我不想要你的能量。快点弄掉它,打破它。"

"以太世界的契约可不是轻巧地说一句话就能打破的。"

"但是,你知道如何用它召唤我,"我的声音颤抖着,"你一定知道如何打破它。"

"那根线是个不解之谜,佩吉。我不知道答案。"

"你是故意为之的,"我推开他,感到一阵恶心,"难道你救我的命是为了创造这根线?"

"在我不知道你是否想救我的命作为回报的情况下,我怎么可能策划出这种事?你鄙视拉菲姆人。你为什么会想救他们中的这一个呢?"

这是一个好问题。"我变得有些偏执,但也不能全怪我啊。"

我筋疲力尽地倒回床上,头枕着手臂。他又过来坐在我身边,并很明智地没有碰我。"佩吉,"他说,"你不怕我。我相信你恨我,但你并不畏惧我。然而,你却害怕那根线。"

"你是拉菲姆人。"

"这是你对我的主观判断,因为我是娜什拉的未婚夫。"

"她是个嗜血的魔鬼,可你还是选择了她。"

"我有余地吗?"

"毕竟你同意了。"

"尾宿五家族能选择他们的伴侣,而我们其他人没有这种权利,"他的声音逐渐低下去,变成了小声的抱怨,"如果你一定要知道的话,我唾弃她。她的每次呼吸都让我感到恶心。"

我看着他,揣摩着他的表情。他的眉头有些发黑,仿佛带着悔意。他迎上我的目光,然后又转开了。

"我明白了。"我说。

"你不明白,你一直都不明白。"

他转开脸。我等待着。见他没有动,我打破了沉默。

"我愿意去了解。"

"我不知道我是否能信任你,"他眼里的光芒正在逐渐褪去,"我相信你是值得信赖的,你显然对你最在乎的人非常忠诚。与一个无法互相信赖的人分享金线是一件可悲的事。"

因此,他想要信任我。而且,他正在要求我信任他。这是一种等价交换,一个停战协议。现在,我可以要求他做任何事,什么都可以,他都会做。

"让我进入你的梦景吧。"我说。

他信守诺言,没有表现得很惊讶。"你希望看到我的梦景。"

"不只是看到它,我想在里面走走。如果我知道你脑子里在想些什么,我可能就会信任你并理解你。"而且,我还想深入了解拉菲姆人的梦景。在这层层防御之后,一定有值得一看的东西。

"这需要我同等的信任,我必须确信你不会破坏我的心智。"

"完全没问题。"

他似乎在反复考虑中。"那好吧。"他得出了结论。

"真的吗?"

"如果你觉得自己足够强大的话,没错,"他把脸转向我,"吗啡会影响你的能力吗?"

"不会,"我让自己坐了起来,"我可能会弄疼你。"

"我应付得了。"

"我在梦中旅行时杀过人。"

"我知道。"

"那么,你怎么知道我不会杀了你呢?"

"我不知道,但我必须碰碰运气。"

我谨慎地保持着面无表情。这是我打倒他的机会,把他的梦景砸个粉碎,就像把苍蝇拍死在墙上一样容易。

而且,我还很好奇,不仅是好奇,我从未真正见过另一个人的梦景——过去在以太世界中瞥见过,除了在蝴蝶的意识中看到的彩虹花园——我想再次体验这种感觉。我想要沉浸其中。而守护官就在这里,愿意双手奉上他的意识。

欣赏一个经过几千年造化的梦景,这个想法简直令人神魂颠倒。在他突然坦白了对娜什拉的态度之后,我想要知道他更多的过去。我想要知道大角星·娄宿二的内心究竟是什么样的。

"好的。"我说。

他坐在我身边。他的"气"接触到了我的"气",扰乱了我的第六感。

我看着他的眼睛,是黄色的。在这么近的距离里,我能看到他的虹膜没有缺损。但很显然,他不可能没有灵视能力。"你会在里面待多久?"他问道。

这个问题让我措手不及。"不会太久的,"我说,"除非你手边有一个自动血容量监控器。"他眯起了眼睛。"类似于氧气面罩。当我的身体停止工作时,它能对我进行氧气补给。"

"我明白了。也就是说,如果你有这个设备,就能'飘浮'更长的时间?"

"理论上是这样的。不过是在以太世界中,我从未把它用在梦景上。"

"他们为什么要让你这么做?"

我们两个都清楚这个"他们"指的是谁。我的本能没有做出反应,但他已经知道我为贾克森·霍尔工作。"因为那就是我在集团的生存之道,"我说,"哑剧领主希望他的保护能得到回报。"

他的"气"正在发生变化。"我明白了,"他正在为我卸下防备,敞开大门,"我准备好了。"

我用枕头支起身子。然后,我闭上眼睛,深深吸一口气,进入了我的梦景。

那片虞美人花田就像一幅模糊的油画。里面的每样东西都被我血液中的吗啡所软化,融成了一团。我穿过花田,直奔以太世界。当抵达最后一条边界时,我先伸手穿过了它,我看到自己身体的幻象消失在了我的眼前。在你的梦景中,你只能长得像你自己,因为你就是这么想象你自己的。一旦离开自己的梦景,我就会变成灵魂的形式,就像流动的液体,没有固定的形状。一道毫无特征的微光。

此前,我从外部看过守护官的梦景,但它让我浑身发冷。它看起来就像一块黑色大理石,在黑暗寂静的以太世界里几乎难以察觉。当我靠近它时,它的表面泛起一阵涟漪。他正在卸下层层防御,那是他花了好几个世纪所构建的。我轻松地溜过那些防护墙,进入了他的深渊地带。在我们的训练课上,我曾经抵达过这里,但只是在突然爆发的状态下。现在,我能走得更远。我走过正在逐渐缩小的黑暗,走向了他意识的中心。

灰烬飘落到我的脸上。正当我探索这陌生领域的时候,我想象中的皮肤开始泛起了鸡皮疙瘩。守护官的意识中只有绝对的寂静。通常情况下,梦景的外围会充满了各种幻觉,由人的恐惧或悔恨演变而出的幻象。然而,这里什么都没有,只有宁静。

守护官正在他的日耀地带等待着我,如果能称之为"日耀"的话——其实更像是月光。他浑身布满了伤疤,让他的皮肤都失去了原本的颜色。他就是这么看待他自己的。我很好奇在他眼里我是什么样子。现在,我就在他的梦景里,遵守着他的游戏规则。虽然散发着柔和的光芒,我能看到我的手还是原来的样子。这是我在他的梦景中的新形象。不过,他看到的是我真正的脸吗?我可能是任何模样:顺从的、疯狂的、天真的、残忍的……我不知道他是怎么看待我的,而且我永远都不会知道。在梦景中没有镜子,我永远也见不到他创造出来的佩吉。

我踏上了一片贫瘠的沙地。我不知道自己期望看到什么,但肯定不是这个。守护官歪歪头:"欢迎来到我的梦景。这里没什么装饰,请多包涵。"他说着,漫无目的地踱着步。"我不是经常有客人来访。"

"这里什么都没有,"在寒冷的空气中,我的呼吸变成了白雾,"一点东西也没有。"

这么说毫不夸张。

"我们的梦景就是我们感觉最安全的地方,"守护官说,"也许当我什么都不想的时候,感觉最为安全吧。"

"但是,在黑暗的部分也什么都没有。"

他没有回答,我又往迷雾中走远了一点。

"这里也没有什么可看的。这表明你的内心空空如也:没有思想,没有良心,没有恐惧,"我转身面对他,"所有拉菲姆人的梦景都是空无一物的吗?"

"我不是旅梦巫,佩吉。我只能猜测其他人的梦景是什么样子的。"

"你到底是谁?"

"我能让人们梦见他们的记忆。我能将它们编织到一起,制造出一种幻觉。我能透过梦景和梦的草药观察以太世界。"

"占梦师,"我无法将目光从他身上移开,"你是睡眠商人。"

老贾以前总是宣称他们一定存在。占梦师,在写出《优越性》之后很久,他就是在几年前,才将他们归类,但他从没找到一个来证明他的理论。这种通灵人能够闯入梦景,挑选记忆,将它们编织成黑蒙人所谓的梦。"是你让我做那些梦的,"我倒抽一口冷气,"自从来到这里之后,我回想起了很多事情。我是如何变成旅梦巫的,贾克森是怎么找到我的。都是你干的,你让我梦到了他们。你就是靠这个了解我的,对吗?"

他迎上了我的目光。

"那就是第三种药片的功能,"他说,"它含有一种名为琴柱草的草药,它会让你梦到你的过去。那种草药能帮助我连接以太世界。我的守护符就流淌在你的血液中。在吞下几粒药片之后,我就能随意查看你的记忆了。"

"为了入侵我的意识,"我几乎说不出话来,"你一直在给我下药……"

"是的,就像你为贾克森·霍尔监视别人的梦景一样。"

"那不一样。我可没有坐在壁炉边观看别人的记忆,就像……就像在看某种电影一样,"我慢慢地远离他,"这些记忆是我的,它们是隐私。你甚至还看了……你一定已经看过所有东西了!甚至是我的感情,我对……"

"尼克,你爱他。"

"闭嘴,只要他妈的闭嘴就行。"

他照做了。

我在梦中的形象正在崩溃。在我自己走出来之前,就被他扔出了他的梦景,像一片狂风中的树叶。当我醒来时,我已经回到自己的身体中,我用手掌抵着他的胸膛,把他胡乱推开。

"离我远点。"

我的脑袋嗡嗡作响。我无法直视他,更不用说待在他身边了。当我试图起床时,输液管牵制住了我的手。

"对不起。"他说。

愤怒的火焰火辣辣地抽打着我的双颊。我只是给了他一英寸的信任,一英寸还不到,他却偷走了我的全部。他偷走了我七年的记忆。他偷走了芬恩,也偷走了尼克。

他等了一分钟,也许在期待我说些什么。我想声嘶力竭地对他吼叫,但并没有这么做。我只想让他离开。见我没有动,他合上了床边厚厚的帷幔,将我锁在了这个黑黑的小牢笼里。

第 23 章
古董收藏家

我有好几个小时都无法入睡。我能听到他坐在书桌前,正奋笔写着什么,将我和他隔开的只有一层帷幔。

我的眼睛和鼻子都疼得厉害,嗓子紧得仿佛握紧的拳头。这些年来,我头一次渴望所有一切都消失。我渴望所有一切都恢复正常,回到我小时候,回到以太世界向我敞开大门之前。

我抬头看着床的顶篷。不管我的愿望有时是多么强烈,这个世界都不会恢复正常。这里从来没有正常可言。"正常"和"自然"是我们创造的最大谎言,是我们用人类的狭隘思维创造出来的。也许,恢复正常并不适合我。

当他打开留声机之后,我才终于睡了过去。我在他的梦景里并没有待多久,但我是在没有生命支持系统的情况下做的。我沉入了梦乡,那些清亮的歌声最终模糊成了一团。

我肯定睡了有一段时间。当我醒来时,输液管已经不见了。原来扎针的位置被贴上了一块小小的胶布。

晨钟敲响了。整个白天,冥城 I 号都在沉睡,但我似乎毫无睡意。我无事可干,只有起床面对他了。

我恨他入骨。我想要砸碎那面镜子,想要体验玻璃在我的指关节下碎裂的感觉。我真不该吃下那些药片。

或许,这跟我的所作所为也别无二致。我也暗中监视别人——但我不会窥探他们的过去。我只能看到他们将自己想象成什么样子,而不是他们本来是什么样的人。我看到的是人们浮光掠影的片段:一些边边角角的内容,远处一个梦景的微光。而不像他。现在,他知道关于我的每件事,我想隐藏起来的一点一滴。他一直知道我是七封印之一。他从第一天晚上就知道了。

然而,他并没有告诉娜什拉。正如他背着她饲养蝴蝶和小鹿,他对我的真实身份也守口如瓶。她可能猜到了我是集团的一员,但绝不是从他那里得到消息的。

我把帷幔拉开来。金色的阳光倾泻进塔中,洒在器物和书本上。在窗边,迈克尔——那个黑蒙人——正在把早餐摆放在一张小桌上。他抬起头,并露出微笑。

"嗨,迈克尔。"

他点点头。

"守护官在哪儿?"

迈克尔指指大门。

"猫吃了你的舌头吗?"

他耸耸肩。我坐下来。他把一大堆煎饼沿着桌面推过来。"我不饿,"我说,"我不想吃他因为歉疚而准备的早饭。"迈克尔叹了口气,手把手帮我握住叉子,并把它插进煎饼里。"好吧,但是如果我都吐出来的话,就怪你哦。"

迈克尔扮了个鬼脸。为了取悦他,我在煎饼上洒了一些红糖。

然后,迈克尔开始在房间里走来走去,整理着床铺和帷幔,同时用敏锐的目光盯着我。煎饼唤醒了一种报复性的饥饿感。我最终吃光了那一大堆煎饼,还有两个抹了草莓酱的羊角面包、一碗脆玉米片、四片热乎乎的奶油土司、一盘炒蛋、一个果肉又白又脆的红苹果、三杯咖啡和一杯冰镇橘子汁。当我再也吃不下时,迈克尔递给了我一个密封的马尼拉信封。

"请你相信他。"

这是我第一次听到他说话,他的声音比耳语大不了多少。

"你相信他吗?"

他点点头,清理了早餐桌,然后离开了。即便在白天,他也没有锁门。我撕开了信封上的蜡封,展开了里面一张厚厚的信纸。信纸的周围环绕着一圈金色花纹。它是这么开头的:

佩吉:
  很抱歉我惹恼了你。但即便你厌恶我,也请相信,我这么做只是想要了解你。你不能怪我,是你先拒绝被了解的。

算是某种道歉。然后,我继续读下去:

  现在还是白天,去"仓库"吧。在那里,你会发现一些我无法提供的东西。
  动作要快。如果你被挡住了,告诉守卫,你是替我去取一批新到的紫菀。
  不要太快下结论,小梦巫。

我把信在手里揉成一团,并丢到了壁炉里。守护官正用这封信炫耀他从我这里刚刚获得的信任。我可以轻轻松松地直接把它交到娜什拉的手上。我确信,她会认出他的笔迹。然而,我不想以任何方式帮助娜什拉。我憎恨守护官把我关在这座城市,但我也需要去"仓库"。

我上了楼,穿上我的新制服:黄色短袍,马夹衫上有一个黄色的锚。那是一种近似阳光的亮黄色,一英里之外就能看见。40号是胆小鬼,40号是个半途而废的人。在某种程度上,我喜欢这个称号,这表明我违抗了娜什拉的命令。我从来都不想当红衣行者。

我回到他的房间里——一边慢慢地走着,一边思考着。我还不知道自己是否想策划一场越狱,但我真的想离开。在回家的漫漫征途中,我需要一些补给品。食物、水,还有武器。他不是说红花能够伤害他们吗?

那个鼻烟盒就放在桌子上,盖子打开着。里面是一些植物的标本:月桂枝、悬铃木和橡树的叶子、槲寄生浆果、蓝色和白色的紫菀,还有一袋干树叶,上面的标签写着:琴柱草。那是他的守护符。在其下,有个密封的小药瓶被塞在盒子的角落里,里面是柔和细腻的蓝黑色粉末,标签上写的是:冠状银莲花。我拔下了软木塞,里面释放出一种刺激性的气味,是红花的花粉。这些可爱的小颗粒也许正好能保证我的安全。我塞上药瓶,把它装进我的马夹衫里。

在白天,外面肯定有守卫站岗,但是我能从他们眼皮底下溜过去。我有我自己的方法。而且，不管娜什拉·尾宿五如何给我分类，我都不是黄衣行者。我是苍白梦巫。

是时候让她瞧瞧了。

我胡扯了一通为监护人去拿紫菀的谎话，并说如果有任何问题的话，可以去找他。新来的日班门卫对这个主意不太热心：在分类账中查出谁是我的监护人之后，他几乎是把我扔到了街上的。他甚至没有提到我肩上的背包，没人想惹大角星·娄宿二。

看到这座城市沐浴在阳光下，这种感觉很奇怪。我感觉"大路"都是空的——没有平时的声响和气味——但在我抵达"仓库"之前，还有些事情需要做。我在鸦巢的通道中穿梭着。在一场暴风雨之后，雨水从每个缝隙和接口中滴下来，里面仿佛下着蒙蒙细雨。我找到了我想去的那个窝棚，并把破破烂烂的帘子拉到一边。朱利安还在睡觉，他用手臂搂着莉斯，以保证她不会着凉。她的"气"燃烧殆尽，就像一支烛芯快烧完的蜡烛。我蹲在他们身边，倒空了我的背包。我把一包早餐食物塞进朱利安空着的那只臂弯里，以确保路过的守卫看不到它，并把干净的白色毯子盖在他们两人身上。我还在他的胸口留下了一盒火柴。

看到他们如此贫困而肮脏，我更加确定了我正在做的事情是正确的。他们需要的远远不止是我从创始人之塔里搜来的这些东西。他们需要的是"仓库"里的东西。

灵魂休克是一个缓慢的过程。你必须使出全力才能摆脱它，你必须动用自己每一分一毫的力量。只有强者才能存活下来。自从莉斯的牌被毁掉以来，除了那些转瞬即逝的清醒时刻，她基本上还没有恢复神智。如果她不能很快恢复过来，就会失去她的"气"，退化成黑蒙人。她的唯一希望就是重新找到一副塔罗牌，而且即便如此，也不能保证她会与它们建立起联系。我会搜查整个"仓库"，为她找到一些牌。

街上看不到守卫，但我知道他们有瞭望台。出于安全的考虑，我爬上了一座大楼，发现一条可以让人在屋顶穿行的小道，并利用窗台和壁柱在城市里潜行。我尽量注意脚下，但问题还是慢慢出现了：我的右臂变得像木偶一样僵硬，身上的大部分瘀伤还在隐隐作痛。

现在，我已经能看见一英里外的"仓库"了。它的两个尖顶在迷雾中耸立着。快到的时候，我跳落到了一条巷子里。因为我离下一道墙之间的距离有些太远了，无法跃过去。在那道墙后面，就是只有拉菲姆人才能进入的那个公馆。

我久久地看着那道墙壁。守护官已经陷得太深了，他不会背叛我的。他出于某些原因而帮助我，而为了莉斯的利益，我必须接受他的帮助。而且，就算我陷入了麻烦，如果我能弄清楚该怎么做，并能忍受这份屈辱的话，也能通过金线向他传递消息。我爬上墙，脚先跨过墙头，然后跳进高高的杂草中。

就像许多公馆一样，这个机构是围绕着一系列庭院所建造的。当我进入第一个庭院时，脑子里已经列好了清单：在穿越"无人之地"的时候，哪些东西是我用得上的。考虑到那些潜伏在树林后的生物，武器是必不可少的。不过，医疗用品也是一种额外的资产，如果我在地雷阵里踩错了一步，会需要止血带，还有消毒剂。这个想法令人毛骨悚然，但我不得不面对。肾上腺素也是很有价值的：我不仅能利用它提高活力和减缓疼痛，而且当我必须灵魂出窍时，它还能把我唤醒。更多的银莲花粉可能也会有帮助，还有我能找到的其他物料：流体、紫菀和盐——也许甚至是外质黏液。

我路过了一些大楼，但它们都不适合进行搜寻，因为里面有太多的房间了。当我从中央庭院走出来，来到公馆的边缘时，一个更好的目标才映入我的眼帘：这座大楼有着巨大的窗户和足够多的落脚点。我穿过一条拱廊，从另一边观察它。红色的常春藤盘踞在它的外立面上。我绕着这栋楼走了一圈，试图找到一扇开着的窗户。一扇也没有。我必须打碎窗户才能闯入。等一等，有一扇窗——是个小窗，只开了一条缝，就在一楼。我费力地翻上一道矮墙，并从那里爬上了落水管。那扇窗被插销固定得很紧，但我用一条胳膊硬是把它掰开了。我俯身进入一间很小的房间，很有可能是一个扫帚间，里面积了厚厚的一层灰。我砸开了门。

我发现自己站在一条石头走廊里，里面空无一人。能这样走到"仓库"就再好不过了。正当我检查走廊上的门、猜测门后可能有什么的时候，我突然僵住了。我的第六感正在震颤着：有两股"气"，就在我右边的一扇门后面。我吓得一动也不敢动。"……什么都不知道！求你……"

然后是一阵含糊的噪声。我把耳朵贴在了门上。

"血继宗主不会听你的借口，"那是一个男人的声音，"我们都知道你看见他们在一起了。"

"我就看见过他们一次，在草地上！他们只是在训练。我没有看到其他任何东西，我发誓！"那个声音因为恐惧而变得尖细。我认出了她：是艾薇，那个手相师。她几乎哽咽得说不出话来。"求你了，别再来了，别再来了，我受不了……"

然后是一阵可怕的尖叫声。

"如果你说出真相，就不用再遭那么多罪了。"艾薇正在啜泣。"来吧，24号。你一定有什么要告诉我吧？只要透露一点点消息就行。他碰触她了吗？"

"他……他抱着她走出了草、草地。她非常疲惫，但他戴着手套……"

"你确定？"

她的呼吸加快了。"我……我不记得了。对不起，求你……不要……"然后是一阵脚步声。"不，不！"

她那可怜的哭喊声让我肝肠寸断。我真想冲入折磨她的人的梦景，让他魂飞魄散，但被抓住的风险太大了。如果我拿不到这些装备，就无法救任何人。我咬紧下颌，倾听着，因为愤怒而浑身颤抖。他正在对她做什么？

艾薇的尖叫声持续不断。当她最终停下来时，我都吐出来了。

"不要再来了，求你，"艾薇抽泣着，快要喘不上气了，"这就是真相！"虐待她的人没有说话。"但是……但是他吸收了她的'气'。我知道他吸了，而她……她看起来一直很清白。而且……据说她能附身在通灵人身上，他一定……没有把这个秘密告诉血、血继宗主。否则，她早就死、死定了。"

一阵该死的沉默。随后是一个轻柔而沉闷的撞击声，接着是脚步声和关门声。

309

很长时间，我都处于瘫痪状态。过了一分钟，我才推开了那扇沉重的大门。里面只有一把木椅，座位上沾满了鲜血，地板上也是如此。

我的皮肤变得又滑又冷。我用袖子擦了擦上唇。有一阵子，我半蹲着，靠在墙上，用双手抱着头。艾薇已经提到了我。

可现在，我无法思考这些事。折磨她的人可能还在这栋楼里。我慢慢地站起来，面向最近的那个房间。钥匙还插在门上，我往里面看了看。墙上全是一排排的武器：很多的剑和猎刀、一把十字弓、一个配有钢弹的弹弓。他们一定把分发给红衣行者的武器储藏在这里。我抓起了一把猎刀。在刀柄附近有个锚的标志在闪闪发光，是新芽帝国制造的。韦弗正在往这里运送武器，而与此同时，他和大臣们却安全地坐在执政府里，远离这座灵化灯塔。

朱利安是对的，我不能就这么一走了之。我想让弗兰克·韦弗感到害怕，我想让他知道被他送来的每个通灵囚犯的恐惧。

我锁上门。当抬起头时，我发现自己正面对着一幅巨大而泛黄的地图，上面写着：冥城Ⅰ号流放地，宗主的官方领土。我浏览着这幅地图。冥城Ⅰ号是围绕着庞大的中央公馆区建造起来的，越是往外，建筑越少，最终变为草地和树林。地图上标出了所有常见的地标：莫德林学院、黑蒙人之家、宗主公馆、霍克墨斯——还有港口草地。我把地图从墙上揭下来，仔细研究着。它旁边有些模糊不清的印刷字体，但我还是认出了它们。

地铁。

我的手指捏紧了地图的边缘。地铁，我以前怎么没想到。我们都是被地铁带到这里来的——那么，我们为什么不能乘地铁离开呢？

我的大脑正在超负荷运转。我怎么没想到这点？我不需要穿过"无人之地"。我不需要步行好几英里或从一群艾冥中间穿过就能抵达要塞。我只需要找到那辆地铁。我还能带上别人和我一起走——莉斯、朱利安，所有人。新芽帝国的地铁通常可以载近四百个人，如果他们都站着的话，还能挤进更多人。我能把每个囚犯带出这座城市，而且还绰绰有余。

我们还是需要武器。即便我们都在白天偷偷潜行至草地，分成小队行动，拉菲姆人也会追上来。而且，入口可能有守卫。我伸手拿了一把装在鞘里的小刀，并把它装到我的背包里。接下来，我又发现一些枪。是手枪，跟我的那把型号类似，迟早派得上用场——它很小，很容易隐藏，而且我知道该如何使用它。我从一个金属箱子的顶部揭掉了一些难以辨认的纸条。在要塞，尼克曾经试图射击守护官，完全没有效果。子弹能对付忠诚的红衣行者，但我们需要比枪更厉害的东西打败拉菲姆人。当我正准备从箱子里拿出一盒子弹时，脚步声飘到了我的耳朵里。

我毫不犹豫地奔向一排排的架子，把自己藏在了它们后面的缝隙中。刚好来得及：钥匙被从锁上拔下来，两个拉菲姆人走了进来。

我本该预料到这种情形，我的逃生出口被封住了。如果我想爬到窗户那里，就不得不暴露自己，而每个人都认识我的脸。我从架子之间看出去。

是紫微右垣。

他用光之语说了什么。我凑得离我的窥视孔更近些，试图认出他的同伴。正在此时，泰勒贝尔·娄宿一走入了我的视野中，迎上了我的目光。

我们两个都没动。我几乎感觉不到自己的心跳。我等待着她呼唤紫微右垣，或直接把刀子插进我的内脏。我的手指猛地伸向藏在马夹衫里的花粉，但经过考虑，我改变了主意。即便我撂倒了泰勒贝尔，紫微右垣也会将我开膛破肚。

然而，泰勒贝尔的行为让我吃了一惊。她并没有指认我，而是把她的视线转移到了枪上。"黑蒙人的武器真是令人着迷，"她说，"难怪他们经常会自相残杀。"

"我们正在说那种堕落的语言吗？"

"南河三告诉我们，要保持说英语的流利程度。我觉得多加练习没什么坏处。"

紫微右垣突然从墙上取下了十字弓。"如果你想用这个污染我们的舌头，非常好。我可以充满敬意地看待那段你的权力超过我的岁月。不过，那真是很久很久以前的事了。"他用戴着手套的手指抚摸着那个武器。"那个梦巫本该杀了贾克森·霍尔，她有这个机会。这比他即将面对的死亡要仁慈得多。"

我的嗓子哽住了。"我很怀疑有没有人能杀得了他,"泰勒贝尔说,"而且,娜什拉的兴趣在卡特身上。"

"她必须得先控制住斯图拉的情绪。"

"毫无疑问,"她的手指在刀刃上游走,"能否提醒我一下,在放满这些武器之前,这个房间里装的是什么?"

"你对这个堕落的世界抱有渎神般的兴趣,我还以为你准确知道所有资源都保存在哪里呢。"

"我觉得'渎神'有一点太夸张了吧?"

"我不这么认为,"他抓起一把流星飞镖,"你是问,这里以前放着什么?医疗用品,植物精华:琴柱草、紫菀,还有其他发臭的叶子。"

"它们被转移到哪里去了?"

"你得了失忆症吗,白痴?你简直和妃子一样蠢。"

你不得不佩服泰勒贝尔:她要么对他的恶劣态度完全免疫,要么非常善于隐藏她的情绪,如果她有任何情绪的话。

"原谅我的好奇心。"她说。

"我的家族从不原谅,你背上的伤疤应该每天提醒你这一点,"他的眼中充盈着艾薇的"气","你想知道这些是因为这个吧?你想要偷取不凋花,不是吗,娄宿一?"

伤疤。

泰勒贝尔的脸色变得严峻起来:"那些资源被转移到了哪里?"

"我不喜欢你的兴趣点。我很怀疑你,你打算再次与妃子密谋什么吗?"

"那几乎是二十年前的事了,紫微右垣。以人类的标准来看,这是非常长的一段时间,你说是不是?"

"我不在乎人类的标准。"

"如果你翻老账来为难我,那就是另一回事了。不过,我不认为血继宗主会欣赏你对她的配偶的态度,以及你对他所扮演的角色的失实描述。"

她的声音更加严厉了。紫微右垣从墙上拿起一把利刃,朝她挥舞着,刀刃最终停留在了离她脖子只有一英寸的地方,她并没有退缩。
"你再多说一个字,"他的声音就像一阵耳语,"我就会把他叫过来,这次他就不会这么好说话了。"

泰勒贝尔沉默了一会儿。我觉得我从她脸上看出了什么:痛苦和恐惧。他们一定是在谈论某个尾宿五家族的人,也许是南河二。

"是的,我相信我想起了药品都在哪里,"她的声音很低,"我怎么会忘记汤姆之塔呢?"

紫微右垣爆发出一阵大笑。我立刻收到了这条信息,就像流体被血液吸收那么迅速。"没人会忘记它,"他在她耳边低喃着,"也没有人会忘记它的钟声。它会在你的记忆中响起吗,娄宿一?你还记得你是怎么大声求饶的吗?"

我的四肢开始作痛,但我不敢移动。紫微右垣无意中帮助了我。汤姆之塔一定是矗立在入口处的那一座,它是这里唯一的钟塔。

"我没有哭着求饶,"泰勒贝尔说,"只是想寻求公正的审判。"

他喉咙里发出一阵刺耳的咆哮声。"白痴。"他举起一只手想要打她,却突然停在了半空中。他嗅着空气。

"我感觉到了一股'气',"他又闻了闻,"搜查整个房间,娄宿一,闻起来像是人类的味道。"

"我什么也没感觉到,"泰勒贝尔待在原地,"我们进来时,房间是锁着的。"

"要进入一个房间,还有许多其他方法。"

"你现在很偏执。"

紫微右垣看起来并不相信。他正走向我躲藏的地方,鼻孔大张着,冒着火,他的嘴唇向上翻起,露出一排尖牙。我的脑中突然冒出一个可怕的想法:他是嗅探师,能够闻出灵魂活动的气味。如果他闻到了我,我的下场肯定会比死更惨。

他的手指移向遮住我的那个盒子。此时,在远处,在另一个房间里,有什么东西爆炸了。

须臾之间,紫微右垣离开我,来到走廊上。泰勒贝尔跟着他,而且在走到门口的时候,她把头转了过来。

"快跑,"她对我说,"去塔那里。"

然后，她就走了。

没有时间质疑我的好运气，我背上背包，弓身跳上窗台。我差点从常春藤上掉下来，手臂和手掌都被划伤了。

我血管里的血液在沸腾着，每个阴影看起来都像紫微右垣。当跑过一连串走廊，奔向中央庭院时，我试图进行一些冷静的思考。泰勒贝尔帮助了我，掩护了我。而且，似乎有人故意分散他的注意力，让我离开。她知道我会来，知道我在寻找什么，而且在见到我之后她才开始说英文。她是他们中的一员，伤疤一族。为了弄清楚到底发生了什么，我需要发掘更多关于他们的历史。然而，首先我必须潜入汤姆之塔，拿走尽量多的物资，并回到守护官身边。

爆炸已经把一群掘骨者引出了入口处，远离了钟塔。我在一个黑暗的拱廊中停了下来。时间刚刚好——他们这才跑进了走廊，就站在我刚才跑过的地方。"28号、14号，保护草甸大楼，"他们中的一个呼唤道，"6号，你和我一起。你们剩下的人，驻扎在庭院里。去叫克拉斯和军市一[①]。"

我没有太多时间了。我站起来，全速跑向中央庭院。

"仓库"非常巨大，由一系列或封闭或露天的通道连接起来。我就像迷宫中的老鼠，不敢停下来。我把背包的带子紧紧捆在身上。一定有办法能进入汤姆之塔，在主入口旁是不是有一扇门？我的行动必须快，克拉斯和军市一是拉菲姆人的名字，我最不想见到的就是有四个拉菲姆人在这里，至少三个是有敌意的，不管他们是在"仓库"里，还是在追我。不过我怀疑守护官有许多像泰勒贝尔那样的朋友。

我在庭院的边缘停下来，它非常巨大，中央有个装饰性的水池。一座雕塑矗立在水池的中心。我别无选择，只能跑出隐藏处。速度比躲藏更重要。

我全速跑过草地，肋骨刺痛不已。我抵达水池之后，便蹚过浅浅的水面，蹲在喷泉后面。我蹲伏得很低，水都漫到了我的腰部。当抬起头的时候，我被吓得往后一跳。娜什拉正在回望着我。的确是娜什拉，不过是用石头铸造而成的。

[①] 军市一（Mirzam）是大犬座中的一颗星。

庭院里没有人。我能感到一股"气"，但离得很远，构不成威胁。我跳出喷泉，奔向钟塔。我立刻注意到那条狭窄的拱廊，它一定是通向钟塔的。我迅速地蹿上楼梯，祈祷着拉菲姆人不会出现在这里——那个通道太狭窄了，让我没有机会逃走。到达顶部后，我抬头观察着周围的情景。

那是一个宝库。在几百个架子上，玻璃罐子闪闪发光，洒下了斑斑点点的阳光。它们让我想起了硬糖：闪亮而透明的颜色，像星星一样亮晶晶的。除此之外，还有一些彩虹色的液体、荧光色的粉末、浸在液体里的异国植物——所有一切都既美丽又有异域情调。整个房间都充满了各种气味：有些很刺鼻，有些很难闻，有些则甜蜜而芬芳。我找到了放置医疗用品的架子。大部分瓶子上都贴着新芽帝国的标志，上面都是英语，但有些瓶子上是陌生的象形文字。这里也有很多守护符，很可能是被没收的。我偶然瞥见了一块预言石，还有各种各样的签以及一副牌。它简直就是为莉斯准备的。我迅速地翻看着那副牌，辨别着插图的种类。这是一副透特塔罗牌①，它的设计与莉斯原先拥有的那副并不相同，但它还是能被用来做纸牌占卜。

我把那副牌塞进了背包，还拿了烧伤宁、煤油和消毒剂。里面还有另一扇门，很可能通向钟塔，但我没有走那条路。这些可能是我拿的最后几件违禁品了：背包太沉了，几乎无法提起来。我把包背到了肩上，转身走向楼梯，却不想被一个拉菲姆人盯住了。

我的所有生理机能都停止了运作。一双黄色的眼睛从兜帽下面盯着我，简直气得冒烟了。

"哟，哟，"他说，"塔里有一个背叛者。"

他走向我。我丢下背包，在瞬息之间，爬上了最近的架子。

"你一定是那个旅梦巫吧。我是克拉斯·尾宿五，拉菲姆帝国的血继子嗣。"他假惺惺地朝我鞠了一躬。我能从他的脸部特征上看出娜什拉的影子：他有着浓密的黄铜色头发和双眼皮。"是大角星派你来的？"

---

① 塔罗牌主要可以分为三大体系：马赛系、透特系、韦特系。马赛系是最古老的，透特系比较晦涩，韦特系是当今的主流，适合新手。

我一个字也没有吐露。

"这么说,他任由他献给血继宗主的贡品在这里随意晃荡,她可不会感到高兴的,"他伸出一只戴手套的手,"下来吧,旅梦巫。我会护送你回到莫德林学院的。"

"而且,我们都会假装这一切从没发生过?"我待在原地不动,"你还是会把我送给娜什拉吧。"

他失去了耐心:"别逼我把你碾得粉身碎骨,黄衣行者。"

"娜什拉不希望我死。"

"我不是娜什拉。"

我明白了。就算他不杀我,也会直接把我拖到宗主公馆。我的目光停留在一罐白色紫菀上,我能抹去他的记忆。

可惜我没有那么好运。克拉斯胳膊一挥,把整个架子都摔在了地上。瓶瓶罐罐都在地板上被摔得粉碎。我打了个滚,避免被压到,但脸颊还是被一片尖利的玻璃碎片给割伤了。我情不自禁地发出一声尖叫,曾经断过的肋骨又像火烧一样疼了。

我站起来的速度不够快——伤口减缓了我的速度。这里没有灵魂,也没有可以用来击退他的东西。克拉斯抓住我的马夹衫,把我拎起来,接着又摔到墙上。我几乎晕了过去。我的肋骨都快要从胸腔里被扯出来了。克拉斯用手抓住我的头发,把我的头掰回来,然后吸收着我的"气"——非常用力,仿佛他想要呼吸的不只是空气。当双眼充血时,我才意识到发生了什么。我又踢又抓又扭,不顾一切地渴望着以太世界。我已经无法接触到它了。

克拉斯饥肠辘辘,他会把我的光辉吸收殆尽的。

我的右臂被牢牢地钉住了,但左臂可以自由活动。在肾上腺素的作用下,我使用了我父亲以前经常教我的防身术:用我的手指戳克拉斯的眼睛。他放开我的头发后,我从口袋里掏出了药瓶,是红花。

克拉斯用手牢牢钳制住我的喉咙,露出森森白牙。如果我企图攻击他的意识,我的身体就会被破坏到难以修复的程度。我别无选择,把药瓶砸碎在了他的脸上。

那股味道简直糟透了:腐烂的甜味,燃烧过后的腐臭味。克拉斯发出一种非人的尖叫声。花粉已经直接进入了他的眼睛,它们正在变成黑色,并滴落下来,让他的脸变成了一种丑陋而斑驳的灰色。"不,"他说,"不,你……不……"

他的下一句话是用光之语说的。我的视线突然摇晃起来。这是一种过敏反应吗?胆汁涌到了我的喉咙里。我摸到我的背包,拿出左轮手枪,把它举到他的头上。克拉斯跪了下来。

杀了他。

我的手心又湿又滑。即便我在地铁上对守卫做了那种事——正是这项罪名把我带到了这里——我还是不知道我能否做到,我能否带走另一条生命。然而,当克拉斯把手从脸上拿开时,我知道他是不值得拯救的。我甚至没有迟疑。

我扣下了扳机。

第24章
梦

我跑过一个个屋顶，经过老教堂，然后跳下来，踏上通往莫德林的漫长道路。当我抵达公馆时，一条手臂突然从一扇窗户里伸出来，把我拉了进去。

是守护官，他早就在等我了。他一句话没说，就把我拉进了一扇门。我们回到了东边的庭院，进入空荡荡的通道，穿过走廊，又走上楼梯。我不敢说什么。我们进入了塔里后，我立刻跌坐在了壁炉旁的地板上。我的手指上还残留着黑色的花粉，它们窸窸窣窣地掉到了地毯上，看起来就像煤灰一样。

守护官立刻锁上门，关掉了留声机，拉上了房间两边的帷幔。他透过东边窗户的一条缝隙往外看了几分钟，留意着街上的动静。我让背包滑落在地板上，包带已经深深地勒进了我的肩头。

"我杀了他。"

他瞥了我一眼："谁？"

"克拉斯，我用枪打死了他，"我浑身都颤抖不已，"我杀了一个尾宿五家族的人——她会杀了我的，你也会杀了我……"

"不会。"

"见鬼，为什么不？"

"对我来说，尾宿五家族的人都无关痛痒，"他回头继续望着窗户，"你百分之百确定他已经死了吗？"

"当然了，我用枪打了他的脸。"

"子弹杀不了我们，你一定使用了花粉吧？"

"没错，"我设法让自己的呼吸缓下来，"是的，我用了。"

他有很长时间没说话。我坐在那里，身边都是证据，我的肺快要爆炸了。"如果一个尾宿五家族的成员被一个人类杀死了，"他最终开口道，"娜什拉最不想做的就是把这个消息泄露给整个城市的人。我们的永生不死绝不能遭受质疑。"

"你们真的不是永生不死的？"

"我们不是坚不可摧的，"他蹲在我面前，看着我的眼睛，"有人看见你吗？"

"没有。等等，有——泰勒贝尔。"

"泰勒贝尔会替你保守秘密。如果她是唯一看见你的人，我们就没什么好怕的了。"

"紫微右垣也在那里，然后发生了一场爆炸，"我抬头看着他，"你知道这是怎么回事吗？"

"我感觉你处于危险之中。我在'仓库'中有眼线，是他们制造了这起事故，让敌人分心。娜什拉听到的只会是：煤气泄漏了，一根蜡烛又离得太近。"

这个消息并没有让我得到慰藉。现在，我已经夺走了三条生命，还不算上那些我没能成功解救的人。

"你在流血。"

通过卫生间打开的门，我瞥了里面的镜子一眼。一条又长又浅的割伤横贯在我的脸颊上，刚好深到让血流了出来。"是的。"我说。

"他伤了你。"

"只是一些碎玻璃，"我碰了一下刺痛的伤口，"你会去搞清楚事情的进展吗？"

他点点头，还是看着我的脸颊。他的眼神中有什么东西触动了我：黑暗阴郁、紧张不安。他正在想着一些别的事情。他不会与我对视，那些伤口让他无法直视。

"如果不及时处理，会留下伤疤的，"他用戴手套的手指抓住我的下巴，"我会带些药物来清理伤口。"

"而且你会弄清楚克拉斯目前的状况。"

"是的。"

在转瞬即逝的一刻，我们的目光对上了。我皱起眉头，嘴唇做出想提问的口型。

最终，我没有问出那个问题。

"我会尽快回来的，"他站起来，"我建议你洗个澡，那里有一些衣物。"

他指指衣橱。我低头看着自己的制服，马夹衫上全都覆盖着花粉：该死的犯罪证据。"好。"我回答说。

"还要保持伤口干净。"

在我回答之前，他就已经走了。

我站起来，走到镜子前。我的皮肤上有一大条乌青色的撕裂伤，令人触目惊心。就是这个让他不敢看我吗，即便在老贾对我做了那些事之后？看到我的脸，是否让他想起了自己的伤疤——他背上的那些，他想要隐藏的那些？

一阵甜得发腻的味道从我的头发里微微散发出来，是花粉。我锁上卫生间的门，踢掉我的衣服，洗了一个蒸气浴。我的双腿还是疼得颤抖不已，在攀爬的时候，我蹭破了膝盖。我把自己浸在热水中，并清洗着头发。旧的瘀伤还在皮肤下面隐隐作痛，新的伤口却已经在它们上面形成了。我花了几分钟让水的温暖渗入到我僵硬的肌肉中，然后拿了一块新肥皂，搓去了汗液、鲜血和花粉。我那蜡黄而消瘦的身体看上去毫无生气。水从出水口逐渐流走之后，我才开始冷静下来。

我应该跟他谈谈关于地铁的事吗？他可能会试图阻止我。既然他能让我走，也就能把我带回来。然而，在另一方面，我也需要知道地铁是否有卫兵把守，还有我在草地的什么位置能找到入口。在训练的时候，我不记得见过任何相关的东西——没有安全出口，没有门。它一定是被隐藏起来了。

我回到房间时，发现衣橱里有一件干净的黄色制服。地毯上的花粉也被扫掉了。我让自己深陷在长椅中。我已经干掉了克拉斯·尾宿五，拉菲姆帝国的血继子嗣，在他的眉间开了一枪。在那一刻之前，我以为他们是强大到无法被杀死的。这一定是花粉的作用——子弹只是给了他一个了结。在我离开那座塔时，尸体已经在我眼前开始腐烂了。仅仅是几粒花粉就让他腐烂化脓了。

大门突然打开了，我被吓了一跳。守护官回来了。整个房间的阴影仿佛都集中在了他的脸上。

他过来坐到我身边。他拿出一根药签,沾了一点罐子里的琥珀色液体,并用它轻轻擦去了我脸颊上的血。我沉默地看着他,等待着他的确认结果。"克拉斯死了。"他没有表露任何情绪。我的脸颊感到一阵火辣辣的刺痛。"他显然是最高王权的继承人。如果你被他们发现,会在公众面前被千刀万剐的。他们知道了失窃物资的事,但你并没被看见。日班门卫已经被涂白了。"

"有人怀疑我吗?"

"私下里,也许吧,但他们没有证据。幸运的是,你没有用你的灵魂攻击他,不然的话,你的身份就昭然若揭了。"

我颤抖得更厉害了。这是我典型的做法,在不知道对方是谁的情况下就杀死重要人物。如果娜什拉听到风声,我最终只能沦为一个死亡面具。我抬头看着他。

"花粉对克拉斯起了什么作用?他的眼睛……他的脸……"

"我们并不是看起来的样子,佩吉,"他迎上我的目光,"在使用花粉和开枪之间,隔了多长时间?"

是开枪,而不是谋杀。他说的是开枪,好像我是一个旁观者。"也许十秒钟吧。"

"在这十秒钟内,你看到了什么?"

我努力回忆着。房间里已经充满了浓厚的水蒸气,我敲了一下头:"就像是……就像是他的整个脸正在……腐烂。他的眼睛变成了白色,仿佛失去了原本所有颜色。死掉的眼睛。"

"你说到点子上了。"

我不知道他是什么意思。死掉的眼睛。

火堆噼啪作响,温暖了整个房间。有点太温暖了。守护官抬起我的下巴,让我的伤口暴露在阳光下。"娜什拉会看到这个的,"我说,"她会知道的。"

"这是可以补救的。"

"怎么做?"

他没有回答。每次我问怎么做,或为什么,他似乎都会对谈话失去兴趣。他来到书桌前,拿出一个金属圆筒,小到足够装进口袋里,侧面印着红色的"新芽救助站"字样。他撕开三条无菌胶布，我安静地等着他贴上。

"会疼吗？"

"不会。"

他从我脸上把手拿开，我碰了碰胶布。"我在'仓库'里看见一幅地图，"我说，"我知道在港口草地有一辆地铁。我需要知道地铁的入口处在哪里。"

"你为什么需要知道这个？"

"因为我想要在娜什拉杀了我之前离开。"

"我明白了，"守护官回到他的扶手椅上，"而你觉得我会让你走。"

"是的，我是这么想的，"我举起他的鼻烟盒，"否则的话，你可以确定这个东西会被交到娜什拉的手里。"

那个花朵标志在阳光下闪烁着。他的手指敲击着椅子。他并没有试图讨价还价，只是看着我，眼睛里燃烧着柔和的光芒。"你无法乘上地铁。"他说。

"那你就等着瞧吧。"

"你误解了我的意思。只有威斯敏斯特执政府才能启动那辆地铁。它只能按照预定程序往返，在特殊的日子和特殊的时刻，这些时间是无法更改的。"

"它一定会带来食物。"

"这辆地铁只被用来运送人类，食物是由信使送过来的。"

"那么，它不会再来，直到……"我闭上眼睛，"下一次骸骨季。"在2069年。我轻松逃脱的梦想破灭了。归根结底，我还是必须得穿过地雷阵。

"我劝你不要企图徒步穿越那里，"他仿佛读懂了我的心思，"艾冥把树林当作狩猎场。即便是利用你的天赋，你也撑不了多久的。你敌不过一群艾冥。"

"我不能再等了，"我抓住椅子的扶手，指关节发白，"我必须走，你知道她准备杀了我。"

"她当然会了。现在，你的天赋已经发展成熟，她对它垂涎三尺。"

过不了多久，她就会发起攻击。"

我紧张起来："成熟？"

"你在要塞附身了12号，我看见了。她一直在等待你发挥出所有潜能。"

"你告诉她了吗？"

"她会发现的，但不是从我这里。在这个房间里说的所有话都不会传出去。"

"为什么？"

"算是一种互相信任的前奏吧。"

"你偷看了我的记忆，我为什么应该信任你？"

"难道我没有向你展示我的梦景吗？"

"是的，"我说，"你那冰冷而空洞的梦景。你只是一个空空如也的躯壳，不是吗？"

他猝不及防地站起来，来到书架前，拿出一本古老的大部头著作。我的肌肉紧绷起来，纹路清晰可见。我还没来得及开口说话，他就从里面抽出一本薄薄的小册子，把它甩到了桌面上。我无法把目光从小册子上移开——《反常能力的优越性》。我的那本，里面全是关于集团的证据。他一直保留着它。

"我的梦景也许缺乏丰富多彩的过去，但我不会把人分成三六九等，就像这本小册子的作者。这里没有占梦师，没有拉菲姆人，我不会戴着有色眼镜看待事物，"他直视着我的眼睛，"我和你共同生活了好几个月，我知道了你的过去，虽然这违背了你的意愿。但我不打算侵犯你的隐私，我只是希望看看你到底是什么样的人。我希望了解你。我不希望把你当成一个渺小的人类——低贱而毫无价值的人类。"

那真是出乎我的意料。"为什么不？"我问道，我没有把目光从他身上移开，"你为什么会在乎这个？"

"因为我关心你。"

我捡起《优越性》，把它压在胸前，就像孩子抱着心爱的玩具。这感觉就像是我救了贾克森的命。守护官看着我。

"你真的很关心你的哑剧领主，"他说，"你很想回到过去的生活中，回到集团中。"

"贾克森不只是小册子里的那个样子。"

"我可以想象。"

他走过来坐在我旁边的床榻上。接下来是几分钟的沉默。一个人类和一个拉菲姆人,就像白天和黑夜一样迥然不同——被困在各自的钟形罩下,就像那朵枯萎的花。他拾起那个鼻烟盒,拿出了一小瓶不凋花。"你感到很孤独,"他把不凋花全都倒进一个高脚杯中,"我感觉到了,你的寂寞。"

"我总是单枪匹马。"

"你想念尼克。"

"他是我最好的朋友,我当然想他。"

"他不只是你的朋友。你关于他的记忆都有着丰富的细节——充满了颜色和生命力。你爱慕着他。"

"我当时很年轻。"我说得简短而干脆。他似乎决心继续刺激我的敏感点。

"你现在也很年轻,"他并不想就此放过我,"我没有看过你的全部记忆,有些部分缺失了。"

"没有理由老是想着某些事情。"

"我不同意。"

"每个人都有不好的回忆,你为什么只对我的感兴趣?"

"记忆是我的命脉,是我前往以太世界的途径,正如梦景之于你一样,"他用一根戴着手套的手指戳了一下我的前额,"你要求通过我的梦景了解我。作为回报,我要求你给我看你的记忆。"

他的碰触让我感到一丝寒意,我退缩了。守护官看了我一会儿,揣摩着我的反应,然后站起来,拉了拉钟绳。"你在干什么?"我问道。

"你需要吃点东西。"

他打开留声机,往外凝视着街道。

你还没来得及呼唤"哑仆"①,迈克尔就已经过来了。他认真倾听着守护官下达的命令。十分钟后,他带着一个托盘回来,并放到了我的膝头。这些食物足够让我恢复强壮了:一小杯的茶、一罐糖、番茄

---

① dumb waiter 有"哑仆"和"送菜升降机"两个意思,此处是一语双关。

汤和热乎乎的面包。"谢谢。"我说。

他对我迅速一笑，然后对守护官做了一系列复杂的手势，后者点点头。他鞠了一躬后离开了。守护官看看我，想瞧瞧我在没有逼迫的情况下会不会吃东西。我啜饮了一口茶。我想起在我非常小的时候，每次我生病了，我祖母就会给我喝茶——她是茶的忠实信徒。我咬了几口面包。他正在试着读懂我吗？读懂我的情绪？他能感觉到那些让我镇静下来的记忆吗？我试图利用金线把注意力集中在他身上，但什么也没发现。

我吃完后，他拿走了托盘，并放在了咖啡桌上。然后，他再次坐到了我身边。我清了清嗓子。

"迈克尔刚刚说了什么？"

"娜什拉召集剩余的尾宿五家族成员去她的公馆。迈克尔是一个很棒的密探，"他补充道，语调中透着些许戏谑，"他从娜什拉的大厅里给我带回了许多的情报。他所谓的黑蒙人身份让她完全忽视了他的来来去去。"

这么说，迈克尔非常愿意四处打探，我会记住这点的。"她告诉了他们关于克拉斯的事，"我用手指按压着太阳穴，"我并不想杀他，我只是……"

"他本来就会杀了你。克拉斯对人类怀有一种可怕的仇恨。他有个计划，当我们有一天暴露在公众的视线中时，他准备把人类的小孩引诱到我们控制的城市。他对那些精致小巧的骨架有着强烈的嗜好，想把它们当作投掷占卜术的工具。"

我从胃部深处感到恶心难耐。投掷占卜需要使用阄或者签，灵魂们能利用它们拼凑成图像或指向一个特殊的方向。签的材料各种各样：针、骰子、钥匙。一群名为骨头占兆师的通灵人喜好用骨头，但他们使用非常古老的骷髅时，往往会带着对死者的尊敬。如果克拉斯偷过儿童的骨头来练习投掷占卜术，我会为自己杀了他而感到高兴的。

"我很庆幸他死了，"守护官说，"在这个世界上，他是一个可怕的毒瘤。"

我没有作出回应。

"你有负罪感。"他客观地陈述道。

"是害怕。"

"害怕什么?"

"我的能力。我一直在……"我摇摇头,感到筋疲力尽,"我一直在杀人。我不想变成一件武器。"

"你的天赋确实不太稳定,但它能让你活下来。它就像你的保护盾。"

"它不是保护盾,更像是枪,有着一触即发的扳机,"我低头看着地毯上的花纹,"我会伤害别人,那就是我的天赋。"

"你不是故意的,你并不总是知道自己能干些什么。"

我发出空洞的笑声。"哦,我当然知道我能做什么,我只是不知道该怎么做。不过,我早就知道我能让别人流血,知道我能让别人头痛。每当人们嘲笑我——每当他们提起莫莉暴动时,他们都会受到伤害,这都是因为我给了他们精神上的推力。在某种程度上,我喜欢这种感觉,"我说,"即便当我只有十岁时,我也喜欢这种感觉。我喜欢找回自己的感觉。这是我自己的小秘密。"他一直看着我。"我不像传导师或灵媒,我并不只把灵魂当作伴侣或自卫武器。我是它们中的一员,明白吗?我想死的话,随时可以死,我随时可以变成灵魂。这让人们害怕我,也让我害怕他们。"

"你和他们不同,这没错。然而,这并不意味着你应该感到害怕。"

"不,我的确害怕。我的灵魂总是处在危险之中。"

"你并不害怕危险,佩吉。我觉得你热爱危险。你同意为贾克森·霍尔工作,同时也知道这会大大缩短你的寿命,你知道刺探别人的风险。"

"我需要钱。"

"你父亲为新芽帝国工作,你不需要钱,我怀疑你甚至没怎么接触过钱。危险能让你更接近以太世界,"他说,"正因如此,你利用一切机会体验危险。"

"不是这样的,我并不是一个肾上腺素的上瘾者。我只是想和其他通灵人在一起,"我的声音里透出一种刚刚涌现的愤怒,"我不想活得像个被洗脑的新芽帝国女学生。我想要有归属感,我想要有人关心。你无法理解吗?"

"这些并不是唯一的原因,你想要的是某个特别的人。"

"不是。"我的嘴唇在颤抖。

"你在想尼克,"他的目光紧盯着我,"你爱他,你会跟他到任何地方。"

"我不想谈论这件事。"

"为什么不?"

"因为这是我的私事,你们占梦师到底有没有隐私的概念?"

"你保守这个秘密太久了,"他并没有碰我,但他的目光几乎显得有些亲密,"当你清醒的时候,我无法从你身上获取记忆。然而,一旦你陷入沉睡,我就能读取你意识中的画面,而你也会梦到它们,就像你之前经历过的那样。那是占梦师的天赋,创造一个可分享的梦境。"

"看来你乐此不疲,"我的声音中透着轻蔑,"你喜欢偷看别人待洗的脏衣服。"

他忽略了其中的讽刺意味。

"当然了,你也能学会将我挡在外面,但你必须像了解你自己的灵魂一样了解我的灵魂。而像我这样的老灵魂是很难被了解的,"他停顿了一下,"要不然,你就为自己省点麻烦,让我看你的内心吧。"

"我能从中得到什么好处?"

"这段记忆就像一道障碍,我已经在你的内心中感觉到它。它深深埋藏在你的梦景中,"他的眼睛一直盯着我,"战胜它,你就会获得自由。你的灵魂也会获得自由。"

我深深地吸了一口气,这个提议本不该吸引我的。

"是的,我能帮助你战胜它,"他从鼻烟盒里抓了一把棕色的干树叶,"这就是药片里的成分,如果我把它熬成汤药,你会喝吗?"

我耸耸肩:"再来一剂又何妨?"

守护官久久地审视着我。

"非常好。"他说。

他离开了房间。我猜下面有个厨房,迈克尔就在那里工作。

我把头枕在垫子上。一股冰冷的战栗缓慢地潜入我的胸口,充满了我的胸腔。我曾经强烈地憎恨着守护官,因为他的身份,还因为他似乎很懂我。我一度沉溺于对他的恨意,而如今,我却打算向他展示我最私人的记忆。我以为我知道它是什么,但现在我无法确定。我必须先梦到它。

等到守护官回来时,我已经鼓足了勇气。我从他手里接过了玻璃杯,里面盛满了澄清的赭色液体,就像稀释的蜂蜜,快要溢出来了。三片树叶漂浮在表面。"它尝起来挺苦的,"他警告道,"但它能让我把记忆看得更为清晰。"

"你以前看到的都是什么?"

"一些碎片,有些是没有声音的。这取决于你那一刻的感受:你对它的感觉有多强烈,那段记忆就有多少地困扰你。"

我低头看着那杯茶:"我不认为我需要这个。"

"它会让这个过程对你来说容易一些。"

他很可能是对的。光是想着即将面对这样一段记忆,已经让我双手发抖了。那种感觉就像我要再次签字卖身一样,我把杯子举到唇边。

"等等。"

我停下来了。

"佩吉,你不是非得向我展示这段记忆。我希望你这么做,只是为了你好。我希望你能做到。但是,你也可以拒绝。我会尊重你的隐私。"

"我不会这么残忍的,"我说,"没有什么比一个没有结局的故事更糟的了。"在他做出回应之前,我就喝下了那杯茶。

守护官肯定是在撒谎:这玩意儿不只是苦而已。它是我尝过的最恶心的东西,就像喝了满嘴的金属碎片。我决定今后宁愿喝漂白剂也不愿再碰琴柱草茶了。我被呛到了。守护官用手捧住我的脸。"吞下去,佩吉。坚持住!"

我努力扼制住呕吐。有些药又被我吐到了杯子里,但大部分都被我吞了下去。"现在干吗?"我咳嗽着说道。

"等待。"

我没有等太长时间。我蜷缩着身子,当反胃的浪潮席卷而来时,我剧烈地颤抖着。那股味道是如此无孔不入,我觉得它会永远留在我的嘴里。

然后,我眼前一黑,倒回了那堆垫子中,并陷入了沉睡。

第 25 章
崩溃

我们站成一个圈,就像在开降神会一样。七封印中有六个人在场。

娜丁准备杀了某人,我能从她脸上的每寸表情中看出来。在圆圈的中心是被天鹅绒丝带绑在一把椅子上的齐克·萨恩斯,他妹妹用双手捧着他的头。我们已经攻击他的意识好几个小时了,但不管他如何挣扎和呻吟,老贾都不会动恻隐之心。如果齐克能练成这一才能,这会成为帮派的一大财富:这是能抵抗一切外界影响的能力,不管这影响是来自灵魂还是其他通灵人。因此,老贾坐在自己的椅子上,抽着雪茄,等着我们中有人能将他击垮。

老贾已经花了很多工夫研究齐克。我们剩下的人都被他遗忘了,他任由我们各干各的犯罪勾当。即便在缜密的调查之后,他还是没有预料到,当我们发动攻击时,我们的无解者是如此痛不欲生。他的梦景有很强的弹性,也完全不透光,灵魂是无法穿透的。我们送出一波又一波的线轴,但是毫无效果。他的意识将它们反弹到整个房间,就像水泼到了大理石上。正如他的新名字——黑色钻石。

"加油,加油,你们这群可悲的乌合之众,"老贾咆哮道,他的拳头重重地砸在书桌上,"我想听到他比这个响三倍的惨叫声!"

他一直在播放《骷髅之舞》,而且整天喝酒——这不是个好兆头。伊莉莎——因为努力控制这么多灵魂而憋红了脸蛋——她狠狠地瞪了他一眼:"你在沙发床上睡觉时睡扁了脑袋吧,贾克森?"

"再来。"

"他很痛苦,"娜丁说,她的脸因为愤怒而涨得通红,"看看他!他承受不了!"

"我也很痛苦,娜丁,被你的不听话所折磨,"老贾的声音中透着致命的温柔,"不要让我站起来,孩子们。再、做、一、次。"

然后是短暂的沉默。娜丁紧紧抓住她哥哥的肩膀,头发都披散到了脸上。她的头发已经被染成深棕色,也变得更短了。这样比较不引人注意,但她不喜欢。她憎恨要塞。最重要的是,她也憎恨我们。

见没人采取行动,伊莉莎召唤来了她的一个灵魂助手——JD[①],一个十七世纪的缪斯。当它从她的梦景中跳入以太世界时,灯光闪烁了一下。"我会试试 JD,"她紧皱眉头,"如果一个老灵魂都不起作用,我觉得就没有希望了。"

"也许用个骚灵?"老贾的语气非常认真。

"我们不会对他使用骚灵的!"

老贾继续抽着烟。"真可惜。"

在房间的另一边,尼克把所有窗帘都拉了起来。他被我们的行为吓坏了,却无法阻止。

齐克不喜欢悬念,他用发烧般的眼神紧盯着那个灵魂:"他们正在做什么,小丁?"

"我不知道,"娜丁冷冷地注视着贾克森,"他需要休息,如果你让这个灵魂攻击他,我就会……"

"你就会怎么样?"贾克森从嘴里吐出一缕袅袅的烟雾,"给我演奏一段愤怒的旋律?请吧,我的客人。我真的很喜欢发自灵魂的音乐。"

她生气地抬起了下巴,但并没有上钩。她知道忤逆贾克森会受到的惩罚。她已经无处可去,她的哥哥也一样。

齐克在她身边颤抖着,仿佛不是比她大两岁,而是小很多。

伊莉莎瞥了娜丁一眼,然后又看了看贾克森。在她无声的命令下,那个缪斯长驱直入。我看不见它,但我能感觉到它——从齐克痛苦的叫声来看,他也能感觉到它。他的头猛地向后一倒,脖子上肌肉绷紧。娜丁紧紧咬着嘴唇,用双臂环抱着他。"对不起,"她把下巴搁在他的头上,"真对不起,齐克。"

JD 既年老又顽固,自然非常难缠。它被告知,齐克想要伤害伊

[①] 即约翰·多恩。

莉莎，因此它充满了阻止这件事发生的决心。齐克的脸上闪烁着晶莹的汗水和泪水，他快要透不过气来了。

"求你了，"他说，"不要再……"

"贾克森，停止吧，"我插嘴道，"你不觉得他已经受够了吗？"

他的眉毛都挑到发际线上去了。"你是在质疑我吗，佩吉？"

我的勇气顿时烟消云散。"不是。"

"在集团里，你是有望成为最最称职的员工。我是你的哑剧领主，你的保护者，你的老板。是我让你免于饥饿，而不是沦为可悲的街头艺人！"他把一沓钱撒到空中，让弗兰克·韦弗的脸飘散在地毯上，韦弗从每一张钞票上凝视着我们。"伊齐基尔'够了'没有，由我说了算——从我选择赐给他自由的那天起就是如此。你觉得，如果是赫克托，他会停下来吗？如果是吉米或女修道院院长，他们会停下来吗？"

"我们并不为他们工作，"伊莉莎看起来非常震惊，她对那个灵魂做了个手势，"快回来，JD。我安全了。"

那个灵魂默默离开了。齐克用颤抖的手抱着头。"我很好，"他终于开口道，"我没事。我只是——只是需要一分钟时间。"

"你一点都不好，"娜丁回头看着贾克森，后者正在点燃另一根雪茄，"你欺骗了我们。你知道这个过程的残酷，却假装能让它变得更好。你说你会治好他，你保证你会治好他的！"

"我只是说我会试试的，"贾克森无动于衷，"我会进行实验。"

"你是个骗子，你就像……"

"如果这个地方这么糟糕的话，那么就走吧，亲爱的姑娘。大门永远是敞开的。"他的声音低沉了很多。"那扇大门通往寒冷而黑暗的街道，"他朝她的方向吹了一缕灰烟，"我很好奇，守夜人要花多久才能……用烟把你们熏出来？"

娜丁气得浑身发抖。"我准备去夏特莱，"她抓起她的蕾丝外套，"你们都别跟着我。"

她抓起她的耳机和钱包，怒气冲冲地离开，在身后砸上了门。"小丁。"齐克开口道，但是她并没有停下来。我听到她把挡路的什么东西踢下了楼梯。被踢到的彼特迅速地穿墙而来，因为被打搅而愤愤不平，然后躲在角落里生闷气。"我觉得是时候返航了，船长，"伊莉莎坚定地说道，"我们已经干了好几个小时。"

"等等，"老贾伸出一根长长的手指，指着我的方向，"还没试过我们的秘密武器呢。"见我皱起眉头，他歪了歪脑袋。"哦，来吧，佩吉，别装糊涂了。为我入侵他的梦景吧。"

"我们已经讨论过这件事了，"我开始感到头痛，"我不做非法闯入的事情。"

"你不做那些，我明白了。我没有意识到你还有职权范围。哦！等等，我想起来了——我并没有给过你这种东西。"他把雪茄碾灭在烟灰缸里。"我们都是通灵人，是反常能力者。你觉得我们就像你爸爸一样朝九晚五地坐在巴比肯的小办公室里，用塑料杯悠闲地品茗吗？"他突然露出厌恶的表情，仿佛无法忍受黑蒙人的那副德行，"我们中有些人不想要塑料杯，佩吉。有些人想要银子、缎子、实实在在的街道和灵魂。"

我不禁目瞪口呆。他喝了一大口酒，眼睛死死盯着窗户。伊莉莎摇摇头。"好吧，这变得越来越可笑了。也许我们应该……"

"谁付钱给你的？"

她叹了口气："你，贾克森。"

"完全正确。我付钱，你服从。现在，当个圣人，上楼去把达妮卡给我找来。我想让她看看这个魔法。"

伊莉莎噘着嘴，离开了房间。齐克用疲惫而绝望的眼神看了我一眼。我强迫自己再次开口道："老贾，我现在真的做不了。我觉得我们都需要休息一下。"

"你明天会有好几个小时的休息时间，小蜜蜂。"他听起来有些心不在焉。

"我无法入侵别人的梦景，你知道的。"

"迁就我一下，试试看，"贾克森给自己倒了更多的酒，"这一刻，我已经等了很多年。旅梦巫对抗无解者，一场终极的灵化对决。这是我能想象出的最危险而大胆的意外之战了。"

"你说的这是人话吗？"

"不，"尼克说道，每个人都把头转向了他，"他正在说疯言疯语。"

在一阵短暂的沉默之后，贾克森举起他的玻璃杯："一场精彩的对话，医生。干杯。"

他大口痛饮着，尼克转过脸去。

就在这紧张时刻的余波还未消散之际，伊莉莎带着一个干净的肾上腺素注射器回来了。和她一起来的是达妮卡·潘，我们七人中最后一个加入的成员。她成长于新芽帝国的贝尔格莱德要塞，但移居到了伦敦，在这里当工程师。尼克就是那个发掘她的人，在一次欢迎新员工的酒会上，他侦测到了她的"气"。我们都没有读对过她的名字或姓氏，她为此感到非常骄傲。她像砖头一样结实，红色的大波浪卷发被梳成一个低低的圆发髻。她的手臂被伤疤和烧伤所覆盖，凹凸不平。她唯一的弱点就是没办法穿无袖的衣服。

"达妮卡，我亲爱的，"贾克森呼唤她，"过来看看这个，好吗？"

"让我看什么？"她问道。

"我的武器。"

我和达妮交换了一个眼神。她只和我们待了一周，但已经很清楚老贾是什么样的人了。

"看起来你们正在举行一场降神会。"她观察道。

"今天不是，"他摆摆手，"开始吧。"

我不得不咬住舌头才阻止住了自己告诉他适可而止。他经常喜欢讨好新人。达妮有着明亮的、过度活跃的"气"，他没能认出她是什么类型——但一如既往，他相信她会有价值。

我坐下来。尼克用酒精擦拭着我的手臂，然后插入注射器。

"开始做吧，"老贾说，"解读一个无解者的梦景。"

我给了自己一分钟，让血液充分吸收混合药物，然后闭上了眼睛，感知着以太世界。齐克做好了准备。我无法侵占他的身体——只是轻抚过他的梦景，感觉它表面的细微差别——然而，他的意识太敏感了，即便是轻轻一推也能伤害到他。我必须小心行事。

我的灵魂开始移动了。我能感觉到其他所有五个人的梦景，它们就像风铃一样在叮当作响，摇曳生姿。齐克的梦景与众不同。它的调子更加阴郁，像一个小和弦。我试图看到些什么，一段记忆、一种恐惧，但什么也没有。在我通常会看到一些闪烁画面的地方——就像看到了一部失真的老电影，我只看到了一片漆黑。他的记忆是密封的。

当一只手抓住我的肩膀时，我从以太世界中猛地抽离出来。齐克双手捂着耳朵，正在颤抖。"够了，"尼克来到我身后，把我拉了起来，"够了，她不能继续做下去了。贾克森，我不在乎你给了我多少钱——你给我的都是滴血的钻石。"他推开了窗户。"来吧，佩吉，你可以休息一会儿了。"

我的疲惫深入骨髓，而且我永远不会拒绝尼克。贾克森的眼神让我感觉芒刺在背。等他喝光所有的酒，明天他就会消气的。我摇摇晃晃地钻出窗户，爬上落水管，我的视线都模糊了。

脚一踏上屋顶，尼克就开始奔跑。今天，他跑得很快，跑得很猛。幸运的是，我的血管里还有一些肾上腺素，要不然我永远也跟不上。

我们经常这么做。在城市里漫游①。在理论上，我恨伦敦的一切：巨大、灰暗、严肃，十天里有九天在下雨。它就像人类的心脏一样喧闹、搏动、怦怦作响。然而，跟着尼克训练两年后，我学会了如何在屋顶上行走，要塞变成了我的天堂。我能飞越繁忙的车流，跳过守夜人的头顶。我能自如地在大街小巷中奔跑，就像血液流过血管网络一样。我浑身充盈着力量，生命力都爆发了出来。我在其他地方没有这种自由。

尼克突然落到了街道上。我们沿着繁忙的马路并肩慢跑着，抵达了莱斯特广场的一角。尼克还没停下来喘口气，就爬上了最近的大楼，就在赌马场旁边。那里有足够的扶手、窗台、横档以及类似的东西，然而，我还是很怀疑自己能否跟上他。即便是肾上腺素也无法减轻我的疲劳。

"你在做什么，尼克？"

"我需要让头脑保持清醒。"他的声音很疲倦。

"在赌场？"

"在它上方，"他伸出一只手，"来吧，小糖果。你看起来快要睡着了。"

---

① 原文为法文。

"没错,好吧,我不知道我的灵魂和肌肉今天会超负荷工作,"我让他把我拉上第一个窗台,一个抽烟的女孩奇怪地看了我们一眼,"我们要爬多高?"

"爬到这幢大楼的顶部,前提是你能行的话。"他补充道。

"如果我无法做到呢?"

"没事,跳上来,"他拉起我的手臂,让它们环绕在他的脖子上,"你还记得那条黄金法则吗?"

"别往下看。"

"完全正确。"他模仿老贾的语调说。我大笑起来。

我们抵达了顶楼,既没有发生意外,也没有受伤。尼克自从蹒跚学步开始就能攀爬大楼了,他能找到看上去似乎并不存在的落脚点。我们很快就来到了屋顶的世界,街道远远地在我们脚下。我的双脚落在人造草坪上。在我的左边是一个小喷泉——没有水——在我的右边,是一个凋零破败的花圃。"这里是什么地方?"

"屋顶花园。我是在几周之前发现它的。我从没见它被使用过,因此觉得能把它当成我的新藏身处。"尼克依靠在栏杆上。"很抱歉把你这样骗过来,小糖果。七曷区让我有点患上幽闭恐惧症了。"

"可能有点啦。"

我们没有讨论刚刚发生的事情。尼克被贾克森的手段弄得很沮丧。他扔给我一个谷物棒。我们眺望着黄昏时分的粉色地平线,那样子简直就像在等船。

"佩吉,"他问道,"你坠入过爱河吗?"

我的手开始颤抖,感到满口的食物很难下咽:我的嗓子已经哽咽住了。

"我想是的,"一阵小小的寒意在我身体里上蹿下跳,我把背靠在了栏杆上,"我的意思是——也许吧。你为什么这么问?"

"因为我想问问你这是一种什么感觉,我想弄清楚自己是否坠入了爱河。"

我点点头,努力装出镇定的样子。事实上,我的身体正在慢慢发生令人不安的变化:我看见了一些小黑点,我的脑袋轻飘飘的,掌心又黏又湿,心脏怦怦直跳。"跟我说说吧。"我说。

他的眼睛仍然看着夕阳。"当你坠入爱河时，"他说，"你是否会想保护他？"

这听起来很奇怪，有两个理由。第一，因为我爱尼克。我早就知道这件事了，虽然我从未采取任何行动。第二，因为尼克二十七岁，而我只有十八岁。而如今，在这两方面我们的角色仿佛颠倒了过来。"对，"我低下头，"至少，我是这么认为的。我会的——我的确会想保护他。"

"你有没有想……碰触他？"

"一直都想，"我承认道，有一点害羞，"或者……更像是……我想让他触碰我。即便只是……"

"抱着你。"

我点点头，没有看他。

"因为我觉得自己似乎理解这个人，我想让这个人开心。但我不知道如何让这个人开心。实际上，正是因为爱这个人，我发现我反而会让这个人感到非常不快。"他的眉头就像书页一样皱了起来。"我不知道是否要冒险告诉这个人这些，因为我知道这会导致多少不快。或者说，我觉得我知道。这很重要吗，佩吉？变得开心？"

"你怎么会觉得这不重要呢？"

"因为我不知道诚实是否比开心更重要。为了开心，我们能牺牲诚实吗？"

"有时候是的。不过，我觉得最好也能诚实。否则的话，你就会生活在谎言中。"我掂量着用词，引导他把一切都告诉我，同时努力忽略我脑袋中的喧嚣声。

"因为你必须信任他。"

"是的。"

我的眼神变得很热切，我努力让呼吸缓和下来。然而，在我脑中，一个可怕的事实开始变得明朗起来。尼克不是在谈论我。

当然了，他从未说过什么表明他对我也有感觉的话，一个字也没有。然而，所有这些轻松而随意的接触，我对他的所有关注——我们一起奔跑的日子算什么呢？我近两年的生活又算什么？这两年来，我几乎日日夜夜与他相伴。

尼克正凝视着天空。

"嘿，看。"他说。

"什么？"

他指着一颗星星。"是大角星，我从未见过它如此闪亮。"

那颗星是橘红色的，既巨大又明亮。我感到自己渺小得仿佛要消失了。"那么，"我努力让自己的声音听起来很正常，"到底是谁？你觉得你爱上了谁？"

尼克用手抱住头。

"齐克。"

一开始，我有些拿不准我听到的内容。"齐克，"我把头转过去看着他，"齐克·萨恩斯？"

尼克点点头。"你觉得这是毫无希望的吗？"他轻轻地问道，"他可能会爱我吗？"

我的脸部仿佛失去了所有知觉。

"你从未对我透露过一个字，"我开口道，同时紧锁了我的心房，"我不知道……"

"你不可能知道"他用一只手拂过自己的脸，"我控制不住，佩吉。我知道我能找其他人，可我甚至无法开始寻找，我不知道从何找起，我觉得他是世界上最美的人。一开始，我以为这是我的错觉，但如今，他和我们已经生活了一年……"他闭上眼睛。"我无法否认自己的确很在乎他。"

不是我。我只是沉默地坐在那里，感觉有人正在把麻醉剂注射到我的动脉中。他爱的不是我。

"我觉得我能帮助他，"他的声音中透着真正的激情，"我能帮助他面对过去，我能帮助他回忆起那些事。他曾经是传音师，我能帮助他再次听到那些声音。"

我真希望我也能听到那些声音。我希望我能听到灵魂的声音，这样我就能倾听它们，而不用听这番伤人的话。我必须集中注意力才能让自己不哭出来。不管今晚发生什么，我都不能也不应该哭。该死的，我不能哭。尼克有权爱上别人。他为什么不能呢？关于我内心的感觉，我从没对他说过一个字。我应该为他感到高兴。然而，在我内心中，有某个隐秘的小角落还是希望着他也能爱上我——他可能还在等待合适的时机告诉我，就像现在这一刻。

"你从他的梦景中发现了什么？"尼克正看着我，等待着回应，"任何东西都可以。"

"只有黑暗。"

"也许我能试试，也许我能给他传送一幅图像，"他微微一笑，"或者只是跟他谈谈，就像普通人那样。"

"他会听的，"我说，"如果你告诉他的话。你怎么知道他对你没有同样的感觉呢？"

"我觉得他已经有够多的事需要处理了。而且，你知道规矩的：不做承诺。贾克森如果知道的话，他会大动肝火的。"

"贾克森是个老古板。让你承受这一切并不公平。"

"我已经忍了一年，小糖果。我能忍更长时间。"

我的嗓子越来越紧。当然了，他是对的。贾克森不让我们给出承诺。他不喜欢恋爱关系。即便尼克爱上了我，我们也不可能在一起。但如今，真相就这么摆在我眼前——梦想破灭了——我几乎无法呼吸。这个男人不是我的，他从来都不是我的。而且，不管我多么爱他，他也永远不会是我的。

"你以前为什么不告诉我？"我紧抓着栏杆，"我的意思是——我知道这不关我的事，但是……"

"我不想让你担心，你有许多自己的问题需要处理。我知道老贾对你感兴趣，但他也把你弄得死去活来的。他把你当成一个闪亮的新玩具，这让我感到很抱歉，是我把你带来的。"

"不，不，不要这么想，"我转向他，用力捏了捏他的手，"你救了我，尼克。如果不是你，迟早有一天我会失去理智的。我必须知道，否则我总会觉得自己像个局外人。你让我找到了归属感，让我与许多事物产生联系，真的。我永远也无法回报你的恩情。"

他的脸上露出了震惊的表情。"你看起来快要哭了。"

"我没有，"我松开他的手，"我必须走了，我还要去见个人。"

实际上，我并没有约会。

"佩吉，等等，别走，"他抓住我的手腕，把我拉回去，"我让你心烦意乱了，是吗？怎么了？"

"我没有心烦意乱。"

"你有。求你了，只要等一秒钟。"

"我真的得走了，尼克。"

"当我需要你的时候，你从不会一走了之。"

"对不起，"我拉上我的运动上衣，"如果你想要我的建议的话，我觉得你应该回到基地，把你的感觉告诉齐克。如果他还残存着一丝理智的话，他会答应你的。"我抬起头看着他，露出一个悲伤的微笑。"至少我知道我会这么做。"

我看到他的表情开始发生变化，一开始有些困惑，然后是难以置信，最后是惊愕。

他知道了。

"佩吉。"他开口道。

"太晚了，"我翻身越过了栏杆，手还在颤抖着，"我们周一见，好吗？"

"不，佩吉，等等。等等！"

"尼克，求你了。"

他闭上了嘴，但眼睛还是瞪得大大的。我从大楼上爬了下去，留下他一个人站在月亮下面。等我到达底部时，第一滴泪落了下来，这也是唯一的眼泪。我闭上眼睛，呼吸着夜晚的空气。

我都记不清我是怎么来到I-5区的了。也许我搭了地铁，也许我是走过去的。我父亲还在工作，他不知道我会回家。我站在空荡荡的公寓套房中凝视着天窗。自从童年以来，我第一次渴望有个妈妈，或者一个姐姐，或者甚至是一个朋友——一个七封印之外的朋友。当这件事发生时，我没有任何可以依靠的人。我不知道该做些什么，应该想些什么。当遇到我这种情况时，一个黑蒙人女孩会做些什么呢？很有可能会花在床上躺一个礼拜。然而，我不是黑蒙人女孩，我也没有和某人分手，我只是做了一个梦，一个孩子气的美梦。

我回忆起我的学校生活。当时，我还是黑蒙世界中一个孤独的通灵人。苏赛特——我仅有的朋友之一——在毕业那年和男朋友分手了。我努力回想着她当时做了些什么。根据我的记忆，她没有在床上待一个礼拜。那她都做了些什么呢？等等，我记起来了，她给我发了条短信，请我陪她去一个俱乐部。"想用跳舞忘记我的牵挂。"她是这么说的。我找了个借口推掉了，正如我经常做的那样。

这个夜晚只属于我。我会用跳舞忘记我的牵挂，我会忘记发生了什么，我会摆脱这种心痛的感觉。

我脱下衣服，冲了个凉，然后擦干身子，把头发梳直。我涂上了唇膏、睫毛膏和眼影，还在脉搏处洒了少许香水。我捏了捏自己的脸颊，让它看起来更加红润。做完这一切之后，我钻进了一件黑色蕾丝连衣裙中，然后踩上一双露趾高跟鞋，离开了公寓。

保安在我路过时奇怪地看了我一眼。

我叫了一辆出租车，来到了伦敦东区的一家闪电屋，娜丁经常光顾的地方。那里有便宜的梅克斯（有时候是真正的非法酒精饮料），仅在工作日营业。它位于 II-6 区的红灯区，是少数几个通灵人能随意闲逛的安全地带，也因此而臭名昭著。即便是神仆也不喜欢来这里。

一个壮硕的保镖守在门口，穿着西装，戴着帽子。他挥挥手，让我通过。

里面既黑暗又闷热。空间狭小而局促，挤满了汗流浃背的身体。有一面墙被长长的吧台占据了，两头分别供应氧气和梅克斯。在吧台的右边有一个舞池。那里几乎都是黑蒙人，他们穿着低腰粗花呢裤子，戴着迷你帽子，系着颜色鲜艳的领带。我不知道自己来这里做什么，只是看着黑蒙人随着震耳欲聋的音乐蹦蹦跳跳，但这就是我想要的：放纵自我，忘记真实的世界。

我用了九年时间爱慕尼克。现在，我要做一个干净的了断。我不想让自己停下来，去感受那种痛苦。

我去了氧气吧，坐在一张高脚凳上。酒保上下打量着我，但是没有主动跟我说话。他是一个通灵人，一个先知——他不想说话。然而，没过多久，就有其他人注意到了我。

在吧台的另一头，有一群年轻人，很可能是来自新伦敦大学的学生。当然了，他们都是黑蒙人。几乎没有通灵人能读到大学。我正准备来一点香氧时，他们中的一个接近了我。他大概十九岁到二十岁，胡子剃得很干净，晒得有点黑，肯定在别的要塞当了一年交换生，也许是新芽帝国的雅典要塞。一顶帽子压在他黑色的头发上。

"嘿,"为了压过喧闹的音乐,他大声招呼道,"你一个人在这里?"

我点点头,他在我旁边找了个位子坐下。"鲁本,"他自我介绍道,"我能请你喝一杯吗?"

"梅克斯,"我说,"如果你不介意的话。"

"完全不介意,"他向酒保做了个手势,后者心领神会,"血色梅克斯,格雷沙姆。"

那个酒保皱了皱眉,不过,他为我倒血色梅克斯时也还是保持着沉默。在所有的酒精替代品中,这是最贵的一种,用樱桃、黑葡萄和李子做成。鲁本凑到我耳边。"那么,"他说,"你来这里的目的是什么?"

"没有特别的理由。"

"你没有男朋友吗?"

"也许吧。"事实上,的确没有。

"我刚刚和女朋友分手了。当你走进来时,我在想——好吧,当一个漂亮的女孩走进酒吧时,我想了一些不该想的事。不过后来,我又想,像你这么漂亮的女孩肯定有男友伴随左右。我说得对吗?"

"不,"我说,"只有我一个人。"

格雷沙姆把我的梅克斯沿着吧台的台面推了过来。"两杯。"他说。鲁本递给他两个金币。"我想你有十八岁了吧,年轻的女士?"酒保问道。

我给他看了身份证,他又回去清洗玻璃杯了。不过,当我小口喝着饮料时,他还是留意着我的一举一动。我很好奇是什么困扰着他:我的年龄、我的外表,还是我的"气"?很可能三者皆有。

当鲁本靠得更近时,我突然回到了现实世界。他的呼吸闻起来像苹果。"你也是大学生吗?"他问道。

"不是。"

"那你在哪里工作?"

"氧气吧。"

他点点头,小口呷着他的饮料。

我不确定该怎么做。发出信号。这算是信号吗?我直视着他的眼睛，用从鞋中露出的脚趾沿着他的大腿滑了下去。这看起来奏效了。他瞥了他的朋友们一眼，他们已经回去玩酒桌游戏了。"你想去其他地方吗？"他的声音既低沉又沙哑。机不可失。我点点头。

鲁本与我十指紧扣，带领着我穿过了人群。格雷沙姆还是盯着我，他很可能觉得我是个小荡妇。

我开始意识到，鲁本不是要带我去我想象中的黑暗角落。他正在带我走向厕所。至少，我是这么认为的。直到后来他把我带进另一扇门，接着来到了员工停车场。那是一个非常小的矩形空间，只能停六辆车。好吧，他想要私密性。那很好，不是吗？至少，这意味着他不是在向他的朋友们炫耀。

我还没来得及喘口气，鲁本就我把推到了肮脏的砖墙上。我闻到了汗味和烟味。让我震惊的是，他开始解开他的腰带搭扣。"等等，"我说，"我的意思不是……"

"嘿，来嘛，只是找点小乐子。而且……"他丢掉他的皮带，"我们又不是在偷情。"

他吻了我，他的吻非常坚定。一条湿漉漉的舌头强行插入我的嘴里，我尝到了人造香精的味道。我以前从没被吻过，我不确定自己是否喜欢。

他是对的，只是找点小乐子。当然了，有何不可？普通人都这么做，不是吗？他们喝酒，他们做愚蠢而鲁莽的事情，他们做爱。这正是我需要的。老贾允许我们这么做——只要不给出承诺。我不准备给出承诺。无牵无挂，伊莉莎就是这么做的。

我的理智告诉我停下来。我为什么要做这种事？在黑暗中，跟一个陌生人，我又能得到什么结果？这证明不了任何东西。这不会让我的痛苦停止，只会让它变得更糟。而如今，鲁本已经跪下来，把我的裙子撩到了腰部。他把嘴唇压到了我裸露的腹部。

"你太美了。"

我可没有感觉到。

"你还没有把你的名字告诉我呢。"他抚摸着我的内衣边缘，我开始发抖。

"伊娃。"我说。

一想到要和他做爱，我就打了退堂鼓。我不认识他，我不想要他。但我觉得那是因为我还爱着尼克，而我必须阻止自己继续爱他。我抓住鲁本的头发，把我的吻压到了他的唇上。他发出意义不明的嘟囔声，把我的双腿拉过来，围绕着他。

一阵轻微的震颤穿透了我。我以前从未干过这种事，第一次是不是有特别的意义？然而，我无法停下来，我必须做这件事。

路灯的光芒闪烁着，我什么也看不见。鲁本把双手撑在砖墙上。我不知道自己在期待些什么，这太令人兴奋了。

然后是疼痛，爆炸性的、让人晕厥的疼痛。就像有只拳头在我的下腹部狠狠地来了个上勾拳。

鲁本不知道刚刚发生了什么。我等待着这种感觉过去，但并没有。他注意到了我的紧张。

"你还好吧？"

"我很好。"我低语道。

"这是你的第一次？"

"不，当然不是。"

他朝我的颈部俯下身，从我的肩膀吻到我的耳朵。在他采取下一步行动前，疼痛感又出现了，这次更糟糕，是一种猛烈而凶残的疼痛。鲁本退了回来。"肯定是。"他说。

"没关系的。"

"瞧，我只是觉得我不应该……"

"没事，"我把他推开，"让……让我一个人静一静。我不想要你，我不想要任何人。"

我把身体从墙面撑起来，拉下裙子后跌跌撞撞地回到了闪电屋。我刚到厕所就吐了起来。疼痛感席卷了我的大腿和胃部。我蜷缩在马桶圈上，一边咳嗽，一边啜泣。在我的一生中，我从没觉得自己如此愚蠢过。

我想起了尼克。我想起了我多年来对他的思念，同时也很好奇他是否曾这样想念过我。现在，我又想起了他，想起了他的笑容，想起了他是如何照顾我的，但这一切都无济于事：我只想要他。我把头埋在双臂中，大哭起来。

第 26 章
改变

记忆的强烈刺激让我昏迷了很长时间。我再次经历了那晚的每个细节，甚至是最微弱的震颤。我醒过来，发现周围一片漆黑，不知道现在是何时何日。《说谎是一种罪》[①]从留声机中轻柔地飘了过来。

我向他展示了如此之多的记忆。我经历过莫莉暴动，经历过我父亲的丧妻之痛，经历过新芽帝国女学生多年的残忍欺凌——我还向他展示了我爱的男孩拒绝我的那个夜晚。这些似乎太过微不足道，然而，却也是我少数几个属于人类的正常记忆。在我仅有的一次感到心碎的时刻，我想把自己献给了一个陌生人。

我不相信所谓的人心，我相信梦景和灵魂，这些才是最重要的。这些能赚钱。然而，我的心却在那天受伤了。在我的人生中，这是我第一次被迫直面自己的内心，承认它的脆弱。它也会伤痕累累，它也会使我蒙羞。

现在，我年纪渐长，也许我已经变了。也许我已经长大了，变强了。我不再是那个青春期的小女孩，绝望地寻求与他人的联系，想找个人依靠。这个她早就离我而去了。如今，我是一件武器，一个被别人秘密操纵的提线木偶。我也搞不清哪种情况更糟糕。

火舌还在壁炉里舔逗着余烬，它的光芒映照出窗边的一个人影。
"欢迎回来。"
我没有回答。守护官回过头看着我。
"说呀，"我说，"你一定有什么想说的。"
"没有，佩吉。"

[①] 原文为 *It's a Sin to Tell a Lie.*

我们沉默了一会儿。

"你肯定觉得这很愚蠢,你是对的,"我看着自己的双手,"我只是……我想要……"

"被看见,"他凝视着火焰,"我相信我能理解这段记忆为何对你影响如此之深。这就是你的恐惧核心:除了天赋,除了旅梦巫的能力之外,你一无所有。那是觉得真正有价值的部分——你的谋生之道。在爱尔兰,你丢失了你的其他部分。现如今,你非常依赖贾克森·霍尔,即便他把你当商品对待。对他来说,你只不过是一个能迅速变成幽灵的肉体,一个披着人类外衣的无价之宝。不过,尼克·尼加德向你展现了更多其他的东西。"

现在,我开始看向他。

"那晚让你看清了现实。当你意识到尼克爱的是其他人时,你就必须面对你最大的恐惧:你没有被当作一个人看待——作为一个完整的人。你只是被当成了珍禽异兽。你别无选择,只能用另一种方式表现自己。于是,你想找到一个人,让他第一个占有你的身体,他必须是对旅梦巫一无所知的人。这样你也就能证明其他部分也是有价值的。"

"别想可怜我。"我说。

"我不是可怜你。不过,我真的了解这种感觉,只因为天赋而被人需要的感觉。"

"这种事不会再发生了。"

"但是,如果你总是单独行动,就无法保证自己的安全,不是吗?"

我转开视线。我恨他什么都知道,我恨自己被他看穿了。守护官过来坐到我身边的床上。

"黑蒙人的意识就像水,温和、平淡、透明,这已经足够让他们活下去了,但也仅限于此。然而,通灵人的意识更像是油,更为浓稠。而且,就像油和水一样,它们永远不会真的融合到一起。"

"你的意思是,是因为他是黑蒙人……"

"是的。"

起码,我的身体没有任何问题。我还没有勇敢到为那晚的事情去看医生，新芽帝国的医生对这种事既冷漠又毫无包容心。

我突然想起了什么。"如果通灵人的意识就像油……"我斟酌着词语，"那么你的意识又像什么呢？"

有一阵子，我不确定他是否想回答。最终，他用一种浑厚，如天鹅绒般柔软的嗓音说出了一个字。

"火。"

这个字让我不禁打了个寒战。我想起了油和火放在一起会发生什么：爆炸。

不，我不能这样想他，他不是人类。他理不理解我根本无关紧要。而且，他是我的监护人，是拉菲姆人。他仍然是我一开始见到的那个人，没有任何改变。

守护官把脸转向我。"佩吉，"他说，"其实，在你晕过去之前，还有另一段记忆。"

"什么记忆？"

"鲜血，很多鲜血。"

我摇摇头，累得无法思考。"很可能是我的通灵能力觉醒的那段记忆，那个骚灵的记忆中充斥着非常多的鲜血。"

"不，我已经看过那段记忆了。比那次的血还要多，它们围绕在你身边，几乎让你窒息。"

"我不知道你在说些什么。"我不知道，我真的不知道。

守护官凝视了我一会儿。

"再睡一会儿吧，"他最终说道，"当你明天醒来时，试着去想一些更好的事情。"

"比如说？"

"比如说逃离这座城市。当时机来临时，你必须做好准备。"

"这么说，你会帮助我的。"见他没有回答，我失去了耐心。"我已经向你展示了我的方方面面——我的生活、我的记忆，但我还是不知道你的动机是什么。你想要什么？"

"当娜什拉把我们两个都抓在手心里的时候，你最好知道得越少越好。这样的话，如果她再次找你问话，你就能有把握地说自己对这件事一无所知了。"

"哪件事？"

"你真是非常顽固呢。"

"你为什么认为我能活下来？"

"因为你能坦然面对危险，"他紧紧抓着膝盖，"我不能把我的动机告诉你，但如果你愿意听的话，我会告诉你一些关于红花的事。"

这个提议让我吃了一惊。"继续说。"

"你知道阿多尼斯的故事吗？"

"新芽帝国的学校不教古典文学。"

"当然了，原谅我。"

"等等。"我想起了老贾偷来的那些书。老贾喜欢神话学，他称之为"美味的非法品"。"他是一个神吗？"

"爱神阿佛洛狄忒的爱人。他是一个年轻美貌的猎人，却也是终有一死的凡人。阿佛洛狄忒是如此沉迷于他的美貌，她喜欢他的陪伴甚于其他神灵。传说，她的情夫——战神阿瑞斯——开始嫉妒这对璧人。于是，他化成一头公野猪，残忍地杀害了阿多尼斯。他死在了阿佛洛狄忒的怀抱中，而他的血也染红了大地。

"当阿佛洛狄忒怀抱着爱人的尸体时，她把众神的美酒洒在了他的鲜血上。于是，阿多尼斯的血液中跳出了一朵银莲花：一种短命的多年生草本植物，被染上了像血一样红的颜色——阿多尼斯的灵魂被送走了，就像所有灵魂一样，在地下世界中憔悴凋零。宙斯听到了阿佛洛狄忒的悲泣声，出于对女神的同情，便让阿多尼斯每年都复活半年。"守护官看着我。"试想一下，佩吉。这个故事里可能没有类似怪物的东西，但是，在你们神话学的裹尸布里还是隐藏着一些真相的。"

"别告诉我，你们是神。我不认为我能接受娜什拉是神这件事。"

"我们有很多特性，但'神性'肯定不是其中之一，"他犹豫了一下，"我说得太多了，你需要休息一下。"

"我不累。"

"即便如此，你也需要睡眠。明天晚上我有东西要给你看。"

我把头靠回到枕头上，我真的累了。

"这并不意味着我信任你，"我说，"我只是在尝试。"

"那么，我也别无他求了，"他轻拍着被单，"睡个好觉，小梦巫。"

我再也撑不住了。我翻了个身，闭上了眼睛，还在想着红花和神。

我被一阵敲门声惊醒了。窗外的天空还是玫瑰色的，仿佛布满血丝的眼睛。守护官站在火边，把手放在壁炉架上。他的目光如利刃一般猛地瞥向门口。

"佩吉，"他说，"躲起来，快点。"

我连忙爬下了床，径直走向帷幔后面的门。我留下了一道虚掩的小缝，把红色的天鹅绒盖在那条缝上作为掩护，然后侧耳倾听着。我还能看到壁炉。

房门的锁被打开，然后门开了。娜什拉步入壁炉的火光中。她一定有这座塔的钥匙。守护官跪下来，但没有完成整个致敬仪式。她用手指拂过那张床。

"她在哪儿？"

"正在睡觉。"守护官答道。

"在她自己的房间里？"

"没错。"

"说谎，她睡在这儿，床单上还有她的气味，"她用裸露的手指抓住他的下巴，"你真想走上那条路吗？"

"我不明白你的意思。我的心里没有别人，只有你。"

"也许吧，"她的手指收紧了，"监狱还为你敞开着呢。你别以为我会心慈手软，犹豫着要不要把你送回'仓库'。你也别妄想第十八个骸骨季的事还会重演。如果真的发生暴动的话，我不会留下任何活口，即便是你们也不例外。这次绝不会了。你听明白了吗？"见他没有回答，她掴了他一个耳光，下手非常之重。我退缩了一下。"回答我。"

"我已经花了二十年的时间来反省自己的愚行。你是对的，不能信任人类。"

一阵短暂的沉默。"我很高兴听到这些，"她的声音柔和下来，"一切都会好起来的，我们很快就会一起住到这座塔里。这样，你就能兑现对我的承诺了。"

她一定是疯了。她怎么能先是打他，然后又给出这样的提议呢？

"我是不是可以理解为,"守护官问道,"40号的日子要到头了?"

我吓得呆若木鸡,继续偷听着。

"她已经准备好了。我知道她在要塞附身了12号,你的表妹告诉我了,"她用手指抚摸着他的下巴,"你已经把她培养得非常优秀了。"

"一切都是为了你,血继宗主,"他抬头看着她,"你是想要秘密地占有她吗?还是想向整个新芽帝国展示你的伟大力量?"

"都可以。最终,我会拥有旅梦巫的能力。最终,我会拥有入侵和附身的力量。这全多亏了你,我最爱的大角星。"她把一个小药瓶放在壁炉架上,声音再次变得冰冷刺骨。"在两百周年庆典之前,这是你的最后一瓶不凋花。我相信你需要时间反省你的伤疤。请牢记你为何应该面向未来,而不是过去。"

"不管你要求我做什么,我都会默默忍受的。"

"你不必忍受很长时间,我们很快就会拥有我们的幸福了,"她转身走向大门,"好好照顾她,大角星。"

门轰然关上了。

守护官呆呆地站在那里。有一阵子,我太不确定他要做什么。突然,他猛地挥出一拳,把壁炉架上的一个玻璃瓮打了个粉碎。我连忙爬到了自己的床上,接下来听到的只有沉默。

他不是我的敌人,不是我以为的那种敌人。

她说她会把他送回"仓库",这证明了他和第十八个骸骨季有关,也证明了他是一名背叛者。当紫微右垣威吓泰勒贝尔时,他指的就是这个。他们试图帮助我们,然而受到了惩罚。他们选择了错误的一方,失败的一方。

我辗转反侧了好几个小时。我无法不去想他们的对话、她是如何打他的、她是如何让他卑躬屈膝的。还有,她是如何迅速地决定要干掉我的,这太快了。我踢开了被单,然后睁着眼睛躺在了黑暗中。虽然花了很长时间,但如今我终于明白过来了,守护官是站在我这边的。

我想起了泰勒贝尔背后的伤疤,就是紫微右垣·尾宿五带着一丝恶意提到的那个。他和他的家族让她背负了这些伤疤。她和守护官都是伤疤一族。在暴动之后,"仓库"里一定发生了什么可怕的事情。就在2039年的十一月潮节,我不太了解泰勒贝尔,但她曾经救过我的命,我欠她一份人情。守护官一直照顾着我,我也对他有欠。

如果说有一件事是我完全无法忍受的,那就是欠别人的人情。他下次再跟我说话时,我会认真听的,我会听他把话说完。我坐了起来。不,不是他下次再跟我说话时——而是现在。我必须跟他谈谈,相信他是我唯一的机会,我不会死在这里的。我必须知道,必须清楚地知道大角星·娄宿二的计划是什么。我必须知道他是否会帮助我。

我爬下床,走进他的房间。空无一人。外面,雨水正从乌云里倾盆而下。落地钟敲响了四下,现在是凌晨四点。我拿起写字台上的一张字条。

我必须去小教堂。我会在破晓之前回来的。

去他妈的睡觉。我已经受够了这些游戏,受够了被他控制。我穿上靴子,离开了塔楼。

外面狂风呼啸。走廊上有一个守卫。我一直等到她离去,然后才开始奔跑。雷声和黑暗掩护了我,让我神不知鬼不觉地溜走了。然而,在雨声之上,又升起了一种新的声音:乐声。我跟着它来到了另一条走道,那里有一扇虚掩着的大门。后面是一个小教堂,它被一扇精美的石头屏风与大楼的其他部分隔开来。烛光在黑暗中摇曳着。有人在里面弹奏着管风琴。那美妙的旋律穿过我的耳朵,进入了我的心扉。

屏风上开着一扇小门。我穿过它,走上台阶。在台阶尽头的就是那台管风琴。守护官坐在一张长凳上,背对着我。音乐穿过一排排的风笛产生共鸣,然后直冲屋顶。乐声从小教堂里升起,飞得比教堂还高。它带着极度的悔恨和哀悼向我席卷而来。没有一定程度的感同身受,是演奏不出这样的乐曲的。

音乐戛然而止,守护官转过头来。见他什么也没说,我紧挨着他坐到了长凳上。我们就这么坐在黑暗中,只能看到他的眼睛和蜡烛发出的光芒。

"你应该在睡觉。"

"我睡够了，"我用手指触摸着键盘，"我不知道拉菲姆人会演奏乐器。"

"这些年来，我们已经掌握了模仿的艺术。"

"那不是模仿，那就是你自己。"

然后是长久的沉默。

"你是来问关于让你自由的事情的吧，"他说，"那就是你想要的。"

"是的。"

"当然了。你可能不相信，但自由也是我在这个世界上最渴望的东西。这个地方让我患上了严重的旅行癖，渴望逃离这里去其他任何地方。我渴望你的激情之火，渴望看到你见过的景象。而我在这里已经待了两百年。我虽然打扮得像个国王，却是一个囚徒。"

别的不说，我能理解他想离开的心情。

"我曾经被背叛过。在十一月潮节的前夜，第十八个骸骨季的起义爆发之际，一个人类选择了背叛我们所有人。为了得到他自己的自由，那个背叛者牺牲了这座城市里的每个人。"他看着我。"你已经看到了，正因如此，娜什拉不必担心第二次起义的发生。她相信你们都太自私自利了，不会团结起来的。"

我终于知道了。他们为了人类的自由而进行周密的筹划，结果我们却咬了那只想要为我们而战的手——难怪他不信任我。难怪他的态度这么冷淡。

"但是，你，佩吉，你威胁到了她。她知道你是七封印之一，你是苍白梦巫。你有能力把集团中的团结精神带进这座城市，她害怕这种精神。"

"集团没什么好怕的，里面充满了两面三刀的市井流氓。"

"这取决于集团的领导，它有潜力变成更伟大的存在。"

"集团之所以存在，是因为新芽帝国。新芽帝国之所以存在，是因为拉菲姆人，"我说，"是你们创造了你们自己的敌人。"

"我承认其中的讽刺意味，娜什拉也是。"他把脸转向我。"在第十八个骸骨季会发生暴动，就是因为犯人们都习惯了被管理，他们形成了一支团结而有力量的团队。我们必须再次振兴这种力量。这次，我们一定不会失败，"他看着窗户，"我一定不会失败。"

我没有说话。我想要抚摸他的手，在键盘上，它离我的手只有几英寸的距离。

最终，我没有冒这个险。

"我想要离开，"我说，"这是我的全部愿望，带尽可能多的人类回到要塞。"

"那么，我们的目标是不同的。如果我们想要互帮互助，必须调和这种差异。"

"你想要做什么？"

"打败尾宿五家族，让他们尝尝害怕是什么滋味。"

我想起了朱利安，想起了芬恩，还想起了莉斯——正在沦为黑蒙人的莉斯。"你打算怎么做？"

"我有一个主意，"他的目光在我身上徘徊闪烁，"如果你愿意的话，我想给你看一些东西。"

我想要应答，但最终却没有。当他看着我时，他那黄绿色的眼睛变得温暖了起来。我离他如此之近，几乎能感觉到他的体温。"我想要信任你。"他说。

"你可以的。"

"那么，你会和我一起来吗？"

"去哪儿？"

"去见迈克尔，"他站起来，"在主庭院的北面有栋废弃大楼，守卫肯定发现不了我们。"

现在，他吸引了我的全部注意力。我点点头。

我跟着他走出了小教堂。他仔细查看了拱门，搜寻着守卫。没人出现。

他做了个手势。一个附近的幽灵转身飞向他，并迅速冲下走道，把火炬弄熄了。当黑暗逼近时，他抓住了我的手。我必须小跑着才能跟上他的步伐。他带我穿过一条拱廊，来到外面，踏上了一条碎石铺就的小径。

那座废弃大楼就像其他建筑一样鬼气森森的。凭借微红的曙光，我能看见一连串拱门、装着栅栏的长方形窗户，还有一个山形墙，上面刻着一个圆环。守护官带领我穿过拱门,然后从袖子里拿出一把钥匙,打开了一扇生锈的门。"这个地方是干什么用的?"我问道。

"一个秘密基地。"

他走了进去。我紧随其后,并在身后关上了门。守护官插上了门闩。

这个秘密基地里一片漆黑。他的眼睛把柔和的光芒洒在了墙面上。"这里曾经有很多酒窖,"我们一边走着,他一边说道,"我花了好几年来清理它们。作为这个公馆里地位最高的拉菲姆人,我能任意封锁公馆里任何一幢大楼的入口。这个秘密基地只对一小部分人开放,迈克尔也在其中。"

"还有谁?"

"你知道还有谁。"

伤疤一族,我打了个冷战。这是他们的秘密基地,他们开会的场所。他打开墙上的一道门,后面是一个只能爬行通过的洞口。"钻进去。"

"那里有什么?"

"有能够帮助你的人。"

"我还以为你会帮我呢。"

"这座城市的人类永远不会信任拉菲姆人,让我们来领导他们,他们会觉得这是一个圈套,正如你一直坚信的那样。你必须要成为领导。"

"以前一直是你领导我。"

守护官转开目光。

"去吧,"他说,"迈克尔正在等着呢。"

他的脸色不太好。我很想知道他到底经历了些什么。

"这次可以改变一下。"

他没有回答。他的眼神很黯淡,皮肤发出一种柔和的光泽。缺少不凋花的不良后果已经显现出来了。

没有太多选择,我爬进了那个又冷又黑的隧道。守护官在我们身后关上了那扇门。"继续往前爬。"

我照做了。当我到达尽头时,一只纤细的手抓住了我。我抬起头,看见了迈克尔,他的脸被一根蜡烛所照亮。守护官也从隧道里现身了。

"给她看看,迈克尔。这是你的工作。"

迈克尔再次点点头,示意我过去。我跟着他进入了黑暗中。他咔哒一声打开了一个开关,一盏灯亮了起来,照亮了一个巨大的地下房间。我看了那盏灯一会儿,试图搞清楚它为何看起来如此奇怪。然后,我突然明白了。

"是电力,"我无法移开目光,"这里没有电能,你怎么……?"迈克尔正在微笑。

"官方只允许我们恢复一个公馆的电力,那就是贝列尔学院。在骸骨季期间,那里是红衣行者与威斯敏斯特执政府协调工作的地方,"守护官说,"那幢楼里有现代电网。幸运的是,莫德林学院也是如此。"

迈克尔带领我来到一个角落,在那里,天鹅绒帷幔覆盖着一个宽大而方正的物体。当他把帷幔抽掉之后,我惊呆了。让他如此引以为傲的东西居然是一台电脑。它过时得吓人,很可能是2030年生产的——但那毕竟是一台电脑,一条联系外部世界的纽带。

"他从贝列尔学院偷出来的,"守护官说着,嘴角露出一丝笑影,"他能够恢复这座大楼的电力,与新芽帝国的卫星群建立起联系。"

"你真是一个神童啊,迈克尔,"我坐在电脑前,迈克尔允许自己露出一个羞涩的微笑,"你们用它来干吗?"

"我们不是经常冒险恢复电力,不过,我们会利用它监控第二十个骸骨季的进展情况。"

"我能看看吗?"

迈克尔在我肩头俯下身子。他点击了一个文件夹,文件名是:佩吉·伊娃·马霍尼,2059年三月七日。这是用直升机拍下的录像片段。摄影机放大了我的脸。我全速冲刺着穿过屋顶,助跑后从大楼的边缘跳了出去。那条鸿沟看起来几乎不可能跨越——我发现自己屏住了呼吸——然而,屏幕上的女孩却做到了。直升机驾驶员大叫道:"用流体射她!"我已经下坠了五十英尺,但有一根绳子钩在了我的身体和背包之间。我挂在那里,失去了意识,就像一具僵死尸。守夜人的摄像师大笑起来,都快笑岔了气。"韦弗的胡须啊,"他说,"这绝对是我见过的最幸运的小婊子。"

的确如此。

"真是引人入胜。"我说。

迈克尔拍拍我的肩膀。

"你没能躲开他们,我们都非常失望,"守护官说,"不过,我们还是为你的幸存而松了口气。"

我挑起一根眉毛:"你有没有邀请你的朋友们过来观赏这场秀?"

"注意你说话的口气。"

他站起来,在地下室里踱着步。"你想让我做什么?"我问道。

"我正在给你寻求救援的机会,"当我看向他时,他说道,"向七封印求救。"

"不,娜什拉会抓到他们的,"我说,"她想要贾克森。我不会让他靠近这里的。"

迈克尔的脸拉了下来。"至少让他们知道你在哪儿,"守护官说,"万一失败的话。"

"什么会失败?"

"你的越狱行动。"

"我的越狱行动。"

"是的,"守护官把脸转向我,"你问过我关于地铁的事情。在两百周年庆典的晚上,它会从要塞驶过来,载着大批新芽帝国的使节。它也会把他们送回伦敦。"

我终于领会了他的意思。"我们可以回家了,"我说,这个消息让人很难消化,"什么时候?"

"九月一日的前夜,"守护官坐在一个酒桶上,"如果你不想联系七封印,也可以利用这个房间制定你的计划。那些计划必须比我的计划要好,佩吉。你一定要想起集团教会你的东西。"他直视着我的眼睛。"上次我犯了一个错误。我们当时计划在白天反抗尾宿五家族,那时候,城市的大部分地区本该还处于休眠状态。而多亏那个背叛者,他们早已做好了对付我们的准备。不过,即便没人出卖我们,他们也能从以太世界中感觉到我们的行动。既然我们已经展开了大量行动,就必须在尾宿五的注意力被分散的时候发起攻击。他们想要维持表面统治的需求会抑制他们的反击能力。还有比两百周年庆典更适合的时机吗?"

我发现自己不禁点了点头。"如果我们突然出现的话,就能吓住一些新芽帝国的官员。"

"完全正确,"他继续看着我,"现在,这里是你的秘密基地了。电脑里存有冥城 I 号的详细地图,能帮助你设计出城路线。你们如果能及时抵达草地,就能搭地铁回到伦敦。"

"它什么时候离开?"

"我还不知道。我不能问太多的问题,但迈克尔已经在打探情报了。我们会发现的。"

我抬头看着他:"你说我们的目标是不同的,你还想要别的东西。"

"新芽帝国相信我们十分强大,无法被消灭,我们没有弱点。我希望你证明他们是错的。"

"怎么做呢?"

"我早就怀疑为了获得你的天赋,娜什拉会计划在庆典上杀了你。有一个简单的方法能让她颜面尽失,"他把手指放到我的下巴底下,将它抬起,"那就是阻止她。"

我的目光在他的脸上搜索着。他的眼神既暧昧又柔和。"如果我做到了,"我说,"我想要一个回报。"

"我正在听呢。"

"莉斯,我不能去看她了。我有了一副牌,但她可能不会接受它。我需要……"我的嗓子突然一阵痉挛,哽住了,我必须强迫自己才能说出下面的话,"我需要你的帮助。"

"你的朋友处于灵魂休克的状态太久了,她需要不凋花才能恢复。"

"我知道。"

"你知道娜什拉已经中断了我的供给。"

我并没有移开目光:"你还有最后一瓶。"

守护官坐在我身边。我知道自己正在要求什么,他非常依赖不凋花。

"我很好奇，佩吉，"他用手指敲击着膝盖，"你不想把你的朋友带到这里来。但是，如果我给你自由，现在就给，你会接受吗？如果这意味着丢下莉斯？"

"这是一个交换条件吗？"

"也许吧。"

我知道他为何要这么问我。他在试探我，看看我是否会自私到抛下如此脆弱的同伴。

"这对我有很大的风险，"他说，"如果有任何人类向尾宿五家族通风报信，我会因为帮助人类而受到严厉的惩罚。不过，如果你愿意再待久一些——为我和你的同胞承担一些风险——我会为她做同样的事。这是我提出的一项交易。"

我的确在考虑这项提议。令人震惊的是，有那么一刻，我想过放弃莉斯，抓住我的自由。我想回到伦敦，将这个地方抛到脑后，永不回头。然后，我的心中迅速升起了一股火辣辣的惭愧。我闭上了眼睛。

"不，"我说，"我希望你帮助莉斯。"

我能感觉到他注视着我。

"那么我会帮她的。"他说。

一小群哈莱人聚集在莉斯的窝棚里。一共有五个人，他们在寒风中挤作一团，低着头，双手紧握。西里尔和朱利安也在其中。雨水透过塞在木板缝隙中的布头滴下来。

莉斯处于灵魂休克的状态太久了，很难恢复过来。他们能做的只是在她床边默默地守候着。如果她活过来，就会变成一具黑蒙人的空壳，变回先前的自己。如果她死了，他们中的一个人就会为她念诵挽歌，将她送往远方，不让她的灵魂被拉菲姆人捉到。不管是哪种情况，他们都会失去他们最挚爱的演员——莉斯·雷默尔，那个从未掉下来过的女孩。

当守护官赶到时，迈克尔和我就在他的左右，他们都被吓退了。恐惧的低语声在他们中间蔓延着。西里尔躲进了角落里，对我们怒目而视。其他人只是在那里干瞪眼。娜什拉的左膀右臂——血继配偶，他为什么会在这里？他为什么要打扰他们对莉斯的临终看护？

只有朱利安没动。

"佩吉?"

我把一根手指放在嘴唇上。

莉斯躺在一堆毯子上,身上盖着脏兮兮的被单。她的头发上缠绕着一些丝带,象征着好运和希望。朱利安紧抓着她的手,同时目不转睛地盯着那个闯入者。

守护官跪在莉斯身边。他紧咬着下巴,并没有提及他的痛苦。

"佩吉,"他说,"不凋花。"

我把药瓶递给他。最后一瓶了,是他最后的救命稻草。

"那副牌,"守护官说,现在他把注意力完全放到了他的工作上,我又把牌递给了他,"还有刀。"

迈克尔递给我一把有着黑色刀柄的小刀。我把它抽出刀鞘,并交给守护官。周围传来更多的窃窃私语。朱利安把莉斯的手放到他的膝头,眼睛紧盯着我。"相信我。"我小声说道。

他吞了一下口水。

守护官拔去不凋花的瓶塞。他摇出几滴在他戴手套的手上,然后把这油状物轻轻地擦拭在莉斯的嘴唇和人中上。朱利安仍然坚定地抓着她的手,虽然她冰冷的手指毫无反应。守护官又在她两边的太阳穴上抹了一点不凋花,然后塞上瓶塞,把瓶子递回给我。他手握小刀的刀刃,把刀递向朱利安。

"刺破她的手指。"

"什么?"

"我需要她的血。"

朱利安看看我,我点点头,他用平稳的双手抓住了刀柄。"对不起,莉斯。"他说。

他把刀尖刺入她的每一根手指上,小血珠从刀碰过的地方冒出来。守护官点点头。

"佩吉,迈克尔,把牌摊开。"

我们一齐行动,将新牌摆成了半圆形。守护官抓住莉斯的手,把她手指上的血抹在牌上,用血染红了卡牌上的图案。

然后,守护官用一块布将刀刃擦干净。他脱掉了左手的手套,并紧握住小刀。人群中有人倒抽了一口冷气，拉菲姆人从不脱掉手套。他们究竟有手吗？是的，他们有。他的手非常硕大，指关节上布满了伤疤。当他用小刀的锋利面割破了自己的皮肤，并重新展开手时，又有人倒抽了一口冷气。

他的血从刀口渗出来，模糊了我的视线。他伸出手臂，在每张牌上都滴了几滴外质黏液，就像阿芙洛狄忒把众神之酒洒在了阿多尼斯的鲜血中一样。我能感觉到灵魂们正在这个房间里聚集起来：被这副牌所吸引，被莉斯所吸引，被守护官所吸引。它们组成了一个三角形，让以太世界中出现了一条裂缝。他正在打开那扇门。

守护官又戴上手套，捡起卡牌，把它们重新理成了一堆。他把卡牌放到莉斯敞开的领口，让它们触碰到她的皮肤，然后将她的双手交叠着放在卡牌上。

"从阿多尼斯的鲜血中出现的，"他说，"是生命。"

莉斯睁开了眼睛。

第 27 章
周年庆

2059 年的九月一日快要来临了。就在两百年前,一些奇怪的闪电划过天空。就在两百年前,帕默斯顿大人与拉菲姆人签订协议。就在两百年前,通灵能力开始遭到严厉的指控。而且最重要的是,就在两百年前,冥城 I 号建立,开启了骸骨季的伟大传统。

一个女孩站在我面前,正透过镀金的镜子看着我。她双颊瘦削,下巴紧绷。这副僵硬而冰冷的面容居然是属于我的,这还是吓到了我。

我被包裹在一条中袖方领的白裙里,弹性布料紧贴在我骨瘦如柴的身体上。虽然守护官已经尽量将我喂得饱饱的,但也不能天天都带食物给我。如果他这么做的话,就会提高被怀疑的风险。在其余时间里,我和哈莱人一起喝稀麦粥、吃干面包。

娜什拉还没有邀请我参加另一场盛宴。

我整理好我的裙子。为了能够参加庆典,我被暂免穿黄衣的惩罚。娜什拉曾经说过,那是一种示好。而我很清楚其中的原因,我已经做好了准备。领子下面塞着的是守护官给我的吊坠。我已经有几个星期没有碰它了,但在今晚,它也许会派上用场。我的一只白色踝靴里藏有一把小刀。带着那么多东西,我几乎无法走动,但拉菲姆人希望我们看起来更强壮——而不是虚弱且筋疲力尽。他们期待我们今晚能昂首站立。

房间里一片沉寂,只点着一根蜡烛。守护官已经跟其他拉菲姆人一起走了,去迎接使节。他给我留了一张条子,靠放在留声机上。我坐在他的书桌上,用手指抚摸着纸上的墨水。

> 时间已经定好了。到市政厅找我。

我把它丢进了火堆的余烬中。在一片昏暗中，我给留声机上了发条，并将指针放到唱片上。这将是我最后一次听它演奏了。不管今晚发生什么，我都永远不可能回到创始人之塔了。

轻柔而带着回响的歌声充斥着整个房间。我查看了一下唱片的名字：《我会回家的》①。是的，我会的。如果每件事都按计划进行，到早上我就会回家了。我看够了在贫困中挣扎的哈莱人，受够了被迫叫他们"哈莱人"。我看够了莉斯因为没有其他可以维生的食物而整天吃油脂和变质的面包。我受够了红衣行者和艾冥。我受够了被叫作40号。我受够了这个该死的地方，包括里面的每个人。我无法再多待一个晚上了。

有张纸片在地毯下沙沙作响。我跪在门边，捡起那张被塞在地毯下的字条。

守护官的纸条已经让我想到一个主意。我已经鼓励朱利安组织了一群信使，就像老贾在要塞里做的那样，通过黑蒙人来传纸条，让公馆里的人保持消息灵通。

俄耳甫斯做到了。一切都已准备妥当。

幸运

我允许自己露出了笑容。是费利克斯，我让他在传信时用假名。俄耳甫斯是指迈克尔。

说服老鸭头用他的专业技术帮助我们并不难，只要威胁说会向娜什拉告发他的小药库就行了（"哦，不，求你了，对一个可怜的老人发发慈悲吧！"），朱利安和我已经逼迫他为红衣行者准备了一个惊喜。当我们对抗拉菲姆人时，某种药物会让红衣行者反应迟钝。虽然他有些拖拖拉拉的，但他还是做完了（"你们永远不会侥幸成功的，你们会被大卸八块，就像第一批人那样！"）。碾成粉末的紫色紫菀混上安眠药，非常完美。

---

① 原文为 "I'll Be Home."

事情做完后，我用他自己的白色紫菀消除了他的记忆。我不喜欢懦夫。

我们把混合药物偷偷送给迈克尔。他很高兴能在红衣行者的酒里下药，这些酒会在庆典前的晚宴上赏赐给他们。如果一切进行得顺利，他们会丧失基本的自卫能力。

我往窗户外看去。使节团已经在八点抵达了，他们都穿着最好的衣服，由全副武装的守夜人护送前来。这些新芽帝国的男男女女来到这里，是为了见证一项新协议的签署——《伟大的领土租借法案》。它允许拉菲姆人在巴黎建立一座由他们掌控的城市，这是除英格兰之外的首个殖民地，冥城Ⅱ号。

新芽帝国将不再是一个处于胚胎阶段的帝国。它即将诞生，它会真正活在这个世界上。

这只是个开始。如果拉菲姆人把所有通灵人都锁在流放地中，剩下的人类就没法对付拉菲姆人了。以太是唯一的武器。如果没人能使用它，人类只能坐以待毙。

然而今晚，我并不在乎这些。我在乎的是如何回到七鬈区，回到那个堕落腐朽的集团，回到我的帮派，回到尼克身边。在这一刻，在整个世界上，这就是我想要的一切。

留声机继续放着音乐。我坐到写字台旁，透过窗户看着月亮。现在并不是满月，而是半月。夜空中没有星星。

莉斯、朱利安和我已经趁最后几个星期在城市中散布了不和谐的种子，并利用秘密基地作为我们的老巢。在那里，苏海勒和监管人无法听到我们的谈话。莉斯的精神创伤已经完全消失了，而且有了活下去的新目标，她活跃在团结哈莱人的舞台上。她原本还是有点紧张，但有一天晚上她爆发了。"我再也无法这样生活下去了，"她说，"而且我也阻止不了你发动起义，就让我们一起大干一场吧。"

于是，我们行动了起来。

大部分黄衣或白衣行者，以及演员都同意帮助我们，那些目睹守护官治愈莉斯的人则更有信心，因为他们确定有某些拉菲姆人会支持他们。这几个星期里，我们都在积累储备，并把它们隐藏在指定的地点。一些哈莱人已经洗劫了记忆被涂白的老鸭头，夺走了他的火柴盒和固体酒精罐头。一对勇敢的白衣行者试图冒险闯入"仓库",然而,自从克拉斯被发现死在那里之后,警卫已经加强了很多,没人能接近那里。我们只能在垃圾中搜索物资。我们这些人并没有多少枪,但我们也不需要用枪去杀人。

只有朱利安、莉斯和我知道地铁在哪儿。我们没有对任何人提起它,风险太大了,其他人只知道有个可以出去的方法。我们会用信号弹指明那个地点。

现在,我正坐在床上摇晃着双腿。通过敞开的卫生间门,我能看到里面的镜子。我看起来就像一个陶瓷娃娃,但我原本可能会更糟。我可能会像艾薇一样。我最后一次见到她时,她正和另一个人类一起走在紫微右垣的身后,看起来是这么肮脏而瘦小,我简直认不出她来。然而,她没有再继续哭泣,只是这么走着,沉默不语。我很惊讶,在经历了"仓库"中发生的事情之后,她还活着。

守护官没有这么对我。当九月临近时,他变得越来越少言寡语。我猜这是因为害怕,害怕这场起义会失败,就像最近的那次一样。有时候,不只是害怕,我想他也很愤怒,因为他即将失去我,失去对抗娜什拉的武器。

我摇摇头,赶走这个想法。守护官只是想保护我的天赋,就像其他人一样。

拖延时间是毫无意义的,我必须直面伦敦议事厅。我站起来,再次为留声机上足发条。不知怎么,听到音乐还在继续播放,我的心情得到了抚慰——无论外面发生什么,一首歌总能暂时填补房间内的空虚。我关上塔门,走了出去。

夜班门卫刚刚换过班。她的头发被束在一个散发着光泽的假发髻里,还涂了玫瑰色的唇膏。"XX-40,"她说,"他们希望你在十分钟内到达伦敦议事厅。"

"好的,谢谢,我知道了。"说得好像监管人之前没有反复提醒我时间一样。

"他们还让我提醒你,今晚要遵守命令。除非有拉菲姆监护人的陪同,你不能随意跟大使或新芽帝国的资助人说话。娱乐节目在十一点开始。演出结束后你就要上台。"

"上台？"

"哦，嗯……"她回头查看她的分类账，"没什么，对不起，那条信息是给其他人的。"

我想看一下分类账，但被她盖住了。"真的吗？"

"晚上好。"

我抬起头，是大卫。他穿着西装，系着红色领带，胡子剃得干干净净。我的胃部一阵紧缩。大卫看起来不像被下药了。但是，迈克尔肯定已经下手了，他必须下手。

"我被派来护送你去议事厅，"他伸出一条胳膊，"血继宗主希望你现在就到。"

"我不需要护送。"

"他们认为你需要。"

他没有语无伦次。他还没有摄入太多老鸭头的混合药物。我从他身边走过，没有理睬他伸过来的手臂，直接走下了街道。这不是一个好的开始。

一条被灯光照亮的小路穿过了整个城市。议事厅坐落于"仓库"的附近，名字取自守夜人在伦敦的总部。被邀请参加两百周年庆的通灵人都是粉衣或红衣行者，不然就是特别有天赋的哈莱人。娜什拉宣称这次庆典是对他们良好品行的嘉赏。在庆典上，他们被允许与其他人类一同用餐和跳舞。作为回报，他们必须明确表示，他们不仅喜欢和他们的监护人在一起，而且也非常感激对他们的"改造"。他们喜欢被藏在这个肮脏的流放地里，远离社会。他们喜欢被艾冥吃掉手脚。

他们中的大部分人都不用假装，卡尔显得兴高采烈。所有红衣行者都显得兴高采烈。他们在这个殖民地里找到了自己的一席之地，而我永远也找不到，我只想离开这个鬼地方。

"好主意，"大卫说，"放在酒里。"

我不敢看他。

"你的男孩好像放得有点太多了。我闻了闻就知道是御用品。但是，别担心——它对大部分人都起了作用。我绝对不会破坏这个惊喜的。"

两个哈莱人从街上直冲过来,喘得上气不接下气。他们带着几卷布料溜进了老教堂和宗主公馆之间的小巷。他们是准备去烧掉"房间"的。他们一定在那里放了火柴。火柴和煤油。

是朱利安建议在市中心的大楼里放火的,他是一个极好的军师。那两个哈莱人会分散他们的注意力,并留下一些街道供我们逃往北方的草地。他们准备早点行动——就在使节们感到疲惫的时候。"两点左右他们肯定就回家了,"他说,"如果我们在午夜行动,就有足够时间展开起义了。我们要将一切掌控在手中。越早越好。"我没有异议。一切都在按计划进行——然而,那个聪明的红衣行者就待在我的左右,他有能力毁了这一切。

"你告诉过谁?"我问大卫。

"让我告诉你一些引人深思的事,"他忽略了那个问题,"你觉得新芽帝国喜欢被拉菲姆人颐指气使吗?"

"当然不。"

"然而,当娜什拉说他们都在她的掌控中时,你却相信了她的鬼话。在新芽帝国的历史中,你觉得没人想过与他们抗争吗?"

"你在暗示什么?"

"只是提出一个问题。"

"他们不会,他们太害怕艾冥了。"

"也许你是对的。但也许,执政府还残存着一些骨气。"

"这是什么意思?"见他没有回答,我停在他面前,"这跟该死的执政府有什么关系?"

"非常有关系,"他从我身边挤过,"你正在策划一场越狱,街头公主。别太担心我了。"

在我回答之前,他已经穿过维多利亚式的门厅并融入了人群,从我眼前消失了。我的背脊一阵刺痛。我不需要身边有个无赖的红衣行者,特别是像大卫那样的神秘人物。他声称憎恨拉菲姆人,但跟我还是不一样。他可能会告诉娜什拉关于酒的事情,她立刻就能感到情况不妙,非常非常不妙。

议事厅里点燃了几千根蜡烛。我跨过门槛后,迈克尔和一个白衣行者便急匆匆地把我推上一段楼梯,撇下大卫,让他自己先去寻找其他掘骨者同伴。拉菲姆人派给迈克尔的任务是：确保没人看起来伤痕累累或邋遢不堪——这是我们最后一次碰头的完美借口。当我们抵达二楼的楼座时，我把脸转向他们。

"准备好了吗？"

"等着看好戏吧。"那个白衣行者说道。他叫查尔斯，泰勒贝尔的一个纸牌占卜师。他往下朝大厅点点头，在那里，拉菲姆人和大使们混杂在一起。"掘骨者们正在陆续倒下，等拉菲姆人注意到的时候，已经太迟了。"

"很好，"我冷静地深吸了一口气，"干得好，迈克尔。"

迈克尔穿着一套朴素的灰色西服，露出了微笑。

"你拿了我的包？"

他用手指了指，我那塞满药物的背包正躺在楼座的长凳底下。现在我还不能拿走它，不过，如果有需要的话，哈莱人知道它就在那里。那只是众多物资隐藏处中的一个。

"佩吉，"查尔斯说，"那个信号弹什么时候会升起？"

"我还在等消息。等我们找到一条路，我会立即发射信号弹。"

查尔斯点点头，我低头再次看着大厅。

有如此多的人正准备拿自己的性命冒险。莉斯，她曾经是那么害怕；朱利安，他曾经帮了我那么多；还有那些哈莱人，那些白衣行者。

还有守护官。现在，我明白了他的信任对我意味着什么。如果我背叛了他，就像上次那个人类一样，他将不止是留下伤疤而已——他还会被残忍地杀害。这是他最后一次机会。

然而，我们必须现在就采取行动，趁拉菲姆人还残存着对我们的一丝同情。如果伤疤一族消亡了，我们也就没有希望了。

通往楼座的那道门被砰的一声打开了。苏海勒赫然出现在门口。他抓住查尔斯的短袍，把他拖回到了楼梯那里。"血继宗主不喜欢等待，小矮子。"他对我说道。"你不能来楼座，下去。"

他来得快，去得也快。迈克尔瞥了一眼那扇门。"是时候了，"我说着，碰了碰他的手，"祝好运。记住，保持低调，寻找信号弹。"

迈克尔点点头。

"活下去。"他只说了这一句。

当穿过议事厅的底楼时,我一直低着头。没人注意到我来了。

新芽帝国的体制已经被九个欧洲国家使用,包括英格兰。然而和英格兰不同,其他国家没有遣送他们的通灵人的地方。这次九个政府都送来了自己的使节,甚至是都柏林——最年轻也最富争议的新芽帝国城市——也派来了一个代表:卡舍尔·贝尔,我父亲的一个老友。他是一个神经紧张而优柔寡断的人,快要被他的沉重职责给弄崩溃了。当我第一眼看见他时,我的胸口一阵激动——他也许能帮助我——而后,我想了起来:自从我六七岁之后他就没有见过我了。他不会认出我的,而且我在这里没有名字。更何况,贝尔没什么权势,他的政党已经失去了对都柏林的掌控。

议事厅看起来金碧辉煌。它有着装饰华丽的石膏屋顶,上面挂满了枝形吊灯,还有一大片开放式的露台。在黑暗中,烛光闪烁,肖邦美妙的音乐飘荡着。那些代表称得上恭敬有礼。他们或享用着各种各样的美味食物,或手持梅克斯互相交谈着。他们的黑蒙人身份是一种特权,一种正当的权利。他们让黑蒙奴隶为他们端上食物,包括迈克尔,他被迫装作是自愿参加改造计划的人。其他黑蒙人一定是显得太过营养不良了,因此都没有出现。

在一群舞者之上,莉斯高悬着,她被丝带挂在半空中,就像一个空中芭蕾舞演员,摆着各种姿势。她完全凭自己的力量不让自己摔死。

我四下张望着整个房间,试图找出韦弗。在视线所及范围之内我都没有找到他。也许他迟到了吧。其他国家如果没有派他们的审判者前来还情有可原,但英格兰不行。我能认出其他一些新芽帝国官员,包括守夜人的指挥官,伯纳德·霍克。他是一个身材高大的光头男人,有着格外发达的颈部肌肉,非常擅长搜寻通灵人——事实上,我一直怀疑他是嗅探师。即便是现在,他的鼻孔也大张着。我暗暗记下,如果有可能一定要杀了他。

一个黑蒙人给我端来一杯白色的梅克斯。我拒绝了,因为我刚刚看见了卡舍尔·贝尔。

贝尔手里拿着个玻璃杯,同时一直整理着他的领带,努力将它拉直。他试图跟拉德米洛·雅力沙聊天,后者是塞尔维亚的移民部副部长。我对自己笑笑,正是雅力沙愚蠢地批准达妮移居到伦敦。我走向他们。

"贝尔先生?"

贝尔吓了一跳,酒都洒了出来。"什么事?"

我看着雅力沙:"很抱歉打搅你们了,部长,我能跟贝尔先生单独说会儿话吗?"

雅力沙上上下下地打量着我,他的上唇不高兴地噘了起来。

"对不起,贝尔先生,"他说,"我该回到我的同僚中去了。"

他起身前往他的安全领域,跟他的同僚在一起,留下我面对贝尔,后者正试图从外套上擦去红色的污渍。"你想干什么,反常能力者?"他吞吞吐吐地说道,"我正在和非常重要的人说话呢。"

"好吧,现在你又碰上了另一个重要人物,"我拿走了他的玻璃杯,并小口喝了起来,"你还记得那次入侵吗,贝尔先生?"

贝尔呆若木鸡地站在那里。"如果你指的是2046年的入侵,那么是的,我当然记得。"他的手指在颤抖,指关节是紫色的,因为关节炎而肿胀着。"你为什么这么问?你是谁?"

"我的表哥在那天被捕了,我想知道他是否还活着。"

"你是爱尔兰人?"

"是的。"

他眯着眼仔细看我:"你叫什么名字?"

"我的名字并不重要,我表哥的名字才重要。他叫芬恩·麦卡锡,在圣三一学院读书。你认识他吗?"

"是的,"他回答得非常迅速,"麦卡锡和其他学生领导都被关在了卡里克弗格斯。他被判处了绞刑。"

"被执行了吗?"

"我……我不太清楚细节,但……"

有一种黑暗而扭曲的东西从我心中升起。我凑近了他,在他耳边低语道:"如果我的表哥被处死了,贝尔先生,我会追究你的个人责任。是你的政府丢掉了爱尔兰,是你的政府放弃了它。"

"不是我!"贝尔喘息道,他的鼻子开始流血,"不要伤害我!"

"不是你，贝尔先生，也是你的同党。"

"反常能力者，"他怒吼道，"快滚开。"我隐入人群中，留下他自己为鼻子止血。

我感到自己正在颤抖。我拿了另一杯梅克斯，并一饮而尽。我一直以为芬恩已经死了，但我心中有一小部分还是忘不了，觉得他可能还活着。也许他的确是活着的，但我无法从卡舍尔·贝尔那里得到确切消息。

我突然瞥见了站在演讲台下方的娜什拉。她的身边是守护官，他正忙着和一个希腊使节交谈。在庆典的钟声敲响之后，他喝到了几个月来的第一滴不凋花。只是几滴已经让他改头换面了。他穿着黑色与金色相间的礼服，领口装饰有橘红色的风信子石，目光烁烁。我认出了离娜什拉最近的那群人类：她的精英守卫团。他们中的一个看见了我——阿米莉娅的替代者——从她口型来看，我猜她正在通知她的老板。

娜什拉越过守卫们的头顶看过来。她的嘴角露出一丝笑意。守护官听到后也转过了身来。他的眼神突然变得异常炽热而敏锐。

娜什拉向我招了招手。我走了过去，把空杯子递给了一个黑蒙人。

"女士们，先生们，"她对聚集在她身边的人说道，"我很高兴地向你们介绍 XX-59-40。她是我们最有天赋的通灵人之一。"

代表们开始窃窃私语，显得既好奇，又有些反感。

"这位是阿洛伊斯·迈纳特，法兰西的最高发言人。还有碧姬塔·雅德，新芽帝国斯德哥尔摩要塞的守夜人指挥官。"

迈纳特是一个小个子男人，动作僵硬而拘谨，没有突出的特征。他点点头。

雅德只是盯着我看。她大约三十五岁左右，有着浓密的金发和颜色如橄榄油一样的眼睛。尼克过去一直称这个女人为"饶舌鸟"[①]——她在斯德哥尔摩那地狱般的统治简直是臭名昭著。我敢说，她受不了待在我身边：她那苍白的嘴唇紧绷在牙齿上，仿佛随时准备咬人。而且，我也不怎么欣赏她的存在。

---

① 雅德（Tjäder）在瑞典语中有松鸡的意思。

"我不想让她待在我身边。"雅德说道。这证实了我的怀疑。

"不过,比起让他们在你们的大街上闲逛,你是否更希望他们和我们待在一起?"娜什拉说,"他们在这里是无害的,碧姬塔。我们不会让他们伤害你的。一旦冥城Ⅲ号建立起来,你就永远不必再看到任何一个通灵人了。"

第三个流放地?他们计划在斯德哥尔摩也建立一个?我无法想象一个由饶舌鸟当皮条客的冥城Ⅲ号。

雅德还是死盯着我不放。她没有"气",但我能从她脸上的每寸肌肤看出她对我的厌恶。

"我都等不及了。"她说。

钢琴师停止了演奏,引起一片掌声。一对对舞者都分开了。娜什拉抬头看向一座巨大的钟。"时间快到了。"

她的声音非常温柔。"对不起,失陪了。"雅德说道。她转过身,昂首阔步地走回到瑞典人中间,在我和守护官之间留下一大块空白。我不敢与他的目光对视。

"我必须跟使节谈谈,"娜什拉看着舞台,"大角星,和40号待在一起。到某个时刻,我会需要她的。"

这么说,她确实计划在公众面前杀了我。我站在他俩之间,分别看了看他们。守护官点点头。"是,血继宗主,"他粗暴地拉着我的手臂,"来吧,40号。"

他还没来得及把我带走,娜什拉就突然转过身来,抓住我的手腕,把我拉回到她身边。

"你把自己弄伤了吗,40号?"

我脸颊上的胶布早就被拿掉了,但还是留下了一条头发丝粗细的伤疤,是由碎玻璃造成的。"我打了她,"守护官依然紧攥着我的手臂,"她违抗我的命令,我惩罚了她。"

我像个破布娃娃一样站在那里,两条胳膊分别被攥在一方手里。他们越过我的头顶看着对方。"很好,"娜什拉说,"过了这么多年,你终于学会了如何当我的配偶。"

她转身背对着他,然后走进了人群中,加入到了使节的队伍中。

那个音乐家——不管他是谁——开始演奏一些精心挑选的钢琴

曲,并伴以如幽灵般虚无飘渺的歌声。我很确定我认得这个声音,但还无法对号入座。守护官带着我来到大厅的一边,楼座下面的狭长地带,他俯下身看着我:"一切都准备好了吗?"

我点点头。

那个音乐家的歌声真的非常优美,用的是一种飘渺的假声,这又激起了我模糊的回忆。"我和我的同伴昨晚举行了一场降神会,"守护官的声音几不可闻,"会有一些灵魂听从我们的差遣。是人类的灵魂,第十八个骸骨季的受害者。在拉菲姆人面前,它们会站在你这边。"

"守夜人怎么办?他们也在这里吗?"

"除非被召唤,否则他们不能进入议事厅。他们都驻扎在桥边。"

"有多少人?"

"三十个。"

我再次点点头。所有使节都至少有一个保镖,但他们都是守日人。他们不希望让反常能力者来保护他们。对我们来说,这是值得庆幸的,守日人无法使用灵魂战斗。

守护官抬头看着天花板,莉斯正在丝带上表演。"莉斯看起来已经康复了。"

"是的。"

"那么我们就扯平了,尘埃已经落定。"

"所有的账都已还清。"我继续说道,这是挽歌的一部分。它提醒我,该来的总会来的。如果娜什拉成功地杀了我,结果又会如何呢?

"所有事情都会按计划进行,佩吉。你不应该丧失希望,"他看着舞台,"希望是唯一能拯救我们所有人的东西。"

我随着他的目光看去。钟形罩和枯萎的花朵仍然立在蒙了布的基座上。"希望什么?"

"改变。"

音乐接近尾声,掌声从舞池的边缘响起。我踮脚张望,想弄明白是谁在演唱,但我不够高,无法越过使节的头顶看清楚。

一个红衣行者步入了舞台。是22号。他那摇晃的步态表明他摄入了不少老鸭头的混合药物。"女士们,先生们,"他说,"有请伟……伟大的君主,娜什拉·尾宿五,拉菲姆人的……血继宗主。"

他跌跌撞撞地走下去了，我忍住没有笑出来。起码，又少了一个红衣行者需要对付。

娜什拉走上演讲台，观众们的掌声又持续了一会儿。她看着我们，守护官也回望着她。

"女士们，先生们，"她说着，视线并未从他的眼睛上移开，"欢迎来到新芽帝国首都的冥城Ⅰ号。对于今晚你们能出席庆典，我表示深深的谢意。

"自从我们来到英国之后，已经过了两百年。自从1859年以来，我们走过了一段很长很长的旅程。正如你们看到的，我们尽了我们最大的努力，将我们管辖的首个城市变成了一个美丽而值得尊敬的地方——最重要的是，这里充满了仁慈。通过行为矫正体系，我们让年轻的通灵人融入我们的城市，获得尽可能好的生活质量。"就像动物园里的动物。"正如我们所知，拥有通灵能力并不是通灵人的错。它就像一种疾病，到处寻找无辜者。用它的反常折磨着他们。

"今天，我们将庆祝冥城Ⅰ号良好运转两百周年。正如你们所见，这是一次成功的冒险，是我们播种的众多希望的种子中的第一颗。为了回报你们的理解，我们不仅提供一种人道的方法，将通灵人与普通人分隔开来，而且还阻止了上百只艾冥攻击要塞。我们是吸引它们的灯塔——正如俗话所说，它们就是扑火的飞蛾。"在黑暗中，她的眼睛就像听众们的灯塔。"然而，艾冥的数量每天都在急剧增加。这个殖民地已经无法提供足够的保护了。艾冥在许多城市被目击，包括法国、爱尔兰，最近甚至出现在了瑞典。"

爱尔兰，这就是卡舍尔·贝尔来这里的原因。怪不得他看起来这么紧张、这么害怕。

"我们的首要任务就是建立冥城Ⅱ号，这样我们就能点燃第二座灯塔，"娜什拉说，"我们的理论是久经考验的。有你们和你们的城市的帮助，我们希望我们的结盟最终会开花结果。"

一阵掌声。守护官的下巴紧绷着，他的表情看起来很糟糕：愤怒、无情，一副杀气腾腾的样子。

我从没见过他这样。

"根据我们的人类监管人的安排，在演出开始前，还有几分钟的时间。在这个间隙,我很荣幸地介绍我的搭档,第二顺位的血继宗主,他也希望发表一个简短的声明。女士们,先生们,欢迎南河二·尾宿五。"

她伸出一只手。在我发现演讲台上还有其他人之前,那只手就被一只更大的手握住了。

我屏住了呼吸。

他穿着黑色的袍子,领子一直竖到了耳朵尖。他既高又瘦,有着金色的头发,面容憔悴。他的嘴唇往下耷拉着,仿佛因为脖子上挂的几串眼珠大小的宝石而不堪重负。他看起来比其他拉菲姆人年长。这与他的举止有关,也与他梦景的绝对质量有关,我能感到那个梦景就像一堵墙顶在我的脑壳上。这是我在以太世界中感觉到的最古老而可怕的事物。

"晚上好。"

南河二用拉菲姆人常有的表情看着我们,就像冷漠的旁观者。他的"气"仿佛一只手,挡住了所有阳光,难怪莉斯这么害怕他。她被包裹在丝带里,显得沉默而安静。过了一会儿,她跳到了二楼的楼座上。

"对于那些居住在冥城 I 号的人类,我为我长时间的缺席而致以歉意。我是拉菲姆人向威斯敏斯特执政府派出的首席使节。正因如此,我大多数时间都待在首都,和审判者在一起讨论如何更好地提升这个流放地的效率。"

"正如娜什拉之前说的,我们今天庆祝的是一个新的开始,一个新时代正在来临:一个人类与拉菲姆人完美合作的时代。这两个种族已经疏远彼此太长时间。我们庆祝旧世界的终结,因为那里为愚昧和黑暗所统治。我们发誓要与你们分享我们的智慧,就像你们与我们分享你们的世界。我们发誓要保护你们,就像你们为我们提供庇护所。并且,我向你们承诺,朋友们:我们绝不允许我们之间的协议缺乏执行力,我们会用强硬手段保证规则的纯洁性,恶之花将会永远凋零。"

我瞥了一眼钟形罩中的凋零之花。他厌恶地看着它,就像看着一条鼻涕虫。

"现在,"他说,"丑话就说到这儿吧,演出就要开始了。"

第28章
禁令

监管人趾高气扬地走上来,穿着晃人眼目。他身披了一条长斗篷,几乎包裹了全身,一直裹到脖子那里。他鞠了一躬。

"向你们致敬,女士们,先生们,热烈欢迎你们来到冥城 I 号!我是监管人,贝尔特兰。我照看着这座城市的人类居民。特别由衷地欢迎你们,尚未开化的欧洲大陆赶来的人们。别害怕,在演出结束后,你们会有机会将自己的城市转变为新芽帝国的要塞,正如许多其他城市那样。我们的计划是:在通灵人还很年轻的时候,就让政府找到他们并进行隔离,这样就省去了大量死刑所带来的昂贵开销。"

我努力不去听他的胡言乱语。不是每个国家都会用"夜之仁慈"来处死通灵人的。许多国家会使用致命性注射剂,或者枪决,或者是更糟糕的东西。

"我们已经计划与新芽帝国的巴黎和马赛要塞合作,建立冥城 II 号,它将会成为法国最早的卫星要塞。"一阵掌声,迈纳特露出了微笑。"今晚,我们希望至少能在欧洲大陆上定下另外两个候选地点。然而,在此之前,我们有一场小小的戏剧表演要展现给你们,它证明了我们的许多通灵人把自己的能力用在了好的方面。这些剧目会让我们想起拉菲姆人到来之前的黑暗岁月,血腥国王还在掌权的时候。他是在鲜血之上建立起他的皇宫的。"

钟声响起。我看到演员们鱼贯入场,一共有二十个人。他们将要表演爱德华七世的生平故事,从他购买了一张降神桌,到在自己的住处用小刀制造了五起血案,再到他和他的家眷逃离英格兰的过程。那就是所谓的"流行病"的开端,同时也证明了新芽帝国存在的意义。莉斯也走上了舞台上,站在背景中。站在她这一边的是内尔,当莉斯还处于灵魂休克时,就是这个女孩替代了她;站在她另一边的是个先知,我猜她叫绿蒂。这三人都打扮成了血腥国王的受害者。

在舞台中央,监管人丢掉了他的斗篷,露出了象征王权的徽章。人群中发出讥笑声。他正在扮演当时还是维多利亚女王王储的爱德华,他的身上满是皮草和珠宝。

第一幕发生在他的寝宫里。在那里,一台浮夸的蒸气笛风琴奏出了《黛西·贝尔》①的曲调。离观众最近的哈莱人男演员自我介绍说,他叫弗雷德里克·庞森比,赛森比男爵一世——爱德华的私人秘书。这部戏剧正是从他的视角展开叙述的。"陛下,"他对监管人说,"我们能出去转转吗?"

"你穿了短外套吗,庞森比?"

"只有燕尾服,陛下。"

"我还以为每个人都知道呢,"监管人用低沉的声音说道,还带着可笑的英国贵族口音,"在早晨的私人会面中,一定要穿短外套配大礼帽。而且,我一生中从未见过这么丑的裤子!"

一阵讥笑和嘘声。那个衣冠禽兽竟敢自称为维多利亚的继承人。庞森比转身面对观众:"在经历了痛苦而漫长的觉醒过程之后——比如说,被我的燕尾服和可怜巴巴的裤子气到,"大笑声,"王子厌倦了他的华贵服饰。正是在那个下午,他要求我陪伴他参加一场死刑。哦,我的朋友们!女王的苦难超过了所有人类的苦难,因为她正看着自己的儿子走上恶魔之路。"我回头想看看守护官的反应,但他已经不在那里了。

爱德华和庞森比又进行了一番巧妙的对话。每个场景都经过精心设计,把爱德华表现为一个残忍荒淫的傻瓜,他母亲的失败之作。我发现自己看得入了迷。他们夸大了他在阿尔伯特王子之死中起的作用,简直到了可笑的程度,甚至还引入了决斗。孀居的维多利亚女王终于出场了,戴着她的小钻石王冠和面纱。"每次我看见他,都不禁

---

① 原文为"*Daisy Bell.*"

感到毛骨悚然,"她向观众承认道,"对我来说,反常能力者和低能儿没什么区别。"他们欢呼起来。她是美德和仁慈的重要化身,在瘟疫到来之前,最后一个清白的君主。当使节们被女演员所深深吸引的时候,我警觉地盯着时钟。已经过了将近半个小时,我还不知道地铁离开的时间。

下一幕是该剧的高潮——降神会。一些红灯笼被带到了布景中。当我转头看舞台时,不得不忍住大笑。监管人已经进入了自己的角色。"世俗的力量还不够。"他说,为了表现这个角色的十足邪恶差点喘不过气来。降神桌已经被拿出来了,他正在桌子上方挥舞着手臂,画着圆圈。"维多利亚时代,人们是这么说的吗?但是,爱德华时代又会是什么样的呢?在死亡的镣铐中,又有哪个国王能真正崛起呢?"他俯身在桌面上,用双手摇晃着它,"是的,崛起,从阴影中崛起。穿过那道大门崛起吧,死者的灵魂。附身到我身上,附身到我的追随者身上!在英格兰的血脉中生生不息吧!"

当他说这些时,红灯笼被一队黑衣男演员从舞台上移走了。他们代表了超自然的灵魂。他们在房间里分散开来,纠缠着人们,让他们尖叫。他们就是反常能力的瘟疫。

音乐声和演员的笑声太震耳欲聋了。我开始头晕目眩。监管人大声吼出了他的咒语。在黑暗和困惑中,守护官抓住我的手臂。"快点,"他的声音在我耳边嗡嗡作响,"跟我来。"

他带领我来到地下室——舞台底下一个狭小而黑暗的空间,里面放满了堆得高高的板条货箱。唯一的光源透过木板照射进来,就像那些灯笼一样是红色的。厚实的天鹅绒帷幔将房间的一边完全遮住,把我们隐藏了起来,不让上方大厅里的人看到。要在这个黑暗的空间里思考我上楼后即将面对什么,并不是一件容易的事。

这里比上面更安静。男演员们在我们上方跳着舞,但透过木板,声音很模糊。守护官把脸转向我。

"你将出现在这出戏的最后一幕,这是你最后的演出,"他的目光非常炙热,"我听说她和南河二在一起。"

我的皮肤顿时起了鸡皮疙瘩。"我们知道,该来的总会来。"

"没错。"

我从一开始就知道娜什拉准备取我性命,但他的话让这件事变得更加真实了。我心中有一部分希望她可以再等等——等一些日子,给我机会和其他人一起逃到地铁上——不过,娜什拉是个相当残忍的人。当然了,她想在公开场合做这件事,在整个新芽帝国面前。她不会冒险让我活着的。

他眼中发出的光芒让阴影显得更加深沉了。他的目光中有什么不一样的地方:某种原始而不稳定的东西。

我的双腿和腹部突然感到一阵冰冷的战栗,我颓然坐到一个板条箱上。"我无法打败她,"我说,"她的天使……"

"不,佩吉,好好想想。几个月来,她一直在等待,一直按兵不动,一直等到你能附身另一个人。如果你没有展现出这种能力,她就有无法从你身上获得这种能力的风险。她让你变成黄衣行者,是为了保证你的生命不再受到艾冥的威胁。她让你处于她自己配偶的保护下。如果你没有她既渴望又害怕的能力,她为什么要做那么多来保护你呢?"

"通过在草地上的所有训练,通过蝴蝶和鹿,你教会了我这一切。你训练了我的灵魂,是你把我带向了死亡。"

"是她命令我让你做好准备的。正是因为这个,她才允许我把你带进莫德林学院,"他说,"但我不想让她得到你。我有责任发展你的天赋——但这是为了你,佩吉,不是为了她。"

我没有回答,没什么可说的了。

守护官撕开了一条帷幔。然后,他轻柔地开始为我卸妆。我任由他这么做。我的嘴唇都麻木了,皮肤就像冰一样冷。在接下来的每一分钟里,我都有可能死去,然后受困于无意识的奴役状态中,飘荡在娜什拉的左右。当守护官做完的时候,他把我的头发从我脸上轻轻撩开。我让他任意而为。我无法集中注意力。

"千万不要,"他说,"千万不要让她看到你的天赋。你的能力不止这些。你不只是她希望你成为的那个人。"

"我不害怕。"

他的目光在我脸上游走。"你应该害怕,"他说,"但不要表现出来，不要为了任何东西而表现出你的害怕。"

"我只会给她看我想给她的东西，你没有资格命令我，"我把头从他手中挣脱出来，"你早就应该让我走了，你早就应该让尼克带我回到七曼区，那才是你必须做的事情。这样的话，我如今就在家里了。"

他俯下身，与我平视。"我带你回来，"他说，"是因为没有你，我找不到一种能对抗她的力量。不过，出于同样的理由，我会尽我所能，确保你安全地回到要塞。"

沉默降临了。我没有移开目光，继续与他对视。

"你必须扎起头发。"他的声音改变了，变得更加平静。他在我的手里塞了一把装饰性的梳子。

那把梳子的触感很冷，我的手指在颤抖。"我觉得光凭我自己做不到，"我深沉而缓慢地吸了口气，"你能帮帮我吗？"

他什么也没说。接着，他真的拿起了梳子。他把我的头发拨到脖子的一边，然后将它们束成一个发髻，仿佛他正在处理某种精致的蚕丝。这不是我经常梳的那种塞姬式后髻，而是一种复杂的编发，在我的后颈汇聚成一股。他那长茧的手指游走在我的头皮上，寻找着放梳子的合适位置。一阵最轻柔的震颤沿着我的背脊传了下去。守护官放开了我的头发，它并没有散开来。

这次他的碰触感觉很奇怪，感觉更温暖。看见他的手时，我才意识到是怎么回事。

他没有戴手套。

我伸手抚摸着我的头发，感觉着这错综复杂的发型。像他那么大的手本该完成不了这么复杂的工作。"地铁将准时在一点离开，"他在我耳边说道，"入口在训练场的下面，就在那时我们站立过的地方。"

我等这些话很久了。

"如果她杀了我，你必须让其他人知道这件事，"我感到嗓子眼里堵得慌，"你必须引导他们。"

他的手指轻抚过我的胳膊背面："他们不需要引导。"

我的身体正在颤抖着——但不是以我预期的方式。当我转过头看他时，他把一缕掉出来的卷发别到了我的耳后。他把另一只手伸到我的腹部，把我的背压到了他的胸口。他身体的温暖让人感到很安心。

我能感觉到他的渴望，不是对我的"气"，而是对我本身的渴望。

他慢慢贴近我的脸颊。他的手抚摸着我的锁骨。他的梦景离我非常近，他的"气"和我的"气"交织在一起。我的第六感突然变得敏锐起来，我接受了他。"你的皮肤很冷，"他用深沉的嗓音说道，"我从未……"他停了下来。我把手指插入了他裸露的指关节间。我一直睁着眼睛。

他的嘴唇移到了我的下颌，我引导他的手放到了我的腰上。他的触碰拥有令人难以抗拒的诱惑力。我无法全身而退，无法拒绝他，在一切结束之前，这就是我想要的。我想被碰触，被看见——在这个黑暗的房间里，在这红色的沉默中。我抬起头，他的吻淹没了我。

我早就知道没有天堂。老贾就是这么告诉我的，说过很多很多次。即便是守护官也这么说过。那里只有一道白光，最后的生命之光——在意识最后停留的边缘地带，在那里，所有事物都走向终结。之后会发生什么，没人知道。不过，如果有天堂的话，这就是它可能会带给我的感觉，就像用裸露的双手触摸以太世界。我从没期待过这种感觉，特别是从他身上得到这种感觉，或者从其他任何人身上。我抓住他的背，让他紧紧地抵着我。他猛地抓住了我的后颈，我能感到他手掌上的每个老茧。

他的呼吸非常炙热。那个吻非常缓慢。别停下来，别停。我的脑子无法思考任何东西，除了这句话：别停。他的双手迅速地摸上我身体的两侧，然后是背部，最后紧紧地抱住了我。他把我举到了一个板条箱上。我用手搂住他的脖子。我感觉到了他密集的心跳声，他的节奏，我的节奏。

我的皮肤像火一般滚烫。我无法停下来。我此前从未有过这种感觉——我胸口涌起的这种激情，这种对碰触的渴求。他将我的双唇轻轻分开。我的眼睛还是睁着。停下，停下，佩吉。我开始把头转开，一个词从我嘴里脱口而出：也许是"不"，也许是"好"。也许是他的名字。他用手抚摸着我的脸部轮廓，我的嘴唇。他的大拇指轻轻拂过我的脸颊。我们的前额碰在了一起。我的梦景快要烧焦了。他给虞美人花田放了一把火。别停，别停。

其实，时间只过去了一会儿。我注视着他，他也注视着我。在这一刻，一个选择做出了，这是我的选择，也是他的选择。然后，他再次吻了我，这次更粗暴了。我让他任意而为。他抱着我，将我举起。这正是我想要的，我真正想要的。太多了，这么多的爱。我把双手插进他的头发里，抓住他的脖子。别停。他吻过我的嘴唇、眼睛、肩头，还有我的脖颈。别停。他用掌心抚摸着我的大腿，既坚定又大胆地抚摸着，让人很有安全感，让我觉醒了。

我解开他的衬衫。我的手指滑过了他的胸膛。我亲吻着他正在喘息的脖子，而他一把抓住了我的头发。别停。我以前从未碰过他的皮肤，它火热而又光滑，让我想要他身体的其余部分。我的双手摸到他的衬衫下面，找到了他的背脊。伤疤就在我的手指下面，长长的、残酷无情的伤痕。我知道它们一直就在那里，背叛者的伤疤。在我的触摸下，他有些紧张。"佩吉。"他温柔地唤道，但我没有停下来。他从喉咙里发出低吼，他的嘴唇又回到了我的唇上。

我不会背叛他的。第十八个骸骨季已经成为历史，它将永远不会重演。

两百年已经够长了。

第六感将我从迷离的状态中摇醒，我突然从守护官身边退开了。他的手还搂着我的腰，将我牢牢地固定在他身边。

娜什拉就站在那里，半隐在阴影中。我的心脏咯噔了一下。

"快跑！"我麻木的大脑说道，但我一步也挪不动。她总能将一切都尽收眼底。现在，她也把一切都看得清清楚楚。我的皮肤因为汗水而闪闪发光。我有些浮肿的嘴唇、蓬乱的头发。他的手还抱紧着我的臀部。他敞开的衬衫。我的手指还在侵犯他的皮肤。

我无法移动手指，甚至无法转开目光。

守护官把我拉到他身后。"是我强迫她的。"他说，他的声音既浑厚又沙哑。

娜什拉什么都没说。

她步入从帷幔间透出的昏暗光线中。她手里拿着什么东西——钟形罩。我往罩子里一看，耳朵顿时开始嗡嗡作响。里面是一朵花。一朵完全盛放的花，既怪异又美丽，八片花瓣上都沾着花蜜。这就是那朵曾经凋谢的花。

"对于这种事，"她说，"不可饶恕。"

有一阵子，守护官呆呆地看着那朵花，他的双眼中发出了光芒。然后他移开目光，与她四目相对。

娜什拉将钟形罩丢在地上。玻璃在地板上被摔了个粉碎，把我从瘫痪状态中惊醒。

我刚刚毁了一切。

"大角星·娄宿二，你是我的血继配偶，娄宿二家族的守护官。不过，从今往后再也不是了。"娜什拉走向我们。"只有一种方法能杜绝背叛行为，那就是杀鸡儆猴。我会把你的尸体吊在这座城市的城墙上。"

守护官不为所动："总比供你随意取乐要好。"

"你总是那么无所畏惧，或者说有勇无谋，"她用手指抚摸着他的脸，"我会确保你的同党被完全剿灭的。"

"不，"我从他身后走出来，"你不能……"

我还没来得及移动，她就狠狠地给了我一拳，把我打在了地上。板条箱的一角擦到了我的头，在我眼睛上方留下了一道口子。我的双手直接插进了碎玻璃中。我听见守护官在呼唤我的名字，他的声音中充满了愤怒——不过紧接着，紫微右垣和斯图拉赶到了，她最忠实的仆人们绝对不会放他走的。紫微右垣握住一把小刀，把它猛地刺向守护官的脑袋。然而，他并没有摔倒在地。这一次，他不会跪倒在尾宿五家族的面前。

"等会儿我再为你的冒犯行为找你算账，大角星。现在，我宣布撤销你的血继配偶头衔，"娜什拉将他甩在了身后，"紫微右垣、斯图拉，把他带到二楼的楼座。"

"是，我的宗主，"紫微右垣说着，掐住了守护官的喉咙，"是时候让你付出代价了，肉体背叛者。"

斯图拉将手指深深地嵌进他了的肩膀中，为她的叛徒表哥感到羞耻。他一句话都没说。

不，不，这不是该有的结局，不应该像第十八个骸骨季那样。他不再是血继配偶了，他被毁了，我熄灭了他的最后一道希望之光。我搜寻着守护官的目光,不顾一切地寻求希望,寻求拯救。然而,他的眼神呆滞而黯淡,我只能感觉到他的沉默。紫微右垣和斯图拉把他夹在中间拖走了。

娜什拉大步穿过一大片碎玻璃。我待在原地,坐在地板上的一片狼藉中。我眼中升起了熊熊怒火。我真是一个傻瓜。我应该想些什么?应该做些什么?

"你的时间到了,旅梦巫。"

"终于到了,"鲜血从我头上的伤口中渗出,"你等得真够久的。"

"你应该感到快乐。根据我的理解,旅梦巫非常渴望以太世界。而今晚,你就可以和它融为一体了。"

"你永远不会拥有这个世界。"我抬起头,身体还在发抖——因为愤怒,而不是恐惧。"你能杀了我,也能拥有我。但是,你不能拥有我们所有人。七封印正等着,贾克森·霍尔正等着,整个集团正等着向你复仇。"我抬起下巴,直直地瞪着她的脸。"祝你好运。"

娜什拉一把抓住我的头发,把我拉了起来。她的脸离我非常近,"你本来可以变得更强大,"她说,"非常非常强大。不巧的是,你很快就会一无所有。你的一切都会是我的。"她用手臂一推,把我推到一个拉菲姆人的怀里,我被牢牢控制住了。"阿尔萨菲,把这袋骨头带到舞台上去,是时候让她交出灵魂了。"

还没来得及思考,阿尔萨菲就带我走上了台阶。我的头上被套了一个袋子。我的嘴唇隐隐作痛,脸颊火辣辣的。我无法顺畅地呼吸或者思考。

守护官已经被带走了,我失去了他,我唯一的拉菲姆盟友。是我让他被抓住的。娜什拉不会就这么杀了他的,特别是在他卑贱地用赤裸的手触摸过人类之后。这比背叛还要严重。因为亲吻我,拥抱我,血继配偶贬低了他的整个家族。他不再是一个优秀的继承人,他什么也不是。

阿尔萨菲仍然紧紧地抓着我的胳膊,我已经准备好赴死。不用十分钟,我就会与以太世界融为一体,就像所有其他灵魂一样。我的银线将会断裂,我将永远不能回到我自己的身体中,我已经栖居了十九年的身体。从此以后，我必须为娜什拉服务。

我头上的布袋被取了下来。我站在舞台的一边，看着戏剧进入尾声。两个拉菲姆人——阿尔萨菲和泰勒贝尔——站在我的两侧。泰勒贝尔俯下身，与我平视。"大角星在哪里？"

"他们把他带到了二楼楼座，紫微右垣和斯图拉。"

"我们会好好对付他们的，"阿尔萨菲放开了我的手臂，"你必须拖住血继宗主，旅梦巫。"

我已经知道泰勒贝尔是守护官的一个同党，但不知道阿尔萨菲也是。他看起来不像是人类的支持者，不过守护官也不像。

监管人从舞台上逃下来，把他的小刀留在了身后，他的戏服被假血浸透了。他乞求宽恕的尖叫声回荡在整个议事厅里。当一群穿着新芽帝国制服的男演员追着他跑到街上时，使节们开始喝彩。掌声震耳欲聋，一直持续到娜什拉走上台阶，回到舞台上。

"感谢你们，女士们，先生们，感谢你们的好意。我很高兴你们喜欢这出剧目。"她看起来并不高兴。"在这个夜晚临近尾声时，我也很高兴要向你们简单展示一下我们冥城 I 号的司法系统。我们的一个通灵人表现得非常不顺从，被判处了死刑。就像血腥国王，她必须被放逐，远离黑蒙人大众，这样她就不能再作恶了。

"XX-59-40 的过去充斥着背叛。她出生于蒂珀雷里的一个奶牛养殖县，在爱尔兰的最南部——一个有着悠久的叛乱历史的地区。"卡舍尔·贝尔不自然地变换了一下身体的重心。有些使节们开始窃窃私语。"来到英格兰之后，她立即与伦敦的犯罪集团纠缠不清。在三月七日的那个晚上，她谋杀了两个通灵人同胞，他们都是为新芽帝国服务的地铁守卫。这是一桩冷血无情的案件。40 号的两个受害者都没有立即死去。在同一个夜晚，她被带到了冥城 I 号。"娜什拉在舞台上踱着步。"我们希望能对她进行教育，教会她控制自己的能力。失去年轻的通灵人，会让我们心痛；我承认我们改造 40 号的努力失败了，这是让我更为心痛的。对于我们的同情，她报以傲慢和无情。她已经把自己逼上了绝路，只有面对审判者的裁决。"

我没有看她，而是观察着四周。舞台上没有断头台，没有担架床，没有木箱子。但是，有一把剑。

我的血液在血管里凝固了。那不是一把普通的剑：金色的刀刃，黑色的剑柄，那是"审判者之怒"，这把剑是用来斩首卖国贼的。只有威斯敏斯特执政府中发现通灵人间谍时，它才会被使用。我是一个杰出的新芽帝国科学家的女儿，混入了正常人行列的背叛者。

阿尔萨菲和泰勒贝尔消失在舞台下方，我被留下来独自面对娜什拉。她转过头来。

"上前来，40号。"

我没有迟疑。

当我从帷幕后面现身时，场内一下子安静了下来。"背叛者！"卡舍尔·贝尔叫道，紧接着是使节们的嘘声。我还是没有看他们，贝尔叫我背叛者的声音充斥着整个房间。

我高昂着头走过去，强迫自己只关注娜什拉。我没有看那些使节，没有看二楼，虽然守护官就被关在那里。我停在离娜什拉几英尺远的地方，她慢慢地绕着我走。当她走出我的视线范围时，我就直视着前方。

"你可能很好奇我们会如何将你正法。也许是绞索，或者是古老的火刑。这是审判者的宝剑，从要塞特地送过来的。"她指着"审判者之怒"。"然而，在挥起它之前，我还想向大家展示一些其他东西：拉菲姆人的伟大力量。"

底下开始窃窃私语。

"爱德华七世是一个好奇心很重的人。我们都知道得很清楚，他插手了不该插手的事情。他试图控制一种力量，这种力量超越了人类的认知。而我们拉菲姆人非常了解这种力量。"

碧姬塔·雅德正注视着舞台，眉头紧锁。有几个使节不安地看了看他们的守日人保镖，贝尔就是其中之一。

"想象一下，地球上最强大的能量是什么？"娜什拉向附近的一盏灯伸出手，"电能。它为你们的生活提供能源，它照亮了你们的城市、你们的家，它让你们能够互相交流。以太世界，也就是'源泉'——拉菲姆人的生命之力——有点像电能。它让黑暗变为光明，让无知变成有知。"那盏灯突然发出耀眼的光芒。"然而，当它没有被正确使用时，就会造成破坏。它能杀人。"灯光熄灭了。

"我有一种天赋,在过去两百年来被证明是非常有用的。有些具有通灵能力的人类表现出了特别怪异的能力。他们用能导致疯狂和暴力的方法打通了以太世界——死者的国度。血腥国王就有这种能力,这导致了他那可悲的疯狂杀戮。我能带走这些危险的变异能力。"她指向我。"通灵能力,就像能量,是无法被消灭的——只能被转化。40号死去后,另一个通灵人最终会继承她的天赋。而如果它被掌握在我的手中,我会确保它永远不会再被使用。"

"你真喜欢往自己脸上贴金,不是吗,娜什拉?"

我脱口而出。她转过身,看着我。她的眼睛在冒火。

"你不会再有机会说话了。"

她的声音很温柔。

我冒险瞥了二楼一眼,那里空无一人。在我下方,迈克尔把一只手伸进了他的外套里。他有一把枪。

在议事厅的后面,一扇门打开了,是泰勒贝尔、阿尔萨菲,还有守护官。我越过许多使节的头顶,与他四目相对。金线发出了震颤,我看见一幅关于小刀的图像,一把躺在地板上的小刀,是监管人之前留在舞台上的。它就躺在离娜什拉几英尺远的地方。正当她回身面对观众时,我的灵魂飞快地从我们之间穿过,我用尽了所有力量,入侵到了她的深渊地带。她完全没料到这场攻击。我把自己在梦景中的形象塑造成一个庞然大物,大到足以摧毁每个障碍。

这在以太世界引起了激烈的反应。灵魂们在议事厅里到处乱窜,从各个角度攻击娜什拉。当我进入她梦景的边缘时,它们帮助我破坏了她古老的防御体系。五个天使想要保护她,但如今,有二十个、五十个,甚至是两百个灵魂扑向她。防御壁垒开始崩塌。我没有浪费时间,艰难地穿过阴影,义无反顾地投入到她梦景的最核心地带。

现在,我能透过她的眼睛看外面的世界了。房间里充满了旋转的模糊光影:色彩和黑暗,光与火。我看到了一系列我从未见过的光谱。这就是拉菲姆人看到的世界?到处都充满着"气"。我突然拥有了灵视能力——但现在,我又什么都看不见了,她的眼睛拒绝去看,她不想让我看到,那并不是我的眼睛。我强迫它们睁开来,低头看我自己的手。太大了,还戴着手套。我的视野范围突然收缩了,她正在与我抗争。快点,佩吉。

那把小刀就在那里。"快点。"我伸手去够它,但移动我的手简直就像举千斤顶那么难。"杀了她。"我的耳朵里充斥着尖叫声和各种陌生的新声音。是说话声,成百上千个说话声。"杀了她。"我的新手指终于握紧了刀柄。

那把小刀就在那里。我收回手臂,随着一个刺入的动作,把刀刃插进了胸膛。使节们发出了惊叫声。我眼前一黑,所有一切都在闪烁。我用我的新手转动着匕首,把它捣入娜什拉的身体里,不管它是用什么该死的东西做成的。没有痛感,对于黑蒙人的刀刃,她完全没有感觉,就像被蚊子咬了。我又刺了一刀,这次在左边,瞄准了人类心脏的位置。还是没有痛感。然而,当我第三次举起手臂时,我的灵魂被抛出了她的身体。

灵魂在房间里四散飘动,熄灭了每根蜡烛。整个议事厅陷入一片混乱。当我重新恢复视觉时,还是什么也看不见。我的耳朵中充斥着尖叫声。

蜡烛又重新被点燃了。娜什拉躺在地板上,一动也不动。那把匕首深深地埋在她的胸口,只留下刀柄在外面。"血继宗主!"一个拉菲姆人尖叫道。

使节们都陷入了沉默。我拖着身子穿过舞台,走向娜什拉,双手还在不停颤抖着。我看着她的脸,她眼里的光芒已经熄灭。第十八个骸骨季的灵魂们还在她周围盘旋着,仿佛等着她加入他们,进入以太世界。

然后,一道微光飞进了她的眼睛里。慢慢地,她的头开始转动。当她完全站立起来的时候,我感到自己无法控制地战栗着。

"非常聪明,"她说,"非常,非常聪明。"

我不禁用手撑着地板往后退。就在我的眼前,她从胸口拔出了那把小刀。观众中有人发出了喘息声。"向我们展示更多吧,"发光的液体就像眼泪一样滴落下来,"我没有异议。"

随着她大手一挥,小刀被抛到了空中。它在空中停留了一会儿,仿佛被一根看不见的线牵引着——然后,直接飞向了我。它擦过我的胸口,留下了一道浅浅的伤口。烛火在风中摇曳着。

她的一个天使是骚灵。它们很少能真正地移动实物,但我以前也见过这种情况。贾克森称之为"物体显形",用灵魂移动物体。我的皮肤上覆着一层薄薄的冷汗。我不该害怕的,我曾经面对过骚灵。现在,我的灵魂已经成熟了,我能保护自己。

"如果你坚持的话。"我说道。

这次,我无法再攻其不备了。她竖起梦景中的每一道防线,仿佛有两扇巨大的门在我面前轰然关闭,我被直接弹回到自己的身体里。我心里一乱,头上的压力突然加剧了,仿佛戴着很紧的头盔。我听到一个熟悉的声音,但在我耳中,它逐渐让位于一个拖长的尖利声音。

动起来,我必须动起来。她不会停下来的,她永远不会停止追捕我的灵魂。我用手肘支起身子往后退,试图找到那把小刀。在我眼中,她的轮廓逐渐清晰起来,并向我靠近。

"你看起来很累,佩吉,放弃吧。以太世界在呼唤你。"

"我可没听见。"我努力挤出这句话。

接下来发生的事让我措手不及。五个天使聚集成一个线轴,飞向了我。

它们就像一股黑色的浪潮,冲垮了我的防御。在我的梦景外,我的头重重地砸到了地板上;在我的梦景中,那些灵魂将所有的一切都撕碎了,杀出了一条血路,红色的花瓣撒得到处都是。各种图像在我眼前闪过。每个想法、每段记忆都被破坏了。鲜血,火焰,鲜血。一片垂死的花田。仿佛有一只巨大的手压在我的胸口,将我牢牢地钉在一个地方,就像在盒子里,在棺材中。我无法动弹,无法呼吸或者思考。五个灵魂就像剑一样把我切开,然后争抢着我的意识和灵魂的碎片。我翻了个身,侧躺着,像一只被碾过的昆虫一样痛苦地抽搐着。

我胳膊和腿上的小肌肉群都开始痉挛。我睁开眼睛,耀眼的光芒灼伤了它们。我能看见的只有娜什拉,她伸出手来,刀刃在烛光中闪耀着。然后,她突然消失不见了。

我费劲地眨眼,试图挤走眼睛里的泪水,从地板上抬起头来。迈克尔已经扑到她的背上,分散了她的注意力。他手里拿着一把小刀,猛地刺向她的脖子,只差几英寸就刺中了。娜什拉手臂一挥,把他丢下了舞台。他摔到了一个哈莱人身上,两个人同时撞到了地上。

她立刻转过身,这次她会把我解决的。她的脸出现在我的上方,眼睛已经变红了。在我眼中,她的面容模糊成了一团迷雾。她正在削弱我的力量,确保我不能再次使用我的灵魂,并中断我与以太世界的联系。我死定了。她跪在我身边,把我的头抱起来,放在她的臂弯中。

"谢谢你,佩吉·马霍尼,"刀尖已经抵在我的喉咙口,"我不会浪费这份天赋的。"

这就是死,我甚至还没有想过临终遗言。我用尽最后残余的力气,死盯着她的眼睛。

然后,守护官出现了。他用一个巨大无比的线轴逼退了娜什拉,并急速旋转它,形成一个保护罩,就像吞火者在挥舞着火把。我迷迷糊糊地想:如果我有灵视能力,这看起来也许会非常炫。泰勒贝尔和阿尔萨菲就在他左右,还有其他人——那是一叶兰吗?他们的轮廓都叠到了一起。我的梦景把奇怪的幻觉送入了我的视线中。然后,有人把我抱起来,带离了舞台。

整个世界都在闪耀着。我的梦景中正在发生一场风暴:记忆从许多如闪电般的裂缝中倾泻而出,花朵都被狂风撕成了碎片。我的意识一片空白。

我只能半梦半醒地感知着外面的世界。守护官在那里,我认出了他的梦景,一个紧靠着我的熟悉存在。不管在我失去意识时发生了什么,他正把我抱上二楼,远离外面发生的一切。当他把我放到地板上时,我能感到我脸上的血液都快要凝固了,我几乎想不起来自己身处何方。

"佩吉,加油,你必须加油。"

他的手抚摸着我的头发。我看着他的脸,努力让我的视线重新聚焦。

另一双眼睛出现了,我以为又是泰勒贝尔。我出神地看了一会儿,接着被耳边轰隆隆的声音给震醒了。那噪音挤压我的太阳穴。疼痛逼迫我回到现实世界,我发现守护官正低头看着我。我们在二楼,凌驾于大厅的喧闹声之上。"佩吉,"他呼唤道,"你能听到我说话吗？"

这听起来像是疑问句，我点点头。

"娜什拉。"我无法发出比呢喃更响的声音。

"她还活着，但你也是。"

娜什拉还活着，还在这里。我感到一股隐隐骚动的恐慌，但我的身体太虚弱了，无法做出回应。一切还没有结束。

一声枪响从下面传来。周围突然变得一片漆黑，只有他的眼睛还在闪着光。"有……"守护官为了听清我的话，把耳朵凑近我的嘴唇，"有一个骚灵，她有一个……骚灵。"

"是的，但你已经做好了准备，"他的手指摸索着我的领口，"我难道没说过，这能救你的命？"

吊坠反射着他眼中的光芒，这是一个经过升华的物品，能击退骚灵。是他以前给我的，是我本想拒绝的东西，我差点就没有带过来。守护官抱起我，将我搂在他的怀里，一只手放在我的后脑勺上。"救援马上就到，"他的声音非常温柔，"他们来接你了，佩吉。七封印来接你了。"

我的眼前又一黑。在此期间，噪音变得越来越大了。我的梦景恐怕难以修复了。伤害非常严重；几天之内，它都无法启动自我修复。它可能永远无法自我修复了。而且，我也无法移动，时间还在一分一秒地流逝——我必须抵达草地，找到出口。我想要回家，我必须回家。

当我再次睁开眼睛的时候，一道强光刺伤了它们。不是烛光。我试图挡住它，我的胸口一起一伏的。"佩吉。"有人抓住了我伸出的手。不是守护官，是别人。"佩吉，甜心。"

我很熟悉那个声音。

他不可能在这里。这一定是幻觉，从我被破坏的梦景中溜出来的影像。然而，当他握住我的手时，我知道他是真实的。我的头还躺在守护官的膝盖上。"尼克。"我终于说了出来。他穿着黑色的西装，系着红色的领带。

"是的，小糖果，是我。"

我看着自己的手指，它们正在变成灰色。我指甲的底色变深了，成了蓝紫色。

"佩吉,"尼克唤道,他的声音既低沉又急切,"别闭上眼睛。和我们在一起,小甜心。来吧。"

"你……你必须走。"我用沙哑的声音说道。

"我会走的,你也是。"

"立刻就走,幻影师,没有时间可以浪费了,"另一个声音说道,"等我们回到要塞,我们会好好治疗我们的迷途小梦巫的。"

是贾克森。

不,不,他们为什么会来这里?娜什拉会看见他们的。"到那时就太迟了。"那道刺眼的光芒又照进我的眼睛里。"瞳孔没有反应,脑组织缺氧。如果我们不采取行动,她会死的,"一只手将我的头发从湿冷的脸蛋上撩开,"该死的达妮卡到底在哪儿?"

我不知道守护官为什么没有说话。他在这里,我能感觉到他。

我眼前又是一阵黑暗。当我再次恢复视力时,有什么东西夹住了我的鼻子和嘴。我认出了那种塑料的味道——便携支持系统,达妮的生命支持系统的一种便携式版本。附近出现了更多的梦景,它们都簇拥在我身边。尼克将我搂在怀中,将氧气面罩固定在我的嘴上。我吸了更多的氧气,感到眼皮发沉。我从未感到过如此彻底的疲惫。

"这不起作用,她的梦景已经破碎了。"

"那辆地铁不会等我们的,幻影师,"贾克森的声音占据了优势,"带上她,我们走。"

那些话语缓慢地爬进我的大脑中。在这几分钟里,守护官头一次开口道:"我能帮助她。"

"别靠近她。"尼克说。

"没有可以浪费的时间了。守夜人正在从桥上赶往这里。他们会立刻看到你的'气',尼加德博士。你在新芽帝国的声誉就全毁了。"守护官看着他们。"如果你们什么都不做,佩吉肯定会死的。她被破坏的梦景能够被修复,但我们动作必须要快。你想要失去你的旅梦巫吗,白色束缚师?"

"你怎么知道我的名字?"贾克森轻盈地转过身,就像转动一枚硬币一样轻松。在黑暗中,我无法看见他,但我能感觉到他的梦景突然改变,竖起了防备。

"我们有我们的方法。"

他们的对话就像一系列无法解读的字符,我无法理解其中的含义。尼克俯下身来,将温热的气息吹到我的脸颊上。"佩吉,"他在我耳边说道,"这个男人说他能治愈你,我能信任他吗?"

信任,我听懂了这个词。在我的感知的边缘,出现了一朵沐浴在阳光中的花,召唤我进入一个不同的世界,一种不同的生活,就在虞美人花田之前。

"能。"

我说出这句话后,守护官走向了我。越过他的肩膀,我看见了一叶兰。"佩吉,我需要你尽可能卸下所有的精神防备,"他说,"你能做到吗?"

说得就像我还有残存的防御力一样。

守护官从一叶兰戴手套的手里拿过一个药瓶。那是一瓶不凋花,几乎快空了。伤疤一族——他们一定储藏了一些不凋花,省下能省的每一滴。他在我的鼻子底下涂了一点,又在我的嘴唇上抹了更多。热乎乎的液体渗透到了我的皮肤里,就像以太世界在召唤着我,要求我敞开心扉。一股暖流涌上来,缝好了我梦景中的裂口。守护官用大拇指轻拂过我的脸庞。

"佩吉?"

我眨眨眼睛。

"你还好吗?"

"是的,"我说,"我觉得还好。"

我坐起来,然后试着站立。尼克帮助我站了起来。完全没有痛苦。我揉了揉眼睛,眨了一下,努力适应这里的黑暗。"你们究竟是怎么来到这里的?"我抓住尼克的手臂,我无法将目光从他身上移开。他是真实的,他在这里。

"跟新芽帝国的政党一起来的,稍后我会解释,"他抱着我,将我紧紧压在他的胸口,"来吧,我们要离开这里了。"

贾克森就站在几英尺远的地方,用双手抓着手杖。在他的两边是达妮卡和齐克。他们都穿着有新芽帝国标志色的衣服。在楼座的另一头,娜丁正用手枪扫射着使节。那两个拉菲姆人看着我。

"守护官,我们……"我深深地吸了口气,"我们还有多少时间?"

"五十分钟,你必须走了。"

还不到一个小时。我们越快赶到地铁那里,就能越早为其他通灵人点燃信号弹,指引他们过来。

"我相信你还记得你是效忠于谁的,佩吉,"贾克森上上下下地打量着我,"你几乎让我开始怀疑你了,我的莫莉学徒,因为你在伦敦的那次小小行动。"

"贾克森,人们在这里垂死挣扎,通灵人在这里垂死挣扎。我们能不能把那段小插曲先放到一边,将注意力集中到离开这个鬼地方上?"

他还没来得及回答,一群拉菲姆人就冲进了楼座,他们的手里支配着一大群线轴。守护官和一叶兰走到了我们前面。

"走吧。"守护官说道。

我感到不知所措。贾克森已经走下了楼梯,其他人也紧随其后。"佩吉,来吧。"尼克催促道。

一叶兰挡住了一个线轴,守护官把脸转向我。

"快跑,去港口草地,"他说,"我会在那里跟你碰头的。"

我别无选择。我无法强迫他和我一起走——我只能照他说的做,并希望我的选择是正确的。尼克抓住我的胳膊,我们一起跑下楼梯,来到议事厅外面的门厅。没有时间停下来了。

哈莱人和拉菲姆人已经涌到了街上。惊慌失措的使节和他们的守日人保镖冲入门厅,尼克混入了其中。以太世界开始震动,我停了下来。

我转身面对大厅。我非常确定有什么东西不大对头。我意识到自己正在跑回石板台阶。贾克森在我后面呼唤道:"你准备去哪儿?"

"你只要去地铁那里就行了,贾克森。"

我没有听到他的回答。尼克在我后面追着,伸手想抓我的手臂。"你准备去那儿?"

"你只要跟贾克森一起走就行了。"

"我们必须离开,如果守夜人看到我的'气'……"

当我们抵达空荡荡的大厅时,他突然停了下来。

黑暗充斥着房间的每个角落。大部分蜡烛都熄灭了,只有三只掉在地上的红灯笼还在发光。莉斯表演时用的丝带已经掉了下来,叠成了两堆。我走向它们,感觉到一个梦景的微弱闪烁。我匆忙跑过大理石地板,突然跪倒在地上。

"莉斯,"我抓住她的手,"莉斯,快起来。"

是什么东西让她倒在了丝带上?她的头发与鲜血纠缠在一起。她不能死,不能在我们救了她之后再次死去。不能在我们并肩作战之后死去。她不能死。塞巴已经不在了,为什么还要让莉斯步他的后尘?

莉斯努力把眼睛睁开一条缝。她还穿得像国王的一个受害者。当她看到我时,她的嘴唇弯成一个微微的笑容。

"嘿,"她的呼吸非常急促,"对不起,我……迟到了。"

"不,你不能死,莉斯。起来,"我捏着她的手,"求你了,我们已经失去过你了,别让我们再次失去你。"

"很高兴还有人关心我。"我的眼中满含着泪水:冰冷的泪水震颤着,却并没有掉下来。鲜血从她嘴里流出来。我说不清哪些是舞台上的假血,哪些是她的血。"逃……逃出去,"她的声音非常微弱,"去实现我未完成的愿望吧。我只是想……再看一眼自己的家。"

她的头歪到了一边。她的手指松开我的手,灵魂飘进了以太世界。

有那么一分钟,我只是坐在那里,看着尸体。尼克鞠了一躬,把一条帷幔盖在她的脸上。"莉斯已经走了,"我强迫自己想道,"莉斯已经走了,就像塞巴。你无法救他们,他们都死了。"

"你应该为她念诵挽歌,"尼克喃喃地说道,"我不知道她的名字,小糖果。"

他是对的。莉斯不会想要待在这里,待在她的监狱里。

"莉斯·雷默尔,"我希望这是她的全名,"前往以太世界吧。尘埃已经落定,所有的账都已还清。现在,你不必在尘世中徘徊了。"

她的灵魂消失了。

我无法直视她的尸体。不是莉斯——而是尸体,那副躯壳,她留在世界上的一道残影。

信号枪就躺在她冰冷的手上,发射信号弹原本是她的工作。从她紧握的手中,我轻柔地拿过了枪。"她不希望你放弃,"尼克看着我检查枪里的信号弹,"她不愿意你为她而死。"

"哦,我想她是愿意的。"

我认识那个声音。我没有看见南河二·尾宿五,但他的声音在整个房间里回荡着。"是你杀了她吗,南河二?"我站起来,"她死了,对你有什么好处?"

一阵该死的沉默。

一个低沉的声音从我身后传来:"你不应该藏在阴影中,南河二。"

我抬头看去。守护官已经进入了大厅,他的双眼紧盯着二楼的楼座。"除非你害怕佩吉,"他继续说道,"在外面,整座城市都在燃烧。你伪装的强大已经土崩瓦解了。"

一阵大笑声。我紧张起来。

"我不害怕新芽帝国。他们把自己的世界装在银盘里双手奉上,大角星。现在,我们会尽情享用的。"

"去下地狱吧。"我说。

"我也不怕你,40号。我们就是死亡本身,死亡又何足为惧呢?而且,让我们的世界代替这个腐朽的世界——你那由鲜花和肉体组成的小世界——嗯,这几乎可以说是一种赐福。真希望没有那么多事需要处理就更好了。"一阵脚步声。"你不能杀掉死亡本身。有什么火焰能够灼伤太阳?又有谁能把海洋给淹死呢?"

"我确定我们能解决这个问题。"我说。

我的声音很稳定,可我的身体却在颤抖。是因为愤怒还是恐惧,我无法说清楚。在守护官的身后,出现了另一个男性拉菲姆人。在他身边的则是泰勒贝尔。

"我想让你们两个想象一下,特别是你,大角星,鉴于你必将失去的东西。"

守护官什么都没说。我试图找到声音是从哪里发出来的:在我上方的某个地方,二楼。

"我想让你们想象一只蝴蝶。将它想象成一幅具体的画面。它那彩虹色的翅膀。它很美,讨人喜欢。然后,再看看飞蛾。它们有着相同的外形——但请看两者的区别！飞蛾苍白、脆弱而丑陋，是一种喜欢自我毁灭的可怜生物。它无法控制自己，因为当它看到火焰时，它就渴望那股热量。而当它最终找到火焰时，它就被烧死了。"他的声音回荡在房间的每个角落，在我的耳朵里，也在我的头脑里。"我们就是这样看待你们的世界的，佩吉·马霍尼。满满一盒子的飞蛾，只等着被燃烧殆尽。"

他的梦景是如此接近。我已经准备好了我的灵魂，我不在乎这会对我造成多大的伤害。他已经杀了莉斯。现在，我要杀了他。守护官抓住我的手腕。"不要，"他说，"我们会对付他的。"

"我要亲自对付他。"

"你不能为她报仇，旅梦巫，"一叶兰的目光还是紧盯着敌人，"去草地吧，时间紧迫。"

"是的，去草地吧，40号。坐上我们的地铁前往我们的要塞。"南河二从柱子后面现身了，他的眼睛充满了新鲜的"气"——他最后一次从莉斯·雷默尔那里吸收的"气"。"这里有那么可怕吗，40号？我们向你们提供了我们的避难所，我们的智慧——一个新家。在这里，你不是反常能力者。没错，地位更低，但你有自己的位置。对于新芽帝国来说，你们只是一种瘟疫，他们表皮上的一个疹子。"他伸出他戴手套的手。"你在那里无家可归，旅梦巫。和我们待在一起吧，看看下面到底隐藏着什么秘密。"

我的肌肉已经拉伸到了极限。他直视着我——看透了我的眼睛，看透了我的梦景，看透了我最黑暗的部分。他知道他的话很有道理。他很了解他扭曲的逻辑。他已经依靠它过了两个世纪，利用它来诱惑弱者。在我回答他之前，守护官把我往后一拉，让我失去了平衡。一把弯刀呼啸着掠过他的肩膀，越过我的头顶。在黑暗中，我完全没有看见它。我摔倒在地之后，他奔向南河二。泰勒贝尔和那个男性拉菲姆人紧跟其后，两人都聚集了线轴，它们发出恐怖的鸣响声。尼克把我拉起来，但我无法感觉到他的手。我只能感觉到以太世界，拉菲姆人正在那里翩翩起舞。

我周围的空气薄得就像一层银纱。我无法看见那四个拉菲姆人，但我能感觉到他们的一举一动。肌肉的每次拉伸、每个转身、每个脚步都会给以太世界带来巨大的冲击。他们正在生命的边缘舞动着，那是巨人之舞，骷髅之舞。

骸骨季的灵魂们还在大厅里徘徊着。泰勒贝尔的线轴从柱子之间穿过：一个汇合了三十个灵魂的线轴正被投向南河二的梦景中。被这么多灵魂同时攻击，没有一个通灵人能幸存下来。我等待着攻击平息下来。并没有等多久。

南河二的大笑声直冲天花板。他大手一挥，打散了那个线轴。灵魂们爆裂开来，就像镜子上的玻璃碎片，溅得整个大厅里到处都是。泰勒贝尔绵软无力的身体被甩到了一根柱子上。她的骨头砸到了大理石上，在冰冷的空气中发出脆响。当另一个拉菲姆人攻击南河二时，后者只是向上一挥手，这个动作把攻击他的人扔到了舞台上。在那个拉菲姆男性的重压下，地板碎裂了，他跌到了地下室里。

我硬撑着站起来，靴子在血泊中直打滑。难道南河二是某种骚灵吗？他能运用"物体显形"的能力——不用碰触物体就能移动它们。意识到这点后，我的心脏在胸腔里急促地跳动起来。他能随心所欲地将我摔向天花板。

只剩下守护官了。他转身面对他的敌人，在半明半暗的光线中，他的表情看起来很恐怖。"那么，来吧，大角星，"南河二说着，敞开他的双臂，"为你的慷慨付出代价吧。"

就在此时，舞台爆炸了。

第29章
他离开了她

一阵热浪把我掀回到了一个房间里,我什么都听不见了。我的右半边身子重重地摔在地上,我的髋关节摔断了。我感到尼克抓住我的手腕,把我拖起来,拉出房间,进入门厅。我们还没有跑到门口,火焰就追上了我们。我扑倒地上,用手臂抱着头。大火从议事厅里喷了出来,将玻璃震得粉身碎骨。我匍匐前进,用我最快的速度移动着。信号枪还在我的手里。

哈莱人不可能拥有能造成这样一场爆炸的军火。朱利安一定有什么瞒着我。他是从哪里找到地雷,又是在什么时候将它埋在这里的?他是从"无人之地"得到它的吗?而且,哪种地雷能让一栋大楼直接燃起熊熊火焰?

在滚滚浓烟中,尼克抓住我的手肘,把我拖得站了起来。碎玻璃从我的头发里纷纷落下。我从胸腔里发出咳嗽声,我的眼睛被灼伤了。

"等等,"我挣脱了尼克的手,"守护官!"

他不能死。尼克正在叫着什么,但他的声音听起来非常遥远。我试图使用金线,去看,去感觉,去倾听。但什么也没有。

在外面,警报器高声鸣响着,火焰已经蔓延到下一条街道,让那里烟熏火燎。"房间"里喷出了火焰和黑云。一个,不,两个公馆都着火了。其中一个是贝列尔学院,唯一拥有电力的大楼。在与要塞取得联系方面,使节们有麻烦了。"谢谢你,朱利安,"我在心里想道,"不管你在哪里,谢谢你。"

尼克用手臂抱起我。"我们必须得走。"他的声音都有些沙哑。他看着这座陌生的城市,一脸紧张。"佩吉,我不熟悉这个地方,我们怎么能找到地铁?"

"只要一直往北走。"我想下来自己走,但他把我抱得很紧。"我能跑,该死的!"

"你刚刚逃过了一场爆炸和一个骚灵,"尼克对我大叫道,他的脸因为愤怒而涨得通红,"我历经千辛万苦来到这里,是为了带你走,而不是让你自杀,佩吉。你的一生中就这一次,让别人来背你吧。"

冥城I号正处于战争状态。如今,议事厅已经被攻破了,反叛者们已经散布在街道上。在那里,他们用手头的一切与拉菲姆人战斗。新芽帝国的使节们正四散逃跑,紧跟着他们的保镖,后者已经开始向通灵人开火了。朱利安的小组——负责纵火的那些人——带着近乎残忍的热情,迎接着他们的挑战——他们已经在鸦巢的大部分地区放了火。我想要留在这里,去战斗,但我必须放出信号弹。用这种方法,我能救更多人的命。

尼克挑选了最安全的路线,穿过一条狭窄的街道,避开了有战斗的地方。我偶然瞥见了一场小规模冲突。哈莱人、黑蒙人和黄、白衣行者并肩作战,团结协作,迎战单枪匹马的拉菲姆人——甚至是西里尔也加入了战斗。

一阵尖锐的叫声传到我耳朵里。我越过尼克的肩膀看过去,是内尔。她的双手被两个拉菲姆人控制住了。"你哪里也不能去,9号。我们需要食物。"其中一个紧紧抓住她的头发,把她拽向一边。

"不!拿开你的脏手!你永远都别想再把我当食物,你这个寄生虫!"

被监护人掴了一巴掌后,她的尖叫声戛然而止。"尼克。"我喊道。

听出我正处于爆发的边缘,他把手臂松开了。脚一落地,我就直接奔向了内尔。我没有武器——但我还有我的天赋。它不再是我的诅咒。今晚,它会救下一个生命,而不是带走一个生命。

我将自己的灵魂投向那个更高大的拉菲姆人。我冲入他的梦景,强行入侵他的深渊地带,然后再跳回到我的身体里。我及时回来,伸手撑地,这才没有摔个狗啃泥。内尔虽然搞不清发生了什么,但双手还是挣脱了拉菲姆人的控制,并用小刀刺了她右边的那个拉菲姆人,深深地扎进了他的身侧。与此同时,她不知从什么地方拉来一个灵魂,把它猛地投向他的脸,他发出一种恐怖的咆哮声。他的同伴还没从我的攻击中恢复过来。内尔抓住她掉落的补给品,拼命奔跑起来。

那两个拉菲姆人都受伤了,但他们仍然是我们的威胁。我攻击过的那个抬头看着我,他的眼睛——是橘红色的——慢慢找回了焦点。他从手臂上的刀鞘里抽出一把利刃:"回到以太世界中去吧,旅梦巫。"

刀刃如一道闪电,飞向我的脸。我躲开的速度不够快,它击中了我的手臂。尼克发射了一轮子弹,击中了那个拉菲姆人的胸口——但毫无效果。我又把我的灵魂送入他的梦景中,第二次攻击让他变得更加虚弱。我捡起他丢出的刀刃,将它刺入他的喉咙里。

我犯了个错误,忘记了他的同伴。另一个拉菲姆人撞向我,并把我按倒在地板上,我几乎透不过气来了。他那巨大的拳头砸下来,离我的头只有半英寸的距离。

尼克丢掉了他的枪。当那个拉菲姆人第二次举起拳头时,尼克一把抓过附近的三个灵魂,把它们接二连三地投向他。当他将一幅逼真的"快照"送入拉菲姆人的梦景中,蒙住了对方的眼睛时,我感觉到了以太世界里的涌动。在一秒钟之内,那个拉菲姆人就从我身边滚开了,与灵魂和幻觉做着斗争。我站了起来,跑回到尼克身边。

还没有走多远,我的第六感就感到一阵刺痛。我猛地转过头,面对威胁。

"尼克!"

他已经知道了。他动作流畅,即刻丢下他的背包,并收集了另一个线轴。目标是一个老熟人:阿鲁德拉·太微右垣四。

"梦巫,"她甚至没看尼克一眼,"我相信,我还没有回报你在小教堂里的精彩表演呢。"

"退后。"尼克警告道。

"你看起来真精神呢。"

她眼睛的颜色改变了。

尼克的脸开始扭曲。鲜血从他的泪腺中涌出来,他的颈部血管都收紧了。"几乎和旅巫一样有精神呢,"阿鲁德拉继续说道,并走向我们,"我可以当你的监护人哦,神谕师。"

尼克抓住他的膝盖,努力保持站立。"我杀了你们的法定继承人,"我说,"不要觉得我不会对你做同样的事情。赶快爬回你的腐朽地狱吧。"

"克拉斯是个傲慢的家伙,而我不是。我知道哪些敌人值得我花费宝贵的时间。"

"而我是其中之一。"

"哦,没错。"

我安静下来。她身后有什么东西:一个阴影,一个巨大而笨重的阴影。她太贪吃了,没有注意到它。是腐烂的巨人,我在以太世界中认出了那道闪电。"会花多少时间?"

"就一分钟,"她举起手,"不过,杀死你,一分钟已经是绰绰有余了。"

然后,她的表情产生了变化,是震惊。她已经感觉到了它,但她的转身不够及时。在她移动之前,那玩意儿就牢牢抓住了她。白色的眼睛,死掉的眼睛。我只能看到它的一部分——当它出现时,煤气灯都已经熄灭——但这足以把它深深刻在我的记忆中,就像伤疤一样,深入组织,将我梦景的精巧结构碾得粉碎。阿鲁德拉没有机会了。她甚至还没来得及发出尖叫。

"没错,"我说,"绰绰有余了。"

尼克吓得浑身僵硬。他的眼睛瞪得大大的,紧咬着嘴唇。我抓住他的胳膊,带着他一起跑起来。

我们为了生存而冲刺。艾冥已经进入城市,就像第十八个骸骨季那样。"还有多长时间?"我问尼克。

"没有多长时间了。"他抓住我的手,拉我跑得更快些。"那是什么东西?新芽帝国在这里做了些什么?"

"很多事。"

我们取道一条小路,这是通向幽灵之城的道路之一。一个身影从对面飞奔过来,大口喘着气。尼克和我同时做出了反应:尼克绊倒那个男孩,让他飞到人行道上,而我的手则压在了他的喉结上。

"想去哪儿,卡尔?"

"快滚开!"卡尔浑身都被汗水浸湿了,"它们快要过来了,他们已经让它们入城了。"

"谁?"

"嗡嗡兽。嗡嗡兽!"他胡乱推着我的胸口,几乎快哭了出来,"你必须消灭它,行吗?你必须想办法改变这一切!这个地方是我的一切,你不能夺走它!"

"你曾经拥有整个世界,难道你不记得了吗?"

"整个世界?我是一个怪胎!我们都是怪胎,40号!跟死者说话的怪胎。正因如此,我们需要他们。"他说着,用一根手指戳着市中心的方向。"你没有看见吗?对我们来说,这是唯一的安全之所。他们很快就会开始屠杀我们,突袭我们。"

"谁?"

"黑蒙人。等他们明白过来拉菲姆人想要的是什么后就会那么做。我永远不可能再回到那里去了。你能保护这个珍贵的世界,你在这里是受欢迎的!"

我放开他的喉咙。他跌跌撞撞地爬起来,一溜烟地逃走了。尼克目送着他离去。

"等我们回家之后,你有很长的故事可讲了。"

我看着卡尔消失在街角。

离草地还有不到一英里的距离,不过,我并没有指望不打一仗就顺利到达那里。娜什拉就在外面的某个地方,而且有些掘骨者很可能没喝老鸭头的混合药物。我们一直沿着街道的边缘在幽灵之城中穿行。

远处又发生了一场爆炸,尼克并没有停下来,大楼的窗户都在嘎嘎作响。我的头脑没法清晰地思考。难道有人试图从地雷阵逃跑?他们一定被吓坏了,一边寻找信号弹在哪里,一边穿过树林逃跑。我必须把他们召唤到安全的地方。我们一路跑过了那条荒芜的街道,然后改变方向,踏上通往港口草地的小径。我已经能看见栅栏了,还有那个标志。一些通灵人和黑蒙人已经聚集在外面,他们一定相信自己能通过这条路离开这座城市。

还有守护官,他也在那里。他灰头土脸的,浑身覆着一层煤渣,但还活着。他伸出手臂抓住我。"该死的,你到底跑哪儿去了?"我一边喘气,一边吐出这句话。

"原谅我,我绕了道。"他把目光转向了城市。"你没有在舞台下埋设那个引爆装置吧。"

"没有,"我抓住自己的膝盖,努力想喘过气来,"除非……"

"除非?"

"是 12 号,那个神谕师,红衣行者。他提到过关于替代方案的事情。"

"让我们把注意力放在如何从这里出去吧。"尼克瞥了一眼守护官,然后回头看着我。"隧道的入口在哪里?我们先前抵达时,这里都点着灯。"而现在,草地上伸手不见五指,太黑了,无法辨清方向。

"不太远了。"守护官说。

"没错。"尼克看了看他的老式辉光管手表,用颤抖的手擦了擦上嘴唇。"束缚师准时到达了吗?"

"你可以用他的真名,尼克,"我能感觉到汗水正从脖子上淌下来,"他知道的。"

"霍尔先生和你的三个同伴已经来到草地上,就等你了,"守护官说道,他的目光还停留在城市上,"佩吉,我建议你先使用其中一个信号弹,你还有时间。"

尼克来到了安全门前,贾克森似乎正在那里研究灵化栅栏。我走过去,站在守护官身边。

"对于莉斯的事,我很难过。"他说。

"我也是。"

"我会确保南河二永远不会忘记她的死。"

"你还没有杀了他?"

"我们被那场爆炸打断了。南河二补充了能量之后,南河二比我们强大很多,不过,我们也重创了他。议事厅的大火可能已经帮我们完成了剩下的工作。"

即便是现在,他还是戴着手套。我心中有一丝刺痛,也许是伤心吧,我怎么会以为他这么容易就会改变呢?

守护官目不转睛地盯着我。金线正在颤动着，只是幅度非常小。我不知道他向我传输了什么东西，但我的精神突然变得更加集中，也更加坚定了。我抓住信号枪的把手。守护官向后退了一步。我瞄准草地上方的一个点，扣动了扳机，然后把头转开。

信号弹悬在草地的上空，然后一个接着一个地爆炸了。我站在守护官身边，看着它们逐渐熄灭并开始冒烟。红光倒映在他的眼中，然后落在我们脚边。

我的目光越过信号弹，看向星星。这可能是我最后一次像这样看星星了，在一座没有电灯和尾气的城市里。或许有一天，整个世界都会变得像这样，在娜什拉的手中，成为一个巨大而黑暗的监狱城市。

守护官把一只手放在我的背上。"我们必须走了。"

我和他一起走到安全门的前面。当他打开门的时候，通灵人和黑蒙人——一共有八个——也走进了草地。当我们走到门的另一边后，他让门大敞着，并拿出另一个小药瓶。他的藏药量比药剂师的还要多。

里面是白色的结晶，是盐。他在安全门前倒了一条细细的盐带。我正准备问关于艾冥的事，老贾抓住我的胳膊，把我推到了一根柱子上。我能感到栅栏上涌动着的能量，是如此之近，我的头发都发出了轻微的噼啪声。

"白痴，"老贾抓住我胸口的衣服，"你刚刚把我们的准确方位告诉了他们，你这个熊孩子。"

"我把我们的所在位置告诉了每个人。我不能让所有人留在这里等死，贾克森，"我说，"他们都是通灵人。"

他的脸部肌肉抽搐着，被愤怒所扭曲。这是我所害怕的那个贾克森——那个掌握着我的生命的男人。

"我同意来这里，是为了营救我的旅梦巫，"他喘息道，"而不是来救一群由占卜师和占兆师组成的乌合之众。"

"这不关我的事。"

"这当然关你的事。如果你再做任何多余的事情，损害到我们的努力——我补充一句，营救你的努力，忘恩负义的小淘气——我会确保你余生都会在底层工作。我会把你送到雅各布小岛,你可以和动物祭品占兆师、人祭占兆师,以及其他世界边缘的残渣浮沫一起在街头卖艺。看看他们会对你做些什么。"他那冰凉的手指停留在我的喉咙上。"这些人都是消耗品,而我们不是。你可以拥有一些自主权,我的小可爱,但你必须听命行事。然后,我们都会回到以前的生活中。"

他的话语卸下了我梦景的防备。我又变回了十六岁时的自己,害怕整个世界,害怕我身体里的每样东西。然后,我在周围筑起防御,变成了另一个人。

"不行,"我说,"我退出。"

他的表情改变了。

"你不可能退出七封印。"他说。

"我刚刚就做到了。"

"你的生命是属于我的。我们做了交易,你签了合同。"

"我才不关心其他哑剧领主怎么说呢。如果我是你的财产,贾克森,那么你雇用我只不过是把我当作奴隶,"我把他从我身边推开,"我这辈子已经受够了奴役。"

话已经说出了口,但又不像是从我脑子里想出来的。我变得越来越麻木。"如果我不能拥有你,其他人也不能,"他的手指收紧了,"我不会屈服于一个旅梦巫的。"

他是认真的。在特拉法尔加广场的事情之后,我能理解他为什么如此残忍。他的"气"出卖了他的想法。如果我不再为他服务,他会杀了我。

尼克已经发现了我们的异常:"贾克森,你在干什么?"

"我退出了。"我说。随即又说了一遍。"我不干了,"我必须听到自己亲口说出这句话,"等我们回到伦敦之后,我不会再去I-4区了。"

他把目光移到了贾克森身上。"我们稍后再讨论,"他说,"现在没时间了,还有十五分钟。"

他的提醒让我的内脏一阵发冷。"我们要把每个人都带上地铁,立刻。"

娜丁回来了。"入口在哪里?"她浑身冒汗,"我们来的时候,是穿过一个隧道来到草地上的。它在哪儿?"

"我们会找到它的。"我看了看她的后面,只有齐克在那里。"达妮呢?"

"她没有用无线电回应我们,她可能在任何地方。"

"她为新芽帝国工作,"尼克说,"她可以声称自己是使节,然后逃出这里。当然了,最好不要这样做。"

"伊莉莎来了吗?"

"没有,我们把她留在了七晷区。我们需要有个封印待在要塞里。"

贾克森站了起来,掸掉身上的灰尘。"现在,让我们冰释前嫌。等我们回去之后,再讨论各自的不同观点吧。"他招呼道。"钻石和铃,如果你们愿意的话,掩护我们。我们还要赶地铁呢。"

"达妮怎么办?"齐克看起来很紧张。

"她会及时赶到的,亲爱的小子。就算是穿过地雷阵,那女孩也能准时到达的。"

贾克森与我擦身而过,同时点燃了另一根雪茄。他怎么能在这种时候像这样抽烟?我很确定,他是故意做出漠不关心的样子。他不想失去我,我不确定我是否也不想失去他。我为什么要说这些话呢?贾克森既不是占兆师,也不是占卜师,但他的话听起来很有预见性。我不能只当个街头艺人——或者更糟,成为夜行者——在像雅各布小岛那样的通灵人贫民窟。比起在I-4区的安全地带为贾克森工作,还有许多糟糕得多的地方。

我想道歉,我必须道歉。我是莫莉学徒,他是我的哑剧领主。但我的自尊阻止了我。

我又发射了一枚信号弹,最后一枚,是他们最后幸存的机会。然后,我开始奔跑,跟着贾克森。守护官在我身后,如影随形。

信号弹照亮了我们的道路。更多的人类抵达了暗门,他们跟着我们进入了草地——有些成群结队,有些单枪匹马,大部分是通灵人。当迈克尔抵达时,他抓住了我的手臂。他的脸上有一条严重的割伤,从眉毛一直延伸到下巴,但他还能走路。他举起我的背包,放到我的臂弯中。

"谢谢,迈克尔,你真的不必……"他摇摇头,并不宽厚的胸膛上下起伏着。我把包的背带挎到我的肩上。"还有其他人正赶过来吗?"

他迅速做了三个手势。"是使节们,"守护官翻译道,"他们正和保镖一起赶过来。还要多久?"迈克尔伸出两根手指。"两分钟,我们必须赶在他们到达之前。"

这真是一场噩梦。我扭头看向后面。"他们不能就这么放过我们吗?"

"他们已经被告知,必须阻止这一事件的每个目击者逃脱。我们可能面临一场大战。"

"我们会好好招待他们的。"

我的侧面突然感到一阵刺痛。在我们前进的道路上,一个受伤的男人正在草地上艰难爬行着。他的胸口一起一伏,呼吸浅而急促。我花了半分钟时间把这个男人拉起来,否则,就得眼睁睁把他留在那里。"继续往前走,"我对守护官说,"跟他们说,我很快就会追上来。你能打开隧道的大门吗?"

"没你不行。"他低头看着这个男人,我不太清楚他正在想什么。"快点,佩吉。"

他和迈克尔一起往前跑。我跪在那个男人身边,他正仰躺着,双目紧闭,双手叠在胸前。要不是他的新芽帝国制服,他看起来简直就像一尊雕像。红领带、黑西装,衣服上都浸满了血。当我检查他的脉搏时,他睁开了眼睛。随着一阵突如其来的渴望,他用戴满戒指的手紧紧抓住了我的手。

"你是那个女孩。"

我浑身僵住了。"你是谁?"

"钱包,看看。"

过了一会儿,我从他的外套内袋里拿出一个皮夹子,里面有一张身份证,他来自斯塔奇街。"你为韦弗工作,"我轻轻说道,"你这个恶心的混蛋。是你做了这些事,所有这些事。是他派你来见证我的死亡的,对吗?来巡视这个他把我们丢进来的地狱?"

他是一个默默无闻的人,我从未听过他的名字。"他们会毁……毁了……这里的一切。"鲜血在他唇边闪动着。

"谁?"

"那些畜……畜生,"他艰难地吸了口气,嗓子里发出嘎嘎声,"找到……找到雷克汉姆,找到他。"

说完这些话,他就死了。我把他的钱包攥在手里,突然打了个冷战。

"佩吉?"

尼克已经回到我身边。"他是来自新芽帝国的,"我摇摇头,精疲力尽,"他说的有些话,我不太明白。"

"我也不明白。我们正在被人耍得团团转,小糖果。我们只是不知道自己在扮演什么角色,"他捏捏我的手,"来吧。"

我让他把我拉起来。我刚站直了,就听到远处的枪声。我的背脊立刻一紧,是使节。他们一定已经抵达了安全门。与此同时,以太世界也发出一种奇怪的信号,四个黄眸的身影正向我们走来。"拉菲姆人,"我说着,脚步已经开始移动了,"快跑,尼克,跑!"

他没有争辩。我们的靴子在冰冻的地面上砰砰作响,而那些拉菲姆人也紧随其后,动作比我们更快。我从背包里抽出一把小刀,转过身去,打算瞄准其中一只眼睛投掷出去。然而,泰勒贝尔·娄宿一挡住了我的手。"泰勒贝尔,"我的胸口还剧烈起伏着,"你想要干什么?"

泰勒贝尔看着我的眼睛。和她在一起的是一叶兰、阿尔萨菲和一个我不认识的更年轻的女性。在他们身后,是破衣烂衫、浑身是血的达妮。在看到她的一刹那,我肩头的重担终于卸了下来。

"我们把你的朋友带来了,"泰勒贝尔说道,她的眼睛只剩下一点光芒了,"她在那里撑不了多久的。"

达妮没理睬他们所有人,跛着脚从我身边经过,走向那群掉队者。她看起来像死了一样。"你们想要什么作为回报?"我警惕地说道,"你们应该不想上地铁吧。"

"如果我们真的希望走的话,是不会让你挡我们的路的。我们都救过人类的性命。我们把你的朋友带到你身边,并拖住了守夜人。你欠我们的。"

阿尔萨菲威吓似的瞪着我:"你真幸运,旅梦巫,我们并不想去要塞。我们是为大角星而来的。"

"等他准备好了，他会来的。"我还需要守护官。

"那么给他带个口信。你们一走，他就要来空地见我们。我们会等着他的。"

他们来得快，去得也快。不一会儿，他们已经走向了栅栏那里。他们像阴影中的尘埃一样消失在了黑暗中，以躲避尾宿五家族的必然报复。我转过身，艰难地走向地铁的月台，那里有两盏灯笼在彩色玻璃窗中燃烧着。

走到那里还算是最容易的部分。现在，我必须把这些人送入隧道，并带上地铁。

掉队者们已经聚集在一个长方形的水泥月台边缘——但并不是会有地铁通过的那个。尼克正在检查达妮的脸，她的眼睛上方有一条又深又长的切口，但她对此满不在乎。在长方形月台的后部，贾克森冷冷地注视着这座城市。还是没有朱利安的影子，他也许被火焰吞没了，就像芬恩。我希望这个过程至少能快点，让他不要受太多的苦。

"我们必须走了，"我说，"不能再等了。"

"这不可能成功，"一个黑蒙人男孩用力扯着自己的头发，指关节都发白了，"守夜人正在赶过来。"

"我们会先到达那里的。"

有几双眼睛变得明亮起来。我从背包里拿出一个手电筒，并打开它。"跟着我，"我说，"走得尽量快点。如果有可能，带上伤者。我们必须到达另一个地标——椭圆形竞技场，我们没有很多时间了。"

"你和拉菲姆人是一伙的，"一个愤恨的声音说道，"我不跟吸人血的水蛭去任何地方。"

我转身面对说话的那个男人，并指着城市："你反而想回到那里吗？"

他陷入沉默。我从他身边走过，忽略了我肋部的刺痛，往前加速奔跑起来。

我们经过那个占卜池后，就能很容易地找到正确的地点。守护官就站在我们这几个月来训练的地方。"入口就在这里，"当我接近时，他说道，并指指那个坚实的椭圆竞技场，"娜什拉相当喜欢让地铁从训练场下通过的主意。"

"你觉得她死了吗?"

"还是不要有这种奢望。"

我把这个想法丢到一边,现在我没有精力想娜什拉的事了。"他们正在等你,"我说,"在空地上。"

"我还不想跟他们走。"

这句话让我如释重负。我低头看着那个椭圆形竞技场。"这里没有守卫,"我说,"他们不可能就让它这么敞开着。"

"他们并不是傻瓜。"守护官拨开了一层苔藓,露出一个银色的挂锁,锁的中心透出一道细细的白光,仿佛里面有个灯泡被激活了。"这个挂锁里有一个灵化电池,里面有个骚灵。他们会派一个拉菲姆守卫陪同使节一起打开它,然后灵化电力就会被重新恢复。不过,如果你能说服那个骚灵离开,电力就会中断,锁就会自动打开。"

我手上的伤疤开始刺痛。

"它无法伤害你在梦景中的形象,佩吉,"他知道了,"你有对付破坏灵的最好装备。"

"贾克森是束缚师。"

"这无法解决问题。骚灵必须被说服——或者被强迫离开这把锁,而不是被束缚在上面。除非它先摆脱了这个物理上的束缚,否则你的朋友无法再次束缚它。"

"你期望我做些什么?"

"你能在以太世界中旅行。不像我们,你不用碰那把锁,就能与骚灵进行交流。"

"这里没有什么'我们',拉菲姆人,"说话的是一个占兆师,比我大一点点,"离那把锁远一点。"

守护官站在那里,没有争辩,但他的眼睛并没有离开占兆师。后者的手里有一根沉重的水管,是从城市里拿来的简易武器。"你想干什么?"我问道。

"根本没有所谓的灵化电池,"他的牙齿咬得咯咯响,"我会对付这个,我会走出这里。"

他挥舞着水管,猛地砸向挂锁。

409

以太世界里传来巨大的震动。那个占兆师被弹开二十英尺,尖叫着:"不,求你,别。我不想死。求你!我……我不想成为奴隶!不!"他弓起背,直打哆嗦,然后不动了。

我认出了那些话。

"我改变主意了,"我说,守护官迅速瞥了我一眼,"我能对付这个骚灵。"

守护官点点头,也许他已经明白了。

"他们来了!"

我抬起头。

在月光下,守夜人占领了整片草地。他们配备有防暴盾牌和警棍,护送着一小撮使节。碧姬塔·雅德就在他们中间,还有卡舍尔·贝尔。雅德先看到我们,并发出愤怒的大叫声。尼克举起他的枪,瞄准了她的头部。没必要对黑蒙人使用线轴。

我把脸转向囚徒们,自从来到这里以来,他们头一次需要被鼓励。他们需要听到一个声音告诉他们,他们能做到,他们是有价值的。

那个声音就是我的声音。

"你们看见那些神仆了吗?"我指指他们,提高了嗓门,"这些神仆想阻止我们逃出去。他们想要杀掉我们,因为即便是现在,他们也不想让我们出现在他们的首都。他们不想让我们把所见所闻公之于众。他们想让我们死——在此时此地。"我的声音非常沙哑,但仍然坚持着。我必须坚持。"我会打开这个出口,我们都会准时离开这座城市。我向你们保证,我们会在黎明前赶到伦敦。那里没有晨钟把我们送入牢房!"一阵表示赞同和愤慨的喃喃低语后,迈克尔拍起了手。"但我需要你们守护这片草地。在永远离开这里之前,我只需要你们做这最后一件事。给我两分钟,我会给你们自由。"

他们什么也没说,没有作战口号,没有尖叫声。但他们团结一致,拿起他们的简易武器,召唤他们能聚集的每个灵魂,突然涌向守夜人。娜丁和齐克紧随其后,直接投身战场。出于各自的理由,草地上的灵魂们也都集合起来,用比子弹还快两倍的速度飞向守夜人。贾克森一动不动地打量着我。

"一场精彩的演讲，"他说，"对于外行人来说。"

这是一种赞赏，是哑剧领主对他的莫莉学徒的褒赏，但我知道他并不是真的欣赏我。

我还有两分钟，那是我承诺过的。

"达妮，"我说，"我需要氧气面罩。"

她把手伸进大衣的口袋里，眉毛上覆盖着一层汗水。"给你，"她把它丢向我，"里面的氧气快用完了。省着点。"

为了尽量离那把挂锁更近，我躺在了草地上。尼克看着守护官。"我不知道你是谁，但我希望你知道自己在干什么。她不是一个玩具。"

"我不会允许你带领这些人穿越'无人之地'，"守护官将目光扫向树林，"除非你能想到一个备用计划，尼德加博士，否则这是唯一的方法。"

我将支持系统固定在口鼻部。它被牢牢地吸住，并发出光芒，表示有稳定的氧气流。"你没有很长的时间了，"达妮说，"当你必须回来时，我会摇醒你的。"

我点点头。

"守护官，"我说，"塞巴的中间名是什么？"

"阿尔伯特。"

我闭上了眼睛。

"预计两分钟。"尼克说，那是我听到的最后一句话，至少在现实世界中是如此。

在以太世界中，我能看到那个储存骚灵的微型容器。它像其他任何梦景一样吸引着我，就像一颗小水珠被另一颗小水珠所吸引。然后，我转过身，面朝着那个迷路的小男孩。

我并没有走向他，只是站在那里。然而，他就在那里：塞巴斯蒂安·阿尔伯特·皮尔斯，那个我没能拯救的男孩。他正在不停地撞墙，摇晃着房间上的铁栅栏。在栅栏的外面是以太世界的无尽黑暗。他的脸上满是鲜血，被狂怒所扭曲，头发被灰烬染黑了。

我最近一次遭遇骚灵的时候，还只是受到了肉身上的痛苦。然而，塞巴还能对我的灵魂造成伤害，但我必须阻止他。

"塞巴。"我唤道，声音尽可能地温柔。

没过多久，他就发现了我的入侵。他绕着我打转，并突然冲向了我。我抓住他的手腕。

"塞巴，是我！"

"你没有救我，"他正在咆哮，近乎疯狂，"你没有救我。而现在，我死了。我死了，佩吉！而我不能……"他撞着墙。"出去！"他继续撞墙，"逃出这个房间！"

他那瘦弱的身躯在我的臂弯中发抖。他的肋骨和其他骨头都凸了出来，就像以前一样。我强压下自己的恐惧，用双手捧起他脏兮兮的脸。看到他折断的脖子，我有些畏缩。

我必须做这件事。我必须压制住他灵魂中的愤怒，否则，他会以这种形式永远存在下去。这不是塞巴。这是塞巴的悲伤、痛苦和仇恨。"塞巴，听我说。我非常、非常抱歉。你不应该得到这个结果，"他的眼睛里漆黑一片，"我能帮助你。你想再次见到你母亲吗？"

"妈妈恨我。"

"不，听着，塞巴，听着。我之前没能让你获得自由，并且……并且我对此非常抱歉。"我的声音快要失控了。"而如今，我们能让彼此获得自由。如果你离开这个房间，我就能离开这座城市。"

"没人能离开。她说'没人能离开'，"他抓紧了我的手臂，他的头摇得非常快，快得都看不清他的脸了，"即便是你和我。"

"我能让你离开。"

"我不想离开，我为什么要离开？她杀了我，我本该活得更久！"

"你是对的，你本该活得更久。不过，你真的希望今后永远住在这个牢笼里？"

塞巴再次开始颤抖。

"永远？"

"是的，永远。你不想那样吧？"

他的脖子突然恢复了正常。

"佩吉，"他低语道，"我必须得永远离开吗？这样，我就没法再回来了？"

现在轮到我颤抖了。当时我为什么没能救他？我为什么没能阻止娜什拉？

"只是暂时的，"我缓慢而小心地把手放在他的肩头，"我不会一直把你送到最后的生命之光——你知道的，就是据说人们临终时会看到那道白光。我不会送你去那里。但我能送你很长一段路，一直到外围的黑暗层，这样的话，没人能再次捕获你。之后，如果你真的愿意的话，就能回来。"

"只要我愿意？"

"是的。"

我们在那里站了一会儿，塞巴躺在我的臂弯中。他没有心跳，但我知道他一定非常害怕。我的银线正在震颤着。

"不要去追她，"塞巴紧抓住我在梦景中的形象，"娜什拉。他们只想吸干我们。其中还有一个秘密。"

"什么秘密？"

"我不能说，对不起，"他抓住我的双手，"对我来说太迟了，对你还不晚。你还能阻止这件事。我们会帮助你的，我们所有人都会。"

塞巴抱着我的脖子，我感觉他就像个活生生的男孩一样。那就是我记忆中的他。我低声念诵着挽歌："塞巴斯蒂安·阿尔伯特·皮尔斯，前往以太世界吧。尘埃已经落定，所有的账都已还清。现在，你不必在尘世中徘徊了。"我闭上眼睛。"永别了。"

他露出微笑。

然后，他消失了。

在这个守护符中，存放以太的容器开始崩塌。银线猝然一动，这次更加激烈了。我先是助跑，然后起跳，回到了自己梦景的怀抱。

"佩吉，佩吉。"

突然而至的光线让我的眼睛一阵刺痛。"她很好，"尼克说，"我们都出来了。娜丁，把他们都叫过来。"

"守护官。"我喃喃道。

一只戴手套的手捏了捏我的手，于是，我知道他在那里。我睁开眼睛。我能听到枪响，还有他的心跳声。

守护官抬起了入口处的舱门：这是一扇沉重的门，表面浇筑着水泥，后面却藏着一条窄窄的楼梯。那把空锁咔哒一声掉下来。守护官把我背在肩上，而我的手臂则搂着他的脖子。人们一边蜂拥进楼梯，一边还在向守夜人开火。雅德抓起一把死去神仆的枪。那颗子弹击中了西里尔的脖子，夺走了他的生命。在守护官跟着幸存者们走下楼梯之前，我瞥了这座城市一眼——天空中的火光，黑暗中的灯塔。他那温暖而坚实的身影是我唯一关注的东西。在痛苦的颠簸中，我的感知能力又恢复了。

隧道里非常冷，我能闻到那种很少使用的房间里的又干又霉的臭味。从上方传来的叫喊声模糊成一片毫无意义的刺耳声音，就像一群狗在狂吠。我收紧手指，抓住守护官的肩膀。我需要肾上腺素、不凋花，或类似的东西。

隧道不是很大，几乎和一般地铁隧道差不多。不过，月台很长很宽，足够容纳至少一百人。尽头处放着一些担架，一个叠着一个。我闻到了消毒水的味道。担架一定是用来把身中流体的通灵人从这里送到拘禁处的，或者至少是送到街上。但我很确定，我在黑暗中听到了什么：电力的嗡嗡震动声。

守护官打开他的手电筒，照向那辆列车。过了一会儿，灯光亮了起来。我眯起了眼睛。

是电能。

那是一辆轻型地铁，在设计上，不能用来搭载很多乘客。"新芽帝国自动化运输系统"的字样被印在列车的尾部。车厢是白色的，每扇门上都有新芽帝国的标志。当我看着它们时，大门突然打开了，里面的灯亮了起来。"欢迎上车，"斯嘉丽·布厄内许说道，"这辆列车将在三分钟内出发。方向：新芽帝国伦敦要塞。"

幸存者们放松地呼了口气，进入了车厢，把他们的临时武器留在了月台上。守护官还是一动不动地站在那里。

"他们会察觉到的，"我的声音很疲惫，"他们会察觉到车上坐着的人有问题。他们会在那里等着我们的。"

"而你会勇敢地面对他们，正如你会勇敢地面对所有一切。"

他把我放下来，但并没有放开我。他的手还搂着我的臀部，我抬头看他。"谢谢。"我说。

"你不必为了你的自由而感谢我,那是你的权利。"

"还有你们的自由。"

"你已经给了我自由,佩吉。我花了二十年的时间才重新获得尝试的力量,并夺回了我的自由。我拥有你,只有你,这才是我应该感激的。"

我的回答堵在了嗓子眼里出不来。更多的人乘上了地铁,内尔和查理斯也在其中。"我们应该上车了。"我说。

守护官没有回答。我不太确定在最近的六个月里究竟发生了什么——这些是不是真的——但我的心很充盈,我的皮肤很温暖,而且我感到无所畏惧。不再惧怕当下,不再惧怕他。

远处传来一个声音,像雷鸣。另一个地雷爆炸了,又有人毫无意义地死去了。齐克、娜丁和老贾跌跌撞撞地走进隧道,扶着快要失去意识的达妮。"佩吉,你来吗?"齐克问道。

"你们上车吧,我会过来的。"

他们进入了靠近末尾的一节车厢,贾克森透过车门望着我。

"我们需要谈谈,我的梦巫,"他说,"等回去后,我们会好好谈谈的。"

他砸了一下车厢里的按钮,门滑上了。一个黑蒙人和一个占卜师步履蹒跚地进入了下一节车厢,其中一个的衬衫上全是血。"还有一分钟就要开车了,请大家保持舒适的坐姿。"守护官抱紧了我。

"多么奇怪啊,"他说,"这本该是很难做到的。"

我研究着他的脸,他眼里的光芒非常黯淡。

"你不会来的,"我问,"对吗?"

"不会。"

我慢慢地意识到了这一点。我意识到,我从未真的期待他会一起来——只有在这最后的几个小时里,我才开始这么希望。而如今太晚了,他正准备离去,或者说,准备留下。从这一刻起,我又是孤身一人。在这种孤独中,我又重新获得了自由。

他用鼻子碰了碰我的鼻子。我的心里慢慢升起一种甜蜜的刺痛感,我不知道该做些什么。守护官的目光一直没有离开我,而我却低下了头,看着我们的手,他的手掌压在我的手上:他的手被手套所保护,粗糙的皮肤隐藏在其下;我苍白的手上满是青色的血管,指甲还带着一点淡紫色。

"和我们一起走吧,"我说,我感到嗓子很痛,嘴唇很灼热,"和……和我一起走吧,去伦敦。"

他曾经吻了我,他曾经想要我,也许他现在还爱着我。

然而,我们之间不可能有任何关系。从他的眼神中,我知道他并不只是想要我。

"我不能去要塞,"他用大拇指轻拂过我的嘴唇,"但你可以。你能回到你的生活中,佩吉。我只希望你抓住这个机会。"

"这并不是我想要的一切。"

"你想要什么?"

"我不知道,我只是希望你和我在一起。"

我以前从未将这些话说出口。现在,我品尝到了自由的味道,我希望和他分享这份自由。

然而,他却无法为了我而改变他的生活。而我也无法牺牲我的生活和他在一起。

"现在,我必须从暗处将娜什拉搜捕出来,"他将前额压在我的额头上,"如果我能把她引出这里,剩下的人就能走了。他们可能会投降。"他的眼睛睁大着,直接将他的话烙在我的脑子里。"如果我没有回来——如果你再也没有看见我——这说明一切都很好,我已经结果了她。但是,如果我回来了,这表明我失败了,危险还是存在。然后,我就会去找你。"

我凝视着他的眼睛。我会记住这个承诺的。

"现在,你信任我吗?"他问道。

"我可以吗?"

"我无法告诉你。那是信任,佩吉,不需要考虑可不可以。"

"那么,我信任你。"

在几英里外的地方,我仿佛听到一声巨响。有拳头敲击金属的声音,还有沉闷的叫喊声。尼克跑进了隧道里,身边是剩下的幸存者,在门啪嗒一声关上之前,他们都及时冲进了列车。"佩吉,上车。"他叫道。

倒计时已经结束，没有时间了。守护官将我推开，他的眼神因为懊悔而显得格外炙热。

"跑，"他说，"快跑，小梦巫。"

列车开始启动了。尼克翻身跳过围栏，来到车尾，并伸出一只手。

"佩吉！"

我醒过神来。我的心脏骤然一跳，所有感官就像一堵铁墙，将我猛然砸醒。我转过身，沿着月台奔跑着。列车开始加速，快赶不及了。我抓住尼克伸出的手，越过栏杆，爬上了地铁。我在车上了，我安全了。铁轨上火花四溅，列车的金属框架在我脚下晃动着。

我没有闭上眼睛。守护官已经消失在黑暗中，就像一根蜡烛在风中熄灭了。

我再也见不到他了。

然而，当我看着隧道在我眼前迅速后退时，我确定了一件事：我真的信任他。

而如今，我又只能相信我自己了。

专用名词表

在本书中，通灵人所使用的俚语大体上来源于 19 世纪伦敦地下集团的黑话，只是在意义和用法上做了稍许修改。其余的术语或取自现代英语口语，或经过作者的重新阐释。有星号（*）标注的为专门用于"大家庭"（指那些居住在冥城 I 号的人类）的术语。

A
艾冥（单数：the Emite；复数：the Emin）：【名词】据说是拉菲姆人的敌人。"令人望而生畏的一群生物。"娜什拉·尾宿五将其描述为喜食人肉的嗜血野兽。它们的存在笼罩在一片神秘之中。

奥西斯塔（Ossista）：【名词】氧气吧的服务员。

B
白衣行者（White-jacket）*：【名词】刚进入冥城 I 号的所有人类的最初等级。拉菲姆人期待白衣行者展现出对自己通灵能力的精通程度。如果他们通过测试，就会变成粉衣行者；如果失败了，就意味着要被放逐到鸦巢。

被废黜（Dethroned）：【形容词】指完全从紫菀的影响中恢复过来。

鼻子（Nose）：【名词】指间谍或告密者。"鼻子转向"指背叛某人或某个组织。

变成白骨的（Bones）：【形容词】死去的。

苍白死者（Bleached mort）:【名词】指浅金色头发的女人，有稍许侮辱意味。

C

茶占师（Tasser）:【名词】茶叶占兆师的简称。

朝臣（Courtier）:【名词】紫菀上瘾者。这个称呼起源于苏豪区的圣安妮法庭，在21世纪初，紫菀交易正是始于此地。

穿细线（Fine-wire）:【动词】高水平偷窃。

吹（Blow）:【动词】闲谈；吹口哨。

D

大家庭（the Family）*:【名词】所有居住在冥城I号的人类，不包括掘骨者和其他叛徒。

灯子（Lamps）:【名词】指眼睛。请参阅"闪子"条目。

登上皇位（Reigning）:【动词】吸食紫菀。

低俗惊悚小说（Penny dreadful）:【名词】一种便宜的非法小说，由通灵人的创作中心蛆虫街生产制造。这是一种连载的恐怖故事，在通灵人中广泛传播，填补了新芽帝国幻想文学的空缺。其内容涵盖了非常广泛的超自然主题，如《沃克斯豪尔的吸血鬼》《妖精的惨败》和《与茶占师喝茶》。

低俗剧院（Penny gaff）:【名词】低级的、有时很搞笑的娱乐场所，通常会上演非法戏剧。

地下领主（Underlord）:【名词】反常能力组织的首领，也是通灵人犯罪集团的老大。传说住在第一军区第一辖区的恶魔之地（the Devil's Acre）。

酊剂（Tincto）：【名词】指鸦片酊，一种非法的麻醉剂。这个俗称取自它的商品名：鸦片酊剂。

F

翻牌师（Broadsider）：【名词】对纸牌占卜师的旧称。在日常对话中还能偶尔听见，但很少在要塞中使用。

粉衣行者（Pink-jacket）*：【名词】冥城 I 号入城仪式的第二阶段。粉衣行者必须证明自己能够与艾冥战斗，才能最终变成红衣行者。如果粉衣行者没有通过这个测试，就会再次变为白衣行者。

服务生（Waitron）：【名词】中性词汇，指新芽帝国服务业的全体工作人员，不分男女。

福钱（Flatches）：【名词】钱，"赚取某人的福钱"指赚钱谋生。

腐坏者（Rottie）：【名词】指黑蒙人。

G
干面包（Toke）*：【名词】不新鲜的面包。

格利姆警卫（Glym jack）：【名词】指街上的保镖，受雇在晚上保护普通居民，使其免遭反能力的攻击。身份标识是一道特有的绿光。

骨（Bone）：【形容词】好的，或繁荣兴旺的。

光辉（Glow）：【名词】指围绕在通灵人周围的"气"。

诡滑（Cokum）：【形容词】精明；狡猾。

H
哈莱人（Harlie）*：【名词】指演员。

黑蒙人/黑蒙的（Amaurotic）：【名词或形容词】非通灵人/非通灵人的。

黑蒙世界（Amaurosis）：【名词】没有通灵能力的世界。

红衣行者（Red-jacket）*：【名词】冥城Ⅰ号中等级最高的人类。红衣行者有责任保护城市免遭艾冥的破坏。作为对其服务的回报，他们被赋予特殊的权力。也被称为"掘骨者"。

唬话（Flam）：【名词】谎言。

黄衣行者（Yellow-jacket）*：【名词】冥城Ⅰ号的人类的最低等级。如果有人在测试中表现怯懦，就会获得这一称号，它是"懦夫"的同义词。

J
集团（Syndicate）：【名词】通灵人的犯罪组织，根据地在新芽帝国的伦敦要塞。从20世纪60年代就开始活跃，由地下领主和反常能力组织统治管理。其成员专门靠哑剧犯罪来获得经济利益。

集团成员（Syndies）：【名词】通灵人犯罪集团的成员，守夜人通常是这么称呼他们的。

减毁（Janxed）：【形容词或动词】打碎；破坏。

僵死尸（Stiff）：【名词】死去的躯体。

街头画家（Screever）:【名词】文件伪造者，受雇于哑剧领主，为其手下提供伪造的出行文件。

街头卖艺（Busking）:【动词】用通灵能力赚取非法收入，通常是一手交钱一手交货。大部分街头艺人会为了赚钱而提供算命服务。在通灵人的犯罪集团中，这是不被允许的。

杰瑞之店（Jerryshop）:【名词】当铺。

金钱出租车（Buck cab）:【名词】一种没有执照的黑车，常客往往是通灵人。

金线（Golden cord）:【名词】将两个灵魂联系在一起的线。人们对它所知甚少。

掘骨者（Bone-grubber）*:【名词】对红衣行者的贬义称呼。

K
卡牌（Broads）:【名词】专门为通灵能力准备的牌，通常是塔罗牌。

L
拉菲姆人（单数: the Rephaite；复数: the Rephaim）:【名词】一种居住在黄泉世界的类人生物，在生物学上是永生不朽的。以通灵人的"气"为食。他们的历史和起源还无法确定。

老鸭头（Duckett）:【名词】指小贩，也是冥城I号的一个当铺老板的别名。

冷点（Cold spot）:【名词】以太世界和现实世界之间的一个小裂缝。外形是一块永不融化的冰。外质黏液（ectoplasm，黄泉世界的居民拉菲姆人的血液）能够打开通向黄泉世界的渠道。现实中的物质（比如血和肉）不能通过冷点。

流体（Flux）:【名词】指流体14，一种精神药物，可以让通灵人感到痛苦和丧失方向感。

旅巫（Walker）:【名词】旅梦巫的简称。

M
马夹衫（Gilet）:【名词】一种无袖外套。

梅克斯（Mecks）:【名词】指一种不含酒精的饮料，是酒的代替品，有类似糖浆的浓稠度和甜味，呈白色、玫瑰色、"血色"，或大红色。

梦景（Dreamscape）:【名词】意识深处储存记忆的地方。梦景被分成五个地带，或者五个"圈"，代表心智的不同状态：日耀地带、黄昏地带、子夜地带、后子夜地带和深渊地带。通灵人能够在意识清醒的状态下进入他们自己的梦景，而黑蒙人只有在睡着时才能感知到。

梦巫（Dreamer）:【名词】旅梦巫的简称，拉菲姆人通常会这么说。

莫莉学徒（Mollisher）:【名词】与哑剧领主或哑剧女王关系亲密的年轻通灵人，有时被简称为"莫"。通常被认为是哑剧领主的情人或其辖区的继承人。

N
喃师（Hisser）:【名词】贬义词，指传音师或者通言师。

脑瘟（Brain plague）:【名词】幻觉症的俗称，是一种使人虚弱的热病，由流体14引起。

黏液（Ecto）:【名词】外质黏液的简称，也就是拉菲姆人的血液。呈黄绿色的,会发光,并微微有些凝胶质感。能被用来打开冷点。

捏捕(Nib):【动词】逮捕。

牛栏(Crib):【名词】指住所。

P
咆哮铁器(Barking irons):【名词】指枪。"举起某人的咆哮铁器"指准备战斗。

破坏灵(Breacher):【名词】一种能对现实世界产生影响的灵魂,其影响程度取决于它的年龄或类型。包括骚灵和天使长。

Q
签(Sortes):【名词】指阄。守护符的一种,投掷占卜师经常会使用。签包括针、骰子、钥匙、骨头和棍子。

囚马车(Paddy wagon):【名词】用来运送犯人的车辆。

R
扔板砖(Slate):【动词】:殴打。

S
闪电屋(Flash house):【名词】指氧气吧或其他社交场所,经常会有罪犯光顾。

闪子(Shiners):【名词】指眼睛。请参阅"灯子"条目。

神仆(Gilly):【名词】指守夜人。

升华（Subliming）:【名词】将普通物品转化为守护符的过程。

收筋骨（Reef）:【动词】击打；攻击。

守护符（单数：Numa；复数：Numen）:【名词】占卜师或占兆师用来联系以太世界的物品，比如镜子、卡牌或骨头。

水晶球占卜（Scrying）:【名词】一种利用守护符从以太世界获知未来信息的艺术。有时需要求卦者的帮助。

T
铁器（Irons）:【名词】指枪。

头皮屑（Scurf）:【名词】剥削劳工的贪婪雇主。

涂白（Whitewash）:【名词】由白紫菀造成的长期失忆症。【动词】对某人使用白紫菀。

推子（Push）:【名词】指钱。

拖把头洋娃娃（Dollymop）:【名词】一种表达挚爱之情的称呼，对年轻女子和小女孩来说，是褒义词（通常被简称为"洋娃娃"）。

W
外层黑暗（Outer darkness）:【名词】一个遥远的以太世界的角落，通灵人无法到达的地方。

挽歌（Threnody）:【名词】用来把灵魂送入外层黑暗的一连串咒语。

嗡嗡兽（Buzzers）*:【名词】指艾冥。

物质世界（Meatspace）：【名词】现实世界；地球。

X
稀麦粥（Skilly）*：【名词】一种很薄的燕麦粥，通常用肉汁做成。

先令（Bob）：【名词】金币的俗称；一英镑。

线轴（Spool）：【名词】一群灵魂。"聚集线轴"指聚集一群灵魂。

香氧（Floxy）：【名词】有香味的氧气，可通过插管吸入体内。在新芽帝国，这是酒精的替代品。大多数大型娱乐场所都提供这种服务，包括氧气吧。

小工具（Tooler）：【名词】解释1：扒手的一种；解释2：叛逆的小孩。

求卦者（Querent）：【名词】想要通过以太世界来了解一些事情的人。他们可以通过提问，或提供自己身体的一部分（比如鲜血或手掌）来获取以太世界的信息。占卜师和占兆师可以靠求卦者的帮助专注于以太世界的某个特定区域，以便更容易地做出预言。

Y
鸦巢（Rookery）：【名词】贫民窟。在冥城I号，演员被迫生活在这种棚户区。

哑剧犯罪（Mime-crime）：【名词】任何利用或联系灵魂世界的相关行为，特别是为了谋取经济利益。在新芽帝国的法律中，这被认为是严重的叛国罪。

哑剧领主（Mime-lord）：【名词】指通灵人犯罪集团中的帮派首领，哑剧犯罪的专家。通常拥有一个五到十人的亲信团，全权掌控着军区中某个辖区的所有通灵人。是反常能力组织的成员之一。

哑剧女王（Mine-queen）:【名词】对女性哑剧领主的称呼。

演员（Performer）*:【名词】冥府 I 号的人类居民。他们没有通过自己的测试，因此只能听命于监管人。

药剂师（Gallipot）:【名词】研究灵化药物及其对梦景的影响的专家。

夜行者（Nightwalker）:【名词】在进行性交易的同时，也出售其通灵能力的人。

一顿（Donop）:【名词】重量单位，一磅。主要在吸食灵化药物的团体中使用。

以太世界（Æther）:【名词】灵魂的国度，通灵人可以进入其中。也被称为"源泉"。

译师（Julker）:【名词】指通言师。

银线（Silver cord）:【名词】身体与灵魂之间的线。它能让人在一个肉身中停留很多年。每个人的银线都是独一无二的。银线对旅梦巫来说尤为重要，他们能利用它暂时离开自己的身体。经过多年的使用，银线会慢慢磨损，一旦断裂就无法被修复。

幽灵（Ghost）:【名词】一种选择待在某个特定地方的灵魂，通常是待在它们死去的地方。让一个幽灵离开它的"出没之地"会惹怒它。

油彩（Greasepaint）:【名词】指化妆品。

游魂（Drifters）：【名词】以太世界中的一种灵魂，它们还没有被放逐到外层黑暗，或者最后生命之光，还能被通灵人控制。

御用品（Regal）：【名词】指紫菀。

Z
甾特盖斯特（Zeitgeist）：【名词】德语单词，引申义是"时代精神"，字面意思就是"时间之魂"。大多数通灵人使用这个词的引申义，也有些人把它当作神来崇拜。

执杖者（Macer）：【名词】骗子。

抓福手（Flimp）：【名词】扒手。

最后生命之光（Last light）：【名词】以太世界的中心，灵魂进入后便永远无法返回的地方。有传言说，穿过最后生命之光后，是人的来世。

草婴翻译《东家与雇工》手稿